Die Ahnen von Avalon

Diana L. Paxson

MARION ZIMMER BRADLEY

Die Ahnen von Avalon

Roman

Aus dem Amerikanischen
von Irene Holicki und Irene Bonhorst

Weltbild

Die amerikanische Originalausgabe erschien 2004 unter dem Titel
Ancestors of Avalon
bei Viking Books, New York.

Besuchen Sie uns im Internet:
www.weltbild.de

Genehmigte Lizenzausgabe für Verlagsgruppe Weltbild GmbH,
Steinerne Furt, 86167 Augsburg

Übersetzung: Irene Holicki und Irene Bonhorst
Umschlaggestaltung: Studio Höpfner-Thoma, München
Umschlagmotiv: Bridgeman; Agentur Thomas Schlück, Garbsen
(© Julie Bell; Mark Harrison)
Gesamtherstellung: TSB, 06721 Schleinitz
Printed in Germany
ISBN 3-8289-7803-7

2008 2007 2006 2005
Die letzte Jahreszahl gibt die aktuelle Lizenzausgabe an.

Für David Bradley,

ohne den dieses Buch nicht möglich gewesen wäre

Insel der Macht
im Jahr 2000 vor der
allgemeinen Zeitrechnung
Bernsteinmeer
Carn Ava
Henge
Azan-Ylir
Der Heilige Berg
AZAN
Festung Belsairath
Meer der Stürme
Belsairath
Beleri'in
Hesperiden-Kanal
© 2004 Jeffrey L. Ward

Prolog

Morgaine erzählt ...

Die Bewohner von Avalon pflegen mit all ihren Sorgen und Nöten, den großen wie den kleinen, zu ihrer Herrin zu kommen. Heute Morgen sprachen die Druiden bei mir vor und berichteten, ein Teil des Ganges von ihrem Tempel zum Raum des Omphalos-Steins sei eingestürzt und sie wüssten den Schaden nicht zu beheben. Wir haben nur noch wenige Druiden auf unserer Insel, und die sind zumeist alt. Von denen, die zur Verjüngung des Ordens hätten beitragen können, wurden allzu viele in den Sachsenkriegen getötet oder sind zu den Mönchen und ihrer Christuskirche auf dem anderen Avalon übergelaufen.

Die Druiden kamen also zu mir und fragten mich – wie alle, die noch hier leben –, was sie nun tun sollten. Ich fand es immer schon merkwürdig, dass der Weg zu einem Mysterium, das so tief in der Erde vergraben ist, ausgerechnet im Tempel der Sonne seinen Anfang nimmt; aber jene, die lange vor den ersten Druiden das alte Wissen auf die Inseln brachten, sollen ja das Licht über alles andere gestellt haben.

Die Visionen überkommen mich nicht mehr so häufig wie in meiner Jugend, als wir noch darum kämpften, die Große Göttin in die Welt zurückzuholen. Heute weiß ich, dass sie längst hier war und allezeit hier sein wird. Von der alten Magie aber ist nur der Omphalos geblieben, das Ei, der Nabel der Welt, die letzte Spur eines Reiches, das vor unendlich langer Zeit in den Wellen versank und selbst für uns nur mehr Legende ist.

Als ich ein junges Mädchen war, hingen in den Tempeln der Druiden Bildteppiche, die erzählten, wie der Omphalos einst hierher gebracht wurde. Die Teppiche sind inzwischen zu Staub zerfallen, doch ich bin selbst einmal dem Gang ins Herz des Berges gefolgt und habe den Heiligen Stein berührt. Damals hatte ich Visionen, die mir heute lebendiger erscheinen als viele meiner eigenen Erinnerungen. Immer noch sehe ich den Sternenberg mit seiner Feuerkrone vor mir, sehe Tirikis Schiff zitternd auf den Wellen schaukeln, während das todgeweihte Land vom Meer verschlungen wird …

Ich kann nicht glauben, dass ich wirklich auf diesem Schiff war. Aber in meinen Träumen stehe ich an Deck, Hand in Hand mit dem Mann, den ich liebe, und sehe meine Welt zerbrechen, so wie Britannien zerbrach, als Artus starb. Vielleicht wurde ich deshalb gerade in dieser Zeit wiedergeboren, denn Avalon ist ebenso wenig zu retten wie einst Atlantis, obwohl es sich nicht hinter schwarzen Rauchwolken, sondern hinter Nebelschleiern vor der Welt der Sterblichen verbirgt.

Einst führte ein Gang von der Höhle, wo die Weiße Quelle aus dem Heiligen Berg fließt, zum Omphalos-Stein, aber dieser Weg wurde schon vor langer Zeit durch ein Erdbeben verschüttet. Vielleicht sollen wir den Stein nicht mehr aufsuchen können. Vielleicht soll er uns wie so viele andere Mysterien allmählich entzogen werden.

Wie Zeiten enden, ist mir nur zu vertraut. Allein die Anfänge bekomme ich nicht zu fassen.

Wie gelangten sie hierher, jene tapferen Priesterinnen und Priester, die den Untergang ihrer Welt überlebten? Zweitausendfünfhundert Jahre sind vergangen, seit sie mit dem Stein an unseren Gestaden landeten. Wir wissen nicht viel mehr von ihnen als ihre Namen, aber wir haben ihr Erbe bewahrt. Wer waren diese Vorfahren, die einst zu unserem Heiligen Berg kamen und das Wissen der Vergangenheit gleich einem Samenkorn in seinem Herzen versenkten?

Ich will verstehen, wie sie ihre schwere Prüfung meisterten. Vielleicht macht mir das Hoffnung, wir hätten das alte Wissen nicht nur bewahrt, sondern könnten es auch an die Zukunft weitergeben, auf dass doch etwas von Avalons Magie überdauere …

Erstes Kapitel

Das Bett schwankte. Tiriki schreckte aus dem Schlaf und tastete nach Micail. Langsam verblassten die grausigen Bilder von Feuer und Blut, von einstürzenden Gebäuden und einer gesichtslosen, dumpf brütenden Gestalt in Ketten. Sie lag ja sicher und geborgen in ihrem Bett an der Seite ihres Gemahls.

»Den Göttern sei Dank«, flüsterte sie. »Es war nur ein Traum!«

»Nicht nur ... Sieh dorthin ...« Micail stützte sich auf einen Ellbogen und deutete zur Decke. Die Lampe schwang wild hin und her und jagte Schatten durch den Raum. »Ich weiß, was du geträumt hast. Ich hatte die gleiche Vision.«

In diesem Augenblick gab es einen neuen Stoß. Micail riss Tiriki in seine Arme und rollte sich mit ihr an die schützende Wand. Putz rieselte von der Decke. Irgendwo in weiter Ferne war das dumpfe Grollen fallender Steine zu hören. Die beiden klammerten sich aneinander und wagten kaum zu atmen, bis das Beben seinen Höhepunkt erreicht hatte und allmählich abklang.

»Der Berg erwacht«, sagte Micail grimmig, als wieder Ruhe eingekehrt war. »Das war jetzt das dritte Mal in zwei Tagen.« Er gab Tiriki frei und stieg aus dem Bett.

»Die Beben werden immer stärker«, nickte Tiriki. Der Palast war massiv aus Stein gebaut und hatte im Lauf der Jahre viele Erdstöße ausgehalten, doch jetzt entdeckte sie im flackernden Schein der Lampe, dass sich ein neuer Riss quer über die Decke zog.

»Ich muss mich sputen. Die ersten Berichte laufen sicher schon ein. Kann ich dich allein lassen?« Micail schlüpfte in seine Sandalen und warf sich einen Mantel über. Der große, kräftige Mann mit dem roten Haar, das im Schein der Lampe förmlich Funken sprühte, wirkte unerschütterlicher als jedes Möbelstück im Raum.

»Natürlich«, sagte Tiriki, stand ebenfalls auf und hüllte ihren schlanken Körper in ein dünnes Gewand. »Schließlich bist du nicht nur Prinz von Ahtarrath, sondern auch der Oberste Priester dieser Stadt. Die Menschen warten nur darauf, dass du die Führung übernimmst. Aber lass dich nicht mit Arbeiten überhäufen, die auch andere erledigen können. Wir müssen am späten Vormittag das Ritual zelebrieren.« Sie fröstelte, wenn sie nur daran dachte, vor den Omphalos treten zu müssen, aber sie ließ sich nichts anmerken. Noch nie war ein Ritual zur Stärkung des Gleichgewichts der Welt so nötig gewesen wie jetzt.

Er sah auf sie hinab und nickte. »Du wirkst so zerbrechlich, aber manchmal glaube ich, du bist stärker als wir alle.«

»Stark bin ich nur zusammen mit dir«, murmelte Tiriki, als er sie allein zurückließ.

Hinter der Gardine, die den Balkon vom Schlafgemach trennte, leuchtete es rot. Heute erreicht der Frühling seinen Höhepunkt, dachte sie voller Groll. Doch dies war nicht der Schein der Morgenröte. Die Stadt Ahtarra stand in Flammen.

Oben in der Stadt räumten die Menschen den Schutt beiseite und löschten die letzten Brände. Doch in die Tiefen des Tempels, wo der Omphalos stand, drang davon kein Laut. Tiriki folgte dem Zug der Priesterinnen und Priester mit hoch erhobener Fackel in die unterste Höhle. Ein Schauer überlief sie, als sich der Pechbrand jäh in brodelnden grünen Rauch hüllte und die heiße Flamme zu einem Schatten ihrer selbst verschwamm.

In der Mitte der kreisrunden Höhle stand, funkelnd wie ein Kristall, der Omphalos. Der eiförmige Stein, halb so groß wie ein Mensch, schien mit gierigem Flimmern jegliches Licht an sich zu ziehen. Die vermummten Priester hatten sich an den Wänden aufgereiht und ihre Fackeln darüber in die Wandhalter gesteckt. Die Flammen brannten tapfer weiter, vermochten aber das tiefe Dunkel des Raumes kaum zu durchdringen. Der Frosthauch hier unten in den Tiefen der Insel Ahtarrath war mit gewöhnlichem Feuer ohnehin nicht zu vertreiben, und die Luft war so feucht, dass sogar der Rauch der glimmenden Weihrauchkörner auf dem Altarstein zu Boden gedrückt wurde.

Vor dem Leuchten des Steins verblasste jegliches Licht. Die Gesichter der Priester und Priesterinnen wären auch ohne Kapuzen und Schleier kaum zu unterscheiden gewesen. Tiriki tastete sich zu ihrem Platz an der Wand vor. Die Gestalt neben ihr war Micail; um ihn zu erkennen, brauchte sie nichts zu sehen. Sie schenkte ihm ein stummes Lächeln und wusste, er spürte es.

Und wären wir auch körperlose Geister, dachte sie liebevoll, ich fände ihn dennoch überall. Auf seiner Brust glänzte matt das heilige Medaillon, ein goldenes Rad mit sieben Speichen, als wollte es sie daran erinnern, dass er hier nicht ihr Gemahl war, sondern der Hohe Priester Osinarmen, der Sohn der Sonne. Auch sie war nicht mehr einfach Tiriki, sondern Eilantha, die Hüterin des Lichtes.

Micail richtete sich auf und stimmte mit bebender Stimme die Anrufung zur Tagundnachtgleiche an.

»Sind Tag und Nacht im Gleichgewicht ...«

Andere, weichere Stimmen fielen ein:

»Halten die Waage sich Dunkel und Licht.
Erde und Himmel, Sonne und See
Ein Ringkreuz bilden, das niemals vergeh'.«

Tiriki, von Kind an zur Priesterin erzogen, hatte gelernt, den Forderungen des Körpers nicht nachzugeben, aber die feuchte Luft und der unheimliche Druck in den Tiefen der Erde waren so überwältigend, dass sie eine Gänsehaut bekam. Mit äußerster Willensanstrengung konzentrierte sie sich wieder auf den Gesang, der den stillen Raum mehr und mehr mit seinen Harmonien erfüllte ...

»Das Leid muss nun der Freude weichen,
Der Schmerz die Hand dem Jubel reichen.
So geht es Schritt um Schritt voran,
Bis dass der Tag beherrscht die Bahn ...«

Eine Generation zuvor war der Omphalos in einem verzweifelten Kampf, der schließlich zum Untergang des Alten Landes geführt hatte, für kurze Zeit zum Spielball Schwarzer Künste geworden. Zunächst hatte man befürchtet, er sei völlig verdorben, und so hatten die Priester die Kunde verbreiten lassen, der Stein sei wie so vieles andere zur Strafe von der See verschlungen worden.

Darin steckte sogar ein Körnchen Wahrheit, denn der Stein lag, wenn schon nicht auf dem Grund des Meeres, so doch in einer Höhle tief unter den Tempeln und der Stadt Ahtarra. Seit er hier ruhte, war Ahtarrath, eine mittelgroße Insel und Teil des Seereiches von Atlantis, zum geheiligten Zentrum der Welt geworden. Der Omphalos war also nicht verloren, aber er verbarg sich auch weiterhin vor den Augen der Menschen. Selbst die Obersten Priester fanden nur selten einen Anlass, die Höhle zu betreten, und die wenigen, die es wagten, den Stein zu befragen, waren sich wohl bewusst, dass sie damit das Gleichgewicht der Welt erschüttern konnten.

Der Gesang wurde schneller, drängender.

»Die Zeiten des Jahres sind fest verbunden,
Begegnung und Abschied zum Kreise sich runden.
Die heilige Mitte ist unser Reich,
Hier ändert sich alles und bleibt doch stets gleich.«

Wieder schweiften Tirikis Gedanken ab. Wenn alles gleich bliebe, dachte sie in jäher Auflehnung, dann wären wir jetzt nicht hier!

Schon seit Monaten verbreiteten sich Berichte von Erdbeben wie ein Lauffeuer durch das Seereich, und allenthalben wurde von schlimmeren Katastrophen gemunkelt, die noch folgen würden. Für Ahtarrath waren die Schrecken zunächst noch weit entfernt gewesen, doch in den vergangenen Nächten hatte man im Tempelbezirk wie in der Stadt immer wieder leichte Erdstöße gespürt, und alle Bewohner waren von Albträumen heimgesucht worden. Tiriki hörte noch jetzt die Angst in den Stimmen der Sänger.

Ist die Endzeit, die uns geweissagt wurde, nun tatsächlich gekommen?, fragte sie sich. Nach so vielen falschen Warnungen?

Entschlossen stimmte sie wieder in den Gesang ein, um an dem kunstvollen Klanggebilde mitzubauen, dem vielleicht mächtigsten Instrument der atlantidischen Magie.

»In der Bewegung stehn wir stille,
Die Leidenschaften zähmt der Wille,
Unmerklich schreitet voran die Zeit,
Und geht ein in die Ewigkeit.«

Die Schatten wurden dunkler, die Weihrauchschwaden verdichteten sich und stiegen endlich doch durch die kalte Luft nach oben.

Der Gesang verstummte.

Aus dem Stein brach helles Licht hervor und beherrschte den Raum so vollkommen, wie es zuvor die

Dunkelheit getan hatte. Der strahlende Glanz drang bis in den letzten Winkel der Höhle, doch Tiriki spürte zu ihrer Überraschung keine Wärme. Sogar die Fackeln leuchteten jetzt ein wenig heller. Die Sänger seufzten tief auf. Es war so weit.

Als Erster nahm Reio-ta, der Verwalter des Tempels, die Kapuze ab und ging auf den Stein zu. Neben ihm hob Mesira, die Oberste Heilerin, den Schleier ihres blauen Ordensgewandes.

Auch Tiriki und Micail verließen ihre Plätze und stellten sich, den beiden anderen zugewandt, vor den Stein. Micails Haar loderte wie Feuer, und die Löckchen, die sich aus Tirikis straff geflochtenen Zöpfen gelöst hatten, gleißten wie Gold und Silber.

Reio-ta setzte mit seinem wohlklingenden Tenor die Anrufung fort:

»Das Reich Ni-Terats, der Dunklen Königin der Erde,
Ist nun erfüllt von Manoahs Licht,
Und so beschwören wir die Heilige Mitte,
Omphalos, den Nabel der Welt.«

Mesiras voller Altstimme hatte das Alter nichts anhaben können. »Die Mitte ist kein Ort, sondern ein Zustand. Der Omphalos entstammt einer anderen Welt. Der Stein lag über Jahrhunderte an den Heiligen Stätten des Alten Landes, doch nicht dort war die Mitte, und auch in Ahtarrath ist sie nicht.«

Micail gab die rituelle Antwort: »Eingedenk dessen, dass alles, was ist, auch wert ist, bewahrt zu werden, geloben die hier Versammelten, sich mit allen Kräften dafür einzusetzen.«

Er lächelte Tiriki zu und griff abermals nach ihrer Hand. Gemeinsam holten sie Atem für die Schlussphrase.

»Und schließlich einzugehen in das Reich der Wahrheit, das niemals zerstört werden kann.«

Die anderen antworteten im Chor: »Denn das Licht lebt in uns, solange wir treu sind im Glauben!«

Der wundersame Schein flackerte unruhig. Wieder erhob Mesira die Stimme.

»Wir beschwören den Stein, das Gleichgewicht wiederherzustellen, auf dass die Menschen Frieden finden mögen. Denn die Vorzeichen verkünden Unheil. Wir haben uns an diesem Ort der Weisheit eingefunden, um Antworten auf unsere Fragen zu erbitten. Seherin, ich rufe Euch ...« Mesira streckte beide Arme aus, und eine Gestalt im grauen Gewand löste sich von der Wand. »Es ist so weit. Möget Ihr für uns Augen und Stimme sein vor dem Ewigen.«

Die Seherin lüftete ihren Schleier. Das helle Licht des Steins fiel auf Alyssas Züge. Das schwarze Haar hing ihr offen um die Schultern, die Pupillen waren geweitet, sie war bereits in Trance. Halb gebeugt betrat sie mit unsicheren Schritten den Lichtkreis um den Altar.

Gebannt beobachteten die Sänger, wie die Seherin den Omphalos mit den Fingerspitzen berührte. In seinem Innern entstanden bunt schillernde Wirbel. Alyssa erstarrte, doch sie wich nicht zurück, sondern ging noch dichter an den Talisman heran.

»Es ist ... es ist vollbracht«, flüsterte sie endlich. »Eins bin ich mit dem Stein. Was er weiß, sollt Ihr erfahren. Stimmt an den heiligen Gesang, auf dass er uns vor die Pforten des Schicksals trage.«

Die Sänger begannen leise zu summen. Micail erhob gebieterisch die Stimme und rief die Seherin mit ihrem Tempelnamen.

»Neniath, Seherin, höret Ihr mich?
Osinarmen ist es, der zu Euch spricht.
Erwachet, macht von den Träumen Euch frei,
Wir sehnen Euren Spruch herbei.«

»Ich höre.« Die Stimme war von durchdringender Schärfe, ganz anders, als Alyssa sonst sprach. »Hier bin ich. Was begehrt Ihr zu wissen?«

»Sprecht, wir bitten Euch, wir werden Euch lauschen.« Micail sang die Floskel auf einem einzigen langen Ton, aber Tiriki hörte die Anspannung in seiner Stimme. »Wir sind gekommen, weil der Stein uns ruft, weil wir des Nachts sein Flüstern vernehmen.«

Für einen Augenblick herrschte Stille. Dann raunte die Seherin: »Ihr kennt die Antwort bereits. Verlogen ist Eure Frage. Die Tür wurde geöffnet und lässt sich nun nicht mehr schließen. Stein türmt sich auf Stein, der Einsturz ist nicht aufzuhalten. Die Wälder werden langsam in Asche ersticken. Lange verharrte die Macht im Herzen der Welt, nun gerät sie in Bewegung ... und sie ist *hungrig.*«

Mit einem Mal geriet Tiriki ins Taumeln. Erbebten die Steinplatten unter ihren Füßen, oder stockte ihr eigenes Herz? Sie wusste es nicht. Sie warf einen Blick auf Micail, doch der stand wie versteinert, das Gesicht zur Fratze verzerrt.

Reio-ta nahm allen Mut zusammen. »Die Finsternis ist schon früher ausgebrochen«, stieß er hervor, »und wurde immer wieder gebannt. Was müssen wir diesmal tun, um sie zu fesseln?«

»Die Stille wächst. Was könnt Ihr schon tun, als gegen sie anzusingen?« Alyssa schüttelte sich in bitterem Gelächter, und diesmal erbebte die Erde mit ihr.

Ein Zittern durchlief die Reihen der Sänger. Wie aus einem Munde riefen sie: »Wir dienen dem niemals erlöschenden Licht! Die Finsternis wird nicht obsiegen!«

Doch die Erde hörte nicht auf zu beben. Die Fackeln flammten noch einmal auf und erloschen. Purpurne Blitze schossen aus dem Stein.

Ein dumpfes Stöhnen war zu hören. Tiriki glaubte zunächst, die Höhle ächze in allen Fugen, doch die schauerlichen Töne drangen aus Alyssas Kehle.

Die Seherin wollte sprechen, aber nur unverständliches Lallen kam über ihre Lippen.

Die Sänger überwanden ihre Furcht und traten näher, um besser hören zu können, aber Alyssa wich mit ausgebreiteten Armen vor ihnen zurück, bis sie an den Stein stieß.

»Die Blume des Bösen!« Ihre Schreie schallten weit über die runde Höhle hinaus. »Sie steigt empor! Blut und Feuer! ES IST ZU SPÄT!«

Als das Echo verklang, wich die Spannung aus dem Körper der Seherin. Sie taumelte und wäre gestürzt, hätte Micail sie nicht rasch aufgefangen.

»Bringt sie fort ...«, keuchte Reio-ta. »Mesira, Ihr geht mit ihnen! Wir w-werden das R-ritual beenden ...«

Micail nickte und trug die Seherin aus der Höhle.

Sie hatten Alyssa in die kleine Grotte am Tempeleingang gebracht. Hier war es unheimlich still. Die Erde war endlich zur Ruhe gekommen, aber Tiriki war bis in die Tiefen ihrer Seele erschüttert. Als sie die Grotte betrat, sah ihre Priesterschülerin Damisa, die hier mit dem übrigen Gefolge auf das Ende der Zeremonie wartete, aus grünen Augen angstvoll zu ihr auf.

Micail drängte sich hastig an dem Mädchen vorbei und streichelte kurz Tirikis Hand, eine Geste, die mehr Zärtlichkeit verriet als jede Umarmung. Ihre Blicke trafen sich, um einander stumm zu beteuern: *Ich bin hier ... ich bin hier. Der Himmel stürzt ein, doch wir werden überleben.*

Aus der großen Höhle waren aufgeregte Stimmen zu vernehmen.

»Was geht dort vor?«, murmelte Micail und deutete mit dem Kopf in die Richtung, aus der die Laute kamen.

Tiriki zuckte die Achseln, ohne seine Hand loszulassen. »Die eine Hälfte beteuert, wir hätten Alyssas Worte nicht verstanden, und die andere ist fest überzeugt, dass Ahtarra kurz davor steht, im Meer zu versinken. Reio-ta kommt schon zurecht.« Sie sah zu Alyssa hinüber, die auf einer Bank lag. Mesira stand neben ihr. »Aber wie geht es ihr?«

Das Antlitz der Seherin war bleich, und ihr langes Haar, das heute Morgen noch rabenschwarz geglänzt hatte, war nun von grauen Strähnen durchzogen.

»Sie schläft«, sagte Mesira schlicht. Im weichen Lichtschein, der durch die Tür fiel, sah man der Heilerin ihre Jahre deutlich an. »Wann sie erwacht? Ich denke, es wird noch eine Weile dauern, bis wir sagen können, ob sie bleibenden Schaden genommen hat. Ihr könnt ruhig gehen. Ich glaube nicht, dass wir noch mehr von ihr erfahren werden. Mein Zögling holt bereits eine Sänfte. Wir bringen sie ins Haus der Heiler. Sobald sich ihr Zustand verändert, gebe ich Bescheid.«

Micail hatte bereits das Priestergewand abgelegt und das Medaillon unter die ärmellose Tunika geschoben. Tiriki faltete ihren Schleier und die Robe zusammen und reichte beides Damisa. »Wollen wir auch nach Trägern rufen?«, fragte sie.

Micail schüttelte den Kopf. »Fühlst du dich kräftig genug für einen Spaziergang? Ich möchte das reine Licht des Tages auf der Haut spüren.«

Im Freien zu sein war eine Wohltat. Die grelle, heiße Mittagssonne vertrieb die Kälte der unterirdischen Höhlen aus den Knochen und löste die Spannung in Nacken und Schultern. Tiriki eilte mit langen Schritten hinter ihrem Gemahl her. Vor den roten und weißen Steinsäulen am Eingang zum unterirdischen Heiligtum sah sie auf eine Reihe von blau gedeckten Dächern. Weiter unten ragten mehrere neu errichtete Kuppelbauten mattweiß und rot aus dem Grün der städtischen Gärten. Dahinter erstreckte sich das glitzernde Meer in seiner unendlichen Weite.

Sie traten unter dem Säulendach hervor, mitten hinein in die Geräusche und Gerüche der Stadt – Hundegebell, Kindergeschrei, die Stimmen der Händler, die ihre Waren anpriesen, der würzige Geruch der hier so beliebten Fischsuppe und, weniger appetitlich, der Gestank einer Kloake. Die Brände, die nach dem Erdbeben der vergangenen Nacht ausgebrochen waren, hatte man inzwischen gelöscht, und die Aufräumungsarbeiten waren in vollem Gange. Die Schäden waren nicht so arg, wie Tiriki befürchtet hatte. Tatsächlich war mittlerweile die Angst der schlimmste Feind. Sogar den Gestank fand sie nach der Begegnung mit der unheimlichen Macht des Steins beruhigend, bestätigte er doch, dass der Alltag wieder eingekehrt war.

Vielleicht erging es Micail ähnlich. Jedenfalls nahm er nicht den weiß gepflasterten Prozessionsweg zum Palast, sondern die längere Straße, die in weitem Bogen von den hohen Gebäuden des Tempelbezirks weg und auf den Marktplatz führte. Hier bogen sie in eine Seitenstraße ein, auf der man zum Hafen gelangte. Die glänzenden Fassaden der Drei Türme entschwanden ihren Blicken. Die Händler feilschten mit ihren Kunden, als wäre es ein Tag wie jeder andere. Hin und wieder traf die beiden ein bewundernder Blick, aber niemand zeigte mit dem Finger auf sie oder starrte sie aufdringlich an. Ohne die Priestergewänder sahen Tiriki und Micail aus wie ein ganz gewöhnliches Paar, das auf dem Markt seine Einkäufe erledigte, auch wenn sie größer und von vornehmerer Erscheinung waren als die durchschnittlichen Stadtbewohner. Und hätte sie tatsächlich jemand belästigen wollen, die Entschlossenheit in Micails kräftigen Zügen und sein energischer Schritt hätten als Abschreckung genügt.

»Bist du hungrig?«, fragte sie. Sie hatten für das Ritual gefastet, und jetzt war es schon fast Mittag.

»Eher durstig«, grinste er. »Am Hafen gab es früher eine Taverne, die einen guten Tropfen ausschenkte – nicht den sauren Roten, den man bei uns keltert, sondern einen ordentlichen Jahrgang aus dem Land der

Hellenen. Sei unbesorgt – du wirst auch vom Essen nicht enttäuscht sein.«

Die Taverne hatte eine große Terrasse, die von einer weinumrankten Pergola beschattet wurde. Ringsum wuchsen Ahtarraths blutrote Lilien und erfüllten die Luft mit ihren zarten Düften. Vom Meer wehte eine leichte Brise herüber. Tiriki legte den Kopf in den Nacken und ließ sich den Wind durch das Haar streichen. Wenn sie sich umdrehte, sah sie die Hänge des Sternenberges – des schlafenden Vulkans im Zentrum der Insel – in der Mittagshitze flimmern. Um den Fuß des Berges zog sich ein Waldgürtel, darüber schloss sich ein Flickenteppich aus Getreideäckern und Weingärten an. Wenn man hier saß, erschienen die Ereignisse des Vormittags wie ein böser Traum. Micails Vorfahren hatten hundert Generationen lang über diese Insel geherrscht. Welche Macht könnte so viel Weisheit, so viel Glanz zerstören?

Micail nahm einen tiefen Schluck aus seinem irdenen Becher und stieß einen tiefen Seufzer der Befriedigung aus. Tiriki musste lachen. Ihr Gemahl hob eine Augenbraue und sah sie fragend an.

»Du hast mich eben sehr an Rajasta erinnert«, erklärte sie.

Micail grinste. »Unser alter Lehrer war eine erhabene Seele, aber einen guten Wein wusste er dennoch zu schätzen!« Er wurde wieder ernst. »Auch ich musste heute schon an ihn denken, aber aus anderen Gründen.«

Tiriki nickte. »Ich versuche schon die ganze Zeit, mir ins Gedächtnis zu rufen, was er uns über die Katastrophe erzählte, die das Alte Land zerstörte. Als das Land zu sinken begann, blieb noch genügend Zeit, um die heiligen Schriften zu bergen und sie mit den Meistern der Mysterien, die sie lesen konnten, hierher zu schicken. Wenn aber nun das gesamte Seereich untergeht ... wo soll dann das alte Wissen von Atlantis Zuflucht finden?«

Micail hob seinen Becher. »Gerade deshalb schicken wir Abgesandte in den Osten nach Hellas und Khem und nach Norden bis zur Bernsteinküste und zu den Zinn-Inseln.«

»Und was ist mit dem Wissen, das nicht auf Schriftrollen und Täfelchen festgehalten werden kann?«, überlegte Tiriki. »Mit den Dingen, die man sehen und spüren muss, um sie zu begreifen? Mit den Kräften, die ein Meister erst dann gefahrlos weitergeben kann, wenn sein Schüler die nötige Reife erlangt hat? Was ist mit der Weisheit, die nur von Seele zu Seele übertragen wird?«

Micail runzelte nachdenklich die Stirn, aber seine Stimme klang unbekümmert, als er antwortete: »Unser Lehrer Rajasta pflegte zu sagen: Wie groß das Unheil auch sei, solange das Haus der Zwölf erhalten bleibe – nicht die gesamte Priesterschaft, nur die sechs Jungen und sechs Mädchen, die zu Priesterschülern erwählt wurden –, könne unser Reich in all seiner Größe neu erstehen. Und dann lachte er.«

»Das kann nicht sein Ernst gewesen sein«, sagte Tiriki und dachte an Damisa und Kalhan, Elis und Aldel, Kalaran und Selast, Elara und Cleta und all die anderen. Die Zwölf entstammten Verbindungen, die in Abhängigkeit vom Lauf der Gestirne bestimmt worden waren. Man hatte sie regelrecht gezüchtet, sie besaßen die denkbar besten Anlagen. Aber sie waren noch so schrecklich *jung*.

Tiriki schüttelte den Kopf.

»Wenn sie erst ihre Ausbildung abgeschlossen haben, können wir ihnen wohl alle nicht mehr das Wasser reichen. Aber sie brauchen eine feste Hand, sonst werden sie, fürchte ich, der Versuchung erliegen und ihre Kräfte missbrauchen. Sogar mein Vater ...« Sie hielt plötzlich inne, und das Blut schoss ihr in die blassen Wangen.

Meistens gelang es ihr, zu verdrängen, dass nicht Reio-ta, der Gemahl ihrer Mutter, ihr leiblicher Vater war, sondern Riveda, der im Alten Land den magischen Orden der Grauen geführt hatte. Riveda hatte der Versuchung nicht widerstanden, er hatte sich mit verbotener Magie beschäftigt und war als Hexer hingerichtet worden.

»Selbst Riveda hat nicht nur Unheil angerichtet, sondern auch Gutes vollbracht«, sagte Micail leise und nahm ihre Hand. »Die Herren des Schicksals haben seine Seele in ihre Obhut genommen, er wird seine Schuld in vielen Leben zu sühnen haben. Aber seine Schriften zur Behandlung von Krankheiten haben vielen Menschen das Leben gerettet. Sein Andenken sollte dich nicht quälen, Liebste. Hier kennt man ihn als großen Heiler.«

Ein schwarzäugiger Jüngling brachte eine Platte mit Fladenbrot, kross gebratenen kleinen Fischen und Ziegenkäse mit gehackten Kräutern. Als er Tirikis blaue Augen und ihr blondes Haar bemerkte, sah er sie groß an. Beides hatte sie von Riveda geerbt, der nicht im Alten Land geboren war, sondern aus dem wenig bekannten, weit im Norden gelegenen Königreich Zaiadan stammte.

»Wir dürfen uns nicht von Angst beherrschen lassen«, sagte Micail, als der Diener gegangen war. »Nicht nur Rajasta, auch viele andere Propheten sagen eine Endzeit voraus. Wenn diese Zeit nun gekommen ist, schweben wir in großer Gefahr, aber an keiner Stelle lässt sich den Weissagungen entnehmen, dass wir dem Untergang rettungslos preisgegeben wären. In Rajastas Vision gründen du und ich sogar einen neuen Tempel in einem neuen Land! Ich bin fest davon überzeugt, dass es eine Schicksalsmacht gibt, die uns beschützen wird. Wir müssen nur zu ihr finden.«

Er reichte Tiriki die Hand, und sie nickte und ergriff sie. Doch bevor sich die Prophezeiung erfüllen kann, müssen wir Abschied nehmen von dem herrlichen, glanzvollen Leben, in das wir hineingeboren wurden, dachte sie.

Aber noch schien die Sonne, und von ihrem Teller stiegen verlockende Düfte auf und lenkten sie aufs Angenehmste von der Zukunft mit all ihren Schrecken ab. Tiriki beschloss, diese Stunde mit Micail zu genießen, und suchte nach einem unverfänglicheren Thema.

»Wusstest du, dass Elara eine fähige Bogenschützin ist?«

Micail hob verwundert eine Augenbraue. »Ein ungewöhnlicher Zeitvertreib für eine angehende Heilerin ... Sie geht doch bei Liala in die Lehre?«

»Gewiss doch, aber du weißt ja, ein Heiler braucht eine sichere Hand und starke Nerven. Elara ist inzwischen eine Art Anführerin der Priesterschüler geworden.«

»Ich hätte eher erwartet, die Alkonierin – deine Schülerin Damisa – werde diese Rolle übernehmen«, gab er zurück. »Ist sie nicht die Älteste? Ich glaube, sie ist sogar mit Tjalan verwandt. Und diese Familie führt nun einmal gern das Kommando.« Micail grinste, und Tiriki erinnerte sich, dass er früher etliche Sommer zusammen mit dem Prinzen von Alkonath verbracht hatte.

»Vielleicht hält sie sich auf ihre königliche Abstammung etwas zu viel zugute. Immerhin ist sie als Letzte hier eingetroffen, und mir scheint, es fällt ihr reichlich schwer, sich einzufügen.«

»Wenn sie keine größeren Schwierigkeiten zu bewältigen hat, kann sie von Glück reden!« Micail trank den restlichen Wein aus und stand auf.

Tiriki seufzte, aber es war tatsächlich an der Zeit zu gehen.

Als der Wirt erkannte, dass es sich bei dem Paar, das so lange den besten Tisch auf seiner Terrasse mit Beschlag belegt hatte, um den Prinzen und seine Gemahlin handelte, lehnte er jede Bezahlung ab, aber Micail bestand darauf, sein Siegel in ein Stück Lehm zu drücken.

»Wenn Ihr das im Palast vorzeigt, werden meine Diener die Zeche für mich bezahlen.«

»Du bist kleinlich«, spottete Tiriki, als man sie endlich gehen ließ. »Der Mann war so stolz darauf, den Prinzen bewirtet zu haben, und wollte sich für die Ehre erkenntlich zeigen. Warum hast du ihm den Gefallen nicht getan?«

»Nimm es als Zeichen meiner Zuversicht.« Micails Lächeln fiel etwas grimmig aus. »Das Stück Lehm verkörpert meinen Glauben daran, dass morgen hier noch jemand sein wird. Und wenn es ihm, wie du sagst, nur um die Ehre geht – nun, niemand zwingt ihn, das Plättchen einzulösen. Erinnerungen verblassen. Aber mein Siegel ist ein dauerhaftes Andenken.«

Sie gingen langsam zum Palast zurück und sprachen von alltäglichen Dingen, aber im Geiste hörte Tiriki noch immer die Schreie der Seherin durch die Höhle schallen.

Als Damisa das Haus der Fallenden Blätter betrat, ging für die anderen Schüler soeben der Unterricht zu Ende. Elara von Ahtarrath war die Erste, die sie kommen sah. Die dunkelhaarige, dralle junge Frau stammte von der Insel, und so hatte man ihr die Aufgabe übertragen, den Neulingen aus den anderen Inselstaaten die Eingewöhnung zu erleichtern.

Priester und Priesterinnen wurden in den Tempeln aller zehn Inseln ausgebildet. Doch in jeder Generation wählte man aus den begabtesten jungen Leuten zwölf aus, um sie in die Großen Mysterien einzuführen. Einige von ihnen würden später als ranghohe Priester auf ihre Heimatinseln zurückkehren, während sich andere besonderen Fachgebieten wie etwa der Heilkunde oder der Sterndeutung widmen würden. Aus den Zwölf kamen auch die Meister der Mysterien, die als Heilige Hüter im Tempel des Lichtes ganz Atlantis dienten.

Das Haus der Fallenden Blätter war ein niedriges, weitläufiges Gebäude mit Gängen, die nicht rechtwinklig angeordnet waren, und übergroßen Zimmerfluchten; es hieß, es sei vor mehr als hundert Jahren für einen ausländischen Würdenträger errichtet worden. Die Priesterschüler machten sich einen Spaß daraus, sich immer abwegigere Erklärungen für die steinernen Meerjungfrauen um den verwitterten Springbrunnen im Innenhof auszudenken. Bis vor kurzem noch hatte die sonderbare alte Villa jedenfalls als Unterkunft für ledige Priester, Pilger und Flüchtlinge gedient. Nun war sie das Haus der Zwölf.

Einige von den jungen Leuten nahmen Elaras Hilfe gern an, während andere sich dagegen sträubten. Damisa, eine Base des Prinzen von Alkonath, pochte gewöhnlich mehr als alle anderen auf ihre Unabhängigkeit. Doch jetzt, dachte Elara, sah sie einfach schrecklich aus.

»Damisa? Was hast du? Bist du krank?« Elara zuckte zurück, als die andere sich umdrehte und sie mit blicklosen Augen anstarrte. »Ist bei der Zeremonie etwas geschehen?«

Sie packte Damisa mit festem Griff am Ellbogen, führte sie zum Springbrunnen und zwang sie, sich auf den Beckenrand zu setzen. Dann drehte sie sich um und winkte die anderen herbei.

»Lanath, geh und hol Wasser!«, befahl sie leise, als alle versammelt waren. Sie strich sich die schwarzen Locken, die ihr immer wieder in die Augen fielen, aus dem Gesicht und kauerte sich neben Damisa. »Und jetzt seid endlich still!« Sie wartete mit strenger Miene, bis die anderen zurücktraten. »Sie kann ja kaum atmen.«

Sie wusste, dass Damisa am frühen Morgen zu Tiriki gerufen worden war, und hatte sie im Stillen darum beneidet. Elara selbst tat unter einer Blauen Priesterin namens Liala im Ni-Terat-Tempel Dienst. Es war eine schöne, aber nicht unbedingt glanzvolle Aufgabe. Man hatte den Priesterschülern erklärt, die Ausbildungsplätze würden nach dem jeweiligen Sternzeichen und dem Willen der Götter vergeben. Elara fand es einleuchtend, dass man ihren Verlobten dem Sterndeuter des Tempels zugeteilt hatte, denn Lanath konnte gut mit Zahlen umgehen, aber bei Damisa hegte sie den Verdacht, sie sei allein wegen ihrer königlichen Abstammung bei Tiriki gelandet, die schließlich nicht nur Priesterin, sondern auch Prinzessin von Ahtarrath war. Jetzt aber wollte sie nicht mehr mit ihr tauschen.

»Sprich, Damisa«, murmelte sie, als die andere trank. »Wurde jemand verletzt? Ist irgendetwas schief gegangen?«

»Schief gegangen!« Damisa schloss kurz die Augen, dann richtete sie sich auf und schaute in die Runde. »Habt ihr die Gerüchte nicht gehört? Sie sind doch schon in der ganzen Stadt in Umlauf.«

»Natürlich. Aber wo warst du denn so lange?«, fragte die kleine Iriel.

»Bei einem Ritual zur Tagundnachtgleiche. Mit meiner Lehrmeisterin«, antwortete Damisa.

»Diese Rituale finden gewöhnlich im Großen Manoah-Tempel statt«, bemerkte Elis, die ebenfalls gebürtige Ahtarranerin war. »Von dort hättest du sehr viel früher zurück sein müssen!«

»Wir waren nicht im Tempel des Lichtes«, sagte Damisa heiser. »Wir waren in einem anderen Heiligtum. Es liegt am Ostrand der Stadt und ist in die Felsen hineingebaut. Die Eingangshalle mit den Säulen sieht aus wie bei allen anderen, aber der Tempel selbst befindet sich tief unter der Erde. Das nehme ich jedenfalls an. Ich musste in der kleinen Grotte am Anfang des Ganges warten.«

»Bei Banurs Gebeinen!«, rief Elara. »Den Tempel kenne ich. Ich weiß nicht, wem er geweiht ist – aber da geht doch kein Mensch jemals hin!«

»Wem er geweiht ist, weiß ich auch nicht«, gab Damisa fast schon wieder mit ihrer gewohnten Arroganz zurück, »aber irgendeine Macht ist dort unten am Werk. Ich sah im Gang immer wieder seltsame Lichter aufblitzen.«

»Das ist das Ende ...«, sagte Kalaran dumpf. »Meine Insel ist bereits versunken, und jetzt kommt die hier an die Reihe. Meine Eltern sind nach Alkonath gezogen, aber ich war für den Tempel bestimmt. Sie hielten es für eine große Ehre, dass ich hierher geschickt wurde.«

Die Priesterschüler sahen sich verstört an.

»Noch *wissen* wir nicht, ob das Ritual gescheitert ist«, sagte Elara, um die anderen aufzumuntern. »Warten wir ab – man wird uns schon Bescheid sagen.«

»Die Seherin musste aus der Höhle getragen werden«, unterbrach sie Damisa. »Sie war halb tot. Nun hat man sie zu Liala und den anderen Heilern ins Ni-Terat-Haus gebracht.«

»Dann sollte ich jetzt besser gehen«, befand Elara. »Vielleicht braucht Liala meine Hilfe.«

»Wozu denn?«, erwiderte Lanath düster. »Wir müssen ohnehin alle sterben.«

»Halt den Mund!«, fuhr ihn Elara an. Was war den Sterndeutern nur eingefallen, sie mit einem Jungen zu verloben, der vor seinem eigenen Schatten davonlief? »Auch ihr anderen – beruhigt euch! Wir sind die Zwölf Erwählten und kein Haufen ungebildeter Bauern. Glaubt ihr etwa, unsere Lehrer hätten die Katastrophe nicht vorhergesehen? Sie haben sicher entsprechende Pläne gemacht. Unsere Pflicht ist es, ihnen zu helfen, wo wir nur können.« Wieder strich sie sich das schwarze Haar aus der Stirn. Sie konnte nur hoffen, dass all das auch stimmte.

»Und wenn nicht?«, fragte Damisas Verlobter, ein mürrischer, braunhaariger Junge namens Kalhan.

»Dann werden wir eben sterben«, erklärte Damisa finster. Sie hatte sich wieder einigermaßen gefangen.

»Wenn wir wirklich sterben müssen«, sagte die kleine Iriel mit ihrem unwiderstehlichen Lächeln, »dann werde ich den Göttern aber etwas erzählen!«

Als Micail und Tiriki den Palast erreichten, wurden sie am Tor bereits von einer Blauen Priesterin erwartet, die Nachricht von Mesira brachte. Alyssa sei zu sich gekommen, man könne damit rechnen, dass sie sich bald erholen werde.

Wenn sich nur, dachte Tiriki trübselig, ihre Prophezeiung auch so einfach aus der Welt schaffen ließe ...

Dennoch lag ein Lächeln auf ihren Lippen, als sie mit Micail zu ihren Privatgemächern hinaufstieg. Der Abendwind, der vom Meer herwehte, bewegte den Schleier vor der Nische mit der Statue der Göttin und die Gardine vor dem Balkon. Am oberen Rand der weiß getünchten Wände zog sich ein Fries aus Goldfalken und blutroten Lilien um den ganzen Raum. Im flackernden Schein der Hängelampen schienen die Vögel mit den Flügeln zu schlagen, und die Blumen schwankten wie in einem leisen Luftzug hin und her.

Micail schlüpfte in ein frisches Gewand und begab sich zu einer Besprechung mit Reio-ta. Tiriki ließ sich von ihren Dienerinnen ein kühles Bad mit duftendem Wasser bereiten. Die Frauen warteten, bis sie aus der Wanne stieg, und trockneten sie ab. Als sie gegangen waren, trat Tiriki auf den Balkon hinaus und schaute über die Stadt. Im Osten ragte der Sternenberg in den klaren Nachthimmel. Im unteren Bereich waren die Hänge mit Zypressen bewachsen, aber darüber war der Kegel kahl. Die ewige Flamme im Tempel auf dem Gipfel sah aus wie eine schwach glimmende Pyramide. Die verstreuten Gehöfte auf den unteren Hängen waren als Lichtpunkte zu erkennen, die nun nach und nach erloschen. Die Bewohner gingen zu Bett. In der Stadt blieben die Menschen länger wach. Im Vergnügungsviertel bewegten sich noch viele brennende Fackeln durch die Straßen.

Allmählich wurde es kühler. Düfte nach trockenem Gras und frisch gepflügter Erde stiegen zu Tiriki empor wie ein schweres Parfüm. Der Friede der Nacht und der Friede in ihrem Herzen verwandelten die Worte der Abendhymne in ein Gebet ...

»O Sternenquell in deiner Pracht,
Der du erstrahlst im Dunkeln,
Schenk Frieden uns in dieser Nacht,
Gesegnet sei dein Funkeln ...«

Wie könnten dieser Friede, diese Schönheit zerstört werden?

Vorhänge aus dünnem Tüll zierten ihr Bett, und die Laken waren aus feinem Linnen und schmiegten sich wie Seide an ihre Haut. Sie genoss alle Annehmlichkeiten, die Ahtarrath zu bieten hatte, doch auch das Gebet brachte ihr keinen Schlaf.

Als Micail endlich kam, war es bereits Mitternacht. Sie spürte, wie er sich über sie beugte, und bemühte sich, langsam und gleichmäßig zu atmen. Es genügte, wenn sie wach lag, sie brauchte nicht auch ihm die Ruhe zu rauben. Aber das Band zwischen ihnen war stärker als die Sinne. Er ließ sich nicht täuschen.

»Was hast du, Liebste?«, fragte er sanft in die Dunkelheit hinein.

Sie atmete langsam aus. Es klang wie ein Seufzer. »Ich fürchte mich.«

»Aber wir wissen doch seit unserer Geburt, dass Ahtarrath eines Tages zerstört werden könnte.«

»Gewiss ... irgendwann in ferner Zukunft. Durch Alyssas Warnung ist die Gefahr jedoch mit einem Mal so *greifbar* geworden.«

»Mag sein ... mag sein ...« Das Bett knarrte leise, als er sich auf die Kante setzte, um ihr über das Haar zu streichen. »Aber du weißt doch, wie schwer sich feststellen lässt, wann eine Prophezeiung eintrifft.«

Tiriki setzte sich auf und sah ihn an. »Ist das deine ehrliche Meinung?«

»Liebste, wer kann schon sagen, ob wir mit unserem Wissen in der Lage sind, die Zukunft zu ändern? Die Fähigkeiten, die uns gegeben sind, können uns allenfalls helfen, unser Schicksal zu meistern.« Er seufzte. Tiriki glaubte, leises Donnergrollen zu vernehmen, aber der Nachthimmel war wolkenlos.

»Ach ja, deine Fähigkeiten«, flüsterte sie verbittert. Was nützen sie ihnen jetzt? »Du kannst den Wind und den Blitz beschwören, aber was ist mit der Erde unter unseren Füßen? Und wie sollen selbst *diese* Kräfte fortbestehen, wenn ringsum alles zusammenbricht? Reio-ta hat nur eine Tochter, und ich ... ich bin nicht imstande, dir ein Kind zu schenken!«

Er spürte ihre Tränen und nahm sie in die Arme. »Noch haben wir kein Kind – aber wir sind doch jung!«

Sie lehnte den Kopf an seine Schulter und überließ sich seinen starken Armen. Vermischt mit den Düften seines Bades, stieg ihr der herbe Geruch seines Körpers in die Nase.

»Zwei Säuglinge musste ich auf den Scheiterhaufen legen«, flüsterte sie, »und drei weitere habe ich vor der Zeit verloren. Die Caratra-Priesterinnen wissen keinen Rat mehr, Micail.« Tränen brannten ihr in den Augen. Er drückte sie fester an sich. »Unsere Mütter waren Schwestern ... Vielleicht sind wir zu nah verwandt. Du musst dir eine andere Frau nehmen, Liebster, eine, die dir Nachkommen schenken kann.«

Sie konnte im Dunkeln nur ahnen, wie er den Kopf schüttelte.

»Ahtarraths Gesetze gestatten es dir«, flüsterte sie.

»Und was ist mit dem Gesetz der Liebe?« Er legte ihr die Hände auf die Schultern und sah sie voller Leidenschaft an. Sie spürte seinen Blick ganz deutlich. »Um einen Sohn zu zeugen, der meiner Kräfte würdig ist, muss ich nicht nur meinen Samen geben, sondern auch meine Seele. Und dazu brauche ich eine Frau, die mir körperlich wie auch im Geiste ebenbürtig ist. Sonst, Liebste, wäre ich wohl nicht einmal ... dazu fähig. Du und ich, wir sind vom Schicksal füreinander bestimmt, und deshalb kann es für mich niemals eine andere geben.«

Sie strich ihm über die hohe Stirn, die kantigen Wangen. »Aber dann stirbt dein Geschlecht aus!«

Er beugte sich hinab und küsste ihr die Tränen von den Wangen. »Wenn Ahtarrath selbst nicht mehr ist, was spielt es dann noch für eine Rolle, wenn auch die magischen Kräfte seiner Prinzen verloren gehen? Atlantis' Wissen gilt es zu bewahren, nicht seine Magie.«

»Osinarmen ... weißt du, wie sehr ich dich liebe?« Sie legte sich mit einem Seufzer zurück. Seine Hände glitten über sie hinweg und weckten mit jeder Berührung Empfindungen, auf die ihr Körper ebenso ansprach wie ihre Seele auf die geistigen Übungen im Tempel.

»Eilantha ... Eilantha!«, antwortete er und schloss sie wieder in die Arme.

Mit diesem Ruf öffneten sich Körper und Seele, und sie ertranken in der Ekstase einer vollkommenen Vereinigung.

Zweites Kapitel

Damisa stand im Garten des Hauses der Zwölf und spähte durch die Hecke. Ob sie von hier aus etwas von den Schäden des Erdbebens sehen konnte? Seit dem Ritual im unterirdischen Tempel war alles ruhig geblieben, und Prinz Micail hatte seiner Leibgarde befohlen, beim Wiederaufbau zu helfen. Ahtarraths Hauptstadt stand auf den Resten einer älteren Siedlung. Die Drei Türme in ihrem goldenen Gewand ragten schon seit tausend Jahren zum Himmel empor. Auch die Sieben Tore waren altehrwürdige Wahrzeichen der Stadt. Generationen von Schülern hatten sich bemüht, die kaum noch erkennbaren Hieroglyphen auf ihren verwitterten Seitenwänden zu entziffern.

Ahtarras Priesterschaft hatte ihr Bestes getan, um das Haus der Fallenden Blätter mit seinen alten Räumen den Bedürfnissen der zwölf Priesterschüler entsprechend herzurichten, doch zum idealen Wohnsitz wurde das Anwesen erst durch diesen Garten, der für den nötigen Abstand von der Stadt und vom Tempel sorgte. Damisa trat zurück, die Lorbeerzweige schnellten wieder an ihren Platz. Von hier aus war kein anderes Gebäude zu sehen.

Sie wandte sich der kleinen Gruppe zu, die sich ein Stück entfernt auf dem Rasen vergnügte. Die Inzucht innerhalb der Priesterkaste brachte besondere Begabungen, aber auch Schwächen hervor. Sie selbst hatte sich oft gefragt, ob sie ihre Erwählung nicht eher dem Einfluss ihrer königlichen Großmutter als ihren eigenen inneren Werten verdankte. Heute allerdings wären gewiss gut die Hälfte der anderen schreiend davongerannt, hätten sie diese Lichter durch den Gang des unterirdischen Tempels flackern sehen. Vielleicht, dachte sie jetzt, hatten es die Hüter für sinnvoll gehalten, das priesterliche Erbgut durch Alkonaths robustes Gemüt zu ergänzen.

Aber wieso waren sie dann zu der Ansicht gekommen, dieser grässliche Kalhan mit seinen derben Gesichtszügen und seinem ebenso derben Humor sei der geeignete Partner für sie? Zu Cleta, der jeglicher Sinn für Humor abging, hätte er doch viel besser gepasst. Als Spross einer Nebenlinie des königlichen Hauses hatte sie natürlich nie damit gerechnet, sich ihren Gemahl selbst aussuchen zu dürfen, aber zumindest hatte sie auf einen Mann mit Persönlichkeit gehofft. Tiriki meinte zwar, Kalhan werde sich schon noch entwickeln, aber bisher hatte Damisa davon nichts bemerkt.

Da sprang er nun mit einer Horde von Priesterschülern laut johlend um Aldel und Lanath herum, die auf dem Rasen einen erbitterten Ringkampf ausfochten. Sogar Elara, an sich die Vernünftigste von allen, sah belustigt zu, während Selast sich wohl am liebsten selbst ins Getümmel gestürzt hätte. Wahrscheinlich könnte sie sogar gewinnen, dachte Damisa und betrachtete kurz die drahtige Gestalt, bevor sie sich abwandte. Sie konnte nicht erkennen, ob es sich um eine Balgerei oder einen ernsthaften Kampf handelte, aber im Grunde kümmerte sie das auch nicht.

Dass das Ende der Welt bevorsteht, haben anscheinend alle vergessen, dachte sie verdrießlich. Ich wünschte, ich wäre zu Hause! Natürlich ist es eine Ehre, zu den Erwählten zu gehören – aber hier ist es immer so heiß, und die Küche ist mir fremd. Ob ich allerdings auf Alkonath wirklich sicher wäre? Dürfen wir überhaupt weglaufen? Oder müssen wir standhaft ausharren, während um uns herum die Welt in Trümmer fällt?

Damisa unterdrückte ein Schluchzen, während ihre Füße sie wie von selbst den grasbewachsenen Hang hinauftrugen. Wenig später stand sie ganz oben auf einer der vielen Terrassen, einer langen, breiten Stützmauer, von der aus man einen weiten Blick über die Stadt und auf das Meer genießen konnte.

Damisa war sich sicher, dass sie nicht einmal vom Dach des Hauses der Zwölf aus hier zu sehen wäre. Sie hatte diese Stelle erst vor zwei Tagen entdeckt. Mit ein wenig Glück wussten die anderen noch nichts davon.

Wie immer vertrieb der Seewind ihre schlechte Laune sofort. Die salzigen Böen waren wie heimliche Liebesgrüße aus der fernen Heimat. Minuten vergingen, bevor ihr auffiel, wie viele Boote heute draußen auf dem Wasser waren – nein, das waren keine Boote, sondern Schiffe ... eine Flotte von Dreimastern, Vogelschwingen obendrein, der ganze Stolz des mächtigen Atlantis. Die spitzen Bugspriete waren mit Bronzeblech beschlagen, und die Schiffe ragten hoch aus dem Wasser. Sie konnten von Ruderern bis auf Rammgeschwindigkeit gebracht werden oder sich unter Segeln vom Wind treiben lassen. Soeben fuhren sie in präziser Formation um die Landspitze herum.

Genau unterhalb von Damisas Aussichtspunkt öffnete sich ein kleines Hafenbecken. Meist war es hier so ruhig, dass man auf das klare, blaue Wasser starren konnte, bis man in Trance fiel. Doch nun ging eine der großen Vogelschwingen nach der anderen in der stillen Bucht vor Anker. Die bunten Fahnen hörten auf zu flattern und hingen reglos herab. Das größte Schiff war bereits an der Mole vertäut. Matrosen holten die purpurnen Segel ein.

Wieder rieb sich Damisa die Augen. Wie ist das möglich?, fragte sie sich. Aber mit ihren Augen war alles in Ordnung. Von den Masten der stolzen Schiffe flatterte tatsächlich Alkonaths königliche Fahne, der FALKENREIGEN. Jäh übermannte sie das Heimweh, und ihre Augen füllten sich mit Tränen.

»Alkonath«, hauchte sie, dann schürzte sie ihre Gewänder und rannte einfach los. Mit wehendem Haar lief sie vorbei an den Ringkämpfern, die sich immer noch im Gras wälzten, schlüpfte durch das Gartentor und sprang die Treppe hinab, die zum Hafen führte.

Die größte Vogelschwinge hatte am Hauptkai Anker geworfen, aber die Laufplanke war noch nicht heruntergelassen. Schon hatten sich Händler und Stadtbewohner an der Anlegestelle versammelt und harrten aufgeregt schwatzend der Dinge, die da kommen sollten. Doch selbst wenn man die anwesende Dienerschaft mit einrechnete, waren die weiß gekleideten Angehörigen der Priesterschaft in der Überzahl.

Tiriki stand ganz vorn, in wallende Gewänder aus feinem ungebleichtem Linnen gehüllt und mit einem Kopfschmuck aus goldenen Blüten im Haar. Die Mäntel ihrer beiden Begleiter leuchteten in Ahtarraths königlichem Purpur, und die Rubine in ihren Kronen blitzten in der Sonne. Damisa musste zweimal hinsehen, bevor sie Reio-ta und Micail erkannte.

Die Schiffe kamen also nicht unerwartet, dachte die Schülerin. Sie wusste nur zu gut, wie lange es dauerte, diesen Feststaat anzulegen. Die Flotte war wohl vom Berg aus gesichtet worden, und dann hatte man einen Boten geschickt, der den Besuch meldete. Sie drängte sich durch die Menge, bis sie ihre Lehrmeisterin erreicht hatte.

Tiriki neigte den Kopf und begrüßte sie mit einem Scherz. »Damisa, du hast wirklich ein beneidenswertes Gespür für den richtigen Zeitpunkt!« Bevor das Mädchen sich klar werden konnte, ob ihre Lehrmeisterin sich über sie lustig machte, erhob sich allgemeiner Jubel. Man hatte mit dem Ausschiffen begonnen.

Zuerst erschien eine Eskorte: Soldaten in grünen Waffenröcken, mit Spießen und Schwertern bewaffnet. Ihr folgten zwei Männer in Mänteln aus grober Wolle und ein Priester in einer Robe von fremdartigem Schnitt.

Reio-ta trat vor und hob den Amtsstab zum Segenszeichen. Tiriki und Micail waren näher zusammengerückt. Damisa musste sich strecken, um etwas sehen zu können. »Im Namen Manoahs, des Allschöpfers, dessen Licht unsere Herzen erfüllt, wenn er am Himmel erstrahlt«, rief Reio-ta, »heiße ich Euch willkommen.«

»Wir danken Nar-Inabi, dem Sternenbildner, der Euch sicher über das Meer geführt hat«, fügte Micail hinzu und hob die Arme zum feierlichen Gruß. Damisa sah die goldenen Schlangenarmbänder aufblitzen, die nur ein Prinz aus dem Herrschergeschlecht tragen durfte.

Nun trat Tiriki vor und überreichte einen Korb mit Früchten und Blumen. Ihre Worte klangen wie ein Lied. »Ni-Terat, die Große Mutter, die auch Caratra genannt wird, heißt all ihre Kinder, ob jung oder alt, willkommen.«

Der größere Reisende warf die Kapuze seines Mantels zurück, und Damisas Jubelschrei schlug um in einen Ausruf des Entzückens. *Tjalan!* Prinz von Alkonath, aber auch ihr Vetter, der sie als kleines Mädchen immer so freundlich behandelt hatte. Sie hätte nicht sagen können, in welcher Rolle sie ihn mehr verehrte. Am liebsten wäre sie ihm entgegengelaufen, um wie früher seine Knie zu umarmen. Aber sie beherrschte sich, und das war auch gut so, denn im Augenblick war Tjalan ganz der Prinz des Reiches. Er trug das Diadem mit dem großen funkelnden Smaragd, und um seine Arme wanden sich die Königsarmbänder.

Hager und braun gebrannt strahlte er das Selbstbewusstsein eines Menschen aus, der nie an seinem Recht gezweifelt hatte, über andere zu herrschen. Das Silber an seinen Schläfen war neu – Damisa fand, es verleihe ihm ein würdevolleres Aussehen –, aber die scharfen Augen strahlten immer noch so grün wie der Smaragd von Alkona. Damisa erinnerte sich, dass sie manchmal auch in allen Farben des Meeres schillerten.

Als der Priester in der seltsamen Robe vortrat, berührte Tiriki mit der Hand erst ihr Herz und dann ihre Stirn.

So begrüßten sich nur jene, die in die höchsten Mysterien eingeweiht waren.

»Meister Chedan Arados«, murmelte sie, »möget Ihr wandeln im Lichte.«

Damisa musterte den Priester mit lebhafter Neugier. Den Namen Chedan Arados kannte man in ganz Atlantis, zumindest, wenn man der Priesterschaft angehörte. Er war im Alten Land einer der Erwählten gewesen und hatte die Ausbildung zur gleichen Zeit durchlaufen wie Tirikis Mutter Deoris, sich jedoch anschließend zum Magier weitergebildet. Nach dem Untergang der Stadt der Ringschlange war er viel gereist und hatte auch Alkonath mehrmals besucht, aber Damisa hatte ihn bisher nie zu Gesicht bekommen.

Der Magier war von hohem Wuchs. Seine scharfen Augen strahlten Wärme aus, der dichte Vollbart verstärkte den Eindruck von Reife und Männlichkeit. Er hatte einen deutlichen Bauchansatz, ohne dass man ihn hätte feist nennen können. Die Robe war aus dem gleichen feinen Linnen wie die Gewänder der einfachen Priester des Lichtes gefertigt, aber deutlich anders im Schnitt. Der Stoff wurde an einer Schulter mit Knöpfen und Schlaufen zusammengehalten und hing lose bis zu den Knöcheln herab. Um den Hals trug Chedan eine geschliffene Kristallscheibe, in der weiße und blaue Lichter hin und her huschten wie Fische in einem Teich.

»Ich wandle im Lichte«, sagte der Magier zu Tiriki, »doch allzu oft sehe ich nur Finsternis. So ist es auch heute.«

Tiriki gefror das Lächeln im Gesicht. »Wir sehen, was Ihr seht«, sagte sie sehr leise, »aber wir sollten nicht hier darüber sprechen.«

Inzwischen hatten Micail und Tjalan das Begrüßungsritual beendet und fassten sich freundschaftlich an den Handgelenken. Als sich die Armbänder klirrend berührten, löste sich die Spannung in ihren Gesichtern und wich einem herzlichen Lachen.

»Hattest du eine gute Reise?«, fragte Micail. Die beiden fassten sich unter und entfernten sich von der Anlegestelle.

»Das *Meer* war ziemlich ruhig«, scherzte Tjalan.

»Deine Gemahlin hat Alkonath nur ungern verlassen?«

Tjalan lachte leise. »Chaithala hält die Zinn-Inseln für eine unzivilisierte, von Ungeheuern bewohnte Wildnis. Dabei sind unsere Händler seit vielen Jahren bemüht, in Belsairath angemessene Unterkünfte für uns zu schaffen. Sie wird sich schon eingewöhnen. Und wenn ich weiß, dass sie und die Kinder in Sicherheit sind, kann ich mich in aller Ruhe um das kümmern, was hier zu tun ist.«

»Was ist, wenn wir uns alle irren und die Katastrophe ausbleibt?«, fragte Micail.

»Dann hat sie ungewöhnliche Ferien verbracht, die sie mir wahrscheinlich niemals verzeihen wird. Aber ich habe mich auf der Reise lange mit Meister Chedan unterhalten. Deine Vorahnungen sind, wie ich fürchte, nur allzu begründet ...«

Damisa überlief es eiskalt. Sie hatte bisher angenommen, das Ritual im unterirdischen Tempel habe trotz Alyssas Zusammenbruch seinen Zweck erfüllt, denn die Erdstöße und die Albträume hatten aufgehört. Doch jetzt kamen ihr Bedenken. Hatte man die Erdstöße etwa auch auf Alkonath gespürt? Allmählich zweifelte sie daran, dass Tjalans Besuch eine gewöhnliche Staatsvisite war.

»Wen haben wir denn da? Diese schöne Frau ist doch nicht etwa die kleine Damisa?«

Damisa drehte sich um, als sie die Stimme hörte. Der dritte Besucher stand vor ihr. Er hatte den Mantel zurückgeschlagen. Darunter trug er eine ärmellose Tunika und einen Rock mit so schweren Goldstickereien, dass sie geblendet die Augen schließen musste, als die Sonne darauf fiel. Sie wusste jedoch, dass sich unter all der Pracht ein athletischer Körper verbarg und dass der lange Dolch in der kostbaren Gürtelscheide kein aristokratisches Spielzeug war. Der Mann hieß Antar, er war mit Tjalan aufgewachsen und diente ihm seit seiner Kindheit als Leibwächter.

Antar beantwortete seine Frage gleich selbst. »Es *ist* Damisa.« Währenddessen huschten seine schwarzen Augen unermüdlich hin und her, um nur ja nichts zu übersehen, was seinen Herrn gefährden könnte.

Jetzt waren auch die anderen aufmerksam geworden. Damisa errötete.

»Und Antar hat sie natürlich als Erster entdeckt«, lächelte Micail.

»Wofür hat man schließlich einen Leibwächter?«, grinste Tjalan. »Damisa, geliebte Base, ich bin entzückt, unter so vielen Lilien eine alkonische Blüte zu entdecken.« Das klang unbefangen und herzlich, doch als Damisa nun vortrat, wusste sie, dass die Zeit für kindliche Umarmungen endgültig vorbei war. Sie reichte dem Prinzen die Hand, und der beugte sich artig darüber. Nur in seinen meergrünen Augen blitzte es spöttisch auf.

»Du bist tatsächlich erwachsen geworden«, bemerkte er anerkennend. Er ließ ihre Hand los und wandte sich wieder an Tiriki. »Wie ich sehe, habt Ihr unsere alkonische Blüte gut gepflegt.«

»Wir tun unser Bestes, edler Herr. Und nun ...«, Tiriki reichte Damisa den Korb mit Früchten und Blumen und hob die Stimme, »... mögen die Vertreter der Stadt für das leibliche Wohl des Prinzen von Alkonath sorgen.« Sie wies auf den freien Platz vor der Hafenmauer. Dort waren wie von Zauberhand rote Pavillons aus dem Boden gewachsen, in deren Schatten Tische mit Speisen und Getränken standen.

Tjalan runzelte die Stirn. »Ich fürchte, wir haben nicht die Zeit ...«

Tiriki legte ihm leicht die Hand auf den Arm. »Die Ratsversammlung kann ohnehin erst stattfinden, wenn die Grundherren von ihren Landgütern eingetroffen sind. Und der Bevölkerung wird es Mut machen, wenn sie uns zusammen speisen sieht. Ich bitte Euch, edler Herr, tut uns den Gefallen.«

Auch jetzt waren Tirikis Worte so süß wie eine Melodie. Man müsste schon ein Herz aus Stein haben, dachte Damisa, um eine solche Bitte abzuschlagen.

Micail ließ den Blick über den großen Saal schweifen. Die Diener hatten die irdenen Krüge mit Zitronenwasser und die Silberbecher verteilt, und er entließ sie mit einem Nicken. Durch die schmalen Fenster unter der hohen Kuppel des Ratssaals fiel das letzte Tageslicht auf die besorgten Gesichter der Kaufleute, Gutsbesitzer und

Grundherren, die um den runden Tisch saßen. Würde er die Mächtigen von Atlantis in all ihrer Würde jemals wieder so vollzählig versammelt sehen?

Micail erhob sich von seiner Liege und wartete, bis die Gespräche verstummten. Er war zu diesem Treffen im königlichen Prunkstaat erschienen, während Tiriki wieder das weiße Gewand und den Schleier einer einfachen Priesterin angelegt hatte. Sie saß ein wenig abseits. Reiota trug die Robe des Tempelverwalters und hatte links von Micail bei den anderen Herrschern Platz genommen.

Micail war sich auch heute wieder sehr deutlich bewusst, dass er zwischen zwei Reichen stand, dem Reich des Irdischen und dem Reich des Geistes. Im Lauf der Jahre hatten der Heilige Hüter und der Prinz von Ahtarrath oft genug im Widerstreit gelegen, aber vielleicht verlieh ihm seine königliche Abstammung an diesem Tag die nötige Autorität, um der Weisheit des Priesters Gehör zu verschaffen.

Aber vielleicht genügt auch das nicht mehr. Die Angst war im Augenblick Micails stärkste Empfindung. Aber die Würfel waren gefallen.

Sein Freund Jiritaren nickte ihm aufmunternd zu. Es war still geworden. Aller Augen richteten sich in gespannter Erwartung auf ihn.

»Meine Freunde, Erben Manoahs, Bürger von Atlantis, wir alle haben die Kräfte gespürt, die unsere Inseln erschüttern. Ja, *unsere Inseln*«, wiederholte er mit Nachdruck, als ihn einige der Grundbesitzer groß ansahen, »denn die Vorboten der Katastrophe lassen auch Alkonath, Tarisseda und weitere Staaten erzittern. Wir haben uns hier versammelt, um zu beraten, wie wir der

Gefahr begegnen wollen, die uns nun alle bedroht.« Micail hielt inne und sah langsam in die Runde. »Noch können wir manches tun«, fuhr er fort, »denn wie Euch allen bekannt sein dürfte, befindet sich unser Reich nicht zum ersten Mal in großer Not und hat doch bisher alle Fährnisse überstanden. Meister Chedan Arados ...« Ein Raunen ging durch den Saal. Micail hielt inne und wartete, bis wieder Ruhe einkehrte. »Meister Chedan, Ihr gehört zu denen, die vor der Zerstörung des Alten Landes fliehen konnten. Wollt Ihr uns von den Prophezeiungen berichten?«

»Das will ich.« Der Magier erhob sich langsam und blickte seine Zuhörer ernst an.

»Die Zeit ist gekommen, den Schleier zu lüften«, begann er, »und gewisse Geheimnisse zu enthüllen, zu denen bisher nur die Eingeweihten Zugang hatten. Die Wahrheit sollte geschützt werden, bis die Stunde käme, sie zu offenbaren. Doch jetzt noch Schweigen zu bewahren hieße, sich zu versündigen. Denn die Gefahr, die uns heute bedroht, hat ihre tiefsten Wurzeln in einem Frevel, der vor fast dreißig Jahren im Alten Land begangen wurde.« Chedan hielt inne, um Atem zu holen.

In diesem Augenblick wanderte der Sonnenstrahl weiter, der sein Haupt wie mit einem Glorienschein umgab, und er stand plötzlich im Schatten. Es lag einfach daran, dass die Sonne unterging, aber Micail erschien es wie ein schlimmes Omen.

»Es waren keine gewöhnlichen Menschen«, fuhr Chedan laut und deutlich fort, »sondern verblendete Priester, die nach verbotenem Wissen trachteten und dabei das Magnetfeld schwächten, das für den Ausgleich der

Spannungen im Innern der Erde sorgt. Mit unserem Wissen und unter Einsatz aller unserer Kräfte konnten wir die Katastrophe hinauszögern. Dann aber tat sich die Erde auf, und die Stadt der Ringschlange versank in der Inlandsee. Nicht wenige sagten damals, dies sei nur die gerechte Strafe. Die Stadt, die eine solche Entweihung habe geschehen lassen, müsse dafür auch bezahlen. Als wenig später auch das Alte Land vom Meer verschlungen wurde, da wagten wir zu hoffen, das Schlimmste sei überstanden – obwohl die Seher warnten, die Erschütterungen würden sich fortsetzen, die Risse würden sich entlang der Störungszone ausbreiten und womöglich die ganze Welt aufbrechen wie ein Ei.«

Die Priester starrten finster vor sich hin – sie wussten, was jetzt kam. In den Gesichtern der anderen las Micail wachsende Furcht.

Chedan fuhr fort: »Die jüngsten Beben in Alkonath und hier sind eine letzte Warnung. Dyaus' Ankunft – oder die Endzeit, wie manche sagen – steht unmittelbar bevor.«

Inzwischen lag schon fast der ganze Saal im Dunkeln. Micail winkte einem Diener, die Hängelampen zu entzünden, doch sie konnten den riesigen Raum nicht genügend erhellen.

»Warum hat man uns das nicht früher gesagt?«, rief ein Händler. »Wolltet Ihr das Geheimnis für Euch behalten, um nur die Priesterschaft zu retten?«

»Habt Ihr nicht zugehört?«, fuhr ihm Micail über den Mund. »Was wir an *Tatsachen* erfuhren, wurde sofort weitergegeben. Doch hätten wir mit Warnungen vor einer Katastrophe, die womöglich noch ein Jahrhundert auf sich warten ließ, sinnlos Panik stiften sollen?«

»Gewiss nicht«, nickte Chedan. »Diesen Fehler haben wir im Alten Land begangen. Das Geschaute muss sich abermals zeigen, sonst sind die Zeichen nicht zu deuten. Deshalb sind gegen ein echtes Verhängnis auch die größten Seher machtlos. Wenn die Menschen zu lange auf eine Gefahr warten müssen, die nicht eintritt, werden sie nachlässig und sind nicht mehr in der Lage zu handeln, wenn der Augenblick gekommen ist.«

»Und jetzt, meint Ihr, wäre es so weit«, höhnte ein bekannter Großgrundbesitzer. »Ich bin ein einfacher Mann und verstehe nichts von den Zeichen am Himmel. Ich weiß nur, dass Ahtarrath eine Vulkaninsel ist, auf der gelegentliche Ausbrüche ganz natürlich sind. Jede neue Schicht Lava und Asche macht den Boden nur fruchtbarer.«

Micail hörte das zustimmende Gemurmel der Grundherren und seufzte.

»Die Priesterschaft kann nur warnen«, sagte er, ohne sich seine Ungeduld anmerken zu lassen. »Was Ihr daraus macht, ist Eure Sache. Ich werde nicht einmal meine eigenen Diener zwingen, ihre Häuser zu verlassen. Aber ich gebe den hier Versammelten zu bedenken, dass die meisten Hüter des Tempels beschlossen haben, sich mit ihrer Habe auf das Meer zu flüchten und erst wieder an Land zu gehen, wenn die Katastrophe vorüber ist. Als Angehöriger des Königshauses verspreche ich zudem, so viele von Euch mitzunehmen, wie wir nur können.«

Reio-ta nickte und erhob sich. »Die Wahrheit, die der Tempel hütet, darf nicht ... sterben. Deshalb werden wir ... die Zwölf Erwählten und ... so viele andere, wie wir auf den Schiffen ... unterbringen können, von hier fortschicken. Hoffen wir, dass wenigstens einige von ihnen ... wohlbehalten andere Länder erreichen ... um dort neue Tempel zu errichten.«

»Aber was für Länder?«, rief jemand. »Kahle Felsen, bevölkert von Wilden und von gefräßigen Bestien? Nur ein Narr vertraut den Winden und dem Meer!«

Chedan breitete die Arme aus. »Habt Ihr denn Eure eigene Geschichte vergessen?«, schalt er. »Seit dem Krieg mit den Hellenen halten wir uns abseits von der übrigen Welt, doch das heißt nicht, dass wir von anderen Ländern nichts wüssten. Die Schiffe von Atlantis fahren an jeden Ort, an dem es Waren zu kaufen oder zu verkaufen gibt, und seit dem Untergang des Alten Landes sind viele von unseren Priestern mit ihnen gefahren. In Handelsniederlassungen in Khem und Hellas, auf den Hesperiden und in Zaiadan leben sie einsam im Exil und machen sich mit den Sitten und Gebräuchen der Eingeborenen vertraut. Sie studieren die fremden Götter auf der Suche nach gemeinsamen Glaubensvorstellungen, sie betätigen sich als Lehrer und Heiler und bereiten so den Weg. Ich glaube, unsere Flüchtlinge können bei ihrer Ankunft mit einer freundlichen Aufnahme rechnen.«

»Wer sich entschließt zu bleiben, braucht jedoch nicht tatenlos herumzusitzen«, schaltete sich unerwartet die Priesterin Mesira ein. »Nicht alle Angehörigen des Tempels halten die Katastrophe für unabwendbar. Wir werden auch weiterhin mit all unseren Kräften danach streben, das Gleichgewicht hier zu bewahren.«

»Das freut mich zu hören«, ließ sich eine hämische Stimme aus der westlichen Ecke vernehmen. Micail erkannte Sarhedran, einen wohlhabenden Schiffskapitän. Sein Sohn Reidel stand hinter ihm. »Einst war Ahtarrath der Bezwinger der Meere, doch wie der edle Chedan soeben ganz richtig bemerkt hat, haben wir seither den Blick nach innen gerichtet. Selbst wenn sich alle Menschen überreden ließen, die Fahrt in diese fremden Länder zu wagen, wir hätten nicht genügend Schiffe, um sie zu befördern.«

Nun meldete sich Tjalan zu Wort. »In diesen schweren Zeiten sollten wir uns daran erinnern, dass wir alle Kinder von Atlantis sind. Meine Brüder sind auf Alkonath zurückgeblieben, um die Räumung der Insel zu überwachen. Ich aber habe die Ehre und das Vergnügen, mit achtzig meiner besten Vogelschwingen an der Rettung der Menschen und der Kultur *Eurer* erhabenen Insel mitzuwirken.«

Da und dort sah man immer noch unzufriedene Gesichter, doch auf den meisten zeigte sich ein Lächeln. Micail konnte es nicht lassen, dem Prinzen von Alkonath verschwörerisch zuzugrinsen. Auch wenn selbst mit achtzig Schiffen nicht mehr als ein Zehntel der Bevölkerung gerettet werden konnte ...

Micail nahm das Heft wieder in die Hand. »Dann ergeht folgender Beschluss«, erklärte er. »Ihr kehrt auf Eure Ländereien zurück und bringt Euren Gefolgsleuten die Nachricht so bei, wie Ihr es für richtig haltet. Bei Bedarf wird Ahtarrath seine Speicher öffnen, um Vorräte für die Reise zur Verfügung zu stellen. Nun geht und trefft Eure Vorbereitungen. Vermeidet jede Panik, aber auch jede unnötige Verzögerung. Wir beten zu den Göttern, dass die Zeit ausreichen möge.«

»Werdet auch *Ihr* eines dieser Schiffe besteigen? Wird Ahtarraths Königsgeschlecht das Land verlassen? Dann sind wir wahrhaft verloren.« Es war die Stimme einer alten Frau, einer der größten Grundbesitzerinnen auf der Insel. Bevor Micail sich an ihren Namen erinnern konnte, war Reio-ta neben ihm aufgestanden.

»Die Götter wollen, dass Micail sich ins Exil begibt.« Der alte Mann atmete in tiefen Zügen, um nicht wieder ins Stottern zu verfallen. »Doch auch ich bin ein Sohn der Sonne, durch die Bande des Blutes mit Ahtarrath verbunden. Was immer das Schicksal für jene bereithält, die auf der Insel bleiben – ich werde bei ihnen sein und ihr Los teilen.«

Micail starrte seinen Onkel sprachlos an. Er spürte, dass der Schock für Tiriki nicht geringer war. Davon hatte Reio-ta bisher noch kein Wort verlauten lassen! Chedans Schlussworte rauschten an ihnen beiden vorüber.

»Nicht in der Hand der Priester liegt es, zu entscheiden, wer leben und wer sterben soll. Niemand weiß, wer den besseren Teil erwählt, jene, die gehen, oder jene, die bleiben. Nur wir selbst bestimmen unser Schicksal, in diesem wie in jedem anderen Leben. Ich bitte Euch, das zu bedenken, um dann der Stimme Eures Herzens zu folgen und die rechte Wahl zu treffen. Die Mächte des Lichtes und des Lebens mögen Euch alle schützen und bewahren!«

Chedan nahm den Kopfputz ab und klemmte ihn unter den Arm, als er den Ratssaal verließ. Unter dem Säulendach blieb er stehen und genoss dankbar die kühle Brise, die vom Hafen heraufwehte.

»Das ging besser, als ich erwartet hatte«, sagte Reio-ta. Die anderen stiegen bereits die Treppe hinunter und entfernten sich.

»Chedan, ich danke Euch für Eure ... Worte und Euer Bemühen!«

»Ich habe bisher nicht viel ausrichten können«, erwiderte Chedan, »doch selbst das Wenige wäre ohne die grenzenlose Großzügigkeit meines königlichen Vetters unmöglich gewesen.« Er deutete auf Tjalan, der soeben aus dem Saal trat.

Prinz Tjalan legte beide Fäuste auf sein Herz und verneigte sich. »Mein schönster Lohn«, antwortete er, »ist die Gewissheit, der Sache des Lichtes gedient zu haben.« Er grinste den Magier an. »Ihr seid mein Lehrer und mein Freund und habt mich noch nie falsch beraten.«

Wieder ging die Tür auf, und Micail gesellte sich zu ihnen. Er hatte noch die größten Ängste der aufgeregten Ratsherren beschwichtigt. Doch auch in seinem Blick stand tiefe Sorge. Bevor er selbst ein Schiff besteigen konnte, war er nicht nur für die Räumung der Insel verantwortlich, sondern auch für das Wohlergehen all jener, die sich zum Bleiben entschlossen hatten.

»Wir schulden Euch Dank, Ihr Herren«, sagte er nun mit einer Verbeugung. »Ich weiß, wie anstrengend eine solche Ratssitzung nach einer langen Seereise ist. Ihr müsst sehr müde sein. Zum Glück ist Ahtarrath immer noch imstande, seinen Gästen ein Bett und eine Mahlzeit zu bieten ...« Er zwang sich zu einem Lächeln. »Ich darf Euch bitten, mir zu folgen.«

Mir scheint, du hättest Ruhe nötiger als ich, mein Junge, dachte Chedan bei sich, hütete sich aber, seine Meinung laut zu äußern.

Die Räume des Magiers waren groß und behaglich. Die hohen Fenster ließen die kühle Meeresbrise ein. Chedan spürte, dass Micail gern noch geblieben wäre, doch er gab vor, von der Reise erschöpft zu sein, und der Prinz verabschiedete sich.

Als seine Schritte verklungen waren, holte der Magier aus seiner Reisetasche ein Paar brauner Stiefel und ein unauffälliges Gewand und zog sich um. Angetan wie ein gewöhnlicher Reisender, verließ er unbemerkt das Gebäude, trat auf die Straße hinaus und schritt so ruhig durch die Abenddämmerung, dass jeder zufällige Beobachter glauben musste, er habe den Tempelbezirk mit seinem Labyrinth von Gassen und Gässchen sein Leben lang nicht verlassen.

Tatsächlich war Chedan viele Jahre nicht mehr in Ahtarra gewesen, aber die Straßen hatten sich kaum verändert. Jeder Schritt weckte Erinnerungen an seine verlorene Jugend, an geliebte Menschen und vergangene Leben ... Vor der weinumrankten Nordwand des neuen Tempels blieb er stehen. Hoffentlich war dies die richtige Stelle. Als er die Ranken beiseite schob, kam eine Seitenpforte zum Vorschein. Sie ließ sich leicht öffnen; mehr Mühe machte es, sie hinter sich wieder zu schließen.

Er betrat einen schmalen, dunklen Korridor, von dem viele Türen abgingen, die alle gleich aussahen. In den Boden war eine Linie aus schwach leuchtenden Steinen eingelassen, die ihm den Weg wies. So kam er zügig voran. Ehe er sich's versah, war er am Ende angelangt und stieß sich den Kopf an dem niedrigen Steinbogen.

Ich werde allmählich doch zu alt für solche Abkürzungen, dachte der Magier und rieb sich die schmerzende Stirn. Durch den Haupteingang wäre ich wahrscheinlich schneller ans Ziel gelangt.

Hinter dem Bogen befand sich ein kleiner Raum mit gewölbter Decke. Hier führte eine Wendeltreppe mit leuchtenden Stufen nach oben. Chedan stieg vorsichtig zwei Stockwerke hinauf, trat durch einen zweiten Bogen und stand endlich in einem großen, pyramidenförmigen Saal, der fast den ganzen oberen Teil des Gebäudes einnahm. Es war der Lesesaal der Bibliothek. Obwohl er so gebaut war, dass er möglichst viel Tageslicht einfing, lag er um diese Zeit fast völlig im Schatten. Nur vereinzelt brannten ein paar Leselampen.

Im Schein einer solchen Lampe saß der Heilige Hüter Ardral allein an einem großen Tisch und untersuchte den Inhalt einer hölzernen Truhe. Chedan trat näher. Die Tischplatte verschwand fast völlig unter zerschlissenen Schriftrollen, Bruchstücken beschrifteter Steintäfelchen und seltsamen bunten Perlenschnüren.

Ardrals Aufmerksamkeit galt jedoch ausschließlich dem Herzstück der Sammlung, einem ungewöhnlich langen, schmalen Buch aus Bambusstreifen, die mit Seidenfäden zusammengeheftet waren.

Chedan versuchte zunächst, sich taktvoll bemerkbar zu machen. »Ich wusste gar nicht, dass der *Vimana-Kodex* jetzt hier bei euch liegt«, sagte er, doch Ardral ließ sich nicht stören.

Der Magier schnitt eine Grimasse, dann zog er sich mit viel Lärm eine kleine Bank heran und setzte sich neben ihn.

»Ich kann warten«, verkündete er.

Ardral hob den Kopf und lächelte über das ganze

Gesicht. »Chedan«, sagte er leise, »mit dir hätte ich wirklich noch nicht gerechnet ...«

»Ich weiß.« Chedan wandte den Blick ab. »Ich hätte besser noch warten sollen, aber ich komme eben aus der Ratssitzung.«

»Du Ärmster«, unterbrach Ardral. »Ich hoffe, es ist mir gelungen, jedem so viel mitzugeben, wie er wissen musste.«

»Ich hatte tatsächlich das Gefühl, deine Handschrift zu erkennen«, warf Chedan ein.

»Doch ich hätte es einfach nicht ertragen, mir die unvermeidlichen Banalitäten noch einmal anzuhören.«

»Und davon gab es mehr als genug. Sie haben Angst«, meinte Chedan.

Ardral verdrehte die Augen. »Vielleicht, weil sie lieber nicht wissen wollen, warum sie immer noch nicht bereit sind? Die Katastrophe ist seit langem abzusehen, Neffe. Und es kommt genauso, wie Rajasta es vorhersagte – nur den Zeitpunkt hat er leider nicht exakt getroffen. Und die meisten Menschen, seien es Priester oder Bauern, können beim besten Willen nicht Jahr für Jahr unverdrossen weiter nach einem Ausweg aus einer Zwangslage suchen, die dann nicht zum erwarteten Zeitpunkt eintritt. Der Wunsch, in den Alltag zurückzukehren ...« Ardral brach ab. »Du siehst ja, auch ich gebe ihm nach. Und wenn wir gerade dabei sind, ich habe etwas für dich aufbewahrt, wovon du einmal sehr angetan warst. Vielleicht könnten wir die Probleme der Welt ja auch im stillen Kämmerlein lösen?«

»Ich ...« Chedan blinzelte und warf einen Blick durch den halbdunklen Raum. Wenn er seinen Onkel so ansah, fühlte er sich plötzlich wieder sehr jung. »Gern«, lachte er und strahlte über das ganze Gesicht. »Ich danke dir, Onkel.«

»So gefällst du mir«, lobte Ardral und stand auf, um das seltsame Buch in die Truhe zurückzulegen. »Wer will uns verbieten, das Leben noch ein wenig zu genießen, bevor der nächste Tanz beginnt ...« Er verschloss die Truhe und zwinkerte Chedan zu. »... und die Ewigkeit uns auf die Zehen tritt.«

Bei Chedans letztem Besuch hatte Ardral noch in einem Wohnheim unweit des Tempels gehaust, doch seit er Kustos war, bewohnte er ein geräumiges Zimmer in den Mauern der Bibliothek.

Als die beiden eintraten, loderte im Kamin ein Feuer auf; vielleicht hatte es auch schon vorher gebrannt. Chedan sah sich die wenigen, aber geschmackvollen Möbelstücke an, während Ardral zwei reich verzierte Silberbecher auf den Tisch stellte und einen schwarzgelben Krug mit Honigwein öffnete.

»Teli'ir?«, rief der Magier.

Ardral nickte. »Ich glaube, davon gibt es höchstens noch ein Dutzend Krüge auf der ganzen Welt.«

»Du verwöhnst mich, Onkel. Aber ich fürchte, der Anlass wird dem Wein nicht gerecht.« Chedan ließ sich mit einem tiefen Seufzer auf eine gepolsterte Liege sinken.

Mit seinem Onkel beisammenzusitzen und Teli'ir zu trinken, das war fast so, als wäre die Zeit stehen geblieben, als umspannte das Goldene Reich die Welt noch immer von einem Ende zum anderen. Hier war er nicht mehr der gelehrte Chedan Arados, der mächtige Meister der Mysterien, von dem die Menschen sich Antworten, Lösungen, Hoffnung erwarteten. Hier konnte er ganz er selbst sein.

Onkel und Neffe hatten sich vor dem Untergang des Alten Landes nicht sehr nahe gestanden, aber Chedan kannte Ardral, so lange er denken konnte. Viele Jahre bevor er zum Priesterschüler erwählt wurde, war sein Onkel für kurze Zeit sogar sein Lehrer gewesen. Das war lange her, aber die Zeit schien Ardral nichts anhaben zu können. Natürlich hatten sich neue Falten und Runzeln in das ausdrucksvolle Gesicht gegraben, und das dichte braune Haar war matter und dünner geworden. Wenn Chedan genau hinsah, konnte er noch mehr solcher Spuren des Alterns finden, doch das waren Kleinigkeiten, die nichts mit Ardrals Persönlichkeit zu tun hatten. Innerlich war er vollkommen unverändert.

»Es ist wirklich eine Freude, dich wiederzusehen, Onkel«, beteuerte er noch einmal.

Ardral lächelte und schenkte nach.

»Ich bin froh, dass du wohlbehalten angekommen bist«, sagte er dann. »Reisen stehen derzeit unter keinem günstigen Stern.«

»Ich weiß«, nickte Chedan. »Das Wetter verheißt ebenfalls nichts Gutes, auch wenn Tjalan meint, ich brauchte mir keine Sorgen zu machen. Aber wenn wir schon dabei sind ... Ich hätte da eine Frage. Du hattest doch immer einen klaren Kopf.«

»Aber nicht mehr lange«, scherzte Ardral und trank rasch einen weiteren Schluck Wein.

»Ha!«, lachte Chedan. »Du weißt schon, was ich meine. Du bist ein Mensch, der nicht so leicht auf Hirngespinste oder Legenden hereinfällt. Du siehst nur, was wirklich ist – im Gegensatz zu manchen anderen. Aber lassen wir das.

Vor vielen Jahren«, fuhr er fort, »hast du mir einmal von Rajastas *anderen* Prophezeiungen erzählt und mir auch erklärt, warum du an sie glaubtest. Hat sich daran etwas geändert? Oder gelten die Gründe von damals auch heute noch?« Er beugte sich vor und sah seinen Onkel eindringlich an. »Du kennst Rajastas Werke besser als jeder andere.«

»Mag sein«, bemerkte Ardral zerstreut und aß ein Stück Käse.

Chedan ließ sich nicht beirren. »Alle konzentrieren sich nur auf die magischen Elemente der Prophezeiung. Die Zerstörung von Atlantis, den unvermeidlichen Verlust von Menschenleben, die geringen Möglichkeiten zu überleben. Aber gerade du kannst die größeren Zusammenhänge erfassen – was war, was ist und ...«

»Du lässt wirklich nicht locker, wie?«, brummte Ardral, und diesmal lächelte er nicht. »Nun gut. Ich will dir dieses eine Mal die Frage beantworten, die du selbst nicht über die Lippen bringst, und dann lassen wir die Sache zumindest für heute Nacht auf sich beruhen.«

»Wie du willst, Onkel«, sagte Chedan artig wie ein Kind.

Ardral seufzte und fuhr sich mit den Fingern durch das ohnehin schon zerwühlte Haar. »Die kurze Antwort lautet, ja. Es ist so, wie Rajasta befürchtet hat. Das Unausweichliche geschieht, und was noch schlimmer ist, es geschieht unter Bedingungen, die jedem mittelmäßigen Sterndeuter den Angstschweiß auf die Stirn treten lassen. Pah. Die Leute übersehen so leicht die vielen positiven Einflüsse – es scheint fast, als *wollten* sie das Schlimmste annehmen. Dennoch, wir können es nicht leugnen: Adsar, der Kriegerstern, hat seine Bahn deutlich verändert und steuert auf das Widderhorn zu. Und das ist genau die Stellung, die in den alten Schriften als KRIEG DER GÖTTER bezeichnet wird. Aber in den Texten steht *kein Wort* davon, dass die Konstellation irgendwelche Auswirkungen auf die Welt der *Sterblichen* hätte. Das ist nur die Eitelkeit der Menschen. Sie sind so berechenbar.«

Darauf wusste Chedan nichts zu erwidern.

Die beiden schwiegen lange. Ardral schenkte sich noch einmal ein.

»Siehst du?«, bemerkte der alte Gelehrte endlich sanft. »Es nützt nichts, über solche Dinge nachzugrübeln. Wir sehen sozusagen nur den Saum des Gewandes. Also lass es gut sein. Die nächsten Tage werden hektisch genug. Wir werden nicht oft Gelegenheit haben, einfach still dazusitzen und nichts zu tun. Und dabei ...«, er hob gespielt feierlich den Becher, »... gibt es in Zeiten wie diesen ...«

Trotz seiner düsteren Gedanken musste Chedan lachen, und dann beendeten sie gemeinsam den alten Spruch: »... *nichts Besseres, als nichts zu tun, um die Gemüter zu beruhigen!*«

Drittes Kapitel

Wie verpackt man ein Leben? Kopfschüttelnd betrachtete Micail die vielen verschiedenen Dinge, die sich auf seiner Liege türmten. Im dämmrigen Licht des Morgens erschien ihm das Häufchen erbärmlich klein. Drei Teile Notwendigkeit auf einen Teil Sentimentalität?

Natürlich sollte jedes Schiff mit unentbehrlichen Gebrauchsgütern wie Bettzeug, Saatgut und Arzneien ausgestattet werden. Außerdem hatten die Priesterschüler und einige vertrauenswürdige Gehilfen den Auftrag erhalten, nach den Listen, die man im Tempel schon vor langer Zeit zusammengestellt hatte, Schriftrollen und Insignien zu verpacken. Doch dabei handelte es sich um Gemeinbesitz. Darüber hinaus durfte jeder so viele persönliche Dinge mit auf die Reise nehmen, wie er in einem Seesack unterbringen konnte.

Micail hatte diese Situation schon einmal erlebt, als er im Alter von zwölf Jahren das Alte Land, bis dahin seine Heimat, mit dieser Insel vertauschen musste. Damals hatte er seine Kindheit zurückgelassen.

Ich werde sicher keine Prozessionen mehr auf den Sternenberg führen, dachte er, warf einen letzten Blick auf den bestickten Prunkmantel mit den herrlichen Spiral- und Kometenmustern, legte ihn mit leisem Bedauern beiseite und faltete stattdessen zwei schlichte Linnentuniken zusammen. Er packte nur eine einzige Amtsrobe ein – ein Gewand aus weißer Seide, so fein, dass das Licht durchschien – und dazu einen blauen Mantel. Zusammen mit den Insignien des Priestertums musste das für Rituale genügen. Und Prinz bin ich ohnehin nicht länger, wenn ich kein Land mehr habe. Ob er dies als Erleichterung empfinden oder eher den Respekt vermissen würde, den ihm der Titel garantierte, wusste er noch nicht.

Das Symbol ist nichts, ermahnte er sich. Die Wirklichkeit ist alles. Ein wahrer Meister der Mysterien sollte auch ohne äußere Zeichen auskommen. »Das wichtigste Werkzeug des Magiers liegt hier«, hatte der alte Rajasta immer gesagt und sich lächelnd an die Stirn getippt. Für einen Augenblick fühlte sich Micail ins Haus der Zwölf im Alten Land zurückversetzt. Rajasta fehlt mir sehr, dachte er, aber ich bin froh, dass er diesen Tag nicht mehr erleben muss.

Sein Blick wanderte zu dem Federbäumchen, das in seinem Ziertopf am Fenster stand. Die hellgrünen Blätter glänzten in der Morgensonne. Seine Mutter Domaris hatte ihm die Pflanze geschenkt, nicht lange nachdem er nach Ahtarrath gekommen war, und seither hatte er sie begossen, beschnitten, gehegt und gepflegt. Als er sie nun in die Hand nahm, hörte er Tirikis leichten Schritt im Korridor.

»Mein Liebling, denkst du wirklich daran, den kleinen Baum mitzunehmen?«

»Ich ... weiß es nicht.« Micail stellte den Topf auf das Fensterbrett zurück und sah sich lächelnd nach seiner

Gemahlin um. »Ich habe ihn so lange gehütet, dass es mir schwer fällt, ihn zurückzulassen.«

»In deinem Seesack wird er die Reise nicht überleben«, bemerkte sie und schmiegte sich in seine Arme.

»Das stimmt, aber vielleicht kann ich ihn anderswo unterbringen. Wir werden sehen. Solange ich keine härteren Entscheidungen zu fällen habe ...« Die Worte blieben ihm in der Kehle stecken.

Tiriki hob den Kopf, suchte seinen Blick und trat zu ihm ans Fenster. Die zarten Blätter des Bäumchens zitterten, obwohl es windstill war.

Sie spürten das leise Ächzen in der Erde mehr, als sie es hörten. Allmählich wurde es deutlicher, ein Kribbeln in den Fußsohlen, viel stärker als das Beben tags zuvor.

Nicht schon wieder!, dachte Micail flehentlich. Noch nicht, nicht jetzt ...

Vom Gipfel des Berges stieg eine Rauchfahne in den fahlen Morgenhimmel.

Der Boden schwankte. Micail packte Tiriki und zog sie zur Tür. Falls die Decke einstürzte, böte der Rahmen einen gewissen Schutz. Wieder trafen sich ihre Blicke. Es bedurfte keiner Worte. Sie begannen, im gleichen Rhythmus zu atmen, wandten sich mit allen Sinnen nach innen und versetzten sich in Trance. Mit jedem Atemzug versanken sie tiefer. Kraft ihrer geistigen Verbindung spürten sie noch deutlicher, wie sich die Spannungen im Innern der Erde entluden, und waren ihnen zugleich weniger ausgesetzt.

»Mächte der Erde, schweigt!« Micail bot die ganze Kraft seines magischen Erbes auf. »Ich, Ahtarraths Sohn, der Königliche Jäger, der Hüter des Donnerworts, gebiete es Euch. Gebt Frieden!«

Obwohl der Himmel klar war, grollte es wie Donner, dann folgte echogleich ein fernes Poltern. Tiriki und Micail hörten Lärm und Geschrei aus dem Palast, Gegenstände stürzten zu Boden und zerschellten.

Das Beben hörte schließlich auf, aber die Spannungen blieben.

Micail warf einen Blick aus dem Fenster und sah, dass der Gipfel des Sternenberges verschwunden war – nein, nicht verschwunden, nur nicht mehr da, wo er hingehörte. Die unverwechselbare kleine Pyramide rutschte, immer noch hell erleuchtet, inmitten einer Rauch- oder Staubwolke auf die Stadt zu.

Micail kniff die Augen fest zusammen und griff abermals mit allen Sinnen aus. Brodelnde Energien durchpeitschten ihn. Er beschwor ein Bild der Felsschichten, aus denen die Insel aufgebaut war, aber es flimmerte und verzerrte sich und wurde schließlich zu dem erwachenden Mann ohne Gesicht mit den kreuzweise gefesselten Armen, der immer wieder durch seine und Tirikis Träume geisterte. Nun schwollen seine Muskeln an, und er stemmte sich gegen die Ketten, bis die ersten Glieder zersprangen.

»Wer bist du? Was hat das zu bedeuten?« Micail wurde erst bewusst, dass er laut geschrien hatte, als er Tirikis Gedanken spürte.

»Es ist ... der Verborgene!«, warnte sie. »Dyaus! Sieh ihm nicht in die Augen.«

Die Vision richtete sich auf und fauchte. Die Erde erbebte von neuem, noch stärker als zuvor, und schien gar nicht mehr aufhören zu wollen. Micail hatte schon als Kind im Alten Land Gerüchte über den Gott Dyaus gehört, den die Grauen Magier beschworen hätten, auf dass er dem Reich den Wandel bringe. Stattdessen hatte er nur das Chaos gebracht und schließlich das ganze Land zerstört. Nun wollte er offenbar auch Atlantis vernichten. Micail selbst war freilich nie in der Krypta gewesen, in der das Bildnis angekettet war.

»Ich kann ihn nicht halten! Hilf mir!«

Sofort spürte er, stark und unerschütterlich, Tirikis Beistand.

»*Zum Ausgleich finden Dunkel und Licht ...*« Der Gedanke wurde zum Lied.

»*Und Ruhe kehre ein ...*«, fuhr er fort.

»*Zum Ausgleich finden Liebe und Hass ...*« Sie hatten sich an den Händen gefasst. Zwischen ihren Fingern baute sich Wärme auf.

»*Das Männliche und das Weibliche ...*« Gemeinsam beschworen sie ein Licht, erzeugten eine Kraft, mit der sich die Spannungen im Widerstreit der Prinzipien aufheben ließen.

»Es entsteht Licht – es entsteht Form,
Schatten und Illusion,
Und das rechte Maß ...«

Lange standen sie so, bis das irre Geheul des gefesselten Gottes allmählich schwächer wurde und widerwillig, trotzig verstummte.

Als sich die Erde endlich beruhigte, holte Micail tief Luft. Sie hatten die Kräfte im Innern der Insel ins Gleichgewicht gebracht, doch mit seinem geschärften Bewusstsein spürte er, wie das Beben unterhalb der befriedeten Zone anhielt.

»Es ist vorüber«, seufzte Tiriki und schlug die Augen auf.

»Nein«, widersprach Micail, »nur für eine kleine Weile gebannt. Liebste ...« Er fand keine Worte und drückte sie nur fester an sich. »Allein hätte ich diese Macht nicht zurückhalten können.«

»Haben wir noch Zeit?«

»Frag die Götter«, antwortete Micail. »Wenigstens wird jetzt niemand mehr an unserer Warnung zweifeln.«

Er schaute an ihr vorbei, und seine Schultern sanken herab. Vor dem Fenster lag mit nackten Wurzeln sein Federbäumchen. Der Topf war zerbrochen, und die Erde war über den Fußboden verstreut.

Bei diesem Beben sind Menschen umgekommen, ermahnte er sich streng. Die Stadt brennt. Wie kann man da um ein Bäumchen weinen?

Dennoch brannten ihm die Tränen in den Augen, als er ein zweites Paar Sandalen in seinen Seesack steckte.

Die Stimmung in der Stadt hatte sich deutlich verändert, dachte Damisa und umging einen Trümmerhaufen, der ihr den Weg zum Hafen versperrte. Die Sonne schien so hell, als wollte sie sich über die Schrecken des frühen Morgens lustig machen. Durch den Rauch, der aus einem Dutzend brennender Gebäude aufstieg, bekam das Licht einen ungewöhnlich satten Goldton. Hin und wieder durchlief noch ein Zittern die Erde, eine Mahnung, dass der Sternenberg nicht zur Ruhe gekommen war, obwohl von seinem abgebrochenen Gipfel kein Staub mehr aufstieg.

Die Tavernen machten das Geschäft ihres Lebens, indem sie diejenigen mit Wein abfüllten, die lieber ihre Angst ertränken als etwas unternehmen wollten, um sich selbst vor dem Ertrinken zu retten. Der Marktplatz aber war verlassen. Der eine oder andere mochte sich noch einreden, das Beben vom Morgen sei das letzte gewesen, doch die meisten Menschen waren nach Hause gelaufen und packten ihre Wertsachen ein, um sie mit auf ein Schiff zu nehmen oder damit aufs Land zu fliehen.

Vom Dach des Hauses der Zwölf hatte Damisa gesehen, dass unzählige Wagen die Straßen verstopften. Die Menschen strömten zu den Häfen oder in die weiter landeinwärts gelegenen Hügel, auf jeden Fall weg vom Sternenberg, dessen rollende Pyramidenspitze vorläufig auf halber Höhe des Hanges zum Stillstand gekommen war. Auch der neue flache Gipfel schickte eine Rauchfahne gen Himmel wie eine ständige Warnung vor weiterem Unheil.

Hatte es tatsächlich Augenblicke gegeben, in denen sie sich auflehnte gegen den gleichförmigen Tempelalltag mit seiner strengen Ordnung, die unentwegten Mahnungen zu Geduld und Disziplin? Wenn der heutige Tag ein Vorgeschmack auf das war, was ihnen bevorstand, würde ihr die Zeit hier bald vorkommen wie ein verlorenes Paradies.

Die Not war so groß, dass man sogar die Zwölf zu einfachen Botendiensten heranzog. Damisa hatte sich die für Prinz Tjalan bestimmte Nachricht gesichert und war fest entschlossen, sie auch abzuliefern.

Mit zusammengebissenen Zähnen tastete sie sich auf Zehenspitzen an einer Ekel erregenden Pfütze vorbei, die sich vor einem Marktstand gebildet hatte, und strebte durch eine enge, stinkende Gasse dem Hafen zu.

Auf den Schiffswerften herrschten auch an gewöhnlichen Tagen Lärm und Gedränge, aber heute spürte sie eine kaum unterdrückte Hysterie. Sie zog sich den Schleier vors Gesicht und beschleunigte ihre Schritte. Überall wurde mit dem besonderen Zungenschlag von Alkonath gesprochen, doch ein Instinkt half ihr, aus einer Gruppe von Männern, die unzählige Ausrüstungsgegenstände verstauten, Tjalans Stimme herauszuhören.

Der Prinz sprach mit einem Matrosen. Damisa trat näher und hörte den Mann protestieren: »Was macht es denn schon für einen Unterschied, ob das Saatgut über oder unter den Stoffballen liegt?«

»Kannst du Stoff essen?«, fragte Tjalan scharf. »Nasses Linnen trocknet wieder, aber wenn die Gerste mit Salzwasser getränkt war, keimt sie nicht mehr, sondern verschimmelt. Du steigst jetzt noch einmal hinunter und machst deine Arbeit ordentlich!«

Erleichtert sah Damisa, wie sich die Miene des Prinzen aufhellte, als er sie erkannte.

»Meine Liebe – wie geht es euch da oben?« Er deutete auf die Tempel und den Palast auf dem Hügel.

»Wie überall.« Damisa bemühte sich um einen ruhigen Ton, vermied es aber, ihm in die Augen zu sehen. »Ach ja!«, strahlte sie dann. »Eine gute Nachricht habe ich doch! Die Priester auf dem Gipfel des Sternenberges haben tatsächlich überlebt! Vor einer Stunde sind sie eingetroffen, nur ihr Anführer war nicht dabei. Er ließ ausrichten, er lebe seit seiner Kindheit auf diesem Gipfel, und wenn der Berg seine Pyramide abwürfe, dann wolle er auch ohne sie da oben ausharren.«

Tjalan lachte. »Solche Männer sind mir schon öfter begegnet – sie stehen ›tief in der Gunst der Götter‹, wie man so sagt. Womöglich überlebt er uns alle.«

»Manche Leute sagen«, entfuhr es ihr, »wir hätten ein besonderes Opfer bringen sollen, als die Erde zum ersten Mal bebte ...«

Tjalan blinzelte, tiefe Falten gruben sich in seine Stirn. »Kindchen – an so etwas darfst du nicht einmal denken!« Sein gebräuntes Gesicht war bleich und starr geworden. »Wir opfern keine Kinder – wir sind doch keine Barbaren! Sonst würden uns die Götter ja mit Recht vernichten!«

»Sie tun es doch auch so«, murmelte sie, ohne den Blick von dem abgeflachten Gipfel und seiner Rauchsäule wenden zu können.

»Sie vernichten die Inseln«, verbesserte Tjalan sie sanft. »Aber wir wurden immerhin gewarnt, nicht wahr? Zuerst durch die Prophezeiungen und nun durch die Erdstöße. Sie geben uns die Zeit, unsere Flucht vorzubereiten.« Er wies mit weit ausholender Geste auf die Schiffe, die Menschen und die Kisten, die Säcke und Fässer mit den Vorräten. »Nicht einmal die Götter können uns alle Arbeit abnehmen!«

Er ist so weise wie ein Priester. Damisa bewunderte sein kräftiges Profil, als er sich abwandte, um eine Frage des Kapitäns zu beantworten. Der Mann hieß Dantu. Ich bin wahrhaftig stolz darauf, mit einem solchen Mann verwandt zu sein, dachte sie nicht zum ersten Mal.

Sie war nicht von vornherein für den Tempel bestimmt gewesen – erst ihre Großmutter hatte sie als Kandidatin für die Zwölf vorgeschlagen. Wenn sie als kleines Mädchen von einer Königshochzeit geträumt hatte, war Tjalan stets das Idealbild eines würdigen Gemahls gewesen. Nun stellte sie erleichtert fest, dass sich ihr Urteil in reiferen Jahren bestätigte. Neben diesem Mann wirkte Kalhan wirklich wie ein kleiner Junge!

»Benehmt euch!«, herrschte der Prinz eine Gruppe von Seeleuten an. Die Männer hatten die Arbeit eingestellt und starrten zwei dralle Sajis in safrangelben Roben an, die mit einem Karren voller Pakete vom Caratra-Tempel kamen.

Einer der Matrosen schmatzte mit den Lippen, als wollte er die Mädchen küssen. Die kicherten hinter ihren Schleiern. »Hätt' nichts dagegen, *euch beide* in meinen Frachtraum zu stecken.«

»Ihr da!«, rief Tjalan wieder. »Zurück an die Arbeit! Die sind nicht für euresgleichen bestimmt!«

Wofür die Sajis tatsächlich bestimmt waren, darüber hatten die Priesterschüler schon die wildesten Vermutungen angestellt. In früheren Zeiten hatte man die Frauen angeblich für gewisse magische Rituale gebraucht, bei denen sexuelle Energien eine Rolle spielten.

Damisa schüttelte sich bei dem Gedanken. Zum Glück war sie zu unerfahren, um sich vorzustellen, was darunter zu verstehen sein könnte. Den Priesterschülern stand es frei, vor der Heirat eine oder auch mehrere Liebesbeziehungen einzugehen, aber dafür war sie stets zu wählerisch gewesen, und Kalhan, den die Sterndeuter infolge irgendeines undurchsichtigen Verfahrens zu ihrem Verlobten bestimmt hatten, war nicht anziehend genug, um sie zu einschlägigen Experimenten reizen zu können.

»Fast hätte ich es vergessen!«, rief sie. »Ich bringe eine Liste der Personen, die auf dem königlichen Flaggschiff mitfahren sollen, bei – bei Euch.«

Prinz Tjalan wandte sich ihr zu, und sie öffnete ihre Kassette und reichte ihm das Pergament.

»Ach ja«, murmelte er und fuhr mit dem Finger die Reihe der Namen entlang. »Hmm. Ich weiß nicht recht, was ich dazu sagen soll ...« Er hielt ihr die Rolle unter die Nase. »Neben dieser Liste sehe ich schemenhaft eine zweite mit den Namen all derer, die nicht entkommen werden – entweder weil sie freiwillig bleiben oder weil kein Platz für sie ist! Ich hatte gehofft, nur noch entscheiden zu müssen, wo die Habseligkeiten der Fahrgäste verstaut werden sollen.«

Damisa hörte die Bitterkeit in seiner Stimme und musste sich sehr zusammennehmen, um nicht nach seiner Hand zu greifen.

»Der edle Micail und die edle Tiriki werden mit Kapitän Reidel fahren, aber ich stehe auf *Eurer* Liste«, sagte sie leise.

»Ja, meine Blume, und darüber freue ich mich sehr!« Tjalans Augen richteten sich wieder auf ihr Gesicht, und sein Blick war nicht mehr ganz so düster. »Wer hätte gedacht, dass meine magere kleine Base einmal so ...«

Wieder rief Dantu nach ihm, und so konnte er nicht vollenden, was immer er hatte sagen wollen.

Aber Damisa sollte seine Abschiedsworte noch lange in ihrem Herzen bewahren. Ihm war bewusst geworden, dass sie herangewachsen war. Er hatte sie wirklich *angesehen.* Das Wort, das unausgesprochen blieb, wäre sicher ›hübsch‹, ›liebreizend‹ oder gar ›schön‹ gewesen.

Reio-ta und Deoris bewohnten ein Haus mit Meeresblick an einem Hang unweit des Tempels. Als kleines Mädchen hatte Tiriki mit ihrer Tante Domaris im Haus der Priesterinnen gelebt. Man hatte sie als Säugling heimlich nach Ahtarrath gebracht, um ihr das Leben zu retten, denn als Kind des Grauen Magiers, der Dyaus und damit das Unheil geweckt hatte, hatte sie in großer Gefahr geschwebt. Deoris hatte ihre Tochter für tot gehalten. Erst als sie selbst nach Ahtarrath gekommen war, hatten die beiden sich wieder gefunden. Doch in der Zwischenzeit hatte Tiriki Domaris als ihre Mutter betrachtet. Zu Deoris war sie erst nach Domaris' Tod gezogen.

Als sie nun Arm in Arm mit Micail die breiten Stufen hinaufstieg, entfuhr ihr ein leiser Ausruf der Bewunderung. Das Haus und der Garten bildeten eine deutliche harmonische Einheit. Als Kind hatte sie in ihrer Verwirrung und ihrem Schmerz kaum auf ihre Umgebung geachtet, und als die Trauer über den Tod ihrer Ziehmutter allmählich abgeklungen war, war ihr der Ort schon so vertraut gewesen, dass sie seine Schönheit gar nicht mehr hatte würdigen können.

»Welch eine Pracht!« Chedan, der dicht hinter ihnen den Berg hinaufstieg, sprach aus, was Tiriki dachte. »Ist es nicht ein Jammer, dass wir so viele Dinge erst dann am meisten schätzen, wenn wir fürchten müssen, sie zu verlieren?«

Tiriki nickte und wischte sich verstohlen eine Träne aus dem Augenwinkel. Wenn das alles nicht mehr ist, werde ich wohl ewig bereuen, diesen Weg so oft gegangen zu sein, ohne stehen zu bleiben und den Anblick in mich aufzunehmen.

Die drei hielten inne und schauten nach Westen. Die zerstörte Stadt verschwand fast völlig hinter den glänzenden Dächern des Tempelbezirks. Dahinter lag – trügerisch ruhig – nur noch das blaue Meer.

»Es sieht so friedlich aus«, sagte Chedan.

»Das täuscht«, knirschte Micail und trat unter das Säulendach am Eingang.

Tiriki überlief ein Schauer, als sie die Zierbrücke überquerten. Sie erinnerte sich, dass der leichte Steg schon immer bei jedem Schritt ein wenig geschwankt hatte, aber seit dem Beben heute Morgen war sie überempfindlich für die kaum gebändigten Spannungen im Innern der Erde. Schon das leiseste Zittern ließ sie erstarren und weckte die Angst vor neuen Schrecknissen.

Hier, das fiel sofort auf, fehlten die Stapel mit Dingen, die man einpacken oder zurücklassen wollte, hier herrschte auch nicht die hektische Betriebsamkeit wie überall sonst in der Stadt. Nur ein Diener wartete diskret darauf, die Besucher zu Reio-ta und Deoris zu führen.

Tiriki wurde das Herz schwer; sie ahnte bereits, dass ihre Mission scheitern würde. Allzu deutlich war zu sehen, dass ihre Eltern nicht vorhatten, die Insel zu verlassen.

Chedan betrat vor ihr den großen Raum, der zum Garten hinausging, und begrüßte Deoris mit den üblichen Floskeln. Doch Tiriki glaubte zu hören, wie seine Stimme dabei zitterte. Was mochte ihm ihre Mutter bedeutet haben, als sie im Alten Land gemeinsam jung gewesen waren? Wen sah er jetzt vor sich? Die reife

Priesterin mit den Silberfäden in den rötlich schwarzen Zöpfen, die über der Stirn zu einer Krone geflochten waren, oder den Schatten des temperamentvollen jungen Mädchens mit blitzenden Augen und schwarzen Wuschellocken? Denn so hatte Domaris der kleinen Tiriki ihre Mutter beschrieben, bevor Deoris aus dem Alten Land nach Ahtarrath gekommen war.

»Seid ihr ... mit dem Packen fertig?«, fragte Reio-ta. »Ist im Tempel alles ... für die Evakuierung vorbereitet, und sind auch die Priesterschüler ... zum Aufbruch bereit?«

Der Tempelverwalter stotterte nicht mehr als sonst, und sein Tonfall war so gelassen, als wäre dies ein Tag wie jeder andere.

»Alles läuft gut«, antwortete Micail, »jedenfalls so gut, wie man erwarten kann. Einige Schiffe haben bereits abgelegt. Wir wollen mit der Morgenflut auslaufen.«

»Auf Reidels Schiff ist noch mehr als genug Platz für euch beide«, fügte Tiriki hinzu. »Ihr müsst mitkommen! Mutter – Vater ...« Sie streckte die Hände nach ihnen aus. »Wir brauchen euren weisen Rat. Wir brauchen *euch!*«

»Mein Schatz, ich liebe dich sehr – aber das ist Unsinn«, mahnte Deoris leise mit ihrer klangvollen Stimme. »Wenn ich euch beide ansehe, dann weiß ich, dass wir euch längst alles gegeben haben, was ihr braucht.«

Reio-ta nickte, in seinen gütigen Augen stand ein Lächeln. »Habt ihr vergessen, dass ich ... im Rat mein Wort verpfändet habe? Solange auch nur ein Angehöriger meines geliebten Volkes hier ausharrt ... werde auch ich bleiben.«

Tiriki und Micail verständigten sich mit einem raschen Blick. Zeit für Plan zwei.

»Dann, lieber Onkel«, sagte Micail, »lass uns in tiefen Zügen vom Quell deiner Weisheit trinken, solange er noch sprudelt.«

»G-gerne«, sagte Reio-ta bescheiden und nickte. »Aber Meister Chedan ... zieht vielleicht einen süßeren Trunk vor? Ich kann Euch verschiedene gute Weine anbieten. Wir haben ... in Eurer Abwesenheit ... ein paar hervorragende Jahrgänge gekeltert.«

»Ihr kennt mich zu gut«, sagte der Magier leise.

Micail lachte. »Hätte Reio-ta das Angebot nicht von sich aus gemacht«, sagte er nicht ohne Hintergedanken, »dann hätte ihn Chedan zweifellos daran erinnert.« Er sah Tiriki an und deutete mit dem Kopf unauffällig in Richtung Garten, als wollte er sagen: Ihr beiden könntet euch da draußen auch allein unterhalten.

»Komm, Mutter«, sagte Tiriki munter, »überlassen wir die Männer sich selbst und ihren Ritualen und machen wir einen Rundgang durch deinen Garten. Ich glaube, der wird mir am meisten fehlen.«

Deoris schaute spöttisch von Tiriki zu Micail, ließ aber zu, dass ihre Tochter sich bei ihr unterhakte. Sie waren kaum aus der offenen Tür getreten, als Chedan schon den ersten Trinkspruch ausbrachte.

Der ummauerte Garten, den Reio-ta für seine Gemahlin angelegt hatte, war einmalig auf Ahtarrath und suchte seit dem Untergang des Alten Landes vermutlich weltweit seinesgleichen. Ein Ort der Beschaulichkeit sollte er sein, eine Nachbildung des Paradieses. Sogar jetzt war die Luft erfüllt vom Gezwitscher der Singvögel und vom Duft süßer und würziger Kräuter.

Im Schatten der Weiden wuchs grüne Minze, und Seerosen und Lotos öffneten ihre prächtigen Blüten. In den Hochbeeten ließen sich Salbei, Wermutkraut und andere Duftpflanzen von der Sonne bescheinen. In den Ritzen zwischen den Pflastersteinen hatte sich Kriechthymian mit seinen winzigen Blättern und den hellblauen Blüten angesiedelt.

Der Weg selbst, eine Spirale, führte in so sachten Windungen zwischen den Pflanzungen dahin, als wäre er natürlich entstanden, und endete im Zentrum vor einer Grotte, vor deren Eingang ein Vorhang von Jasminzweigen mit wachsweißen Blüten ein ganz besonderes Rauchopfer in die warme Luft verströmte. Dahinter verbarg sich, kaum zu erkennen, ein Bildnis der Göttin.

Tiriki drehte sich um und sah, dass Deoris' große Augen voller Tränen standen.

»Was hast du? Ich muss gestehen, du weckst Hoffnungen in mir. Wenn du endlich Angst bekämst vor dem, was bevorsteht, könnte dich das vielleicht bewegen ...«

Deoris schüttelte mit einem seltsamen Lächeln den Kopf. »Da muss ich dich leider enttäuschen, mein Liebes. Die Zukunft konnte mich noch niemals wirklich erschrecken. Nein, Tiriki, ich hänge nur Erinnerungen nach. Ist es wirklich siebzehn Jahre her, dass wir genau an dieser Stelle standen – nein, es war oben auf der Terrasse. Der Garten war frisch angepflanzt worden. Und jetzt sieh ihn dir an. Manche Blumen kenne ich bis heute nicht mit Namen. Ich weiß wirklich nicht, wozu ein Mensch Wein braucht – ich kann mich allein an den Düften hier berauschen.«

»Siebzehn Jahre?«, fragte Tiriki etwas zu eifrig.

»Du und Micail, ihr wart noch Kinder«, lächelte Deoris, »als Rajasta kam. Weißt du noch?«

»O ja«, antwortete Tiriki. »Das war kurz vor Domaris' Tod.« In den Augen ihrer Mutter sah sie den Widerschein ihrer eigenen Trauer. »Sie fehlt mir noch immer.«

»Du weißt ja, sie hat auch mich großgezogen, gemeinsam mit Rajasta, der mir näher stand als mein leiblicher Vater«, sagte Deoris leise. »Nach dem Tod meiner Mutter war mein Vater zu sehr mit der Verwaltung des Tempels beschäftigt, um sich um uns zu kümmern. So nahm sich Rajasta meiner an, und eine andere Mutter als Domaris hatte ich ohnehin nie gekannt.«

Tiriki hatte die Geschichte schon tausend Mal gehört, dennoch fasste sie gerührt nach Deoris' Hand. »Dafür hat mir ein gütiges Schicksal gleich zwei Mütter beschert.«

Deoris nickte. »Auch du warst ein Himmelsgeschenk für mich, Tochter, obwohl ich so lange warten musste, bis ich dich kennen lernte! Galara ist mir natürlich nicht weniger teuer«, fügte sie mit einem fast schon vorwurfsvollen Blick auf Tiriki hinzu.

Der Altersunterschied zwischen Tiriki und Deoris' und Reio-tas gemeinsamer Tochter war so groß, dass die beiden wenig gemeinsam hatten. Mit Nari, dem Sohn, mit dem Deoris ihrer Pflicht genügt und für priesterlichen Nachwuchs gesorgt hatte, verband sie weit mehr. Er war Priester geworden und lebte auf Klein-Tarisseda.

»Galara«, wiederholte Tiriki nachdenklich. »Sie ist jetzt dreizehn?«

»Ja. Genauso alt wie du, als Rajasta mich hierher brachte. Er war einer der Obersten Priester im Alten Land und besaß vielleicht die größte Erfahrung von uns allen, wenn es darum ging, den Lauf der Gestirne zu deuten. Er kam zu dem Ergebnis, uns blieben noch sieben Jahre – doch was er prophezeite, war der Zeitpunkt seines eigenen Todes. Damals dachten wir, er hätte sich vielleicht auch bei allem anderen geirrt. Wir hofften es ...« Sie brach einen Lavendelzweig ab und drehte ihn zwischen den Fingern. »Ich werde diese Insel sehr vermissen! Aber ich darf mich nicht beklagen; mir wurden noch zehn weitere Jahre geschenkt, um dich zu lieben und diesen herrlichen Flecken Erde zu genießen. Dabei müsste ich schon seit vielen, vielen Jahren an der Seite deines Vaters liegen.«

Sie hatten das Herz der Spirale erreicht und näherten sich dem Heiligtum der Großen Mutter.

Tiriki blieb stehen. Sie verstand, dass ihre Mutter nicht Reio-ta meinte, der ihr ein gütiger Ziehvater gewesen war, sondern ihren leiblichen Vater. »Riveda«, murmelte sie, und der Name klang wie ein Fluch. »Aber du warst unschuldig. Er hat dich benutzt!«

»Nicht nur«, sagte Deoris schlicht. »Ich ... ich habe ihn geliebt.« Sie wandte sich ihrer Tochter zu und sah sie mit ihren Sturmaugen, die so schnell von Grau nach Blau wechseln konnten, durchdringend an. »Was weißt du von Riveda – oder vielmehr, was glaubst du zu wissen?«

Tiriki verbarg ihr Stirnrunzeln hinter einer Blume. »Er war ein Heiler, dessen Schriften über die Heilkunst heute Grundlage unserer Ausbildung sind – obwohl er als ›Schwarzer Magier‹ hingerichtet wurde.« Sie senkte die Stimme. »Was sollte ich sonst noch wissen?« Mühsam rang sie sich ein Lächeln ab. »Soweit es mich betrifft, ist Reio-ta mein Vater und nicht er.«

»O Tiriki, Tiriki.« Deoris schüttelte den Kopf, und ihre Augen waren voll von unausgesprochenen Gedanken.

»Gewiss, Reio-ta ist der geborene Vater, und er macht seine Sache gut. Aber du hast nicht nur die Pflicht, den Mann zu ehren, der dich großgezogen hat, du musst auch der Stimme des Blutes folgen. Du musst begreifen, was Riveda wollte – und warum er stürzte.«

Sie waren am Ende des Weges angelangt. Hinter dem Blütenvorhang lächelte in heiterer Ruhe die Göttin. Deoris blieb stehen und senkte den Kopf wie zum Gebet. Dann ließ sie sich so schwer auf der steinernen Gartenbank mit dem Zierband aus goldenen Schildkröten nieder, als hätten ihre Beine nicht mehr die Kraft, sie und das Gewicht ihrer Erinnerungen zu tragen.

Tiriki grüßte die Macht, für die das Bildnis nur äußeres Zeichen war, lehnte sich gegen einen Olivenbaum, verschränkte die Arme vor der Brust und wartete. Nicht der Großen Mutter galt ihre Aufmerksamkeit, sondern den Worten der Frau, die sie geboren hatte.

»Ich habe niemals einen Menschen von seiner Verstandesschärfe kennen gelernt. Oder von seiner Willenskraft – Micails Vater Micon vielleicht ausgenommen. Domaris und ich, wir hätten uns niemals in gewöhnliche Männer verliebt«, fügte Deoris mit wehmütigem Lächeln hinzu. »Aber vor allem musst du einsehen lernen, dass Riveda kein Zerstörer war. In den grauen Gewändern seines Ordens mischen sich Schwarz und Weiß. Seine Studien und seine Tätigkeit als Heiler hatten ihm gezeigt, dass alles Leben sterben muss, wenn es nicht wächst und sich wandelt. Riveda wollte den Tempel stärken, deshalb stellte er seine Gesetze auf die Probe, um sie letztlich aus dem gleichen Grund zu brechen. Er war zu der Überzeugung gelangt, die Priesterschaft habe sich so in alten Dogmen festgefahren, dass sie selbst inmitten einer Katastrophe nicht mehr fähig sei, sich umzustellen.«

»Das ist nicht wahr!«, wehrte Tiriki den Angriff auf die Traditionen und die Ausbildung, die ihr Leben geprägt hatten, entrüstet ab.

»Ich hoffe aufrichtig, dass du Recht hast«, lächelte Deoris nachsichtig. »Du und Micail, ihr habt es in der Hand, das Gegenteil zu beweisen. Eine bessere Gelegenheit werdet ihr nicht bekommen. Wenn ihr ins Exil geht, werdet ihr vieles verlieren, was gut war, aber ihr könnt auch die alten Sünden hinter euch lassen.«

»Das gilt auch für dich, Mutter! Du musst einfach mitkommen!«

»Still«, bat Deoris. »Ich kann es nicht, und ich will es auch nicht.« Sie hielt kurz inne und fuhr dann eindringlich fort. »Riveda wurde nicht nur für seine eigenen Verbrechen abgeurteilt und hingerichtet, er büßte auch für vieles, was andere getan hatten – Angehörige des Schwarzen Ordens, die erst später gefasst und bestraft werden konnten. Riveda hatte die Bande nur gelockert; sie waren es, die sie zerrissen. Sie strebten nach Macht, Riveda aber strebte nach Wissen. Deshalb half ich ihm. Wenn also Riveda sein Schicksal verdient hat – dann ist meine Schuld nicht geringer.«

»Mutter ...«, begann Tiriki. Sie hatte immer noch nicht ganz verstanden.

Deoris wechselte das Thema. »Gib meinen Platz deiner Schwester«, sagte sie mit fester Stimme. »Ich habe dafür gesorgt, dass Galara mit ihrem Gepäck gleich morgen Früh in deine Gemächer gebracht wird, du kannst sie also nicht so ohne weiteres fortschicken.«

»Damit hatte ich ohnehin gerechnet«, erwiderte Tiriki ärgerlich.

»Dann sind wir uns ja einig. Und jetzt«, Deoris stand auf, »ist es wohl an der Zeit, zu den Männern zurückzukehren. Falls Chedan und Micail Reio-ta zum Mitkommen überreden wollten, hatten sie wohl kaum mehr Glück als du bei mir. Aber es steht zwei gegen einen, und ich könnte mir denken, dass mein Gemahl etwas moralische Unterstützung gebrauchen könnte.«

Tiriki gab sich geschlagen und folgte ihrer Mutter zurück auf die Veranda, wo die Männer vor ihren Bechern und zwei kleinen Krügen mit carischem Wein saßen.

Micail machte ein finsteres Gesicht, und auch Chedan starrte unverwandt in seinen Becher. Nur Reio-ta schien mit sich im Reinen.

Tiriki fragte Micail nur mit den Augen: Heißt das, auch er ist weiterhin zum Bleiben entschlossen?

Micail nickte leicht. Tiriki wollte sich schon ihrem Ziehvater zuwenden, um abermals ihre Überredungskünste spielen zu lassen, doch stattdessen wies sie auf Deoris und rief: »Du wärst sofort bereit, wenn *sie* sich dafür entschieden hätte! So opfert jeder den anderen, und das ist so sinnlos. Du musst einfach Ja sagen!«

Deoris und Reio-ta wechselten einen müden Blick, und Tiriki überlief es so eiskalt, als wäre sie als junge Priesterschülerin versehentlich in ein geheimes Ritual geraten.

»Euer Schicksal ist es, das Wissen der Hüter in ein neues Land zu tragen«, sagte Deoris sanft, »unser Karma aber ist es, hier zu bleiben. Das ist kein Opfer, wir haben eine Schuld zu sühnen, die wir vor …«

Reio-ta vollendete den Gedanken: »... dem Untergang des Alten Landes auf uns geladen haben.«

Chedan hatte gequält die Augen geschlossen. Micail blickte von einem zum anderen. Plötzlich kam ihm ein Verdacht, und er zog die Stirn in Falten.

»Eine Schuld«, wiederholte er leise. »Sag mir, Onkel – was weißt du über den Mann mit den Gekreuzten Händen?« Seine Stimme zitterte, und Tiriki spürte, wie der Stein unter ihren Füßen erbebte, als hätte noch etwas die Worte vernommen.

»Was?«, stieß Reio-ta heiser hervor, und sein Gesicht wurde aschgrau. »Er zeigte sich euch?«

»Ja«, flüsterte Tiriki, »heute Morgen, als die Erde bebte, versuchte er, seine Ketten zu sprengen. Und ich – *ich kannte seinen Namen!* Wie kann das sein?«

Wieder tauschte Deoris einen seltsamen Blick mit ihrem Gemahl, und Reio-ta fasste nach ihrer Hand.

»Damit liefert ihr uns, ohne es zu ahnen, den letzten Beweis«, sagte Deoris ruhig. »Es ist unsere Pflicht und unser Schicksal zu bleiben. Setzt euch.« Sie wies gebieterisch auf einen Stuhl. »Tiriki, ich erkenne jetzt, dass ich dir und Micail auch den Rest der Geschichte erzählen muss. Selbst du, Chedan, alter Freund, weißt nicht alles. Du magst ein Meister der Mysterien sein; aber deine Lehrer konnten dir die Teile der Geschichte nicht vermitteln, die sie selbst nicht kannten.«

Reio-ta holte tief Luft. »Ich ... ich habe meinen Bruder geliebt.« Sein Blick huschte flehentlich zu Micail. »Sogar im Tempel des Lichtes ... gibt es immer einige ... die der Finsternis dienen. Wir wurden ... von den Schwarzen gefangen genommen. Sie wollten die Macht über Ahtarrath. Ich erklärte mich bereit ... ihnen zu helfen, ... wenn sie ihn verschonten. Aber sie verrieten mich und suchten ihn zu töten. Micon jedoch ... erhielt sich lange genug am Leben, ... um dich zu zeugen und seine Kräfte auf dich zu übertragen.«

Tiriki sah von einem zum anderen. Mitgefühl übermannte sie. Jetzt verstand sie, warum Micail und nicht Reio-ta das magische Erbe des königlichen Geschlechts mitbekommen hatte. Wäre Micon vor der Geburt seines Sohnes gestorben, so wäre Ahtarraths Magie auf Reio-ta und damit auf die schwarzen Hexer übergegangen, die ihn in ihrer Gewalt hatten.

»Sie haben ... seinen Körper zerstört«, stammelte Reio-ta. »Und ... meinen Geist. Ich wusste ... noch lange danach nicht, wer ich war. Riveda nahm mich auf, ... und ich ... half ihm...«

Tirikis Blick wanderte zu ihrer Mutter. Was hatte das mit dem Mann mit den Gekreuzten Händen zu tun?

»Reio-ta gehorchte Riveda, wie ein Hund dem gehorcht, der ihn füttert«, verteidigte Deoris ihren Gemahl. »Er wusste nicht, was er tat. Ich dagegen liebte Riveda, weil er den Wunsch hatte, neues Leben in die Welt zu bringen, und deshalb war ich ihm behilflich. In der Krypta unter dem Tempel des Lichtes gab es ein ... Bildnis, das jedem, der es betrachtete, in anderer Gestalt erschien. Mir zeigte es sich immer als gefesselter Gott mit überkreuzten Armen, der sich gegen seine Ketten stemmte. Das Bildnis hielt die Kräfte des Chaos gefangen. Zu dritt vollzogen wir das Ritual, um diese Macht freizusetzen, denn Riveda glaubte, wenn er die Fesseln sprengte, könnte er über die Energien gebieten, von denen die Welt in Gang gehalten wird. Doch meine Schwester ließ nicht locker, bis ich ihr gestand, was wir getan hatten. Die Fesseln lösten sich bereits, als Domaris allein in die dunkle Krypta hinabstieg und Leib und Leben einsetzte, um sie wieder zusammenzuschmieden ...«

»Das alles war mir bekannt«, erklärte Chedan leise. »Die Macht des Omphalos kann die zerstörerischen Kräfte, die vor langer Zeit mit diesem Ritual freigesetzt wurden, nur hemmen. Die Fesseln zerfallen zwar langsam, aber der Prozess geht weiter. Wir können nur hoffen, dass er zum Stillstand kommt, wenn Atlantis gefallen ist.«

»Sagte Rajasta nicht immer«, unterbrach Micail streng, »nur ein Feigling gebe kampflos auf?«

»Aber er sagte auch«, lächelte Deoris schmerzlich, »wer etwas zerbreche, habe die Pflicht, es wieder zu kitten oder zumindest die Scherben zusammenzufegen. Wir wollten das Böse nicht, aber durch unsere Entscheidungen wurde es freigesetzt – wir brachten den Stein ins Rollen, der uns nun zum Verderben wird.«

Lange war es still. Die vier verharrten so regungslos wie der steinerne Fries über der Eingangstür.

»Wir müssen bleiben, um ein letztes Ritual zu vollziehen.« Reio-ta sprach ohne Stocken, ein Zeichen für seine tiefe Ergriffenheit. »Wenn der Mann mit den Gekreuzten Händen seine Ketten zerreißt, müssen wir ihm entgegentreten, denn wir kennen ihn.«

»Wir werden von Geist zu Geist zu ihm sprechen«, ergänzte Deoris mit leuchtenden Augen. »Jede Macht in der Welt hat ihren Sinn. Das Chaos, das Dyaus bringt, wird sein wie ein starker Wind, der das Laub von den Bäumen reißt und die Samen weit fort trägt. Ihr seid dazu geboren, diese Samen zu bewahren, meine Kinder – gesunde Äste des alterslosen Baums von Atlantis sollt ihr sein; befreit von allem, was morsch ist, sollt ihr Wurzeln schlagen in neuen Ländern. Vielleicht sieht der Schöpfer das ein und lässt sich beschwichtigen.«

Ob es sich wirklich so verhielt? Im Augenblick konnte Tiriki nur daran denken, dass sie ihre Mutter an diesem Tag für alle Zeiten zum letzten Mal sah.

Schluchzend trat sie auf Deoris zu und schloss sie in die Arme.

Viertes Kapitel

Der lange Tag war für die Jahreszeit ungewöhnlich kühl gewesen, doch gegen Abend kam ein warmer Wind auf, und die Nacht war drückend heiß. Wer überhaupt zu schlafen versuchte, war bald in Schweiß gebadet und wälzte sich ruhelos auf dem Lager hin und her. Die Stadt, die tagsüber so still gewesen war, verfiel bei Nacht ins andere Extrem. Auf den Straßen und in den Parks herrschte reges Treiben. Es mochte überraschen, dass in den verlassenen Häusern und Geschäften kaum geplündert wurde. Die Menschen waren zwar auf der Suche, aber keiner wusste so recht, wonach; vielleicht hielten sie Ausschau nach einem kühleren Platz zum Schlafen, oder sie strebten nur jenen Zustand körperlicher Erschöpfung an, der allein einem überhitzten Gemüt den Frieden zu bringen vermag.

Tiriki saß in ihren Räumen im obersten Stockwerk des Palastes und betrachtete ihren schlafenden Gemahl. Sie selbst fand keine Ruhe, obwohl es weit nach Mitternacht war. Sie waren lange aufgeblieben und hatten letzte Vorbereitungen für die Abreise am Morgen getroffen. Danach hatte sie Micail so lange vorgesungen, bis er endlich in einen unruhigen Schlaf gefallen war. Allerdings hätte sie dann jemanden gebraucht, der *sie* in Schlaf gesungen hätte. Ihre Mutter hätte es vielleicht getan. Ob wohl auch sie wach lag und auf das Verhängnis wartete?

Es ist nicht so wichtig ... Sie sah sich um in dem Raum, wo sie so viele glückliche Stunden verbracht hatte. Zum Schlafen und zum Weinen habe ich noch mein ganzes Leben lang Zeit, dachte sie.

Hinter den offenen Terrassentüren leuchtete der Nachthimmel rot wie Feuer, und davor zeichneten sich die Umrisse von Micails Federbäumchen ab. Sie hatte es aufgehoben und wieder eingepflanzt. Es war natürlich töricht, aber sie sah in diesem Pflänzchen ein Symbol für all die schönen und zerbrechlichen Dinge, die sie zurücklassen mussten. Einer jähen Eingebung folgend, stand sie auf, suchte einen Schal, wickelte ihn um den Topf und die zarten Äste und steckte das Bäumchen ganz oben in ihren Seesack. Es war wie eine Wette mit dem Schicksal. Wenn es ihr gelänge, dieses kleine Leben zu retten, wären die Götter vielleicht auch ihr und ihren Lieben gnädig.

Bis auf das Licht vor dem Bildnis der Großen Mutter, das in einer Ecke des Schlafgemachs stand, waren alle Lampen erloschen, und dennoch war die Unordnung nicht zu übersehen. Neben der Tür warteten die prall gefüllten Seesäcke, die sie mit auf die Reise nehmen wollten, auf den letzten hastigen Abschied.

Das unruhig flackernde Licht hinter dem Vorhang des Heiligtums zog ihren Blick auf sich. Ahtarra hatte viele Tempel, und jeder Tempel hatte seine Priester. Dennoch – Tiriki musste lächeln – wurde die Göttin mit mehr Inbrunst verehrt als die männlichen Götter. Noch die ärmlichste Hirtenkate, die kleinste Fischerhütte hatte eine Nische für ihr Bildnis, und wenn es kein Öl für eine Lampe gab, so ließen sich doch immer ein paar Blumen finden, um sie der Großen Mutter zu opfern.

Sie erhob sich und zog den dünnen Schleier vor dem Altar beiseite. Die Lampe dahinter war aus Alabaster und brannte nur mit dem feinsten Öl, aber die Elfenbeinstatue war so vergilbt und vom Alter zerfressen, dass die Züge kaum noch zu erkennen waren. Ihre Tante Domaris hatte sie aus dem Alten Land mitgebracht, und zuvor hatte sie deren Mutter gehört. Das Bildnis war durch so viele Generationen gegangen, dass die Anfänge der Linie noch nicht einmal in den Tempelarchiven verzeichnet waren.

Tiriki entzündete einen Kienspan an der Lampe und hielt ihn an die Kohle, die stets in einer Schale daneben auf einem Sandbett bereitlag.

Dann sprach sie leise das alte Gebet: »Weiche von mir, was unrein ist.« Schon spürte sie den vertrauten Ruck in ihrem Bewusstsein. »Weiche von mir, was in Sünde lebt. Nicht berühren soll das Böse die Spuren ihrer Füße und den Schatten ihres Schleiers. Zuflucht will ich suchen unter dem Mantel der Nacht und unter dem Kreis ihrer weißen Sterne.«

Sie nahm einen tiefen Atemzug und ließ die Luft langsam ausströmen. Die Kohle hatte angefangen zu glühen. Sie nahm ein paar Weihrauchkörner und streute sie darüber. Als die ersten beißenden Schwaden aufstiegen, veränderte sich ihr Bewusstsein noch weiter.

Sie senkte den Kopf und berührte mit den Fingern Stirn, Lippen und Brust. Danach hoben sich ihre Arme wie von selbst und nahmen die vertraute Gebetshaltung ein.

»Herrin …« Die Bitte erstarb ihr auf den Lippen. Das Unheil ließ sich nicht mehr abwenden, dafür war es zu spät. »Mutter …«, begann sie von neuem, doch dann wurden alle Worte, die noch hätten folgen sollen, von einer Woge von Gefühlen überschwemmt.

Sie spürte, dass sie nicht allein war.

Die Göttin sprach zu ihr. *»Ich bin die Erde unter deinen Füßen …«*

»Aber die Insel wird zerstört werden!«, klagte Tirikis Seele.

»Ich bin die brennende Flamme …«

»Die Wellen werden die Flamme löschen!«

»Ich bin die wogende See …«

»Dann bist du Chaos und Zerstörung!«, empörte sich Tirikis innere Stimme.

»Ich bin die Nacht und die kreisenden Sterne …«, kam es gelassen zurück, und Tirikis Seele klammerte sich an diese Gewissheit.

»Ich bin alles, was ist, was war und was sein wird, und keine Macht der Welt kann dich von mir trennen …«

Für einen Moment stand die Zeit still, und Tiriki erkannte, dass die Göttin die Wahrheit sprach.

Als sie wieder zu sich kam, war der Weihrauch verbrannt, und die Kohle war grau. Doch im flackernden Schein der Lampe schien es ihr, als lächelte die Große Mutter ihr zu.

Tiriki holte tief Atem und hob die Statue von ihrem Sockel. »Ich weiß, das Symbol ist nichts, und die Wirklichkeit ist alles«, flüsterte sie. »Dennoch nehme ich dich mit. Die Flamme mag weiter brennen, bis sie eins wird mit dem Feuer des Berges.«

Sie hatte das Bildnis kaum eingepackt und in ihren Seesack gesteckt, als die Glöckchen vor dem Eingang leise anschlugen. Sie lief sogleich zur Tür, damit Micail nicht wach würde. Draußen stand ein Bote. Sie legte den Finger an die Lippen und winkte ihn in den Korridor hinaus.

Ihr Anblick ließ den Mann erröten. »Verzeiht mir, Herrin«, begann er.

»Schon gut.« Sie band sich seufzend einen Gürtel um das lose fallende Gewand. Schließlich hatte sie entsprechende Anweisungen hinterlassen. »Ich weiß ja, Ihr kommt nicht ohne Grund. Was führt Euch zu mir?«

»Ihr werdet im Haus der Zwölf gebraucht, Herrin. Dort ist alles in Aufruhr – aber auf Euch werden sie hören!«

»Wieso?« Tiriki blinzelte überrascht. »Was ist mit Gremos, der Hausmutter? Ist ihr etwas zugestoßen?« Sie runzelte die Stirn. »Es wäre doch ihre Pflicht ...«

»Verzeiht mir, Herrin, aber die Hausmutter ist ... nicht mehr da.«

»Nun gut. Wartet bitte. Ich ziehe mich rasch an und komme mit Euch.«

»Ruhe jetzt!«, rief Tiriki so laut, dass sie das Durcheinander von Klagen und Vorwürfen übertönte. »Ihr seid die Hoffnung von Atlantis! Denkt an eure Erziehung! Ihr werdet doch wohl noch fähig sein, mir die Geschichte im Zusammenhang zu erzählen!«

Sie stand im Eingang des Hauses der Fallenden Blätter und musterte der Reihe nach die erhitzten Gesichter, bevor sie den Mantel von den Schultern gleiten ließ und sich setzte. Endlich blieb ihr Blick auf Damisa ruhen. Das Mädchen aus Alkonath trat mit hochrotem Kopf vor. »Also. Du sagst, Kalaran und Vialmar hätten sich Wein geholt. Wie kam es dazu, und was haben sie damit gemacht?«

»Kalaran meinte, mit Wein falle es leichter, Schlaf zu finden.« Damisa hielt inne und schloss kurz die Augen, um ihre Gedanken zu ordnen. »Deshalb ging er mit den anderen Jungen zu der Taverne am Ende der Straße. Aber dort war niemand, und so kamen sie mit zwei vollen Amphoren zurück, und soviel ich weiß, haben sie die auch leer getrunken.«

Tiriki wandte sich den drei jungen Männern zu, die neben der Tür auf einer Bank saßen. Der hübsche Kalaran hatte einen tiefen Kratzer auf einer Wange, und den beiden anderen rann das Wasser aus dem nassen Haar, als hätte ihnen jemand den Kopf ins Brunnenbecken gehalten, um sie wieder nüchtern zu machen.

»*Konntet* ihr denn einschlafen?«

»Zunächst schon ...«, sagte Vialmar mürrisch.

»Aber dann wurde ihm schlecht, und er musste sich erbrechen«, rief Iriel vorwitzig, verstummte jedoch unter Damisas strengem Blick.

Die kleine blonde Iriel war mit ihren zwölf Jahren die Jüngste im Haus, und ihr Übermut war selbst unter diesen Umständen nicht zu dämpfen.

»Vor etwa einer Stunde wachten sie auf«, fuhr Damisa fort, »und riefen, sie würden von halb menschlichen Ungeheuern mit Stierhörnern verfolgt. Das Geschrei weckte Selast, die ohnehin schon wütend war, weil die Burschen erst zurückkamen, nachdem sie den ganzen Wein getrunken hatten. Beide Seiten brüllten sich an, dann kamen die Übrigen dazu, jemand warf mit dem Weinkrug, und dann ging alles drunter und drüber.«

»Und ihr seid euch alle einig, dass es so abgelaufen ist?«

»Mit Ausnahme von Cleta«, spottete Iriel. »Sie hat wie üblich alles verschlafen.«

»In ein paar Minuten hätte ich hier auch ohne Hilfe für Ruhe gesorgt«, mischte sich Elara ein. »Es war nicht nötig, deine Lehrmeisterin zu rufen.«

Damisa war beleidigt. »Wir hätten ihr in jedem Fall Bescheid sagen müssen. Schließlich ist Gremos verschwunden.«

Tiriki seufzte. In normalen Zeiten hätte man die ganze Stadt abgesucht, wenn die Hausmutter der Priesterschüler ihren Posten verlassen hätte. Aber jetzt – wenn die Frau ihren Platz auf dem Schiff nicht einnahm, ging er an jemand anders, der würdiger war oder mehr Glück hatte. Die Ereignisse der nächsten Tage würden in der Priesterschaft die Spreu vom Weizen sondern und die Gesinnungen in einer Weise auf die Probe stellen, wie es niemand hatte vorhersehen können.

»Kümmert euch nicht um Gremos«, sagte sie hart. »Sie kann selbst auf sich aufpassen. Und was geschehen ist, das ist geschehen, Schuldzuweisungen bringen uns nicht weiter. Wichtig ist nicht, wie ihr die letzten Stunden verbracht habt, sondern wie ihr euch in den nächsten Stunden verhaltet.« Sie schaute zum Fenster. Die heraufziehende Dämmerung ließ das grelle Rot des Himmels zu einem trügerisch zarten Pastellrosa verblassen.

»Ich nannte euch vorhin die Hoffnung von Atlantis, und das war ernst gemeint«, fuhr sie fort und sah mit ihren klaren Augen von einem zum anderen. Allmählich wich die Röte aus den Gesichtern, und die Schüler waren wieder fähig, ihren Blick zu ertragen. »Wenn ihr nun schon einmal wach seid, können wir unser Tagewerk auch gleich beginnen. Jeder von euch weiß, was er zu tun hat. Ich möchte ...«

Plötzlich machte der Stuhl unter ihr einen Satz. Sie streckte die Arme aus, streifte mit den Fingern Damisas Gewand und krallte sich daran fest. Wieder schwankte der Boden.

»In Deckung!«, rief Elara. Die Schüler flüchteten unter den langen, schweren Tisch. Damisa stolperte zur Tür und zog Tiriki mit sich. Die Stuckbänder unter der Decke bekamen Risse, Trümmer regneten herab, doch die beiden konnten ausweichen und wurden nicht getroffen.

Micail! Tiriki spürte mit ihren inneren Sinnen, wie er aus dem Schlaf schreckte, und sehnte sich mit allen Fasern ihres Herzens nach seinen kraftvollen Armen. Aber er befand sich am anderen Ende der Stadt. Ein neuerlicher Stoß erschütterte die Erde, und sie ahnte, dass sie auch mit vereinten Kräften die Zerstörung kein zweites Mal hätten aufhalten können.

Sie klammerte sich an den Türpfosten und schaute ins Freie. Im Garten peitschten die Bäume hin und her, und über dem Berg breitete sich gleich einer riesigen Pinie eine gewaltige Rauchwolke aus. Die Krone bestand aus Asche, und aus dem mächtigen Stamm quollen immer neue schwarze Wolken und verdeckten den Himmel. Unter ihren Füßen hob und senkte sich der Boden.

Die Aschewolke über dem Berg war mit hellen Pünktchen durchsetzt, und auf die Hänge regnete glühende Schlacke herab.

Chedan hatte ihnen von Ländern erzählt, die so tief im Meer versunken seien, dass nur noch ein paar Gipfel aus dem Wasser ragten. Ahtarrath, so viel war klar, würde nicht sang- und klanglos verschwinden, sondern sich mit Titanenkräften zur Wehr setzen. Tiriki wusste nicht, ob sie darüber jubeln oder vor Angst wimmern sollte.

Hinter den Bäumen um das Haus der Fallenden Blätter bewegte sich etwas – einer der goldglänzenden Türme wankte und stürzte ein. Der Boden erzitterte wie unter einem neuen Erdstoß. Tiriki stellte sich den Schutthaufen vor und erschauerte. Im nächsten Augenblick schallte von der anderen Seite der Stadt ein Donnerschlag herüber.

»Der zweite Turm ...«, flüsterte Damisa.

»Die Stadt ist bereits zur Hälfte geräumt. Vielleicht waren nur wenige Menschen dort ...«

»Vielleicht sind die Toten auch zu beneiden«, entgegnete Damisa, und Tiriki konnte ihr nicht widersprechen. Immerhin schien die Gefahr vorerst gebannt, denn alles, was einstürzen konnte, lag nun bereits in Trümmern.

»Könnte jemand einen Besen holen?«, murmelte Aldel. »Wir sollten den Schutt wegräumen.«

»Und wer fegt den Schutt von den Straßen der Stadt?«, fragte Iriel mit schriller Stimme. Sie stand kurz vor einem Zusammenbruch. »Das ist das Ende! In diesem Haus wird nie wieder jemand wohnen!«

»Nicht die Nerven verlieren!« Tiriki nahm sich zusammen, so schwer es ihr auch fiel. »Man hat euch genau erklärt, was zu tun ist, wenn dieser Augenblick kommt. Zieht euch an und schlüpft in eure festesten Schuhe. Nehmt die dicken Mäntel, auch wenn es warm wird – sie schützen euch vor der Asche und dem Glutregen. Dann schultert eure Seesäcke und geht hinunter zu den Schiffen.«

»Aber es ist noch nicht alles gepackt«, rief Kalaran, der sich mannhaft bemühte, seine Angst zu beherrschen. »Wir konnten noch nicht einmal die Hälfte der Dinge zusammentragen, die wir mitnehmen sollen. Das Beben hat aufgehört. Sicher bleibt uns jetzt noch etwas Zeit ...«

Tiriki spürte immer noch ein leichtes Zittern, aber das Schlimmste war für den Moment tatsächlich vorüber.

»Mag sein, aber nehmt euch in Acht. Einige von euch sind bestimmten Priestern als Boten zugeteilt. Betretet kein Gebäude, das irgendwelche Schäden hat – schon ein leichtes Nachbeben könnte es einstürzen lassen. Und haltet euch nicht zu lange auf. In zwei Stunden sollten alle an Bord sein. Vergesst nicht: Was einmal hergestellt wurde, lässt sich auch wieder anfertigen – nichts ist so kostbar, dass es den Einsatz eures Lebens rechtfertigen würde. Und nun will ich von jedem noch einmal hören, was er zu tun hat.«

Einer nach dem anderen zählte seine Pflichten auf, und Tiriki nickte oder gab neue Anweisungen. Die Schüler waren ruhiger geworden und zerstreuten sich, um ihre Sachen zu holen. Die alten Baumeister hatten wahrscheinlich selbst nicht geahnt, wie solide sie gearbeitet hatten – das Haus der Fallenden Blätter hatte standgehalten, nur die Ornamente waren abgefallen und lagen zerbrochen auf dem Boden.

»Ich muss wieder in den Palast. Damisa, du holst deine Sachen und kommst mit mir.«

Tiriki wartete an der Tür, bis ihre Schülerin zurückkehrte. Immer noch ging der Ascheregen auf den Garten nieder. Hin und wieder traf ein Stück glühender Schlacke eine Pflanze und brachte sie zum Qualmen. Von der Stadt wogten neue Rauchwolken herüber. Sie fragte sich dumpf, wie lange es wohl dauern würde, bis alles in Flammen stünde.

»Ich dachte, die Sonne ginge auf«, sagte Damisa neben ihr, »aber der Himmel bleibt dunkel.«

»Die Sonne ist aufgegangen, aber wir werden sie wohl kaum zu sehen bekommen«, antwortete Tiriki und hob den Kopf. Ein schwarzes Leichentuch breitete sich über die Stadt. »An diesem Tag gibt es keinen Morgen.«

Der Glutregen hielt an, als Tiriki und Damisa das Haus der Fallenden Blätter verließen, und machte den Weg durch die mit Schutt übersäten und von den Erdstößen aufgerissenen Straßen noch gefährlicher. Als ein besonders großer Lavabrocken Tiriki nur knapp verfehlte, lief Damisa in ein verlassenes Wirtshaus und kam mit zwei dicken Kissen zurück.

Das eine reichte sie ihrer Lehrmeisterin. »Haltet es über den Kopf«, riet sie. »Auch wenn es lächerlich aussieht, es könnte Euch vor den größeren Trümmern schützen.«

Tiriki lachte, brach aber sofort ab, als sie den schrillen Ton der Hysterie in ihrer Stimme hörte. Doch bei der Vorstellung, mit Damisa wie zwei Pilze auf Beinen durch die düsteren Straßen zum Palast zu eilen, konnte sie zumindest ein bitteres Lächeln nicht unterdrücken.

Ansonsten gab es nichts zu lachen. Das gestrige Beben war schlimm genug gewesen, aber danach hatte sie die Stadt immerhin noch wieder erkannt. Heute waren die Umrisse von den neuen Stößen so verändert, dass sie sich vorkam wie in einer fremden Welt. Sie wollte sich einreden, der Ausbruch von heute Morgen habe das Werk nur vollendet und Gebäude zum Einsturz gebracht, die ohnehin schon angeschlagen gewesen waren, aber sie wusste, dass die Kräfte diesmal in eine andere Richtung gewirkt hatten. Bei jedem Schritt spürte sie, dass unter ihren Füßen kein stabiles Gleichgewicht mehr herrschte, sondern ein unsicherer Schwebezustand, der jeden Augenblick zusammenbrechen konnte.

Der Mann mit den Gekreuzten Händen ist dabei, seine Ketten zu sprengen, dachte sie und fröstelte trotz der Schwüle. Noch ein Ruck, dann fällt auch die letzte Fessel ab, und er ist frei.

Im Palast war niemand. Sie stieg zu ihren Gemächern hinauf, aber Micail und sein Seesack waren nicht mehr da. Er wartet sicher im Hafen auf mich, tröstete sie sich. Sie nahm ihren eigenen Sack und verließ mit Damisa den Palast.

Zunächst versuchten sie, in die Stadt hinunter zu gelangen. Doch das Haus der Heiler war eingestürzt, und die Trümmer versperrten die Straße. Tiriki blieb stehen und lauschte angestrengt, aber von drinnen war nichts zu hören. Hoffentlich waren alle heil herausgekommen.

Tatsächlich hatte sie schon seit längerem keinen Menschen mehr gesehen. Die Priester und die Beamten der Stadt, die hier wohnten und arbeiteten, hatten sich die Warnung offenbar zu Herzen genommen und im Hafen oder in den Bergen Schutz gesucht.

Dennoch vermochte sie die Angst nicht ganz zu verdrängen. Womöglich waren alle tot, und wenn sie und Micail endlich den Hafen erreichten, um nach Kapitän Reidels Schiff zu suchen, wäre alles verlassen, und sie müssten allein mit den Geistern der Verstorbenen darauf warten, dass die Insel versank.

Damisa, die dank ihrer vielen Botengänge in der oberen Stadt jeden Winkel kannte, übernahm die Führung. Sie machten kehrt und steuerten das Haus der Priester an, das etwas weiter oben am Hang lag.

Als sie, vorbei an umgestürzten Statuen und eingefallenen Torbögen, den Prozessionsweg hinaufstiegen, erblickte Tiriki vor sich eine Gestalt in Seemannsstiefeln und einem braunen Reisemantel, die es offenbar sehr eilig hatte.

»Chedan!«, rief sie. »Was macht Ihr noch hier? Sind die Priester ...«

»Diese heiligen Narren! Sie wollen den Geistern gebieten und haben nicht einmal sich selbst in der Gewalt. Die meisten haben sich wie befohlen auf die Schiffe begeben oder sind geflüchtet, die Götter wissen, wohin. Aber einige sind zurückgeblieben. Euer Gemahl ist gerade bei ihnen und bemüht sich, sie zur Vernunft zu bringen. Die Angst hat sie fast um den Verstand gebracht.

Nun bestürmen sie ihn, seine Magie einzusetzen, damit es aufhört.« Er schüttelte empört den Kopf.

»Aber Micail hat sich gestern schon restlos verausgabt, er hat seine Kräfte über Gebühr beansprucht. Mehr vermag er nicht zu tun. Können sie das denn nicht begreifen?«

»Sie können nicht, oder sie wollen nicht ...« Chedan zuckte die Achseln. »Verängstigte Menschen sind vernünftigen Argumenten nicht zugänglich, aber Euer Gemahl wird ihnen den Kopf schon zurechtrücken. Doch bis dahin haben diejenigen von uns, die noch klar denken können, alle Hände voll zu tun. Soweit sie noch am Leben sind«, fügte er grimmig hinzu. »Der Anführer der Gruppe, die den Omphalos verladen sollte, wurde unter einer einstürzenden Mauer begraben. Ich habe Micail versprochen, mich um den Stein zu kümmern, aber hier ist niemand mehr ... jedenfalls niemand, der mir dabei helfen könnte.«

»*Wir* sind hier«, erklärte Damisa energisch, »und wenn man den anderen Priesterschülern einen klaren Auftrag gibt, sind sie auch zu gebrauchen.«

Jetzt lächelte Chedan zum ersten Mal. »Dann wollen wir sie suchen. Zeig uns den Weg, wenn du dich in diesem Chaos noch zurechtfindest.«

Aldel trafen sie vor dem Haus der Heiler an, wo er fassungslos auf die Trümmer starrte. Er hatte niemanden mehr gefunden, dem er seine Botschaft hätte übermitteln können. Kalaran war bei ihm und hielt einen leeren Seesack in den Händen.

Stumm kehrten Tiriki und Damisa zum Haus der Fallenden Blätter zurück. Elis und Selast waren beim Packen. Beide hatten Asche im schwarzen Haar.

»Seid ihr die Einzigen, die noch hier sind?«, fragte Tiriki.

Elis nickte. »Hoffentlich haben die anderen wohlbehalten die Schiffe erreicht.«

»Aldel wartet draußen, und Kalaran ist bei ihm, so bleibt ihr wenigstens mit euren Verlobten zusammen«, tröstete sie Tiriki. »Und Kalhan ist ein kräftiger Bursche«, wandte sie sich an Damisa. »Er wartet sicher schon auf dich, wenn wir den Hafen erreichen.« So wie Micail auf mich, fügte sie innerlich hinzu.

»Kalhan? Ach ja, natürlich ...«, sagte Damisa ohne große Begeisterung.

Tiriki sah sie nachdenklich an. Sie hatte nicht zum ersten Mal den Eindruck, dass Damisas Gefühle für den Jungen, den ihr die Sterndeuter des Tempels zum Gemahl bestimmt hatten, eher lauwarm waren. Wieder einmal wurde sie daran erinnert, welch ein Geschenk es war, dass sie und Micail selbst hatten wählen dürfen.

»Ob das genügt?«, fragte Chedan, als Tiriki die Schüler nach draußen führte.

»Es wird genügen müssen«, antwortete sie. Ein stärkerer Erdstoß erschütterte die Stadt. »Wir sollten gehen. *Sofort!*«

Schon nach wenigen Schritten brachten zwei weitere Stöße sie ins Taumeln. Hinter ihnen gab es einen lauten Schlag, und die Veranda vor dem Haus der Fallenden Blätter stürzte ein.

»Da ist aber ein schweres Blatt heruntergefallen!«, meinte Kalaran und lächelte schüchtern.

»Das war kein Blatt, das war der ganze *Baum*«, versetzte Damisa hart, aber sie hatte Tränen in den Augen, und sie schaute nicht zurück.

Elis weinte leise. Selast, die jedes Zeichen weiblicher Schwäche verabscheute, musterte sie verächtlich. Aber alle blieben in Bewegung und suchten sich einen Weg durch die Trümmer.

Wenn sie Leichen auf der Straße liegen sahen, machten sie nur das Segenszeichen. Zum Glück trafen sie auf niemanden, der Hilfe brauchte. Das hätte ihre Disziplin auf eine harte Probe gestellt.

Wenn wir ein verletztes Kind fänden, so wüsste ich selbst nicht, ob ich stark genug wäre, bei meiner Aufgabe zu bleiben, dachte Tiriki und lief weiter.

Was wir zu bewahren suchen, wird vielen noch ungeborenen Generationen das Leben retten, ermahnte sie sich, aber angesichts der Katastrophe, die sie jetzt erlebten, verloren die alten Parolen ihre Bedeutung.

Der Ascheregen setzte wieder ein. Tiriki fuhr zusammen und zog sich den Mantel über den Kopf – das Kissen hatte sie längst weggeworfen –, dann holte sie einmal, zweimal tief Luft und wandte die bewährten Verfahren an, um sich zur Ruhe zu zwingen. *Ich denke an nichts ... ich habe keine Angst ... ich werde im rechten Moment das Richtige tun.*

Sie war erleichtert, als endlich der Eingang zum Tempel in Sicht kam. Erst jetzt gestattete sie sich, den Blick zu heben und nach dem Berg zu sehen. Nicht nur die Pyramide an der Spitze war verschwunden; auch der letzte Priester, der den Gipfel hütete, war inzwischen zweifellos verschlungen worden. Aus dem Krater quoll eine formlos brodelnde Rauchwolke, doch nun war auch die Flanke des Vulkans aufgerissen, und die Lava schrieb in feurigen Lettern eine neue Todesbotschaft auf die Hänge.

Tiriki schöpfte kurz wieder Hoffnung. Vielleicht war es ja wie bei einem Abszess, und das Abfließen der Lava hatte den Druck im Innern etwas gemindert. Aber das Zittern unter ihren Füßen verriet, dass die unterirdischen Spannungen nach wie vor übermächtig waren.

»Rasch ...« Chedan deutete auf den Tempeleingang. Das Dach schien noch fest auf den Säulen zu ruhen, auch wenn Teile der Marmorfassade auf der Straße lagen.

Der Zustand im Innern war bedenklicher, aber sie hatten keine Zeit, darüber nachzudenken, wie tief die Risse in den Wänden wohl reichen mochten. Der eigens für den Transport des Omphalos gebaute Schrein stand in der Grotte gleich hinter dem Eingang. Die Lampe schwang immer noch an ihren Ketten hin und her.

Als die Fackeln brannten, fassten die Priesterschüler den Schrein vorn und hinten an den langen Griffen und eilten an der einsturzgefährdeten Wand entlang auf den Gang zu, der in die Tiefe führte.

Schon in feierlicher Prozession mit Ahtarraths Priestern und Priesterinnen durch diesen Gang zu ziehen war eine Erfahrung gewesen, welche die Seele belastete. Mit einer Horde hysterischer Priesterschüler zur unterirdischen Höhle zu eilen ging fast über Tirikis Kräfte. Die Schüler fürchteten das Unbekannte, während sie selbst immer wieder an die Szene denken musste, die sich vor wenigen Tagen hier abgespielt hatte.

Als Chedan sie straucheln sah, fasste er ihren Arm, und sie ließ dankbar etwas von seiner unerschütterlichen Kraft in sich einströmen.

»Ist das Lava?«, flüsterte Elis erschrocken, als sie die letzte Biegung umrundeten.

»Nein. Der Stein leuchtet«, antwortete Damisa, und ihre Stimme zitterte.

Nicht ohne Grund, dachte Tiriki und folgte ihr in die Höhle.

Wie schon während des Rituals kreisten bunt schillernde Wirbel in den Tiefen des Steins. Lichter und Schatten jagten durch die Höhle, und jedes Mal, wenn die Erde bebte, zuckten Blitze von Wand zu Wand.

»Wie sollen wir ihn berühren, ohne in Stücke gerissen zu werden?«, hauchte Kalaran.

»Wir werden ihn hiermit verhüllen.« Chedan hob einen dicken Stoffballen aus dem Schrein und ließ ihn zu Boden fallen. »Die Seide wird die Energien abschirmen.«

Hoffentlich, dachte Tiriki bei sich. Aber der Omphalos war ja auch aus dem Alten Land wohlbehalten hierher gebracht worden, also musste es möglich sein, ihn zu befördern.

Chedan und Tiriki griffen sich die vielfach gefalteten Seidenbahnen und gingen damit auf den Stein zu. Beiden klopfte das Herz bis zum Hals. Die Energien waberten wie Feuer, doch was Tiriki spürte, war keine Wärme, sondern etwas, wofür sie keinen Namen hatte. Als sie die Seide über den Omphalos warfen, ließ der Druck nach. Tiriki hatte unbewusst den Atem angehalten, nun ließ sie ihn ausströmen. Mit der zweiten Stoffschicht, die sie über den Talisman legten, wich auch ihre Angst.

»Holt den Schrein«, stieß Chedan hervor.

Kalaran und Aldel, beide totenbleich, zerrten das Behältnis heran, bis es den Stein fast berührte, und öffneten eine Klappe in der Seitenwand. Mit einem tiefen Atemzug fasste der Priester den Stein mit beiden Händen und hob ihn hinein.

Ein greller Blitz flammte auf, eine Druckwelle schleuderte Tiriki zu Boden. Damisa griff nach dem herabhängenden Stoff, warf ihn in den Schrein und stopfte ihn um den Stein herum fest.

»Abdecken – vollständig abdecken!« Tiriki rappelte sich wieder auf. Chedan reichte Damisa den Rest der Seide, und sie rollte sie zusammen und drückte sie in die Ecken, bis vom pulsierenden Schein des Omphalos nichts mehr zu sehen war.

Zu spüren war seine Kraft noch immer, doch jetzt war die Qual erträglich. Andererseits lenkte nun auch nichts mehr vom bedrohlichen Ächzen der Felsen ab.

»Anheben!«, befahl Chedan. »Aldel und Kalaran, ihr seid die Kräftigsten – ihr nehmt die vorderen Griffe. Damisa und ich packen hinten an. Die anderen leuchten mit den Fackeln und sorgen für freie Bahn. Sobald wir draußen sind, können wir die Träger wechseln, aber jetzt müssen wir erst einmal los!«

In diesem Moment erbebte der Boden der Höhle. Tiriki langte nach ihrer Fackel und eilte hinter dem Schrein her. Sie begriff, dass nur die Gegenwart des Omphalos die Felsen so lange vor dem Einsturz bewahrt hatte!

Die Träger taumelten und stöhnten, als wäre die Last nicht nur unendlich schwer, sondern auch unruhig. Als Elis und Selast das sahen, fassten sie in der Mitte unter den Schrein und hoben ihn an. Je weiter sie sich von der Höhle entfernten, desto geringer wurde das Gewicht, und das war auch gut so, denn der Untergrund wurde mit jedem Schritt tückischer.

Beim letzten Erdstoß hatte sich der Boden an mehreren Stellen aufgewölbt. In den Wänden klafften breite Risse, und da und dort gab bereits die Decke nach. Hinter ihnen stürzten mit lautem Getöse die Felsmassen herab, und von allen Seiten drang ein schrilles, misstönendes Heulen auf sie ein.

»Mein Geist ist der Geist des Lebens; nichts kann ihn zerstören ...«, sang Tiriki, um das schaurige Geheul der Steine zu übertönen. »Ich bin das Kind des Lichtes, das die Finsternis überwindet.«

Die anderen stimmten ein, doch im Strudel der Urgewalten klangen die Worte dünn und kraftlos.

»Macht schnell ...« Damisas Stimme hörte sich weit entfernt an. »Ich spüre schon das nächste Beben!« Vor ihnen tauchte ein matter Lichtfleck auf, das Ende des Ganges.

Die Erde bäumte sich auf. Mit einem Krachen, das alles Bisherige in den Schatten stellte, stürzte die linke Wand ein.

Allmählich verklangen der Lärm und die Schreie. Eine Staubwolke breitete sich aus. Tirikis Fackel war erloschen. Sie hustete und legte schützend die Hand über die Augen. Als sie wieder sehen konnte, erkannte sie im schwachen Licht, das von draußen hereinfiel, den Schrein, der neben ihr auf der Seite lag. Ringsum kamen die Priesterschüler allmählich wieder auf die Beine.

»Sind alle noch heil?«

Einer nach dem anderen meldete sich. Der Letzte war Kalaran.

»Ein paar Abschürfungen, nichts weiter. Ich war auf der anderen Seite. Der Schrein gab mir Deckung. Aldel ...«

Erschrockenes Schweigen. Dann begann eines der Mädchen zu schluchzen.

»Helft mir, die Trümmer wegzuräumen.« Chedan fiel auf die Knie und scharrte hektisch Stein- und Gipsbrocken beiseite.

»Damisa! Selast! Elis! Wir müssen den Schrein aufstellen und beiseite ziehen.« Tiriki nahm einen Griff und wuchtete den Kasten hoch. Die anderen fingen das Gewicht ab und schoben von hinten.

»Aber Aldel ...«

»Die anderen kümmern sich schon um ihn«, sagte Tiriki entschieden. »Wir müssen den Schrein ins Freie schaffen.« Wieder ächzte der Fels, neuer Staub schwebte herab. Endlich hatten sie mit dem Omphalos die überdachte Säulenhalle erreicht. Tiriki sah sich besorgt um, aber Chedan und Kalaran tauchten schon aus dem Halbdunkel auf. Sie hielten Aldel in den Armen.

»Er ist nur ohnmächtig, nicht wahr?«, stammelte Elis und schaute hoffnungsvoll von einem zum anderen. »Ich will ihn halten, bis er wieder zu sich kommt.«

»Nein, Elis ... Er wurde uns genommen.« Aus Chedans Stimme sprach tiefes Mitgefühl. Sie legten den Leichnam ab. Unter der Staubschicht war der Kopf des Jungen verformt. Der Fels hatte ihm den Schädel zertrümmert. »Es ging sehr schnell, er musste keine Schmerzen ertragen.«

Elis konnte es nicht fassen. Kopfschüttelnd kniete sie nieder, wischte ihrem Verlobten den Staub von der Stirn und blickte in seine leeren Augen.

»Aldel ... komm zurück, mein Liebster. Wir wollen doch gemeinsam fliehen ... Wir werden für alle Zeit zusammen bleiben. Du hast es mir versprochen.«

»Er ist uns vorausgegangen, Elis«, sagte Damisa mit einer Anteilnahme, die Tiriki gerade von ihr nicht erwartet hätte. »Steh auf und komm mit mir.« Sie legte den Arm um das Mädchen und zog es von dem Toten fort.

Chedan beugte sich über den reglosen Aldel, drückte ihm die Augen zu und zeichnete ihm das Zeichen der Befreiung auf die Stirn.

»Geh in Frieden, mein Sohn«, murmelte er. »Möge dein Opfer in einem anderen Leben belohnt werden.« Dann stand er auf und nahm Elis' Arm.

»Aber wir können ihn doch hier nicht einfach *liegen lassen«*, wandte Selast ein.

»Es muss sein«, antwortete Tiriki. »Und der Tempel ist ein würdiges Grab.«

Bevor sie noch ausgesprochen hatte, bäumte sich die Erde ein weiteres Mal auf. Sie wurden an den Säulen vorbei auf die Straße geschleudert. Aus dem Krater des Sternenberges schoss eine Feuersäule gen Himmel, und der Tempel des Omphalos stürzte mit ohrenbetäubendem Dröhnen ein.

Ihre Muskeln und ihr Gleichgewichtssinn sagten Tiriki, dass es abwärts ging. Mehr wusste sie nicht.

Als die Fassade eines Hauses auf die Straße krachte, erschrak sie so heftig, dass sie beinahe den Griff des Schreins hätte fahren lassen. Dahinter fiel ein großes Wohnhaus so langsam und bedächtig in sich zusammen, als lege es sich schlafen. Aus einer der Wohnungen stürmte eine dunkle Gestalt, zögerte kurz und rannte mit einem Aufschrei ins Innere zurück.

»Ich kann den Hafen schon riechen«, keuchte Damisa. »Wir sind fast da!«

Tiriki spürte, wie ein feuchter Lufthauch ihr über Stirn und Wangen strich. Über das Prasseln der Flammen und das Ächzen der sterbenden Gebäude hinweg war das Geschrei menschlicher Stimmen zu hören. Tiriki empfand es geradezu als beruhigend. Sie hatte schon befürchtet, sie und ihre Begleiter wären als Einzige auf der ganzen Insel noch am Leben.

Endlich konnten sie die schwankenden Masten der Schiffe sehen. Viele Boote rasten über das dunkle Wasser aufs Meer hinaus. Zwei Vogelschwingen waren zusammengestoßen und sanken, rettungslos ineinander verkeilt. Zwischen den Wellen tauchten Köpfe auf, Schwimmer, die sich ans Ufer retteten. Die Erde bebte, als wollte sie zur Eile drängen. Von den Klippen lösten sich Felsbrocken und landeten spritzend in der Bucht.

»Da ist die *Purpurschlange!*«, rief Selast. Noch war das Schiff fest an den Pollern an der Kaimauer vertäut, und der junge Kapitän Reidel stand seelenruhig am Heck, hielt sich die Hand über die Augen und suchte das Ufer ab.

Micail – wo bist du? Tiriki schickte ihren Geist aus wie einen Vogel.

»Da seid Ihr ja, Herrin, den Göttern sei Dank!«, rief Reidel, sprang an Land und fing die Schwankende auf. Bevor sie protestieren konnte, wurde sie von starken Armen an Bord der *Purpurschlange* verfrachtet.

»Auch die anderen, an Bord mit Euch, so schnell Ihr nur könnt!«

»Der Schrein muss auch mit«, verlangte Chedan.

»Schon gut, aber beeilt Euch!« Reidel wollte Damisa die Hand reichen, aber das Mädchen zuckte zurück.

»Ich bin für Tjalans Schiff eingeteilt!«

»Das könnt Ihr vergessen!«, antwortete Reidel. »Die Flotte von Alkonath lag im anderen Hafen vor Anker – und dazwischen steht alles in Flammen!« Er gab einem seiner Matrosen einen Wink, und der hob das Mädchen kurzerhand hoch und warf es ihm in die Arme.

Tiriki rappelte sich mühsam auf und versuchte, sich in dem Durcheinander von Menschen, Seesäcken und Kisten zurechtzufinden. Zunächst erkannte sie nur die Heilerin Liala, die Alyssa, die Seherin, in den Armen hielt, und die kleine Iriel.

»Wo ist Micail?«

»Ich habe ihn nicht gesehen«, antwortete Reidel, »weder ihn noch Galara. Aber wir können nicht länger warten, Herrin. Wenn die Landspitze vollends ins Meer stürzt, sitzen wir hier fest!« Er drehte sich um und gab seine Befehle. Die Matrosen lösten die Leinen, die das Schiff an der Kaimauer festhielten.

»Halt!«, rief Tiriki. »Ihr dürft noch nicht abfahren – er kommt gewiss noch!« Sie war so sicher gewesen, dass er bereits warten würde, außer sich, weil sie sich so sehr verspätet hatte, und nun war sie diejenige, die auf das Schlimmste gefasst sein musste.

»Ich habe vierzig Menschen auf diesem Schiff, die muss ich retten!«, rief Reidel. »Wir haben schon zu lange gezögert!«

Der letzte Matrose sprang an Bord, und der Kapitän griff nach einer Stange und stieß das Schiff von der Hafenmauer ab.

Der dritte große Turm dicht neben dem Palast brach zusammen. Zunächst ging es so langsam, als könnte sich die Zeit nicht von ihm trennen; dann verschwand er jäh mit einem Donnerschlag, der alle anderen Geräusche übertönte. Eine Wolke aus Staub und Trümmern raste himmelwärts und ging in Flammen auf.

Reidels Schiff wurde von der Schockwelle hochgehoben und fiel wieder zurück, ohne Schaden zu nehmen. Ein anderes Schiff, das noch vertäut war, wurde gegen die Kaimauer geschmettert. Das schwarze Wasser war unversehens mit Wrackteilen übersät. Die Männer an den Rudern hatten alle Hände voll zu tun, um die *Purpurschlange* heil durch das Trümmerfeld zu bringen.

Der Himmel war ein Hexenkessel aus Flammen und Schatten. Glutregen ging auf die ohnehin schon brennende Stadt nieder und richtete unbeschreibliche Verwüstungen an. Damisa weinte. Einer der Seeleute stieß eine nicht abreißende Kette von sinnlosen Flüchen aus. Sie waren bereits so weit draußen, dass die Menschen, die sich vom Wrack ins Wasser stürzten, nur Gestalten ohne Gesicht und ohne Namen waren.

Micail war nicht unter ihnen – wäre er so nahe gewesen, dann hätte ihn Tiriki gespürt.

Jetzt glitten sie an den Klippen vorbei. Dicht vor dem Bug stürzte ein Felsblock ins Wasser, das Deck neigte sich, und Tiriki wurde gegen Chedan geworfen. Er legte einen Arm um sie, den anderen um den Mast und hielt sie fest. Das Schiff richtete sich wieder auf und machte einen Satz nach vorn.

»Micail ist sicher auf einem der anderen Schiffe«, murmelte der Magier. »Er wird überleben – denn auch das wurde geweissagt.«

Tiriki standen die Tränen in den Augen. Unverwandt starrte sie auf den Scheiterhaufen, der einst ihre Heimat gewesen war. Die Segel blähten sich im Wind, das Schiff nahm Fahrt auf und trug sie hinaus auf das offene Meer.

Noch einmal meldete sich der Vulkan zu Wort und spuckte eine schwarze Rauchwolke aus. Doch bevor sie alles verdunkeln konnte, erkannte Tiriki vor dem Himmel das riesige Abbild des Mannes mit den Gekreuzten Händen.

Und Dyaus lachte und breitete die Arme aus, um die ganze Welt zu verschlingen.

Fünftes Kapitel

Tiriki war am Ertrinken. Mühsam kämpfte sie sich aus dem Albtraum frei und tastete im Dunkeln nach Micail. Doch ihre Hand fasste nur in kalte Wolle. Dann schwankte der Boden unter ihr, und sie spannte wie schon so oft alle Muskeln an, um sich für einen neuen Erdstoß zu wappnen. Aber nein, das war nur ein sanftes, wiegendes Schaukeln. Kein Grund, sich zu fürchten. Erschöpft sank sie auf das harte Lager zurück. Die wollenen Winterdecken waren ein Segen. Ihre Lider schlossen sich wieder.

Es war nur ein Traum, versicherte sie sich, ausgelöst durch den kühlen Wind, das offene Fenster ...

Wie war sie nur auf den Gedanken gekommen, es wäre bereits Frühling, die Katastrophe wäre ausgebrochen – und sie und Micail wären irgendwie auf verschiedenen Schiffen gelandet? Ein Glück, dass wir in Wirklichkeit nebeneinander liegen, wie es sich gehört, sagte sie sich.

Träume konnten so töricht sein. Lächelnd drehte sie sich um und suchte eine bequemere Lage. Sie fühlte sich schwindlig, und ihr war immer noch kalt. Unter den Decken spürte sie etwas Hartes ... und dann hörte sie ganz in der Nähe jemanden schluchzen.

Das eigene Unbehagen ließ sich unterdrücken, aber

wenn ein anderer litt … Tiriki zwang sich, die Augen zu öffnen, setzte sich auf und blinzelte ins Halbdunkel. Ringsum lagen schlafende Menschen. Dahinter zeichnete sich vor hohen schwarzen Wellen die schmale Reling ab.

Es war kein Traum gewesen. Sie *war* auf einem Schiff.

Während sie sich noch umsah, begann irgendwo vorne am Bug jemand zu singen:

»Nar-Inabi, Sternenbildner
Verströme deine Gaben …«

Sie horchte auf. Weitere, ebenfalls unsichtbare Sänger fielen ein.

»Leuchte unseren Segelschwingen,
Die über die Wasser uns tragen.
Denn fremd sind uns die Winde hier.
Einfache Seeleute, das sind wir,
Nar-Inabi, Sternenbildner,
Zeige uns deine nächtliche Pracht …«

Das Lied war so schön, dass ihr für einen Moment leichter ums Herz wurde. Die Sterne zeigten sich zwar nicht, doch was hier auf Erden auch geschah, sie blieben fest am Himmel, schwammen im All, so wie ihr Schiff hier auf dem Meer schwamm. Sternenvater, Herr des Meeres, beschütze uns!, flehte ihre Seele und suchte in der unruhigen Bewegung des Schiffes nach der tröstlichen Kraft der göttlichen Arme.

Ob der Gott sie gehört hatte, wusste sie nicht, sie jedenfalls hörte immer noch dieses Weinen. Dicht neben ihr lag eingemummt eine Gestalt. Behutsam zog sie die Decken zurück, bis sie Elis' junges Gesicht erkannte. Das Mädchen schlief fest, sein schwarzes Haar war zerzaust, und es schluchzte im Traum.

Armes Kind – wir haben beide unsere Gefährten verloren. Tiriki drängte den eigenen Kummer zurück, bevor er sie überwältigen konnte. Nein, ermahnte sie sich streng. Aldel werden wir niemals wieder sehen, aber Micail lebt! Das spüre ich.

Sie strich Elis liebevoll über den Kopf, bis das Mädchen ruhiger wurde. Dann rückte sie ein wenig von ihr ab und stand auf. Sie fröstelte in der steifen Brise, und von dem sanften Schaukeln wurde ihr übel. Die Bilder des Traums verfolgten sie noch immer. Um sie abzuschütteln, spähte sie angestrengt über die Reling auf das nebelverhangene Meer. Auf dem Kielwasser des Schiffes lag blutig rot der Widerschein eines mächtigen Feuers, das hinter dem Horizont loderte. Eine riesige Wolke aus Rauch und Asche verdeckte den Himmel und die Sterne.

Das ist nicht der Sonnenaufgang, dachte sie plötzlich. Das Feuer kam von Ahtarrath. Die Insel lag in den letzten Zügen, aber sie hatte den Kampf gegen die See noch immer nicht aufgegeben.

Als das unheimliche Licht stärker wurde, erkannte sie Damisa, die an der Reling stand und gedankenverloren auf die fernen Flammen starrte. Tiriki wollte zu ihr gehen, aber Damisa wandte sich ab und zog abwehrend die Schultern hoch. Vielleicht gehörte ihre Schülerin zu den Menschen, die es vorzogen, in ihrem Schmerz nicht gestört zu werden. Warum hatte sie selbst überhaupt Damisas Gesellschaft gesucht?

Um dem Mädchen zu helfen oder um nicht allein zu sein?

Sonst kauerten zumeist Fremde an Deck, aber nicht weit entfernt kuschelten sich Selast und Iriel wie zwei Kätzchen aneinander, und Kalaran lag in Beschützerpose daneben und schnarchte.

Mittschiffs erteilte jemand mit ruhiger Stimme Befehle; wenig später kam Reidel mit einer Laterne in der Hand in Sicht. Er war barfuß und schritt fast lautlos über die Holzplanken. Sie nickte ihm mechanisch zu. Er schien seit gestern um zehn Jahre gealtert zu sein. Wie alt mag ich inzwischen wohl aussehen?

Reidel beeilte sich, den Gruß zu erwidern, doch bevor sie auch nur ein Wort wechseln konnten, stürzten zwei Händler mit zornroten Köpfen auf ihn zu und forderten etwas zu essen.

Einer von Reidels Matrosen drückte sich schon die ganze Zeit in der Nähe herum. »Herrin«, sagte er, als sie sich ihm endlich zuwandte, »wir wollten Euch nicht aus dem Schlaf reißen, aber der Kapitän lässt Euch ausrichten, dass unter Deck weichere Betten für Euch und die jungen Leute bereitstehen. Die ehrwürdige Meisterin Alyssa und die Priesterin Liala haben es sich bereits bequem gemacht.«

Tiriki schüttelte den Kopf. »Nein – aber ich danke Euch.« Sie sah ihn fragend an; er murmelte seinen Namen – Arcor – und berührte ehrfürchtig die Stirn. Wir müssen auf dieser Reise auf engstem Raum zusammenleben, dachte sie. Wie lange können die alten Privilegien unter diesen Umständen wohl überdauern?

»Ich danke Euch, Arcor«, wiederholte sie freundlicher, »aber solange es hier etwas zu sehen gibt …« Sie brach ab. »Ich muss gehen«, murmelte sie. Sie hatte Chedan entdeckt. Er stand ganz allein mittschiffs und betrachtete die Wellen und den stürmischen Himmel. Sie eilte auf ihn zu.

»Verzeiht mir, ich wollte Euch helfen, den Stein zu bewachen«, sagte sie, als sie ihn erreichte. Weiter kam sie nicht, denn sie wurde von einem quälenden Husten geschüttelt, und ein schmerzhaftes Stechen in der Brust erinnerte sie daran, dass Ahtarraths Asche die Luft vergiftet hatte, die sie alle atmeten.

Chedan sah sie gütig an und lächelte. »Ihr hattet Ruhe nötig«, sagte er, »und braucht Euch dessen nicht zu schämen. Es gab auch nichts weiter zu tun. Der Stein ruht in Frieden, im Gegensatz zu uns.« Er nahm sie in seine starken Arme, und sie überließ sich für einen Moment dem Gefühl der Geborgenheit. Doch die blitzenden Augen des Magiers und der mit Asche bestäubte Bart konnten über die tiefen Sorgenfalten auf seiner Stirn nicht hinwegtäuschen.

»Keine Schiffe außer uns?« Ihre Stimme war nur ein heiseres Flüstern.

»Vorhin entdeckte ich ein paar Segler auf anderem Kurs, aber in dieser Suppe«, er deutete auf den Rauch, den Nebel, »könnten hundert Schiffe unbemerkt an uns vorbeiziehen! Immerhin dürfen wir davon ausgehen, dass Micail das Schiff, auf dem er sich befindet, an das gleiche Ziel lotst, das auch wir ansteuern.«

»Ihr glaubt also auch, dass er noch lebt?« Tiriki sah den Magier flehentlich an. »Dass meine Hoffnung nicht nur ... ein Trugbild der Liebe ist?«

Der Blick des Magiers war ernst, aber voller Wärme. »Tiriki, bei Euren Fähigkeiten – und so eng, wie Ihr durch das Schicksal und auch sonst mit Micail verbunden seid – hättet Ihr doch sicherlich gespürt, wenn er gegangen wäre.« Chedan verstummte, sein Gesicht verzerrte sich, er stieß einen unterdrückten Fluch aus. Tiriki folgte seinem Blick. Der ferne Lichtschein über dem sterbenden Land breitete sich rasch aus, und die Flammen schlugen höher.

»Festhalten!«, ertönte Reidels Stimme hinter ihnen. »Das gilt für alle – jeder sucht sich etwas, was ihm Halt gibt!«

Er selbst hatte bereits einen Arm um den Großmast gelegt, dennoch blieb ihm und Chedan kaum Zeit, Tiriki zwischen sich zu nehmen, bevor sich das Heck des Schiffes jählings hob und alle ungesicherten Gepäckstücke und Schläfer ins Rutschen gerieten. Jemand ging mit einem lauten Aufschrei über Bord. Die Masten ächzten, die Segel flatterten wild, das Schiff stieg immer weiter nach oben und verharrte schließlich reglos auf dem Wogenkamm. Dahinter senkte sich eine lange Bahn aus glänzendem Wasser den etwa zehn Meilen entfernten Feuern von Ahtarrath entgegen. Dann glitt die Welle weiter, das Heck senkte sich, und das Schiff trat seine lange Fahrt in die Tiefe an. Weiter und weiter raste es hinab, bis Tiriki schon glaubte, die tobende See wolle es mit Mann und Maus verschlingen. Endlich suchte es unter heftigen Stößen wieder Kiel zu finden, doch die Belastung war zu groß. Der Großmast brach und stürzte krachend auf das Deck. Wie Peitschenschläge gingen die Brecher auf die *Purpurschlange* nieder.

Es dauerte lange, bevor das Schiff zur Ruhe kam und wieder sanft in der Strömung schaukelte. Reidels Laterne war nirgendwo zu sehen. Das einzige Licht kam von den Wogenkämmen, die schwach in der Dunkelheit leuchteten. Kein Stern stand am Himmel, und das brennende Ahtarrath war endgültig und für alle Zeit im Meer versunken.

Am nächsten Morgen fuhr Chedan schnaubend in die Höhe und stellte überrascht fest, dass er wider Erwarten fest geschlafen hatte. Der Tag war angebrochen, und auch das hatte nach den Schrecken der vergangenen Nacht wohl niemand zu hoffen gewagt. Allerdings war das Tageslicht so matt, dass man kaum etwas sehen konnte. Chedan hörte deutlich das ständige Knarren des hölzernen Rumpfes, das Glucksen des Wassers unter dem Bug und die Schreie der Seevögel, die wie Korkrindenstücke auf dem Wasser schaukelten, doch zwischen Himmel und Meer hing ein feuchter Nebel, und sie fuhren wie durch eine andere Welt.

Der Magier hatte auf seinen Wanderungen viele Gefahren bestanden, aber er konnte sich nicht erinnern, sich jemals so *unwohl* gefühlt zu haben. Der Rücken schmerzte, weil er in unbequemer Haltung geschlafen hatte, und in seinem Ellbogen steckte ein Holzsplitter. Das kommt davon, wenn man sich nicht unter Deck begibt, schalt er sich selbst und zog ihn heraus. Er wünschte, seine lebenslange Erfahrung könne ihm jetzt helfen, die neue Heimat zu finden.

Er seufzte tief auf, gähnte ausgiebig und zog die Beine an, als vier Matrosen die obere Hälfte des Großmasts an ihm vorbeitrugen. Die Männer waren trotz der morgendlichen Kühle schweißüberströmt. Man hatte die untere Masthälfte aus der Halterung genommen und die beiden Bruchstücke so zugesägt, dass sie sich nahtlos aneinander fügten. Wenn man sie nun mittels einer Schiene zusammenhielte und mit Tauen festzurrte, könnte das Ganze stabil genug sein, um wieder ein Segel zu tragen.

Vorausgesetzt, der Wind wurde nicht zu stark und keine Naturkatastrophe vollendete, was längst verstorbene Magier begonnen hatten ... Chedan seufzte. Pah! Trübe Gedanken an einem trüben Tag. Sehr vernünftig von Reidel, seine Männer beschäftigt zu halten. Er zog sich zum Stehen hoch, ließ sich aber gleich wieder auf eine der Vorratskisten sinken, die in Reihen hintereinander auf den Decksplanken festgeschraubt waren.

Während er seinen schmerzenden Ellbogen massierte, sah er, wie sich Iriel übertrieben vorsichtig zwischen zerbrochenen Kisten und herumliegenden Gegenständen über das Deck tastete. Die dunklen Ringe unter ihren Augen verrieten, wie erschöpft sie war, aber sie hatte ein tapferes Lächeln aufgesetzt. So viel Entschlossenheit erwärmte das Herz vielleicht mehr als die Schale mit dem dampfenden Getränk, die sie so vorsichtig in beiden Händen hielt, dachte Chedan bei sich.

Sie reichte ihm das Gefäß und sagte: »Sie haben unten in der Kombüse Feuer gemacht, und ich dachte mir, ein Schluck Tee könnte Euch gut tun.«

»Mädchen, du rettest mir das Leben!« Keine glückliche Wortwahl, bedauerte Chedan, als er sah, wie sie erbleichte.

»Haben wir uns verirrt?« Sie bemühte sich, Ruhe zu bewahren, aber ihre Hände zitterten. »Ihr könnt mir die Wahrheit sagen. Müssen wir alle hier draußen sterben?«

Chedan schüttelte erschrocken den Kopf. »Mein liebes Kind ...«, begann er.

»Ich bin kein Kind mehr«, unterbrach sie ihn scharf. »Ich kann die Wahrheit ertragen.«

»Mein liebes Mädchen – verglichen mit *mir* sind hier alle noch Kinder.« Chedan nippte dankbar an dem heißen Tee. »Doch zur Sache, Iriel. Du hast deine Frage falsch gestellt. Sterben müssen wir alle – früher oder später. Nichts anderes bedeutet nämlich ›sterblich‹ zu sein. Doch bevor es so weit ist, müssen wir erst einmal lernen, wie man lebt. Also nicht in Grübeleien versinken! Du hast schon einen guten Anfang gemacht, indem du mir geholfen hast.«

Er sah sich um und entdeckte einen aufgerissenen Mehlsack, dessen Inhalt im Begriff war, sich über das Deck zu verstreuen.

»Sieh zu, dass du die anderen Priesterschüler findest. Wenn wir das Mehl zu Grütze verarbeiten, ersparen wir es einem Matrosen, die Planken zu schrubben.«

»Eine gute Idee«, ließ sich eine Stimme vernehmen.

Chedan drehte sich um und sah Tiriki unter den Decken hervorkriechen, in denen sie geschlafen hatte. Mit unsicheren Schritten kam sie über das leicht schwankende Deck auf ihn zu.

»Guten Morgen, Meister Chedan. Guten Morgen, Iriel.«

»Herrin.« Iriel verneigte sich vor Tiriki und noch einmal vor Chedan, dann lief sie davon, um die anderen Priesterschüler zu suchen.

Die beiden sahen ihr nach. »Ich weiß nicht, wie sie das macht«, bemerkte Tiriki. »Mir zittern die Knie, ich kann mich kaum auf den Beinen halten.«

»Setzt Euch zu mir«, sagte Chedan freundlich. »Ihr seid ganz grün im Gesicht. Einen Schluck Tee vielleicht?«

»Danke«, sagte sie und ließ sich rasch neben ihm auf die Seekiste sinken. »Aber das Trinken lasse ich besser bleiben. Mir ist ziemlich flau. Kein Wunder ... ich war noch nie ein Freund der Seefahrt.«

»Nicht auf den Horizont sehen, das hilft«, riet Chedan. »Schaut darüber hinaus – mit der Zeit werdet Ihr Euch daran gewöhnen. Und es ist besser, etwas im Magen zu haben, ob Ihr es glaubt oder nicht.«

Sie war nicht überzeugt, aber dennoch nahm sie die Schale entgegen und trank brav einen Schluck. »Ich habe Euch vorhin mit Iriel reden hören«, sagte sie sachlich. »Wie hoch sind die Verluste denn nun tatsächlich?«

»Alles in allem hatten wir noch Glück. Zwei oder drei Leute gingen über Bord, als die Welle uns traf, aber nur Alammos konnte nicht geborgen werden. Er war Bibliotheksaufseher. Ich kannte ihn nicht besonders gut, aber ...« Seine Stimme schwankte, doch er beherrschte sich eisern. »Fünf von den Priesterschülern haben es auf dieses Schiff geschafft. Wir können nur hoffen, dass die anderen bei Micail sind. Auch einige Priester aus anderen Orden sind hier – Liala hat sie alle so weit untergebracht. Mehr Schwierigkeiten macht uns die Besatzung. Die Leute stammen zum überwiegenden Teil von Alkonath und sind ungemein stolz auf ihre Herkunft. Erst vorhin musste Reidel einschreiten, um einen Faustkampf zu beenden.« Chedan bemerkte ihren besorgten Gesichtsausdruck und beobachtete sie scharf, während er fortfuhr.

»Wenn man allerdings bedenkt, welche Schwierigkeiten durch den Bruch des Großmasts entstehen, können wir froh sein, dass die *Purpurschlange* über eine gut ausgebildete Besatzung verfügt. Denn mangelnde Erfahrung mit dem Meer ist etwas, das Priester und Stadtbewohner gemein haben – wir sind allesamt Landratten, aber wenigstens sind die meisten jung und einigermaßen bei Kräften. Nein, es könnte wirklich alles sehr viel schlimmer sein.«

Tiriki nickte. Sie hatte ihre Gelassenheit zurückgewonnen. Chedan konnte nur hoffen, ebenso viel Ruhe auszustrahlen. Innerlich mochten sie beide bittere Tränen weinen, aber um der Menschen willen, die immer noch zu ihnen aufschauten, mussten sie unerschütterliche Zuversicht verbreiten.

Chedan hob den Kopf und sah, wie Reidel sich einen Weg durch die Trümmer auf dem Deck suchte.

»Warum ist das noch nicht verstaut?«, brummte der Kapitän aufgebracht und runzelte die Stirn. »Sobald der Mast aufgerichtet ist ... Ich bitte um Vergebung.«

»Keine Ursache«, versicherte ihm Tiriki. »Ihr habt Euch vor allem anderen darum zu kümmern, dass das Schiff wieder seetüchtig wird. Uns fehlt es weiter an nichts.«

Er sah sie überrascht an, und sie fand ihn wie schon öfter für sein Alter ungewöhnlich ernst. »Mit allem schuldigen Respekt, Herrin, ich hatte nicht *Euch* um Vergebung gebeten. Aber diese Unordnung auf einem Schiff – mein Vater würde sagen, das bringt Unglück.«

Tiriki war rot geworden, und als Reidel das sah, schüttelte er den Kopf und lachte.

»Nun habe ich Euch noch einmal gekränkt, obwohl das nicht in meiner Absicht lag. Wir müssen wohl erst noch lernen, richtig miteinander umzugehen.«

»Ach übrigens ...«, Chedan wechselte das Thema, um den beiden über die Verlegenheit hinwegzuhelfen, »... könnt Ihr uns sagen, wo wir ungefähr sind?«

»Ja und nein.« Reidel kramte in einem Beutel, den er am Gürtel trug, und zog einen trüben Kristallstab von der Dicke seines Zeigefingers heraus. »Dieses Instrument fängt das Licht der Sonne auch bei Nebel ein und zeigt uns ziemlich genau, wo sie am Himmel steht, und damit können wir in etwa feststellen, wie weit wir nach Norden oder Süden gesegelt sind. Was die Ost-West-Richtung angeht ... nun, da müssen wir abwarten, bis der Sternenbildner geruht, sich uns zu zeigen. Bisher tut er uns den Gefallen noch nicht.« Er steckte den Kristall in den Beutel zurück. »Als wir in See stachen, hatten wir Proviant für einen Monat an Bord, das müsste ausreichen. Sollten wir jedoch Gelegenheit finden, irgendwo an Land zu gehen, so könnte es nicht schaden, die Vorräte aufzufüllen. Immer vorausgesetzt, der Mast ...« Er verstummte, drehte sich um und sah zu seinen Matrosen hinüber.

»Aber *sind* wir denn nun auf Kurs zu den Hesperiden?«, platzte Tiriki heraus. »Ich weiß«, fuhr sie etwas ruhiger fort, »dass sich viele Flüchtlinge von den Inseln Tarisseda und Mormallor auf den Weg nach Khem gemacht haben, wo das alte Wissen seit langem willkommen ist. Andere wollten wohl die Länder im Westen jenseits des großen Meeres ansteuern. Aber ... Micail und ich, wir hatten eigentlich vor, nach Norden ...«

»Ja, Herrin, ich weiß. Einen Tag bevor … vor unserem Aufbruch konnte ich kurz mit dem Prinzen sprechen. Mit beiden Prinzen, um genau zu sein. Prinz Tjalan sagte mir …« Er brach ab und nagte an seiner Unterlippe. »Wenn alles gut geht …« Wieder hielt Reidel inne. Einer der Matrosen trat zu ihm und legte zum Gruß die Hand an die Stirn. »Was gibt es, Cadis?«

»Der Mast kann jetzt aufgerichtet werden. Die Leute warten nur auf Euer Kommando.«

»Ich komme. Ihr müsst mich entschuldigen.« Reidel nickte Chedan und Tiriki respektvoll zu, doch sein Blick und seine Gedanken waren bereits wieder bei seinem Schiff und seiner Mannschaft.

Der Wind ließ sie nicht im Stich, und die *Purpurschlange* kam gut voran. Der geschiente Großmast knarrte zwar bedrohlich, aber er hielt dem Druck stand. Doch der Wind trieb auch sein Spiel mit den Wolken und formte aus den zähen Nebeln unheimliche Gestalten. Ahtarrath mochte in Trümmern auf dem Meeresgrund liegen, aber der Rauchpilz, der von seiner Zerstörung kündete, hing immer noch am Himmel und verdeckte bei Tag die Sonne und bei Nacht die Sterne.

Reidel steuerte wie vereinbart einen nördlichen Kurs, doch auch nach vielen Tagen hatten sie noch kein Land gesichtet. Andere Schiffe kreuzten nicht ihren Weg, aber da ständig dichter Nebel herrschte, war das vielleicht nur gut so. Ein Zusammenstoß wäre eine Katastrophe zu viel gewesen.

Tiriki ließ es sich nicht nehmen, jeden Tag einige Zeit mit den Priesterschülern zu verbringen. Besonders kümmerte sie sich um Damisa, die es noch immer nicht verwinden konnte, Prinz Tjalans Schiff nicht erreicht zu haben, und um Elis, die sie in ihrer Trauer um Aldel immer wieder daran erinnerte, dass sie selbst immerhin noch die Hoffnung hegte, ihren Liebsten lebend wieder zu sehen. Wer von den anderen seine Schwermut nicht abschütteln konnte, dem riet sie, sich ein Beispiel an Kalaran und Selast zu nehmen und sich nützlich zu machen, ein Hinweis, der oft genug Tränen auslöste. Bei jenen, die zu krank oder schwach waren, um zu den täglichen Pflichten herangezogen zu werden, bestand Tiriki darauf, dass sie zumindest die Gesangsübungen und ihre Studien nicht vernachlässigten.

Sie hatte gehofft, von Alyssa, der zweithöchsten Priesterin an Bord, mehr Unterstützung zu erhalten, aber die Seherin schonte ihr verletztes Bein, verließ nur selten die Kabine, die sie nahezu allein bewohnte, und gab sich ganz ihren Meditationen hin. Tiriki unterstellte ihr schon, sie wolle sich nur vor der Arbeit drücken, aber Liala bestätigte, die Seherin habe sich auf der Flucht tatsächlich eine schwere Verstauchung zugezogen.

Eines Nachmittags saß Tiriki auf dem Vordeck und überlegte, ob und wie sie gegen den Priester Rendano vorgehen sollte, der einen sinnlosen Kleinkrieg gegen eine kleine, muntere Saji namens Metia führte, als sich der trübe Himmel verfinsterte und ein Sturm über das Schiff hereinbrach. Schon die erste Nacht auf See war für Tiriki voller Schrecken gewesen. Als nun der Sturm so heftig wurde, dass sie nicht einmal mehr die aufgepeitschten Wellen sehen konnte, da sehnte sie sich tatsächlich in den Palast zurück. Dort hätte sie wenigstens in Würde ertrinken können.

Unter Deck klammerte sie sich eine qualvolle Ewigkeit lang an ihre Koje, während das Schiff haltlos auf den Wellen herumgeschleudert wurde. Selast, die wenigstens die Seefestigkeit der königlichen Linie von Cosarrath geerbt hatte, füllte ihr immer wieder ein Fläschchen mit frischem Wasser. Die anderen aßen Käsebrot und verspeisten die letzten frischen Früchte. Tiriki versuchte, nicht hinzusehen. Wenn sich die See für kurze Zeit etwas beruhigte, befolgte sie Chedans Ratschlag und nahm einen Schluck aus dem Fläschchen.

Die alte Priesterin Malaera schluchzte fast unentwegt, und die Priesterschüler klagten unablässig über ihr Los. Wenn hin und wieder dennoch eine Pause eintrat, hörte Tiriki über sich an Deck die Rufe der Matrosen und Reidels kräftige, klare Stimme. Doch jedes Mal, wenn die Hoffnung aufkeimte, das Schlimmste sei vorüber, heulte ein neuer Windstoß heran, und die *Purpurschlange* kippte, als wollte sie auf den Meeresgrund sinken. Der Verstand sagte ihr, dass kein Schiff ein solches Unwetter überstehen könne. Sollte sie nun darum beten, dass Micails Boot sich als stärker erwiese oder dass er bereits tot wäre und in der anderen Welt auf sie wartete?

Als das Elend zu groß wurde, verfiel sie schließlich in einen Dämmerzustand, und ihre Seele schottete sich gegen die Außenwelt ab. So bemerkte sie nicht, wie die Böen allmählich schwächer wurden und das Schiff fast wieder wie gewohnt rollte und schaukelte.

Und endlich mündete die Erschöpfung in den ersehnten, traumlosen Schlaf, aus dem sie erst am Morgen wieder erwachte.

Der geschiente Großmast hatte den Sturm nicht überstanden, aber die beiden anderen Masten waren noch heil. Allerdings konnten sie nur kleine Segel tragen. Doch das Wetter blieb von nun an schön, und so machten sie bei gleichmäßigem Wind auch weiterhin langsame Fahrt. Wann immer jedoch das trübe Licht noch schwächer wurde, erstarrte Tiriki und fürchtete neues Unheil.

Wo bleibt deine Disziplin?, schalt sie sich selbst. Man hat dich dazu erzogen, alles zu ertragen, auch die Finsternis jenseits des Reiches der Götter, und nun bist du vor Entsetzen wie gelähmt, während diese Kinder ausgelassen herumtollen und schwatzen und sich an die Reling hängen.

Bei jeder knarrenden Planke, jeder plötzlichen Schiffsbewegung, sogar beim Geruch der Holzkohle, die in der Kombüse brannte, klopfte ihr das Herz bis zum Hals. Doch zugleich lenkte sie all das ab von jener tieferen Angst, die sie befallen hatte, als der Sturm sich gelegt hatte und außer ihnen weit und breit kein Schiff auf dem ruhigen blauen Meer zu sehen gewesen war. Chedan meinte, die anderen Boote seien früher aufgebrochen und vielleicht dem Sturm davongesegelt. Ob er selbst daran glaubte? Es nützte auch nichts, wenn sie sich vornahm, ihre Sorge zu verbergen, um die Priesterschüler nicht noch mehr zu erschrecken. Die Angst ließ sich nicht vertreiben, sosehr sie sich auch dafür schämte.

Tiriki holte tief Luft und ging zum Heck des Schiffes, wo Chedan und der Kapitän Beobachtungen am Nachthimmel durchführten. Sie war nicht allein, ermahnte sie sich, als sie sich den beiden Männern näherte. Reidel war ein erfahrener Seemann, und Chedan war weit herumgekommen. Die beiden würden den rechten Weg schon finden.

»Genau das ist es, was ich meine.« Reidel deutete mit dem Finger nach oben. »Im Stiermond müsste das Sternbild des Wandlers kurz nach Sonnenuntergang zu sehen sein, und um diese Zeit sollte der Nordstern schon hoch am Himmel stehen.«

»Ihr vergesst, dass wir viel weiter im Norden sind, als Ihr jemals gekommen seid.« Chedan hielt mit beiden Händen eine Schriftrolle ins Licht. »Dadurch verändert sich der Horizont in vieler Hinsicht geringfügig. Und übrigens ist es kein Wunder, wenn Ihr nichts findet, denn das ist die falsche Rolle. Ardral hatte neuere Karten für uns erstellt.«

»Prinz Tjalan sprach davon, aber sie sind bei uns nicht eingetroffen.«

»Was ist mit den Lehrschriften?«, fragte Tiriki und trat zu den beiden. »Ich hatte Kalaran beauftragt, sie aus den Truhen zu holen.«

»Ich bin Euch dankbar, dass Ihr daran gedacht habt«, sagte Chedan. »Die Schwierigkeit ist, sie sind schon sehr alt. Seht selbst.«

Sie betrachtete die Schriftrolle, auf der die Bahnen der Tierkreiszeichen dargestellt waren. Leider erschienen ihr die Zeichnungen jetzt weitaus weniger genau als damals während ihrer Ausbildung, als sie sich alle Einzelheiten hatte einprägen müssen – und seither hatte sie sich nicht weiter mit den Sternen befasst.

Es ist einfach ungerecht, dachte sie wütend, während die unregelmäßigen Schiffsbewegungen ihren Magen schon wieder in Aufruhr versetzten. Reio-ta war von uns allen der beste Seemann! Erst vor fünf Jahren segelte er ganz allein mit Deoris nach Oranderis. Die beiden wären hier viel nützlicher als ich!

Chedan holte tief Luft. »Der wichtigste Leitstern ist natürlich Eltanin, das zeigen all unsere Karten. Aber die Position der Gestirne ist schon seit Generationen im Wandel begriffen.«

»Was?«, rief Reidel erschrocken. »Wir wissen ja, dass Land und Meer ihre Form verändern können, aber auch der Himmel?«

Der Magier nickte ernst. »Ich habe es oft mit dem Nachtglas überprüft, und es wurde von Stunde zu Stunde deutlicher. Der Himmel verändert sich ebenso wie wir, nur langsamer. Doch über Jahrhunderte werden die Unterschiede erkennbar. Ihr habt doch sicher von den Wandelsternen gehört?«

»Ich weiß nur, dass ihre Bahnen vorhersagbar sind.«

»Nur deshalb, weil man sie schon seit so vielen Jahren beobachtet. Wenn sich die Bahn des Leitsterns, auf dem so viele unserer Berechnungen beruhen, mit einem Mal verschiebt ... Nun, eine derart gewaltige Veränderung gilt gemeinhin als Warnung vor einer großen Umwälzung im Schicksal der Menschheit.«

»Gewiss. Einer Katastrophe, wie wir sie erlebt haben«, bemerkte Reidel.

Tiriki schirmte mit einer Hand den Schein der Laternen ab und schaute zum Himmel. Nebel verhüllten den Horizont, aber der junge Mond war bereits untergegangen. Und über ihr funkelte eine solche Fülle von Sternen, dass es praktisch unmöglich war, überhaupt ein Sternbild auszumachen.

»Vielleicht«, hörte sie Chedan sagen, »habt Ihr die alten Leute murren hören, Frühling und Winter seien nicht mehr, was sie einst waren. Nun, diese Leute sind nicht etwa vergesslich geworden, nein, sie haben Recht. Im Tempel gibt es Aufzeichnungen, die es beweisen. Die Pflanzzeit, das Einsetzen der Regenfälle – eine unbegreifliche Veränderung hat den gesamten Kosmos erfasst – und wenn wir uns nicht anpassen, gehen wir zugrunde.«

Tiriki riss sich los von der verwirrenden Pracht des Himmels und ließ sich Chedans Worte durch den Kopf gehen. »Wie meint Ihr das?«

»Seit dem Untergang des Alten Landes haben die Herrscher jedes Maß verloren und es über dem Streben nach Macht versäumt, dem Volk zu dienen. Vielleicht wurden wir nur gerettet, um das alte Wissen in einem neuen Land zu neuem Leben zu erwecken. Ich spreche natürlich weder von Micail noch von Reio-ta. Auch Prinz Tjalan ist – war – ein großer Mann – oder hätte es werden können ...«

Tiriki spürte Chedans Erschütterung und streichelte ihm tröstend die Hand.

»Das mag schon richtig sein«, schaltete sich Reidel energisch ein, »aber für mich hat zunächst Vorrang, dieses neue Land überhaupt zu erreichen.«

»Auch wenn man sich auf die Sterne nicht mehr verlassen kann«, sagte Tiriki, »so sind doch Sonne und

Mond noch die Alten, oder? Sie können uns so lange nach Osten führen, bis wir Land finden. Und wenn es kein Land gibt – dann werden wir beraten, wie wir weiter verfahren wollen.«

Chedan lächelte ihr anerkennend zu, und auch Reidel sah ein, dass ihr Vorschlag vernünftig war, und nickte. Tiriki lehnte sich zurück. Wieder wanderte ihr Blick empor zu den fernen, kalten Sternen, die spöttisch auf sie und alle Sterblichen herabschauten. Verlasst euch auf nichts, schienen sie zu sagen, denn da, wo ihr jetzt hingeht, wird euer schwer errungenes Wissen euch wenig nützen.

Tiriki erwachte und stöhnte leise. Allmählich gewöhnte sie sich an die schwankende Hängematte, und auch die allmorgendliche Übelkeit war ihr schon fast vertraut. Es war der dritte Tag nach dem Sturm.

»Hier«, sagte eine Stimme. »Nehmt das Becken.«

Tiriki schlug die Augen auf. Vor ihr stand Damisa mit einer Messingschale. Der Anblick verstärkte den Drang. Es folgten qualvolle Augenblicke, dann legte sie sich zurück. Damisa reichte ihr ein feuchtes Tuch, und sie wischte sich den Schweiß von der Stirn.

»Danke. Das Meer war noch nie mein Element, aber inzwischen sollte ich mich an das Schwanken doch gewöhnt haben.« Tiriki war nicht sicher, ob Damisa ihr aus Mitgefühl beistand oder weil sie es für ihre Pflicht hielt, aber eigentlich war es ihr gleichgültig. Sie war viel zu sehr auf ihre Schülerin angewiesen. »Was macht das Schiff?«

Das Mädchen zuckte die Achseln. »Der Wind hat aufgefrischt, und jedes Mal, wenn die Masten knarren, fürchten alle, sie könnten brechen, aber ohne Wind kommen wir schließlich kaum von der Stelle. Steht er gegen uns, dann klagen sie, wir hätten uns verirrt, und legt er sich, dann jammern sie, wir würden alle verhungern. Elis und ich haben übrigens einen Topf Grütze gekocht. An der frischen Luft und mit einem guten Frühstück im Magen wird es Euch gleich besser gehen.«

Tiriki schüttelte sich. »Mit dem Frühstück möchte ich lieber noch etwas warten, aber ich komme mit an Deck. Ich habe Chedan versprochen, mit ihm die Sternenkarten zu überarbeiten. In meinem Zustand werde ich allerdings höchstens beifällig nicken und ihm die Hand halten können.«

»Er wäre nicht der Einzige, dem man die Hand halten müsste«, bemerkte Damisa. »Ich bemühe mich ja, die anderen so weit zu beschäftigen, dass sie keinen Unsinn anstellen können, aber Meditationsübungen sind auf dem schwankenden Deck nicht möglich, und man kann nicht unbegrenzt über die Sprüche der Magier diskutieren. Sie sind natürlich noch sehr jung«, fuhr sie mit der ganzen Überlegenheit ihrer neunzehn Jahre fort, »aber sie wurden ausgewählt, weil sie die nötige Intelligenz besitzen, und deshalb begreifen sie sehr wohl, in welcher Gefahr wir schweben.«

»Mag sein«, seufzte Tiriki. »Nun gut, ich komme mit.«

»Wenn Ihr den Vormittag über bei den anderen bleibt, kann ich eine gründliche Bestandsaufnahme unserer Vorräte machen. Natürlich nur, wenn es Euch recht ist ...«, fügte Damisa zögernd hinzu.

Das ist ihr ja gerade noch eingefallen ... Tiriki verkniff sich ein Lächeln. Sie hatte nicht vergessen, wie sie selbst in Damisas Alter die Unwissenheit der Jüngeren und die Schwächen der Älteren verachtet hatte.

»Natürlich«, wiederholte sie freundlich. »Noch etwas, Damisa – ich bin dir sehr dankbar, dass du während meiner Krankheit die Verantwortung übernimmst.« Es war nicht hell genug in der Kabine, um sehen zu können, ob das Mädchen rot wurde; Damisas Stimme klang jedenfalls ruhig.

»Bevor ich Priesterschülerin wurde, war ich Prinzessin von Alkonath. Ich wurde dazu erzogen, andere zu führen.«

Damisa hatte großes Selbstbewusstsein an den Tag gelegt, doch nachdem sie die Vorräte in den Lagerräumen der *Purpurschlange* durchgesehen hatte, bereute sie es, sich nach der Verantwortung gedrängt zu haben. Aber unangenehmen Tatsachen ins Auge zu sehen war Ehrensache. Hoffentlich war auch Kapitän Reidel dazu fähig, wenngleich er kein Aristokrat war.

Wie erwartet, fand sie ihn mit Chedan am Bug des Schiffes, wo die beiden nach dem Mittagsstand der Sonne ihre Position berechneten.

»Damisa, meine Liebe«, sagte der Ältere. »Du machst ein so düsteres Gesicht. Was ist geschehen?«

»Ich habe düstere Nachrichten.« Ihr Blick wanderte zum Kapitän. »Unsere Mehlvorräte schwinden dahin. So schnell, wie wir das Mehl verbrauchen«, erklärte sie entschieden, »wird der schon geöffnete Sack nach der

Abendmahlzeit leer sein, und danach ist nur noch einer übrig. Ich könnte die Grütze dünner machen, aber dann wäre sie nicht mehr nahrhaft genug, und die Männer müssen schwer arbeiten.«

Reidel runzelte die Stirn. »Ich habe mir schon oft gewünscht, unser Koch wäre mit an Bord gekommen. Wobei Ihr sicher alles tut, was in Eurer Macht steht. Ich bin für alle vernünftigen Vorschläge offen. Ihr behauptet also, wir hätten nur noch für zwei Tage zu essen?«

»Beim derzeitigen Verbrauch eher nur für einen. Ich habe festgestellt, dass *gewisse* Leute, und nicht nur Stadtbewohner ...« Damisa errötete unter dem durchdringenden Blick seiner schwarzen Augen. Reidel war mit seinem kräftigen Körperbau, der bräunlichen Haut und dem schwarzen Haar ein typischer Vertreter der atlantidischen Mittelschicht, doch aus der Nähe betrachtet wirkte er viel jünger, und sie stellte fest, dass sein jetzt so grimmig verkniffener Mund wohl eher zum Lächeln taugte. »Gewisse Leute«, wiederholte sie entschieden, »haben Essen gehortet. Einige von den Verstecken sind mir bekannt – und wenn Eure Matrosen mir helfen würden, diese Vorräte zu beschlagnahmen, könnten wir sie gerecht verteilen. Auf diese Weise bekäme jeder an Bord mindestens eine weitere Mahlzeit. Vielleicht sogar noch mehr.«

»Gewiss.« Reidel seufzte.

Chedan murmelte etwas in sich hinein, ohne den Blick von seinem sonderbaren Gerät zu wenden, einer zerbrechlich wirkenden Konstruktion aus Kristallstäben und Kegeln, mit der er den Winkel zwischen Horizont und Sonne maß.

»Ich habe mit den anderen Priesterschülern gesprochen«, sagte Damisa in das Schweigen hinein. Der Kapitän wie der Magier wandten sich ihr zu. Wieder wurde sie rot. »Wir sind gewohnt zu fasten«, erklärte sie. »Und wir arbeiten tatsächlich nicht allzu schwer. Es wird uns nicht schaden, wenn man uns für einige Zeit auf Meditationsrationen setzt.«

Reidel starrte sie an, als nähme er sie zum ersten Mal als Menschen und nicht nur als Angehörige der Priesterschaft wahr. Sein prüfender Blick trieb Damisa ein weiteres Mal das Blut in die Wangen, aber diesmal schlug sie die Augen nicht nieder, und schließlich war er es, der zur Seite schaute.

»Wir werden bald auf Land stoßen«, murmelte er und betrachtete den Horizont. »Ganz sicher. Aber wenn Ihr mit Euren Freunden sprecht ... dann sagt ihnen ... ich bin Euch allen sehr dankbar.«

»Gern«, antwortete sie und wandte sich an Chedan. »Kommt mit mir, Meister. Die Priesterschüler warten im Heck des Schiffes. Wir können alles ertragen, was uns auferlegt wird, aber wenn Ihr uns mit ein paar Worten Mut macht, tun wir es mit freudigerem Herzen.«

Der Magier zog spöttisch eine Augenbraue hoch. »An entsprechenden Worten fehlt es dir selbst wohl auch nicht, meine Liebe. Nein, nein, das soll kein Vorwurf sein«, fügte er hastig hinzu. »Aber du bist aus den Entbehrungen sichtlich gestärkt hervorgegangen, und das macht wiederum mir Mut. Wir stehen in deiner Schuld.«

Mittschiffs waren einige Matrosen damit beschäftigt, die Taue zu spleißen, die beim letzten Sturm gerissen waren, während andere ein Ersatzsegel flickten. Chedan spürte, wie sie ihm nachsahen, als er mit Damisa zum Heck ging, aber die Kastenschranken hielten alle davon ab, ihn mit Fragen zu bedrängen. Die Schüler saßen mit ein oder zwei Priestern in einem lockeren Halbkreis unter einem Sonnendach zusammen, das aus den Resten eines zerrissenen und nicht mehr zu flickenden Segels bestand. Beim Anblick des berühmten Meisters Chedan Arados verstummten sogleich die Gespräche. Er sah aufmerksam in die Runde.

Damisa hatte er als kleines Mädchen auf Alkonath kennen gelernt. Schon damals war sie nicht schüchtern gewesen, und vermutlich war es ihr gutes Recht, wenn sie ihn den anderen jetzt vorführte wie eine Jagdtrophäe. Die Sternenkarten hatten ihn so sehr in Anspruch genommen, dass er die Priesterschüler vernachlässigt hatte; dabei musste er sich ihrer wohl annehmen, nachdem Tiriki so krank war.

Damisa hockte sich zu ihren Mitschülern auf die Matte und sah ihn auffordernd an. Der Magier ließ sich mit schmerzenden Knochen auf einer Taurolle nieder und schaute mit einem Lächeln, von dem er hoffte, dass es aufmunternd wirkte, in ein junges Gesicht nach dem anderen.

»Es tut mir Leid, dass ich bisher zu beschäftigt war, um zu euch zu kommen«, hob er an, »aber nach allem, was ich höre, habt ihr es verstanden, euch auch in diesen schwierigen Zeiten nützlich zu machen. Ich habe gelernt, mich mit Ratschlägen zurückzuhalten, wo sie nicht benötigt werden. Aber einige von euch haben offenbar den Eindruck, unsere Lage sei hoffnungslos. Nun ist es nicht nur verständlich, wenn ihr euch Sorgen macht, es ist sogar vernünftig, wenn man bedenkt, wo wir uns befinden. Aber die Hoffnung aufzugeben wäre ein schwerer Fehler.«

Die kleine Iriel stieß einen Laut aus, der wie ein Lachen oder ein ersticktes Schluchzen klang. »Ein Fehler? Meister, wir lernen Zeichen zu deuten, das ist ein wesentlicher Bestandteil unserer Ausbildung. Wir wissen, dass es dunkel wird, wenn die Sonne untergeht. Stehen keine Sterne am Himmel, dann kann es Regen geben. Und jetzt sagen mir die Zeichen, dass wir hier draußen jämmerlich zugrunde gehen werden, denn wir haben weder ein anderes Schiff gesehen noch Land gesichtet.«

Ein Schatten glitt über das Deck. Chedan schaute ihm nach, bis er einen weißen Vogel vor dem azurblauen Himmel aufleuchten sah.

»Ich bestreite nicht, was du gesehen hast.« Er wandte sich wieder Iriel zu. »Obwohl ich weiter herumgekommen bin als die meisten Menschen, kann auch ich nicht ganz genau sagen, wo wir uns befinden. Aber du ziehst Schlüsse, bevor du alle Beweise gesammelt hast. Verfalle nicht in den Fehler derjenigen, die jede Veränderung als Niedergang betrachten und behaupten, am Ende stünde die Finsternis. Am Ende steht auch das Licht – und in diesem Licht werden wir endlich den Kosmos sehen und unseren Platz darin erkennen, wir werden den Sinn unserer Hoffnungen und unserer Verluste begreifen, unserer Liebe und unserer Träume ...«

»Gewiss, Meister, unser Geist wird überleben, daran zweifelt niemand.« Kalarans hübsches Gesicht hatte sich zu einem höhnischen Grinsen verzerrt. »Aber wenn wir so wichtig sind, warum lassen uns die Götter dann hier am Ende der Welt in Ungewissheit schmoren?«

»Kalaran, Kalaran.« Chedan schloss die Augen und schüttelte den Kopf. »Du hast Feuer und Zerstörung nahezu unversehrt überstanden und beklagst dich, weil du ein wenig Ungewissheit ertragen musst? Kein Wunder, dass die Götter so selten eingreifen! Sie haben uns in ihrer Gnade einen Weg aus der Katastrophe gezeigt, aber das genügt dir nicht! Denn man mutet dir einige Strapazen zu.« Chedan drohte in gespieltem Abscheu mit dem Finger. »Nun gibt es wahrhaftig keine Rettung mehr.« Er verstummte. Die Schüler lachten nervös.

»Ihr Kinder des alten Atlantis«, fuhr er etwas leiser fort, »wir haben alles verloren außer uns selbst, doch wenn ich sage, wir sollen dankbar sein für unsere Mühsal, dann wiederhole ich nicht nur einen abgedroschenen philosophischen Leitsatz. Denn wir *könnten* unter dieser Mühsal nicht stöhnen, hätten wir nicht zweimal überlebt! Und ihr glaubt doch wohl nicht, das Leben wäre nicht mehr lebenswert, nur weil es anders ist als bisher?«

»Aber wir wissen doch wirklich nicht, wo wir sind!«, wandte Kalaran ein, und alle anderen stimmten ihm mit leisem Gemurmel zu.

»Schlimmer noch«, rief die junge Selast, die neben Damisa saß. Durch ihren zierlichen Körper lief ein Zittern. »Die Matrosen sagen, wir seien über den Rand der Welt hinausgesegelt!«

»Nach meiner Erfahrung«, antwortete Chedan und warf einen Blick über die Schulter, »erzählen Seeleute jungen und unerfahrenen Menschen gern alle möglichen Schauergeschichten. Ich würde euch raten, nicht alles zu glauben, was ihr so hört.

Aber lasst uns für einen Moment annehmen, die Gerüchte wären wahr, und wir wären tatsächlich über den Rand der Welt hinausgesegelt. Woher wollt ihr wissen, dass wir nicht ebenso leicht auf der anderen Seite wieder auf die Welt zurücksegeln können? Das Meer ist riesig und wild, aber es ist endlich. Früher oder später werden wir Land finden. Eines kann ich euch freilich jetzt schon versprechen, meine lieben jungen Freunde: Wenn wir wieder eine Küste erreichen, werden wir dort wahrscheinlich *keine* warmen Häuser vorfinden, und es werden auch keine Diener mit köstlichen Speisen und erfrischenden Getränken auf uns warten!«

Seine Worte waren wie eine Prophezeiung. Genau in diesem Augenblick schrie der Mann mit den Adleraugen, den Reidel als Ausguck auf den Mast geschickt hatte, laut auf und rief: »Land in Sicht! Kapitän, da am Horizont, das ist keine Wolke! Es ist Land! Ich sehe es ganz genau!«

In ihrer Begeisterung hatten alle vergessen, dass Land zu sehen und an Land zu gehen nicht dasselbe war. Als sie näher kamen, beschrieben die mit den schärfsten Augen hohe Klippen aus bräunlichem Fels, von Wind und Wasser zu Säulen und Türmen geformt, und zu ihren Füßen einen wilden Strudel aus schäumendem Wasser.

»Ich denke, wir haben die Kasseritiden gefunden, die Zinn-Inseln, deren südliches Horn die Händler Beliri'in nennen«, hauchte Chedan. »Das müssen die Klippen an der Spitze der Halbinsel sein. An der Südwestküste gibt es eine Bucht mit einer Insel, dort pflegten die Händler vor Anker zu gehen.«

Reidel stemmte sich gegen das Ruder, auch die Matrosen taten, was sie konnten, aber der Wind kam von Osten, und ohne Großsegel gelang es ihnen lediglich, die *Purpurschlange* mit der Breitseite zu den scharfen Felsen zu drehen. Reidel fluchte vor Enttäuschung und steuerte sein Schiff wieder auf die offene See hinaus, wo es halbwegs in Sicherheit war.

»Gibt es weiter nördlich noch andere Häfen?«, fragte Tiriki leise. Sie konnte sich von dem Anblick erst losreißen, als die Küste schon fast im Abendnebel verschwunden war.

»Die Küste hat zahlreiche Buchten«, versicherte Chedan. »Die Insel ist ziemlich groß. Vor vielen Jahren liefen unsere Schiffe zumeist in einen weiter nördlich gelegenen Hafen ein. Er befand sich an der Mündung eines Flüsschens, dem unsere Leute nach einem Fluss im Alten Land den Namen Naradek gaben. Sie erzählten von einem Hügel, geformt wie eine Pyramide, auf dem sie einen Sonnentempel errichtet hätten. Doch als das Alte Land unterging, riss die Verbindung ab. Ich glaube nicht, dass heute noch etwas davon übrig ist.«

Reidel rang sich ein Lächeln ab. »Wenigstens wissen wir jetzt, wo wir sind. Morgen gelingt es uns sicherlich, an Land zu kommen.«

Doch das schien der Wind nicht zulassen zu wollen. Drei Tage lang kämpften sie sich an der felsigen Küste entlang und schlugen sich mit widrigen Strömungen und schlechtem Wetter herum. Die einzige Nahrung waren ein paar Fische, die sie aus den Wellen holten, und davon wurden sie mit jedem Tag weniger satt.

Am vierten Tag flaute der Wind ab. Im Morgengrauen erblickten sie eine große Flussmündung mit unzähligen Armen, ein Gebiet, wo Land und Wasser sich mischten, und dahinter einen Halbkreis von schützenden Bergen. Eine Kette von bewaldeten Inselchen wand sich wie eine Riesenschlange durch die Sümpfe landeinwärts auf ein Festland zu, das noch hinter Nebelschleiern verborgen war.

Nach und nach sammelten sich die Flüchtlinge an Deck, um das unbekannte Land zu bestaunen. Sie konnten es kaum fassen, tatsächlich ein Ziel gefunden zu haben. Tiriki stand allein am Bug des Schiffes und kämpfte mit den Tränen. Sie hatte wohl im Unterbewusstsein damit gerechnet, dass Micail am Ende der Reise auf sie warten würde.

Noch befanden sie sich einige Meilen westlich der Handelsniederlassung am Naradek, von der ihnen Chedan erzählt hatte. Und sie hatten sich gewiss nicht vorgestellt, in einer weglosen Wildnis zu landen. Aber die Flut trug sie unerbittlich auf die Küste zu, und das Schiff war zu mitgenommen, um sich noch einmal aufs Meer hinauswagen zu können. So warf Reidel mit einem tiefen Seufzer das Ruder herum und steuerte in die Mündung hinein.

»Da ist nun endlich das neue Land ...« Tiriki drehte sich überrascht um. Sie hatte Chedans Stimme erkannt, aber er wandte sich an alle Versammelten und sprach lauter als sonst. »Von nun an werden wir keine Zeit mehr haben, dem Vergangenen nachzutrauern«, fuhr er fort. »Wir müssen alle Kräfte aufbieten, um zu überleben. So lasst uns denn Abschied nehmen. Ahtarrath die Schöne und Alkonath die Mächtige, lebt wohl. Denn ach, das Goldene Reich, es ist nicht mehr.«

Ein letztes Mal flammte die Trauer um die Zehn Staaten von Atlantis, das mit seinen mächtigen Schiffen die ganze Welt befahren hatte, mit Heftigkeit auf, um dann zu verstummen. Für einen Augenblick wurde die Erinnerung an das Verlorene überdeutlich. Noch einmal sahen sie den Sternenberg mit Donnergetöse in Flammen aufgehen und die letzte Bastion des unbesiegbaren Atlantidenreiches in den Fluten versinken.

Sechstes Kapitel

Schönster, der du aufscheinst am östlichen Horizont,
Sende dem Tag dein Licht.
O Stern des Ostens, Tagstern, erwache, geh auf!
Erwache, du Herr und Spender des Lebens …
Geh auf, du Freudenbringer, du Spender des Lichtes …
Schönster, der du aufscheinst am östlichen Horizont,
Tagstern, erwache, geh auf!

Die langsam an- und abschwellenden Verse holten Micail ins Bewusstsein zurück. Mit dieser Hymne hatten seine Tage begonnen, so lange er denken konnte. Die Stimmen waren von jugendlicher Reinheit; waren es die Priesterschüler, die da sangen? Er entsann sich nicht mehr genau, wieso sie bei ihm waren, aber ihre Anwesenheit und die lebensbejahenden Rhythmen ihres Gesangs schützten ihn vor den Albträumen; er fing bereits an, sie zu vergessen.

Er wollte die Augen öffnen, aber auf seinem Gesicht lag ein kühles, graues Tuch.

Bin ich etwa krank? Er spürte einen dumpfen Druck in der Brust und hinter den Augen, seine Arme waren kraftlos und heiß, er konnte nicht einmal die Hand heben, um sich das feuchte Tuch abzunehmen.

»Tiriki.« Zum Flüstern reichte seine Kraft. Er versuchte es noch einmal: »Tiriki?«

»Nicht sprechen.« Eine Hand zog ihm geschickt das Tuch von der Stirn und hob dann seinen Kopf an. »Hier, trinkt. Aber sachte ...« Der harte Rand einer Tasse berührte seine Lippen.

Er schluckte mechanisch. Eine dünne, herbe Grütze, mit etwas Honig gesüßt, glitt durch seine Kehle. Der Druck in seiner Brust löste sich, doch die Kopfschmerzen blieben.

»So ist es gut«, ließ sich die Stimme wieder vernehmen, und die kräftigen Hände legten seinen Kopf behutsam auf das Kissen zurück. »Das müsste Euch beruhigen ...«

Er wollte die Sprecherin ansehen, aber schon fielen ihm wieder die Augen zu. Die Stimme war irgendwie vertraut, ein Zungenschlag, wie er ihn aus seiner Kindheit kannte, aber für Tirikis Stimme zu tief.

Warum ist sie nicht hier, wenn ich so krank bin? Er nahm alle Kräfte zusammen, um abermals nach ihr zu rufen, aber man hatte dem Trank wohl etwas beigemischt, das ihn wieder hinabzog in die dunklen, warmen Tiefen. Ein frischer, erdiger Duft nach regennassem Gras stieg ihm in die Nase, er schnupperte verwirrt, doch schon überfluteten Erinnerungen sein getrübtes Bewusstsein.

»Das Gleichgewicht ist erschüttert!
Die Finsternis steigt auf! Dyaus ist frei!
Das ist der Untergang! Rette uns, Micail!
Rette uns!«

»Micail, hört Ihr mich? Aufwachen, mein Junge. Ihr liegt schon viel zu lange auf der faulen Haut.«

Trockene, sehnige Greisenhände schlossen sich um seine Finger, ein Energieschwall durchströmte ihn. Der Schock brachte ihn vollends zu Bewusstsein. Er riss die Augen auf. Ein Mann beugte sich über ihn, groß, mit ausdrucksvollem Gesicht, hoher Stirn und einem ungebärdigen grauen Haarschopf, der an das gesträubte Gefieder eines Vogels erinnerte.

»Ardral!«, krächzte Micail verblüfft. »Ehrwürdiger Ardravanant«, verbesserte er sich dann. Gegenüber dem Siebenten Heiligen Hüter im Tempel des Lichtes auf Ahtarrath sollte man doch die Form wahren ... An sich waren Ardral und Micail vom Rang her gleichgestellt, aber der alte Meister war schon eine Legende gewesen, als Micail noch ein kleiner Junge war, deshalb erschien es ihm vermessen, ihn mit seinem Alltagsnamen anzureden.

»Der erste Versuch hat mir besser gefallen«, erklärte der Siebente Hüter. »Ich fühle mich zurzeit wahrhaftig nicht wie ein ›Erkenner des Strahlenden Lichtes‹. Außerdem sollte man dergleichen nicht einfach voraussetzen, meint Ihr nicht auch? Schlimm genug, wenn es in den Zeremonien geschieht. Nein, bleiben wir ruhig bei Ardral. Oder nenne ich Euch etwa andauernd Osinarmen?«

»Natürlich nicht. Aber …« Micail schüttelte den Kopf und räusperte sich. »Wie kommt Ihr hierher? Und überhaupt …« Wieder stockte er, doch diesmal lag es nicht an seiner Stimme. »Wo sind wir?«

Ardrals graue Augen wurden schmal. »Ihr erinnert Euch nicht?«

Ich erinnere mich an gar nichts, dachte Micail, doch in diesem Augenblick kehrte alles wieder. »Wir waren in der Bibliothek«, keuchte er. »Ihr wolltet eine große Holzkiste die Treppe hinunterschaffen. Mein Freund Jiri und ich haben Euch geholfen, doch dann seid Ihr noch einmal zurückgelaufen, und …«

Eine Flut von Bildern brach über ihn herein: streitende Priester, einstürzende Säulen, berstende Mauern, Schriftrollen, die wie welkes Laub auseinander geweht wurden, und dieses grässliche Stöhnen aus den Tiefen der Erde, das die Gebäude erzittern ließ und den Menschen durch Mark und Bein ging.

»Ihr habt mir das Leben gerettet«, sagte der Meister leise und drückte Micails Hände fester. »Aber wenn ich mich recht erinnere, hielt sich meine Dankbarkeit in Grenzen.«

»Ihr hättet mir fast die Nase gebrochen.«

»Stimmt … es tut mir Leid. Ich weiß nicht, was über mich kam. Zuerst ermahne ich die Menschen in unzähligen wirklich mitreißenden Reden, sich in das Unvermeidliche zu schicken, und dann kann ausgerechnet ich der Versuchung nicht widerstehen, um jeden Preis noch einen letzten Gegenstand zu retten – obwohl schon die glühende Lava vom Himmel fällt und die Stadt in Brand steckt! Zum Glück habt wenigstens Ihr begriffen, dass die Zeit abgelaufen war!«

»Wie sind wir eigentlich zum Hafen gekommen?«, flüsterte Micail. Der Druck auf seiner Brust kehrte zurück. »Ich weiß noch, dass die Türme einstürzten – und uns den Weg versperrten ...«

Grauenvolle Bilder überschwemmten sein Bewusstsein: Menschen, die über den Darokha-Platz taumelten, als sich die uralten glasierten Steine plötzlich aufbäumten, wie von einer unheimlichen Welle bewegt – eine alte Frau, die stürzte, vom Pöbel zertrampelt wurde und mitten auf der Straße liegen blieb wie eine Puppe, die man achtlos weggeworfen hatte.

Micail ballte hilflos die Fäuste. Er sah den roten Schein auf dem wogenden Wasser vor der Küste und hörte die klirrende Rüstung der Elitesoldaten, die Prinz Tjalan beauftragt hatte, nach ihm zu suchen. Und sosehr er sich dagegen sträubte, auch das Trümmermeer erschien vor seinem inneren Auge, die Felsenwüste, wo eigentlich der Hafen sein sollte – und wo die *Purpurschlange* vertäut gewesen war.

Die ganze Zeit war Asche vom Himmel gefallen und hatte Land und Meer mit einer stinkenden grauen Schicht überzogen, als wäre alles Leben tot und er selbst nur noch ein Gespenst in einem aufgebrochenen Grabmal, dem Grabmal, wo ...

»Tiriki!« Die Stimme versagte ihm, er rang nach Luft. »*Wo ist sie?*« Quälende Hustenkrämpfe marterten seine Lungen, dennoch fuhr er in die Höhe und ruderte wild mit den Armen. »Ich muss sie finden, bevor ...«

Doch wieder entströmte Ardrals Händen jene erstaunliche Kraft, der Meister murmelte ein Wort der Macht, und Micail versank abermals in den nassen Tiefen seiner Träume.

Hin und wieder kam er kurz zu sich. Jedes Mal machten sich andere Hände an ihm zu schaffen. Bisweilen war ihm selbst die leiseste Berührung unerträglich. Manchmal erkannte er seinen Freund Jiritaren, einmal hörte er jemanden aufgeregt von einer Krise, einem Lungenfieber sprechen. Allmählich begriff er, dass er in Lebensgefahr schwebte, aber das berührte ihn nicht. Tiriki war alles, was zählte. Er konnte sich nicht erinnern, wie und wann er sie verloren hatte, doch dass sie nicht bei ihm war, empfand er wie eine Wunde, durch die ihm das Leben verrann.

Dann kam der Moment, in dem er in ihren Armen lag. Ich sterbe, dachte er. Und Tiriki ist gekommen, um mich nach Hause zu tragen.

Aber sie schrie ihn an, warf ihm vor, er habe seine Pflicht nicht erfüllt. Und er ertrank wie in einer gewaltigen Flut …

Prasselnder Regen weckte ihn. Seltsam, die Zeit der Stürme war doch vorbei! Er atmete in tiefen Zügen. Seine Lungen waren noch nicht ganz frei, aber er spürte keine Schmerzen mehr.

Das Bett war ihm nicht vertraut, er fand es zu weich. Langsam hob er den Kopf und sah sich um. Warmes Licht, weiß getünchte Wände, ein schmales Fenster.

Das Herz klopfte ihm bis zum Hals, als er daneben eine Frau erblickte, die auf das Meer und in den Sturm hinaussah. Aber es war nicht Tiriki. Diese Frau hatte dunkle Locken, die kupferrot aufleuchteten, wenn das Licht darauf fiel.

»Deoris?«, flüsterte er.

Sie drehte sich um, und er sah die goldbraune Haut, die großen schwarzen Augen, das kleine Muttermal auf der Nase ... Natürlich war es nicht Deoris, sondern ihre jüngere Tochter, Tirikis Halbschwester. »Galara«, sagte er lauter. »Wenigstens *du* bist am Leben!«

»Du doch auch!«, rief sie aus und beugte sich über ihn. »Und du bist auch wieder *bei Sinnen,* nicht wahr? Dem Schöpfer sei Dank! Das muss ich gleich dem Prinzen mitteilen, er möchte natürlich wissen ...«

Allmählich fand sich Micail in seinen Erinnerungen zurecht. Wenn Prinz Tjalan bei ihm gewesen war, als sie nicht zum Hafen durchgekommen waren, dann hatte er ihn wohl mit auf die *Königssmaragd* genommen, die noch sicher in der Bucht gelegen und ihn hierher gebracht hatte ... wo immer *hier* sein mochte.

Er wollte danach fragen, doch bevor er die Worte herausbrachte, war Galara schon aus dem Zimmer gelaufen. Er machte einen Versuch, sich aufzusetzen, aber die Anstrengung war zu groß, und so legte er sich schwer atmend auf das weiche Bett zurück.

Die Tür wurde energisch aufgerissen, und Prinz Tjalan trat ein. Das Silber an seinen Schläfen war mehr geworden, als Micail es in Erinnerung hatte, auch die eine oder andere tiefe Falte um die Augen war neu, aber sein grüner Leinenrock war wie immer ordentlich geplättet, und als er Micail ansah, strahlte er über das ganze Gesicht.

»Du bist *tatsächlich* aufgewacht!« Tjalan warf den kurzen wollenen Umhang ab, setzte sich auf einen Hocker neben das Bett, griff mit beiden Händen nach Micails Hand und drückte sie kurz.

»Ja ... und ich freue mich, dich zu sehen. Dir habe ich es wohl zu verdanken, dass ich in einem Stück hier angekommen bin?« Micails Dank kam nicht unbedingt von Herzen, aber er hatte Tjalan immer gern gehabt, und zumindest daran hatte sich nichts geändert.

»Dafür sollte ich mir selbst einen Orden verleihen!«, lachte Tjalan leise. »Zuerst musste ich dich mit Gewalt auf das Schiff schaffen – kein anderer wagte Hand an dich zu legen! Und als wir dabei waren, den Hafen zu verlassen, glaubtest du, du hättest Tiriki entdeckt ...« Er hielt inne. »Du bist über Bord gesprungen und natürlich sofort mit dem Kopf gegen einen schwimmenden Balken gekracht! Dass du nicht zusammen mit deinem Retter ertrunken bist, war pures Glück! Der Retter war übrigens auch diesmal ich. Irgendwie hat man uns beide wieder herausgefischt. Du hattest von dem Schlag auf den Kopf eine Gehirnerschütterung, und von dem schmutzigen Wasser, das du geschluckt hattest, bekamst du ein Lungenfieber. Seither war nichts mehr mit dir anzufangen; entweder warst du bewusstlos oder im Fieberwahn. Aber wir haben keine Mühen gescheut, um dich am Leben zu erhalten.«

»Wo sind wir hier?«, fragte Micail.

»Auf den Hesperiden – den Zinn-Inseln –, genau wie wir beide es geplant hatten.« Tjalan grinste wieder. »Wir sind hier in Beliri'in nur an Land gegangen, um unsere Vorräte aufzustocken und uns wieder einmal frei bewegen zu können, aber sobald du dich reisefähig fühlst, fahren wir weiter die Küste hinauf nach Belsairath. Die Stadt ist an sich nichts Besonderes, nur eine alte alkonische Handelsniederlassung aus der Zeit meines Urgroßvaters, aber mit den vielen Flüchtlingen wird sie sicher bald aufblühen!«

»Flüchtlinge ...« Micail fröstelte trotz der Decken und Pelze. »Es sind also noch andere Schiffe hier?«

»O ja. Nicht nur von Ahtarrath, sondern auch von den übrigen Inseln. Wir konnten viele von unseren Priestern retten, mehr, als ich zu hoffen wagte, als unsere ganze Welt sich anschickte, in Stücke zu fliegen. Etliche von den Priesterschülern retteten sich zur Bucht, als sie die Straße zum Hafen blockiert fanden. Die *Königssmaragd* war randvoll beladen, aber sie ist ein gutes Schiff, und sobald wir auf offener See waren, ging alles glatt.«

»Aber es gab keine Nachricht ...« Er rang nach Atem.

»Mein lieber Freund!«, mahnte der Prinz. »Du darfst dich nicht aufregen! Nein, von Tiriki haben wir nichts gehört. Aber es kommen immer noch Schiffe an. Einige sind sogar an uns vorbeigesegelt, sie wollen ohne Zweifel ebenfalls nach Belsairath. Durchaus möglich, dass sie noch kommt. Aber was hast du davon, wenn du bis dahin mit den Nerven am Ende bist?«

In den folgenden Tagen konnte Micail weitere Erinnerungslücken füllen. Das Haus in Beliri'in, wo er untergebracht war, gehörte neben mehreren anderen einem einheimischen Kaufmann, der vom Zinnhandel reich geworden war.

Als Micail allmählich wieder zu Kräften kam, unternahm er lange Spaziergänge in den weitläufigen Gärten und genoss den frischen Wind, der jenseits der Gartenmauern von den dunstig grünen Hügeln über die Stadt fegte. Der Himmel, mochte er klar und blau oder von einer formlosen Wolkendecke verhüllt sein, war hier von einer unermesslichen Weite.

Dies also ist die neue Welt, dachte er, und seine düstere Stimmung hellte sich ein wenig auf. Es gibt viel Schönheit hier ... doch es ist kalt, sehr kalt. Vater Sonne, wir preisen dich, wie wir es immer getan haben, aber warum willst du die Erde nicht erwärmen? Nicht einmal der Wind bringt etwas von dir über das Meer. Muss ich dir erst einen neuen Tempel bauen, damit du mir ein wenig Wärme schenkst?

Unermüdlich hielt er nach Schiffen Ausschau. Die Schönheit des Meeres kam ihm erst so recht zu Bewusstsein, als sie sich nach Belsairath einschifften. Der Hafen war so klar und blau wie der Himmel. Die kleine Insel in der Mitte war umringt von Vogelschwingen-Schiffen, die auf den Wellen schaukelten. Das größte war Tjalans Flaggschiff, die *Königssmaragd*. Ihre grünen Segel leuchteten vor dem dunkleren Grün der Insel wie junges Frühlingslaub.

Ein Rundboot, aus Weidenzweigen geflochten und mit gegerbten Häuten bespannt, das einen durchdringenden Fischgeruch verströmte, brachte Micail und Galara zur *Smaragd* hinaus.

»Die Kuppe dieses Inselchens ist so spitz, als wäre sie von Menschenhand gemacht«, bemerkte Micail, um sich abzulenken. Der leichte Kahn schaukelte bedenklich.

»Kann sein«, sagte der Eingeborenenjunge, der das Boot mit geschickten Paddelschlägen durch die Wellen lenkte. »Hat Leuchtfeuer an Spitze. Zünden an, wenn Zinnschiffe kommen. Aber jetzt keine Händler mehr«, fügte er betrübt hinzu.

»Das muss nicht so bleiben«, meinte Micail. Tjalan hatte ihm viel von seinen Plänen für das neue Land erzählt. Aber betraf ihn das alles wirklich? Wozu ein neues Atlantis aufbauen, wenn es keine Tiriki mehr gab?

Die See wurde noch unruhiger, und er hielt sich an den Seitenwänden fest. Erstaunlich, dass der Junge diese lächerliche Nussschale überhaupt steuern konnte. Das Inselchen mit der seltsamen Spitze kam näher, und mit einem Mal spürte Micail noch etwas anderes, ein Summen unterhalb der Hörschwelle, das er unwillkürlich mit Energieströmen in Verbindung brachte.

Er fasste Galara an der Schulter.

»Spürst du es auch?«

»Mir ist nicht gut.«

Sie war bleich geworden, man sah ihr die Übelkeit an. Sie hatte schon öfter erwähnt, dass sie nicht gern zur See fuhr. Vielleicht konnte sie deshalb die Schwingungen im Wasser nicht wahrnehmen.

Tiriki hätte sie gespürt. Er tätschelte Galara unbeholfen den Arm, dann schloss er, von einer neuen Welle der Trauer überwältigt, die Augen. Ohne sie bin ich ein Krüppel, dachte er. Was können die Götter mit mir allein schon anfangen?

Als sie endlich auf die *Königssmaragd* kamen, wimmelte es an Deck von Soldaten. Micail bemerkte, dass Tjalan nicht nur seine eigene Leibwache mitgebracht hatte, sondern auch einen Trupp gewöhnlicher Gardisten.

Die Fahrt nach Belsairath führte nordostwärts an der Küste entlang und dauerte drei Tage. Die Soldaten verbrachten die ganze Zeit an Deck. Die Kabinen waren adeligen Fahrgästen und Angehörigen der Priesterschaft wie Micail vorbehalten.

Doch an jenem ersten Abend begegnete er nur der Priesterschülerin Elara. Man hatte ihm erzählt, es habe sie auf Prinz Tjalans Schiff verschlagen, aber gesehen hatte er sie bisher noch nicht. Nachdem er ihr Galara übergeben hatte, suchte er erleichtert seine Kabine auf, warf sich auf die Koje und schlief sofort ein, als fiele er in einen tiefen Abgrund.

Es war schon heller Vormittag, als er erwachte und feststellte, dass er die Kabine mit Ardral teilte. Ardral hatte auch seinen Freund Jiritaren eingelassen, und der duldete nicht, dass Micail an einem so herrlichen Tag in seiner Koje lag und in Selbstmitleid schwelgte.

»Alkonath baut gute Schiffe, das musst du zugeben«, bemerkte Jiritaren, als sie an Deck kamen, und fuhr mit der Hand über das blank polierte Holz der Reling. Der Wind trieb ihm das Blut in die fahlen Wangen und wehte ihm das strähnige schwarze Haar aus der Stirn.

»Mag sein«, sagte Micail und blickte hinauf zu der grünen Fahne, die stolz am Mast flatterte. Die goldenen Falken schienen mit den Flügeln zu schlagen. »Immerhin haben sie uns bis hierher gebracht.«

Jiritaren sah ihn besorgt an. Sie waren schon lange befreundet, sodass sie sich meist auch ohne Worte verstanden. Dann legte er Micail den Arm um die Schultern und zeigte mit der anderen Hand auf die Vogelschwingen, die ihnen folgten. Eins der Schiffe war etwas länger und schmaler gebaut, und die Fahne an seinem Mast war rötlichgelb.

»Das ist die *Roter Pfeil*«, erklärte Jiritaren. »Von Tarisseda! Sie hatte noch einige Kabinen frei, deshalb fahren etliche von unseren Leuten dort mit. Welch ein Glück, sonst müsste ich wahrscheinlich mit den Speerkämpfern an Deck schlafen.«

Micail brachte mit Mühe ein Lächeln zustande. »Und wie heißt dieses Schiff dort?«, fragte er und wies auf ein anderes.

»Das da – das ist die *Blauer Delfin.* Schon etwas älter, aber solide gebaut. Hat eine ganze Horde von Fahrgästen an Bord, auch einige aus unserem Tempel.«

Elara gesellte sich zu ihnen. »Cleta fährt auf der *Delfin*, Ihr Herren, eine von den Priesterschülerinnen«, sagte sie, »gemeinsam mit ihrem Bruder Lanath und mit Vialmar.« Das Lächeln, mit dem sie zu Micail aufblickte, war fast zu vertraulich. Schließlich kannte er mit Ausnahme von Damisa, die oft mit Tiriki zusammen gewesen war, die Priesterschüler kaum.

Aber es gab so wenige von ihnen, und ob sie ihm fremd waren oder nicht, sie bildeten den Grundstock für den neuen Tempel, und er war jetzt für sie verantwortlich. Also lächelte er zurück. Elara war ein hübsches Mädchen, alt genug, um sich von der Aufmerksamkeit zweier hochgestellter Priester nicht aus der Fassung bringen zu lassen. Sie war nur mittelgroß, hatte sehr ebenmäßige Züge, und ihr lockiges schwarzes Haar, das trotz des Windes nur locker mit einer zierlichen Spange zusammengehalten wurde, glänzte wie eine Rabenschwinge.

»Du bist Lanath versprochen, nicht wahr?«, murmelte er. »Wie schade für dich. Die Trennung fällt dir gewiss nicht leicht ... Wenigstens sind Cleta und Vialmar beisammen geblieben.«

Sie senkte den Blick. »An Heirat ist derzeit nicht zu

denken, edler Herr«, sagte sie. »Unsere Ausbildung ist noch längst nicht abgeschlossen. Ich ... ich wollte nur sagen, dass es für mich eine große Ehre ist, auf diesem Schiff zu sein und die Aussicht zu haben, von Euch persönlich unterrichtet zu werden.«

Nach weiteren zwei Tagen erreichten sie den Handelshafen Belsairath. Er lag an der Südküste des Landes, das von den Ureinwohnern als ›Insel der Macht‹ bezeichnet wurde. Gegründet hatte ihn einst Alkonath, in dem Bemühen, die Handelswege des Seereiches unter seine Kontrolle zu bekommen, doch seither verharrte er in Bedeutungslosigkeit.

Wie vor Beliri'in war dem Hafen ein Inselchen vorgelagert, nur war es hier nicht von ankernden Schiffen, sondern von einer Reihe langer Sandbänke umgeben, die der Küste Schutz vor Stürmen boten. Als die *Königssmaragd* daran vorbeisegelte, eilten alle Soldaten auf eine Seite, um einen ersten Blick auf ihr Ziel zu werfen. Sogar Micail wurde von leiser Neugier erfasst.

Fröstelnd wickelte er sich in seinen neuen Umhang. Er war warm gefüttert, doch es störte ihn, anstatt des königlichen Purpurs, der Farbe seines Hauses, das alkonische Grün zu tragen. Aber hat das nicht alles seinen Sinn verloren?, fragte er sich. Alkona und Ahtarra gibt es nicht mehr. Sogar die Götter scheinen weit weg zu sein.

Wieder zogen Wolken auf, bald würde es regnen. Die Landschaft, die sich nun vor ihm auftat, glich einem Wandgemälde in trüben Grau- und Brauntönen. Das flache Delta am Ende der Bucht war mit Tümpeln und

Schilfzonen durchsetzt, als hätte sich das Land nicht vollends gegen den Ozean durchsetzen können. Vermutlich wurde das Gelände von Stürmen hin und wieder vollkommen umgestaltet. Hoffentlich hatten die Alkonier wenigstens ihren Hafen auf festen Grund gebaut.

Es hatte sich schnell herumgesprochen, dass man das Ziel erreicht habe. Micail sah sich um. Die meisten Fahrgäste waren an Deck gekommen. Elara und Galara standen nicht weit von ihm, aber ihre Aufmerksamkeit schien eher den Soldaten als der Aussicht zu gelten.

Eine Feder, die am Schiff vorbei landwärts schwamm, zeigte Micail, dass die Flut hereinkam. Er kniff die Augen zusammen, um das Festland hinter dem Delta zu erkennen: eine verschwommene Masse dicht bewaldeter Hügel, aus deren Mitte ein dünner Rauchfaden aufstieg und im Wind verwehte. Vielleicht liegt dort der Hafen, dachte er. Wie heißt er noch gleich? Belsairath? Hafen, der irgendwohin zeigt ...?

Kapitän Dantus Befehle übertönten das Stimmengewirr. Die Soldaten wechselten auf die andere Seite, um das Gewicht gleichmäßiger zu verteilen, dann lenkte der Steuermann den spitzen Bug der Vogelschwinge durch einen schmalen Meeresarm in eine stille, neblige Bucht. Hier hatte der Fluss endlich seinen Frieden mit dem Meer gemacht. Eine Reihe von stabilen Landestegen war weit ins Wasser gebaut, dennoch lagen bei Ebbe vermutlich alle größeren Schiffe auf dem Trockenen.

Hier also ist die Reise zu Ende, dachte Micail. Ein guter Platz zum Sterben.

Ein Palisadenzaun grenzte den Hafen zum Land hin ab. Dahinter erhob sich, zunächst noch grau und verschwommen, eine formlose Masse, die den zahlreichen Flusswindungen folgte. Erst als sich der Blickwinkel veränderte, löste sich die Masse in einzelne Gebäude auf. Micail konnte verwittertes Holz, verblichene Farbe und zerzauste Schilfdächer unterscheiden. Jedes der Häuser wies irgendein Merkmal atlantidischer Baukunst auf: ein Rundbogen hier, verschiedene Balkone dort und etwas weiter oben am Hang sogar die Anfänge eines siebenseitigen Innenhofs.

Um die Altstadt herum zog sich ein lockerer Gürtel aus neueren Villen im aristokratischen Stil von Alkonath, bei dem sich die Räume zum großen Teil unter der Erde befanden. Auch hier war Holz der wichtigste Baustoff, doch zumindest alle Terrassen und Fundamente waren aus Stein und mit Reliefs und bemaltem Stuck verziert. Micail musste unwillkürlich lächeln, obwohl die Szene durch den seltsamen Nebel leicht bedrohlich wirkte.

Seine Erheiterung hielt nicht lange vor. Rajasta der Weise hatte prophezeit, der neue Tempel werde in einem neuen Land errichtet werden, aber dieses Belsairath wirkte nicht nur alt, sondern geradezu verwahrlost.

Prinz Tjalan hatte für Micail einen Gasthof am Wasser gefunden, wo er nach ankommenden Schiffen Ausschau halten und auf Nachricht von Tiriki warten konnte.

Doch bevor er Gelegenheit fand, sich auszuruhen, bat der Prinz zu einem Empfang in seiner Villa. Micail mischte sich pflichtschuldig unter die prächtig gekleidete Menge, auch wenn er sich schon bald wünschte, in seinem Gasthof im Bett geblieben zu sein.

»Prinz Micail – herzlich willkommen!«, sagte eine Frauenstimme hinter ihm. »Wir haben uns vor langer Zeit kennen gelernt, als Ihr ein Jahr bei Tjalan in Alkona wart, aber Ihr erinnert Euch natürlich nicht mehr an mich; ich war ja noch ein Kind.«

Die Stimme klang rau und kehlig, viele hätten sie verführerisch gefunden, und noch bevor Micail sich umdrehte, stieg ihm ein Duft in die Nase, der aus den edelsten Narden gemischt war. Andere Sinne brauchte er nicht, um Tjalans Gemahlin, Prinzessin Chaithala, zu erkennen. Von Tjalan wusste er, dass sie Alkonath lange vor dem Untergang verlassen hatte, um sich mit ihren drei Kindern hier in Sicherheit zu bringen.

Aber das hätte er auch so erraten, denn im Gegensatz zu all jenen, die Zeuge gewesen waren, wie ihre alte Welt starb, waren ihre tiefbraunen, kunstvoll mit Khol geschminkten Augen von schrecklichen Erinnerungen frei.

Micail hatte eine vornehme Erziehung genossen und zeigte sich der Lage gewachsen. Er verneigte sich leicht und beteuerte höflich, so viel Schönheit sei ihm natürlich unvergesslich geblieben. Doch das Kompliment kam nicht von Herzen, und in Gedanken war er weit weg.

»Ihr seid zu gütig«, entgegnete Chaithala ebenso souverän. »Man tut eben, was man kann. Mein Gemahl möchte, dass wir unsere Lebensart beibehalten ...« Sie vergewisserte sich mit einem prüfenden Blick, dass die Diener auch überall für volle Tassen, Becher und Teller sorgten.

»Und das ist Euch gelungen«, antwortete Micail mechanisch. Die Stimmen der vielen Menschen dröhnten ihm in den Ohren. Außerdem hatte er bisher so gut wie mit jedem einmal angestoßen und befürchtete, sich am kommenden Morgen an keinen einzigen Namen mehr erinnern zu können.

»Es gibt noch eine Menge zu tun«, sagte die Prinzessin. »Aber ich wollte mit Euch sprechen, weil wir gewissermaßen beide vor der gleichen Aufgabe stehen.« Sie führte ihn auf eine lange Galerie, von der man auf einen hübschen, nach oben hin offenen Innenhof blickte.

»Ich danke Euch«, sagte er erleichtert. »Ich finde unterirdische Räume trotz der vielen Licht- und Belüftungsschächte immer ein wenig bedrückend.«

»Diese Bauweise«, bemerkte die Prinzessin leise, »schützte uns im schönen Alkonath vor der Glut der Sommersonne. Hier wird sie uns helfen, Wärme zu sparen.«

»Ihr habt sicherlich Recht«, gab Micail zu. Die gleichen blanken Bronzeröhren, durch die das spärliche Sonnenlicht einfallen konnte, hielten auch die Winde ab, die über dieses kalte, graue Land fegten. »Aber ich bin wohl zu sehr ein Kind der Sonne«, zog er sich geschickt aus der Affäre. »Wie soll ich da an einem Ort gedeihen, wo die Schatten mehr von ihr versprechen, als man tatsächlich zu sehen bekommt?«

»Das mag wohl sein«, lächelte Chaithala. »Aber wenn Ihr im Hafenviertel aus den Fenstern schaut, werdet Ihr auch nicht mehr Sonnenschein zu sehen bekommen als hier. Mein Gemahl sagt, Ihr wolltet lieber in Domazos Gasthof wohnen, als Euch hier bei uns einzuquartieren.

Die Entscheidung liegt natürlich bei Euch, aber ich hoffe doch, dass Ihr uns oft besuchen werdet. Ich brauche nämlich Euren Rat.«

»Das sagtet Ihr bereits.« Micail heuchelte Aufmerksamkeit.

»Es geht um die Ausbildung meiner Kinder. Mein Gemahl hat so viele Verpflichtungen – und überlässt es allein mir, mich um ihre Erziehung zu kümmern.«

»Vergebt mir, aber von Kindern verstehe ich nun gar nichts«, stieß Micail hervor. Die Erinnerung an die Säuglinge, die Tiriki verloren hatte, traf ihn wie ein Stich ins Herz. Meine Familie ist tot, dachte er. Was habe ich den Lebenden noch zu geben?

»Ihr habt mich missverstanden. Wir haben bereits einen Lehrer, einen klugen und geduldigen Mann, mit dem wir vollauf zufrieden sind. Mit Euch wollte ich nur über die Inhalte ihrer Ausbildung sprechen. Ihr unterrichtet doch die Priesterschüler, nicht wahr?«

»Ich ...« Er hielt inne und sah sie scharf an. »Das ist zwar an sich richtig, aber bisher war es mir kaum vergönnt, meinen Verpflichtungen nachzukommen. Das Haus der Zwölf wurde erst im vergangenen Jahr nach Ahtarrath verlegt. Und nun haben wir lediglich vier von den Zwölfen bei uns ...« Die Trauer um die vielen Toten übermannte ihn und schnürte ihm die Kehle zu.

»Gewiss«, strahlte Chaithala, »aber diese vier wurden immerhin gerettet. Glaubt Ihr, sie könnten uns gelegentlich besuchen? Priester haben wir wahrhaftig genug, die Götter wissen es!« Sie deutete lächelnd nach hinten zum großen Saal. »Aber die meisten sind so mit ihrer Heiligkeit beschäftigt, dass sie nicht mehr wissen, wie man mit Kindern spricht. Wenn meine drei keine anderen Vorbilder bekommen, wachsen sie womöglich heran, ohne den wahren Sinn unserer Religion zu erfassen.«

»Ich kann sie gern fragen, ob sie dazu bereit sind«, sagte Micail langsam. »Von mir werden sie bisher ohnehin nicht mit Arbeit überhäuft.« Seine Gedanken überschlugen sich, Schuldgefühle kämpften mit wilden Vermutungen. Die Prinzessin hatte behauptet, vor der gleichen Aufgabe zu stehen wie er, und er musste ihr Recht geben. Wie sollten die Schüler das Wissen von Atlantis bewahren, wenn er es ihnen nicht vermittelte? Doch ohne Tiriki konnte er sie nichts anderes lehren, als an der eigenen Unfähigkeit zu verzweifeln.

»Mehr verlange ich nicht, edler Prinz.« Chaithala schenkte ihm abermals ihr strahlendes Lächeln, dann legte sie ihm die Hand auf den Arm und zog ihn sanft in die wogende Menge zurück, um ihm die Priesterin Timul vorzustellen. Sie hatte einst unter der Hohen Priesterin des Ni-Terat-Tempels in Alkonath gedient und stand nun dem Orden der Blauen in Belsairath vor. Wie die Prinzessin war sie vor etwas mehr als einem Jahr in das neue Land gekommen und hatte sich offenbar gut eingelebt.

Tiriki könnte sie gefallen, dachte Micail traurig.

Irgendwie gelang es ihm, die Augen offen zu halten und alle Anwesenden zu begrüßen. Einige stammten von Ahtarrath, darunter sein älterer Vetter Naranchada, der Vierte Heilige Hüter. Auch der alte Metanor war da, ehemals Fünfter Hüter im Tempel, und natürlich Ardral, dessen Amt als Siebenter Heiliger Hüter in keinem Verhältnis zu dem hohen Ansehen stand, das er allenthalben genoss.

Als Spross eines Königshauses war Micail von klein auf mit solchen Festlichkeiten vertraut und wusste, wie er sich zu verhalten hatte. Eigentlich sollte er von Gruppe zu Gruppe gehen und Beziehungen anknüpfen, wobei er den wahrhaft Mächtigen mehr Aufmerksamkeit zu widmen hätte als den lediglich Einflussreichen, aber er konnte sich nicht dazu durchringen. Erst jetzt kam ihm zu Bewusstsein, wie sehr er sich bei solchen Gelegenheiten stets auf Tiriki verlassen hatte. Sie waren ein gutes Gespann gewesen und hatten sich gegenseitig unterstützt.

Ein Diener mit einem Tablett kam vorbei, Ila'anaat-Likör in Keramikbechern, so fein wie Muschelschalen. Micail nahm sich gleich zwei und leerte den ersten auf einen Zug. Das Zeug war herbsüß und brannte wie Feuer im Magen.

»Lasst es Euch schmecken, solange Ihr noch könnt«, bemerkte eine Stimme wehmütig. »Die Ila-Beere wächst nicht in diesen Breiten.«

Micail waren die Tränen in die Augen geschossen. Undeutlich erkannte er ein braun gebranntes Gesicht, einen Schnurrbart: Bennurajos, ein kräftig gebauter Priester in den mittleren Jahren. Er stammte von Cosarrath und hatte lange im Dienst des Tempels von Ahtarrath gestanden. Micail hatte ihn als guten Sänger in Erinnerung und wusste, dass er viel von Pflanzen verstand.

Er hob den zweiten Becher an die Lippen. Diesmal nahm er nur einen kleinen Schluck und wartete, bis er das Feuer bis in die Finger- und Zehenspitzen spürte. »Schade. Aber Ihr müsst es ja wissen.«

Bennurajos wiegte bedächtig den Kopf. »Es gibt einige viel versprechende Kletterpflanzen«, sagte er, »aber was sich damit machen lässt, wird sich erst herausstellen, wenn die Früchte reif sind.«

»Ich weiß nicht einmal genau, welche Jahreszeit wir haben«, murmelte Micail.

»Ja, das ist eine spannende Frage. Zu Hause schien ständig die Sonne, und wir beteten um Regen. Hier träumen die Menschen vermutlich vom Sonnenschein, denn Regen bekommen sie, die Götter wissen es, wahrlich genug!«

Micail nickte. Bisher hatte es jeden Tag geregnet. »Wenn das der Frühling ist, dann graut mir vor dem Winter.« Er blinzelte. Ihm war plötzlich schwindlig, er schüttelte heftig den Kopf, aber das sonderbare Gefühl wollte nicht weichen.

Ist es die Hitze hier im Raum, der Lärm, die vielen Gerüche, der Likör ...?

Bennurajos merkte, dass Micail das Interesse an dem Gespräch verloren hatte, und trat zurück. Micail wollte ein paar freundliche Worte sagen – er hatte Bennurajos immer gern gehabt –, aber er spürte, wie ihm unaufhaltsam die Kontrolle entglitt. Wieder schüttelte den Kopf. Die Tränen brannten ihm in den Augen.

»Nehmt es ihm nicht übel.« Jiritaren tauchte wie aus dem Nichts an seiner Seite auf. »Prinz Micail lag während der ganzen Reise mit einem schweren Fieber darnieder und hat sich noch immer nicht ganz erholt.«

»Wo warst du? Hast du mich etwa beobachtet?«, fragte Micail vorwurfsvoll.

»Komm mit mir«, sagte Jiri leise. »Hier drin sind zu viele Menschen. Im Garten ist es kühler. Lass uns hinausgehen.«

Sie drängten sich an einer Gruppe alkonischer Priester vorbei. Eigentlich müsste er sie kennen – Namen tauchten auf: der Erste Hüter Haladris, ein stolzer, ziemlich eingebildeter Mensch, und der berühmte Sänger Ocathrel, der das Amt des Fünften Hüters innehatte. Auch zwei Priesterinnen aus dem Tempel von Tarisseda erkannte er – Mahadalku und Stathalkha, die Seherin. Viele Priesterinnen und Priester der unteren Ränge schlenderten von einer Gruppe zur anderen, nicht wenige kamen ihm bekannt vor, aber das lag vermutlich daran, dass sie so unverkennbar wie Priester des Lichtes aussahen. Jedenfalls waren sie ihm herzlich gleichgültig. Er konnte keiner Gesellschaft, und wäre sie noch so groß, irgendetwas abgewinnen, solange der eine Mensch nicht dabei war, nach dem er sich verzehrte.

Siebtes Kapitel

»Woher soll ich wissen, ob es mir hier gefällt?« Damisa schlug wütend nach einer Stechmücke, die auf ihrem Arm saß. »Frag mich morgen noch einmal!«

»Denkst du dann anders darüber?« Iriels Stimme klang dumpf. Sie hatte sich mehrere Schleier über Gesicht und Hals gezogen, um sich vor Stechmücken und anderen Insekten zu schützen, von denen es an diesem Fluss nur so wimmelte. Die Ufer waren mit Schilf bewachsen, und die Zweige der Weiden hingen tief über dem braunen Wasser. Die *Purpurschlange* folgte einer schmalen Fahrrinne flussaufwärts. Gestern hatten sie die Sonne gesehen und einen Hauch von Wärme gespürt. Doch heute war der Himmel so düster wie ihre Stimmung, und die Hügelkette, die sie vom Meer aus gesichtet hatten, war im Nebel verschwunden.

»Das zwar nicht«, erklärte Damisa mit einem neidischen Blick auf Iriels Schleier, »aber wenn du mich gestern gefragt hättest, ob es nicht besser wäre, wieder aufs Meer hinauszufahren, hätte ich dich wahrscheinlich für verrückt erklärt.«

»Selber verrückt«, gab Iriel mechanisch zurück, ohne den Blick vom satten Grün des Flussufers zu wenden, das langsam vor der Reling vorbeizog. Damisa schüttelte den Kopf. Wahrscheinlich hatte sie einfach noch nicht entdeckt, was die Jüngere so unverwandt anstarrte.

Für Damisa sah ein Stück Sumpfland wie das andere aus. Wo nicht ein undurchdringliches Dickicht von Weidenzweigen über der trüben Wasserfläche hing, wuchsen hohes stachliges Schilf oder verkrüppelte Dornensträucher. Jedenfalls kamen sie nie auch nur in die Nähe von festem Boden. Das Landesinnere besteht wahrscheinlich auch nur aus Nebel und Unterholz, dachte sie.

Seit drei Tagen irrten sie nun schon durch das Mündungsdelta mit seinen unzähligen Flussarmen. Jede Wasserrinne erschien am Anfang breit und viel versprechend, doch bald versperrten halb versunkene Eichen- und Weidenstämme oder Kletterpflanzen den Weg, und das Schiff musste wieder umkehren. Hoffentlich hatte jemand daran gedacht, eine Karte anzulegen.

»Sieh doch nur!«, rief Iriel aufgeregt. Ein Vogelschwarm stieg raschelnd aus dem Schilf auf und breitete sich am Himmel aus, als hätte jemand eine Hand voll Kieselsteine in die Höhe geworfen.

»Entzückend«, sagte Damisa ohne Begeisterung. So leicht ließ sie sich nicht aus ihrem Trübsinn reißen. Ihr kam es immer mehr so vor, als wären die Hügel, die sie vom Meer aus gesehen hatten, nur eine Vision gewesen, von boshaften Kobolden geschickt, um die *Purpurschlange* in diese Wildnis zu locken. Nun würden sie vermutlich so lange umherirren, bis sie irgendwo im Schlamm eines Flussbetts stecken blieben und jämmerlich versanken.

Vielleicht ist es nur der Fäulnisgeruch, der mir schon den ganzen Tag in die Nase steigt? Als läge irgendwo halb verwestes Aas herum, angefressen von einem Ungeheuer, das nur darauf wartet, uns zu verschlingen ...

Der Fluss wurde tatsächlich immer brackiger, je weiter sie landeinwärts fuhren, aber die Wasserhöhe wurde nach wie vor vom Meer bestimmt. Gestern waren die Männer, die Kapitän Reidel als Kundschafter an Land geschickt hatte, zu lange ausgeblieben und hatten bei Ebbe im Sumpf festgesessen. Endlich wieder an Bord, waren sie bis zum Hals mit Schlamm bedeckt und voller Blutegel gewesen. Damisa schüttelte sich und schlug fluchend nach einem winzigen Blutsauger, der sich auf ihre Augenbraue gesetzt hatte. Iriel kicherte hinter ihrem Schleier.

»Sei bloß still«, warnte Damisa.

Arcor, der alte grauhaarige Seemann von Ahtarrath, stand vorn am Bug und lotete die Tiefe aus. Damisa beobachtete, wie sich unter den kurzen Ärmeln seiner Tunika die knotigen Muskeln wölbten. Wieder und wieder warf er die Leine aus, wieder und wieder klatschte das Senkblei ins Wasser. Wie hält er das nur aus?, fragte sie sich. Wolken von Mücken umschwirrten ihn, aber er nahm sich nicht die Zeit, nach ihnen zu schlagen. Die kleinste Unaufmerksamkeit konnte dazu führen, dass sie bis zur Abendflut im Schlamm hockten.

Damisa nahm sich eisern zusammen und ließ ein kleines Insekt über ihren Ellbogen spazieren, ohne es zu beachten. Ich habe keinen Grund, mich zu beklagen, ermahnte sie sich. Selbst Arcor hatte es noch besser als die Ruderer in dem kleinen Boot, das die große *Purpur-*

schlange ins Schlepptau genommen hatte und sie nun mühsam flussaufwärts zog.

Hoffentlich wusste Reidel, was er tat. Durch die Wildnis zu fahren und bei lebendigem Leib aufgefressen zu werden war schlimm genug, aber auf Grund zu laufen und gar nicht mehr von der Stelle zu kommen, das wäre eine Katastrophe.

Plötzlich richtete Arcor sich auf und spähte nach vorn.

»Was gibt es?«, ertönte Reidels ruhige Stimme. »Was siehst du?«

»Verzeihung, Käpt'n, ich dacht', es wär' ein Helm«, scherzte Arcor. »Ist aber nur Teirons Glatze! Und da ist auch unser Cadis und hält ihm die Elstern vom Leib!«

Der Kapitän musste lachen, seine breiten Schultern entspannten sich. Als Damisa das sah, löste sich auch bei ihr der Druck ein wenig. Reidel war nur ein einfacher Schiffskapitän und außerdem viel jünger, als er aussah, aber in den vergangenen Wochen hatten sich alle auf seinen scharfen Verstand und seine unerschütterliche Stärke verlassen. Sogar Meister Chedan unterwarf sich seinen Entscheidungen, von Tiriki ganz zu schweigen.

Damisa fand das nicht *richtig,* ohne dass sie ihre Meinung hätte begründen können. Nun wurde ihr bewusst, dass sie einfach vorausgesetzt hatte, am Ende ihrer Reise in das neue Land eine fertige Zivilisation und einen Tempel vorzufinden. Die Priesterschüler hatten sich ausgiebig den Kopf darüber zerbrochen, wie die Ureinwohner wohl aussähen und – weniger ausgiebig – wie und wo sie lebten; nun aber sah es ganz so aus, als *gäbe* es hier gar keine Ureinwohner.

Vielleicht, dachte sie, wäre das sogar das Beste. Im Augenblick waren sie nichts anderes als Schiffbrüchige. Reidel hatte sich auf See bemerkenswert gut gehalten, aber wie würde er sich gegen aufgebrachte Eingeborene behaupten?

Damisa war so in Gedanken versunken, dass sie erschrocken zusammenfuhr, als sich die Sträucher bewegten und sie zwei heftig schwitzende Männer bis zu den Knien durch den Schlamm waten sah. Erst als sie grinsend die Zähne fletschten, erkannte sie Teiron und Cadis. Sie waren auf Kundschaft gewesen. Arcor warf ihnen ein Tau zu, und die beiden kletterten an Bord. Ihre Kameraden begrüßten sie mit Scherzen und Gelächter.

Tiriki und Chedan kamen an Deck, Selast und Kalaran waren bei ihnen. Damisa fiel auf, dass sie Elis den ganzen Vormittag noch nicht gesehen hatte. Wahrscheinlich saß sie immer noch unten und versuchte, die Priesterin Malaera aufzuheitern, die nicht aufhören wollte, um das verlorene Atlantis zu weinen. Oder ist sie etwa ... Damisa überlief ein Schauer. Richtig, heute hat sie das Los getroffen. Sie muss den Stein bewachen. Igitt. Er liegt zwar sicher in seinem Schrein, aber ich bekomme schon eine Gänsehaut, wenn ich nur vor der Kabinentür sitze. Lieber noch die Sumpfratten. Oder sogar Malaeras ewige Tränen ...

»Gute Nachrichten, Leute«, meldete Teiron, der alkonische Matrose mit dem Kahlkopf. »Es leben *doch* Menschen in diesem Land! Ich kann euch nicht genau sagen, wo, aber jemand hat einen Steg durch den Sumpf gebaut.«

»Einen Steg?«, wiederholte Chedan. »Was soll das heißen?«

Teiron versuchte, es mit Gesten zu erklären. »Es ist ... so etwas wie ein Damm, der sich über den Schlamm erhebt. Ein Wagen könnte wahrscheinlich nicht darauf fahren, aber sonst ist es ein solider Weg. Bretter, auf Baumstämme gelegt und ordentlich mit Holznägeln befestigt. Einige von den Stämmen sind alt und andere neu, das heißt, es gibt jemanden, der den Weg instand hält.«

»Aber wo führt er hin?«, fragte Iriel laut. »Wieso habt Ihr denn nicht nachgesehen? Gibt es dort Löwen?«

»Nein, kleine Herrin, keine Löwen«, antwortete der Alkonier sanft. »Wenigstens habe ich keine gesehen. Aber wir hatten die strikte Anweisung, schnell zurückzukehren.«

»*Ich* würde sagen, der Steg führt dorthin«, sagte Cadis und deutete ans Flussufer. Hinter den Bäumen ragte im Schein der wässrigen Frühlingssonne vielleicht tausend Ellen weiter landeinwärts die Kuppe eines grünen Hügels auf.

Sie betraten den schlammigen Steg. Tiriki fasste Halt suchend nach Chedans Arm. Die ordentlich zurechtgeschnittenen Bretter schienen bei jedem Schritt bedenklich ins Schwanken zu geraten. Allerdings wäre ihr nach der langen Seereise wohl nicht einmal der Prozessionsweg in Ahtarra mit seinem glatten Granitpflaster fest genug gewesen. Auch die Übelkeit quälte sie schon wieder. Zwar fühlte sie sich nicht mehr so elend wie auf dem Meer, aber von Wohlbefinden war ihr Zustand noch weit entfernt. Ihr Körper wirkte aufgedunsen, obwohl sie an ihren Handgelenken sah, dass sie Gewicht verloren hatte.

Vor ihnen lag eine Anhöhe, und dort standen etliche Sumpfbewohner in kurzen Lederröcken in einer Gruppe zusammen und sahen den Fremden ausdruckslos, aber – hoffentlich – nicht feindselig entgegen. Sie waren von kleiner Statur, drahtig und muskulös. Ihre Haut war hell, wo sie nicht von der Sonne gebräunt war. Die Sonne zauberte rostrote Lichter in ihr schwarzes Haar.

Tiriki musste auf ihre Füße achten. Es wäre der Würde einer Prinzessin des Lichtes nicht zuträglich, mit schlammverkrusteter Sitzfläche vor diese Wilden zu treten. Wenn ich jetzt ausrutsche, reiße ich wahrscheinlich Chedan mit, und womöglich auch noch Damisa und die alte Liala . Sie holte tief Luft und schritt so gemessen und feierlich dahin, als wäre sie nicht von einer Horde zerlumpter Seeleute und Flüchtlinge umgeben, sondern führte die Große Prozession zum Sternenberg an.

Ich hätte meinen Umhang anziehen sollen, dachte sie. Der Schweiß auf ihrer Stirn kühlte bereits wieder ab. Zwar schien tatsächlich einmal die Sonne, aber der Himmel blieb bewölkt, und in der feuchten Luft fröstelte man schnell. Eigentlich hätte sie damit rechnen müssen. Chedan hatte oft genug darauf hingewiesen, wie unberechenbar das Wetter hier war. Zum letzten Mal war mir richtig warm, als ich in Micails Armen lag ... Sie verbot sich streng, den Gedanken weiterzuverfolgen.

Nur leises Vogelgezwitscher störte die Stille. Die Eingeborenen starrten sie unverwandt an. Ihre schwarzen Augen erfassten jede Einzelheit – die prunkvollen Priestergewänder, Chedans glänzenden Zeremonialdolch, Reidels Kurzschwert und die kurzen Spieße der Matrosen. Einige hatten Keulen oder Speere, aber die meisten waren mit Pfeil und Bogen bewaffnet. Die Bogen waren aus Eibenholz, mit kunstvollen Schnitzereien verziert und sorgsam poliert, die Speere hatten Feuersteinspitzen. Als die Seeleute bemerkten, dass die Sumpfbewohner nicht einmal Bronzewaffen hatten, fassten sie Mut, und ihr Auftreten bekam etwas fast Prahlerisches.

Tiriki atmete tief ein und blieb ein paar Schritte vor den Eingeborenen stehen. Chedan hielt dicht hinter ihr an, dann folgte Reidel. Die Matrosen postierten sich auf dem Brettersteig, bereit, den Priestern im Fall einer Flucht den Rücken zu decken.

Es war vollkommen still geworden.

Tiriki hob die Arme, richtete die Handflächen zum Himmel und rief in feierlichem Singsang: »Ihr Götter, schaut huldvoll auf dieses Treffen herab.« Doch dann fiel ihr ein, dass diese Menschen wohl kaum die atlantidische Sprache verstanden, und sie versuchte es mit einem Lächeln. Noch eine Verbeugung vielleicht …? Aber die Sumpfbewohner beachteten sie schon gar nicht mehr. Sie hatten sich dem Schiff zugewandt, von dessen fremdartiger Silhouette sie ursprünglich angelockt worden waren – der hohe Bug der Vogelschwinge überragte gerade noch die dichten Weiden am Ufer des Flusses.

»Ja«, sagte Tiriki und lächelte unbeirrt weiter, »das ist unser Schiff.«

Jetzt zeigten ihre Worte oder ihre Gesten offenbar Wirkung. Ein stämmiger Mann mit einem Stirnband, in dem ein Büschel langer Reiherfedern steckte, trat vor und streckte ihr die flachen Hände entgegen. Ein Schwall von kehligen Lauten kam über seine Lippen.

Tiriki sah sich hilflos nach Chedan um, und tatsächlich antwortete der Magier stockend in der selben Sprache. Wieder einmal dankte Tiriki dem Schicksal, welches Chedan schon früher auf diese Inseln verschlagen hatte. Selbst *mit* Worten würde es schwierig genug werden, sich mit diesen Menschen zu verständigen.

Die finstere Miene des Stammeshäuptlings hellte sich auf, und er ergriff abermals das Wort. In Chedans Zügen spiegelte sich Verwunderung.

»Könntet Ihr bitte übersetzen?«, flüsterte Tiriki.

Chedan stutzte. »Ach so. Verzeihung. Dieser Bursche ist der Häuptling. Sein Name ist Reiher. Er sagt, wir kämen zu einem besonders günstigen – oder ungünstigen – Zeitpunkt. Wenn ich ihn recht verstanden habe, verbringen die Menschen hier den Winter in den Bergen und sind erst vor kurzem zurückgekehrt, um auf die Jagd zu gehen – und um irgendein Fest zu feiern.«

Tiriki nickte nachdenklich. Chedan wandte sich wieder an Reiher und setzte die unverständliche Unterredung fort. Tiriki biss sich auf die Lippen und versuchte, sich ihre Ungeduld nicht anmerken zu lassen.

»Er sagt«, dolmetschte Chedan nach einer schieren Ewigkeit, »ihre Priesterin – eine weise Frau aus dem Stamm – bitte Euch, sie aufzusuchen. Sie hat offenbar von unserem Schiff und unserer Ankunft geträumt. Wir könnten alle mitkommen, um uns von ihr segnen zu lassen, aber die Männer müssten in einiger Entfernung warten, bis sie mit Euch gesprochen hätte.«

»Was? Herrin, Ihr dürft nicht alleine gehen!«, unterbrach Reidel ihn und sah sie entrüstet an. Wobei, dachte Tiriki, seine Fürsorge wohl eher Damisa galt. Sie hatte in letzter Zeit öfter gewisse Blicke aufgefangen, wusste allerdings nicht, ob auch das Mädchen sie bemerkt hatte.

»Sagt ihm, wir kommen«, bat Tiriki kurz entschlossen und nickte Reiher lächelnd zu. »Ich denke, Liala, Damisa und ich sollten einer alten Frau gewachsen sein, auch wenn es eine *weise Frau* ist.«

Reidel murmelte etwas Unverständliches vor sich hin und schaute drohend in die Runde. Chedan drehte sich um und ließ dem Häuptling den Vortritt, doch dann wandte er sich an Tiriki und warnte leise: »Ihr solltet diese Menschen nicht unterschätzen. Es gibt hier einige, die über große Macht verfügen. Ich weiß zwar nicht, ob diese weise Frau zu ihnen gehört, aber ...« Er zuckte die Achseln und wiederholte: »Unterschätzt sie nicht.«

Reidel und Cadis bildeten die Nachhut, um die anderen vor heimtückischen Angriffen von hinten zu schützen. Tiriki, Damisa und Liala überquerten das Sumpfgelände und gelangten in ein Wäldchen mit vielen Buchen und Holunderbüschen. Dahinter erhob sich eine große Plattform aus breiten Brettern, auf der eine Gruppe von Hütten und mehrere Gebäude mit halbhohen Wänden standen. Einige waren morsch oder hatten nicht einmal ein Dach, andere dagegen waren frisch mit Lehm verputzt und mit grünem Schilf gedeckt.

Die Bewohner, Jung und Alt bunt gemischt, kamen heraus, um die Fremden zu begrüßen. Die Frauen waren nicht größer als ein atlantidisches Kind, aber viele hatten noch kleinere Kinder auf dem Arm, die mit großen schwarzen Augen die Gäste bestaunten. Tiriki hätte gern ein wenig verweilt, aber der Häuptling drängte sie weiter. Wieder ging es auf einem Holzsteg durch den Morast eines verlandeten Sees. Irgendwann erreichten sie eine Insel mit festem Boden. Vor ihnen ragte der Hügel auf, den sie schon von fern zwischen den Bäumen und den Wolken gesehen hatten.

Bisher hatten die Sumpfbewohner unbefangen gelacht, miteinander geschwatzt und den Fremden immer wieder verstohlene Blicke zugeworfen. Doch nun verstummten sie und bewegten sich so vorsichtig, als wäre ihnen dieser Ort ebenso unbekannt wie den Atlantiden. Der hölzerne Steg war hier zu Ende; dafür begann ein alter, ausgetretener Pfad, der mit kleinen runden Kieseln eingefasst war.

Tiriki spürte sofort, dass sie sich auf heiligem Boden befand. Das Rascheln in den Blättern verriet es ebenso deutlich wie die leichte Veränderung im Luftdruck. Sie richtete sich unwillkürlich auf, und ihre Schritte wurden länger. Das lag nicht nur daran, dass der Pfad so glatt war. Eine Woge der Erleichterung, ja, der Hoffnung hatte sie erfasst. Ein rascher Blick zu Liala zeigte ihr, dass auch die Blaue Priesterin über die ungewöhnlichen Energien staunte.

Der Pfad führte sanft ansteigend an einem bewaldeten Hang entlang. Hin und wieder machte er eine Biegung um einen besonders alten Baum herum. Bald wurde der Wald lichter, und zwischen den Blättern war immer wieder die grüne Bergkuppe zu sehen.

Endlich standen sie vor einer Wiese. Zur Linken wurde ein kleines Areal von einer Hagedornhecke abgegrenzt. Durch eine runde Lücke in den Sträuchern plätscherte ein kleiner Bach über ein Bett aus rostroten Steinen. Rechter Hand ragten, etwas weiter oben und halb verdeckt von einigen Bäumen, zwei weiße Steine aus dem Boden, und dazwischen floss ein zweiter Bach den Hang herab. Oberhalb der Stelle, wo die beiden Wasserläufe sich vereinigten, stand auf einer Kuppe eine kleine runde Hütte. Das Dach reichte fast bis zur Erde und war mit fest geschnürten, ausgebleichten Schilfbündeln gedeckt. Im Gegensatz zu den einfachen Behausungen im Dorf stand diese Hütte offensichtlich schon sehr lange an ihrem Platz.

Sie hatten das Ufer des rauschenden Baches noch nicht erreicht, als eine Gestalt, auf einen kurzen Stock gestützt, aus der Tür trat. Den Atlantiden erschien sie nicht größer als ein zehnjähriges Kind, doch als sie den Kopf hob und sie prüfend musterte, sah Tiriki ein Gesicht voller Runzeln und begriff, dass es sich um den ältesten Menschen handelte, dem sie je begegnet war.

Reiher streckte die flachen Hände aus und begrüßte die weise Frau in seiner kehligen Sprache, dann wandte er sich an Chedan und redete auf ihn ein.

»Das ist ihre Priesterin. Sie heißt Taret«, dolmetschte Chedan. Tiriki nickte, ohne ihn anzusehen. Das Gesicht der weisen Frau war uralt, aber die schwarzen Augen wirkten hellwach und schienen ihr bis auf den Grund der Seele zu schauen.

Die Atlantiden verbeugten sich artig, und Taret trat einen Schritt näher.

»Willkommen«, sagte sie in der Sprache des Seereichs. »Ich auf Euch warten.« Sie sprach gebrochen und mit hartem Akzent, war aber dennoch gut zu verstehen. Als sie die Überraschung der Fremden bemerkte, lächelte sie verschmitzt. »Ihr jetzt zu mir kommen.«

Die Priesterinnen zögerten kaum merklich, bevor sie auf vier großen Trittsteinen das reißende Gewässer überquerten. Reidel wollte ihnen folgen, doch der Häuptling stellte sich ihm in den Weg. Sofort scharten sich die Matrosen um ihren Kapitän, ein Handgemenge drohte auszubrechen. Chedan aber legte Reidel die Hand auf die Schulter und zog ihn sanft zurück.

Taret stand am Rand des Baches und sah den Magier lange an, aber der vollführte nur eine seltsame Gebärde, eine Art Gruß an die Sonne.

»*Ach!* Ihr seid das«, sagte Taret – und jeder wusste, wen sie meinte –, »Ihr dürfen kommen.«

Chedan sah sie überrascht an, Reiher dagegen war wie vom Donner gerührt. Er schaute mehrmals von Taret zu Chedan und wieder zurück, bevor er, sichtlich im Zwiespalt, den Weg freigab. Der Magier überschritt auf den Trittsteinen den Bach.

Die weise Frau lachte leise in sich hinein, ließ sich vor ihrer Tür auf einem robusten Dreifuß nieder und winkte den anderen, sich auf eine Bank zu setzen, die aus einem gefällten Baumstamm geschnitten war.

Taret musterte einen nach dem anderen mit ihren glänzenden schwarzen Augen. Zuletzt blieb ihr Blick an Tirikis Haube hängen, unter der ein paar goldene Strähnen hervorlugten. Wieder lächelte die weise Frau, aber diesmal war es ein gütiges Lächeln.

»Sonnenvolk«, sagte sie mit deutlicher Genugtuung. »Ja, Kinder von Roter Schlange, die ich sehen im Traum.«

»Wir freuen uns sehr, diesen Ort gefunden zu haben«, antwortete Tiriki höflich, aber mit aufrichtigem Gefühl. »Ich bin Tiriki, eine Hüterin des Lichtes. Dies ist Chedan, Hüter und Magier ...«

»Richtig. Mann von großer Macht«, nickte Taret. »Die meisten Männer ich nicht bitten, hierher zu kommen.« Chedan wurde verlegen und verneigte sich abermals, aber der neugierige Blick der weisen Frau war bereits weiter gewandert.

»Liala ist Priesterin und Heilerin und mit mir verwandt«, sagte Tiriki, ohne zu merken, wie langsam und deutlich sie sprach. »Und Damisa ist meine Schülerin.«

Taret nickte den beiden zu. »Willkommen. Aber eine fehlen.« Wieder drangen die alterslosen Augen bis in die Tiefen ihrer Seelen vor. »Bei Euch in meinem Traum ... sie kann in verborgene Welten schauen. Vielleicht.« Sie sah Liala fragend an, doch dann schüttelte sie den Kopf. »Nein. Aber Ihr vielleicht gute Freundin?«

Tiriki und Chedan wechselten einen Blick. Liala war unruhig geworden. »Wir haben tatsächlich eine Seherin«, sagte sie. »Ihr Name ist Alyssa. Sie hat sich auf der Reise das Knie verletzt, und ich pflege sie, aber sie kann das Schiff nicht verlassen.«

»Wenn Ihr wollt«, bot Tiriki an, »bringen wir sie zu Euch, sobald es möglich ist.«

»Gut. Ich sie fragen, ob sie sehen, was hier ist. Ob sie *mich* sehen?« Wieder lachte die Alte leise in sich hinein.

»Wir haben diesen Ort nicht selbst gewählt«, sagte Chedan ernst. »Das Schicksal hat uns hierher geführt. Wir wollen mit Euch und Eurem Volk nur Freundschaft schließen. Unsere Heimat ist zerstört, nun suchen wir hier Zuflucht.«

Taret schüttelte den Kopf. »Ihr mehr verlieren als nur

alte Heimat. Und Ihr kommen hierher, weil die Leuchtenden Euch rufen. Ihr nicht spüren ihre Macht?«

»O doch«, rief Tiriki leidenschaftlich. »Aber wir wussten nicht ...«

»Die Götter wussten es«, unterbrach Chedan. »Ich selbst habe es in den Sternen gelesen! Aber so ganz begreife ich es erst jetzt. Wir dachten, wir würden hierher gesandt, um einen Tempel zu bauen, aber es könnte sein, dass die heilige Stätte bereits besteht.«

Taret schmunzelte. »Nicht Tempel, wie ihn Herrscher von Seereich bauen, aber heiliger Ort, der Schutz bietet.«

»Wir möchten Euren heiligen Ort nicht stören«, sagte Chedan rasch.

Diesmal zuckten Tarets greise Schultern, aber nicht vor Schmerz, wie Tiriki zunächst dachte, sondern weil sie sich vor Lachen schüttelte.

»Nicht fürchten!«, keuchte sie endlich. »Leuchtende Ihr nicht können stören!« Sie strahlte über das ganze runzlige Gesicht. »Ich Euch sehen in Träumen und wissen, Ihr gehören hierher. Und Träume werden wahr, sonst Ihr nicht hier. Übrigens gehören heiliger Ort nicht mir.« Sie deutete auf den Berg. »Ich Euch nur zeigen einige Dinge. Wenn Leuchtende wollen, *sie* zeigen mehr.«

»Die Leuchtenden«, wiederholte Chedan, wie um sich zu vergewissern, dass er auch richtig verstanden hatte. »Werdet Ihr uns mit ihnen bekannt machen?«

»Was?« Taret nickte mehrmals und musste schon wieder einen Anfall von Heiterkeit unterdrücken. »Nein, nein. Ich Euch nur sagen – Ihr hier wohnen. Neue Heimat gründen. Leuchtende ... finden *Euch*.«

Chedan überlegte eine Weile, dann sagte er: »Weise Frau, Ihr seid großzügiger, als wir zu hoffen wagten. Wir hatten uns diese Stelle ausgesucht, weil sie hoch genug über der Flutlinie liegt. Doch dann schien es mir, als wäre es nicht gestattet, hier zu bauen.«

Taret nickte. »Für *mein* Volk nicht. Das ganze Tal ein Ort für Geister, aber der Heilige Berg ... ganz besonderer Berg. Eine Pforte. Hier leben nur weise Männer und Frauen.« Sie lehnte sich zurück und richtete den Blick nach innen. Dann deutete sie mit ihrem knochigen Zeigefinger auf den Magier. »Ihr wissen Bescheid. Ihr jetzt gehen?« Diesmal hatte ihr Lächeln etwas Kokettes. »Sagen Gefährten, alles gut. Wir müssen sprechen von Priesterin zu Priesterin – von anderen Dingen.«

Chedan faltete die Hände und senkte den Kopf. »Ich glaube, ich habe verstanden. Ich danke Euch noch einmal, weise Taret. Ihr habt mir eine große Ehre erwiesen.« Der Magier stand auf und grüßte sie so wie ein Meister der Mysterien den anderen.

Dann kehrte er zu Reidel und den Matrosen zurück. Die waren sichtlich erleichtert, wenigstens einen ihrer Schützlinge wieder in Sicherheit zu wissen.

»Tiriki«, sagte die alte Frau, als sie allein waren. »Kleine Sängerin ... Priesterin der Sonne, aber in Wahrheit dienen der Großen Mutter.« Sie machte mit den Fingern ein Zeichen, von dem Tiriki geglaubt hatte, es sei nur denen bekannt, die in die Mysterien von Ni-Terat und Caratra eingeführt waren. Wie von selbst krümmten sich ihre Finger zur rituellen Antwort, und plötzlich stieg überdeutlich eine Erinnerung in ihr auf. Ihre Augen wurden groß. Ihre Mutter Deoris hatte sie vor ihrer Geburt Ni-Terat versprochen. Als Priesterin im

Tempel des Lichtes war Tiriki dann andere Wege gegangen, doch diese erste Bindung war immer erhalten geblieben, sie war das Fundament ihrer Seele.

»Ihr glauben, wir Wilde.« Wieder lachte Taret so hell und übermütig wie ein junges Mädchen. »Aber auch wir kennen Mysterien. In diesem Land dienen neun weise Frauen. Manchmal treffen Priesterinnen aus anderen Ländern. Deshalb ich lernen Eure Sprache, schon vor langer Zeit.«

»Ihr sprecht sie sehr gut«, lobte Damisa.

»Ihr zu gütig.« Taret lächelte dem Mädchen zu. »Aber Worte reichen aus, um junger Frau Mysterium von Rot und Weiß zu erklären.« Damisa runzelte verwirrt die Stirn, und Taret fuhr fort: »Ihr bald sehen. Ein Bach fließen über weiße Steine – weiße Felsen, weiße Höhle. Andere Quelle machen rote Flecken, rot wie Mondblut. Ihr dorthin gehen.«

»Heißt das, Ihr wollt uns in Eure Mysterien einführen?«, fragte Tiriki skeptisch. »Das ist eine große Ehre, aber niemand von uns darf an Ritualen teilnehmen, die womöglich im Widerspruch stehen zu anderen Eiden, die wir geschworen haben.«

»Wir rufen zu dir, o Mutter, ewiges Weib.« Taret legte den Kopf schief wie ein munteres Vögelchen. »Kein Widerspruch zu *diesem* Eid ... Eilantha.«

Als Tiriki ihren Heiligen Namen hörte, wich ihr das Blut aus den Wangen. Die Alte hatte eben genau den Eid angesprochen, den Tirikis Tante und ihre Mutter vor ihrer Geburt für sich und ihre Kinder geleistet hatten.

»Wie ...?« Die Stimme versagte ihr.

Sie war in dieses neue Land gekommen, um die geheime Magie von Atlantis zu bewahren, doch hier ging es um ein tieferes Mysterium. Auf Ahtarrath war Ni-Terat eine der weniger bedeutenden Göttinnen gewesen, hoch geehrt, aber ohne größeren Einfluss. Dennoch hatte Taret sie, Tiriki, ganz offensichtlich nicht als Hüterin des Lichtes empfangen, sondern als Priesterin der Großen Mutter. *»Woher könnt Ihr das wissen?«*

Taret lächelte nur. »Mysterien, Mysterien. Überall gleich. Ihr mir jetzt glauben? Die Große Mutter heißen Euch willkommen, Euch und Euer Kind ...«

Tiriki schwankte. Damisa streckte rasch den Arm aus, um sie zu stützen, und sah Taret dabei fragend an.

»Was?« Taret lachte und legte den Kopf schief wie eine alte Krähe. »Ihr etwa noch nicht wissen?«

»Ich dachte, ich wäre nur seekrank«, flüsterte Tiriki und ging in Gedankenschnelle ihre körperlichen Anzeichen durch. *Daran* hatte sie keinen Augenblick gedacht. Jegliche Erinnerungen an ihre früheren Schwangerschaften hatte sie in ihrem Kummer über die Kinder, die sie verloren hatte, tief vergraben. Wie von selbst legten sich ihre Hände schützend auf ihren Bauch. Wenn die weise Frau die Wahrheit sprach, so war ihr Schoß nicht länger leer.

Sie schüttelte den Kopf. »Wie könnte ich nach allem, was wir durchgemacht haben, ein Kind austragen? Sämtliche Heiler von Atlantis vermochten nicht zu verhindern, dass ich meine früheren Kinder verlor!«

»Wie Ihr kommen hierher auf Verborgene Insel?« Wieder lachte Taret. »*Sie* wollen Euch hier haben – Euch und die Euren!«

Tiriki beugte sich über ihren Schoß, wiegte sich langsam hin und her und dachte an ihre letzte Liebesnacht mit Micail. Hatte in jenem Augenblick des höchsten

Glücks sein Same Wurzeln geschlagen? Und wenn ja, war es dann vielleicht jener Teil von ihm, den sie spürte, wenn sie so sicher war, dass er noch lebte?

Tiriki blinzelte, und dann lag sie weinend in Damisas Armen und wusste nicht, ob sie Tränen der Freude vergoss oder Tränen der Trauer.

Die Nachricht von Tirikis Schwangerschaft verbreitete sich wie ein Lauffeuer und war wie ein zarter Hoffnungsschimmer in einer Lage, die trotz der freundlichen Aufnahme durch die Sumpfbewohner trostlos erschien. Zunächst brauchten die Atlantiden ein Dach über dem Kopf, und in den folgenden Tagen musste sich Tiriki nicht als Einzige zu Arbeiten bequemen, die ihr bisher fremd gewesen waren. Selbst wenn sie alle nicht ohnehin des Lebens an Bord herzlich überdrüssig gewesen wären, die *Purpurschlange* konnte ihnen auf Dauer nicht als Behausung dienen. Das Schiff brauchte selbst Schutz, während die nötigen Ausbesserungen durchgeführt wurden.

Chedan hatte in seinem Leben mehr als einmal den Bau eines Tempels überwacht – und nicht immer waren es Tempel aus Stein gewesen. Sein Fach waren freilich eher die geheimen Gesetze bei der Gestaltung heiliger Räume und die künstlerische Planung. Und obwohl er auch die Magie beherrschte, die es ermöglichte, mittels Gesang große Steine zu bewegen, nützte ihnen das wenig, solange sie nicht genügend ausgebildete Bass- und Baritonstimmen zur Verfügung hatten, um auch nur einen einzigen magischen Chor zusammenzustellen. Zudem war das Behauen der Steine ein streng gehütetes Geheimnis der Steinmetzgilde, von der jedoch kein Angehöriger auf der *Purpurschlange* mitgefahren war.

Die Sumpfbewohner bauten mit Holz, und die Priesterschaft war mit Zimmermannsarbeiten nicht vertraut. Doch in den ländlicheren Gegenden des Seereichs, aus denen die meisten, wenn auch nicht alle Matrosen stammten, lebten die Bauern in Hütten, die nicht viel anders waren, als man sie hier vorfand. Außerdem hatte man auch beim Schiffsbau mit Holz zu tun, und Reidel hatte als Sohn eines Schiffskapitäns viel über den Umgang mit diesem Material gelernt.

Wieder einmal, murrte Damisa, hat unser wackerer Kapitän die Führung übernommen. Und sie konnte nicht einmal bestreiten, dass er gute Arbeit leistete. Er hatte die Matrosen kurzerhand zu Zimmerleuten erklärt, wobei Damisa sich nicht sicher war, wie sie das aufnehmen würden. Wer von Ahtarrath oder einer der anderen Inseln kam, würde sich vielleicht nicht daran stören, aber auf Alkonath galten Seeleute als privilegiert. Damisa war unweit des Großen Hafens aufgewachsen und erinnerte sich nur zu gut daran, wie sehr die Matrosen die Arbeit der Landratten stets verachtet hatten.

Sie war mit einer Ladung Weidenzweige in den Armen am Waldrand stehen geblieben. Als sie nun laute Stimmen hörte, spähte sie vorsichtig um einen Hagedornbusch herum.

»Keinen einzigen Balken fasse ich mehr an, solange Ihr mir keinen vernünftigen Grund dafür nennt!« Damisa hatte den starken alkonischen Akzent sogleich erkannt. Der Matrose Aven stand mit geballten Fäusten und wütender Miene vor dem Magier Chedan.

»Ihr wollt doch sicher unter einem Dach schlafen, nicht wahr? Ist das nicht Grund genug?«, fragte Chedan vollkommen ruhig.

Was kann er dem entgegenhalten?, dachte Damisa und zog sich die Kapuze über den Kopf. Am Morgen war der Himmel blau gewesen, doch jetzt waren bereits wieder graue Wolken aufgezogen, und jeden Augenblick drohte Regen.

»Unsere Zelte sind gut genug!«, widersprach Aven. »Wenn wir alle gemeinsam an der *Purpurschlange* arbeiten würden ...« Der Alkonier hatte die Fäuste gesenkt. Seine Erregung legte sich zusehends. »... könnten wir in einer Woche aus diesem götterverlassenen Dreckloch verschwinden! Das ist kein Platz für unseresgleichen, Heiliger Mann! Ich sage, wir suchen uns ein zivilisiertes Land!«

»Und ich sage, dieser Ort ist uns vom Schicksal bestimmt.« Chedans Stimme war streng geworden. »Zweifelt Ihr etwa an der Weisheit der Priesterkaste?«

»Ich doch nicht!«, grinste Aven. »Aber mich hat das Schicksal nicht zum Bäumeausgraben bestimmt! Und, mit allem schuldigen Respekt, auch nicht zu Eurem Sklaven.«

»Nun denn, mein guter Mann ...« Chedan beherrschte sich noch immer. »Wenn das Schicksal etwas anderes mit Euch vorhat, dürfen wir Euch nicht länger hier festhalten. Kann ich davon ausgehen, dass Ihr unter diesen

Umständen auch keinen Anspruch mehr erhebt, von uns mit Essen und Trinken versorgt zu werden?«

»Was?« Wieder hob Aven drohend die Fäuste – und nun hatte Damisa genug. Sie ließ die Zweige fallen und rannte den Pfad zum Ufer hinunter.

Wie sie gehofft hatte, fand sie Reidel bei seinem Schiff. Er bearbeitete mit dem Hobel ein Stück Holz, um damit eine Planke zu ersetzen, die von einem versunkenen Felsen eingedrückt worden war. Der Tag war kühl, aber bei der Arbeit war ihm so warm geworden, dass er sich bis auf sein Lendentuch ausgezogen hatte. Auf Ahtarrath wäre das nicht weiter aufgefallen, aber hier war es so kalt, dass die meisten Flüchtlinge sämtliche Kleidungsstücke auf dem Leib trugen, die sie besaßen. So fand Damisa den Anblick der gebräunten Haut, der schwellenden Muskeln, der geschmeidigen Bewegungen, mit denen der Hobel über die Planke geführt wurde, doch ein wenig ... überraschend.

Sie hatte keine Zeit, sich genauer über ihre Gefühle klar zu werden, denn Reidel hatte sich schon beim Klang ihrer eiligen Schritte aufgerichtet und sah ihr fragend entgegen.

»Was ist? Seid Ihr – nein, ich sehe schon, Ihr seid unverletzt. Was ist geschehen?«

»Noch nichts, aber dabei wird es nicht bleiben!«, antwortete sie. »Aven ist im Begriff, eine Meuterei anzuzetteln. Er findet, wir sollten lieber das Schiff ausbessern, anstatt ...«

»Der verdammte Narr!« In Reidels Augen flammte es bedrohlich auf. Er schnappte sich seine Tunika und schritt so rasch voraus, dass Damisa laufen musste, um mitzuhalten.

Bald hatten sie die Lichtung erreicht. Damisa war nicht lange fort gewesen, und Aven hatte sich offensichtlich auf Beleidigungen und Drohungen beschränkt, doch die Atmosphäre war in einer Art und Weise aufgeladen, die ihr nicht gefiel. Chedan stand reglos wie eine Steinsäule, seine Haare waren gesträubt und die Pupillen geweitet. Er verströmte Energien, die die Luft aufheizten.

Alle spürten es; besonders Aven lief der Schweiß in Strömen über Gesicht und Schultern, doch er gab sich noch immer nicht geschlagen

»Ah ... endlich!«, stieß er trotzig hervor. »Ein warmes Lüftchen. Die Windgötter geben mir Recht!« Er wollte, eine unerhörte Dreistigkeit, nach Chedan greifen, doch als sein Hemd am Ärmel Feuer fing, verließ ihn der Mut, und er zog die Hand erschrocken zurück.

»Meister, bitte!«, schrie Damisa. »Er ist nur ein unwissender Mensch ...«

»Nein, hört *nicht* auf!« Reidels Stimme fuhr wie eine Peitsche dazwischen.

»Aber Käpt'n!«, heulte Aven wie ein Kind. »Das ist keine Arbeit für einen ehrlichen Seemann! Schickt mich aufs Schiff zurück, und ich schufte für Euch, bis mir die Finger bluten. Hauptsache, wir lassen diese Sümpfe hinter uns und kehren dahin zurück, wo wir hingehören.«

»Ach so?«, fragte Reidel sehr leise. »Und wo gehören wir hin?«

»Nach Hause, nach Al ... nach ...« Aven verstummte.

»Richtig«, nickte Reidel. »Genau da wärst du jetzt ohne Meister Chedan – auf Alkonath oder Ahtarrath, auf dem Grund des Meeres!«

Damisa gewahrte mit einem tiefen Seufzer der Erleichterung, wie ihr Landsmann endgültig aufgab.

»Ihr habt ja Recht«, rief Aven verzweifelt. »Aber warum ausgerechnet *hier?*«

Reidel warf einen schnellen Blick zu Chedan. Der hatte äußerlich gelassen abgewartet, doch seine Stimme klang rau, als er sprach.

»Der Fehler liegt bei mir«, sagte der Magier, »denn dies *ist* zwar die Zuflucht, die uns die Götter gewähren, aber ich vergesse manchmal, dass wir nicht alle Diener des Lichtes sind und die Gelübde abgelegt haben. Warum wurden *wir* gerettet, während so viele starben? Nur damit wir hierher kommen konnten. Ihr seht es nicht, aber dieser Ort ist so mit Macht gesättigt, dass er wie ein Leuchtfeuer in die Welt hinausstrahlt. Und meine Aufgabe in diesem wie in meinen anderen Leben ist es, alles zu tun, um die ihm innewohnenden Möglichkeiten zur Entfaltung zu bringen. Wollt Ihr also nicht wenigstens darüber nachdenken, ob nicht auch Ihr hier eine Aufgabe zu erfüllen habt, um uns dann zu unterstützen, so gut Ihr könnt?«

Aven schaute zu Boden und schmollte wie ein kleiner Junge. Chedan gähnte und erklärte, zur weißen Quelle gehen und daraus trinken zu wollen. Reidel stemmte die Hände in die Hüften und schüttelte den Kopf.

»Meister Chedan ist zu gutmütig«, bemerkte er. »Wenn die Siedlung steht, Aven, kannst du machen, was du willst, aber bis dahin werden wir alle zusammenarbeiten – und du wirst Meister Chedan gehorchen, als wäre er ein Prinz aus königlichem Hause!«

Nach diesem Vorfall lehnte sich niemand mehr offen auf, und es wurde erstaunlich wenig gemurrt. Nach einer Woche harter Arbeit waren alle in Hütten untergebracht, die jedoch mehr als einfach zu nennen waren. Man hatte sich die Häuser der Dorfbewohner zum Vorbild genommen: Vier Eckpfosten wurden in den Boden gerammt, die Wände waren aus dünnen Weidenzweigen geflochten und die Dächer mit Schilfbündeln gedeckt. Das Flechtwerk musste noch mit Lehm beworfen werden, um es wind- und wasserdicht zu machen, doch immerhin brauchte niemand mehr im Regen zu schlafen.

Sogar Alyssa hatte sich vom Schiff herauftragen lassen und teilte sich nun eine große Rundhütte mit den Blauen Priesterinnen Liala und Malaera. In einem kleinen Verschlag in der Nähe lagerte, fest in Seide gepackt, der Omphalos in seinem Schrein. Gleich daneben hatte man zwei weitere Hütten, kleiner, aber in sich abgeschlossen, für Tiriki und Chedan errichtet. Dahinter standen drei größere Gebäude. Das eine bewohnten die drei Priesterschülerinnen, das zweite die Saji Metia und ihre Schwestern. Im dritten stand Kalarans Bett, und dort schlief auch ein Weißer Priester namens Rendano. Reidel und seine Matrosen sowie der Händler Jarata und mehrere Flüchtlinge von Ahtarrath hatten sich unweit der Stelle, wo die Vogelschwinge auf Grund gelaufen war, ihre Unterkünfte gebaut.

So war fast schon eine kleine Gemeinde entstanden. Die Hütten erfüllten ihren Zweck, man saß im Trockenen, aber für atlantidische Begriffe waren sie schon deshalb kein Heim, weil sie zu wenig Wärme boten und der Wind durch alle Ritzen zog.

Wenn Tiriki schlotternd und schniefend an ihrem Torffeuerchen kauerte, wusste sie nicht, ob sie nun eine Erkältung bekam oder unter bösen Vorahnungen litt. Auch ihre flehentlichen Blicke zum Bildnis der Großen Mutter, für das sie aus Steinen eine kleine Grotte aufgeschichtet hatte, nützten nichts. Im flackernden Feuerschein schien sogar die Göttin vor Kälte zu zittern. Tirikis Brüste schmerzten und spannten, ein Hinweis, dass die geheimnisvolle Taret ihren Zustand richtig gedeutet hatte. Aber wie konnte sie hoffen, in dieser Wildnis ein Kind auszutragen? Hatten die Flüchtlinge den Untergang von Atlantis und die Fährnisse der Reise nur überlebt, um vor dem Klima dieses neuen Landes kapitulieren zu müssen?

Tiriki vermutete zwar, dass Damisa etwas übertrieben hatte, dennoch bereitete ihr der Bericht von der Auseinandersetzung zwischen Aven und Chedan Magenschmerzen ganz anderer Art, als die Schwangerschaft es tat. Im Gegensatz zu ihrer Schülerin begriff sie zwar, dass Aven sich nicht allein gegen die Autorität des Magiers, sondern gegen die gesamte Priesterschaft aufgelehnt hatte, was die Sache nur noch schlimmer machte. Chedan entstammte dem Alten Tempel. Er hatte im Grunde keine andere Wahl gehabt, als seine Kaste zu verteidigen.

Er tut so etwas nicht zu seinem eigenen Ruhm, hatte sie Damisa erklärt. Er handelt nur zu deinem und meinem Besten. Und woher weißt du, wie sich die Auseinandersetzung ohne dein Eingreifen entwickelt hätte?

Damisa war gebührend zerknirscht abgezogen, aber ihre Schilderung des Vorgefallenen hing in der zugigen Hütte wie der Geruch sauer gewordener Milch. Tiriki zweifelte nicht an Chedans Fähigkeiten, aber sie konnte sich kaum vorstellen, dass der Magier, den sie als ruhigen und vernünftigen Menschen kennen gelernt hatte, den alkonischen Seemann tatsächlich zu Asche verbrannt hätte. Das hinderte sie freilich nicht daran, allen Göttern und Göttinnen dafür zu danken, dass Reidel sich eingemischt hatte, auch wenn damit das eigentliche Problem nicht gelöst, sondern lediglich zurückgedrängt worden war.

Denn das Problem war nicht Aven. Er hatte nur als Erster laut ausgesprochen, was andere längst flüsterten, wenn sie glaubten, dass niemand zuhörte.

»Micail, Micail«, sagte sie leise. »Warum haben wir es denn überhaupt versucht? Wäre es nicht besser gewesen, uns Hand in Hand zusammen mit unserem Volk in das Schicksal unserer Heimat zu fügen? Dann wäre jetzt alles vorüber, und wir könnten in Frieden ruhen.«

Du weißt, warum, antwortete ihr eine innere Stimme. Du hast geschworen, dich in den Dienst des Lichtes und der Prophezeiung zu stellen.

Plötzlich drehte sich der Wind und trieb ihr eine Rauchwolke ins Gesicht. Als sie zu husten aufhörte, weinte sie echte Tränen.

»Diese verdammte Prophezeiung!« Wütend stieß sie das Hirschfell vor dem Eingang beiseite und trat ins Freie. Es roch nach frischem jungem Grün, und sie fühlte sich lebhaft an den Garten ihrer Mutter und an Galara erinnert, die eigentlich bei ihr sein sollte. Als sie sich die Tränen abwischte, sah sie, dass die Wolken sich verzogen hatten und die Sonne vom Himmel strahlte. Beglückt hob sie die Arme und stimmte den zeitlos jungen Morgengruß an:

»Sende dem Tag dein Licht, o Stern des Ostens,
du Freudenbringer, Spender des Lichtes, erwache ...«

Sie ließ die Arme langsam wieder sinken und schwelgte mit halb geschlossenen Augen im milden Licht des Gestirns, das alle Länder beschien. Welcher Monat war eigentlich gerade? Seit der Tagundnachtgleiche war der Mond einmal voll gewesen, und die Dunklen Schwestern leuchteten schwächer. Selbst in diesem nebeligen Hügelland müsste schon seit einiger Zeit Sommer sein. Sie erinnerte sich an Chedans Theorie über die allmähliche Verschiebung der Jahreszeiten.

›Sonnenkinder‹ hat uns Taret genannt ... Natürlich! Tiriki ließ die Hände vollends fallen. Atlantiden sitzen nicht gern im Dunkeln! Kein Wunder, dass uns alles so trostlos und düster erscheint. Ich muss weg von hier.

Da sie wusste, dass die anderen sie beobachten konnten, verschwand sie rasch zwischen den Bäumen. Sie hatte keine klare Vorstellung, wohin sie wollte, doch ihre Füße fanden wie von selbst einen Pfad und folgten ihm. Wenig später war sie von der Siedlung aus nicht mehr zu sehen oder zu hören. Sie war allein.

Unwillkürlich strebte sie aufwärts. Der Pfad verschwand; sie sah nicht einmal mehr eine Reh- oder Kaninchenfährte. Etwas zog sie fort von der Siedlung und den Sümpfen, der Wind rief sie mit leisem Raunen, die Sonne wie mit einem Fanfarenstoß. Seit sie hier angekommen war, wollte sie wissen, was sich auf dem Gipfel befand, und so stellte sie ohne große Überraschung fest, dass jeder Schritt sie weiter den Hang hinaufführte. Nur das Unterholz zwang sie immer wieder umzukehren und neue Wege zu suchen, sodass sie schließlich in Serpentinen den Heiligen Berg emporstieg.

Bald wurde ihr warm; sie zog den Mantel aus und sah sich um. Sie hatte die Baumgrenze fast hinter sich gelassen; ringsum wuchsen nur noch vereinzelte Büsche und Farnstauden, und dazwischen hatte sich gewöhnliches Gras angesiedelt – das aber im Sonnenlicht in einem so satten Grün glänzte, wie sie es noch nie gesehen hatte.

Wieder schossen ihr die Tränen in die Augen, doch diesmal waren es Tränen der Freude. Dummes Ding, schalt sie sich, hast du wirklich geglaubt, in diesem neuen Land gäbe es keine Schönheit?

Eine letzte Anstrengung, dann stand sie auf dem Gipfel. Auch das sanft gewölbte, ovale Plateau war mit diesem herrlich grünen Gras bewachsen. Obwohl ihr die Sonne in die Augen schien, bemerkte sie es sofort: Es war wie ein Licht, aber von anderer Art …

Ihre Augen stellten sich rasch um. Von hier oben, hoch über dem unberührten Waldgürtel um die Hänge des Heiligen Berges, waren selbst die Sümpfe und Moore von einer wilden, fremdartigen Schönheit. Zwischen den ausgedehnten frühlingsgrünen Schilfflächen flimmerte und funkelte hellblau das Wasser des Sees im Schein der Sonne.

Welch eine Pracht, seufzte sie bewundernd, doch im gleichen Augenblick fuhr ihr das Heimweh wie ein Stich durchs Herz. Auf Ahtarrath hatten sie und Micail oft den Tag auf dem Gipfel des Sternenberges erwartet, und wenn die aufgehende Sonne das Meer und die bunt glasierten Ziegeldächer wie unzählige Diamanten erstrahlen ließ, hatten sie jede Einzelheit der Landschaft mit atemberaubender Klarheit erkennen können. Hier war die Aussicht selbst an wolkenlosen Tagen verhüllt vom Dunst und vom Schatten der wogenden Hügel, und dahinter erstreckte sich ein fremdes Meer.

Auf Ahtarrath hatte sie immer gewusst, wer und wo sie war. Hier fehlte ihr diese Gewissheit. Hier erkannte sie in der leicht verschleierten Landschaft nur ... Möglichkeiten.

Sie drehte sich langsam um sich selbst und ließ den Blick über den langen Höhenrücken im Süden schweifen, über die höheren Berge im Norden und die Täler, die gut geschützt dazwischen lagen. Im Osten färbte der Nebel sich bräunlich, aber das nahm sie nur mehr am Rande wahr. Denn nun hatte sie vor sich auf dem Gipfel einen Kreis aus stehenden Steinen entdeckt.

Verglichen mit den gewaltigen Bauwerken von Atlantis war er nicht allzu imposant. Nicht nur, dass die Steine noch die gleiche Form hatten, die sie von den Erdgöttern bekommen hatten, die höchsten reichten ihr auch kaum bis an die Brust. Doch die bloße Existenz einer solchen Anlage warf schlagartig ein neues Licht auf die Fähigkeiten und vielleicht auch auf die Willensstärke der Menschen hier.

Aber wozu wurde sie errichtet?, dachte sie. Das ist die eigentliche Frage. Sie richtete sich auf, nahm einen tiefen Atemzug und beschwor ihre eigenen Fähigkeiten. In der Mitte des Steinkreises entdeckte sie eine dunkle Stelle und die Reste eines Feuers. Sie ging in Richtung des Sonnenlaufs um die Steine herum und betrat den Kreis durch eine etwas breitere Lücke an der Ostseite. Schon beim ersten Schritt bestätigte sich, dass sie sich nicht getäuscht hatte. Dieser Ort war ein Zentrum der Macht. Je näher sie dem Mittelpunkt kam, desto deutlicher spürte sie die Energien in der Erde, und als sie ihn erreichte, verstärkte sich der Eindruck noch einmal. Wäre sie nicht eine geschulte Priesterin gewesen, sie hätte sich nicht auf den Beinen halten können.

Tiriki schloss die Augen und tauchte mit allen Sinnen in die Erde ein, drang vor bis in die Tiefen und spürte den Strömen der Macht nach. Sie strahlten in alle Richtungen aus, doch am stärksten nach Südwesten und Nordosten. Die Erde war mit Lebenskraft gesättigt, und diese Kräfte stiegen nun in ihren Körper empor. Wieder hoben sich ihre Arme wie von selbst, sie wurde zu einer lebenden Brücke zwischen Erde und Himmel.

Sie hatte diesen Augenblick nützen wollen, um das neue Land in Besitz zu nehmen, doch stattdessen überließ sie sich ihm.

Hier bin ich ... Hier bin ich!, rief sie. Was soll ich tun?

Scharf wie der Wind, grell wie die Sonne und kraftvoll wie die Erde unter ihren Füßen kam die Antwort.

»Du sollst leben, lieben, lachen ... und wissen, dass du hier willkommen bist.«

Erschrocken riss Tiriki die Augen auf; das war nicht die Stimme ihrer Seele gewesen. Sie hatte sie deutlich mit den Ohren gehört. Einen Augenblick lang dachte sie empört, jemand aus der Siedlung sei ihr gefolgt, doch da sah sie vor sich eine Frau in Gewändern aus Sonnenlicht und Spinnenseide stehen, die ihr nie zuvor begegnet war.

Schlankgliedrig war sie, mit schwarzem Haar, das den Kopf wie eine Wolke umgab. Tiriki hielt sie zunächst für eine von den Sumpffrauen. Doch an der Linie von Stirn und Wange und mehr noch an der Art, wie das schräg einfallende Licht die Gestalt umspielte – sie manchmal anstrahlte, dann wieder durchdrang –, erkannte sie, dass sie keine Sterbliche vor sich hatte.

Ehrfürchtig neigte sie den Kopf zum Gruß.

»Gut so«, sagte die Frau und lächelte in sanftem Spott. »Aber ich bin auch keine von euren Göttinnen. Ich bin ... was ich bin.«

»Und das ist ...« Tirikis Gedanken überstürzten sich, und ihr Herz klopfte so heftig, dass sie kaum sprechen konnte. Im Tempel hatte man solche Wesen als *Devas* bezeichnet, aber hier kamen ihr wie von selbst Tarets Worte über die Lippen: »Ihr seid eine von den Leuchtenden?«

Die seltsamen Augen der Frau weiteten sich, und sie schien ein wenig über dem Boden zu schweben. »So werden wir manchmal genannt«, räumte sie ein. Es klang noch immer ein wenig belustigt.

»Aber wie soll ich Euch nennen?« Die Antwort ließ auf sich warten. Tiriki spürte ein Kribbeln, als streifte jemand mit zarter Hand ihre Seele.

»Wenn Namen dir so wichtig sind, dann nenne mich ... die Königin.« Die Frau deutete auf ihr Haar. Erst jetzt bemerkte Tiriki den Kranz aus weißen Hagedornblüten. »Ja, das ist gut«, fuhr sie fort, und es klang wie ein unterdrücktes Lachen, »dann kann ich sicher sein, dass du mich auch respektierst!«

»Gewiss doch!«, hauchte Tiriki und fiel auf die Knie. Die Frau mochte ein Geist sein, aber sie war klein wie die Sumpfbewohner, und sie fand es unhöflich, auf sie hinabzuschauen. »Welches Opfer soll ich Euch darbringen?«

»Ein Opfer?« Die Königin überlegte. Wieder spürte Tiriki, wie etwas flüchtig ihre Seele berührte. »Hältst du mich für einen von euren ... Händlern? Glaubst du, ich will für meine Geschenke entlohnt werden? Du selbst hast dich diesem Land geopfert«, fuhr sie etwas freundlicher fort. »Was kann ich mehr wollen? Sag mir lieber, was *du* von *mir* begehrst!«

Tiriki spürte, wie sie errötete. »Euren Segen ...«, sagte sie dann und legte die Hand auf ihren Leib. Gäbe es einen besseren Schutz als die Gunst der Macht, die über dieses Land herrschte? »Ich bitte Euch um Euren Segen für mein Kind.«

»Den sollst du haben.« Die Antwort kam so sanft wie Blütenduft. »Und solange ihr die Heiligtümer hier achtet, wird deine Linie auch niemals aussterben. Das verspreche ich dir.«

»Meint Ihr diesen Berg?«, fragte Tiriki.

»Der Heilige Berg ist nur die äußere Hülle, so wie dein Leib die schützende Hülle für dein Kind ist. Zu gegebener Zeit sollst du die Mysterien kennen lernen, die er in sich birgt – die Rote und die Weiße Quelle und die Kristallhöhle.«

Tiriki machte große Augen. »Wie soll das geschehen?«

Die Königin zog eine Augenbraue hoch. »Du hast Bekanntschaft mit der weisen Frau geschlossen. Sie wird dich alles lehren. Bisher dienst du der Sonne, doch nun sollst du auch die Geheimnisse des Mondes erfahren. Du ... deine Töchter ... und alle, die nach euch kommen ...«

Sie lächelte, dann wurde der Lichtschein stärker, der sie umgab, und Tiriki sah nur noch Helligkeit.

Achtes Kapitel

Seit Micails Ankunft in Belsairath waren Tage, dann Wochen vergangen, aber Tiriki war nicht gekommen. Er hatte sich immer für den Stärkeren in ihrer Beziehung gehalten, doch allmählich wurde ihm klar, wie sehr er sich auf die innere Kraft dieser scheinbar so zarten Frau verlassen hatte. Tagsüber wohnte er Ritualen bei und nahm an Beratungen teil, in der Hoffnung, von ihr zu hören oder die Alkonier überreden zu können, nach ihr zu suchen, obwohl er keine Ahnung hatte, wohin es die anderen Flüchtlinge verschlagen haben mochte. Nachts in seinen Träumen lief er selbst durch Ahtarras versunkene Straßen und hielt Ausschau nach ihr, während in Geschäften, Wohnhäusern und Tempeln nach und nach die Lichter ausgingen.

Manchmal glaubte er ihr so nahe zu sein, dass er nur die Hand nach ihr auszustrecken brauchte. Doch wenn er erwachte, begriff er, dass sie in solchen Momenten nur deshalb nie zurückwich, weil sie gar nicht da gewesen war.

Die Tage fand er kaum weniger bedrückend. Belsairath lieferte den Beweis, dass die Atlantiden in dem neuen Land nicht nur überleben, sondern sogar ein blühendes Gemeinwesen schaffen konnten. Aber je mehr neue Häuser, je mehr prunkvolle Kopien antiker Bauten aus dem Boden gestampft wurden, desto tiefer versank Micail in seiner Schwermut.

Tjalan hätte den Freund nur zu gern in seiner Villa, ja, sogar in seinen Privatgemächern untergebracht, aber Micail wollte davon nichts hören. Belsairath war laut und nicht gerade sauber, und der Gasthof lag mittendrin, aber er *musste* unbedingt den Hafen im Blick haben.

»Stell dir vor, Tiriki kommt, und ich bin irgendwo und kann ihr Schiff nicht sehen.« Er schüttelte den Kopf. »Am Ende fährt sie weiter. Nicht alle Schiffe, die den Hafen anlaufen, bleiben auch hier. Nein, ich kann nicht weg.«

Von da an war Micail von der Teilnahme an den Ratsversammlungen in Tjalans Villa freigestellt. Natürlich war er froh, den endlosen hochgelehrten Debatten über die Einflüsse der Gestirne und den Verlauf der Energieströme im Land zu entgehen. Und an Annehmlichkeiten fehlte es nicht. Es war keine Strafe, sich regelmäßig mit erlesenen Gerichten, gewürzt mit Loore, in köstlicher Raf-ni'iri-Sauce, verwöhnen zu lassen.

Dennoch wäre er lieber mehr für sich gewesen. Ständig war ein Soldat in seiner Nähe, der ihn beschützte, eine Blaue Priesterin oder ein Heiler wollten ihn untersuchen, oder Jiritaren und sogar Bennurajos kamen zu Besuch, um ihm schwere Liköre zu kredenzen und ihn mit einem endlosen Strom von Witzen und Anekdoten zu unterhalten.

Micail zwang sich, die Sonderbehandlung und die dauernden Störungen mit stoischem Gleichmut zu ertragen, denn er ahnte tief im Innern, dass er dem Wahnsinn gefährlich nahe war ...

Am lästigsten waren vielleicht Tjalans Aufmunterungsversuche. Der Prinz verkündete immer wieder, er scheue vor *nichts* zurück, was Micail aus seiner Lethargie reißen könnte, und würde auch junge Frauen herbeischaffen, um ihn zu zerstreuen.

Hin und wieder kam sein Vetter Naranchada vorbei, aber Micail wusste nicht so recht, ob er diese Besuche als tröstlich oder als quälend empfinden sollte. Als Jungpriester waren er und Ancha dicke Freunde gewesen, doch dann hatte sich Ancha immer mehr in seine Fachgebiete – die Baukunst und die Geomantie – vertieft, und mit der Zeit war eine gewisse Entfremdung eingetreten. Nun hatte gemeinsames Leid sie einander wieder näher gebracht, denn bei der überstürzten Flucht von Ahtarrath waren Anchas Frau und seine Kinder ertrunken. Er selbst hatte sich, halb wahnsinnig vor Kummer, an eine Spiere geklammert. Die *Königssmaragd* hatte ihn aufgefischt, als sie nach Überlebenden gesucht hatte.

Manchmal beneidete Micail seinen Vetter, der weiterleben konnte, ohne sich mit Hoffnungen zu martern, die immer wieder enttäuscht wurden. Doch wenn er den stummen Schmerz in Anchas Augen sah, begriff er, dass auch die schwächste Hoffnung immer noch besser war als eine Gewissheit, an der man verzweifelte.

Hätte er Tiriki in den Wellen versinken sehen, er hätte es nicht überlebt.

Eines Nachmittags erschien Ardral unangemeldet zu einem Besuch. Er brachte einen Krug Honigwein aus Forrelaros Keller und eine Platte mit saftigem Schweinebraten mit, den Tjalans Leibkoch eigenhändig zubereitet hatte. Es war ein warmer, aber eher bedeckter Tag. Sie zogen sich einen niedrigen Tisch und zwei Bänke vor die offene Balkontür und ließen es sich schmecken.

Als der erste Hunger gestillt war, wandte sich das Gespräch den Plänen für den neuen Tempel zu.

»Ihr solltet wieder öfter an den Ratssitzungen teilnehmen, mein Junge. Haladris und Mahadalku spielen sich unglaublich geschickt die Bälle zu, und Ihr steht als Einziger so hoch im Rang, dass Ihr sie in die Schranken weisen könntet«, mahnte Ardral. »Wenn sie sich durchsetzen, wird der neue Tempel sämtliche Schwächen des alten getreulich übernehmen.«

»Müssen wir uns wirklich jetzt schon den Kopf darüber zerbrechen, wer an der Spitze des neuen Tempels stehen soll? Ohne Tiriki und Chedan können wir doch ohnehin keine Entscheidung treffen.«

»Und in welchem Leben sollen sie sich wohl in die Debatte einschalten?«, fragte Ardral trocken. Micail fuhr erschrocken in die Höhe. »Ach, mein Junge ... es tut mir Leid«, sagte der Meister sanft. »Aber Ihr habt alles beobachtet, was seit unserer Ankunft in diese Bucht gekommen ist – jedes Schiff, jedes Boot, jeden Seehund. Inzwischen sind drei Neumonde vorübergegangen, und es gibt immer noch kein Lebenszeichen, keine Nachricht. Irgendwann kommt der Augenblick ...«

»Ich weiß!« Micail schüttelte den Kopf. »Ich weiß, ich bin töricht und verstockt. Aber dennoch – kann das wirklich alles sein, was von uns bleibt? Ich will es nicht glauben, es wäre ein zu übler Streich. Ich will nicht glauben, dass meine Liebste ... dass die Besten von uns allen tot sein sollen – dass nur eine Hand voll unbedeutender Priester, eine Schar hochmütiger Adeliger, ein paar Schreiber, Zöglinge und allzu viele Soldaten übrig geblieben sind! Und viele von ihnen sind zudem fast noch Kinder.«

»Hört zu, Micail.« Ardrals Stimme klang weich, fast beschwichtigend. »Es ist nicht falsch, an seiner Hoffnung festzuhalten. Reio-ta hat oft gesagt, Ihr beiden wärt wie ein Herz und eine Seele – und er verstand etwas von diesen Dingen. Wenn Ihr glaubt, dass sie lebt, dann will ich Euch davon nicht abbringen. Aber vergesst nicht: Alles kommt so, wie es kommen soll. Ihr habt mit Tiriki so lange Seite an Seite gewirkt; vielleicht müssen sich Eure Wege nun für eine Weile trennen.« Der Meister hielt inne und wählte seine Worte mit Bedacht. »Doch wenn es darum geht, einen würdigen Tempel zu errichten, dann bedenkt: Man wird uns dereinst nicht danach fragen, wie viele wir waren oder welche Gaben wir besaßen. Es bedarf nur eines einzigen Gerechten, um den Weg des Lichtes zu bewahren.«

»So sagt man«, gab Micail zurück, »aber um das Priestertum und sein Wissen zu bewahren, ist dieser eine nicht genug, und Tatsache bleibt, dass von den Zwölf Erwählten nur vier gerettet wurden. *Vier.*«

Ardral nickte. »Noch einen Schluck?«, fragte er, und Micail seufzte und ließ sich nachschenken. Wieder rollte der im Holzfass gereifte Wein aus dem Alten Land über seine Zunge, und er spürte sein zartes, leicht herbes Aroma.

»Wir mussten vieles zurücklassen, gewiss«, sagte Ardral leise. »Und ich weiß natürlich nicht, was Ihr erwartet hattet ...«

»Erwartet?« Micails Lachen klang schrill. »Ich weiß selbst nicht mehr, was ich erwartet hatte! Aber was Rajasta uns beschrieb, klang – primitiver als – das alles hier.« Er deutete nach draußen auf die morschen Gebäude von Belsairath.

»In einem Land voller Wilder wäre tatsächlich alles einfacher«, nickte Ardral und schnitt sich noch ein Stück Braten ab. »Primitive Völker sind im Allgemeinen für Belehrungen empfänglich.«

Die vier Überlebenden der Zwölf Erwählten blieben oft sich selbst überlassen. Die Priesterschüler waren nicht einmal gemeinsam untergebracht, sondern lebten in verschiedenen Häusern in und um Belsairath. So war die gut geheizte und geräumige Villa der Prinzessin Chaithala rasch zum beliebten Treffpunkt aller jüngeren Atlantiden geworden. Natürlich hätten sich die Priesterschüler mit ihren Studien und mit Meditation beschäftigen sollen. Auch gab es einige ältere Priester, die sich ihrer hätten annehmen nehmen können, aber die waren natürlich ganz in eigene Studien und gelehrte Dispute vertieft.

So verging die Zeit. Micail hatte die Verantwortung für die Ausbildung der jungen Leute nie offiziell abgegeben, aber er konnte sich auch nicht entschließen, mit der Arbeit anzufangen. Elara hatte einmal gehofft, im neuen Land seine persönliche Schülerin zu werden, doch nun war sie beinahe der Meinung, sie könnten auf diesen Lehrer durchaus verzichten. Auf der Fahrt von Beliri'in nach Belsairath hatte sie Zeit gehabt, ihn zu beobachten, und seither zweifelte sie daran, ob er sein eigenes Leben noch im Griff hatte. Wie sollte er dann andere lenken?

»Eigentlich ist es ein Jammer«, sagte sie zu Lirini, der mittleren Tochter des großen Sängers Ocathrel, die ihr mit ihren siebzehn Jahren altersmäßig am nächsten stand. »Ich hätte ihn so gern als Lehrmeister gehabt. Im Grunde ist er nämlich ein reizender Mensch.«

»Reizend! Ich finde, er sieht von allen Priestern am besten aus. Glaubst du, er wird jemals wieder heiraten?«

Elara zog eine wohlgeformte Augenbraue in die Höhe. Lirini schien den Verlust ihres Verlobten, der bei der Katastrophe ums Leben gekommen war, recht gut verschmerzt zu haben. Allerdings wäre sie selbst auch nicht untröstlich gewesen, hätte Lanath nicht überlebt. Er spielte gerade mit Vialmar eine Partie des Federspiels und war dabei, mit Pauken und Trompeten unterzugehen – es wäre nicht das erste Mal. Lanath betrachtete mit starrem Blick die Steine auf dem Brett und wirkte noch pummeliger als sonst, während der große, schlaksige Vialmar mit dem struppigen schwarzen Haar ungeduldig mit den Fingern auf die geschwungene Armlehne seines Sessels trommelte.

»Ich finde, für solche Überlegungen ist es noch etwas zu früh«, tadelte Elara, obwohl auch sie sich schon ihre Gedanken gemacht hatte, wie es weitergehen sollte, falls Tiriki tatsächlich nicht käme. Lirini standen solche Bemerkungen jedenfalls nicht zu. Sie war nur ein Zögling und wurde von ihrem Lehrmeister, dem Priester Haladris, noch mehr vernachlässigt als die Priesterschüler von Micail.

Schritte und spitze Schreie waren zu hören. Elara nahm rasch ihre Teeschale an sich. Prinz Baradel rannte vorbei, wütend verfolgt von Prinzessin Cyrena, deren Schal er wie eine Trophäe schwenkte. Die neunjährige Prinzessin war die letzte Überlebende des Königshauses von Tarisseda, und wann immer sie ihren zwei Jahre jüngeren Verlobten schikanieren konnte, vergaß sie ihren Kummer.

»Ungezogenes Balg«, empörte sich Lirini. »Hält sich schon für den künftigen Herrscher. Dabei hat er zwei Schwestern und einen kleinen Bruder. Und dann ist da noch Galara von eurer Insel«, flüsterte sie. »Sie ist von zwei Seiten her mit dem edlen Micail verwandt. An königlichem Nachwuchs fehlt es also nicht – es gibt nur herzlich wenig, worüber er noch herrschen könnte.«

»Wir haben auch jede Menge Priester und Priesterinnen«, seufzte Elara, »aber keine Tempel.«

»Vergiss Timul nicht«, mahnte Lirini.

»Das stimmt«, nickte Elara nachdenklich. Sie hatte die kräftige, willensstarke Frau kurz nach ihrer Ankunft kennen gelernt. »Ich wurde in die Ni-Terat-Mysterien eingeführt – allerdings nur als Novizin.« Sie errötete. »Zu Hause war Liala meine Lehrmeisterin ...« Sie hielt inne und dachte sehnsüchtig an die Blaue Priesterin zurück. Liala war streng, aber immer freundlich gewesen. »Möge die Große Mutter ihr lächeln. Findest du Timul nicht auch etwas ... erdrückend?«

Lirini zuckte die Achseln. »Mit Männern kann sie nichts anfangen, aber bei Frauen ist ihre Geduld unerschöpflich. Sie hat sogar schon eine kleine Kapelle. Viele Frauen aus der Stadt gehen zu ihr.«

»Vielleicht sollte auch ich sie einmal besuchen«, überlegte Elara. Es könnte sich lohnen, neue Wege zu erkunden, dachte sie bei sich, aber natürlich nicht, wenn ich dafür auf Männer verzichten muss. Wenigstens nicht, bevor ich einen gefunden habe, für den sich der Verzicht auch lohnt!

Sie unterdrückte ein Lächeln. Lanath, ihr künftiger Gemahl, kam noch nicht infrage. Wieder musterte sie Vialmar. Er hatte soeben das Spiel gewonnen, machte seine Witze darüber und versuchte zugleich, Karagon, einen stillen jungen Mann, Zögling des Grauen Meisters Valadur, zu einer Partie zu überreden.

Jeder der beiden würde sich über eine kleine Tändelei mit einem Mädchen freuen, das nicht ganz so humorlos war wie Cleta. Karagon hatte sogar schon einmal einen Annäherungsversuch unternommen, sie hatte ihn damals nur nicht als solchen erkannt. Wieder lächelte sie in sich hinein. Das Leben könnte selbst in diesem götterverlassenen Land noch recht spannend werden.

Prinzessin Chaithala rauschte zur Tür herein, und alle erhoben sich.

»Nein, nein«, rief die Prinzessin huldvoll. »Lasst Euch von mir nicht stören. Spielt ruhig weiter.« Umweht von blassgrünen Schals, machte sie die Runde und plauderte mit den jungen Leuten. Elara beobachtete, wie sie zuerst Cleta und dann Lanath und Vialmar ansprach, und war nicht überrascht, die Prinzessin schließlich auf sich zukommen zu sehen.

Sie wandte sich an Lirini: »Mir scheint, die Pflicht ruft. Es hat mich gefreut, dass wir uns einmal unterhalten konnten.« Dann entfernte sie sich, ohne eine Antwort abzuwarten, und trat zu den anderen Priesterschülern, die Chaithala nun umringten.

»Ich habe mir Gedanken über Eure Lage gemacht«, sagte die Prinzessin gerade. »Es fehlt Euch an sinnvoller Beschäftigung, Ihr langweilt Euch. Vielleicht sollten wir Prinz Micail dazu bringen, mit Euch gemeinsam nach einer Lösung zu suchen. Aber dazu brauchen wir einen bestimmten Anlass. Was meint Ihr? Ein kleines Abendessen vielleicht? Natürlich ganz privat – um ihm zu zeigen, dass er Eure Ausbildung vernachlässigt, ohne ihn in Verlegenheit zu bringen.«

Und wie viel von dieser Ausbildung wäre wohl Privatunterricht für deine Kinder?, dachte Elara. Immerhin, wenn durch Chaithalas kleine Verschwörung ihre eigenen Studien wieder in geordnete Bahnen gelenkt würden, wäre der Preis nicht zu hoch. Untätig herumzusitzen, zu plaudern und Spiele zu machen war ja ganz schön, aber Elara fürchtete, die Priesterschüler könnten bei so viel Müßiggang wie überreife Äpfel innerlich verfaulen.

»Micail! Wie schön, dass du kommen konntest! Du siehst schon sehr viel besser aus als beim letzten Mal.«

Micail zuckte zusammen, als Tjalan ihm mit rauer Herzlichkeit den Arm um die Schultern legte. Im Empfangsraum der Villa des Prinzen drängten sich bereits die Priester und Priesterinnen; ihre Schatten tanzten im Schein unzähliger Hängelampen über die bemalten Wände. Micail ließ sich zu einer Bank führen und setzte sich zu Haladris und Mahadalku.

»Ihr alle wisst, dass Naranchada und Ardral große Anstrengungen unternommen haben, um den besten Platz für den neuen Tempel zu finden«, begann Tjalan. »Wir haben Euch heute zusammengerufen, weil endlich nachgewiesen werden konnte, dass tatsächlich ein Energiestrom von Beliri'in hier herauf und weiter durch die Mitte der Insel führt. Ist das richtig?« Der Prinz sah Naranchada an.

»Für unsere Zwecke reicht die Erklärung aus«, lächelte Ancha. »Die meisten von uns wissen von der Existenz solcher Ströme, doch selbst auf den größeren Inseln konnten wir nur wenige und zudem örtlich begrenzte Beispiele dafür finden. Hier sind die Netze offenbar ausgedehnter, und die Ströme könnten stark genug sein, um uns als Energiequelle zu dienen. Allerdings ... scheint es einige unvorhergesehene Probleme zu geben.«

Leises Gemurmel ging durch den Raum.

»Nichts, was wir nicht lösen könnten«, fuhr Ancha fort, »aber wir müssen die Kräfte noch präziser orten. Am besten wäre eine Stelle, wo sich zwei stärkere Ströme kreuzen.«

»Soll das heißen, es gibt eine solche Stelle?« Haladris, ohnehin schon einer der größten Männer im Raum, erhob sich und riss die schweren Augenlider weit auf.

Prinz Tjalan ergriff wieder das Wort.

»Es könnte sein. Vor kurzem ist ein Kaufmann namens Heshoth mit einer kleinen Gruppe von Händlern in Belsairath eingetroffen, die verschiedene Rohstoffe wie Getreide und Felle anbieten. Dieser Heshoth gehört zum Stamm der Ai-Zir, der offenbar die Ebene hinter dem Küstengebirge nördlich von hier beherrscht. In der

Mitte ihres Stammesgebiets befindet sich eine heilige Stätte. Heshoth behauptet, dieser Ort besitze große Macht. Der Name, den die Ureinwohner ihm gegeben haben, bedeutet in unserer Sprache: ›Wo die Wege der Götter sich treffen‹.«

»Seid Ihr sicher, dass Ihr ihn richtig verstanden habt?«, fragte Mahadalku, eine imposante Frau mit straffer Haltung, der man ihr Alter nicht ansah.

»Und dass man ihm vertrauen kann?«, fügte Metanor hinzu.

»Die hiesigen Kaufleute halten ihn für zuverlässig«, antwortete Tjalan. »Doch was noch wichtiger ist, er spricht unsere Sprache.«

Der Prinz wandte sich an Haladris. »Den ersten Schritt müssen wir Euch überlassen, Erster Hüter«, sagte er. »Setzt Eure Fähigkeiten ein, um festzustellen, wie stark die Kräfte an diesem Ort sind. Der zweite Schritt ist militärischer Natur, und das ist natürlich mein Gebiet. Ich werde einen Trupp Soldaten ausschicken, um das Gelände zu erkunden. Wir müssen wissen, ob die Zahl der Ureinwohner ausreicht, um die nötigen Arbeitskräfte zu stellen.«

Haben diese Menschen denn irgendeine Veranlassung, für uns zu arbeiten?, fragte sich Micail, aber Haladris und Mahadalku nickten bereits widerwillig, und auch die anderen schienen einverstanden mit dem Plan. Vielleicht hatten sie nicht bedacht, dass die Ureinwohner womöglich gar nicht den Wunsch verspürten, den Grundstein für ein neues atlantidisches Reich zu legen, oder es war ihnen schlichtweg gleichgültig.

Aber Micail sprach seine Bedenken nicht aus, denn wenn das Schicksal bestimmt hatte, dass Atlantis in diesem kalten Land neu erstünde, dann war die Entwicklung wohl nicht aufzuhalten.

Für hiesige Verhältnisse mochte Belsairath eine Weltstadt sein, tatsächlich war es jedoch kleiner als der kleinste Stadtteil von Ahtarra, Alkona oder sogar Taris. Elara und Cleta fanden den Tempel, den Timul hier für die Große Mutter errichtet hatte, jedenfalls ohne Schwierigkeiten. Verglichen mit den Marmorsäulen, den Türmen und den Dächern, mit denen solche Stätten im Seereich geprunkt hatten, wirkte der niedrige Bau mit dem Schilfdach eher bescheiden. Aber die hölzernen Säulen der Eingangshalle waren rund und weiß getüncht, wie es sich gehörte, und auf dem Ziergiebel über der Tür war in Blau das Siegel der Gottheit aufgemalt.

»Es wäre vernünftiger gewesen, den Tempel in den Hügeln zu errichten, wo auch die Villen stehen«, bemerkte Cleta und strahlte über ihr rundes Gesicht, als die Sonne hinter den Wolken hervorkam, die schon den ganzen Tag den Himmel verdeckten. Wie zwei Blumen drehten sich die beiden Mädchen dem Licht zu, schlossen die Augen und genossen die Wärme.

»Wahrscheinlich standen damals noch nicht so viele Villen«, murmelte Elara. »O Tagesgestirn! Es kommt mir vor wie eine Ewigkeit, seit ich zum letzten Mal Manoahs Wärme spüren durfte ...«

Doch schon wurde die Helligkeit schwächer. Elara öffnete die Augen. Die Wolken hatten sich wieder vor die Sonne geschoben.

»Ich hätte den Mund halten sollen. Nun habe ich ihn verscheucht«, sagte sie lächelnd. Dann seufzte sie tief auf. Cleta sah sie verwirrt an. »Das war ein *Scherz,* Cleta. Nun gut. Wenn wir schon einmal hier sind, können wir auch eintreten.«

Hinter dem Eingang warteten weitere Überraschungen. Sie betraten einen langen Raum mit farbig gestrichenen Wänden und drei Türen, die weiter ins Innere führten. Aus einer davon trat in würdevoller Gelassenheit eine Blaue Priesterin. Als sie die weißen Gewänder der beiden Priesterschülerinnen sah, breitete sich ein Lächeln über ihr Gesicht.

Auch Elara hatte sie erkannt. »Lodreimi! Was macht Ihr denn hier?«, rief sie. Mit Ausnahme von Timul selbst und von Marona, mit der Elara jedoch wenig zu tun hatte, war die junge Priesterin des Ni-Terat- oder Caratra-Kults außer ihr offenbar die einzige Alkonierin in Belsairath. Elara hatte schon nach ihr gesucht, aber niemand hatte ihr sagen können, wo Lodreimi sich aufhielt.

»Ich diene der Göttin ...« Wieder leuchtete das ernste Gesicht der Alkonierin auf. »Als ich hier ankam, fühlte ich mich so verloren – erst als ich Timul kennen lernte, wusste ich, wohin ich gehöre! Sie wird auch euch mit ihrer Weisheit helfen, das weiß ich schon jetzt. Wartet hier, ich werde sie rufen.«

Irgendwo in den Tiefen des Gebäudes sangen helle Stimmen immer wieder die gleiche Weise, die Mädchen lernten wohl ein Lied. Kräuterdüfte, vermischt mit einer Spur von Weihrauch, stiegen den Besucherinnen in die Nase. Der Lärm der schlammigen, aber viel befahrenen Straße gleich vor dem Tempel drang nur gedämpft herein.

Elara traten die Tränen in die Augen, als sie den Frieden dieses Ortes spürte. Genauso war es im Tempel der Heiler in Ahtarra gewesen.

Als sie wieder klar sehen konnte, stand die Erzpriesterin vor ihnen. Die behäbige, ein wenig füllige Frau trug ihr rotbraunes Haar zu einem Zopf geflochten und wie eine Krone aufgesteckt und verbreitete eine unaufdringliche Autorität. »Elara, Cleta, wir haben euch schon erwartet. Lodreimi hat uns viel von euch erzählt. Ist euch kalt? Kommt mit in die Küche, dort gibt es warmen Tee, und dann werde ich euch zeigen, was wir hier treiben.«

Die rechte Tür führte in einen Korridor, von dem weitere Türen abgingen. Dahinter lägen Schlafräume, erklärte Timul, teils für die Priesterinnen, teils für Frauen, die in diesem Tempel Zuflucht suchten.

»Manche haben es hier nicht leicht«, sagte die Erzpriesterin. »Bei den Stämmen werden die Frauen in der Regel geachtet, aber wenn sie in die Stadt kommen, fehlt ihnen der Schutz ihrer Sippe.«

»Ihr gebt ihnen Arzneien?«, fragte Cleta, als sie die Küche betraten.

»Wir geben ihnen, was wir haben«, antwortete Timul streng. »Essen, ein Dach über dem Kopf oder Arzneien für ihre Krankheiten, je nach Bedarf.«

»Ich sollte eigentlich die Kräuterkunde erlernen«, sagte Cleta, »aber ich hatte noch keine Gelegenheit, mit meiner Ausbildung zu beginnen.«

»Du kannst hier jederzeit anfangen.« Timul nickte zu einer Frau in safrangelbem Gewand hinüber, die vor dem Feuer hockte und in einem Kessel rührte, der über den Flammen hing. »Sadhisebo wäre über jede Hilfe froh.«

»Eine Saji?«, fragte Cleta zweifelnd. Die Frau erhob sich mit ungewöhnlich geschmeidigen Bewegungen und wollte die beiden herzlich begrüßen. Doch Elara wich zurück. Sie hatte zu viel über die Sajis gehört, die in früherer Zeit in den Tempeln des Grauen Ordens gedient hatten. Die Grauen beschäftigten sich mit dem Studium der Magie, und mit dieser Kraft ließ sich vieles bewirken, was von den Dienern des Lichtes nicht gebilligt wurde. Elara fühlte sich schon durch den Anblick der zierlichen Saji auf eine Weise beunruhigt, die sie sich nicht erklären konnte.

Timul lächelte nachsichtig. »Hast du gedacht, sie wären seelenlose Tempelhuren? Die Künste der Liebe sind nur *ein* Weg ins Reich der Götter. Sadhisebo und ihre Schwester Saiyano sind in der Kräuterkunde sehr bewandert.«

»Kennen sie auch die Kräuter, um ein Kind auszustoßen?«, fragte Cleta.

»Auch das, wenn es sein muss«, sagte Timul sachlich. »Ebenso wie die Kräuter, die dafür sorgen, dass das Kind den Mutterschoß nicht vor der Zeit verlässt. Wir dienen hier dem Leben, müsst ihr wissen, und um dieses höchsten Gutes willen sind hin und wieder auch harte Maßnahmen erforderlich. Bisweilen muss die Göttin töten, um zu retten.«

»Das ist mir bekannt.« Elara senkte den Kopf, und als die Saji ihnen auf einem niedrigen Tischchen Tee servierte, lächelte sie ihr verschämt zu. »Bevor ich für die Zwölf erwählt wurde, war ich Ni-Terat geweiht und diente in Ahtarra im Tempel der Blauen. Die Priesterin Liala war meine Lehrmeisterin.«

»Davon habe ich gehört, und es ist ein weiterer

Grund, warum du uns hier willkommen bist. Allerdings ist dieser Tempel nicht Ni-Terat geweiht, sondern Caratra.«

Elara sah überrascht auf. »Aber ... sind sie nicht ein- und dieselbe?«

»Bist du noch dasselbe Kind, das einst in jenen Tempel gebracht wurde?«, fragte Timul ruhig.

»Natürlich«, begann Elara, doch dann schüttelte sie den Kopf. »Ach so, die Antwort lautet vermutlich ja und nein. Ich erinnere mich, wie ich als Kind war, aber ich habe mich sehr verändert.«

»Und so verändert sich auch die Göttin.« Ein sanftes Lächeln erhellte die harten Züge der Erzpriesterin, als sie fortfuhr: »Nur den Männern erscheint sie stets als Ni-Terat, die Verschleierte, denn ihnen bleiben ihre Wahrheiten, so klar sie auch sein mögen, stets ein Geheimnis. Doch innerhalb des Tempels werden alle Geheimnisse offenbar, und so nennen wir sie nur Caratra, die Nährende.«

»Aber ich habe einst gelernt, Caratra sei die Tochter Ni-Terats und Manoahs«, erwiderte Cleta. »Wie kann sie da auch Mutter sein?«

Elara zog eine Augenbraue hoch. »Wie man eben Mutter wird, nehme ich an! Was glaubst du denn, wie *du* entstanden bist?« Sie grinste.

»Woher die Kinder kommen, weiß ich, vielen Dank!« Cleta war rot geworden. »Die Theologie ist es, die mir Mühe bereitet!«

»Gewiss doch«, sagte Timul begütigend, obwohl auch sie sich ein Lächeln verkneifen musste. »Nun trinkt euren Tee, und ich werde versuchen, sie euch zu erklären, aber wundert euch nicht, wenn ich die Geschichte etwas anders erzähle, als ihr sie bisher gehört habt. Eine Reise führt uns oft nicht nur in fremde Länder, sondern lehrt uns auch, die Dinge von einer neuen Warte zu betrachten. Einst nannte man die Königin der Erde auch den Phoenix, denn wenn die Zeit sich wendet, siecht sie dahin und erneuert sich.«

»Wie die Statue mit dem Doppelgesicht auf dem großen Platz in Ahtarra?«, fragte Cleta.

»Genau«, nickte Timul.

Elara grinste wieder. »Stellt diese Statue nun Ni-Terat oder Banur dar?« Sie hielt inne. »Hast du die alte Scherzfrage etwa noch nie gehört?«, fuhr sie fort, als Cleta sie verständnislos anstarrte. »Cleta, du bist unmöglich.«

»Aber wie lautet denn die Antwort?«, fragte die Jüngere.

Timul grinste jetzt über das ganze Gesicht. »Die Antwort, mein Kind, lautet ›ja‹. Darin besteht das Mysterium. Alle Götter sind ein Gott, und alle Göttinnen sind eine Göttin, und es gibt Einen, der alles in Gang setzt. *Das* hat man euch doch hoffentlich auch im Tempel des Lichtes beigebracht ...«

»Gewiss!«, sagte Elara. »Aber ich hatte es immer so aufgefasst, dass wir hinter der äußeren Form, hinter dem Bildnis nach dem wahren Gehalt suchen sollen.«

»Das Wesen der Götter entzieht sich unserem Verständnis, außer in jenen Momenten, wenn die Seele Flügel bekommt ...«

Timul schaute von einem der Mädchen zum anderen.

Elara senkte den Kopf. Ein Augenblick aus ihrer Kindheit kam ihr in den Sinn. Sie hatte am Meer gestanden und zugesehen, wie die Sonne versunken war, und dabei hatte sie versucht, etwas zu fassen, was ihr ganz nahe erschienen war. Und gerade, als das Schauspiel am prächtigsten gewesen war, hatte sich plötzlich eine Tür geöffnet, und sie hatte sich für einen Moment eins gefühlt mit Himmel und Erde. Auch Cleta nickte. Elara hätte gern gewusst, welcher Erinnerung sie nachhing.

»Dennoch stellen wir Statuen auf ...« Cletas Frage holte sie wieder in die Gegenwart zurück.

»Natürlich, denn wir leben in einem sterblichen Körper und sind von greifbaren Dingen umgeben. Und unsere Seele spricht eine Sprache, die keine Worte gebraucht, sondern Zeichen. Mit noch so vielen Worten kann man über die Göttin nicht das sagen, was ein gelungenes Bildnis zum Ausdruck bringt.«

»Aber meine Frage nach Caratra ist damit noch immer nicht beantwortet«, beharrte Cleta.

»Ich bin abgeschweift, nicht wahr?« Timul schüttelte den Kopf. »Verzeiht mir. Die Frauen hier sind wahre Töchter der Göttin, doch mit Ausnahme von Lodreimi haben sie nicht die Ausbildung, die es ihnen erlaubte, theologische Konzepte zu erörtern.«

»Caratra ...«, wiederholte Elara und lächelte Cleta verschwörerisch zu.

»Es ist alles eine Frage der Ebenen«, erklärte Timul. »Ganz oben gibt es nichts als das Eine, unsichtbar, ohne Geschlecht, allumfassend, in sich ruhend. Aber wo nur Sein ist, kann keine Bewegung entstehen.«

»Und deshalb sprechen wir von Gott und Göttin«, sagte Cleta. »So viel weiß ich. Das Eine wird Zwei, und die Zwei bewirken gemeinsam die physische Manifestation des Geistes. Das weibliche Prinzip erweckt das männliche, er schwängert sie, und sie gebiert die Welt.«

»In jedem Land finden wir andere Götter. Manche Völker haben nur wenige, andere verehren viele. Im Seereich gab es vier ...«, fuhr Timul fort.

»Nar-Inabi, den Herrn des Meeres und der Sterne, den wir anflehten, uns durch Nacht und Finsternis zu geleiten, als Ahtarrath unterging«, flüsterte Elara.

»Und Manoah, den Herrn des Tages, den wir im Tempel des Lichtes preisen«, nickte Cleta.

»Aber auch Banur mit den vier Gesichtern, Bewahrer und Zerstörer in einem, und Ni-Terat, die Erde und die Dunkle Allmutter«, ergänzte Elara.

»In Atlantis sahen wir von der Erde nur die Inseln, und deshalb verhüllte Ni-Terat ihr Antlitz.« Timul streckte die Hand aus und berührte ehrfürchtig den gestampften Lehmboden. »Hier«, sagte sie dann und richtete sich wieder auf, »ist es anders. Zwar befinden wir uns ebenfalls auf einer Insel, aber sie ist so groß, dass man viele Tage weit ins Landesinnere reisen kann, ohne das Meer zu sehen oder zu hören. Und dazu gibt es eine andere Geschichte. Im Tempel der Göttin heißt es, das Zeitalter der Göttin breche nun an, aber mit Außenstehenden sprechen wir nicht darüber, denn zu viele würden dies als Angriff auf die Vorherrschaft Manoahs und als Auflehnung gegen das Licht an sich betrachten.«

»Was hat das mit dem Tempel zu tun, den die Priester bauen wollen?«, fragte Cleta und stellte ihre Teeschale ab.

Timuls Züge verdüsterten sich. »Hoffentlich nur sehr wenig. Die Göttin braucht keinen Tempel aus Stein, nein, es wäre sogar angemessener, sie in einem Garten oder einem heiligen Hain zu verehren. Der Kult der Großen Mutter gelangte in diesem Land schon vor langer Zeit zur Blüte, und unter den Eingeborenen gibt es immer noch einige Frauen, die man mit Fug und Recht als Priesterinnen bezeichnen darf. Ich hoffe, es gelingt mir, sie aufzuspüren und die alte Verbindung weiter auszubauen. Dann spielt es keine Rolle mehr, was die Priesterschaft tut.«

Elara senkte den Blick und nahm einen Schluck Tee aus ihrer Schale. Und wenn es zu einem schweren Interessenkonflikt kommt, fragte sie sich, auf welche Seite werde ich mich dann stellen?

Tief in Gedanken folgte sie der Erzpriesterin durch die Tür ins Allerheiligste. Hier war alles dunkel, am Altar brannte nur eine einzige Lampe. Als Elaras Augen sich an die Schatten gewöhnt hatten, sah sie, dass die Wände bemalt waren. Im Schein der flackernden Flamme schienen sich die Bilder zu bewegen.

»Die Vier Mächte, die wir verehren, sind hier ein wenig anders dargestellt, als ihr es gewohnt seid«, flüsterte Timul. »Seht nur ...«

An der Ostwand tanzte die Göttin als Jungfrau auf einer blühenden Wiese. An der Südwand saß Caratra als Mutter auf einem Thron, ein lachendes Kind auf den Knien, umgeben von allen Früchten der Erde. Im Westen stand Ni-Terat in ihrer vertrauten Gestalt, geheimnisvoll mit grauen Schleiern verhüllt und mit Sternen gekrönt.

Doch als Elara zur Nordwand blickte, begann ihr Herz wild zu pochen. Hier hatte die Göttin ein Schwert in der Hand, und ihr Gesicht war ein Totenschädel. Ihr Blick war so unerbittlich, dass das Mädchen die Augen schloss, um ihn nicht länger ertragen zu müssen.

»Die Jungfrau, die Mutter und die weise Frau sind Verkörperungen der Göttin, die alle Frauen kennen«, sagte Timul leise. »Wir ehren Caratra als die Quelle des Lebens, aber als Priesterinnen müssen wir auch die beiden Gesichter Ni-Terats anerkennen und preisen, denn erst, wenn sie ihren Spruch gefällt hat, können wir wiedergeboren werden.«

So ist es, dachte Elara, ohne die Augen zu öffnen. Ich spüre immer noch, wie die Göttin mich ansieht ... Doch bevor sie den Gedanken zu Ende geführt hatte, veränderte sich die Macht, die sie umgab, und Elara fühlte sich so warm und geborgen wie in den Armen ihrer leiblichen Mutter.

»Jetzt hast du verstanden«, sagte eine Stimme, die nicht aus ihrem Bewusstsein kam. »Aber fürchte dich nicht, denn ich bin bei dir in der Finsternis wie im Licht, und nichts kann dich trennen von meiner Liebe.«

Neuntes Kapitel

Wer sich in der schwülen Mittagshitze des ahtarranischen Sommers wohl gefühlt hatte, fand das Licht des neuen Landes eher silbern als golden. Desgleichen wurden die nördlichen Gewässer für einen wahren Atlantiden nie so warm, dass er nicht eine Gänsehaut bekommen hätte. Dennoch konnte niemand bestreiten, dass eine Veränderung eingetreten war. Das Sumpfland war zu neuem Leben erwacht. Die Flüchtlinge freuten sich über jede Minute, um die sich der Tag verlängerte. Der Himmel mochte niemals das tiefe Türkisblau annehmen, das Atlantis überspannt hatte, doch dafür konnte sich keine Wiese der Alten Welt mit dem satten Grün dieser Hügel messen.

Für Tiriki wuchs und gedieh das üppige Grün im Gleichklang mit ihrer eigenen Leibesfrucht. Als in den Wäldern der Hagedorn erblühte und unter den Bäumen die Himmelsschlüssel ihre leuchtenden Kelche öffneten, rundete sich ihr Körper, und die Sonne zauberte einen rosigen Schimmer auf ihre Wangen. Sie reifte mit den Früchten des Waldes, das Kind in ihr bewegte sich mit einer Lebhaftigkeit, die sie aus früheren Schwangerschaften nicht kannte, und sie sagte Caratra der Nährerin ihren Dank.

Micails Kind in sich zu tragen gab ihr neue Zuversicht

und entzündete auch in den Priesterschülern neue Hoffnungen. Tirikis Schwangerschaft wurde zur Brücke in die Zukunft, zum Glücksbringer, an dem sie ihr eigenes Schicksal abzulesen suchten.

Die jungen Leute fanden unzählige Vorwände, sie aufzusuchen, und jede kleine Veränderung in ihrem Zustand wurde ausgiebig besprochen. Iriel zwitscherte so aufgeregt wie ein Vögelchen, Elis kochte und putzte für Tiriki, so oft es nur ging, und Damisa folgte ihr wie ein Schatten, wenn sie nicht gerade gekränkt war. Tiriki machte zu alledem gute Miene und ließ sich umsorgen – eigentlich war sie vollkommen glücklich. Nur manchmal schreckte sie weinend aus dem Schlaf, weil sie Micail schmerzlich vermisste, der ihre Freude hätte teilen sollen, und weil sie ihr Kind allein gebären und großziehen musste.

Am Ufer des Flusses gab es eine Stelle, wo mehrere Weiden eine natürliche Laube bildeten. Hier pflegten die ranghöheren Priester ihre Besprechungen abzuhalten. Die Sonne schien warm durch die Blätter und zeichnete goldene Flecken auf den Boden. Chedan bemerkte, dass das Licht stark genug war, um Alyssas ergrauendes Haar zum Leuchten zu bringen.

»Einer verloren ... einer gefunden ... viele beschreiten die heiligen Runden ... steigen vom Berg ins Tal hernieder ... und eins wird aus zweien wieder...«

Die Seherin verstummte und starrte lächelnd ins Leere. Chedan beobachtete sie und überlegte, ob ihr Gefasel wohl diesmal irgendetwas zu bedeuten hätte.

Ohne seine Ungeduld zu zeigen, bedeutete er Liala, die Schale der Seherin mit Tee zu füllen. Orakel, dachte der Magier, waren schon schwierig genug zu deuten, wenn sie in einer entsprechend präparierten Umgebung als Antwort auf gezielte Fragen verkündet wurden. Der Omphalos, der seit ihrer Ankunft in seinen Seidenhüllen in einem steinernen Schuppen unweit von Lialas und Alyssas Hütte stand, verhielt sich seit Monaten ruhig, und dennoch fiel Alyssa immer wieder übergangslos in eine prophetische Trance. Die Seherin war wie entwurzelt, nicht nur aus Ahtarraths Boden gerissen, sondern auch der alltäglichen Wirklichkeit entfremdet.

Liala füllte vier Buchenholzschalen mit geschnitztem Rand mit Tee aus einer irdenen Kanne. Es roch nach Minze und Zitronengras.

»Wie ich vorhin sagte ...« Tiriki hielt inne und nahm ihre Schale entgegen. »Wir dürfen nicht vergessen, dass unser Leben nicht uns allein gehört. Früher konnten wir uns an den Vorschriften des Tempels orientieren. Nun müssen wir uns mit unseren eigenen Füßen den Weg bahnen, und dass wir dabei hin und wieder straucheln, ist unvermeidlich.« Wieder stockte sie, und Chedan wusste, dass sie an Malaera dachte. Die alte Blaue Priesterin hatte am Abend zuvor versucht, sich zu erhängen.

»Ich glaube nicht, dass Malaera keinen Ausweg mehr sieht«, fuhr Tiriki fort, »aber wir werden sie in nächster Zeit im Auge behalten müssen. Sie ist verwirrt und unglücklich, und wer unter uns hat sich in den vergangenen Monden nicht schon ähnlich gefühlt? Obendrein hat sie kranke Gelenke und kann kaum eine Bewegung machen, ohne von heftigen Schmerzen gepeinigt zu werden.«

»Ich sage es nicht gern«, murrte Liala, »aber sie ist es, die uns alle peinigt. Jeder von uns hat Freunde und Verwandte verloren! Muss sie unentwegt darüber nachgrübeln?«

»Es sieht ganz danach aus«, sagte Chedan ruhig. »Vielleicht ist sie ein Werkzeug der Götter und soll uns daran erinnern, dass nicht jeder so leicht darüber hinwegkommt, Menschen und Hoffnungen verloren zu haben, die ihm teuer waren. Soweit ich vernommen habe, hat Malaera mit ihren Gefühlen auch früher schon nicht hinter dem Berg gehalten. Wie können wir dann erwarten, dass sie es jetzt tut?«

»Ich denke, sie wird ihre Verzweiflung überwinden«, wiederholte Tiriki. »Sie spürt vielleicht stärker als die meisten, dass wir nicht einfach hier sind, um zu überleben. Wir haben doch eine Aufgabe zu erfüllen ...« Sie sah verlegen zu Alyssa hinüber, aber die Seherin schien ganz in den Duft vertieft, der aus ihrer Teeschale aufstieg.

»Wenn wir den neuen Tempel gründen wollen, muss es *bald* geschehen«, fuhr Tiriki fort, »denn in einer, höchstens zwei Generationen haben sich unsere Kinder mit der einheimischen Bevölkerung vermischt, und wir haben unser Ziel verfehlt. Ich bin nicht über Nacht zum Orakel geworden, aber ich habe genügend über Geschichte gelesen, um zu wissen, dass so etwas nicht zum ersten Mal geschähe.«

Chedan nickte. »Nach einem Schiffbruch erinnert sich die erste Generation von Überlebenden noch daran, dass ihre Vorfahren über das Meer kamen; hundert Jahre später halten die Enkel oft schon *das Meer* für ihren Vorfahren und bringen ihm Opfer dar.«

»Ha«, schnaubte Liala. »Über die Zukunft zerbreche ich mir weniger den Kopf als über die Gegenwart. So dankbar ich bin, dass so viele von uns gerettet wurden, das Verhältnis zwischen männlichen und weiblichen Priestern könnte ausgewogener sein. Wir sind hier überwiegend Frauen, und von den Schülern sind außer Kalaran alle Mädchen. Findet Ihr das nicht auch sehr ungleich verteilt?«

»Das stimmt tatsächlich«, sagte Tiriki. Es klang ein wenig überrascht. »Aber ich hatte es bisher noch nicht als Problem gesehen. Die Energie des Heiligen Berges ist so ausgewogen ...«

»Ein einziger Gipfel ragt auf«, leierte Alyssa mit halb abgewandtem Gesicht. »Ein Funke in der Erde behütet drei Quellen, sechs Höhlen und viele, viele Herzen. Er leuchtet und leuchtet und leuchtet und leuchtet. Wen stört da noch die Dunkelheit?«

Der Wind fuhr durch die Weiden; die Zweige bewegten sich kurz und beruhigten sich wieder. Niemand sprach. Der Magier schaute unverwandt in seine Teeschale und betastete die winzigen Muschelbänder, die in den Rand geschnitzt waren.

Liala hat wieder einmal Recht, dachte er. Tiriki hat sich mit dem Problem nur deshalb nicht auseinander gesetzt, weil sie dann an Micail denken müsste. Liala und ich können als Hoher Priester und Hohe Priesterin auftreten, aber wir werden nicht die Energien erzeugen können wie sie und Micail ... Vielleicht setzt auch gar nicht sie die falschen Schwerpunkte, sondern ich?

Ein scharfes Geräusch am Rand der Lichtung ließ ihn aufhorchen. Von Weidenzweigen umrahmt, hing ein Merlin, ein Zwergfalke, in der silbrigen Luft. In den adeligen Häusern hatte man lange Zeit mit Leidenschaft Falken gezüchtet, aber Chedan hatte die Tiere nie weiter beachtet. Jetzt dagegen spürte er es immer, wenn ein Falke oder eine Eule in der Nähe waren. Vielleicht eine Verheißung, eine Erinnerung an eine andere Welt?

Liala sprach weiter. »Wenn wir wollen, dass unsere Priesterinnen sich Gefährten aus den eigenen Reihen nehmen und unsere Tradition fortsetzen, müssen wir uns möglicherweise unter den anderen Atlantiden neue Priesterkandidaten suchen. Da wäre zum Beispiel Reidel – ich denke, er hätte die Veranlagung ...«

»Er ist vor allem hinter Damisa her!« Alyssa stieß ein hässliches Lachen aus. Jetzt wirkte sie wieder völlig normal. »Habt Ihr gesehen, wie er sie mit seinen Blicken verfolgt?«

»Und wie *sie* diesen Blicken ausweicht, wo sie nur kann?«, gab Tiriki schlagfertig zurück. »Zugegeben, wir werden etwas unternehmen müssen ...«

»Ich bin nur eine einfache Priesterin der Großen Mutter, keine Meisterin der Mysterien wie Ihr. Wir Blauen wollen den Körper verherrlichen, anstatt über ihn hinauszuwachsen«, erwiderte Liala und grinste. »Ich halte nicht viel von Seeleuten, aber mit der Zeit gewöhnt man sich ab, allzu wählerisch zu sein. Ich fange sogar schon an, den Sumpfmännern nachzuschauen.«

Chedan sah sie an. Früher einmal hätte ihn ihre Bemerkung nicht so sehr überrascht, doch jetzt hatte sie ihn plötzlich daran erinnert, dass sich unter der blauen Robe ein Frauenkörper verbarg. War er so abgelenkt vom ewigen Kampf ums Überleben, oder wurde er einfach alt?

»Ich kann Eure Bedenken verstehen«, fuhr Tiriki fort, »und ich stimme Euch auch zu, aber Verbindungen zwischen verschiedenen Kulturen oder Kasten bergen Gefahren in sich.«

»Die Menschen hier können nicht so viel anders sein als wir«, sagte Liala. »Ist Taret nicht auch eine Priesterin der Großen Mutter?«

»Sie haben offenbar nur wenige Zeremonien«, warf Chedan ein. »Das Land bietet ihnen genug zum Leben, und sie haben schon seit langem keinen Krieg mehr geführt. Wenn man von den Göttern zufrieden gestellt wird«, schloss er, »bleibt oft nicht mehr viel, worum man bitten müsste!«

»Stellt nicht die *falsche* Frage!«, unterbrach ihn Alyssa. Ihre seltsamen Augen waren jetzt farblos und leer.

Chedan sah sie an. Auf welche Seitenpfade mochten ihre Gedanken sich jetzt verirrt haben?

Alyssa fuhr fort: »Ihr baut Kanäle für die Regentropfen, aber ihr trefft keine Vorsorge gegen das Meer. Setzt euch auseinander mit den Mächten, die hier herrschen. Lernt die Namen. Und was ist mit jener anderen Macht, der ihr zu dienen, die ihr zu schützen vorgebt? *Was ist mit dem Omphalos?*«

Alle verstummten erschrocken. In diesem Augenblick stieß der Falke in rasendem Sturzflug auf eine unsichtbare Beute nieder, und ein Schrei zerriss die Stille.

Chedan schlug schuldbewusst die Augen nieder. Wie hatte er nur glauben können, die Graue Priesterin wäre zu nichts mehr nütze? Alyssa mochte zunehmend die Kontrolle über ihre Gabe verlieren, doch selbst wenn sie irre redete, konnte sie an Wahrheiten erinnern, die man nicht ungestraft vergaß.

Als die Nächte kühler und länger wurden, wurden die letzten Hütten fertig gestellt. Sie waren keine prächtigen Villen, aber zumindest waren sie nicht mehr zugig und feucht. Man machte sich sogar mit Feuereifer daran, ein richtiges Versammlungsgebäude zu bauen, doch der kalte Regen behinderte die Arbeiten.

Es war ein hartes Leben. Manchmal schien sich der eisige Nebel gar nicht mehr lichten zu wollen. Immerhin hatten sie im Sommer ausreichende Vorräte anlegen können, sodass sie nicht zu hungern brauchten, auch wenn die Kost ziemlich eintönig war.

Am Vorabend der Wintersonnenwende zog vom Meer her eine neue Sturmfront auf. Tiriki war in ihrer Hütte und schlüpfte zum Schutz vor der Kälte in eine zweite Tunika, als sie einen spitzen Schrei hörte.

»Damisa? Was hast du?«, rief sie. »Stimmt etwas nicht?«

»O nein«, kam die Antwort. »Es ist nur so schön.«

Tiriki wickelte sich ein zweites Tuch um die Schultern, dann trat sie an die Tür und löste die Riemen, mit denen der Ledervorhang festgezurrt war.

»Seht doch nur!«, flüsterte Damisa, und Tiriki stockte der Atem.

Es wehte ein frischer Wind, und die Bäume zeichneten mit ihren schwarzen Ästen ein fransiges Netz vor den Himmel. Durch die kohlschwarzen und perlgrauen Wolken zogen sich Streifen in allen nur erdenklichen

Lavendel-, Lila- und Rosatönen. Der Garten von Tirikis Mutter hatte in einem ähnlichen Farbenrausch geschwelgt, doch um einen Himmel von so herzzerreißender Schönheit zu erleben, hatte sie erst in dieses fremde neue Land kommen müssen.

»Sturmflügel«, murmelte sie halblaut. »Wunderflügel.«

Das Himmelsfeuer vertiefte sich mit jeder Sekunde, bald flackerte jede Wolke scharlachrot wie ein Phantomfeuer. Für einen Moment glaubte Tiriki, noch einmal Ahtarraths Todesflammen zum Himmel lodern zu sehen. Sie trat näher an ihre Schülerin heran. Damisas helle Haut schien im Glanz der sterbenden Sonne von innen heraus zu leuchten.

Die Lehrsätze aus ihrer Kindheit kamen Tiriki in den Sinn. Die Sonne übergibt nur vorübergehend die Macht an Nar-Inabi, der die Meere und die nächtlichen Sterne formt, erinnerte sie sich. Zwar besteigt Banur der Zerstörer im Winter für kurze Zeit den Thron, doch der Gott mit den Vier Gesichtern ist zugleich der Bewahrer, und unter seiner Herrschaft wird der Weg bereitet für das immer wiederkehrende Wunder, wenn Ni-Terat, die Dunkle Allmutter, Caratra die Nährerin zur Welt bringt.

Immer noch fröstelnd, aber seltsam getröstet steckte Tiriki die Enden ihres Umschlagtuchs fest und wartete das Ende des Schauspiels ab. Allmählich erloschen die Farben bis auf einen kleinen Rest Violett. Der letzte Lichtstreifen schrumpfte zu einer grellroten Schwertspitze, die zu einem purpurnen Pünktchen verblasste und endlich verschwand.

Inzwischen hatten sich auch andere Zuschauer eingefunden.

»Der Herr des Tages hat sein Antlitz von der Erde abgewandt«, verkündete Tiriki. »Sind alle Herdfeuer gelöscht?« Zu Hause hätte man am Vortag der Sonnenwende die Feuer bereits mittags ausgehen lassen, aber hier hatte Chedan vernünftigerweise erklärt, die Überlieferung verbiete offene Flammen nur während der eigentlichen Zeremonie.

Die Atlantiden scharrten und stampften ungeduldig mit den Füßen. Die heutige Nacht würde kälter und dunkler werden, als sie es jemals erlebt hatten; nicht einmal Chedan Arados hatte je einen Winter so hoch im Norden verbracht. Obendrein verwehrten ihnen die Sturmwolken den Blick auf die Sterne. Nicht einmal Manoahs Bote, der Mond, würde sich zeigen. Nur Caratras Stern leuchtete am Horizont und ließ hoffen, dass der Welt Leben und Licht erhalten blieben.

Bald sollte das Ritual zur Wintersonnenwende beginnen, und noch nie war es ihnen so nötig erschienen wie hier. In dieser trostlosen Umgebung fiel es schwer, die alten Überzeugungen zu bewahren. Überlieferung und Verstand versicherten Tiriki, dass die Sterne weiter schienen, auch wenn sie nicht zu sehen wären. Doch in ihrem Herzen flüsterte eine Urangst mit zitternder Stimme, wenn ihre Gebete nicht erhört würden, so fände diese Nacht niemals ein Ende.

Im Zentrum des Steinkreises auf dem Heiligen Berg traf Chedan seine Vorbereitungen für das Ritual. Er hatte natürlich mit allen Angehörigen der Priesterkaste seit der Ankunft den täglichen Lobpreis gesungen und die

Meditationsübungen absolviert. Doch nun galt es, in all der Zeit zum ersten Mal ein großes magisches Werk in Angriff zu nehmen.

Zusammen mit Kalaran hatte er am Vormittag als Erstes einen kleinen quadratischen Altar errichtet und ihn mit Wasser und Öl geweiht. Anschließend hatten sie Holz für das heilige Feuer gesammelt. Die ganze Zeit über war Chedan von Erinnerungen heimgesucht worden, die ihn in seiner Konzentration störten.

Nun wandte der Magier den schmerzenden Rücken nach Osten, streifte sich die glitzernde Nar-Inabi-Maske mit den weit auseinander stehenden Augen über und stimmte, nur für seinen Priesterschüler und die Götter hörbar, die Eröffnungshymne an. Im gleichen Augenblick setzte am Fuß des Berges die Heilige Musik ein. Der Zug der Priester und Priesterinnen stieg im Dunkeln auf dem neuen Weg durch den Wald zum Gipfel empor. Viele Stimmen erhoben sich und stimmten ein in das Spiel der Flöten und Trommeln:

»Das Jahr ist alt, der Himmel ist kalt,
Denn es dreht sich das Rad.
Die Erde ist kahl allüberall,
Und es dreht sich das Rad.«

Tiriki betrat als Erste den Heiligen Kreis. Auf ihrem Haupt glänzte die goldene Haube der Hüterin des Lichtes, doch vor allem zog ihr schwangerer Leib die Blicke auf sich. Sie stand kurz vor der Niederkunft. Ihr Zustand steigerte noch ihre Macht, dennoch konnte man es nicht wagen, ihr bei dieser Zeremonie die Rolle der Priesterin zu übertragen.

Chedan wandte sich Liala zu, die hinter Tiriki kam. Sie hatte die graue Ni-Terat-Maske aufgesetzt. Chedan lächelte im Schutz seiner eigenen Maske. Liala war eine erfahrene Priesterin, zuverlässig und belastbar. Chedan traute ihr zu, auch mit größeren Schwankungen im Strom der magischen Kräfte fertig zu werden.

»Am gefrorenen Bach werden Träume wach,
Wenn das Rad sich dreht.
Ein winziger Funke kämpft gegen das Dunkel …,
Und es dreht sich das Rad.«

Die Überlieferung verlangte, dass alle Teilnehmer an diesem Zeremoniell die schlichte Robe der Priester des Lichtes trugen; doch unter den dicken Mänteln, auf die man in dem rauen Klima nicht verzichten konnte, war von dem leuchtend weißen Linnen kaum etwas zu sehen.

Wieder musste Chedan hinter seiner Maske schmunzeln. Wir werden uns wärmere Gewänder schneidern müssen, wenn das Ritual im alten Glanz erstrahlen soll, dachte er.

Er rief sich zur Ordnung, sammelte sich und stimmte ein in den Gesang:

»Die Dunkelheit kommt, doch es locket der Mond,
Und es dreht sich das Rad.
Der Sterne Pracht die Lust entfacht …,
Bis das Rad sich dreht.«

Sänger, Flöten und Trommeln verstummten. Einen Augenblick lang war alles still.

»Wer tritt zum Altar, wenn sich wendet das Jahr?«, sang Chedan. »Banur der Viergesichtige übernimmt das Zepter. Die Welt versinkt im Dunkel. Was zaudert ihr?«

»Wir sind die Kinder des Lichtes«, antwortete der Chor. »Die Schatten fürchten wir nicht. Wir wollen ein Feuer entzünden, auf dass das Licht zurückkehre in die Welt!«

»Doch wer gibt euch die Kraft dazu?«, erhob sich Lialas warme Stimme. »Hier im eisigen Reich der Monde, fernab von Wissen und Glauben?«

»Die Macht des Lebens! Der Kreis der Liebe ...«

»So tretet denn näher«, sangen Chedan und Liala gemeinsam, »und lasset die Wärme ein in unsere Herzen ...«

Die Stimmen vereinigten sich und riefen beschwörend: »Licht, du unser Vater, kehre zurück in die Welt.«

Mit raschelnden Gewändern und nicht wenigen knirschenden Gelenken ließen alle sich nieder und nahmen die Meditationshaltung ein. Der Boden war natürlich sehr kalt, aber wenigstens anfangs noch nicht allzu feucht.

»Nun bricht herein die längste Nacht«, sang Chedan, »die Welt beherrschet Banurs Macht ...« Er hielt inne und berechnete, wie viel Zeit ihm noch bliebe, bis die Grenze zwischen den Sternzeichen den nördlichsten Punkt der Ekliptik passierte. Er hatte viel Mühe darauf verwendet, um den Augenblick, wenn die unsichtbare Sonne aus dem Zeichen der Seeziege ins Zeichen des Wasserträgers eintrat, genau zu bestimmen.

»Seit den ersten Tagen des Tempels«, fuhr er fort, »feiern wir die Nacht, nach der die Sonne wieder zu erstarken beginnt. Dazu versammeln wir uns, nicht nur um uns dem großen Werk aufs Neue zu weihen, sondern um uns bestätigen zu lassen, dass wir mit unseren Kräften auch *würdige* Verbündete der Mächte sind, die über alles Seiende herrschen.

Das Feuer ist eine irdische Verkörperung des allmächtigen Lichtes. Aus diesem Grunde halten wir es in Ehren, ohne darüber zu vergessen, dass das Symbol nichts ist, alles dagegen die Wirklichkeit, der es seine Entstehung verdankt. So lasset uns denn unsere Energien mit den Kräften der Erde vereinen, um den Himmel zu beschwören. Seid ihr bereit, den Ring zu schließen, auf dass das Licht wiedergeboren werde?«

Zustimmendes Gemurmel antwortete ihm.

»Führe uns aus der Unwirklichkeit«, sang Chedan, »ins Reich des Wirklichen ...«

»Führe uns aus der Finsternis«, sang Liala, »ins Reich des Lichtes ...«

»Führe uns aus der Angst vor dem Tode«, sangen die Priesterschüler mit dünnen Stimmen, »zur Erkenntnis des Ewigen ...«

»Steht auf, ihr Streiter für das Licht!
Erwachet und lebet in der Welt der Sterblichen,
Erstrahlt dem Monde gleich in Manoahs Schein,
Auf dass sein Glanz stets auf uns ruhe ...«

Chedan sah nicht, wie sich die Teilnehmer an den Händen fassten, aber er spürte, wie sich die Atmosphäre veränderte, sobald der Kreis sich schloss. Liala stand auf der anderen Seite des Altars, die Arme ausgestreckt, die Handflächen ihm zugewandt. Er nahm die gleiche Haltung ein, und schon spannten sich knisternd die ersten Kraftfäden von einem zum anderen.

Gemeinsam sangen sie die heiligen Silben des Ersten Wortes, und aus der Erde stieg die Kraft durch ihre Füße bis zum unteren Ende ihres Rückgrats. Chedan hielt den Ton, wenn Liala Atem holte, und atmete seinerseits, wenn sie wieder einsetzte. Der Kreis nahm den Gesang fast ansatzlos auf und setzte ihn fort. Das Wort der Macht ging in Wellen von Mund zu Mund und verstärkte sich, bis der Heilige Berg unter ihren Füßen mitzuschwingen schien.

Beim nächsten Atemzug ließ Chedan die Kraft bis in die Bauchhöhle steigen, dann stimmte er das Zweite Wort an. Als der Kreis es aufnahm und verstärkte, geriet die rohe Kraft in seinem Unterleib in Bewegung, und sein Geschlecht richtete sich auf. Sobald er die sexuelle Erregung spürte, sammelte und bündelte er die Energie neu. Das war doch sonst nicht so schwierig gewesen? Der Schweiß stand ihm in dicken Tropfen auf der Stirn.

Dem Kreis gelang ein glatter Übergang in das Dritte Wort, aber Chedan zuckte kurz zusammen. In seinem Sonnengeflecht flammte es auf wie Feuer, und die Energien rasten wie sprühende Funken durch alle Nerven. Als das Summen nachließ, war Liala nur noch ein goldener, von blaugrünen Blitzen durchzuckter Fleck. Doch ihre Kräfte schwanden. Die Schwäche griff auf Chedan über, er drohte in Panik zu geraten.

Doch es gab kein Zurück mehr. Mit einem weiteren tiefen Atemzug sang er das Dritte Wort ein zweites Mal und lenkte dabei seine ganze Kraft auf die Gestalt in der Maske Ni-Terats.

Liala begann an allen Gliedern zu zittern, blaue und violette Bänder ringelten sich um sie wie hungrige Schlangen, dann gab es einen Ruck, die Barriere brach zusammen, und eine mächtige Energiewoge rollte über den Kreis hinweg. Ein erschrockenes Keuchen ging durch die Reihen.

Vor Erleichterung zitternd, sammelte Chedan die restlichen Schwingungen und formte daraus den höheren Ton für das Vierte Wort. Die Herzen aller taten sich auf und wurden überschwemmt von Wellen der Liebe. Beim Fünften Wort rauschte es wie ein Windstoß durch den Kreis, und die Schönheit des Klanges steigerte sich ins schier Unerträgliche. Als die Energie zum Kraftpunkt im dritten Auge weiterzog, war es wie eine Erlösung.

Das Sechste Wort entstand in sichtbaren Schallwellen, die mehrfach zurückgeworfen wurden, und löste so den Widerstreit zwischen Wahrnehmung und Illusion. Nicht einmal Chedan vermochte zu sagen, ob die Aura der anderen heller oder sein Sehvermögen empfindlicher geworden war; jedenfalls konnte er jeden Einzelnen im Kreis deutlich sehen – und nicht nur in seiner physischen Gestalt. Sein Blick drang bis auf den Grund der Seelen. Er erkannte Lialas Opferbereitschaft und ihren Stolz, aber auch ihr unerfülltes Verlangen nach Liebe. Doch all das ging unter, als sich die Macht zu einer gewaltigen Lichtsäule aufbaute, die Himmel und Erde miteinander verband.

Langsam verfestigte sich der Bogen, und Chedan begann damit, die Energien an sich zu ziehen und über seine Schultern in seine Hände zu leiten.

Über dem Holzstapel auf dem Altarstein kräuselte

sich ein dünner, heller Rauchfaden. Goldene Blitze schossen knisternd durch das Holz, dann schlugen die Flammen hoch. Der Duft erlesener Öle erfüllte die Luft.

»Preiset das Licht!«, sang der Chor. »Preiset das Licht, das den Morgen unserer Seele erhellt und ihr den Weg ins Bewusstsein, in die Wärme weist. Preiset das Licht in jedem schlagenden Herzen. Preiset das Licht, aus dem wir alle geschaffen sind.«

Die Flammen züngelten höher, vergoldeten die Gesichter der Sänger, die nun in Richtung des Sonnenlaufs um sie herum tanzten, und erleuchteten die verwitterten Oberflächen der uralten Ringsteine. Chedan trat zurück. Vom Altar strahlten die unsterblichen Kräfte der Erde, ein mächtiger Energiestrom, nach allen Seiten aus und brannten die Nebelschleier weg, die den Heiligen Berg verhüllt hatten.

Er gab den Tänzern ein Zeichen, und sie lösten die Hände und hoben die Arme. »Kommt, ihr Kinder des Lichtes, ihr Streiter für das Licht«, sang er, »entzündet die Fackeln eurer Welt am Feuer des Geistes. Tragt das neue Licht in eure Häuser, an euren Herd!«

Einer nach dem anderen trat an den Altar, hielt seine Fackel in das heilige Feuer, umrundete noch einmal den Steinkreis und stieg dann den Berg hinab. Chedan beobachtete mit müdem Lächeln, wie der Lichterzug den Pfad hinunterschwankte. Die Stimmen erhoben sich zum Schlussgesang:

»Ein Funke entzündet den Sonnenbrand,
Vor feurigen Bildern stehn wir gebannt,
Die Liebe, sie bleibt; darum reicht euch die Hand,
Wenn das Rad sich dreht.«

In den kommenden Jahren, überlegte der Magier, musste sich vieles ändern. Die Kraft war ungewöhnlich schwer zu zähmen gewesen. Letzten Endes war alles gut gegangen, aber er war beunruhigt. Wie ließ sich dieser Eindruck von Fremdheit erklären? Hatte mein Onkel Ardral womöglich Recht?, fragte er sich. Die Erinnerung schmerzte. Stehen wir an der Schwelle einer neuen Zeit?

»Noch ruhet die Mutter, doch bald ist sie erwacht,
Hat Kräuter gesammelt und Brot gemacht,
Aus der Erde Schoß neues Leben uns lacht,
Und es dreht sich das Rad.«

Chedans Stirnfalten glätteten sich, er lächelte breit. Das alte Lied hatte eine neue Bedeutung gewonnen. Aber liegt die Saat der Zukunft nicht immer in der Vergangenheit?, dachte er. Der Vater ist nicht tot, solange sein Wissen ihn überdauert ...

»Geht es Euch gut? Soll ich Euch meinen Mantel leihen? Wollt Ihr Euch beim Abstieg auf mich stützen?« Damisa gab sich alle Mühe, aber Tiriki hörte deutlich, wie gereizt und unruhig sie war. Sie schüttelte den Kopf. Es war peinlich genug gewesen, wie ein dämpfiges Pferd durch den rituellen Tanz zu keuchen! Fehlte nur noch, dass man ihr eine Sänfte anbot.

»Herrin?«, drängte Damisa. »Soll ich ...?«

»Es ist alles in Ordnung!«, fuhr Tiriki sie an.

»Gewiss doch!« Auch Damisas Ton war schärfer geworden. »Ich habe es nur gut gemeint!«

Tiriki seufzte. Sie hatte allmählich genug von Damisas Launen, dem ständigen Wechsel zwischen Geistesabwesenheit und übertriebener Fürsorglichkeit. Aber sie wusste, dass die Nerven blank lagen, wenn wie gerade eben bei einem Ritual viel Energie verbraucht worden war. Sie holte tief Atem. Die eisige Luft war ein Schock für ihre Lungen, doch sie nahm sich energisch zusammen.

»Ich danke dir«, sagte sie höflich. »Aber geh nur voraus. Ich komme langsam nach, und wir treffen uns unten. Das Festmahl, das uns Reidel und die Seeleute versprochen haben, müsste inzwischen angerichtet sein!« Sie hielt ihre flackernde Fackel in die Höhe und sah Damisa an. Mit dem Ende des Rituals war ein heftiger Wind aufgekommen.

»Ach, Reidel!« Damisa warf den Kopf in den Nacken. »Seeleute müssen wohl lernen, sich selbst zu versorgen, wenn sie auf See sind, aber ich habe bisher noch nicht festgestellt, dass man sich wegen ihrer Kochkünste sonderlich beeilen müsste.«

»Mag sein«, entgegnete Tiriki trocken. »Aber du bist doch sicher hungrig, also lauf schon.«

Damit hatte Damisa nicht gerechnet. Vielleicht war sie gekränkt, aber das hinderte sie nicht, Tiriki beim Wort zu nehmen.

Tiriki sah ihr seufzend nach, als sie den Pfad hinuntereilte, und folgte ihr sehr viel vorsichtiger. Wenigstens brauchte sie den Abstieg nicht ohne ihre Fackel zu bewältigen.

Doch schon beim nächsten Schritt trat sie mit einem Fuß unglücklich in eine kleine Vertiefung im felsigen Boden. Ihr stockte der Atem, und ihre Bauchmuskeln zogen sich schmerzhaft zusammen. Sie blieb stehen und stützte sich auf ihren Stab. Wieder einmal musste sie an die Kinder denken, die sie nicht hatte austragen können, und sogleich wurde ihr angst. Wenn sie nun dem Ungeborenen geschadet hatte ...

Neben sich sah sie einen Felsblock im Gras und überlegte, ob sie sich setzen sollte. Aber etwas drängte sie, in Bewegung zu bleiben. Es ist sicherlich nicht so schlimm, sagte sie sich. Wenn mir erst etwas wärmer wird, werden die Schmerzen schon vergehen.

Mit einem tiefen Atemzug ging sie weiter. Von unten schallte fröhliches Gelächter herauf, und auch von oben war noch die eine oder andere Stimme zu hören, doch auf dem Pfad war sie ganz allein. Bald wurden die Sträucher zu beiden Seiten dichter. Nicht mehr lange, und sie wäre unter den Bäumen.

Wird auch Zeit, es fängt gleich an zu regnen, dachte sie, als sie ein feuchter Hauch ihre Wange streifte.

Wieder hatten sich dichte Wolken vor die Sterne geschoben. Ein leichter Nieselregen legte sich wie ein dünner Kristallschleier auf das grobe Gewebe ihres Umschlagtuchs. Sie versuchte, die Schritte zu beschleunigen, aber in ihrem Rücken tobte ein dumpfer Schmerz, der kein Ende nehmen wollte.

Aus dem feinen Nebelnässen wurde ein gleichmäßiges Prasseln. Der Regen war da. Dicke Tropfen fielen durch die Blätter, trafen zischend ihre Fackel, drangen durch ihre Kleidung und machten den Weg gefährlich schlüpfrig. Sie musste noch langsamer gehen, um nicht auszurutschen.

Hätte ich doch Damisa nicht weggeschickt, dachte sie. Jetzt wäre mir ihre Hilfe sehr willkommen.

Sie seufzte tief auf, dann zwang sie sich, bewusst langsam zu atmen. Für eine Weile gelang es ihr, den Schmerz zu bekämpfen. Dann trat sie auf einen losen Stein, ihr Fuß rutschte ab, und sie versuchte noch, sich mit wild rudernden Armen vor einem Sturz zu bewahren. Vergeblich. Fackel und Stab entfielen ihren Händen. Sie landete auf dem Boden, eiskaltes Wasser spritzte ihr über Gesicht und Arme, und zugleich wurde es zwischen ihren Schenkeln warm und feucht. Ihre Bauchmuskeln verkrampften sich so stark, dass ihr der Atem aus den Lungen gepresst wurde.

Plötzlich ging ihr ein Licht auf. Das Kind!, dachte sie in heller Panik. Das Kind kommt jetzt ... Sie hätte sich mehr schonen müssen, so kurz vor der Niederkunft. War sie denn verrückt gewesen, bei dieser bitteren Kälte auf einen Berg zu steigen, um ein Ritual zu feiern?

Sie tastete nach der Fackel, die noch schwach glimmte; doch bevor sie die Finger um den Schaft schließen konnte, zischte die Flamme und erlosch. Tiriki stieß einen Fluch aus. Die Fackel hatte nicht sehr hell geleuchtet, doch nun erschien ihr die Finsternis undurchdringlich.

»Liala!«, hauchte sie. Es gab hier kein Caratra-Haus, aber die Blaue Priesterin hatte versprochen, Geburtshilfe zu leisten. »Wer immer mich hört! *Helft mir!*«

Wieder ein tiefer Atemzug. Zähneklappernd rang sie um ihre Fassung. Sie hatte noch etwas Zeit – wenn sie den vielen Geschichten glauben konnte; die Wehen kamen noch unregelmäßig und mit etwas Glück würde es noch Stunden dauern. Keine tröstliche Vorstellung. Fröstelnd stützte sie sich auf Hände und Knie. Ob sie wohl stehen könnte und ob es sinnvoll wäre, wenn sie zu gehen versuchte? Kriechen ist besser; so kann ich wenigstens mit den Händen den Pfad ertasten ... Aber es war eine qualvolle Fortbewegungsart, und schon bald hätte sie sich am liebsten vor Schmerzen wimmernd zusammengerollt.

Doch sie gab nicht auf. »G-geliebtes Kind! Ich w-will d-dich *lebend* sehen!« Sobald sie diesen Vorsatz gefasst hatte, wurde ihr deutlich wärmer. Ich werde es schaffen. Und wenn alles fehlschlägt, werden mich Chedan und Liala finden, wenn sie heruntersteigen ...

Dank der strengen Disziplin im Tempel war sie überzeugt gewesen, allem gewachsen zu sein, was ihr widerfahren mochte. Mit einem Mal wurde ihr klar, wie sehr sie sich in Ahtarrath auf die stets gegenwärtigen Scharen von Dienstboten verlassen hatte. In der Welt des Geistes konnte sie jeder Gefahr begegnen, doch jetzt war ihr Körper gefordert, und sie fühlte sich unerwartet schwach, einsam und hilflos.

Aber es kam noch schlimmer. Irgendwann stieß sie da, wo sie den Pfad vermutet hatte, gegen einen nassen Baum. Nun wusste sie, dass sie sich verirrt hatte. Sie zog sich am Stamm in die Höhe. »Zu Hiiilfe!«, rief sie, aber der Wind entriss ihr die Worte. Wieder glaubte sie, von weiter oben Stimmen zu hören. Ob man schon nach ihr suchte? Inzwischen müsste doch jemand bemerkt haben, dass sie fehlte. Sie rief noch einmal, aber gegen den Wind und den prasselnden Regen kam sie nicht an.

Das Kind war ein Wunder, dachte sie benommen. Die Mächte, die mir dieses Geschenk gemacht haben, werden doch nicht zulassen, dass es zerstört wird ... nicht auf so sinnlose Weise!

Eine neue Schmerzwelle schüttelte sie. Sie ließ sich abermals auf Hände und Knie nieder und atmete flach.

Ich bin eine Heilige Hüterin, sagte der Teil von ihr, der noch klar denken konnte. Auch wenn ich selbst nicht mehr von der Stelle komme, kann ich doch einen Ruf ausschicken ... Die Dame! Die Königin! Sie hat mir ihren Segen gegeben! Noch bevor sie ihre Kräfte sammeln und die Verbindung herstellen konnte, kam eine neue Wehe und schleuderte sie in ihren Körper zurück. Ihre Konzentration brach zusammen.

Schließlich blieb ihr nichts anderes übrig, als die Pausen zwischen den Wehen zu nutzen, um sich langsam den Berg hinabzuschleppen.

»Steh auf.«

Tiriki hörte die Worte, ohne sie zu verstehen. Sie litt wie ein Tier. Ihr Bewusstsein hatte sich vor der Wirklichkeit zurückgezogen. Fast besinnungslos war sie weiter gekrochen. Jetzt packten sie kleine, aber überraschend kräftige Hände an den Armen und zogen sie in die Höhe.

»So ist es gut – du kannst gehen! Ich zeige dir den Weg.«

»Wer seid Ihr?«, wimmerte Tiriki, während durch die zierlichen, aber starken Hände Wärme und Energie in ihren Körper strömten.

»Gib Acht, wohin du trittst!«, kam es streng zurück, als Tiriki stehen blieb, um eine neue Wehe abzuwarten.

»Gut!«, sagte die Stimme. Der unbekannte Helfer war

eine Frau. »Und jetzt atme in den Schmerz hinein!« Der Körpergröße nach wahrscheinlich eine von den Sumpffrauen. Vielleicht, ging es Tiriki durch den Kopf, war sie zum Heiligen Berg gekommen, um beim Anzünden des Sonnwendfeuers zuzusehen ... Sie hatte keine Ahnung, wohin sie geführt wurde. Der Wind peitschte ihr die Äste ins Gesicht, der Regen rauschte nur so herab. Sie hätte nicht zu sagen vermocht, wie lange sie sich so durch den Wald kämpften. Doch irgendwann schob ihre geheimnisvolle Begleiterin sie auf eine Lichtung. Tiriki spürte ebenen Boden unter den Füßen. Sie roch Rauch und ahnte die Umrisse eines Gebäudes.

Ihre Führerin erhob die Stimme und trällerte etwas. Es klang wie Vogelgezwitscher, aber Tiriki begriff, dass es Worte waren.

Eine lederne Türklappe wurde aufgerissen. Flackerndes Licht fiel heraus. Die Hände der Fremden gaben Tiriki frei. Sie fiel vornüber, geradewegs in die Arme Tarets, der weisen Frau.

Vielleicht war es eine Gnade, dass Tiriki an die folgenden Stunden nur verschwommene Erinnerungen bewahrte. Die Schmerzen kamen in Schüben und waren erschreckend heftig, doch dazwischen spürte sie Wärme, sah in Tarets kluge, blanke Greisinnenaugen und fühlte die tröstliche Berührung ihrer Hände. Später kam auch Liala dazu, doch Taret war diejenige, die ihr die nötige Kraft gab.

Als die Wehen ihren Höhepunkt erreichten, riss die Verbindung zur Wirklichkeit endgültig ab. Tiriki wähnte sich wieder im Palast von Ahtarra in ihrem Bett, umschlungen von Micails Armen, obgleich sie wusste, dass das nur ein Traum sein konnte. Im Tempel wurde traditionsgemäß kein Mann in der Nähe des Gebärraums geduldet, auch nicht der Vater. Bevor nicht die Mutter mit dem Kind in den Armen das Caratra-Haus verließ, erfuhr er nicht einmal, ob die beiden überlebt hatten.

Aber vielleicht waren die Sitten in der Anderen Welt weniger streng, denn Micail war bei ihr, und sie hörte ganz deutlich, wie er ihr Mut zusprach, während sie sich unter einer Wehe nach der anderen krümmte. Und dann wurde sie aufgerichtet und spürte die weichen Brüste, den Bauch einer Frau im Rücken. Kräftige Hände beugten ihr die Knie und drückten ihr die Schenkel auseinander.

»Noch einmal pressen ...« War das Tarets oder Micails Stimme gewesen? »Hol dir die Kraft aus der Erde ... Schrei! Laut! Und dann stoße das Kind hinein in diese Welt!«

Natürlich. Sie musste die Macht des Landes beschwören. Für einen Moment sah Tiriki wieder ganz klar. Sie erinnerte sich, wie die Kräfte auf dem Heiligen Berg in sie eingeströmt waren. Diese Kräfte beschwor sie nun wieder, bis sie sich fühlte, als wäre sie die Erde. Und dann stieß sie mit einem Schrei, der durch alle Länder widerzuhallen schien, ihr Kind hinein in die Welt der Menschen.

Die lederne Türklappe war zurückgeschlagen, und ein helles Dreieck leuchtete durch die Dunkelheit.

Allmählich kehrte das Bewusstsein zurück. Das Dreieck war ein Stück Himmel, das in allen Pastellfarben eines Wintermorgens schimmerte. Überrascht spürte Tiriki, dass sie zwar schwach war, aber keine Schmerzen hatte. Eine tiefe Genugtuung überstrahlte alles andere.

Mit einem Mal bemerkte sie das winzige Wesen, das sich leise glucksend in ihre Armbeuge schmiegte, und verstand, woher diese Genugtuung kam.

Staunend betrachtete sie die vollkommene Rundung des Köpfchens, das feuerrote Haarbüschel. Dann bewegte sich das Kind, sie sah die winzigen Züge, die geschlossenen Augen, und fühlte sich an eine Rosenknospe erinnert.

Ein Schatten fiel über sie. Sie blickte auf und erkannte Liala. Die Priesterin lächelte.

»Ist er gesund?«, flüsterte Tiriki.

»*Sie* ist vollkommen«, ließ sich Tarets Stimme von der anderen Seite vernehmen.

Tiriki sah wieder auf ihr Kind nieder. Kein Sohn also, der Micails Kräfte geerbt hatte – falls diese Kräfte in einem neuen Land überhaupt noch von Bedeutung wären. Eine Tochter. Was würde sie erben? Die Frage beschäftigte sie, doch sie konnte sie nicht aussprechen. Stumm blickte sie zu Taret auf.

»Tochter von heiliger Stätte«, sagte die Weise Frau vergnügt. »Wird hier Priesterin sein eines Tages.«

Tiriki nickte. Ich werde sie nach Micails Mutter nennen.

Sie hatte nur mit halbem Ohr gehört, was Taret sagte, aber sie spürte, wie die versprengten Teile ihrer Seele sich wieder zusammenfügten. Doch die Anordnung war nicht mehr die gleiche. Ein Teil verband sie mit dem Kind an ihrer Seite, und ein zweiter berührte die Erde, auf der sie lag. Und da war noch etwas, das sie weder beschreiben noch benennen konnte. Sie wusste nur, dass mit dieser Geburt ein Vorgang abgeschlossen war, der mit dem Ritual auf dem Gipfel des Heiligen Berges begonnen hatte. Nun gehörte sie für immer zu diesem Land.

Der Gedanke zog einen zweiten nach sich. »Danke«, sagte sie zu Taret. »Und sagt auch der Frau, die mich herbrachte, meinen Dank. Ohne ihre Hilfe hätte ich nicht überlebt. Wart Ihr das, Liala? Oder Metia? Oder ...?«

»Wie?« Liala zog verwirrt die Stirn in Falten. »Ich konnte nicht viel tun. Damisa wurde unruhig, als Ihr nicht zum Festmahl kamt und sie Euch nirgendwo finden konnte. Deshalb ging ich zu Taret in der Hoffnung, sie könne mir helfen. Ich hatte die Hütte kaum betreten, da hörten wir Euch rufen und ließen Euch ein. Aber ich dachte, Ihr wärt allein gekommen!«

Tarets Lächeln war breiter geworden. »Die Königin der Leuchtenden«, sagte sie stolz. »Sie kümmert sich um die ihren.«

Zehntes Kapitel

Micail seufzte im Schlaf und tastete nach Tiriki, eine Geste, die ihm so in Fleisch und Blut übergegangen war, dass selbst die Einsamkeit der letzten neun Monate nichts daran geändert hatte. Und diesmal war ihm tatsächlich, als schlösse er sie in die Arme. Er fühlte ihren harten, gerundeten Bauch, spürte, wie er sich zusammenzog, und wusste so sicher, wie man nur im Traum sein konnte, dass sie im Begriff war, sein Kind zu gebären.

Sie wimmerte vor Schmerz, und er drückte sie fester an sich und sprach ihr Mut zu. Mit einem Mal waren sie im Morgengrauen vor Sonnenaufgang auf einer weiten grasbewachsenen Ebene. Die Erde schüttelte sich in Krämpfen wie der Leib seiner Frau, doch diesmal waren nicht die Feuer der Verwüstung die Ursache, sondern überall sprießte neues Leben aus dem Boden. Plötzlich begann Tiriki zu zappeln, dann schrie sie laut auf und stieß das Kind in die Welt. Als sie sich schwer atmend zurücklegte, beugte er sich hinab und hob das Kleine auf. Es war ein Mädchen, vollkommen der winzige Körper, mit einem widerspenstigen Haarbüschel auf dem Kopf, das wie eine Flamme züngelte.

Lachend hielt er es hoch. »Sehet das Kind, das uns geweissagt wurde, mein Unterpfand an dieses neue Land!«

Und alle Wesen, menschliche und andere, versammelten sich auf der Ebene, um das Kind mit Jubelrufen zu begrüßen. Micail fühlte sich aufgehoben und fortgerissen von einer Welle des Glücks.

Er befreite sich aus den zerwühlten Decken und blinzelte verwundert. Noch immer hörte er lauten Jubel und Gesang aus rauen Kehlen.

War es ein Traum, fragte er sich, oder ist ein Albtraum alles, woran ich mich aus dem vergangenen Jahr erinnere? Doch was er im trüben Licht von seiner Umgebung erkennen konnte, war ihm nur allzu vertraut und mit Erinnerungen verbunden, in denen weder Tiriki noch ein Kind vorkamen.

Es war also ein Traum gewesen – eine Lüge. Seltsamerweise stürzte ihn die Erkenntnis nicht in tiefe Verzweiflung wie sonst, wenn sich die strahlenden Verheißungen der Nacht als nichtig herausstellten. Wenn dies ein Trugbild gewesen war, dann immerhin ein erfreuliches.

Draußen wurde der Lärm lauter. Micail wälzte sich schwerfällig aus dem Bett, stolperte über die gewebte Fußmatte und öffnete mit ungeschickten Fingern die Läden, die wegen der feuchten Nachtluft geschlossen waren. Von Westen rollte eine neue Sturmfront mit heftigen Regenfällen heran, aber zwischen den Wolkenstreifen zeigte sich Manoahs Bote, der junge Mond, auf dem Weg zu seiner Ruhestätte hinter dem Horizont, und die Sterne leuchteten schwach und kalt.

Auch die Welt ruhte. Alles war still und dunkel – bis auf Belsairath. Auf den schlammigen Straßen vor dem Gasthof wimmelte es von Fackeln, und auf dem Platz, wo die Straßen sich kreuzten, loderte ein riesiges Feuer, um das die Menschen grölend herumtanzten.

Ist etwa ein neues Schiff angekommen? Er spähte angestrengt in Richtung Hafen, doch dort war alles still und dunkel. Verwirrt rieb er sich die Augen, denn ein anderer Grund für eine derart ausgelassene Feier wollte ihm nicht einfallen.

Die Tür zu seinem Zimmer wurde geöffnet, und im Schein der Flurlampe, die Tag und Nacht brannte, erkannte er Jiritarens hagere Gestalt.

»Du bist also wach! Kein Wunder bei dem Klamauk da draußen!« Jiritaren hörte sich wie immer so an, als unterdrückte er nur mit Mühe ein Lachen.

»Wie soll man da auch schlafen können?« Micail zeigte auf das Fenster. »Was, im Namen aller Götter, hat dieser Aufruhr zu bedeuten?«

»Hat dir das denn niemand gesagt? So feiert man hier die Wintersonnenwende!«

»Ach so.« Micail zog achselzuckend die Läden wieder zu. Nun war es nicht mehr ganz so laut. Er hatte *gewusst*, dass Mittwinternacht war, aber er hatte es abgelehnt, am Ritual des Neuen Feuers in Prinz Tjalans Villa teilzunehmen. »Ich bin in letzter Zeit nicht so ganz auf dem Posten.«

»Aber deine Stimme klingt so munter wie seit langem nicht. Komm, etwas mehr Helligkeit kann nicht schaden!« Jiritaren entzündete einen Kienspan an der Flamme im Flur und hielt ihn an die Lampe in Micails Zimmer.

»Ja-a-a«, sagte er dann und schaute Micail ins Ohr. »Da ist doch tatsächlich jemand zu Hause. Gerade noch zur rechten Zeit.«

»Hör auf!« Micail tat so, als wollte er nach ihm schlagen, dann wandte er sich ab und suchte nach seinem Becher. Hoffentlich war noch ein Schluck Wasser da. »Aber ich bin froh, dass du hier bist. Ich freue mich sogar über das verdammte Fest. Höchste Zeit, dass hier etwas Stimmung aufkommt.« Er hielt inne und sah Jiritaren misstrauisch an. »Was meinst du mit ›gerade noch zur rechten Zeit‹?«

»Haladris und Mahadalku haben eine Sondersitzung des Rates einberufen – keine Aufregung, es geht erst nach dem Morgengebet richtig los. Aber ich komme eben vom Ritual zurück, und da ich zufällig weiß, dass du oft lange aufbleibst, dachte ich, es könnte dich interessieren ...«

»Und wie«, knurrte Micail. »Aber vielleicht bist du so freundlich, mir zu sagen, worum es eigentlich geht?«

Jiritarens schwarze Augen blitzten. »Ich wollte eben dazu kommen. Die übersinnlich Begabten von Tarisseda, mit denen Stathalkha zusammenarbeitet, haben den Ort gefunden. Er ist nicht allzu weit weg.«

»Welchen Ort?«

»Die Kraftquelle, die wir brauchen, um unseren Tempel zu errichten. Naranchada konnte sogar nachweisen, dass die Energien der beiden Ströme mit hoher Wahrscheinlichkeit dort zusammenwirken. Die Stelle liegt in der Gegend, von der Prinz Tjalan gesprochen hat, im Stammesgebiet der Ai-Zir.«

Micail runzelte die Stirn. Sein Verstand begann zu arbeiten wie seit vielen Monaten nicht mehr. »Wenn

Ancha meint, es sei der richtige Ort, dann sollten wir bald mit der Planung beginnen ...« Er unterbrach sich. Jiritaren hatte laut gelacht.

»Nein, nein, sprich weiter. Ich freue mich nur, weil du dich fast wieder wie der alte Micail anhörst, und darauf haben wir schon viel zu lange gewartet.«

»Du hast vermutlich Recht.« Selbst wenn der Traum nur ein Trugbild gewesen sein sollte, dankte Micail den Göttern, die es ihm geschickt und ihm damit die Kraft gegeben hatten, seiner Aufgabe nachzukommen.

Sollte Tiriki heute in den Hafen einsegeln, dachte er, ich müsste mich schämen, ihr gegenüberzutreten. Ich war die ganze Zeit untätig. Aber das hat jetzt ein Ende.

Jiritaren war wieder ernst geworden und nickte. »Sie möchten, dass du die Expedition anführst. Tjalan will dich unbedingt begleiten, aber er muss wahrscheinlich bald wieder hierher zurückkehren, um die Aufsicht zu führen. Du bist als Einziger ranghoch genug, um die Soldaten zu befehligen – und hast zugleich die Autorität, um die Priester im Zaum zu halten, für deren Schutz die Soldaten verantwortlich sind.«

Micail schüttelte staunend den Kopf, wobei ihn weniger Jiris Worte überraschten als die Tatsache, dass er zum ersten Mal seit dem Untergang wieder lebhaften Anteil am Geschehen nahm.

Nachdem sein Freund gegangen war, lag er noch lange wach und lauschte dem Lärm der Feiernden. Inzwischen prasselte der Regen nieder, aber das konnte ihre Begeisterung nicht dämpfen. Micail fühlte sich an die Brandung vor Ahtarraths Küste erinnert und musste lächeln.

Endlich schloss er die Augen und ließ die bunten Bilder aus dem Traum noch einmal an sich vorüberziehen. Doch als die ersten Vögel mit ihrem Gezwitscher das Kommen des neuen Tages ankündigten, veränderte sich die Vision. Eine Stimme verkündete: *»Manoahs Tochter bringt das Leben in die Welt zurück!«*

Dann ging die Mittwintersonne auf, und das Kind, das er in den Armen hielt, erstrahlte in hellem Licht.

Den ersten Jahrestag der Ankunft in Belsairath schienen sogar die Bäume feiern zu wollen. Sie warfen das tote Winterlaub ab, hüllten sich in leuchtendes Grün und erfüllten alles mit lieblichem Duft. Der Zyklus der Jahreszeiten, der zu Hause so gemächlich ablief, dass er nur von den Priestern wahrgenommen wurde, stand in diesem nördlichen Land im Mittelpunkt der Urreligion. Micail hatte sicherlich noch nie so bewusst miterlebt, wie die Tage länger wurden. Er fand kaum noch Zeit zum Grübeln, und das lag nicht nur daran, dass ihn die Vorbereitungen für die Expedition in das Gebiet der Ai-Zir gefangen nahmen.

Der Schmerz war nicht etwa verschwunden, aber er spürte ihn nicht mehr so hautnah, sondern fand sich allmählich sogar damit ab, dass er Tiriki nicht wieder sehen würde. Er hatte mit Händlern gesprochen, die in die Stadt kamen, und sogar Prinz Tjalan überredet, mit einem Schiff die aussichtsreicheren Landeplätze in der Nähe von Beliri'in absuchen zu lassen, aber niemand hatte etwas von ihr gehört. Micail trauerte um den Körper, den er geliebt hatte, aber er tröstete sich damit, dass sie in einem anderen Leben wieder zusammenfinden würden. Und manchmal glaubte er sogar daran.

Dann kam der Tag der Abreise. Micail stand am Hafen, die weiße Priesterrobe geschürzt, um ungehindert ausschreiten zu können, an den Füßen derbe Sandalen und in den Händen einen Stab, der nicht nur als Zauberstab dienen konnte. Hinter ihm formierte sich der Zug. Alle redeten durcheinander. Die weißen Gewänder der Priesterschüler, die ihn begleiten sollten, bildeten einen deutlichen Kontrast zu den grünen Waffenröcken der Soldaten. Das Meer war heute tiefblau, und die weißen Schaumkronen leuchteten in der Sonne. Ein blitzender Fleck, rötlich golden, fiel ihm ins Auge.

Micail schrak zusammen, glaubte für einen Moment, eine Vogelschwinge um die Landspitze biegen und in den Hafen einlaufen zu sehen ... Doch dann drehte sich der Wind und drückte die Wellen nieder. Es war nur eine Spiegelung des Sonnenlichts gewesen.

Du darfst das Wegzeichen nicht mit dem Ziel verwechseln, hörte er im Geist den alten Rajasta warnen.

»Micail! Nun komm schon, Mann, wir können nicht ohne dich aufbrechen!« Jiritarens Stimme riss ihn aus seinen Gedanken.

»Leb wohl«, flüsterte er und grüßte den Lichtreflex auf den Wellen mit erhobenen Händen. Dann wandte er sich ab und reihte sich neben Prinz Tjalan in den Zug ein.

Während der ersten Stunde schaute Micail nur auf die Straße mit ihren tiefen Radspuren und achtete kaum auf seine Umgebung. Erst als er hinter sich einen überraschten Ausruf hörte, blickte er auf. Zu seiner Linken erhob sich ein Hügel, der von einem grasbewachsenen Wall umgeben war.

»Haben das unsere Eingeborenen gebaut?«, fragte er Tjalan. »Das hätte ich ihnen nicht zugetraut.«

»O doch«, antwortete Tjalan, »sie oder vielmehr ihre Vorfahren. Und bis wir kamen, haben sie auch dort gewohnt. Mein Urgroßvater hat die Hafenstadt gegründet.« Er deutete mit dem Daumen hinter sich. »Mein Vater hielt die Häfen auf den Zinn-Inseln für einen völligen Fehlschlag, aber für hiesige Verhältnisse haben sie sich gut entwickelt – Domazo, der Wirt des Gasthofs, in dem es dir so gut gefällt, ist ein direkter Nachkomme des damaligen Stammeshäuptlings. Sollte mich nicht wundern, wenn er in Belsairath ebenso viel zu sagen hätte wie ich! Heute ist die Anlage jedenfalls nicht mehr bewohnt, wie du siehst. Damit haben wir viel Platz, um uns auszubreiten.«

»Beeindruckend«, sagte Micail nach einer Weile.

»O ja, durchaus. Wir sollten nicht vergessen, dass diese Menschen Großes leisten können, wenn sie nur richtig geführt und energisch zur Arbeit angehalten werden.«

Micail sah ihn scharf an, aber Tjalan ging weiter und betrachtete den Horizont, als wäre nichts vorgefallen. Hatte er eben tatsächlich angedeutet, die Eingeborenen warteten nur auf einen starken Führer? Meinte er womöglich sich selbst? Das konnte doch nicht sein Ernst sein! Bisher war nur davon geredet worden, das Gebiet der Ai-Zir zu erkunden und den König der Eingeborenen um seine *Erlaubnis* für den Bau eines Tempels zu bitten. Micail konnte sich nicht erinnern, dass Rajasta jemals ein Atlantidenreich prophezeit hätte, das mit der Arbeitskraft unterjochter Völker errichtet worden wäre.

Am Morgen des zweiten Tages ließ sich Micail im Zug zurückfallen, um mit den jüngeren Mitgliedern der Expedition zu gehen. Ob er willkommen sein würde, wusste er nicht; sie waren in seiner Gegenwart oft steif und gehemmt. Aber heute freuten sich alle, als sie ihn sahen.

Micail hatte in letzter Zeit oft mit den Eitelkeiten und Empfindlichkeiten seiner Mitpriester zu kämpfen gehabt und stellte nun erfreut fest, dass die Priesterschüler keinerlei Anstalten machten, die Zöglinge anderer Priester und Priesterinnen herumzukommandieren. Sie behandelten Li-ija und Karagon wie ihresgleichen, und Galara wurde weder wegen ihrer königlichen Abstammung, noch weil sie Micails Schwägerin war, in irgendeiner Weise bevorzugt. Sorgen bereitete ihm nur der junge Lanath. Er blieb ständig hinter den anderen zurück und starrte ins Leere, als verfolgte ihn ein schlimmer Traum. Nach einer Weile blieb Micail seitlich neben der Straße stehen und bückte sich, wie um sich die Sandalen neu zu schnüren.

Als Lanath auf gleicher Höhe mit ihm war, richtete er sich auf.

»Du siehst müde aus«, sagte er. »Schläfst du nicht gut?«

Lanath hob überrascht den Kopf. »O d-doch«, stammelte er und strich sich mit der Hand über das Kinn, eine Angewohnheit, die er entwickelt hatte, seit endlich auch bei ihm die ersten Barthaare sprossen. »Aber vergangene Nacht ...«

Micail nickte. »Wir träumen alle von dem, was wir verloren haben. Aber wir müssen nach vorn schauen.« Eine Mahnung, die er selbst sich zu Herzen nehmen sollte ... »Ich träume immer wieder von meiner Frau. Vergangene Nacht sah ich sie so deutlich, als stünde sie vor mir.«

»Wenn ich keine Albträume habe, und an die kann ich mich, den Göttern sei Dank, hinterher nie erinnern«, sagte Lanath stockend, »träume ich von Kanar – dem Himmelskundigen aus dem Tempel von Ahtarrath. Ihr wisst schon ...«

»Ja?«, fragte Micail und zog aufmunternd die Augenbrauen hoch.

»Nun, man hatte mich kurz zuvor zu ihm in die Lehre gegeben – ich konnte immer gut mit Zahlen umgehen. Aber in den Träumen, da ... Anfangs ist es gar nicht so ungewöhnlich – ich meine, ich sehe ihn einfach in seinem Observatorium oder wie er am Strand spazieren geht. Doch dann ... dann ist es, als wollte er mir etwas sagen, aber ich kann ihn nicht so recht verstehen.«

»Die Sterne gehören doch ohnehin zu den Dingen, die niemand so recht versteht«, antwortete Micail. Plötzlich ging in *seinem* Kopf alles drunter und drüber, er wurde von Zweifeln gequält, die nicht seine eigenen waren. Lanath übertrug seine Gefühle auf ihn. Kein Wunder also, dass sich die anderen in seiner Nähe unwohl fühlten.

Der Junge brauchte dringend wieder einen Lehrer. Micail räusperte sich. »Nun, Lanath, wenn du dich zur Sternenkunde berufen fühlst, dann solltest du einmal mit Ardral sprechen.« Lanath zuckte zurück. »Oder mit Jiritaren«, verbesserte sich Micail. »Den Siebenten Hüter brauchst du übrigens nicht zu fürchten, aus seinen Scherzen kannst du mehr lernen als aus den gelehrten Vorträgen vieler anderer. Aber Jiri ist vielleicht nicht ganz so unnahbar. Doch im Augenblick hat etwas anderes Vorrang. Du hast den Stimmbruch endgültig hinter dir, nicht wahr?«

»Ja – man sagte mir, ich sei ein Tenor.« Lanath errötete. »So wie Ihr.«

»Wunderbar«, lächelte Micail. »Das sage ich nicht nur aus Höflichkeit oder um dich aufzumuntern. Für den Bau des neuen Tempels werden wir geschulte Sänger brauchen – und deshalb solltest du von jetzt an mit mir arbeiten. Was hältst du davon?«

»Ihr meint, sofort? Es ist nämlich so, dass ich mich nur schwer konzentrieren kann.« Wieder errötete Lanath. »Besonders in aller Öffentlichkeit so wie hier. Aber – ich würde es sehr gern versuchen!«

Micail nickte. »Mehr verlange ich nicht. Wir fangen mit einer ganz einfachen Übung an. Kannst du die fünfte Note anstimmen und halten? Ja, ja, so ist es gut, und jetzt hör mir *ganz* genau zu ...«

»Es ist wunderschön hier!«, rief Elara. Heshoth, der eingeborene Händler, führte sie über eine Straße, die sich in vielen Windungen nach Nordosten schlängelte. Zur

Linken wurden sie von einer Kette niedriger, bewaldeter Hügel begleitet. Überall wuchsen satt grünes Gras und bunte Frühlingsblumen, sogar zwischen den tiefen Radspuren auf der Fahrbahn. »Der Segen der Götter liegt auf unserer Reise!«

»Welche Götter meinst du?«, murrte Lanath. »Die unseren oder die der anderen? Mir tun vom gestrigen Marsch noch alle Knochen weh!« Galara und Li-ija pflichteten ihm stöhnend bei.

»Wenn ihr in Belsairath nicht immer nur auf eurem Hinterteil gesessen hättet, wärt ihr jetzt besser in Form«, zischte Elara und sah ihn ungnädig an.

Lanath war ihr fast unbemerkt über den Kopf gewachsen, doch was er an Muskeln hatte, verbarg sich noch immer unter einer Schicht ›Speck‹ – sie konnte es nicht anders nennen. Das dunkelbraune Haar fiel ihm in die Augen wie bei einem Kind, aber immerhin zeigten sich endlich die ersten Anzeichen eines Bartes. Elara hatte sich mit der Verlobung abgefunden, wollte sich aber mit der Ehe lieber Zeit lassen, solange noch so viele andere anziehende Männer um sie herum waren.

»Der edle Ardravanant hat mich wahrhaftig in Atem gehalten«, verteidigte sich Lanath, rechtschaffen empört. »Aber wenn man die Sterne betrachtet, *muss* man eben meistens still sitzen.«

»Und darf lange schlafen«, seufzte Cleta. Sie war kräftig gebaut, ein vernünftiges, kluges und, wenn sie genügend Schlaf bekam, auch einigermaßen ausgeglichenes Mädchen.

»Diese Reise wird uns sicherlich alle auf Vordermann bringen«, lachte Li-ija.

Karagon, der mit seinem Lehrmeister Valadur an der Expedition teilnahm, schnaubte verächtlich. »Du hältst das wohl nur für einen schönen Spaziergang, wie?«

»Gewiss doch. Und wenn wir uns nicht nach diesen Ochsenkarren der Ai-Zir richten müssten«, erklärte Lija und lächelte, um ihren Worten die Schärfe zu nehmen, »kämen wir zweimal so schnell voran!«

Lanath stöhnte, wenn er nur daran dachte, aber die anderen lachten. Ardral saß mit ihren Vorräten und dem Gepäck in einem der Ochsenkarren, und Valadur leistete ihm Gesellschaft. Alle anderen gingen zu Fuß, genau wie zu Hause, wo nur die Mächtigen, die Greise und die Gebrechlichen in Sänften getragen wurden.

Beim Zustand dieser Straße war es aber wohl nur eine Frage der Zeit, dachte Elara, bis auch der Siebente Hüter trotz seiner Jahre – deren Zahl niemand kannte – den Fußmarsch vorzöge.

Sie hatte sich mehr als einmal erkundigt, wie alt Ardral sei, aber das konnte ihr offenbar niemand sagen. »Alt genug, um klüger zu sein – ich wünschte nur, ich wäre es auch!«, lautete seine Antwort, sooft jemand den Mut aufbrachte, ihn selbst danach zu fragen. Auch sonst gingen unheimliche Gerüchte über ihn um, erinnerte sich Elara. Angeblich hätte er in jüngeren Jahren seine Kräfte eingesetzt, um Menschen zu töten. Er selbst bestritt das. Nein, sagte er, seine Feinde hätten nur den Verstand verloren und wären kopflos davongelaufen, was auch nicht unbedingt beruhigend klang. Andererseits konnten sich in den dicht bewaldeten Hügeln dort drüben von wilden Tieren bis hin zu Banditen alle möglichen Gefahren verbergen, da war es vielleicht ganz nützlich, einen Magier dabeizuhaben.

Die Soldaten waren natürlich auch noch da. Die eine Hälfte bildete die Nachhut, die andere marschierte vorneweg und gab Heshoth, zwei eingeborenen Führern und Prinz Tjalan Geleitschutz. Micail ging manchmal mit dem Prinzen und seinen Leibwächtern, aber ebenso oft auch mit den anderen Priestern. Naranchada, Ocathrel und Jiritaren waren als Geomanten und Baumeister mitgekommen, hauptsächlich um Ardral bei seinen himmelskundlichen Berechnungen behilflich zu sein. Elara vermutete jedoch, dass sie auch Kindermädchen für Micail spielen sollten.

Welche Aufgabe die Priesterin Kyrrdis hatte, war ihr nicht klar. Wenn sie eine Sängerin brauchen, so ist sie zwar gut, dachte sie, aber Mahadalku ist besser, und wenn sie nur eine Frau dabeihaben wollen, hätten sie auch eine von den Sajis nehmen können ... Sie wurde rot.

Dann war da noch Valadur. Er war ihr ein völliges Rätsel. Der Orden der Grauen hatte einen zwiespältigen Ruf. Ardral wird ihn schon zu zähmen wissen, entschied sie. Damit bleibt noch ... Valorin. Natürlich.

Sie wurde langsamer und sah sich um, konnte aber Valorin nirgendwo entdecken. Der Priester von Alkonath war ausgewählt worden, weil er so viel vom Wachstum der Pflanzen verstand, und er verließ immer wieder die ausgetretenen Pfade, um einen unbekannten Strauch oder eine Blume zu betrachten.

»Seht doch nur – soll das da drüben etwa ein *Dorf* sein?«, rief Galara und zeigte auf eine Rundhütte mit grünem Grasdach, von der strahlenförmig viele unterschiedlich große, sorgfältig bestellte Felder ausgingen. An einem Ende der Anlage erhob sich wie ein Wächter ein lang gestreckter grüner Bergrücken.

»Zumindest ein Gehöft«, vermutete Cleta. »Es sieht allerdings anders aus, als wir es von zu Hause kennen.«

»Es sind mehrere Gehöfte«, bemerkte Karagon. Sie hatten den höchsten Punkt der Straße erreicht. Von hier aus waren weitere Felder und Hütten zu sehen. Die Äcker waren klein und durch Hecken oder Gräben voneinander getrennt. Als sie näher kamen, entdeckten sie eine Herde schmutzig brauner Schafe, die von einem kleinen, mit einem Stock bewaffneten Jungen in brauner Tunika und einem kläffenden Hund gehütet wurden.

»Die Gräben führen ja Wasser!«, staunte Lanath. »Aber es steht ganz still.«

Ein Mann lockerte die Erde zwischen den jungen Getreidepflanzen und rief ihnen in der Sprache der Einheimischen einen Gruß zu. Greha, einer der grimmig aussehenden Führer, erwiderte ihn.

Die beiden Eingeborenen hatten das lockige braune Haar und die grauen Augen, wie sie für dieses Volk typisch waren, Greha war allerdings außergewöhnlich groß und breitschultrig.

»Cleta, hast du nicht ein paar Worte von diesem Kauderwelsch gelernt?«, fragte Galara. »Was sagen sie denn?«

»Etwas von Schäfern und Schafen! Ich glaube, sie reden über uns!« Cletas rundes Gesicht färbte sich leicht rot. »Du meine Güte, hoffentlich hat der Prinz das nicht gehört!«

Im Schutz seiner Leibwache trat Prinz Tjalan vor, aufrecht und kühn wie die Falken auf seinen Fahnen.

Da geht der hohe Herr von Atlantis, um das neue Land in Besitz zu nehmen, dachte Elara. Aber was wird das neue Land von ihm fordern?

Mit der Zeit spielte sich ein fester Tagesablauf ein. Man stand früh auf und marschierte mit gelegentlichen Pausen bis zum späten Nachmittag. Dann suchte die Vorhut einen Lagerplatz mit frischem Wasser. Eines Nachts wurden sie von heulenden Wölfen aufgeschreckt, und mehr als einmal wachten alle auf, weil Lanath einen seiner Albträume hatte und schrie, doch sonst blieb alles friedlich.

Priesterschüler und Zöglinge gewöhnten sich bald an die körperlichen Strapazen, und nachdem sie die Angst vor dem unbekannten Gelände verloren hatten, gingen sie zwischendurch auf Entdeckungsreise.

Micail sah das zunächst nicht gern, aber der Händler Heshoth versicherte ihm, die Menschen hier seien nicht nur friedfertig, sondern auch ängstlich. Wenn die Schweinehirten und die Holzfäller aus den Wäldern die Atlantiden in ihren strahlend weißen Tuniken und den bunten Mänteln mit den Fahnen, Speeren und Schwertern erblickten, ergriffen sie sogar noch schneller die Flucht als die jungen Schaf- oder Rinderhirten auf den Weiden.

Nach einigen Tagen bog die Straße am Ende einer Hügelkette allmählich nach Norden ab. Der Zug kroch quälend langsam weiter und näherte sich gegen Abend einem einzelnen Berg, der die ganze Landschaft beherrschte. Auf seiner Kuppe war ein ovaler Höcker zu sehen – ein altes Hügelgrab.

»Am besten machen wir hier Halt.«, Heshoth zeigte auf eine weite Ebene zwischen Straße und Bach. »Früher suchten die Menschen diesen Berg auf, um das Ende des

Sommers zu begehen, doch dann kam es zum Krieg. Nun gibt es außer uns niemanden mehr, der noch hierher käme.«

Es war ein schöner Tag gewesen. Nun neigte er sich dem Ende zu, die Sonne ging unter. Prinz Tjalans Diener stellten die Pavillons auf, sammelten Holz für ein Feuer und trafen Vorbereitungen für das Abendessen. Solange sie nicht fertig waren, gab es für Priesterschüler und Zöglinge wenig zu tun. Und der Hügel lockte. Welche Tragödien mochten sich auf den bewaldeten Hängen abgespielt haben?

»Kommt, wir steigen hinauf«, schlug Karagon vor. »Von oben haben wir sicher eine großartige Aussicht.«

»Bist du denn heute noch nicht genug gelaufen?«, murrte Elara; aber bis auf Lanath, der etwas von Geistern murmelte, waren alle Feuer und Flamme. Li-ija und Karagon fanden bald einen Weg, der fast in gerader Linie den Hang hinauf zur Kuppe führte. Die Gruppe kam gut voran. Schon bald standen sie vor einem Graben und einem niedrigen Wall. Beides war von dichtem Gestrüpp überwuchert. Der Graben war seltsamerweise in Abschnitte gegliedert, dazwischen hatte man Brücken aus fester Erde stehen gelassen.

»Weder Graben noch Wall sind gut zu verteidigen«, bemerkte Karagon. »Das kann nicht nur eine Festungsanlage gewesen sein.«

An der Nordseite standen noch die Eckpfosten eines Wachhäuschens. Das Dach war längst eingebrochen.

»Wozu sollte das gut sein«, fragte Li-ija, »wenn nicht, um eine Festung zu bewachen?«

»Die Ausstrahlung ist ... seltsam.« Lanath schüttelte

sich, dann fuhr er hastig fort: »Nicht feindselig, nur sehr alt. Man spürt das Echo vieler Stimmen.«

»Stimmt«, nickte Li-ija. »Ich höre sie auch ...«

»Das ist nur der Wind. Aber hier hat jemand in einer dieser Gruben gewühlt«, sagte Cleta. Sie trat näher, hockte sich nieder und scharrte die Erde beiseite. »Das ist eine Handmühle, wie sie die Eingeborenen zum Mahlen des Getreides verwenden. Aber sie ist zerbrochen.«

»Zerschlagen«, mutmaßte Elara.

»Geopfert«, flüsterte Karagon dramatisch.

»Ist das ein Topf?« Galara beugte sich vor, um besser sehen zu können.

»Ein Schädel«, antwortete Elara. »Vielleicht von der Frau, die mit der Mühle arbeitete.«

»Lasst uns hineingehen«, schlug Karagon vor und tastete sich an den Trümmern des Wachhäuschens vorbei. Lanath und Galara protestierten abermals, doch dann zuckten sie die Achseln und folgen den anderen.

»Das ist ein Steinkreis!«, sagte Elara und blieb, wie sie es gelernt hatte, nach wenigen Schritten stehen, um die erwartungsvolle Stille auf sich wirken zu lassen. Es gab jedoch keinen Altar; nur hohe Gräser und etliche Haselschösslinge wiegten sich im Abendwind.

»Ich glaube«, sagte Galara mit zitternder Stimme, »wir haben die Begräbnisstätte gefunden.«

»Warum wurde dann dieser Leichnam nicht bestattet?« Li-ija zeigte ins Innere des Kreises, wo ausgebleichte Gebeine im Gras verstreut lagen.

»Vielleicht hat man ihn verbrannt«, überlegte Cleta. In Atlantis verfuhr man so, um die Bande des Karmas zu lösen und der Seele die Freiheit zu geben, sich einen höheren Weg zu suchen. Doch diese Knochen wiesen keinerlei Brandspuren auf.

»Die Leichen wurden hierher gelegt, damit Vögel und wilde Tiere sich das Fleisch holen konnten«, sagte Lanath mit seltsam tonloser Stimme. »Der Schädel wurde mit den Opfergaben in der Familiengrube beigesetzt.«

Elara sah ihren Verlobten überrascht an. Dass Lanath die Gabe besitzen sollte, die Geschichte eines Ortes auf diese Weise zu ›sehen‹, war ihr neu. Sie warf einen Blick auf Li-ija, als wollte sie sagen: Ich dachte, so etwas schlägt eher in dein Fach?

Ocathrels Tochter zuckte nur die Achseln und wandte sich ab.

»Es wird allmählich spät«, sagte Galara und erschauerte. »Sollten wir nicht zurückgehen? Der Abstieg wird sicher schwieriger als der Aufstieg.«

Alle waren erleichtert, als sie das Wachhäuschen hinter sich gelassen hatten. Doch der Pfad, den sie jetzt nahmen, führte nicht zu ihrem Lager zurück. Stattdessen betraten sie eine zweite, viel größere Anlage. Die Eckpfosten der Häuser waren umgefallen und verschwanden nahezu unter einem Gewirr von Kletterpflanzen. Die verwilderten Hecken mochten einst als Tierpferche gedient haben, und auf den Feldern wuchs immer noch sehr spärlich der hiesige Weizen.

»Das Dorf hier wirkt verlassen«, sagte Lanath, »so, als könnte jederzeit jemand zurückkommen. Doch zugleich auch so ... als wäre es nie bewohnt gewesen.«

»Vielleicht hat man das alles nur für einen bestimmten Anlass gebaut«, überlegte Elara. »Der Führer sagte doch, die Menschen seien zu einem besonderem Fest hierher gekommen.«

»Wenn ihnen ihr Leben lieb war, wären sie besser fern geblieben«, sagte Li-ija. Ihre Stimme klang so sonderbar, dass Elara sich umdrehte. Sie stand ganz still und starrte einen Gegenstand an, den sie in der Hand hielt.

»Du hast eine Pfeilspitze gefunden!«, rief Karagon. »Ich wusste ja gar nicht, dass du Sehergaben besitzt. Was spürst du sonst noch?«

»Blut«, sagte das Mädchen, »und Hass. Rinder. Ein Überfall ... Männer rennen davon ... Feuerwände ...«

»Diese Pfosten sehen ... verkohlt aus«, sagte Galara ängstlich.

»Und das«, bemerkte Cleta, »ist nicht einfach ein Holzstapel. Das sind Knochen ...«

Elara legte von hinten die Arme um Li-ija und drehte die Hand des Zöglings sanft nach unten, bis das Feuersteinstück zu Boden fiel. Die Alkonierin fröstelte und ließ sich mit einem Seufzer gegen die Schülerin sinken.

»Geht es wieder?«

»Gleich.« Wieder überlief Li-ija ein Frösteln. »Das war unheimlich.« Sie richtete sich auf und rückte von Elara ab. »Zuerst fiel mir ein, dass mein Vater mir einmal erzählte, in der Nähe von Belsairath hätte es früher eine berühmte Feuersteinmine gegeben, dann dachte ich an die Straße, über die wir gekommen waren, und auf einmal ... diese Pfeilspitze ... Es war, als hätte sie sich einfach aus dem Boden geschoben und mir zugewinkt. Ich hob sie auf, und sie ...«

»Sie hat dich gerufen. Hier gehen viele Geister um.« Lanath schaute ängstlich in die Runde. »Die Schädel wurden nicht bestattet. Es wurden keine Opfergaben beigegeben. Sie warten noch immer.«

Alle waren näher zusammengerückt. Die untergehende Sonne schien die Baumwipfel in Brand zu stecken. Blutrote Lichtstreifen zogen sich über den Boden und schwebten flimmernd in der Luft.

»Ja«, sagte Cleta unerwartet, »das spüre sogar ich. Oh, wie ich das hasse. Nur weg von hier!«, rief sie und nahm Li-ija an der Hand.

Als endlich alle die Anlage verlassen hatten, standen schon die ersten Sterne am Himmel. Li-ija erholte sich rasch, aber Cleta und Lanath flüsterten weiter von Geistern. Alle anderen erwarteten, dass Elara wüsste, was zu tun sei. Die Energien in die Erde zu lenken wäre vielleicht nicht das beste Mittel – schließlich war die Bedrohung ja von dort gekommen. *Caratras zweites Gesicht*, dachte sie, und wieder überlief sie ein Schauer.

Die beste Lösung war, den Berg zu verlassen, aber wie sich bald herausstellte, war das nicht so einfach, wie sie gedacht hatten. Der Himmel war ziemlich klar, doch es schien kein Mond. Unter den Bäumen war es noch dunkler, und immer, wenn die jungen Leute einen Pfad fanden, beschrieb er so viele Windungen, als wollte er sie in die Irre führen. Schließlich kämpften sie sich weglos durch Dornengestrüpp und Schösslinge den Hang hinab, bis sie Holzrauch rochen und Tjalans Diener bei der Arbeit miteinander schwatzen hörten.

So schnell sie konnten, stolperten die kühnen Forscher das letzte Hangstück hinunter und auf das Lager zu. Nur Lanath war zurückgeblieben. Elara wartete einen Moment, dann ging sie zurück, um ihn zu holen.

»Komm schon«, sagte sie leise. »Es ist vorbei.«

»Nein. Wir sind nicht entkommen ...«, flüsterte Lanath. »Da oben in dem Hügelgrab liegt jemand. Sie ist sehr alt, die Mutter des ganzen Stammes. Und sie will hier niemanden haben …«

Das wundert mich nicht, dachte Elena, so wie wir zwischen den Gebeinen herumgetrampelt sind! Sie schob Lanath sachte auf das Lagerfeuer zu.

»Es wird alles gut«, versicherte sie ihm. Als er verschwunden war, wandte sie sich noch einmal der Bergkuppe zu und hob grüßend die Hände.

»Großmutter, verzeih uns. Wir meinen es nur gut mit dir und den Deinen und wollen den Toten wie den Lebenden die Ehre nicht verweigern. Lass mich im Wald ein Opfer darbringen, und morgen früh ziehen wir von hier fort. Für diese eine Nacht bitte ich dich um deinen Schutz. Bewahre uns vor bösen Träumen!«

Am nächsten Tag waren Priesterschüler und Zöglinge sehr schweigsam und blieben auffallend dicht beieinander. Einen Tag später wandte sich die Straße abermals nach Osten. Micail spürte eine seltsame Abneigung gegen diese Himmelsrichtung. Er hatte in der Nacht, in der sie unter dem Hügel mit dem Grab gelagert hatten, von Tiriki geträumt. Sie hatte so ausgesehen, als hätte sie dieses kalte Land tatsächlich erreicht. Danach war er zum ersten Mal seit einem Jahr mit einem Lächeln aufgewacht. Die Erscheinung war so lebendig gewesen, dass er sie immer noch vor sich sah. Tiriki inmitten von üppig grünen Hügeln, einen Kranz aus Hagedornblüten im Haar…

Doch als sie nun der aufgehenden Sonne entgegengingen, begann das Bild zu verblassen. Was hast du denn erwartet? Es war doch nur ein Traum!, schalt er sich selbst.

Am nächsten Abend erreichten sie den Rand des Hügellandes und schlugen ihr Lager auf. Vor ihnen tat sich eine neue Landschaft auf, zunächst noch sanft gewellt, dann übergehend in eine weite Ebene, die sich bis an den nebelhaften Horizont erstreckte.

Hier lebten offenbar mehr Menschen als in dem Gebiet, das sie zuvor durchquert hatten, aber die Felder, auf denen dicht und grün der junge Weizen stand, waren auf ähnliche Weise mit Hecken und Gräben unterteilt. Auf den offenen Wiesen dahinter grasten kleine braune Schafe und Rinder mit weit auseinander stehenden Hörnern. Die runden Bauernhäuser waren hier viel größer als in der Nähe der Küste, und sie waren nicht mit Grassoden gedeckt, sondern mit Stroh.

»Das ist Azan – genannt das Stiergehege, hier herrscht König Khattar!«, verkündete Heshoth mit sichtlichem Stolz. »Wenn wir Mittagsrast halten, könnt Ihr zu seinen Ehren Festkleidung anlegen.«

Tjalan warf Micail einen belustigten Blick zu, beschloss aber, den Rat zu befolgen. »Zunächst«, murmelte der Prinz, »müssen *wir* uns bemühen, den Eingeborenenhäuptling zu beeindrucken, aber es wird sicher nicht lange dauern, bis er *uns* mit Ehren überhäuft.«

»Was weißt du über diesen König?«, fragte Micail ebenso leise.

»Nach allem, was Heshoth erzählt, ist Khattar Herr über die vielen Häuptlinge, deren Stammesgebiete rings um diese Ebene liegen. Sie führen Kriege um die Weiderechte, treffen sich aber zu ihren großen Festen –

bei denen der König den Vorsitz führt – an einem in der Mitte gelegenen Heiligtum. Von Khattar heißt es, er habe seine Frau, die heute Hohe Priesterin aller Stiervölker ist, einst aus ihrem Stamm geraubt und dann geheiratet. Sein Kriegsruhm war offenbar so groß, dass alle vor einem Rachefeldzug zurückschreckten.« Er zuckte die Achseln. »Doch Heshoth sagt auch, nicht Khattars Gemahlin sei die Königin, sondern seine Schwester. Sie heißt Khayan-e-Durr, und ihr Sohn wird irgendwann Khattars Nachfolger werden. Das ist alles ziemlich verwirrend und primitiv, und ich habe es noch nicht bis ins Letzte verstanden. Aber du kennst ja das Sprichwort: Bist du in Khem, dann gehe seitwärts.«

»Wie wird er uns wohl empfangen?« Micail sah seinen alten Freund spöttisch an. »Als Verbündete oder als Rivalen, die ihm die Vormachtstellung streitig machen wollen?«

»Ich denke, das wird ganz von unserem Taktgefühl und unseren diplomatischen Fähigkeiten abhängen«, lachte Tjalan. »Hoffentlich hast du deine kostbarsten Armbänder eingepackt.«

Als sie Azan-Ylir erreichten, Heimat und Festung des Großkönigs, brannten bereits die Kochfeuer, und die ersten Bratendüfte stiegen auf. Das Dorf lag auf einer Anhöhe über den weidenbestandenen Ufern des Flüsschens Aman, das gemächlich von Norden herunterströmte. Die Nachmittagssonne schien warm auf das junge Grün. Heshoths grimmiger Leibwächter Greha war während der Mittagsrast verschwunden, deshalb war Micail nicht weiter verwundert, als sie bereits erwartet wurden.

Greha empfing sie mit einer Schar von Kriegern, wie er in Leder und Felle gekleidet und mit Waffen aus Bronze in den Händen. Sie hatten sich zu beiden Seiten eines Tors aus riesigen Baumstämmen postiert, das den Palisadenzaun um zwei Mannshöhen überragte. Als die Atlantiden dieses Tor durchschritten, reihte sich die ganze Truppe hinter ihnen ein.

Einschüchterung oder Schutz?, fragte sich Micail. Sein Gespräch mit Tjalan fiel ihm wieder ein. Und mit welchen Absichten kommen wir?

Das Dorf bestand aus vielen Rundhütten mit kegelförmigen Strohdächern. Zwischen den Wohnhäusern standen die Scheunen und die Pferche für das kostbare Vieh. Alles wurde von einem riesigen Rundhaus im Zentrum beherrscht. Es hatte ein zweigeteiltes Dach, bei dem der innere Kegel auf Säulen über dem größeren Außenring ruhte. So konnte nicht nur der Rauch abziehen, sondern es fiel auch Licht von oben ins Innere, das ansonsten nur von einem Feuer in der Mitte erhellt wurde.

Der große Innenraum war voller Menschen, doch Micail sah zunächst nur den hohen Thron, der zwischen den höchsten Pfosten ganz dicht am Feuer stand. Der Mann, der dort saß, war rund wie ein Fass, aber seine breiten Schultern ließen erahnen, dass diese Leibesfülle zum größten Teil aus Muskeln bestand. Auf jeden Fall brauchte er einen kräftigen Hals, um den schweren Kopfputz zu tragen, der von einem mächtigen Stiergehörn gekrönt wurde. Der Blick seiner grauen Augen war klar und hellwach.

Die Gäste blieben vor dem Feuer stehen, und der König hob an, in der kehligen Sprache der Stämme zu sprechen.

»Khattar, Sayets Sohn, der Große Stier von Azan und König der Könige heißt Euch willkommen ...«, übersetzte Heshoth.

Tjalan bedankte sich artig und stellte sich und seine Begleiter vor. Wiederum übersetzte der Händler, eine Geste der Höflichkeit, damit auch die anderen mitbekämen, was gesprochen wurde.

Tjalan hatte schon vor etlichen Jahren nach seiner ersten Reise in dieses Land die Sprache der Eingeborenen erlernt. Während ich meine Zeit vergeudet habe, dachte Micail, anstatt das vergangene Jahr dazu zu nutzen, meinerseits die hiesigen Sitten und Gebräuche zu studieren. Eines aber glaubte er nach seinen bisherigen Erfahrungen immerhin sagen zu können: Es würde noch eine ganze Weile dauern, bis man auf den eigentlichen Zweck des Besuches der Fremden zu sprechen käme.

Nach einem neuerlichen Austausch von Höflichkeiten bedeutete Heshoth den Männern in der Gruppe, sich auf Bänke zu setzen, die zusammen mit einfachen Tischen an der Südseite des Raumes aufgestellt waren. Erst jetzt bemerkte Micail, dass bis auf Tjalans treuen Schatten Antar alle atlantidischen Soldaten draußen geblieben waren.

Die atlantidischen Frauen wurden mit sanftem Nachdruck in den östlichen Teil des Saales geführt, wo dem

König gegenüber ein kleinerer Thron stand. Dort saß eine Frau in einem Umschlagtuch, das mit winzigen Goldperlen bestickt war.

Micail, der sich währenddessen endlich in Ruhe umsehen konnte, bemerkte auf der ärmellosen Tunika des Königs eine große goldene Plakette und an seinen Handgelenken blitzende goldene Armbänder. Auch einige von den einheimischen Männern, die neben ihm auf den Bänken saßen, trugen Gold- oder Bronzeschmuck, meistens jedoch kunstvoll geschnitzte Kleinodien aus Jett, Hirschhorn oder Fischbein. Nun verstand er, warum Tjalan nicht locker gelassen hatte, bis er sich in Belsairath neue Drachenarmbänder und ein Stirnband hatte anfertigen lassen. Natürlich war dieser Schmuck bei weitem nicht so prächtig wie seine eigentlichen Insignien, doch die waren mit Ahtarrath untergegangen ...

Wieder gingen Komplimente hin und her, dann wurden große Holzplatten mit Rinderbraten in dicken Scheiben und Bergen von gekochten Getreidekörnern hereingetragen. Zu trinken gab es ein vergorenes und mit etwas Honig gesüßtes Gebräu, das in irdenen Bechern serviert wurde. Nur König Khattar hatte einen Becher aus Gold.

Anschließend besangen die Barden die ruhmreichen Siege des Königs, und ein Mann in einem Ledergewand, der sich Drochrad nannte und wohl so etwas wie ein Priester war, prahlte mit der Machtfülle, die Khattar von den Göttern verliehen worden sei.

Als die Dunkelheit hereinbrach, wuchs in Micail der Verdacht, der König wolle mit dem überreichen Angebot an Speisen und Getränken die Wachsamkeit seiner

Gäste einlullen. So nippte er nur höflich an dem berauschenden Trank; dafür musste er anstandshalber mehr Fleisch essen, als er sonst in einem ganzen Monat zu sich nahm. Tjalan aber war in Hochform, er scherzte mit Heshoth und bedauerte den König, der offenbar Probleme mit der Ernte und Reibereien mit seinen Nachbarn hatte.

Solche Gespräche hatten Micail schon in Ahtarrath immer zu Tode gelangweilt, und in der Übersetzung wurden sie nicht spannender... Doch irgendwann neigte sich auch dieses Treffen dem Ende zu. Die einheimischen Gäste verabschiedeten sich und verließen einzeln oder in kleinen Gruppen den königlichen Hof.

Nur der König und die Königin blieben auf ihren Plätzen. Einige Höflinge scharten sich um sie. Auch der Schamane Drochrad und seine Begleiter verweilten noch. Micail beobachtete Ardral und sah, dass der alte Mann das Geschehen mit gewohnt zynischem Lächeln verfolgte.

»Natürlich haben wir genügend Arbeitskräfte, um Hügelgräber für unsere hoch geehrten Häuptlinge zu errichten«, übersetzte Heshoth die letzte Bemerkung des Königs, »aber in früheren Zeiten halfen viele Stämme zusammen, um größere Monumente zu bauen. Ein neuer Ring aus großen Steinen wäre sicherlich ein angemessenes Zeichen meiner Macht!«

»In meinem Land gab es viele solcher Monumente«, antwortete Tjalan. »Man konnte damit Dinge tun, die Ihr Euch niemals träumen lassen würdet ...«

»Mag sein«, grinste der König, »aber nun liegen Eure Arbeiter auf dem Grund des Meeres, und Eure Macht mit ihnen.«

»O nein, Gebieter, die Männer mit den magischen Kräften, die solche Steine für Euch aufrichten könnten, sind hier.« Tjalan sprach sehr leise und sah Khattar unverwandt an.

Micail war plötzlich hellwach und beobachtete seinen Vetter misstrauisch. Sie hatten bisher nur davon gesprochen, den König um Erlaubnis zu einem Besuch des Standorts zu bitten, den sie mit ihren Berechnungen ermittelt hatten, um dort vielleicht ihren Tempel zu bauen. Was trieb Tjalan da für ein Spiel?

»Die Männer meines Volkes verfügen über große Macht«, fuhr der Prinz fort, »doch wie Ihr bereits bemerktet, ist unsere Zahl derzeit gering. Ihr dagegen seid viele, und wenn wir uns zusammentun, werdet Ihr ... an Größe gewinnen. Das Volk der Stiere wird dieses Land für immer beherrschen.«

Der Schamane flüsterte dem König etwas ins Ohr. Khattar kniff misstrauisch die Augen zusammen und befingerte seinen Bart.

Micail wandte den Blick nicht von den beiden und umklammerte dabei, ohne es zu merken, krampfhaft seinen Becher. Als er ihn abstellte, hatte sich das Schnurmuster in seine Handfläche eingedrückt.

»Ihr macht mir ein Angebot, aber wo liegt der Vorteil für Euch?«, fragte endlich Khattar.

Tjalan sah ihn mit entwaffnender Offenheit an. Micail kannte diesen Gesichtsausdruck. Wenn sie als Kinder das Federspiel gespielt hatten, hatte er ihm gewöhnlich verraten, dass der Alkonier im Begriff war, einen entscheidenden, möglicherweise auch hinterhältigen Zug zu machen.

»Das Seereich ist nicht mehr. Wir brauchen einen

Ort, an dem sich unsere Künste entfalten können. Wir brauchen eine Heimat ...«

»Drochrad kann Geister beschwören und die Herzen der Menschen lenken«, bemerkte Khattar viel sagend. »Aber nur Menschenschweiß kann Steine bewegen.«

»Oder Menschengesang ...«, sagte Tjalan leise und drehte sich zu Ardral und Micail um. »Um große Gegenstände zu bewegen, braucht man einen magischen Chor, bei dem alle Stimmlagen besetzt sind, aber unsere mächtigsten Priester können auch allein wirken. Wollt Ihr ihnen zeigen, meine Freunde, was die Macht von Atlantis vermag?«

Jetzt galt ihnen dieses gewinnende Lächeln. Micail sah seinen Freund empört an, aber sein Zorn verrauchte, als er Ardral leise lachen hörte.

»Warum nicht?«, sagte der Siebente Hüter, trank dem König zu und lehrte seinen Becher auf einen Zug. Dann wandte er sich an Micail und flüsterte: »Jetzt wäre eigentlich der alte Stier an der Reihe, nicht wahr?« Ohne eine Antwort abzuwarten, fasste er den goldenen Becher ins Auge und begann zu singen.

Ardral besaß trotz seines Alters einen tiefen und vollen Bariton und verstand seine Stimme auch ohne Worte sehr präzise tönen zu lassen. Der goldene Becher begann in der Hand des Königs zu zittern. Khattar stellte ihn hastig ab. Ardral forderte Micail mit einem stummen Blick auf, sich an dem Spiel zu beteiligen.

Sei's drum, dachte er plötzlich. Wie kommen diese Barbaren dazu, den Nachkommen von hundert Königen zu verhöhnen? Er holte tief Atem und sang mit gleicher Präzision einen zweiten Ton, eine halbe Note höher als Ardral, aber auf dasselbe Ziel gerichtet. Der Becher tanzte klirrend auf dem Holztisch hin und her – dann stieg er empor, schwebte in der Luft, drehte sich langsam um die eigene Achse, sank endlich ebenso gemächlich wieder herab und kam neben der zitternden Hand des Großkönigs zum Stehen.

Zunächst starrte ihn Khattar nur sprachlos an. Dann schlug er mit der Hand auf den Tisch. Der Becher fiel um, und der König begann schallend zu lachen. Seine Stimme wurde lauter und immer lauter, bis Micail die Ohren dröhnten.

Elftes Kapitel

Als mir der Erzpriester Bevor eröffnete, ich sei zur Priesterschülerin erwählt – das war ein Jahr vor dem Untergang ...« Selast unterbrach sich. »Nicht zu fassen ... drei Jahre ist das nun schon her! Jedenfalls sagte er mir damals voraus, ich müsse Geist und Körper in einer Weise kasteien, wie ich es bis dahin nicht gekannt hätte. Aber ich dachte, das Fasten sei *freiwillig!*«

Damisa nickte, ohne die drei Frauen des Seevolks aus den Augen zu lassen, die vor ihr und Selast über den schmalen, von stachligen Gräsern gesäumten Pfad gingen. »›Gewollter Hunger verursacht nur körperliches Unbehagen‹«, zitierte sie ohne Sarkasmus. Sie fing tatsächlich an, sich an das ewige Magenknurren zu gewöhnen, und störte sich kaum noch daran, dass ihr die Kleider um den einstmals kräftigen Körper schlotterten. »›Nur wer die Seele stark macht gegen die Forderungen des Leibes‹«, vollendete sie das Zitat, »›ist gegen die trügerischen Verlockungen eines Lebens in Reichtum und Bequemlichkeit gefeit.‹«

»Großartig«, murmelte Selast. »Sicher, man sollte nachempfinden können, wie die Sumpfbewohner leben, wie es ist, nie zu wissen, ob die Vorräte ausreichen, immer nur auf die Götter zu vertrauen ...« Sie sah Damisa an. Ihr Lachen klang nicht ganz echt. »Ich hätte allerdings gedacht, das hätten wir auf dem Schiff zur Genüge erlebt! Außerdem ging es uns schon einmal besser als im letzten Jahr. Im ersten Jahr nach unserer Ankunft zum Beispiel! Da hatten wir wenigstens ausreichend zu essen.«

»Still«, mahnte Damisa. »Du hast keinen Grund, dich aufzuregen. Das gegenwärtige Jahr ist immer schlechter als das letzte – ist dir das noch nicht aufgefallen? Und *du* bist immer hungrig, welches Jahr wir auch schreiben.«

Selast schnitt eine Grimasse, widersprach aber nicht. Selbst zu Hause auf Cosarrath, wo sie so viel und so oft hatte essen können, wie sie wollte, hatte sie nie ein Gramm Fett angesetzt. Und hier auf diesem Pfad, in ihrer kurzen blauen Tunika, sah sie wahrhaftig aus wie ein Geschöpf der Wildnis, stets wachsam, mit straffer brauner Haut, unter der die Muskeln spielten.

Dabei sagte erst neulich einer von den Jungen, sie sehe etwa so niedlich aus wie ein abgezogenes Kaninchen, überlegte Damisa kopfschüttelnd. Das begreife ich nicht.

In früheren Zeiten, das hatte sie jedenfalls gehört, durfte sich eine Priesterschülerin, auch wenn sie verlobt war, einen oder auch mehr als einen Liebhaber nehmen. Von ihnen hatte das offenbar keine getan. Wie sollten sie auch, wenn es kaum Männer gab, zumindest keine, die der Priesterkaste angehörten?

Da wäre Kalaran, aber der reizt mich gar nicht, und Rendano, der offensichtlich kein Interesse hat, und natürlich Meister Chedan, aber der ...

Ein Bild von Reidel drängte sich auf, Reidel mit den warmen, seelenvollen Augen und den starken Schultern ... Damisa schüttelte den Kopf, um sich davon zu befreien. In Atlantis hätten die Tempel-Genealogen eine solche Verbindung entrüstet abgelehnt, und sie gab ihnen Recht. Doch Tiriki hatte erst kürzlich in Erwägung gezogen, jemanden aus den Reihen der Seeleute oder der Händler in die Priesterschaft aufzunehmen. Damisa wusste natürlich, dass sich die Tempel in den unruhigen Zeiten vor der Gründung des Seereiches ihren Nachwuchs oft genug aus anderen Kasten geholt hatten. Sie selbst entstammte der königlichen Familie von Alkonath, und auch Selast kam aus dem Hochadel, aber die Mehrzahl der Priesterschüler hatte Vorfahren aus einfacheren Verhältnissen.

Als ob das noch eine Rolle spielte! Damisa seufzte. Wir Mädchen müssen uns einfach zueinander legen wie einst die Kriegerinnen auf den Ebenen des Alten Landes, wenn die Gerüchte stimmen ... Sie lachte in sich hinein, doch ihr Blick kehrte nachdenklich zu Selast zurück. Fast unbewusst ahmte sie den geschmeidigen Gang der Cosarranerin nach, bis sie sich selbst dabei ertappte, einen roten Kopf bekam und über die eigenen Sandalen stolperte.

Gleich hinter der nächsten Biegung hatten die Sumpffrauen vor einem ihrer Waldheiligtümer, einer hohlen Eiche mit einem primitiven Fetisch aus geflochtenem Stroh und Federn, Halt gemacht und brachten ein Opfer aus Wildzwiebeln und Knollen dar.

Als Damisa das sah, packte sie der Hunger wie ein wildes Tier. Seltsam, dass hier ein paar Wurzeln kostbarer waren als ein Weihrauchopfer... Auch die Heiligtümer am Wegesrand waren bescheidener als die Pyramiden und Türme von Atlantis. Aber die herrschenden

Mächte waren wohl mit dieser schlichten Form der Verehrung zufrieden und schienen sie zu belohnen.

Obwohl das Jagen und Sammeln viel Zeit in Anspruch nahm und wenig Raum für religiöse Betrachtungen ließ, hatte Damisa den Eindruck gewonnen, die Geister dieses Landes stünden den Menschen sehr viel näher als die atlantidischen Götter, die in einer anderen Welt als der der Sterblichen angesiedelt waren. Trotz aller Schrullen und Streitereien, die man Manoah oder Ni-Terat andichtete, waren sie eigentlich keine Individuen, sondern Vertreter jener unendlichen Mächte, die den Lauf der Sonne und der Gestirne lenkten.

Die Seeleute mochten zum Sternenbildner beten, weil er der Herr des Meeres war, und die Kinder zum Großen Schöpfer, um des Nachts ruhig schlafen zu können, aber nicht einmal Ni-Terat, die Dunkle Allmutter, hatte jemals auch nur ein einziges Menschenleben gerettet. Allein Caratra der Nährerin, dem Kind, das zur Großen Mutter wurde, unterstellte die Überlieferung eine aufrichtige Anteilnahme an den gewöhnlichen Sterblichen, und auch das nur einige Male im Jahr.

Dagegen ehrten die Angehörigen des Seevolks die einfachen Geister, die Feld und Wald bevölkerten, ohne sie als mächtige Götter zu behandeln. Es waren keine erhabenen Wesen, von denen man sich irgendwann eine Gunst erhoffte, sondern ... Diese Götter gleichen eher guten Nachbarn, überlegte Damisa, gern bereit zu helfen, ob sie einen nun wahrnehmen oder nicht.

Ein Schauer überlief sie, als sie sich dem Baum näherte, und sie fragte sich wieder einmal, ob das, was sie vor diesen schlichten Heiligtümern empfand, nur Illusion war, beeinflusst von den Vorstellungen der Sumpfbewohner, oder ob sie tatsächlich die Gegenwart eines Geistes spürte.

»Leuchtende, nimm dieses Opfer an«, murmelte sie und steckte ein Sträußchen weißer Hagedornblüten in den Strohfetisch. »Hilf uns, Nahrung zu finden für unser Volk.« Als sie zurücktrat, kniete Selast nieder und opferte ein paar Himmelsschlüssel. Beide schauten nach oben. Hellgrün fiel das Sonnenlicht durch die jungen Blätter und ließ die Luft flimmern und tanzen.

In diesem Augenblick spürte Damisa, wie etwas ihre Seele berührte – neugierig, ein wenig spöttisch, aber nicht unfreundlich. Unwillkürlich sank sie auf die Knie und stützte sich mit beiden Händen auf die feuchte Erde. *Jemand* hatte ihr Gebet gehört, und das hatte sie noch in keinem der prächtigen Tempel von Alkona oder Ahtarra erlebt.

»Erhabene! Hilf mir! Ich bin so hungrig!«, rief ihr Herz, und im selben Augenblick begriff sie, dass die Leere, die sie quälte, keine Leere des Körpers, sondern eine der Seele war.

Selast und die Frauen des Seevolks waren bereits weitergegangen. Damisa stand auf. Ihre Freundin hatte die kurze Schwäche zum Glück nicht bemerkt. Vordringlich war zunächst, den Hunger des Körpers zu stillen, die Seele musste noch eine Weile darben.

Im ersten Jahr hatten die Flüchtlinge nahe den Quellen ein Stück Land gerodet und die mitgebrachten Samen in die Erde gesteckt. Aber vielleicht hatten sie zur falschen Zeit gesät, jedenfalls war die erste Ernte völlig ausgeblieben. Ohne das Mehl, das die Sajis aus Nüssen herstellten, ohne die eingelegten Früchte, ohne die Seeleute, die unablässig auf die Jagd gingen, und ohne die tatkräftige Mithilfe jedes Einzelnen hätten die Flüchtlinge wohl bittere Not gelitten.

Im darauf folgenden Jahr gelang manches besser, aber Getreide wurde nur in sehr geringen Mengen reif und konnte geerntet werden. Womöglich hätten schon die Sämlinge nicht überlebt, hätte sich bei Elis nicht eine besondere Begabung gezeigt, das Wachstum von Pflanzen zu fördern. Liala behauptete, sie könne ›einen Felsen fruchtbar machen‹, was natürlich nicht stimmte, aber jedes Samenkorn, das von ihrer Hand gepflanzt wurde, schlug Wurzeln und gedieh. Sie hatte sogar dem arg misshandelten Federbäumchen, das einst Micail gehört hatte, neue Triebe entlockt.

Die Sumpfbewohner berichteten von Stämmen weiter im Landesinneren, die Getreide anbauten und Rinderzucht betrieben. Sie selbst lebten von dem, was die Erde ihnen freiwillig gab, denn der Boden war für den Ackerbau nicht geeignet. Dennoch hatten sie immer gern mit den Fremden geteilt, und sie nahmen die Atlantiden auch mit auf die Jagd oder auf die Suche nach essbaren Pflanzen, Wasservögeln, Fischen und Muscheln. Der See und das umliegende Land boten Nahrung im Überfluss, man musste sie nur zu finden wissen. Schließlich kam Reihers Stamm nur deshalb immer wieder hierher.

Aber wenn die warme Jahreszeit zu Ende geht, ist der Tisch auch hier nicht mehr so reich gedeckt! Wahrscheinlich halten sie uns für verrückt, weil wir nicht fortziehen. Damisa musste lachen, dann beschleunigte sie ihre Schritte. Die anderen waren schon weit voraus. Doch bald verzog sie das Gesicht. Beneidenswert, wie mühelos Selast vorwärts kam. Vielleicht könnte sie schneller aufholen, wenn sie quer über die Wiese liefe ... Aber unter dem weichen Gras war der Untergrund stellenweise sumpfig. Schon nach wenigen Schritten brach sie mit einem Fuß ein und stürzte mit einem Aufschrei zu Boden. Sie hatte es kaum geschafft, sich zu befreien – ihr Bein hatte bis zum Knie im Schlamm gesteckt –, als Selast zurückgelaufen kam.

»Liegen bleiben!«, herrschte sie die Ältere an. »Wo tut es weh? Lass sehen!« Mit geschickten Fingern tastete sie erst Damisas Knöchel und dann ihr Knie ab.

»Mir fehlt nichts, wirklich, es ist nur Schmutz«, beteuerte Damisa, obwohl sie sich eingestehen musste, dass ihr die warmen Hände auf der Haut keineswegs unangenehm waren. Sie riss ein Grasbüschel aus, um sich das Bein abzuwischen.

Selast ließ sich mit einem erleichterten Seufzer neben sie sinken.

»Danke!« Damisa wurde es plötzlich warm ums Herz, sie schloss die andere dankbar in die Arme. Ein Körper, der nur aus Muskeln und Knochen bestand und dabei so biegsam war, als hielte man ein wildes Tier. Für einen Moment herrschte tiefe Stille, dann erwiderte Selast die Umarmung, heftig, aber nicht grob.

»Ruh dich aus, bis du sicher bist, dass der Fuß dein Gewicht trägt«, sagte sie ein paar Atemzüge später. Doch Damisa fand es so unerwartet schön, die andere in den Armen zu halten, dass sie nicht losließ.

»Weißt du noch, der Laden in Ahtarra«, fragte sie wehmütig, »gleich beim Trezar-Pfeiler, wo es diese köstlichen kleinen Kuchen mit Honigglasur zu kaufen gab?« Sie legte sich in das weiche Gras zurück, und Selast kuschelte sich in ihre Armbeuge.

»O ja«, schwärmte Selast mit halb geschlossenen Augen. »Für einen einzigen solchen Kuchen könnte ich sterben! Hoffentlich haben diese dummen Emmer- und Gerstenkörner in diesem Jahr begriffen, wie man wächst! Natürlich kann man sich in Notzeiten mit Nussmehl behelfen, aber ... es ist einfach nicht das Richtige.«

Damisa seufzte und streichelte Selasts kräftige Schultern, ohne sich dessen bewusst zu sein. »Als ich ein kleines Mädchen war, brachten die Bauern am Ende des Sommers Unmengen von Trauben und Ila-Beeren aus den Weingärten nach Alkona. Die Karren waren so voll beladen, dass die Früchte an den Seiten herunterfielen, aber das kümmerte niemanden. Sie lagen auf der Straße und wurden unter den Rädern zerquetscht, bis es aussah, als flösse der Wein in Bächen durch die Rinnsteine.«

»Hier werden niemals gute Trauben wachsen. Zu wenig Sonne ...« Immerhin war die Sonne so stark, dass sie Selasts Haut in Gold verwandelte und das windzerzauste Gras der Wiese in warmem Licht erstrahlen ließ.

Damisa stützte sich auf einen Ellbogen und sah auf sie hinab. »Deine Lippen haben die gleiche Farbe wie damals die Trauben«, flüsterte sie.

Selast sah zu ihr auf. Ihre Augen strahlten.

»Koste doch, vielleicht schmecken sie auch so«, lächelte sie.

Es war schon nach Mittag, als sie die anderen einholten. Die Sumpffrauen standen dicht beieinander am Seeufer und stocherten leise schwatzend im dichten Schilf herum. Sobald sie Damisa und Selast kommen hörten, begann eine von ihnen aufgeregt zu schnattern und deutete mit dem Finger ins Röhricht. Als die beiden Mädchen sie nur verständnislos ansahen, wedelte sie mit den Armen und formte die Hände zur Schale.

»Eier?«, fragte Damisa. Alle Priesterschüler hatten sich in den vergangenen zwei Jahren bemüht, die Sprache des Volks vom See zu erlernen, aber Iriel und Kalaran waren die Einzigen, die sie auch wirklich sprechen konnten. Damisa selbst war über einen sehr begrenzten Wortschatz noch nicht hinausgekommen. Die kleine Frau aber lächelte und winkte sie zu sich.

Bevor Damisa ihr folgte, schürzte sie vorsichtshalber ihre Röcke, und das war auch gut so. Das Ziel waren nämlich die Nester einer unbekannten Entenart, die offenbar das Schilf für ein gutes Versteck gehalten hatte.

Wer über die Begegnung weniger erfreut war, die Enten oder die Priesterschülerin, war schwer zu sagen. Jedenfalls artete das Ganze in ein misstönendes Konzert aus Flüchen und empörtem Quaken aus. Damisa ließ jeder Entenmutter wenigstens ein Ei zum Ausbrüten, aber das konnte die Tiere nicht beschwichtigen. Sie hätte nicht gedacht, dass Enten beißen könnten, aber als die Gruppe auf höheres Gelände weiterzog, um nach frischem Frühlingsgrün zu suchen, hatte sie Kratzer und Schrammen an beiden Händen.

Die jungen Blätter von Vogelmiere, Gänsefuß und Hederich waren so zart, dass man sie roh verzehren konnte. Aus den Knollen der Lilien ließ sich eine herzhaftere Mahlzeit bereiten. Auch Nesseln waren genießbar, entweder gedünstet als Gemüse oder in Wasser gekocht als Tee, aber die Eingeborenenfrauen mussten immer lachen, wenn die Priesterschülerinnen sie zu pflücken versuchten. Man verbrannte sich dabei unweigerlich die Hände, und dann zeterten die Mädchen auf eine Weise, die sich für künftige Priesterinnen ganz und gar nicht ziemte.

Selast leckte sich die schmerzenden Finger und schmollte noch, als sie bereits auf dem Heimweg waren. »Es gibt Schlimmeres«, sagte Damisa, nahm ihre Hand und küsste die Bläschen. »Kalaran ist mit den Jägern unterwegs. Die Nesseln brennen, aber man braucht ihnen nicht nachzustellen. Sie schleichen sich auch nicht hinterrücks an einen heran. *Und* sie haben weder Klauen noch Zähne!«

»Ich würde lieber auf die Jagd gehen«, murrte Selast, »aber nur, wenn ich nicht mit Kalaran zusammen sein müsste.«

Damisa seufzte. Sie fühlte sich von widersprüchlichen Gefühlen zerrissen. Sie selbst hatte sich längst mit ihrem Schicksal abgefunden und den Verlust ihres künftigen Gatten vorwiegend mit Erleichterung aufgenommen. Aber Selast und Kalaran waren offiziell noch immer verlobt, und man ging davon aus, dass sie eines Tages auch heiraten würden, obwohl sie etwa so viel Zuneigung füreinander hegten wie zwei Felsblöcke.

Wieso, dachte Damisa, erzählt man uns eigentlich ständig, die Regeln hätten sich geändert, nichts wäre mehr so, wie es war? Bei der Erinnerung an die Geschehnisse des Nachmittags schoss ihr das Blut in die Wangen ... Gleichzeitig verlangt man aber, dass wir uns mehr oder weniger genauso verhalten, wie wir es in Atlantis getan hätten! Sie hätte ja nichts dagegen gehabt, wenn auch der Prunk und der Reichtum geblieben wären, aber offenbar hatten nur die Vorschriften den Untergang überdauert.

»Wir sind doch nur noch so wenige«, sagte sie endlich. »Willst du wirklich behaupten, es wäre dir gleichgültig, wenn ihm etwas zustieße?«

»Er hat das Glück der Betrunkenen!«, höhnte Selast. »Er selbst wird nie verletzt – höchstens seine Gefühle. Außerdem waren Angriffe durch wilde Tiere bisher nicht unsere größte Sorge.«

Damisa runzelte die Stirn, sie hatte die Anspielung verstanden. Vergangenen Sommer waren zwei Seeleute verschwunden. Die Sumpfbewohner hatten Fährtensucher ausgeschickt, aber die hatten keine Spuren gefunden. In den weit verstreuten Hütten, wo außer den Seeleuten, die sich Eingeborenenfrauen genommen hatten, auch Händler und andere nicht zur Priesterschaft gehörige Atlantiden wohnten, schwirrte es von Gerüchten. Einige behaupteten, die Vermissten hätten nicht länger darauf warten wollen, dass die *Purpurschlange* wieder in See stäche; sie wären sicher an die Küste zurückgekehrt und dort von einem vorbeifahrenden Schiff aufgenommen worden. Aber das nahm kaum jemand ernst. Insgeheim glaubten die meisten, die Männer seien einfach in einen Sumpf gefallen und in die Tiefe gezogen worden.

Malaeras Tod war weniger geheimnisumwittert. Die alte Blaue Priesterin war von Anfang an schwermütig gewesen, und irgendwann hatte sie sich im See ertränkt. Damisa hatte den Verdacht, dass Liala ihr die Schuld am Tod der alten Frau gab. Dabei war ich nicht einmal an der Reihe, auf sie aufzupassen, rechtfertigte sie sich mit etwas schlechtem Gewissen, denn tatsächlich war sie diejenige gewesen, der man Malaera am häufigsten anvertraut hatte.

»Das ist grausam«, sagte sie plötzlich. »Du würdest Kalaran überhaupt nicht vermissen, nicht wahr?«

»Hängt davon ab«, sagte Selast finster, »ob ich seine Ration bekäme.«

»Du bist schrecklich«, sagte Damisa, ohne zu merken, dass ihr die Tränen in den Augen standen. »Wahrscheinlich würdest du auch *mich* nicht vermissen!«

»Was? Nun rede keinen Unsinn!«, begann Selast, doch in diesem Augenblick traten sie aus dem Wald heraus und fanden die Siedlung in heller Aufregung.

»Ein Schiff ist auf dem Weg hierher!« Iriel kam ihnen entgegengelaufen. »Reidel und seine Männer sind hinausgefahren, um es den Fluss heraufzulotsen!«

Elis war ihr etwas langsamer gefolgt. »Sie sind schon seit Stunden fort«, sagte sie. »Es dürfte nicht mehr lange dauern.«

Alle drehten sich um, als Tiriki aus ihrer Hütte trat. Die kleine Domara lag in den Armen der Saji Metia und beachtete ihre zärtlich winkende Mutter gar nicht. Die Hohe Priesterin war viel fröhlicher geworden, seit das Kind geboren war und sich so prächtig entwickelte, doch als sie sich nun den Priesterschülerinnen zuwandte und sie mit einem Lächeln begrüßte, sah Damisa wieder den alten gequälten Ausdruck in ihren Augen.

»Sie hofft, dass das Schiff Nachricht von Micail bringt«, sagte Elis leise.

»Nach so langer Zeit? Nicht anzunehmen«, spottete Selast.

»Mach du dich nur lustig!«, fauchte Elis. »Dein Verlobter ist am Leben und wohlauf. Und ich *weiß* immerhin, was Aldel widerfahren ist – und kann um ihn trauern. Aber die Ungewissheit ...« Sie schüttelte den Kopf und bekam feuchte Augen. »Es muss schrecklich sein.«

Damisa verzog spöttisch das Gesicht, aber sie und ihr Verlobter hatten sich erst ein Jahr gekannt. Inzwischen wusste sie kaum noch, wie Kalhan ausgesehen hatte.

Vom See schallte hell und klar der Ruf des Ausgucks herüber.

»Endlich!«, rief Iriel und rannte den Pfad zum Fluss hinunter. Die anderen lachten und folgten ihr.

Sie kamen gerade noch rechtzeitig, um zusehen zu können, wie die *Purpurschlange* neben einem zweiten kleineren Schiff Anker warf. Es war kein Kriegsschiff, sondern ein mittelgroßes Fischerboot mit nur einem Mast. Der Aufbau sah aus wie eine primitive Hütte. Der Anstrich, einst leuchtend blau und rot, war von Wind und Wellen abgetragen worden. Neben Reidels Vogelschwinge wirkte es wie ein Maultier neben einem Rennpferd; aber Maultiere waren zäh. Das Schiff hatte nicht nur den Untergang von Atlantis, sondern auch die Fahrt bis hierher überlebt.

»Wie viele mögen es sonst noch geschafft haben?«, murmelte Damisa.

»Hoffentlich haben sie etwas Gutes zu essen mitgebracht«, sagte Selast.

»Fängst du schon wieder damit an?«, schalt Elis. »Wahrscheinlich sind sie hungriger als wir, und wir müssen um jeden Bissen losen.«

»Nur zu«, knurrte Selast. »Heute ist mein Glückstag!«

Inzwischen hatte sich die Nachricht von dem Schiff weithin verbreitet. Ständig strömten neue Schaulustige herbei, bis sich schließlich drei Reihen aufgeregt schwatzender Sumpfbewohner und Atlantiden hintereinander am schlammigen Ufer drängten.

Als die beiden Schiffe Seite an Seite lagen, schoben einige Männer vom Ufer aus gehobelte Bretter an Deck. Matrosen sprangen leichtfüßig an Land und vertäuten die Schiffe an dem Baumstumpf, der als Poller diente. Damisa hielt den Atem an, als sich das Gedränge auf dem Fischerboot so weit lichtete, dass sie den ersten Fahrgast sehen konnte, einen kräftigen Mann mit schwarzem, schon leicht angegrautem Bart. Er hatte ein kleines Mädchen auf dem Arm, das etwa fünf Jahre alt sein mochte, und balancierte sehr vorsichtig über die Planke. Als er die schmale Hafenpromenade betrat, ließ die Kleine seinen Hals los und sah sich um. Damisa konnte einen kurzen Blick auf ihr Gesichtchen werfen – fein geschwungene Augenbrauen, eine edel geformte Nase und ein herzförmiger Mund.

Der Neuankömmling blieb stehen und beobachtete besorgt, wie die Matrosen einer zierlichen Frau über die Planke halfen. Sie warf nur einen Blick auf die Menge, dann brach sie vor Dankbarkeit in Tränen aus und flüchtete sich in die Arme des Bärtigen.

»Eine Familie!«, flüsterte Iriel. »Eine richtige Familie!«

»Wie sähe denn eine falsche aus?«, spottete Selast.

Aber Damisa verstand oder glaubte zu verstehen. Priester lebten, auch wenn sie heirateten, nicht immer in Familienverbänden zusammen; unter all den Flüchtlingen auf der *Purpurschlange* war kein einziges solches Paar gewesen. Beim Volk vom See waren Familien natürlich keine Seltenheit; aber dies hier waren Atlantiden, womöglich gehörten sie sogar der Priesterkaste an … Damisa spürte, wie ihr die Tränen kamen, und wischte sich verstohlen über die Augen, während Tiriki den Neuankömmlingen bereits mit ausgestreckten Händen entgegeneilte.

Damisa folgte ihr empört. Seit wann ging eine Hohe Priesterin ohne Eskorte? Hatte Tiriki denn ganz vergessen, was sich gehörte? Woran sollten diese Menschen eigentlich erkennen, dass sie eine Priesterin vor sich hatten? Damisa stutzte und verglich im Geiste das überirdische Wesen, das einst in Ahtarra den Prinzen von Alkonath willkommen geheißen hatte, mit dieser Frau. Tirikis blonde Locken waren zu einem schlichten Zopf geflochten, der sich bereits wieder auflöste, und sie trug ein grob gewebtes Gewand mit ausgefranstem Saum, das obendrein mit Schlamm bespritzt war. Aber sie begrüßte die Fremden mit der selbstverständlichen Würde einer Hüterin des Lichtes.

Inzwischen war auch Chedan dazugestoßen. Damisa sah mit Genugtuung, dass er zumindest die goldene Schnur seiner Amtstracht angelegt hatte, auch wenn sie nur eine ausgebleichte Tunika zusammenhielt … Natürlich, dachte sie, sehen auch die neuen Leute ziemlich schäbig aus. Aber sie haben eine Entschuldigung – sie waren lange auf See!

Der Bärtige verneigte sich, ohne dabei die Frau und das kleine Mädchen vollends loszulassen. »Ihr Edlen Herrschaften!«, begann er mit einer warmen Stimme, die auch in der letzten Zuschauerreihe noch gut zu verstehen war. »Mein Name ist Forolin, ich war einst Kaufmann in der Stadt Ahtarra. Dies sind Adeyna, mein geliebtes Weib – auch sie entbietet Euch ihren Gruß – und meine Tochter Kestil. Gleich nach dem Untergang wurde uns noch ein Kind geboren, aber ...« Forolin merkte, dass er abzuschweifen drohte, und hielt inne. Sein Kinn zuckte kurz. »Wir danken den Göttern!« Er legte die Hand auf sein Herz und streckte sie dann gen Himmel. »Denn wir haben Euch gefunden!«

»Und wir heißen Euch von Herzen willkommen!«, wiederholte Tiriki und gab den dreien abermals ihren Segen. »Forolin, Adeyna – ich freue mich ganz besonders, denn auch ich habe eine kleine Tochter. Sie ist zur Wintersonnenwende ein Jahr alt geworden. Kestil und Domara könnten miteinander spielen.«

»Unsere Freude ist aufrichtig«, versicherte auch Chedan. »Aber gestattet mir eine Frage – wo kommt Ihr her? Bitte sagt jetzt nicht, Ihr hättet zwei Jahre in diesem kleinen Boot auf See verbracht!«

»Nein! Nein, gewiss nicht ...« Forolins Züge verfinsterten sich, er reichte die kleine Kestil seiner Frau, die bereits die Arme nach ihr ausstreckte. »Wir hatten Zuflucht auf dem Festland gesucht, in Olbairos, wo mein Handelshaus einst eine Niederlassung unterhielt. Der Ort war nahezu verlassen – aber wir hofften, einen neuen Anfang machen zu können. Doch wir waren nur wenige an der Zahl, und dann kam die Seuche. Wir sind die einzigen Überlebenden.«

»Woher wusstet Ihr, wo Ihr uns suchen solltet?«, fragte Chedan.

»Wie gesagt – Olbairos war einst eine bekannte Handelsniederlassung. Die Kauffahrerflotte gibt es natürlich längst nicht mehr, aber von Zeit zu Zeit laufen Eingeborene den Hafen an – auch einige von diesen Inseln.

Mehr als einmal wurde uns berichtet, dass sich andere Gruppen unseres Volkes in dieser Gegend niedergelassen hätten.«

»Andere Gruppen?« Tiriki fuhr herum. Ihre Stimme war schärfer geworden. »Wir sind also nicht die Einzigen?«

»Nun, Herrin, ich selbst habe sie nicht gesehen. Und meine Gewährsleute trieben zumeist Handel mit den Siedlungen an der Küste. Die Stämme, die landeinwärts wohnen, gelten als stark und gewalttätig. Aber es hieß, in Beliri'in seien mehrere Vogelschwingen gesichtet worden, und so wandten wir uns zunächst dorthin. Die Stadt schien verlassen, deshalb setzten wir dem Sturm, der uns wieder auf das Meer hinaustrieb, nicht allzu viel Widerstand entgegen. Wir mussten nach Westen und nach Norden ausweichen, und als wir endlich an Land gehen konnten, begegneten wir einer Gruppe von eingeborenen Jägern, die uns von Euch berichteten. Wir waren auf der Suche nach Euch, als uns Euer Kapitän mit seinem Schiff entgegenkam, um uns hierher zu lotsen. Bitte dankt ihm in meinem Namen! Wir stehen auf ewig in seiner und Eurer Schuld.«

»Auch wir wurden von Sturmwinden an diese Küste getrieben«, bemerkte Chedan nachdenklich. »Vielleicht kann diesen Ort nur finden, wer von den Göttern gerufen wird.«

»Viel haben wir Euch nicht zu bieten«, schaltete Tiriki sich ein, »aber wir erfuhren so frühzeitig von Eurer Ankunft, dass wir für eine warme Mahlzeit und eine trockene, warme Unterkunft sorgen konnten. Nun kommt, wir wollen Freunde sein.« Sie zog den Händler und seine Familie auf den Holzsteg zu, der zu der Siedlung unter dem Heiligen Berg führte.

»Und *wir*«, grollte Selast, »müssen dafür wohl hungrig schlafen gehen.«

Aber niemand hörte auf sie. Iriel hatte Damisa am Arm gepackt und zeigte auf eine seltsame Gestalt, die soeben über die Planke das Fischerboot verließ. »Und wer ist *das?*«

Der Fremde war groß und ziemlich hager und trug eine schäbige weiße Robe, die bei genauerem Hinsehen als Gewand eines Priesters des Lichtes zu erkennen war. In jeder Hand hielt er eine große Ledertasche. Mitten auf der Planke blieb er stehen und suchte ängstlich die Menge der Schaulustigen ab. Als er Chedan entdeckte, hellte sich sein Gesicht auf.

»Weiser Lehrer!« Er verneigte sich, so tief er konnte, ohne dass die Taschen in den Schlamm der Hafenmole fielen. »Ich bin Danetrassa von Caris. Ihr werdet Euch kaum an mich erinnern, aber in Ahtarra war ich unter dem Hüter Ardravanant im Tempelarchiv beschäftigt.«

»Ardral!«, rief Chedan. »Habt Ihr Nachricht von ihm? Hat er überlebt?«

»Ich kann es Euch leider nicht sagen«, entschuldigte sich Danetrassa, »aber wenn Ihr ihn kennt ...«

»Er ist mein Onkel.«

»Dann wisst Ihr, dass es *keinen* Anlass gibt, ihn für tot zu halten! Wenn jemand vorbereitet war, dann er ...« Wieder stockte Danetrassa, dann hob er seine beiden Taschen. »Ihr wisst natürlich, dass wir den Auftrag hatten, so viel wie möglich zu retten. Deshalb trage ich immer noch Landkarten, Abhandlungen über die Gestirne und so manches andere mit mir herum, was vielleicht noch einmal gebraucht werden könnte ...« Der Priester hielt inne, als würde er von traurigen Erinnerungen überwältigt.

Chedan beobachtete ihn besorgt. »Kommt mit mir, mein Freund. Ich sehe, Ihr habt schwere Zeiten hinter Euch – nun könnt Ihr Euch erholen. Tut Euch gütlich an dem Wenigen, was wir zu bieten haben, und danach zeigt mir, welche Schätze in Euren Taschen verborgen liegen!«

»So manches«, wiederholte Danetrassa, »doch leider keine Schriften zur Heilkunst ... Aber vielleicht hätten auch sie nichts genützt. Eine Seuche wie die, von der wir aus Olbairos vertrieben wurden, haben wir nie zuvor erlebt ...«

Die Sonne schien immer noch warm, aber Damisa fröstelte mit einem Mal und war froh, als die beiden Männer sich entfernten und sie ihr Gespräch nicht weiter mit anhören musste. Reidel war dabei, die Mannschaft des Fischerbootes herzlich zu begrüßen. Wieso war sie nur so erleichtert, ihn wohlbehalten wieder zu sehen?

»Eine ganze Familie, ist das nicht herrlich!«, jubelte Iriel. »Und der Mann sagt, es gebe noch andere Gruppen. Vielleicht müssen wir doch nicht für immer in dieser Abgeschiedenheit leben! Habt ihr das kleine Mädchen gesehen? *Diese blitzenden Augen!* Hoffentlich ...«

»Nun tu doch nicht so, als hätten wir hier *keine* Familie«, entfuhr es Damisa. Erst als die beiden anderen sich nach ihr umwandten, wurde ihr bewusst, dass sie laut gesprochen hatte. Selast runzelte die Stirn, Iriel musterte sie neugierig. »Irgendwie schon«, beharrte Damisa. »Chedan ist unser Vater und Tiriki unsere Mutter. Und bekommen wir etwa nicht ständig zu hören, wir wären alle Brüder und Schwestern?«

»Dann kommt, ihr Schwestern«, lachte Iriel und fasste sie beide unter. »Otter hat mir ein paar Stücke von dem Hirsch versprochen, den er gestern erlegt hat, und ich werde gern mit euch teilen.«

»Iriel, du bist ein Schatz!«, rief Selast. »Warum kann ich nicht mit *dir* verlobt sein?«

Einen Tag nachdem das neue Schiff zum Heiligen Berg gekommen war, trafen sich Chedan und die Priesterinnen unter den Weiden am Bach, um die Bedeutung der Neuankömmlinge für die kleine Gemeinschaft zu erörtern. Es war einer jener Frühlingstage, an denen Sonne und Wolken sich ständig abwechselten; einmal war es warm wie im Sommer, im nächsten Moment drohte schon wieder Regen. Zunächst ging es nur um Nahrung und Unterkunft, doch der Magier hatte noch lange wach gelegen, und dabei waren ihm auch andere Fragen durch den Sinn gegangen.

»Lassen wir die praktischen Dinge zunächst beiseite«, sagte er endlich. »Sie sind natürlich wichtig, doch gerade deshalb besteht kaum die Gefahr, dass sie übersehen werden. Aber der tägliche Überlebenskampf nimmt uns so völlig in Anspruch, dass wir vergessen, warum wir uns überhaupt auf die See hinauswagten, anstatt in unserem Land zu bleiben und mit ihm zu sterben.«

»Wir hatten den Auftrag, das alte Wissen zu bewahren«, sagte Tiriki so langsam, als wiederholte sie eine fast vergessene Lektion. »Und auf neuem Boden einen

Tempel des Lichtes zu errichten.« Wie als Antwort darauf brach die Sonne durch die Wolken und ließ ihr blondes Haar aufleuchten.

»Große Fortschritte haben wir bisher nicht gemacht«, seufzte Liala.

»Wie denn auch, wenn wir nahezu unsere ganze Zeit und Kraft darauf verwenden mussten, das nackte Überleben zu sichern?«, rief Tiriki. »Außerdem kann ich mir auch nicht vorstellen, hier einen Tempel zu bauen, wie wir ihn auf Ahtarrath hatten. Selbst wenn wir die Mittel hätten, es wäre nicht ... richtig.« Sie seufzte. »Es gibt so vieles, was wir nicht wissen«, flüsterte sie, »so vieles, was ich nicht für wichtig genug hielt, um es mir anzueignen. Wie sollen wir einen Tempel aus goldenen Erinnerungen bauen, wenn die Erinnerungen untergegangen oder über alle Meere verstreut sind?«

Chedan nickte. »Dieser Ort hat eigene Kräfte, und das macht die Lage so schwierig. Die neuen Gesichter haben mir manches ins Gedächtnis gerufen, womit wir uns schon die ganze Zeit hätten beschäftigen sollen. Zumindest Tiriki weiß, was geschah, als Reio-ta und sein Bruder, Micails Vater, von den Schwarzen Magiern gefangen wurden. Micon musste die Foltern überleben, denn er hatte noch keinen Sohn gezeugt, der die Magie des Sturmes hätte erben können. Und er durfte nicht zulassen, dass diese Magie auf seinen nächsten Verwandten überging, der einer der Schwarzen war. Doch Micails Kräfte sind nicht die einzigen, die anders als in direkter Linie übertragen werden können.«

Alyssa, die mit einem Kiefernzapfen spielte, kicherte plötzlich. »Die Sonne ist nicht aufgegangen, der Sohn ist nicht geboren. Die Macht, sie ist verborgen, der Seekönig verloren.« In den letzten Monaten war die geistige Zerrüttung der Seherin immer weiter fortgeschritten.

Die anderen sahen sie erwartungsvoll an, aber sie schien schon wieder ganz mit ihrem Kiefernzapfen beschäftigt.

Liala wandte sich an Chedan und fragte: »Was wollt Ihr damit sagen?«

Der Magier zögerte. »Ich fürchte«, sagte er dann, »die Macht dieses Landes könnte in uns, in den Priesterschülern und sogar in den Seeleuten oder den Händlern schlummernde Fähigkeiten wecken.«

»Die Macht ist nicht böse!«, rief Liala.

»Kaum eine Macht ist an sich böse«, erinnerte sie der Magier. »Aber ein ungeschulter Seher stellt eine Gefahr für sich und seine Umgebung dar.«

»Wir müssen die Priesterschüler vollends in die Mysterien einführen«, sagte Tiriki nachdenklich. »Wenn sie die höheren Übungen beherrschen und das Siegel erhalten haben und wenn der Bund mit den jeweiligen Mächten vollzogen ist, werden sie mit solchen Kräften besser umgehen können.«

»Die Weihen könnten ihrerseits die Kräfte des Bösen entfesseln«, bemerkte Liala. »Aber ich finde auch, wir sollten es versuchen. Damisas Fortschritte sind ... zufriedenstellend. Aber sie ist schließlich Tirikis Schülerin. Auch die anderen sollten eigene Lehrer bekommen.«

Der Magier lächelte ihr zu. »Ihr habt vollkommen Recht, edle Atlialmaris«, sagte er und verlieh seinen Worten Gewicht, indem er ihren feierlichen Tempelnamen gebrauchte. »Wir haben lange genug gewartet, weil wir hofften, andere würden zu uns stoßen und uns einen Teil der Last abnehmen. Doch nun müssen wir davon ausgehen, dass von der Priesterschaft niemand mehr zu erwarten ist. Kalarans Ausbildung sollte vermutlich ich übernehmen. Ich habe mir ein Urteil über seine Kenntnisse in der Sternenkunde und über seinen persönlichen Werdegang gebildet, und ich denke, er wird die Prüfung bestehen. Obendrein hat er einige nützliche Fähigkeiten erlernt und weiß auch abzuwarten, bis er sie einsetzen kann. Ich denke, er kann sich so weit einschätzen, dass er bereit ist, sein Wissen zu erweitern. Ich fürchte allerdings ...« Er hielt inne, und die beiden Frauen sahen ihn forschend an.

»Ich fürchte, er wird in mir nur einen alten Mann sehen, einen Geist der Vergangenheit, der ihn nicht lehren kann, wonach ihn am meisten verlangt, nämlich, wie man unter derart ungewissen Umständen seine Zukunft gestaltet.«

»Und wer von uns könnte ihm das beibringen?«, fragte Tiriki und streichelte Chedan die Hand.

»Nun gut ...« Der Magier räusperte sich. »Ich werde also morgen mit ihm sprechen und einen Stundenplan zusammenstellen. Wenn er die Anlagen hat, die ich in ihm vermute, werde ich ihm auch zeigen, woran man erkennt, dass in einem der Seeleute oder sonst einem Außenstehenden spirituelle Kräfte erwachen.«

»Haltet Ihr das für möglich?«

»Vielleicht ist es sogar schon geschehen«, bemerkte Tiriki. »Wir alle wissen, dass Reidel sich um Damisa bemüht. Sie beachtet ihn nicht, aber mir ist aufgefallen, dass er ein überaus feines Gespür dafür hat, was jemand gerade braucht – nicht nur Damisa, das wäre mit seiner Liebe zu erklären, sondern auch ich oder Domara oder wer immer gerade in seiner Nähe ist. Wenn jemand etwas fallen lässt, ist er schon da und fängt es auf, und wenn nichts zu tun ist, spürt er auch das und verhält sich still.«

»Das stimmt«, nickte Chedan. »Ich hatte es schon auf der Reise bemerkt. Ich werde mit ihm sprechen. Vielleicht kann er mit Kalaran zusammen studieren, das könnte beiden gut tun.«

»Damit bleiben uns die Mädchen.« Liala sah auffordernd zu Alyssa hinüber, aber die Seherin hatte sich gegen den Weidenstamm gelehnt und die Augen geschlossen. Anscheinend war sie eingeschlafen.

»Elis ist so weit, dass man sie zur Caratra-Priesterin weihen könnte«, fuhr Liala fort. »Sie hat die Gabe, Dinge zum Wachsen zu bringen, und Ihr habt selbst gesehen, wie gut sie mit Domara und mit anderen Kindern umgehen kann. *Außerdem kann sie singen.* Ich meine, sie könnte eine *magische* Sängerin werden. Im Tempel hatte man schon damals geplant, sie zur Sängerin Kyrrdis in die Lehre zu schicken. Nun ist der Gesang *meine* Stärke nicht, aber was ich kann, wird genügen, um Elis den Weg zu zeigen. Gehen muss sie ihn ohnehin selbst.«

»Das ist doch eine sehr gute Nachricht«, sagte Tiriki. »Damisa und ich haben uns immer bemüht, dafür zu sorgen, dass die grundlegenden Übungen nicht vernachlässigt werden.«

»Eines nach dem anderen«, mahnte Liala. »Zunächst muss sie den inneren Ton finden. Was allerdings Iriel und Selast angeht – da bin ich mir nicht sicher. Selast redet nicht wirklich mit mir, wenn sie es irgendwie vermeiden kann, und Iriel ... nun, Iriel redet manchmal so viel, dass ich ihr kaum zu folgen vermag!«

»Das geht auch mir oft so«, nickte Chedan. »Die beiden kommen mir unglaublich jung vor, obwohl sie schon so viel erleben mussten.«

»Jung mögen sie sein«, nickte Tiriki, »aber nicht töricht. Iriel besitzt eine gute Menschenkenntnis und missbraucht diese Gabe nur selten. Vielleicht sollten wir sie mehr mit Selast zusammenspannen, als es bisher der Fall ist. Selast ist klein für ihr Alter, aber sie ist so stark wie ein Pferd und im Allgemeinen sehr vernünftig ...«

»Das würde nicht gut gehen.« Alyssa schlug die Augen auf und war für kurze Zeit hellwach und bei vollem Bewusstsein. »Ihre Seelen singen verschiedene Weisen. Selast wird Damisa folgen, bis das Blut sie zu ihrem Mann ruft ... Iriel gebt für eine Weile zu Taret, weniger, damit sie von ihr lernt, als damit sie begreift, dass Geduld nicht nur eine Tugend der Kinder von Atlantis ist und dass Weisheit nicht bedeutet, auf Glück zu verzichten, sondern nur, es von seinen vielen Seiten zu sehen.«

Die Neuankömmlinge hatten tatsächlich geringe Lebensmittelvorräte an Bord, doch bald stellte sich heraus, dass das nicht alles war. Ein zweites Geschenk war weitaus weniger willkommen und gefährdete Leib und Leben ihrer Gastgeber. Wenige Tage nach ihrer Ankunft kam Reiher, der Dorfhäuptling, zu Chedan und klagte über Kopf- und Gliederschmerzen. Das raue Klima machte den Sumpfbewohnern nichts aus, aber gegen die unsichtbaren Krankheitsgeister, die das Schiff vom

Festland mitgebracht hatte, besaßen sie keinerlei Widerstandskraft.

Ein Wechselfieber, stellte Chedan fest. Dergleichen war ihm auf seinen Reisen mehr als einmal begegnet. Daraufhin ging Metia unaufgefordert zu Taret und fragte sie nach entsprechenden Kräutern, um ein Gegenmittel zu bereiten.

Seltsam, dachte Chedan und sah ihr nach, als sie nun fröhlich schwatzend mit Iriel an ihm vorüberging. Im Lauf der Zeit waren die Sajis unmerklich immer mehr zu einem Teil der Gemeinschaft geworden. Nun gehörten sie einfach dazu. Zu Hause hätte man keiner Saji je gestattet, mit einer Priesterin des Lichtes zu sprechen, doch Metia war der kleinen Domara eine liebevolle Amme gewesen, und ihre Schwestern kümmerten sich ganz selbstverständlich um Alyssa. Im Seereich hatten die Sprösslinge der Priesterkaste die Tempelfrauen immer nur von fern wie einen Schwarm bunter Vögel durch einen Hof oder Korridor huschen sehen.

Viele Gerüchte rankten sich um die Sajis. Sie galten als zügellos und unrein und wurden angeblich nur aus den Reihen der Kastenlosen ausgewählt – zum Beispiel aus den ausgesetzten Kindern in den Handelsstädten. Zum Teil stimmte das. Doch die Öffentlichkeit war selbst nach der Auflösung des Tempels der Grauen noch überzeugt, dass die Sajis an anrüchigen Ritualen mitwirkten, die an Frevelhaftigkeit nicht zu überbieten seien, und das war Fanatismus der schlimmsten Sorte.

Chedan hatte sich über diese Frauen weiter keine Gedanken gemacht. Erst als ihm auffiel, wie geduldig sie alle Strapazen auf der *Purpurschlange* ertrugen, hatte er aus den Tiefen seines Gedächtnisses eine Geschichte zutage gefördert, derzufolge sich ihre Vorfahren vor langer Zeit einer Wissenschaft verschrieben hatten, die nicht weniger Achtung verdiente als die seine. Der Name ›Saji‹ war nur die Kurzform eines sehr alten Wortes für ›heimatloser Fremder‹.

Woher die Sajis auch stammten, Chedan war jedenfalls sehr froh, dass sie jetzt bei ihnen waren, denn niemand sonst verstand es so gut, aus wilden Kräutern Arzneien herzustellen.

Die von den Flüchtlingen eingeschleppte Krankheit breitete sich unter den Sumpfbewohnern wie unter den Seeleuten rasch aus. Damisa und Selast wurden oft in die Sümpfe geschickt, doch nun sammelten sie keine essbaren Pflanzen mehr, sondern Heilkräuter. Die Sajis oder Liala und Elis kümmerten sich um die Kranken. Die Gesichter verschleiert, um nicht angeniest zu werden, legten sie ihnen geduldig kalte Umschläge auf die fiebrige Stirn und flößten ihnen Tee aus Weidenrinde und anderen Zutaten ein. Dennoch forderte die Seuche immer neue Opfer.

An einem wolkenverhangenen Morgen trat Chedan aus der Hütte des Häuptlings und sah, dass Tiriki mit ihrer Tochter in den Armen auf ihn wartete. Nebel lag über dem Heiligen Berg, auch die Baumwipfel waren verhüllt, doch irgendwo über den Wolken schien die Sonne, denn er hörte in der Ferne den Jagdschrei eines Falken.

»Reiher ist auf dem Wege der Besserung«, beantwortete der Magier Tirikis stumme Frage, »und viele von den anderen auch. Aber sein Sohn Otter ist sehr krank.«

»Wie konnte ihn die Seuche so schwer treffen?« Tiriki sah ihn besorgt an. »Otter ist von allen Jungen hier der kräftigste.«

Chedan seufzte. »Die Jungen und Starken zeigen, wenn sie überhaupt befallen werden, oft weniger Widerstandskraft als andere, die schon an Krankheiten gewöhnt sind.«

»Aber er wird doch überleben?« Tiriki setzte sich ihr zappelndes rothaariges Töchterchen auf die Hüfte. Beim Anblick der Kleinen wurde es Chedan für einen Moment leichter ums Herz, dennoch schüttelte er den Kopf.

»Nur die Götter wissen, wie das noch enden wird. Jedenfalls möchte ich weder Euch noch Domara – oder Kestil – in der Nähe der Kranken sehen.«

»Die Sorge für die Kranken gehört nicht nur zu Euren, sondern auch zu meinen Aufgaben!« Tiriki sprach leise, um ihre Tochter nicht zu erschrecken, aber ihr aufsässiger Blick war deutlich genug. Der Magier sah sie lange nachdenklich an. Für einen flüchtigen Beobachter stand da nur eine schlanke junge Frau. Doch für ihn ging ein Strahlen von ihr aus. Sie hatte mit der Geburt des Kindes eine neue Reife erlangt. Ich glaube, dachte er mit einem Lächeln, die Luft dieses nördlichen Landes bekommt ihr – obwohl sie wahrscheinlich nicht begeistert wäre, das aus meinem Munde zu hören.

»Und Domara?«, fragte er laut und streng. »Wollt Ihr *sie* in Gefahr bringen?«

Tiriki drückte ihre Tochter fester an sich. »*Ihr* habt Euch auch nicht angesteckt«, bemerkte sie.

»Bisher noch nicht«, nickte der Magier etwas freundlicher. »Ich vermute, es handelt sich um eine neue Form einer Krankheit, mit der ich auf meinen Reisen schon in Berührung kam und gegen die ich gewisse Abwehrkräfte entwickeln konnte, aber das muss nicht so sein. Eines kann ich Euch immerhin versichern: Es besteht Anlass zur Hoffnung. Ich bin froh, dass Danetrassa auf diesem Schiff war – er und die Sajis sind eine unersetzliche Hilfe. Und Alyssa hatte vollkommen Recht damit, Iriel zu Taret zu schicken. Nein, ich glaube nicht, dass wir Olbairos' Los teilen werden. Vorerst ist jedoch nur eines gewiss: *Wir tun alles, was in unserer Macht steht.* Und Ihr nutzt uns am meisten, wenn Ihr die Kinder und Euch selbst von der Gefahr fern haltet. Ich weiß, Ihr seid daran gewöhnt, dass Metia Euch zur Hand geht, aber mir scheint, Ihr kommt auch allein ganz ausgezeichnet zurecht. Ist es nicht so?«

Tiriki rang mit sich, der innere Kampf spiegelte sich in ihren Zügen, doch endlich nickte sie zögernd. »Mögen die Götter mit Euch sein«, flüsterte sie und grüßte ihn wie ein Hoher Priester den anderen am Ende eines Rituals.

»Der Segen der Götter ruhe auf Euch, meine Töchter«, sagte er leise und grüßte sie und das Kind in gleicher Weise. Als er die Arme sinken ließ, streifte er den Beutel an seinem Gürtel und spürte den harten Gegenstand darin.

»Wartet! Da bestehe ich darauf, Euch fortzuschicken – und dabei wollte ich Euch doch etwas geben.« Er zog ein Kästchen aus Zedernholz aus dem Beutel und reichte es ihr.

»Aber ... das gehört ja mir!« Tiriki betrachtete die kleine Schatulle mit leuchtenden Augen, dann schaute sie fragend zu ihm auf. »Wie kommt es denn in Euren Besitz?«

»Ich fand es, als ich eine meiner Reisetaschen nach einem Paket mit Kräutern durchwühlte. Micail hatte es mir gegeben. Einen Tag vor ...« Er vollendete den Satz nicht. Sie würde auch so verstehen. »Aber über der ganzen Aufregung habe ich es vergessen. Wir gingen die Listen durch und hatten uns eben etwas zu essen geholt, als Micail mir plötzlich dieses Kästchen reichte, einfach so, und sagte – was sagte er doch noch?«

Chedan schüttelte den Kopf und drängte die aufsteigenden Erinnerungen an glühend heiße Luft und den metallischen Geschmack von Angst auf der Zunge zurück. »Er meinte, Ihr hinget sehr daran, aber Ihr erlegtet Euch beim Packen so strenge Beschränkungen auf, dass Ihr es wohl zurücklassen würdet. Und er ...« Chedan lächelte traurig. »Er meinte, Ihr würdet wahrscheinlich auch *ihm* nicht gestatten, es mitzunehmen.«

»Das sieht ihm ähnlich«, lachte Tiriki. »Wir hatten mehrere Diskussionen darüber, was mitdurfte und was zurückbleiben sollte.« Ihre Augen wurden feucht. Bevor die Gefühle sie überwältigen konnten, öffnete sie das Kästchen und schaute hinein. Es war bis zum Rand gefüllt mit kleinen Schmuckstücken wie Ohrgehängen, Medaillons samt den dazugehörigen Ketten und verschiedenen Ringen. »Seltsam, was einem Prinzen wichtig erscheint.« Sie wollte den Deckel schon wieder schließen, als ihr Blick plötzlich auf einen Gegenstand fiel.

»Mutter der Nacht«, hauchte sie. »Seid gepriesen, Chedan. Ihr und auch Micail.«

Der Magier beugte sich vor und schaute in das Kästchen. »Was habt Ihr gefunden?«

Sie hatte die Finger geschlossen, doch nun hielt sie ihm die flache Hand hin. Ein Ring blitzte auf. Der Stein war nur klein, hatte aber unglaublich viele Facetten, er war schuppig und glatt, Intaglio und Kamee zugleich, ein feines Netz aus Licht und Schatten. »Wir waren fast noch Kinder, als er ihn mir schenkte. Wahrscheinlich ein Erbstück aus dem Schmuck seiner Großmutter, das er sich einfach genommen hatte.«

Chedan nickte. Er hatte das Wappen des Seereichs erkannt. Zwei Drachen, ein roter und ein weißer, fest ineinander verschlungen im ewigen Kampf des Guten gegen das Bessere. Doch er wusste auch, dass Tiriki nicht das Wahrzeichen vergangener Größe darin sah, sondern Micails erstes, kostbarstes Liebespfand.

»Ob er mir wohl noch passt?«, murmelte sie mit bebender Stimme. »Es ist so lange her ...« Sie schob ihn auf den Finger, verzog das Gesicht, als er am Gelenk stecken blieb, und zwängte ihn gewaltsam darüber.

»Seht Ihr ...«, sagte Chedan leise. »Micails Liebe hält Euch umfangen, was immer auch geschieht.«

Ihr Blick flog zu seinem Gesicht, und sie sah, was er dachte, bevor er es verbergen konnte. Falls die Seuche noch schlimmer würde, falls auch er nicht überlebte, würde sie jeden Trost brauchen, den sie finden konnte.

Ein Schatten huschte über das Gras. Er hob den Kopf. Jubel erfüllte sein Herz, die Sorge trat in den Hintergrund, denn vor der Sonne zeichneten sich die schlanken Umrisse eines Falken ab.

Zwölftes Kapitel

Der Falke schwebte über der Ebene, ein Fleck Leben an der unendlichen Weite des Himmels. Für das Auge des Vogels bestand kein Unterschied zwischen einem Priester und einem Bauern, zwischen jenen Menschen, die auf den Feldern arbeiteten, und jenen, die ihre Anstrengung darauf richteten, die großen Sandsteinblöcke hinaus auf die Ebene zu bewegen. Der Falke betrachtete alles Handeln der Menschen mit erhabener Gleichgültigkeit. Micail, der sich bemühte, sieben Sänger zu einem Chor zu vereinen und so ein Werkzeug zu schaffen, das geeignet wäre, mittels der Magie des Gesangs die Steine anzuheben, hätte gern die gleiche Einstellung gehabt.

Vergangene Nacht hatte er geträumt, er säße mit Chedan in einer kleinen Taverne in Ahtarra, gleich unterhalb der Bibliothek; sie tranken Raf Ni'iri und ließen sich von ihrer Unterhaltung treiben, so wie es zuweilen mit Ardral der Fall war. Tatsächlich erstaunte es ihn einigermaßen, dass sein Gegenüber nicht Ardral war, und er fragte sich, ob er wohl aus irgendeinem Grund das Gesicht des einen Mannes auf das eines anderen projizierte; denn obgleich er den alkonischen Magier stets hoch geachtet hatte, waren sie doch niemals enge Freunde geworden. Aber zweifellos war dieses Bild lediglich seiner gegenwärtigen Zerstreutheit entsprungen und besaß keinerlei tiefere Bedeutung.

Sie hatten über die Ausbildung des geistlichen Nachwuchses diskutiert, wie er sich erinnerte, und auch über die verschiedenen Möglichkeiten, die Wirkung des Gesangs nutzbringend einzusetzen.

»Also dann ...« Er zwang sich, seine Gedanken wieder der Gegenwart zuzuwenden, und deutete auf einen Gesteinsbrocken, der etwa drei Schritte entfernt auf einem Holzklotz ruhte. »Stimmt die Töne an, zuerst leise, und richtet dann, sobald ich das Zeichen dazu gebe, die Klangschwingungen auf den Stein.«

Er hatte die Gruppe von ungeübten Sängern in einen kleinen bewaldeten Hain geführt, der zwischen der Ebene und der Ansammlung von Hütten lag, welche die Ai-Zir zur Unterbringung ihrer Gäste errichtet hatten. Micail und seine Leute lebten nun schon seit einem Jahr hier, und obwohl er sich an diesem Ort noch immer nicht heimisch fühlte, so stellte er zumindest eine Zuflucht für sie dar.

»Schon gut«, sagte Micail, als sich die Stimmen in schrillem Durcheinander zu einem Missklang erhoben. »Am besten beginnen wir mit den etwas erfahreneren Sängern.« Er winkte dem alkonischen Priester Ocathrel, der sich noch bis tags zuvor draußen in der Ebene aufgehalten hatte, um zusammen mit Naranchada und den Lehrlingen der Baukunst geeignete Sandsteinbrocken auszuwählen und zu spalten. Es handelte sich um eine besondere Art von Sandstein; Kräfte, für die selbst Ardral keine schlüssige Erklärung anbringen konnte, hatten ihn in grauer Vorzeit so sehr verdichtet, dass er härter und schwerer geworden war als jeder andere natürliche Stein, den die Atlantiden jemals gesehen hatten. Wäre er nicht in Schichten aus leichterem Gestein eingebettet gewesen, so wäre es unmöglich gewesen, derart große Brocken überhaupt aus dem Felsen herauszubrechen.

Das große, kreisförmig angelegte Gebilde, das hier entstehen sollte, war nicht der verheißene Tempel, sondern das Mittel zu seiner Errichtung – eine Stätte, die ihnen ermöglichen würde, die Bewegungen am Himmel zu berechnen, aber auch Macht zu gewinnen und zu bündeln.

Erst an diesem Morgen hatte Ocathrel seine Hilfe bei der Unterweisung der Priesterschüler angeboten, unter anderem deshalb, weil er selbst drei Töchter hatte und glaubte, besser zu wissen, wie man junge Leute für eine Sache begeistern konnte. Anfangs hatte Micail daran gezweifelt, doch bald zeigte sich, dass der ältere Priester mit seiner Behauptung Recht gehabt hatte.

Ocathrel lächelte, fuhr sich glättend durch das schüttere Haar und holte tief Luft. Dann gab er einen Ton von sich, so tief, so voll klingend, dass Micail spürte, wie dessen Schwingung langsam auf seinen Körper überging. Er selbst hatte eigentlich eine Tenorstimme, doch er beherrschte auch die Baritonlage, und beim nächsten Ton fiel er mit ein, allerdings vier Stufen höher.

Lanath schwitzte bereits vor Anstrengung, und sein Körper zitterte, als er seine Stimme hinzufügte, doch Micail bedachte ihn mit einem strengen Blick, und danach hörte das Zittern auf, und der Junge hielt den Ton. Im selben Augenblick gab Kyrrdis Elara das Zeichen zum gemeinsamen Einsatz, und sie fielen mit ihren Altstimmen ein; anschließend gesellten sich

Cleta und Galara hinzu, die über erstaunlich kraftvolle Sopranstimmen verfügten.

Mit angestrengten Mienen konzentrierten sich die Sänger unter Micails Anleitung auf den Stein, der auf dem Holzklotz ruhte. Die Lautstärke des angestimmten Klangs blieb gleich, denn sie atmeten abwechselnd, bis sich schließlich alle sieben Stimmen zu einem einfachen Akkord vereinten. Obwohl ihr Gesang nicht lauter wurde, veränderte sich die Schwingung merklich. Micail dämpfte seine Erregung und lenkte die gemeinsame Konzentration auf den Stein. Ihre Harmonien stiegen leicht an und sanken wieder ab, bis eine Einheit entstand, die durch den schattigen Hain hallte und in die auch der Wind einbezogen war. Und ganz allmählich hob sich der Stein, anfangs nur wenig, dann höher und noch höher. Lanath keuchte und kam aus dem Takt. Die Einheit des Chors zerfiel, der Stein schwankte und stürzte zu Boden.

»Wenn auch nur einer versagt, dann scheitert das ganze Unterfangen!«, fauchte Micail. »Jetzt sammelt euch und zeigt, was ihr könnt!« Die sieben schlossen die Augen und vertieften sich achtsam in ihre Atmung.

»Tut mir Leid!«, flüsterte Lanath, dessen Gesicht vor Verlegenheit rot angelaufen war. »Ich schaffe das einwandfrei, wenn ich allein bin ...«

»Das weiß ich, mein Junge. Und du hast deine Sache gut gemacht, bis kurz vor dem Schluss.« Micail bemühte sich um einen freundlichen Ton. Die Blicke, mit denen die Mädchen den Jungen bedachten, waren fürs Erste Tadel genug. »Du hast dich einfach nicht mehr richtig konzentriert; das ist kein unverzeihlicher Fehler. Aber ich möchte, dass du von jetzt an übst, auch im

Chor den Ton zu halten, was immer um dich herum geschehen mag.« Er wandte sich an die anderen. »Ocathrel, Kyrrdis ... danke für Eure Hilfe. Ich weiß, dass Ihr noch andere Aufgaben zu erfüllen habt. So wie wir alle ...« Er runzelte die Stirn. »Also, macht Euch an die Arbeit. Einen Augenblick, Galara. Ardral möchte, dass du einen Text abschreibst. Komm mit mir!«

»Aber warum brauchen wir noch ein Exemplar von *Der Kampf von Ardath?*«, maulte Galara auf dem Rückweg durch die Wälder. »Das Ganze könnte sich ebenso gut vor einer Million Jahren zugetragen haben.«

»Eher vor achthundert. Und ich bin sicher, du wirst feststellen, dass es sich um mehr handelt als nur um eine alte Legende«, antwortete Micail mit lang erprobter Geduld. Anfangs hatte er befürchtet, die Zusammenarbeit mit Tirikis Halbschwester werde sie beide nur allzu schmerzlich an das erinnern, was jeder von ihnen verloren hatte; doch längst spürte er, dass sie sich auf seltsame Weise gegenseitig Trost spendeten.

Wie sich herausstellte, hatte Galara sehr wenig gemein mit Tiriki, die – wie er sehr genau wusste – niemals, nicht einmal im Alter von fünfzehn Jahren, auch nur annähernd solche sprunghaften Launen wie dieses Mädchen an den Tag gelegt hatte, das so maßlos zwischen Verdrossenheit und rebellischem Ungestüm schwankte. Wieder und wieder musste er sich ins Bewusstsein rufen, um wie viel jünger Galara war. Sie und Tiriki waren nicht als Geschwister aufgewachsen, warum also sollten sie sich ähnlich sein?

»Ich meine, welche Bedeutung soll das heute noch haben?«, schimpfte Galara weiter. »Was hast du mir damals gesagt, gleich zu Anfang, als du mir zum ersten Mal eröffnet hast, dass wir weggehen müssten? Dass es in dem neuen Land bestimmt keine Reichtümer gäbe und wir mit sehr bescheidenen Mitteln auszukommen hätten? Du hast Recht behalten! Warum strebt also jeder als Erstes danach, einen weiteren Tempel zu bauen, und zwar für dieselben Götter, die nichts für uns getan haben, als wir sie am nötigsten brauchten?«

Micail hielt im Gehen inne, seine Augen funkelten wütend. »Rede nicht so dummes Zeug daher, Gallie«, raunte er und warf einen schnellen Blick in die Runde, um zu sehen, ob irgendjemand ihre Worte gehört hatte. Die Aufrechterhaltung der Moral bei den Atlantiden war beinahe ebenso wichtig wie die Darstellung von Einigkeit gegenüber den Ai-Zir. »Wer beschützt uns denn, wenn nicht die Götter? Sie hatten keine Veranlassung, uns zu warnen, und doch haben sie viele Botschaften geschickt, die wir nicht einmal wirklich gehört haben. Sie haben uns errettet, damit wir unseren Tempel wieder aufbauen.«

»Glaubst du das wirklich?« Galara legte ihm die Hand auf den Arm und sah ihn eindringlich an. »Ich kann es nicht glauben … nicht, wenn man es mit solchen Einfaltspinseln wie Lanath und dieser sauertöpfischen Cleta zu tun hat! Wenn es wirklich der Wunsch der Götter gewesen wäre, dass der Tempel wieder aufgebaut werde, warum haben sie dann nicht Tiriki an ihrer statt gerettet?«

»Sag das nicht! Sprich niemals so mit mir!« Unversehens wallte Zorn in ihm hoch, und er stieß sie von sich.

Galara machte einen schnellen Schritt, um das Gleichgewicht wiederzuerlangen; ihr Gesicht war plötzlich von Blässe überzogen. »Es tut mir Leid ... Ich wollte nicht ...«

»Du hast unüberlegt gesprochen!«, stieß Micail zwischen zusammengepressten Zähnen hervor. Er hatte geglaubt, sein Kummer verginge allmählich. Er konnte jetzt wochenlang, manchmal sogar monatelang leben, ohne von Tiriki zu träumen – und dann riss irgendeine Erinnerung die Wunde wieder auf.

«Geh! Du kennst den Weg! Lass mich allein. Quäle Ardral mit deinen endlosen Fragen, wenn du dich traust«, sagte er schließlich. »Ich weiß nicht, warum die Götter ausgerechnet uns ausgewählt haben zu leben. Ich weiß nicht einmal mehr, ob es richtig ist, irgendetwas von Atlantis erhalten zu wollen. Doch die Prophezeiung sagte nichts davon, dass einer von uns beiden, du oder ich, im neuen Land herrschen werde; nur dass ich einen neuen Tempel hier errichten solle. Und, bei allen Göttern, genau das werde ich tun!«

»Dieser Prinz Micail ... Sagt, ist auch er von königlichem Stand?« Khayan-e-Durr, Stammeskönigin der Ai-Zir, neigte den Kopf, als Micail, gefolgt von Lanath, an dem Sonnendach vorbeiging, unter dem die Frauen saßen und spannen. »So viele Herrscher sind nicht gut für ein Land«, bemerkte die Königin nachdenklich, »dennoch hat er ein gewisses Etwas ...«

Elara tauschte einen Blick mit Cleta und unterdrückte ein Lächeln. Es hatte einige Monate gedauert, bis sie die Sprache der Einheimischen gut genug erlernt hatten, um anerkannt zu werden; erst seitdem war eine richtige Unterhaltung möglich. Micail ist wirklich ein Mann, dem die Augen der Frauen folgen, dachte sie, als er seine Schritte verlangsamte und sich in Richtung der Königin verneigte. Sie bezweifelte jedoch, dass er wirklich deren Grußgeste zur Kenntnis genommen hatte. Er gehorchte lediglich den Regeln der Höflichkeit, die ihm an Mikantors Hof in Ahtarrath beigebracht worden waren.

»Er war der Erbe des ältesten Sohns, ja«, antwortete Elara schließlich. »In den Zehn Inselstaaten und dem Alten Land, das davor war, wurde die Macht überwiegend in der männlichen Linie des Königshauses weitergegeben. Aber die Vorliebe meines Herrn galt stets dem Priestertum. Es war sein Onkel, Reio-ta, der tatsächlich regierte.«

»Dann hat der Prinz also seinen Thron niemals eingenommen, und das Land war verloren«, sinnierte die Königin. »Bei uns gibt es eine ähnliche Geschichte, die sich die Leute manchmal erzählen. Dennoch, königliches Blut ist immer von Wert. Schade, dass der Mann niemals Nachkommen gezeugt hat. Unser Schamane, Drochrad, sagt, ihr Fremden wäret mit dem Wind gekommen und würdet bald wieder weg sein, aber ich bin mir dessen nicht so sicher.« Sie hielt nachdenklich inne, und Elara hob eine Augenbraue, als sie sich des Meinungsunterschiedes zwischen dem Schamanen und den Stammesfrauen bewusst wurde.

Cleta runzelte die Stirn. »Ich habe gehört, Drochrad habe sich Eurer Entscheidung entgegengestellt, uns freundlich zu empfangen«, sagte sie vorsichtig, »aber vielleicht hat er sich insofern besonnen, dass er zumindest das Wissen schätzt, das wir mitgebracht haben ... Jedenfalls gab es in den letzten Monaten keinerlei Schwierigkeiten.«

»Fürchte nicht den heulenden, sondern den herumschleichenden Wolf«, antwortete die Königin. »Dieser alte Mann geht in die Wälder, um Ränke zu schmieden und Zauberformeln zu sprechen. Es wäre besser, wenn euer Volk sich durch Blutsbande mit unserem Stamm vereinen würde. Vielleicht könnte die Verbindung mit einer Frau außerhalb der eigenen Reihen die Fruchtbarkeit von Prinz Micail steigern, so wie es bei den Herden der Fall ist. Ja«, Khayan-e-Durr schmunzelte still vor sich hin, »wir müssen eine Frau von guter Herkunft für euren unreifen Herrn finden. Eine Frau aus einer königlichen Sippe vielleicht.«

Elara musste sich sehr beherrschen, um ihr Entsetzen zu verbergen, sowohl über die Aussage an sich als auch über die kühle Berechnung, die in diesen Worten zum Ausdruck kam. Beinahe ebenso abstoßend war der unverblümte Besitzanspruch, der ihr die Hitze in die Wangen trieb. Die Königin machte keinen Hehl aus ihrem Standpunkt – dass es nämlich ein Jammer wäre, wenn Micails Blutlinie nicht fortgesetzt werde. Doch seine Saat gehörte der geheiligten Erbfolge des Tempels. Wenn eine ungebundene Gefährtin gefunden werden musste, dann gab es andere, die die nötigen Voraussetzungen mitbrachten. Cleta zum Beispiel oder – unerwarteterweise beschleunigte sich ihr Puls – sie selbst könnte ihm ein Kind gebären.

Doch sie ließ sich nichts von ihrer Erregung anmerken, sondern sah die Königin an und seufzte schließlich. »Mein Herr trauert immer noch um seine Gattin, die bei der Flucht ums Leben gekommen ist«, sagte die Priesterschülerin feierlich. »Ich glaube nicht, dass er schon in der Lage ist, an solche Dinge zu denken.«

Aber ich bin es, kam es ihr unwillkürlich in den Sinn. Allerdings habe ich dabei nicht Lanath im Sinn! Wieder warf sie einen flüchtigen Blick zu Cleta hinüber und bemerkte, dass auch sie Micail nachsah, bis er schließlich in einer Menge von Ai-Zir verschwand. Für Elara war Micail stets der Gemahl der Hohen Priesterin gewesen. Es war seltsam, ihn plötzlich als ... Mann zu sehen, noch dazu als einen, der möglicherweise zu haben war.

»Nun, bis jetzt besteht keine Eile«, sagte die Königin gelassen, während sie ihre Spindel ankurbelte, »doch das Bündnis zwischen unseren Völkern würde durch eine Vermählung bekräftigt werden.«

Elara war schon lange genug in Azan-Ylir, um zu wissen, dass nach der hiesigen Tradition beinahe alle Partnerschaften durch den matriarchalischen Rat der Sippe arrangiert wurden. Sie beäugte die Königin mit einem unsicheren Blick. Da die Sonne ihr wärmendes Licht verbreitete, hatte sie ihren königlichen Umhang aus fein gefärbtem Hirschleder abgelegt, der mit den Zeichen ihres Ranges und ihres Stammes bemalt war. Die ellbogenlangen Ärmel ihres Gewandes und der Saum des Oberteils aus blassgrauer Wolle waren mit einer Zopfbordüre eingefasst. Das Obergewand wurde durch eine beinerne Brosche zusammengehalten und spannte ein wenig über dem üppigen Busen, auf dem eine Kette aus Bernstein und Gagat ruhte. Ein ausladender Rock mit eingewobenen Streifen in verschiedenen Farben fiel ihr in Falten um die Füße. Khayan-e-Durrs braunes Haar, zusammengefasst in einem Netz aus gedrehtem Band, war von grauen Strähnen durchzogen, doch die Königin hatte etwas Majestätisches an sich, das nicht von einer eleganten Aufmachung abhängig war.

Im Lauf der vergangenen Monate war deutlich geworden, dass die eingeborenen Frauen über wahre Macht verfügten, wenn auch auf eigene Weise.

Traditionsgemäß war die Königin nicht Khattars Gemahlin, sondern seine älteste Schwester, und manchmal hatte es den Anschein, als ob sie in ihm kaum einen erwachsenen Mann sähe. Es war ihr Sohn Khensu, nicht der seine, der Khattars Erbe antreten würde; überdies stand ihr und den Müttern der Sippe das Recht der letzten Entscheidung über Krieg oder nicht Krieg zu.

Sie zeichneten die Paarungen sowohl der Tiere als auch der Menschen auf, und bevor die Männer in den Krieg ziehen konnten, mussten die Frauen bestätigen, dass sie über die nötigen Mittel dazu verfügten, sonst wurde nichts aus dem Vorhaben. Innerhalb der Priesterkasten von Atlantis wurden bestimmte Machtbereiche zwar von Mann zu Mann oder von Frau zu Frau weitergegeben, dennoch war im Tempel oder Palast das Geschlecht einer Person niemals ausschlaggebend für ein hohes Amt. Schließlich wechselte die Seele von einer Lebensspanne zur nächsten ja immer wieder das Geschlecht. Aber solches Wissen war bei den ungebildeten Eingeborenen wohl nicht zu erwarten.

»Der König hat eine Tochter namens Anet«, sagte Khayan. »Sie ist im mannbaren Alter. Zurzeit hält sie sich mit ihrer Mutter im Heiligtum der Göttin in Carn

Ava auf, aber vor Wintereinbruch wird sie zurückgekehrt sein. Wir werden sehen, wie er ihr gefällt. Ja ... diese Vereinigung könnte von Nutzen sein.«

Cleta beugte den Kopf vor und flüsterte: »Aber die Frage ist, ob sie Micail gefällt. Und was wird Tjalan dazu sagen?«

Khayan lag das Wohlergehen ihres Volkes zweifellos am Herzen, doch unterstützte sie auch das Ziel des Königs, für seinen Stamm die Vorherrschaft zu erringen? Während der vergangenen Monate hatte sie Elara sozusagen zu ihrer Lieblingsbegleiterin gemacht, und Tjalan hatte diese bei seinem letzten Besuch in Azan bedrängt, das Vertrauen der Königin zu erlangen. Dennoch hatte Elara das Gefühl, Khayans wahre Gedanken kein bisschen besser zu kennen als zuvor.

»Und ihr beide«, sagte die Königin unvermittelt, »auch ihr müsst euch Gedanken über zukünftige Ehemänner machen.«

»Oh, Cleta hat einen Verlobten, der noch in Belsairath weilt. Und ich bin mit Lanath verlobt«, sagte Elara mit einem leicht bitteren Unterton.

»Ihr habt bisher nichts von Heiraten gesagt.«

Elara zuckte mit den Schultern. »Es ... gibt zuvor noch einiges zu tun. Wir müssen unsere Ausbildung endlich abschließen.«

»Ha!« Die Königin grinste. »Mädchen glauben, dass sie ewig jung bleiben. Aber es stimmt, in den Kreisen der Priesterinnen verhält es sich anders.« Ein kurzes Schweigen kehrte ein, doch bevor eine der anderen das Wort ergreifen konnte, sprach Khayan weiter. »Eure Herrin Timul ist weit weg, aber ihr seid hier. Vielleicht sollte ich euch zu Ayo schicken.«

Cleta runzelte die Stirn und versuchte zu verstehen. »Ayo? Das ist doch die Gemahlin des Königs?«

»Ja, aber sie ist auch Heilige Schwester in Carn Ava«, sagte Khayan nickend und lächelte. »Die Frauen der Stämme verfügen über ein gemeinsames Wissen, das den Männern manchmal unbekannt ist. Um von euch zu uns zu gelangen, führt der Weg über die Küste. Ayo sagt, die Priesterinnen des Blauen Ordens, die dort den Tempel der Großen Mutter gebaut haben, verstünden etwas von unseren Mysterien. Und das ... das geht die Schamanen nichts an. Ja, ich denke, die Schwesternschaft würde gern mit euch reden.«

Das muss ich Ardral sagen! Elara starrte die Königin an, in ihrem Kopf wirbelten die Gedanken durcheinander. Oder doch nicht ...? Khayan war nur eine Ai-Zir, aber sie hatte Recht. Das waren Frauenmysterien, die nicht mit einem Mann geteilt werden durften. Irgendwie musste sie Timul eine Botschaft übermitteln ...

Schließlich fand sie ihre Stimme wieder. »Mir ist sehr an einem Treffen mit ihnen gelegen.«

Micail holte tief und lange Luft und atmete den frischen Wind ein, der die Ebene liebkoste. Er war früh hinausgegangen zu der Stelle, wo am Morgen die Steine aufgerichtet werden sollten; die aufgehende Sonne hatte einen strahlenden Tag verheißen. Nun, da sich der Tag dem Ende zuneigte, hing der Geruch von reifem Gras in der Luft – ein angenehmer Duft von Erde, gewürzt mit den wärmeren Ausdünstungen der Rinder, die auf der Weide grasten. In einiger Entfernung folgte eine der kleinen Herden, die im Sommer in der Ebene als Milchvieh gehalten wurden, der Leitkuh heimwärts; die braunen Felle glänzten wie Kupfer in den Strahlen der tief stehenden Sonne.

Allmählich begriff er, welche Bedeutung diese Tiere für die Leute hier hatten. Eine gewöhnliche atlantidische Mahlzeit hatte aus Obst, Gemüse und gekochtem Mais bestanden, hin und wieder ergänzt durch etwas Fisch, um dem Ganzen mehr Geschmack zu geben.

In Azan bestimmte das Vieh das Leben der Bevölkerung. Die Gesundheit der Tiere und ihre Anzahl galten als Maßstab für die Macht eines Stammes; das Leder und die Knochen wurden zu Kleidung oder Schmuckstücken verarbeitet und für unzählige andere Zwecke verwendet. Mais aß man als Brei oder Fladenbrot und Gemüse, doch zu jeder Zeit des Jahres ernährten sich die Leute am liebsten von dem Fleisch und der Milch ihrer Kühe.

Anfangs hatte es den meisten Atlantiden Schwierigkeiten bereitet, die gehaltvolle Kost zu verdauen, und selbst als sie sich einigermaßen daran gewöhnt hatten, konnte ihr Stoffwechsel die Nährstoffe nicht wirksam umwandeln. Wir alle, dachte er wehmütig und klopfte sich dabei auf den Bauch, haben an Masse zugelegt ... mit Ausnahme von Ardral. Der alte Hüter lebte anscheinend von Luft und einheimischem Bier, obwohl er ständig klagte, Letzteres sei nur ein schwacher Ersatz für etwas Ordentliches wie Schnaps oder dergleichen. Doch auf jeden Fall bezog Ardral aus allem, was er aß oder nicht aß, jede Menge Energie. Unermüdlich war er in Bewegung, lief von einem Teil des Baugeländes zum anderen, beobachtete, wies an, berichtigte, und dabei umflatterten ihn seine Gewänder wie die Flügel eines der großen Kraniche, die im Fluss und zwischen den Ruinen herumstaksten.

Außerhalb der Begrenzungspfähle, die in den Boden gesteckt worden waren, um den Kreis zu kennzeichnen, bearbeiteten Männer zwei große Brocken mit Werkzeugen aus dem gleichen harten Stein. Den Sängern war es mit ihrem Gesang gelungen, die großen Klötze aus noch größeren Felsbrocken herauszubrechen, doch die Feinarbeit musste von Menschenhand erledigt werden. Das Klopfen der Steinhämmer erzeugte eine dumpfe Melodie in der kühler werdenden Luft.

»Kommt doch mal bitte her!« Ardrals Ruf schreckte Micail aus seinen Gedanken auf. »Bringt Lanath mit. Diese Fluchtlinie muss noch einmal überprüft werden.«

Micail sah sich um und entdeckte den Priesterschüler, der ihm als Gehilfe diente; er stand neben einem der Löcher, die ein entwurzelter Blaustein hinterlassen hatte, und war blickte über die Ebene, wo das Tageslicht allmählich verblasste.

»Lanath, wir werden gebraucht«, sagte er leise. »Komm, Junge, dort draußen gibt es nichts zu sehen.«

»Nur die Sterne als Verkünder der Nacht«, entgegnete Lanath versonnen. »Aber in der Dunkelheit könnte sich alles Mögliche ungesehen anschleichen. In dieser Landschaft wimmelt es überall nur so von Geistern.« Er deutete zu den Hügelgräbern, gerundete Erhebungen in der Ebene. »Wenn die Nacht hereinbricht, gehört ihnen alles. Vielleicht ist es das, was Kanar mir sagen will.«

»Kanar!«, rief Micail aus. »Dein früherer Meister? Ist das wieder eines deiner Traumgespinste?«

»Er spricht zu mir«, antwortete Lanath in demselben verhaltenen Ton.

»Geister sind bekanntlich wenig vertrauenswürdige Boten, besonders dann, wenn man nicht weiß, welches die richtige Frage ist, die man ihnen stellen soll«, antwortete Micail gröber als beabsichtigt. »Lass uns jetzt nicht mehr über solche Dinge reden. Die Geschichten der Schamanen haben die Männer ohnehin aus der Ruhe gebracht, sodass wir zu ihren wilden Fantasien nicht noch etwas hinzufügen müssen! Wir brauchen ihre Arbeitskraft, Junge ... Allein mit unserem Gesang ist es nicht zu schaffen.«

Er packte Lanath an den Schultern und zog ihn in die Mitte des Kreises zurück, wo Ardral die Holzpflöcke betrachtete, die so eingeschlagen worden waren, dass sie die aufgehende und untergehende Mittsommersonne kennzeichneten.

»Sieh dorthin!«, befahl er und deutete dabei nach Westen. »Dort ist das Licht!«

Wolken zogen vom fernen Meer heran, sie waren jetzt rötlich entflammt durch die Berührung der untergehenden Sonne. Vor seinen Augen leuchtete ein langer Strahl am Himmel auf und zog einen goldenen Pfad über die sich verdunkelnde Ebene. Ardral murmelte etwas vor sich hin und ritzte schnell eine Reihe von Hieroglyphen in seine Wachstafel.

Micail schloss die Augen gegen den hellen Schein und hatte das Gefühl, als ob das Sonnenlicht zu einem Energiestrom würde – als ob er mitten in diesem Strom stünde oder vielmehr am Zusammenfluss vieler solcher

Ströme. Einer kam von Westen, wo die Sonne zur Tagundnachtgleiche unterging, und einer hatte seinen Ursprung weiter im Süden. Der Mittelpunkt des neuen Steinkreises würde auf einer von Nordosten nach Südwesten ausgerichteten Achse liegen, um den Mittsommersonnenaufgang einzufangen und den Energiefluss zu verstärken.

»Ihr wart noch nie zur Tagesneige hier draußen, oder?«, hörte er Ardral sagen. »Wenn die Sonne auf- oder untergeht, spürt man die Strömungen ziemlich stark. Deshalb haben uns die Seher hierher geführt. Wenn es uns gelingt, die Steine im richtigen Winkel zueinander aufzustellen, wird an diesem Ort eine gewaltige Bündelung von Macht entstehen.«

Micail öffnete die Augen und stellte fest, dass die Arbeiter verstummt waren.

»Wenn der Omphalos-Stein gerettet worden wäre, hätte Tjalan ihn hier aufgestellt«, fügte Ardral hinzu. »Vielleicht ist es ein Segen, dass ...« Was immer er noch hatte sagen wollen, wurde nicht mehr ausgesprochen, da ein lauter Schreckensschrei ertönte.

Lanath stand wie versteinert da und starrte erneut zu den Hügelgräbern. Die Arbeiter beobachteten ihn.

»Seht doch, irgendetwas ist aus dem Grab gekommen!« Ihr Raunen wurde lauter. »Der junge Priester sieht es! Der alte Priester ist erzürnt, weil wir die Steine bewegt haben! Drochrad hatte Recht! Wir sollten nicht hier sein!«

Micail blinzelte in die halbdunkle Landschaft, und als er einen großen gehörnten Kopf sah, lachte er. »Seid ihr Kinder, dass ihr euch von einer alten Kuh erschrecken lasst?« Es folgte ein Augenblick gespannter Stille, der von einem klagenden Muhen durchbrochen wurde. »Eine Erscheinung kann auch die Gestalt einer Kuh haben«, flüsterte jemand, doch dann lachten alle.

»Und wenn hier tatsächlich ein Dämon wäre...« Ardrals Stimme forderte ihre Aufmerksamkeit. »Glaubt ihr denn, ich würde euch nicht beschützen?« Im verblassenden Licht konnten alle die schimmernde Strahlung sehen, die ihn umwirbelte.

Micail wusste, dass dies nur ein Zaubertrick war, die Art von Hokuspokus, welchen die Eingeweihten und Priesterschüler, die ihn unterrichtet hatten, als unter ihrer Würde erachtet hatten ... ohne jedoch ganz dagegen gefeit zu sein. Micail holte tief Luft und verlagerte sein Bewusstsein, um Energie in seine Aura fließen zu lassen, bis sie ebenfalls schimmerte.

Ob Drochrad so etwas wohl kann?, fragte er sich mit einem Anflug von Stolz, der jedoch sehr schnell einem Gefühl von Scham wich. Die Prophezeiung besagte, dass er aufgrund seiner Bemühungen den neuen Tempel errichten werde. Sollte dieses Bauwerk nun eine Stätte sein, wo den Mächten des Lichtes gedient wurde, oder sollten damit irgendwelche Ziele eher irdischer Natur verfolgt werden?

Der Winter war die Zeit, da die Atlantiden sich am meisten nach ihrer Heimat sehnten. Nach beinahe drei Jahren schmerzten Micails Knochen noch immer, wenn der Nordwind Schnee mit sich brachte. Gott des Winters, pflegte er zu fluchen, bei dieser Kälte würde selbst der viergesichtige Banur mehr Scheite ins Feuer legen! Doch für den Augenblick hatten das lodernde Feuer in der Mitte des königlichen Rundhauses und die pure Körperwärme der Anwesenden, die sich zum Mittwinterfest versammelt hatten, die Temperatur immerhin so sehr ansteigen lassen, dass Micail beinahe danach zumute war, seinen Umhang aus Schaffell abzulegen.

Zu Khattars Linken saßen seine Schamanen und zu seiner Rechten die atlantidischen Priester in zwangloser Anordnung. Die Häuptlinge der fünf Stämme hatten ihre Umhänge und runden Hüte schon vor längerer Zeit abgelegt und lümmelten jetzt in Tuniken aus gemusterter Wolle lässig auf den Bänken. Drochrad trug immer noch seine Hirschlederkleidung, die bemalt und mit vielen klappernden Schmuckstücken aus Knochen behängt war.

Micail fragte sich, ob er Jiritaren und Naranchada sowie die Priesterschüler zusammen mit Ardral und den anderen für den Winter zurück nach Belsairath hätte schicken sollen, aber das gesellschaftliche Leben in Tjalans neuer Hauptstadt schien ihm ein schlimmeres Exil zu sein als dieses Leben unter Wilden. Im letzten Herbst hatte es sich als kluge Entscheidung erwiesen, hier zu bleiben. Gemeinsam mit Lanath war es ihm gelungen, die Messwerkzeuge, die bei der Aufstellung der Steine benötigt wurden, genauer zu eichen. Doch in diesem Jahr beäugte Drochrad sie mit noch mehr Missbilligung als sonst.

»Das hier hat nur sehr wenig gemein mit den rituellen Nar-Inabi-Feierlichkeiten anlässlich der Übertragung des Verwalteramtes ... nicht wahr?«, fragte Jiritaren in der Sprache des Tempels des Lichtes. Die in gestelztem Ton gesprochenen Worte klangen seltsam unpassend, da Jiri gerade dabei war, eine Reihe gebratener Rippchen auseinander zu brechen. Bei den Stämmen war das Fleisch von Schweinen, die mit Eicheln gemästet worden waren, die bevorzugte Mahlzeit bei allen Festen, die im Winter gefeiert wurden; das fette Fleisch war gut gegen das Frieren. Die gleiche Wirkung hatte das Bier. Micail hob seinen Becher und nahm einen tiefen Schluck.

Naranchada runzelte die Stirn, kratzte sich am Bart und sagte in einer weniger geschliffenen Form der Tempelsprache: »Ehrlich gesagt, ich spüre nichts von geistiger Verzückung. Ich freue mich auf den Tag, wenn diese Arbeit erledigt ist und wir nicht mehr hier leben müssen, wo ein Mann sich nicht mal ordentlich rasieren kann ... Aber gerade erst habe ich erfahren, dass wir nicht vor dem Frühjahr, wenn die Schneefälle aufhören, mit einem Arbeitstrupp rechnen können, um die übrigen Steine aufzustellen.«

»Wie bitte?«, fragte Jiritaren. »Stimmt das, Micail?«

»Also ... dann gefällt Euch unser Fest?«, unterbrach König Khattar in einigermaßen verständlichem, wenn auch stark akzentgeprägtem Umgangsatlantidisch ihre Unterhaltung.

Er lernt schnell, dachte Micail mit nachdenklichem Lächeln. Eine wichtige Mahnung, dass wir vorsichtiger mit dem sein müssen, was wir sagen, auch wenn wir uns in den ältesten Tempeldialekten unterhalten.

»Das Fleisch ist fett, und das Bier ist stark, Großer König«, antwortete Naranchada höflich. Micail plapperte die Worte nach, während er feststellte, dass die Säulen des Saals bereits anfingen zu schwanken und zu verschwimmen. Vielleicht sollte er sich besser für eine Weile mit dem Trinken zurückhalten.

»Wir hatten eine gute Ernte!« Der Blick des Königs war so einschüchternd, dass niemand gewagt hätte, ihm zu widersprechen. »Die Alten sind sehr zufrieden. Bald werden sie ihren neuen Tempel haben!«

»Wir können uns wirklich glücklich schätzen, dass die Ahnen mit der Geduld der Ewigkeit gesegnet sind. Doch die Arbeiten gehen zügig voran.« Nicht zum ersten Mal wunderte sich Micail darüber, wie gut Khattar ihre Erklärungen verstand, welchem Zweck das Aufstellen der Steine nach einer besonderen Ausrichtung diente.

Und was, fragte er sich im Stillen, bedeuten mir die Steine? Sind sie der erste Schritt zur Erschaffung des Tempels, den zu errichten mir das Schicksal bestimmt hat, oder schlicht ein Grund, einen weiteren Tag zu leben?

»Gut«, sagte der König anerkennend. »Wie lange dauert es noch?«

»Die Steine für den inneren Kreis sind bereits zum Baugelände gebracht worden«, antwortete Naranchada und zählte an den Fingern ab. »Es sind fünfzehn an der Zahl. Die meisten davon müssen noch behauen werden, doch ein Trupp kann daran arbeiten, bis weitere Steine ankommen. Etwas mehr als zehn Steinklötze sind für den äußeren Ring bearbeitet worden – das bedeutet, dass wir noch vierzig brauchen – vielleicht kommen wir mit weniger aus, aber wir haben schon einmal zu gering geschätzt, und vielleicht müssen wir auch einige der neuen Steine zurückweisen. Ich setze die Zahl lieber zu hoch an, dann erweist sich ein Irrtum als nicht so schlimm. Und natürlich sind dabei die Quersteine nicht mitgerechnet, die sie verbinden.«

Khattar runzelte die Stirn. »Es sind viele Männer erforderlich, um so viele Steine zu bewegen.«

»Das stimmt«, pflichtete Jiritaren bei, »doch wenn alles nach Plan verläuft, sollte es uns gelingen, die Trilithen bis ...« Er sah Naranchada an.

»Oh, bestimmt bis zum nächsten Jahr.« Ancha lächelte, offensichtlich ein wenig angeheitert. »Aber wann verläuft jemals etwas nach Plan?«

»Das ist der Grund, warum Bauern aufs Feld gehören und nicht Steine schleppen sollten.« Drochrads kehlige Stimme ertönte irgendwo hinter dem König. »Die Götter mindern die Getreideernte, wenn man ihnen nicht ausreichend huldigt. Ich habe Euch schon vor einiger Zeit gewarnt, König Khattar – das Murren der Leute ist unüberhörbar.«

Micail blickte zum Neffen des Königs, Khensu, der mit den jungen Kriegern an der Nordseite des Saals saß, und als dessen Augen den seinen begegneten, las er darin eine ähnliche Einschätzung. Wie in den Inselstaaten war auch hier ein Prinz die Seele seines Landes. Micails Vater hatte sich dafür entschieden, lieber Qualen auf sich zu nehmen, als dieses geheiligte Vertrauen zu verraten. Doch hier, so wurde Micail allmählich klar, war die Beziehung zwischen König und Land von noch größerer Bedeutung. Die Königin diente der namenlosen Göttin des Landes, die ewig war; der Gott aber, der sie fruchtbar machte, wurde durch den König verkörpert. Wenn die Ernte zu häufig schlecht ausfiel, musste ein stärkerer Mann gewählt werden, und der alte König musste sterben.

Ohne dem Schamanen Beachtung zu schenken, hielt Khattar eine Hand mit gespreizten Fingern hoch. »Ihr macht fünf große Steine für die fünf Mutterstämme, und der Außenkreis ist für die einzelnen Sippen.«

»Nun, das ist eigentlich nicht genau ...«, setzte Naranchada an, doch Jiritaren versetzte ihm einen kräftigen Stoß in die Rippen.

Drochrads Stirnrunzeln vertiefte sich.

»Ihr bringt Sonnenkraft in den Kreis ...«, setzte Khattar an, doch der Rest seiner Worte ging in Jubelrufen unter, und die ersten abgehackten Trommelwirbel wurden laut.

Zu Beginn des Festes war das Feuer so heiß gewesen, dass man einen weiten Umkreis darum herum frei gelassen hatte. Doch im Lauf der Stunden waren die Scheite zu einem sanften Glühen herabgebrannt, und die verbleibende Hitze reichte aus, um eine angenehme Wärme im Saal aufrechtzuerhalten. Jetzt machten es sich die Trommler um das Feuer herum behaglich; einige von ihnen neigten ihre Trommeln zum Feuer hin, um die Bespannung zu straffen, während die anderen mit einem sanften rhythmischen Schlagen anfingen, das die allgemeine Aufmerksamkeit forderte. Jegliche Unterhaltung verstummte.

Der Neffe des Königs erhob sich und winkte seine Freunde zu sich; jene, die nüchtern genug waren, stellten sich am Feuer neben ihn. Die Hände jeweils auf die Schultern des anderen gelegt, vollführten sie einen Tanz um das Feuer, wobei sie sich im Gleichtakt neigten und sprangen. Ihre Bewegungen wurden immer schneller, und sie fügten immer kompliziertere Figuren hinzu, bis zunächst der eine oder andere und dann immer mehr ins Stolpern gerieten und lachend aus der Reihe ausscherten. Micail überraschte es nicht, zu sehen, dass der Letzte, der noch tanzte, Khensu war. Er bewegte sich eher kraftvoll als elegant, aber sein Durchhaltevermögen war eindrucksvoll. Mit seinem lockigen braunen Haar und dem muskulösen Körper vermittelte er eine Ahnung davon, wie König Khattar in der Jugend ausgesehen haben mochte. Jeder von ihnen wäre in einem Kampf ein Furcht erregender Gegner, dachte Micail und fragte sich, warum ein Tanz ihn ausgerechnet an Krieg erinnerte. Schließlich hielt auch Khensu im Tanzen inne und hob die Hände, um den Beifall der Leute entgegenzunehmen. Der König indes verfolgte das Geschehen mit leicht gequälter Miene, die vermuten ließ, dass es ihm lieber gewesen wäre, hätte sein Nachfolger etwas weniger Begeisterung geerntet.

»Ihr sollt die Steine schnell aufrichten – meinen zuerst«, murmelte Khattar. »Dann geben die Ahnen mir Kraft.« Er hielt seinen Becher zum Nachfüllen hin.

Michail seufzte und sagte nichts darauf, in der Hoffnung, dieses Thema werde nicht weiter vertieft. Das Ganze lief auf eine Frage der Macht hinaus, aber mit welcher Absicht und zu wessen Gunsten? Khattar wollte die Steine, um unter den einheimischen Stämmen eine herausragende Stellung zu erlangen; Tjalan wollte sie als Brennpunkt, um den herum er die ehemaligen Inselstaaten wieder aufbauen könnte. Oder vielleicht sogar das gesamte Reich. Naranchada und Ocathrel und die meisten anderen Priester wollten sie nur, wenn überhaupt, als Gelegenheit, um ihr Können unter Beweis zu stellen, als Begründung dafür, dass ihr Überleben einen Sinn gehabt hatte.

Das war anfangs auch mein Gedanke gewesen, dachte Micail, und vielleicht hat sich daran nichts geändert. Was hat Ardral neulich gesagt? Es ist, als ob Bildhauer eine Statue von Gott fertigten, nur um zu sehen, ob das machbar sei.

Und warum wünsche ich mir den Tempel? Diese Frage hatte er sich bis vor kurzem noch nie gestellt, aber inzwischen war sie zu einem ständig bohrenden Gedanken in seinem Bewusstsein geworden.

»Ach!«, keuchte Khattar heiser und legte seine fettverschmierte, vom Bier klebrige Hand mit festem Griff auf Micails Schulter. »Das hier wird Euch gefallen! Passt auf!«

Unter den Frauen erhob sich ein Rascheln und Raunen, während sich mehrere der Bänke leerten. Die jungen Männer fingen an zu pfeifen, als einige Mädchen ins Licht des Feuers traten; sie waren angetan mit Schals und Röcken aus Wolle und Leder, deren lange Fransen schwangen, als sie die Körper wiegten. Halsketten aus geschnitztem Holz und Bein, aus Gagat und Bernstein schaukelten sanft auf jungen Brüsten. Sie hielten einander bei den Händen und wiegten sich mit gesenkten Lidern im Kreis; ihre Füße vollführten rhythmische Schritte zum Wummern der Trommeln, während eine beinerne Flöte tirilierte und sang. Die schlanken Körper bogen und streckten sich wie junge Birken am Waldesrand, wie Weiden an einem von Wellen gekräuselten Fluss. Micail musste unwillkürlich lächeln.

»Euch gefallen unsere Mädchen wohl, ja?« Der König wischte sich Bierschaum vom Mund und grinste.

»Sie sind so hübsch wie junge Kühe auf einer grünen

Weide«, antwortete Micail, und der König brach in schallendes Gelächter aus.

»Wir bringen Euch schon noch auf den Geschmack, Fremder!«

Die Diener, beladen mit Körben voller Nüsse und getrockneten Beeren, dem Rest der Ausbeute des letzten Herbsts, und vielen harten Käselaiben, machten die Runde durch die Menge. Micail wischte sich die fettigen Hände an der Tunika ab und nahm eine Hand voll Nüsse sowie mehrere Beeren und dachte wehmütig an die unzähligen fein gearbeiteten Schalen, gefüllt mit aromatisiertem Wasser, die zu Hause gereicht worden wären, damit die Gäste sich die Hände hätten reinigen können. Auch vermisste er die erlesenen Gläser, gefüllt mit duftendem Wein. Stattdessen blieb es ihm wohl nicht erspart, noch mehr von dem einheimischen Bier zu trinken, das sich in Form einer leichten Gleichgewichtsstörung bei ihm bemerkbar machte. Aber anscheinend war das hier so der Brauch – die Männer auf den äußeren Bänken waren längst betrunken –, und als wieder eine Dienerin zu ihm kam, um seinen Becher zu füllen, wehrte er sich nicht dagegen.

Die Tänzerinnen wogten zurück in ihren Bereich des Saals, doch das Dröhnen der Trommeln hielt an. Die Menschen gaben sich nun nicht etwa entspanntem Geplauder hin, womit allmählich das Ende der offiziellen Feierlichkeit angezeigt wäre, sondern richteten sich vielmehr auf den Bänken auf und harrten in erregtem Schweigen der Dinge, die noch kommen sollten.

Schließlich verstummten die Trommeln. Die breite Tür wurde geöffnet, wobei das Knarren in der Stille hörbar war, und jemand betrat den Saal. Niemand bemerkte, wie sich die Tür schloss, als eine schlanke Gestalt sich im Feuerschein näherte – ein Mädchen, eingehüllt in einen Bärenfellumhang. Ihr lohfarbenes Haar war hoch oben am Kopf zu einem Pferdeschwanz zusammengebunden, der ihr in glänzender Pracht auf den Rücken fiel.

Der König trat vor und betrachtete sie mit einem unergründlichen Gesichtsausdruck.

»Mein Vater, ich grüße Euch.« Der schlanke Arm des Mädchens, mit einem Reif aus Bernstein geschmückt, kam aus den Falten des Fells hervor, um ihre Stirn, die Lippen und die Brust zu berühren.

»Meine Tochter, ich heiße dich willkommen«, erwiderte der König. »Bringst du den Segen deiner Mutter zu unserem Fest?«

»Sehr wohl ... und den der Großen Mutter!«, antwortete sie, während sie mit einer wohl bemessenen Anmut näher trat, die Micail mit einigem Erstaunen als das Merkmal einer spirituellen Ausbildung erkannte. Das musste Anet sein, die Königstochter, von der Elara ihm erzählt hatte und deren Mutter hier eine Hohe Priesterin war.

König Khattar lehnte sich zurück. »Dann lass ihn uns zuteil werden!«, sagte er leise.

Das Mädchen lächelte, wandte sich den Trommlern zu, nahm die Hand, mit der sie ihren Umhang zusammengehalten hatte, von dem glänzenden Fell, und ließ diesen fallen. Micail riss die Augen weit auf, denn darunter trug das Mädchen nichts weiter als üppigen Schmuck aus Gagat und Bernstein sowie einen kurzen Rock aus verzwirbelten Wollsträhnen, die oben und unten mit verwobenen Bändern zusammengehalten waren. Doch das Raunen, das sich im Saal ausbreitete, klang nach Zufriedenheit. Offenbar hatte man so etwas als Teil der Zeremonie erwartet; und warum sollte es Micail überraschen, der doch schon die Saji-Mädchen des Alten Landes tanzen gesehen hatte, nur mit ihren safrangelben Schleiern angetan?

Die am straffsten bespannten Trommeln dröhnten, einmal, zweimal und immer wieder, während Anet sich in den leeren Raum vor dem Feuer bewegte, die wohlgeformten Arme hoch erhoben. Dann fielen die anderen Trommeln ein, ein wortloses Wechselspiel von Frage und Antwort, auf das Micails Puls mit heißem Pochen reagierte – obwohl die Tänzerin ihre Darbietung noch nicht einmal begonnen hatte. Erst als die Figur aus poliertem Bernstein, die zwischen ihren jungen Brüsten lag, im Licht aufleuchtete, erkannte er, dass jeder Zentimeter ihres Fleischs schimmerte, während ein beherrschtes Beben ihren Körper durchlief, das sich von den Knien zur Brust und wieder zurück fortsetzte.

»Sie lenkt die Bahnen der Macht«, sagte Naranchada mit tiefer, gequälter Stimme, und Jiritaren nickte betrunken.

»Wenn man ihnen so etwas im Heiligtum von Carn Ava beibringt, dann sollten wir unsere Mädchen dorthin schicken«, entgegnete Jiritaren.

Micail hörte sie, brachte jedoch keinen Ton heraus. Das Atmen fiel ihm schwer, und seine Haut kribbelte. Er spürte, wie sich jedes einzelne seiner Nackenhaare aufstellte, und die Luft um ihn herum schien vor Spannung zu knistern. Dieses Mädchen war nicht mit seiner über alles geliebten Frau zu vergleichen – und dennoch lagen in ihrem Tanz eine Inbrunst und eine Anmut, die ihn seltsam an Tiriki beim Gebet erinnerten.

Kaum wahrnehmbar beugte sie die Knie; ihre Arme wanden sich langsam nach unten, rundherum, wieder hinauf – eine ständige wellenförmige Bewegung, mit der sie sich um die hohen Säulen wand, welche die Decke stützten. Das Licht des Feuers fiel auf ihr braunes Haar, sodass es denselben gefleckten Goldton hatte wie trockenes Gras auf den Hügeln, wenn die Sonne darauf fiel. Micail hatte den Eindruck, dass sie vom Strahlen Manoahs berührt war, und er dachte: Sie tanzt das Licht zurück in die Welt.

Viermal vollführte sie auf diese Weise die Runde durch den Saal, indem sie sich zwischen den Säulen hindurchschlängelte. Jedes Mal hielt sie inne, wandte sich in eine andere Richtung, sank auf die Knie und beugte sich nach hinten, dann streckte sie beide Beine und Arme, während ihr Rücken sich wie ein Bogen spannte, bis sie mit einer plötzlichen Drehung wieder hochschnellte, die Arme erhoben, um von neuem zu beginnen. Mit einem wirbelnden Seitenschritt vollführte sie schließlich einen letzten Kreis, hob ihren Bärenfellumhang auf und warf ihn sich um. Es war, als ob das Licht aus dem Raum verschwunden wäre. Sie stand reglos da und lächelte schwach, während ihre Zuschauer in einem kollektiven Seufzer die Luft ausließen; dann drehte sie sich um und entschwand durch die Menge zu der sich öffnenden Tür.

Im Vorüberhuschen traf ihr Blick flüchtig Micails. Sie hatte grüne Augen.

»Welch ein erstaunliches Mädchen!«, sagte Jiritaren, ein wenig zu überschwänglich.

»O ja. Genau wie ihre Mutter, als sie jung war und ich mich mit ihr davongemacht habe.« Der König grinste, in die Erinnerung versunken, und seine schlechten Zähne zwischen dem grau gesträhnten Bart waren zu sehen. »Wir müssen einen guten Ehemann für Anet finden, bevor irgendein Heißsporn mit mehr Draufgängertum als Verstand beschließt, es mir nachmachen zu wollen!« Sein schräger Blick fiel auf Micail. »Khayan-e-Durr sagt, ich solle sie mit Euch verheiraten, fremder Heiliger. Was meint Ihr dazu?«

Micail sah ihn erschrocken an. Aber ich bin doch mit Tiriki verheiratet, dachte er, und im selben Augenblick wurde ihm klar, dass er es nicht wagte, zu antworten.

Schließlich rettete Naranchada ihn aus der misslichen Lage. »Großer König, wir wissen die Ehre zu würdigen, die Ihr uns erweist, aber bitte bedenkt, dass mein Herr, Prinz Micail, zum Königsgeschlecht unseres Reichs gehört – er kann also keine Verbindung eingehen ... ohne sich mit Prinz Tjalan zu besprechen«, beendete Ancha den Satz beinahe so glatt, als ob er von Anfang gewusst hätte, was er hatte sagen wollen.

Micail sah, wie Drochrad hinter Khattars stämmigen Schultern die Stirn runzelte, noch tiefer als zuvor, falls das möglich war. Dieser Antrag war auch für den Schamanen völlig überraschend gekommen. Die Erkenntnis, dass es noch weitere Gründe als seine eigene Verwirrung geben mochte, um einer unmittelbaren Antwort auszuweichen, kam mit eisiger Klarheit über Micail.

»Die Sache verhält sich so ...«, stammelte er und sah, wie sich die Miene des Königs verfinsterte.

»Dann sprecht mit Eurem anderen Prinzen, mit einer Empfehlung von mir«, schnaubte Khattar in seinem seltsam klingenden Atlantidisch. »Ihr Meeresleute behauptet, mir dienen, mich zum Häuptling aller Stämme machen zu wollen. Aber ohne die Königliche Frau habe ich keine Macht! Bedenkt Eure Antwort, wenn es sein muss, aber lasst Euch nicht zu viel Zeit damit. Ohne Blutsbande verliert Ihr Eure Arbeitskräfte, Eure Steine und alles andere, was wir hier haben.«

Dreizehntes Kapitel

»Mama! Wie hübsch! Sieh nur!« Domara tänzelte herum und deutete auf die Amseln, die das Gras fleckten und deren glatte Federn in der Sonne schillerten. In der Nacht zuvor hatte es heftig geregnet, und die Vögel ergötzten sich an den Würmern, die im Überfluss aus dem Boden gespült worden waren. Tiriki versuchte, das Kind mit den Armen zu umfangen, und als ihr das nicht gelang, richtete sie sich lachend auf. Domara hatte zur Wintersonnenwende ihren dritten Geburtstag gefeiert und war inzwischen zu einem lebhaften Tausendsassa geworden; ihr helles Haar leuchtete mal da, mal dort am Heiligen Berg auf wie eine winzige Flamme.

Forolins Tochter Kestil schritt mit der ihren sieben Jahren angemessenen Würde einher. »Warum schreckst du sie auf? Sie fliegen doch nur weg.«

Domara blickte über die Schulter zurück. »Wie hübsch!«, wiederholte sie und fuchtelte mit den stämmigen Ärmchen in der Luft herum. Lächelnd hob Tiriki sie hoch und hielt sie empor.

»Flieg, kleiner Vogel!«, sang sie. »Aber niemals so hoch, dass du dein Nest vergisst … Deine Freunde, Schmutzfink, Schildkröt und Zirpchen, warten auf dich, um mit dir zu spielen, weißt du.« Sie setzte sich das Kind auf die Hüfte und ging auf dem Holzsteg weiter, der zu dem alten Sommerdorf führte, welches die Sumpfleute nun schon seit über einem Jahr zu einer ständigen Wohnstatt umbauten. Wieder einmal empfand sie einen Anflug von Stolz, als sie über ihr erstes Jahr in diesem Land nachdachte; damals hatten die Eingeborenen die Atlantiden zweifellos für verrückt gehalten, weil diese beschlossen hatten, das ganze Jahr über in der Marschlandschaft zu leben.

Doch sie wusste auch, dass die Leute sie zwar schätzten, Chedan jedoch verehrten, da er so viele von ihnen während der Zeit der großen Seuche persönlich gepflegt hatte. Wenn er durchs Dorf ging, brachten sie ihm ihre Kinder, damit er sie segnete, und sie hatten Habichtfedern gesammelt, um ihm daraus einen Zeremonienumhang zu fertigen. Es war seinetwegen, nicht wegen Tiriki, dass sie sich bereit gefunden hatten, auch den Winter über hier zu leben und die Steine, die der Magier für den Bau der ersten festen Behausung der Gemeinschaft benötigte, aus dem Felsen zu brechen und an ihren Bestimmungsort zu schaffen.

Tiriki seufzte und beschloss, nicht eifersüchtig zu sein, höchstens ein ganz klein wenig ... konservativ. Die Vorstellung eines männlichen Heilers war ungewohnt für sie, so seltsam wie der Gedanke, dass eine Frau – auch wenn es sich um sie selbst handelte – die offiziellen Zeremonien leitete. Und doch war im Alten Land ihr Vater ein Heiler gewesen, dessen einschlägige Schriften zu diesem Thema selbst den Herren des Schicksals als ausreichende Buße für seine Sünden gelten mochten.

Andere Länder, andere Gebräuche, hatte ihr alter Lehrer, Rajasta der Weise, zu sagen gepflegt. Tiriki ließ die

Gedanken schweifen. Vielleicht hätte ich seinen Prophezeiungen mehr Beachtung schenken sollen, dann wäre es mir leichter gefallen, mich anzupassen. Aber vielleicht soll es gar nicht leicht sein ...

Am Himmel brannte die Sonne die Wolken und den Nebel über dem Sumpf weg und ließ nur einen ganz dünnen Dunstschleier übrig. Sie und Domara waren auf dem Weg ins Dorf, das in der Ferne immer wieder sichtbar wurde und dann erneut im Dunst verschwand. Als sie ziemlich nahe waren, sahen sie Frauen, die emsig damit beschäftigt waren, Korn zu mahlen, Bohnen zu pflücken oder Knollengewächse vor ihren Türen zu beschneiden, und Männer, die Netze flickten oder Pfeile mit Federn bestückten.

Viele Dorfbewohner hoben die Hand zum Gruß, und Domara erwiderte die Gesten mit fröhlichem Geplapper. Tiriki ließ sie oft im Dorf zurück, damit sie mit den Kindern spielte, und die Folge war, dass Domara sowohl den einheimischen kehligen Dialekt als auch die melodische Sprechweise und die ausgefeilte Grammatik der Meereskönige nachahmte.

»Mor-gan, du sein spät. Freut mir, dass dir gut geht«, sagte Herons Gemahlin, eine fröhliche Frau mit dem Namen Nessel, der so gar nicht zu ihrem freundlichen Wesen passte. Die Einheimischen hatten große Fortschritte gemacht, die Sprache der Fremden zu lernen, während Tiriki umgekehrt noch nicht so weit gekommen war. Wenigstens konnte sie sich die Bedeutung der meisten Namen der Leute am See zusammenreimen. Morgan, wiederholte sie im Stillen. Chedan hatte ihr erklärt, dass dieses Wort in mehreren sehr alten lerandanischen Legenden einen Meeresgeist bezeichnete, doch dann hatte er gelacht und war nicht weiter darauf eingegangen.

Und wie haben sie *ihn* genannt? Sie versuchte sich zu erinnern. Himmelschreier? Leichtflügel?

»Sonnenfalke!«, rief sie aus. »Hast du Sonnenfalke heute schon gesehen?«

»Er ist in neues Geisthaus gegangen.« Nessel griff sich eine weitere Hand voll Langbohnen. »Sie streiten über Steine! Männer ...« Sie zuckte mit den Schultern.

Tiriki nickte zustimmend, war jedoch gleichzeitig erfasst von der gewissen inneren Erregung, die sie immer überkam, wenn sie an den neuen Tempel dachte – sie sah darin sowohl die Wiederherstellung der alten Pracht als auch eine Hinwendung zum neuen Land. Forolin hatte sich als besonders hilfreich erwiesen, denn er entstammte einer Familie, die mehr aus Baumeistern denn aus Kaufleuten bestand. Seine praktischen Erfahrungen ergänzten Chedans Wissen um die theoretischen Zusammenhänge auf so wundervolle Weise, dass Tiriki allmählich voller Zuversicht an eine erfolgreiche Durchführung ihres Vorhabens glaubte.

Und warum auch nicht?, fragte sie sich. Wir haben doch schon so vieles geschafft. Während der vier Jahre seit ihrer Ankunft waren die anfänglichen groben Hütten durch massive Holzbauten ersetzt worden, verputzt und gekalkt gegen die Einflüsse der Witterung. Auf einer Böschung hinter den Strohdächern des Dorfes sah Tiriki die Schafe, die auf den saftigen Weiden grasten, und auf einer etwas höher gelegenen Fläche die Weizen- und Gerstenfelder, die grün und silbern in der sanften Brise wogten.

Sie hatte den Eindruck, dass sich nicht nur die Gebäude, sondern auch die Leute verändert hatten, wenngleich diese Veränderung nur ganz allmählich vor sich ging. Einige der Prachtgewänder von Atlantis waren noch vorhanden, doch sie wurden kaum getragen; und wenn ihre gewohnte Leinenkleidung in Fetzen zerfallen war, gingen viele Flüchtlinge dazu über, in einfacher Kleidung aus Hirschleder herumzulaufen, genau wie die Sumpfbewohner.

Aber dieser Zustand dauert vielleicht nicht an, sagte sie zu sich selbst, als ihr Blick auf eine der Frauen des Dorfes fiel, die ungeschickt mit einer Wollkratze hantierte. Nun, da die Landkarten des Priesters Danetrassa es Reidels Seeleuten ermöglichten, noch mehr Schafe einzuführen, wurde Kleidung aus gesponnener Wolle immer beliebter, und Liala und die Saji-Frauen hatten den einheimischen wilden Flachs kultiviert und mit Kräutern gefärbt, sodass ein hübsches Blau entstand.

Und wenn wir nicht sehr achtsam sind, werden eines Tages auch die Männer Blau tragen, dachte sie und wurde unwillkürlich von Abscheu geschüttelt. Für sie würde Blau immer Caratras Farbe sein, die geheiligte Farbe ihrer Priesterinnen.

Als sie sich dem Ende des Dorfes näherten, rannte eine Schar von Kindern aus einem der Häuser; ihre süßen Stimmchen zwitscherten wie die von Vögeln. Domara antwortete in derselben Sprache, und Tiriki ließ ihrer Tochter freien Lauf, damit sie sich zu ihnen gesellte. Eine schlanke, dunkelhaarige Frau folgte der Meute und grüßte sie.

»Dein Tag möge gesegnet sein, Rotfarn. Darf ich Domara wieder bei dir lassen? Ich unterrichte heute auf der kleinen Insel, aber gegen Sonnenuntergang werde ich zurück sein.«

Rotfarn nickte und lächelte. »Wir passen auf sie auf. Kestil«, fügte sie hinzu und drehte sich zu Forolins Tochter um, »du hilfst doch? Hältst Domara vom Wasser fern, damit sie nicht hineinfällt ...«

»Ja!«, piepste Kestil fröhlich in der Sprache des Sumpfvolkes, bevor sie weiter mit Nessels Kindern Schmutzfink und Zirpchen Fangen spielte.

Wenigstens, dachte Tiriki, während sie sich wehmütig abwandte, kann Domara schwimmen.

Die felsige Erhebung am Ende des Weges war so häufig ringsum von Wasser umgeben, dass man sie gemeinhin als Insel bezeichnete. Im Lauf der Zeit hatte Tiriki erkannt, dass es in dieser unbekannten Wildnis keine so eindeutige Unterscheidung zwischen Land und Luft und Wasser gab, wie es ihr von Ahtarrath her vertraut war. Im Dunst schien all das miteinander zu verschmelzen, genau wie die Kastenunterschiede zwischen Priestern, Seeleuten und Eingeborenen sich immer mehr verwischten.

Die Priesterschüler und andere ihrer Studenten warteten auf der Lichtung, die sie aus einem wilden Gestrüpp aus Riesenfarnen und Erlen in der Mitte der Insel geschlagen hatten. Von diesem Ort ging so etwas wie eine jugendliche Energie aus, weshalb er dafür geeignet war, junge Leute zu unterrichten. Im Sinne eines ausgeglichenen Verhältnisses von männlichen und weiblichen Vertretern der Priesterschaft hatte man

Reidel in den Rang eines Jungpriesters erhoben und mit ihm – nach gründlicher Abwägung des Für und Widers – den Seemann Cadis.

Tiriki zweifelte nicht daran, dass es richtig gewesen war, Reidel in ihre Reihen aufzunehmen. Das Meer hatte ihn gelehrt, Kräfte zu berechnen und Strömungen vorauszusehen, und wie jeder Kapitän hatte er lernen müssen, uneingeschränkt Herr über sich selbst zu sein, bevor er Herr über andere sein konnte. Bereits jetzt war klar, dass seine Mitwirkung für die Rituale von großem Wert war. Die Gründe, die Reidel persönlich bewogen, sich zur Verfügung zu stellen, traten weniger deutlich zutage, obwohl Tiriki vermutete, dass Damisa einer davon war. Sie nickte ihm zur Begrüßung zu, und als ein Lächeln seine strengen Gesichtszüge sanfter machte, stellte sie fest, dass Reidel wirklich ein gut aussehender Mann war.

»Unser Thema ist heute die Andere Welt«, begann sie. »Die Tradition lehrt uns, dass es viele verschiedene Ebenen des Seins gibt, von denen die psychische Ebene die offensichtlichste ist. Die Meister der Mysterien haben sich in die Welten des Geistes vorgewagt und diese erforscht und aufgezeichnet, aber gleichen sich alle dabei erlangten Erkenntnisse?«

Sie ließ den Blick durch die Runde schweifen. Diesmal saß die drahtige Selast, die vor Energie zu beben schien, selbst wenn sie sich nicht bewegte, neben ihrem Verlobten Kalaran. Seit er regelmäßig mit Chedan zusammenarbeitete, hatte sich der finstere Ausdruck gemildert, der früher seine feinknochigen Züge geprägt hatte, aber sie vermutete, dass es ihm schwer fiel, Cadis und Reidel anzuerkennen, weil er immer noch seinen alten Gefährten nachtrauerte, den dahingegangenen Priesterschülern. Neben ihm hockte Elis und fuhr, in Gedanken versunken, mit den Fingern durch die dunkle Erde. Jetzt erst fiel Tiriki auf, dass weder Damisa noch Iriel anwesend waren.

Damisa war nicht absichtlich ferngeblieben, vielmehr lag der Grund dafür bei Iriel. Damisa wäre ohne Umwege zum Unterricht gegangen, wenn Liala sie nicht gebeten hätte, Iriel eine Nachricht zu übermitteln. Doch als Damisa schließlich zu der Laube gelangte, die sich Iriel zwischen den Weiden gebaut hatte, schenkte ihr das Mädchen lediglich einen flüchtigen Blick, bevor sie sich wieder der dichten Brombeerhecke zuwandte, die sie bereits zuvor angestarrt hatte.

»Liala lässt ausrichten, dass Alyssa sich noch immer krank fühlt« – Damisa kam gleich zur Sache – «und deshalb bittet sie dich, ihr noch mehr von den getrockneten Schafgarbenblüten mitzubringen, wenn du das nächste Mal den Berg hinaufkommst.«

Iriel antwortete nicht und rührte sich nicht.

»Du kannst sie ihr ja nach dem Unterricht vorbeibringen ... Überhaupt, du solltest doch eigentlich auf dem Weg dorthin sein! Was machst du denn noch hier? Es ist doch keine Beerenzeit ...«

»Pscht!« Auch wenn es nur ein leises Zischen war, so war es ein Befehl, und Damisa merkte, dass sie gehorchte, ohne ihn infrage zu stellen. Instinktiv ließ sie sich neben ihrer jüngeren Freundin auf die Knie sinken. Ein Augenblick verging und noch einer. Kein Laut war zu hören bis auf das Rauschen des Windes in den Weidenzweigen und das Gurgeln des vorbeifließenden Wassers. Damisa bemerkte nichts Auffälliges, das Iriels gebanntes Starren erklärt hätte.

»Du verbringst entschieden zu viel Zeit mit Taret«, murmelte Damisa. »Jetzt hör mal ... es ist zwar sehr schön hier, aber wir müssen ...«

»Pscht!« Diesmal schwang in dem Zischlaut unüberhörbar Angst mit, und da Damisa dies nicht entging, verstummte sie. Verunsichert wich sie ein wenig von Iriel ab, wobei sie halbwegs erwartete, ihre Freundin werde sie plötzlich packen und in lautes Gelächter ausbrechen.

»Bitte!«, flehte Iriel nun inständig. »Beweg dich nicht!« Sie hatte die Worte lautlos gesprochen, sie waren nur an der Bewegung ihrer Lippen abzulesen gewesen. Und während der ganzen Zeit blinzelte Iriel nicht und wandte den Blick nicht ab von dem, was immer es sein mochte, das sie so gebannt anstarrte – eine dichtere Dunkelheit im Unterholz, die Damisa bis jetzt noch nicht aufgefallen war.

Und dann war etwas zu hören, eine Art schmatzendes Reißen und ein Rascheln im Gestrüpp. Erstaunlicherweise entspannte sich Iriel jetzt.

»Was ist das?«, konnte sich Damisa nicht verkneifen zu fragen.

»Ein Waldgeist«, flüsterte Iriel mit einem sonderbaren Lächeln, »aber jetzt hört uns das Wesen nicht mehr. Wenn du dich ganz behutsam bewegst, kannst du es ebenfalls sehen.«

Damisa löste sich ein wenig aus ihrer Erstarrung, doch bevor sie auch nur mit den Schultern zucken konnte, zischte Iriel erneut: »Behutsam, habe ich gesagt! Gleich ist es fertig, und wenn es fertig ist, geht es weg. Dann können wir auch gehen.«

Damisa, deren Nackenhaare kribbelten, bewegte sich vorsichtig, bis sie den Schatten im Gebüsch voll im Blick hatte. Anfangs sah er aus wie hundert andere Stellen im Sumpfwald, doch als der Wind ein wenig drehte, stieg ihr der Geruch von Blut in die Nase und noch eine andere Ausdünstung – scharf und wild.

Entweder sind wir jetzt beide vollkommen übergeschnappt, entschied Damisa für sich, oder da ist wirklich irgendwas.

Sie betrachtete erneut das stille Bild, das sich ihren Augen bot, und konzentrierte sich auf jeden Pilz, jeden Grasfleck, bis sie schließlich einen dicken braunen Ast am Rand der Dunkelheit bemerkte – einen bepelzten Ast, der in einem glänzenden schwarzen Huf endete. Sie hatte schon genügend Wild gehäutet, um zu erkennen, was das war, aber warum lag es hier so herum?

Das Bein des toten Hirschs zuckte krampfartig, und sie hörte wieder das seltsame Geräusch, als ob etwas zerrissen und zermalmt würde.

Vielleicht hatte sie vor Schreck einen Laut von sich gegeben, denn das Gebüsch bewegte sich, und plötzlich sah sie deutlich einen wuchtigen Kopf mit schweren Kiefern; von den Lefzen troff Blut, und die dunkel bernsteinfarbenen Augen funkelten. Das Gebüsch wogte erneut, als das Geschöpf torkelnd aufstand, die Hinterkeule des Hirschs immer noch zwischen den Kiefern, und sich schwerfällig entfernte.

Einen Augenblick lang sah Damisa das Tier in seiner vollen Größe, ein dunkler Schatten, der sich gegen das

Tageslicht abzeichnete, mit Umrissen, die denen eines in dickes braunes Fell gekleideten Mannes glichen. Ein starker Instinkt, den sie nicht ihrer Ausbildung im Tempel verdankte, veranlasste sie, sich vollkommen reglos zu verhalten, voller Ehrfurcht vor einer Kraft, die älter war als Atlantis selbst.

»Eine Bärin!«, rief Iriel aus, während das Krachen brechender Äste immer schwächer wurde. »Hast du die prallen Zitzen gesehen? Sie muss irgendwo in der Nähe Junge versteckt haben.«

»Eine Bärin ...« Das schien ein zu harmloses Wort für ein Wesen zu sein, das offenbar so viel Kraft besaß. Damisa hatte schon einmal einen Bären gesehen, im Großen Tiergarten der Wunder in Alkona, aber der war entschieden kleiner gewesen und hatte eine andere Farbe gehabt, und man hatte ihr damals versichert, dass er sich ausschließlich vegetarisch ernährte. Aber andererseits hatte es in den Inselstaaten nur sehr wenige Tiere gegeben außer jenen, die den Menschen dienten.

»So was hat uns gerade noch gefehlt!« Damisa versuchte, sich zusammenzureißen. »Hat Otter nicht gesagt, dass es in diesem Tal keine gefährlichen Tiere gebe?«

»Das stimmt auch – im Großen und Ganzen. Deshalb ist dieses hier auch etwas so Wunderbares«, sagte Iriel, deren Gesicht vor Begeisterung strahlte. »Taret sagt, die Bärenmutter sei der älteste Geist überhaupt, die Mutter aller Tiermächte. Es bringt Glück, wenn man sie zu Gesicht bekommt.«

Damisa war sich in Bezug auf das Glück nicht so ganz sicher, aber sie zweifelte nicht an der Sache mit der Macht. Als sie in die bernsteinfarbenen Augen des Tiers geblickt hatte, hatte sie tief in ihrem Innern ein ehrfurchtsvolles Schaudern gespürt, ganz anders als die Regungen, die durch ein Ritual ausgelöst wurden.

Iriel fuhr fort: »Taret sagt, die Alten hätten sie angebetet. Sie hatten Höhlen, wo sie Magie betrieben. Einige davon gibt es vielleicht immer noch. Nicht die Alten – die Höhlen. Vielleicht hat die Bärin eine davon gefunden und lebt jetzt dort. Das wäre ein Ort von ungeheurer Macht!«

»Wir befinden uns hier in einer Sumpflandschaft, Iriel!«, rief Damisa aufgebracht aus. »Wie kann es hier Höhlen geben?«

Doch Iriel sah sie mit zusammengekniffenen Augen an. »Es gibt schließlich auch Höhlen am Heiligen Berg«, sagte sie, als ob damit die Angelegenheit geklärt wäre. »Komm jetzt«, fügte sie hinzu und stand auf. »Hast du nicht gesagt, man warte auf uns?«

Ein Brauch von Atlantis, den die Immigranten hatten wieder aufleben lassen können, war das gemeinsame Abendessen. Auf Ahtarrath hatten die Priesterschüler in einem quadratischen Raum gespeist, der von Hängelampen erleuchtet und mit einzelnen Bildern von Meereskraken geschmückt gewesen war, deren zartes Fleisch ein Grundbestandteil der atlantidischen Küche war.

Im Gegensatz zu den Behausungen der Eingeborenen war der Speisesaal, den die Atlantiden auf dem Heiligen Berg gebaut hatten, rechteckig, mit Türen entlang der Wände, die geöffnet werden konnten, wenn das Wetter es zuließ. Hier versammelte sich die ganze Gemeinde, mit Ausnahme einiger Seeleute, die einheimische Frauen geheiratet hatten und mit diesen im Dorf lebten. Man saß um eine längliche Feuerstelle in der Mitte, deren Rauch spiralförmig durch eine Öffnung in der spitz zulaufenden Decke aufstieg.

An einer Wand stand die kleine Caratra-Statue auf einem Sockel, der aus einem dicken Holzklotz gefertigt worden war. Tiriki bemerkte mit einem Lächeln, dass jemand ein paar rote Astern vor dem Abbild der Göttin niedergelegt hatte. Sie fragte sich, wer das gewesen sein mochte und welche Worte diese Handlung wohl begleitet hatten – falls sie nicht in aller Stille vonstatten gegangen war.

Die Flüchtlinge sprachen immer noch häufig von Ni-Terat, wenn sie Caratra meinten, während die Eingeborenen sie ›Mutter des Herdes‹ nannten, doch alle fanden Trost in ihrer liebevollen Zuwendung. Heute jedoch hatte Tiriki noch mehr als sonst das Gefühl, nicht an diesen Ort zu gehören. Zu Hause hatte sie dem Licht in Gestalt des mächtigen, aber fernen Manoah gedient, dessen Gegenwart nur in äußerst seltenen ekstatischen Trancezuständen erfahren werden konnte. Doch auf dem Heiligen Berg lebten sie alle sehr erdverbunden, und es erschien passender, dass die Große Mutter, die ihre Kinder niemals verließ, hier in der Mitte der Gemeinde ihre Heimat hatte.

Tiriki ließ erneut den Blick über die Anwesenden schweifen, die im Saal speisten, und lächelte; dabei fielen ihr Rajastas Worte ein: »Es sind die Menschen, nicht Manoah, die steinerne Denkmale brauchen. Ihn kann man niemals vergessen. Die Sonne ist sein Denkmal.« Außerdem, so kam ihr zu Bewusstsein, war dies ein Ort des Lichtes.

Und so war es. Im Sommer blieb die Sonne bis weit in den Abend hinein am Himmel, als ob sie den Mangel an Kraft durch langes Scheinen wettmachen wollte; ihre langen Strahlen fielen schräg durch die Westtüren in den Raum und erfüllten ihn mit einem goldenen Glanz. Das honigfarbene Licht umgab ihre schäbige Kleidung wie ein Schleier und ließ die zahllosen Flecken und Flicken wie feinen Zierrat erscheinen. Tiriki überkam unerwartet ein Gefühl von Erhabenheit. Obwohl sie in den Versammelten immer noch dieselbe stolze Priesterschaft erkannte, die einst im Alten Land geherrscht hatte, waren die Gesichter, die sich ihr jetzt zur Begrüßung zuwandten, von Furchen gezeichnet, die Ausdauer und Entbehrung gegraben hatten; gleichzeitig ging ein Strahlen von ihnen aus, das sie im Tempel von Ahtarrath niemals gesehen hatte. Sie hatte den Eindruck, dass sogar in den Augen des weisen alten Chedan eine neue Weisheit leuchtete.

Als Tiriki ihren Platz am Kopfende eines langen Tisches einnahm – gleich neben Domara –, ging sie in Gedanken die Liste der Anwesenden durch. Reidel und die unverheirateten Seeleute saßen gemeinsam an einem Tisch, wobei sie auch hier die an Bord eines Schiffes übliche Sitzordnung einhielten. Chedan saß an der Stirnseite eines anderen Tisches, flankiert von Forolin und dessen Familie auf der einen und den Priestern Rendano und Danetrassa auf der anderen Seite. Die Saji-Frauen waren nicht zugegen, sie nahmen ihre Mahlzeiten für gewöhnlich in ihren Privatgemächern mit Laila und Alyssa ein; trotzdem war die Gruppe um Tiriki alles andere als ruhig, denn um sie scharten sich die Priesterschüler.

Damisa und Selast saßen nebeneinander, wie in letzter Zeit meistens, und Elis war in ein Streitgespräch mit Kalaran vertieft – ebenfalls nichts Ungewöhnliches. Selbst jetzt schien sich Kalaran nicht besonders gut mit irgendjemandem zu vertragen, als ob die Trauer über die Gefährten, die er verloren hatte, ihn immer noch davon abhielte, sich an jenen zu erfreuen, die verblieben waren. Tiriki bemerkte stirnrunzelnd, dass der Platz neben ihm leer war.

»Wo ist Iriel?«, fragte sie laut.

Die Priesterschüler sahen sie an und warfen sich dann gegenseitig fragende Blicke zu.

»Ich habe sie seit dem Unterricht heute Nachmittag nicht mehr gesehen«, meinte Elis. »Du hast uns gar nicht gesagt, warum ihr beide so spät gekommen seid, Damisa. Arbeitet sie vielleicht gerade an einem Projekt, zu dem sie zurückgekehrt ist und worüber sie mal wieder die Zeit vergessen hat?«

Damisa schüttelte den Kopf und runzelte nachdenklich die Stirn. »Von einem Projekt weiß ich nichts«, sagte sie schließlich. »Aber ich hatte eigentlich die Absicht, es euch zu sagen... Wir sind deshalb so spät gekommen, weil wir einen Bären gesehen haben.« Sie hatte die Stimme erhoben, und mehrere der Anwesenden drehten sich zu ihr um.

»Einen was?«, rief Reidel aus. »Gibt es hier etwa Bären?«

»Soviel ich weiß, hat es lange Zeit keine mehr gegeben«, antwortete Damisa. »Iriel war ganz und gar hingerissen. Offenbar ist die Bärenmutter hier etwas sehr Mächtiges, und die Sumpfbewohner ehren sie mit bestimmten Ritualen – in heiligen Höhlen.« Sie verdrehte die Augen, da sie von dem letzten Teil der Geschichte immer noch nicht so recht überzeugt war.

»Sie hat sich doch nicht etwa aufgemacht, um diesen Bären zu suchen?« Elis sprach den Gedanken aus, der allen durch den Kopf ging. Tirikis besorgter Blick traf Chedans.

»Wir müssen sie suchen!« Reidel schob seinen Stuhl zurück und stand auf; seiner Natur gemäß übernahm er sogleich die Rolle des Befehlshabers. »Die Sümpfe können sehr tückisch sein, und wir wollen nicht noch weitere Opfer beklagen müssen. Wir bilden verschiedene Einsatztrupps – Tiriki und Chedan können die Suche von hier aus koordinieren. Elis sollte ebenfalls hier bleiben, für den Fall, dass eine Botin gebraucht wird. Cadis, ich möchte, dass du dich im Siedlungsgelände umsiehst, um sicherzustellen, dass sie nicht irgendwo hier in der Nähe ist. Teiron, du durchsuchst das Gebiet um den See und läufst dann so schnell wie möglich ins Dorf und bittest Reiher, Jäger auszuschicken, die den Bären aufspüren sollen. Otter hilft bestimmt dabei. Anscheinend liegt ihm ziemlich viel an Iriel. Damisa, Selast und Kalaran – ihr kommt mit mir. Der Heilige Berg muss abgesucht werden, und die Dorfbewohner weigern sich bekanntlich, ihn zu betreten.«

Damisa griff erneut nach einem Ast, als ihr Fuß wieder abrutschte, und klammerte sich daran fest, wobei ihr Atem in keuchenden Stößen ging. Über ihr ragte der Hang des Heiligen Berges auf wie ein Sternenhaufen am Nachthimmel. Sie stieß einen kleinen, spitzen Schrei aus, als sich eine Hand mit hartem Griff um ihren Arm schloss.

»Ich bin's nur«, murmelte Reidel ihr ins Ohr; sie schmiegte sich mit einem Seufzer der Erleichterung an seinen starken Arm, ein wenig erstaunt über das Gefühl von Sicherheit, das ihm seine Nähe gab. Die Fackeln waren schon vor einiger Zeit erloschen, und die Welt war in ein Gewirr von Schatten versunken. Reidels Arm war wie ein Fels in der Brandung inmitten einer Welt, die vollkommen aus den Fugen geraten zu sein schien.

»Ist der Heilige Berg größer geworden, oder suchen wir immer wieder an denselben Stellen?«, fragte sie, als sie wieder sprechen konnte.

»So hat es fast den Anschein«, antwortete Reidel betrübt. »Diese vielen Bäume – sie verwirren mich. Beinahe wünschte ich, ich wäre wieder auf See.«

»Zumindest sehen wir die Sterne.« Sein Arm hielt sie weiter fest umfasst. »Leiten sie Euch denn nicht genauso an Land wie auf See?«

»Doch, schon ...« Er wandte den Kopf gen Himmel und sah das leuchtende Rad hoch über dem Geäst. »Und ehrlich gesagt ...« Er machte eine kleine Pause, und als er wieder sprach, schwang eine Befangenheit in seiner Stimme mit, die zuvor nicht da gewesen war. »Ehrlich gesagt, ich möchte nirgendwo anders sein als hier.« Dann ließ er sie sehr sanft los. »Ich hoffe, Selast und Kalaran hatten mehr Glück als wir«, fügte er hinzu und blickte erneut nach oben, offenbar ohne eine Antwort von Damisa zu erwarten.

Was hätte ich auch sagen sollen, überlegte sie. Warum soll ich ihn fragen, was er meint, wenn ich es ohnehin weiß? In der Alten Welt hätte ein Mädchen von nobler Herkunft, selbst wenn sie nicht für den Tempel des Lichtes bestimmt gewesen wäre, niemals mit jemandem wie Reidel gesprochen und sich schon gar keine Gedanken darüber gemacht, wie es wohl sein mochte, von so kräftigen Armen umschlungen zu werden. Sie spürte erneut seine Wärme, als er stehen blieb und ihr die Hand reichte, um ihr über einen umgestürzten Baum zu helfen. Die Vorstellung, sich mit einem Mann zu vereinigen – was über kurz oder lang unumgänglich wäre –, hatte ihr bis jetzt äußerstes Unbehagen bereitet, doch nun kam ihr zum ersten Mal in den Sinn, dass es vielleicht gar nicht so schlimm sein würde. Sie lächelte in der Dunkelheit und folgte Reidel den Hang hinauf.

»Arme alte Alyssa ... Ja, ich weiß, was Ihr denkt!« Die Seherin teilte den Wust ungekämmter Haare, die ihr wie ein Schleier vor dem Gesicht hingen, und strich sie zurück; dabei sah sie Tiriki mit einem verzerrten Lächeln an. »Wenn ich verrückt bin, warum fragt Ihr dann *mich*, ob Ihr wieder eine Schülerin verloren habt? Und wenn ich nicht verrückt bin – warum solltet Ihr dann bis Mitternacht warten, um mich zu fragen?«

Tiriki wusste darauf keine Antwort. Ihr ratloser Blick flog zu Liala, die nur mit den Schultern zuckte und den Kopf schüttelte. Üblicherweise sorgte Liala dafür, dass Alyssa gewaschen und gekämmt war, wann immer sie die Seherin zu irgendeinem Anlass abholte, doch offensichtlich erstreckte sich Lialas Einfluss nicht bis auf deren Behausung, wo ein erschreckendes Durcheinander von Speiseresten, allem möglichen Krimskrams sowie Andenken an das Alte Land neben eigenartig geformten Steinen und seltsamen Gebilden aus Zweigen und Pinienzapfen herrschte.

»Hier geht es nicht um verrückt oder nicht verrückt – ich brauche Euch wegen Eurer Sehergabe.« Tiriki hielt inne, als ihr bewusst wurde, wie sehr die Besorgnis sie aus der Fassung gebracht hatte. Für gewöhnlich überlegte sie sich sehr gut, was sie sagte. Sie entspannte sich ein wenig, als Alyssa anfing zu lachen.

»O ja, Verrücktheit sieht am klarsten, wenn das Schicksal den höchsten Preis fordert. Und da der Omphalos-Stein niemals aufhört, zu mir zu sprechen ...« Sie deutete zu der Wand, hinter der der besagte Stein ruhte, eingehüllt in Seidentücher und in seinem Holzgehäuse, das eigens für ihn gebaut worden war.

Das war noch etwas, erkannte Tiriki erschaudernd, das ihr lange Zeit nicht in den Sinn gekommen war. Sie hielt Alyssas Blick stand und wartete.

Schließlich schloss Alyssa die Augen. »Das Mädchen ist unversehrt. Aber ich kann nicht sagen, ob sie in Sicherheit ist.«

»Was wisst Ihr noch? Wo finde ich sie?«

»Sucht im Herzen des Berges. Ihr werdet das Nötige erfahren.« Die Haare fielen ihr wieder ins Gesicht, als sie auf ihrem Schemel vor und zurück schaukelte.

»Was heißt das? Was seht Ihr?«, bedrängte Tiriki sie, doch Alyssas Antwort bestand lediglich aus einem wortlosen Singsang.

»Ich hoffe, das war hilfreich für Euch«, sagte Liala seufzend, »denn heute Abend werdet Ihr von ihr nichts mehr erfahren.«

»Zumindest habe ich jetzt eine gewisse Ahnung«, sagte Tiriki nach kurzem Überlegen. »Andere haben die Höhlen bereits durchsucht, aber vielleicht haben sie Zeichen übersehen, die sich meinen Augen erschließen.« Sie sog hörbar Luft ein, als ihr Blick wieder auf das seltsame Sammelsurium von Steinen, Zweigen und Krimskrams auf Alyssas Fußboden fiel. Plötzlich begriff sie, dass das Ganze ein Modell des Heiligen Berges war, so wie er aus großer Höhe aussehen musste. »Sofern sie nicht jemand anders bereits gesichtet hat«, fügte sie mit neuer Zuversicht hinzu.

»Ich begleite Euch.« Liala stand auf und griff nach ihrem Umhängetuch. »Zum Glück ist Metia hier und kann aufpassen. Aber für gewöhnlich verfällt Alyssa in diesem Zustand in tiefen Schlaf, aus dem sie erst am Nachmittag darauf erwacht.«

Als Tiriki und Liala sich dem Höhleneingang näherten, flackerten die Flammen ihrer Fackeln heftig in dem eiskalten Luftzug. Taret hatte ihr schon viel über diesen Ort erzählt, aber Tiriki war immer zu sehr mit anderen Dingen beschäftigt gewesen, um sich die Zeit zu nehmen und ihn zu erforschen. Voller Aufregung und unguter Vorahnung zugleich spähte sie in die Dunkelheit.

»Vielleicht sollten wir dieses Unterfangen jüngeren Leuten überlassen.« Liala beäugte zweifelnd den holperigen Weg.

»Ihr wart doch früher nicht so zaghaft. Außerdem«, fügte Tiriki sachlich hinzu, »wenn Iriel in Bedrängnis ist, wird sie kaum warten können, bis andere sie finden.« Ohne sich zu vergewissern, ob Liala ihr folgte, machte sie sich auf den Weg am Wasserlauf entlang.

Die Steine, die von dem kalkhaltigen Wasser weiß gespült worden waren, schimmerten im Licht der Fackeln. An mehreren Stellen waren die Mineralien kristallisiert und hingen in der Form von umgekehrten Pyramiden von der Decke des Höhlengangs, mit Tropfen an den Spitzen, von denen hin und wieder einer herabfiel. Als Tiriki die Hand zur schrägen Felswand ausstreckte, um sich im Gleichgewicht zu halten, fühlte sich das Gestein kalt und feucht an.

War dies ein natürlicher Tunnel, oder war er von Menschenhand geschaffen? An den meisten Stellen war der Stein vom Wasser glatt geschliffen worden, aber es hatte den Anschein, als wären an der Decke einige der Felsnasen mit Gewalt weggeschlagen worden. Von Neugier getrieben, beschleunigte Tiriki ihre Schritte; irgendwie gelang es ihr, auf dem glitschigen Stein nicht auszurutschen. Erst als sie durch eine plötzliche Biegung zum Halten gezwungen wurde, merkte sie, dass Liala nicht mehr hinter ihr war. Leise rief sie ihren Namen, doch der Hall ihrer Stimme wurde sogleich vom Plätschern des Wassers verschluckt, das über den Stein floss.

Eine Weile stand sie da und überlegte. Unterwegs hatte es keine Abzweigungen gegeben, Liala konnte sich also nicht verlaufen haben ... und sie hätte ein Klatschen gehört, wenn sie auf dem glitschigen Gestein ausgerutscht wäre. Wahrscheinlicher war, dass die ältere Priesterin einfach aufgegeben und den Rückweg angetreten hatte.

Tiriki zog das Schultertuch enger um sich und setzte den Weg fort. Natürlich war sie zuvor nicht weniger allein gewesen als jetzt, doch nach einigen Schritten wurde ihr erst so richtig bewusst, dass Liala nicht mehr hinter ihr war, und sie wurde noch wachsamer. Sie bemerkte einen zweiten Weg auf der anderen Seite des Wasserlaufs, der nach links führte. Als sie die Fackel hob, erkannte sie die sinnlich anmutenden Windungen einer Spirale, die rund um die Öffnung in den Fels eingeritzt waren.

Damisa hatte angedeutet, dass Iriel möglicherweise nach einem in einer alten Höhle verborgenen Tempel suchen mochte. Mit entschlossen zusammengepressten Lippen bückte sich Tiriki und zeichnete mit dem Finger einen nach links deutenden Pfeil in den Schlamm, als Zeichen, in welche Richtung sie ihren Weg fortsetzte; dann überquerte sie mit einem großen Schritt das Wasser.

Dem Augenschein nach gab es kaum einen Unterschied zwischen diesem Weg und jenem, den sie zuvor gegangen war, dennoch spürte sie mit ihren anderen Sinnen eine deutliche Veränderung. Sie runzelte leicht die Stirn und legte die Fingerspitze an die eingeritzte Zeichnung; dann fuhr sie der Spirallinie bis zur Mitte nach und anschließend wieder nach außen.

Sie stand reglos da, gebannt von dem Muster, bis sie plötzlich merkte, dass ihr Arm ohne ihr Zutun an ihre Seite herabgefallen war und die Fackel gefährlich nah an ihrer Kleidung brannte. Erschrocken riss sie sie hoch und sah sich um.

Wie lange war sie in Trance gewesen? Wie weit war sie inzwischen gekommen?

Tiriki schüttelte den Kopf; ihr wurde klar, dass das Berühren der Spirale eine Torheit gewesen war. Taret hatte sie gewarnt, dass sich irgendwo auf der Insel ein

Labyrinth befand, das zur Anderen Welt führte, wenn man ihm bis zum Ende folgte.

Der gewundene Weg vor ihr kam ihr jetzt nicht mehr so dunkel vor, dennoch konnte sie weder weit nach vorn schauen noch nach hinten, von wo sie gekommen war. Ich habe mich nicht verirrt, redete sie sich tapfer ein. Und während sie sich selbst Mut machte, tastete sie sich an den Felswänden weiter.

Nach der nächsten Biegung befand sie sich unter freiem Himmel.

Die Fackel schien plötzlich nur noch blass, und Tiriki blinzelte in die Helligkeit um sie herum. War es möglich, dass bereits ein neuer Tag angebrochen war? Am Himmel war der Silberschein der Morgendämmerung zu sehen, doch Dunstschwaden umwaberten den Fuß des Heiligen Berges, und sein Hang verbarg den Horizont.

Tiriki machte sich an den Aufstieg; als sie an der Stelle ankam, die der Gipfel zu sein schien, sah sie jedoch nur den Kreis aus Steinen, größer, als sie ihn in Erinnerung hatte, und wie von einem inneren Licht erstrahlend. Die Sonne war nicht die Quelle dieses Lichts, denn der Himmel war im Osten nicht heller als im Westen. Die Luft war nicht kalt, doch ein Schauder durchfuhr sie, als sie den Blick zum Horizont wandte. Ich befinde mich nicht länger in der Welt, die ich kenne ...

»Du betreibst das Ganze zu verbissen«, sagte eine leise, belustigt klingende Stimme hinter ihr. »Hast du vergessen, was du gelernt hast? Eilantha ... atme aus ... atme ein ... öffne deine Innensicht ... und schaue ...«

Seit ihrer Kindheit hatte niemand mehr die Autorität besessen, ihr eine bestimmte Art der Wahrnehmung zu befehlen; doch bevor es Tiriki einfiel, sich zu widersetzen, gehorchte sie und sah die Bäume und Wiesen, die schimmernden Ebenen und Täler.

Benommen drehte sie sich um und gewahrte die Energieströme, die den Gipfel des Heiligen Bergs umflossen, eine Schwindel erregende Spirale, die bis zum Himmel hinauf kreiste. Tiriki nahm die Hand vors Gesicht und sah, dass auch sie selbst in Licht getaucht war.

»Warum bist du so überrascht?« Sie vermochte nicht zu sagen, ob der Gedanke aus ihrem Innern oder von außen kam. »Wusstest du denn nicht, dass du ebenfalls Teil dieser Welt bist?«

Das stimmte offenkundig. Tiriki war sich gleichzeitig ihrer eigenen Existenz bewusst als auch eines unendlich verzweigten Lichtgeflechts, dessen Schichten von einer Dimension in die nächste reichten und jede Daseinsform umfassten – von der reinen Seele bis zu Gestein und Staub. Sie spürte Alyssas unordentlichen Geist in Form eines Funkengestöbers, Chedans beständiges Glühen, das von Glauben und Macht herrührte, sowie Iriels helles Flackern, deren Seelenfunke dem von Otter so nahe war, dass die beiden beinahe eine Einheit bildeten.

Die Macht des Heiligen Berges durchzog die Landschaft in Form gekräuselter Lichtstreifen. Tirikis Erregung nahm zu, während sie ihre Sinne aussandte, denn hier, wo alle Daseinsebenen vereint waren, würde sie sicher Micail finden.

Und dann berührte sie seinen Geist. Doch nur für einen kurzen Augenblick, denn die Flut der Gefühle war zu stark, und Tiriki sank schwindelnd in ihren Körper zurück – oder vielmehr in die Gestalt, die ihr Körper hier angenommen hatte; ihr Fleisch leuchtete wie das der Frau, die sie jetzt vor sich stehen sah, in Licht gewandet, von Sternen gekrönt.

»Micail lebt!«, rief Tiriki aus.

»Alle Dinge leben«, kam die Antwort, »Vergangenheit, Gegenwart, Zukunft – jedes auf seiner eigenen Ebene.«

Unter den lederartigen Blättern unbekannter Pflanzen bewegten sich unheimliche Gebilde; doch auch Eis bedeckte die Welt, und nichts wuchs. Sie sah den Heiligen Berg gleichzeitig von Bäumen bestanden wie auch kahl, einen Hang mit kurz geschnittenem Gras, gekrönt von aufrecht stehenden Steinen, und auch ein seltsames Bauwerk aus Stein, das im selben Augenblick zusammenfiel und von dem nur noch ein Turm zurückblieb. Sie sah in Fell gekleidete Leute und solche in blauen oder vielfarbigen Gewändern; und Gebäude, Felder und Weiden, die das Bild der ihr bekannten Sumpflandschaft überlagerten. Ihre Wahrnehmungen waren überwältigend, und sie hatte bald das Gefühl, gar nichts zu wissen.

»All das ist wirklich«, erklärte die Stimme in ihrem Geist. »Jedes Mal, wenn du eine Wahl triffst, verändert sich die Welt, und eine andere Ebene offenbart sich dir.«

»Wie soll ich Micail finden?«, schrie Tirikis Geist auf. »Wie soll ich *dich* finden?

»Folge einfach der Spirale, aufwärts oder abwärts ...«

»Herrin, geht es Euch gut?«, erkundigte sich eine Männerstimme.

»Tiriki! Was macht Ihr denn hier?«

Die Stimmen verflossen ineinander, zwar deutlich unterscheidbar, doch in harmonischem Gleichklang. Tiriki öffnete die Augen und stellte fest, dass sie im Gras lag, innerhalb des Steinkreises auf der Kuppe des Heiligen Berges. Sie richtete sich mühsam auf und blinzelte in die aufgehende Sonne.

»Seid Ihr auch die ganze Nacht draußen herumgewandert?« Eine stämmige Gestalt, die sie als Reidel erkannte, reichte ihr die Hand, um ihr beim Aufstehen behilflich zu sein.

»Herumgewandert bin ich, in der Tat«, antwortete Tiriki benommen, »aber wo?«

»Herrin?«

»Lass nur ...« All ihre Glieder waren steif, doch obwohl das dichte Gras feucht von Tau war, war ihre Kleidung fast trocken. Erneut sah sie sich blinzelnd um und verglich das Bild, das sich ihr bot, mit ihren Erinnerungen.

»Sie kommt mir irgendwie benebelt vor«, sagte Damisa mit einem verärgerten Unterton. »Am besten bringen wir sie so schnell wie möglich den Berg hinunter.«

»Kommt, Herrin«, sagte Reidel sanft, »Ihr könnt Euch an mich lehnen. Wenn wir auch leider immer noch nicht wissen, wo Iriel ist, so haben wir zumindest Euch gefunden.«

»Iriel ist in Sicherheit ...« Tirikis Stimme war ein Krächzen, und sie versuchte es noch einmal. »Bringt mich zu Chedan. Er muss erfahren ... was ich gesehen habe.«

Vierzehntes Kapitel

Eine Staubsäule bewegte sich über die Ebene und kennzeichnete das Vorankommen eines weiteren gewaltigen Steinbrockens auf dem Weg zum Baugelände. Micail kletterte auf die Eindämmung, welche die Kultstätte umgab, und blickte über den Graben nach Norden. Als er mit der flachen Hand die Augen beschirmte, konnte er im grellen Licht die Reihe schwitzender Männer ausmachen, die den Koloss zogen. Andere rannten voraus, bereit, in die Bresche zu springen und diesen oder jenen zu ersetzen, den die Kräfte verlassen hatten, und gleichzeitig den Boden für die gerundeten Holzkufen freizuräumen, auf denen die Fracht befördert wurde.

Eine Gruppe von Sängern konnte einen solchen Stein zwar für eine kurze Zeit anheben, und sieben Mal so viele konnten ihn kraft des Gesangs vielleicht sogar ein Stück über Land befördern, wenn die Entfernung nicht zu groß war, aber es gab auf der ganzen Welt keine ausreichende Anzahl von Sängern mehr, um einen solchen Brocken die ganze Strecke über die Ebene in der Schwebe zu halten. Um die Steine aufzurichten, wenn sie erst einmal zum Kreis gebracht worden waren, bedurfte es der Begabung aller ausgebildeten Sänger, die ihnen noch verblieben waren.

Man hatte versucht, die Steine mit Hilfe von Ochsen zu bewegen, aber Menschen arbeiteten härter und ausdauernder, und sie waren leichter auszubilden. König Khattar konnte anscheinend nicht verstehen, warum Micail darin ein Problem sah. Seit Generationen schon war es die Gepflogenheit, dass der König, nachdem Weizen und Gerste auf den Feldern standen und eine gute Ernte versprachen und das Vieh in der Obhut von Hütejungen und -mädchen auf die Weiden getrieben worden war, die Steuereintreibung anordnete. In diesem Zusammenhang wurde erwartet, dass ein kräftig gebauter Mann von jedem Hof oder aus jedem Weiler sich zur Gemeinschaftsarbeit meldete. Auf diese Weise waren die großen Umgrenzungsgräben entstanden, ebenso wie die Hügelgräber, die Holzgehege und wahrscheinlich auch die älteren Kreise aus aufrecht stehenden Steinen.

Und doch gibt es noch so vieles, das wir nicht wissen, dachte Micail. Ich hoffe nur, wir werden unseren Mangel an Wissen nicht eines Tages büßen müssen. Er drehte sich um und betrachtete die fünf Steinpaare, die bereits im Kreis standen. Trotz seines Unbehagens empfand er eine gewisse Zufriedenheit beim Anblick der kantig behauenen Formen, die sich gegen den Himmel abzeichneten. Atlantidische Magie bewerkstelligte nicht alles, aber sie hatte bestimmt zum schnelleren Fortgang der Arbeiten beigetragen. Allmählich sah es so aus, als würde diese Aufgabe, die die gesamte Arbeitskraft aller von König Khattar regierten Stämme über zehn Jahre erfordert hätte, in weniger als drei Jahren erledigt sein. Innerhalb eines einzigen Jahres hatten sie fünf Monolith-Paare für den inneren Halbkreis aufgestellt. Und auch die großen Querblöcke lagen bereit und warteten nur mehr darauf, als Decksteine aufgelegt zu werden.

Wenn erst die restlichen Sänger aus Belsairath einträfen und die Quersteine auf den Schwingen des Gesangs an ihre Plätze gehievt würden, dann würden die Schamanen die Notwendigkeit einsehen, *mit* dieser neuen Kraft anstatt gegen sie zu arbeiten. Und anschließend werden wir den neuen Tempel ohne weitere Schwierigkeiten errichten können, dachte er.

Micail hatte sich während der letzten zweieinhalb Jahre so sehr auf den Bau des Steinkreises konzentriert, dass er nun Mühe hatte, sich die Arbeit vorzustellen, die darauf folgen würde.

»Herr?« Eine Berührung an seinem Ellbogen riss ihn aus seinen Gedanken, und er sah Lanath, der wartend neben ihm stand.

»Was gibt's?«

»Wäre es Euch jetzt genehm, den dritten Stein zu begutachten?« Die bronzefarbene Haut des Priesterschülers schimmerte im Licht der Sommersonne. Die schwere Arbeit hatte den Jungen zum Mann werden lassen. Es war eine lange Zeit her, überlegte Micail, während er Lanath zu dem Halbkreis aus Steinen folgte, dass er den Jungen aus einem Albtraum hatte wecken müssen.

Der dritte Stein war von einem Holzrahmen umgeben, von dessen oberstem Brett ein einheimischer Arbeiter herabgrinste.

»Ist eine wie andere Seite, ja? Ihr schauen und sehen ...«

Micail ging einmal um den Stein herum und noch einmal. Dabei verglich er die beiden Seiten miteinander und mit denen des zweiten Steins. Jeder einzelne Monolith war vor dem Aufrichten grob bearbeitet worden, und bei jedem war eine Seite besonders glatt geschliffen und leicht konkav geformt worden. Doch erst wenn ein solcher Stein aufgerichtet war, konnte man daran gehen, ihn oben und unten so zu behauen, dass die Seiten vollkommen gerade wirkten.

»Ja, sehr gut. Du kannst jetzt runterkommen. Sag den Leuten, dass ich angeordnet habe, sie sollen eine Extraration Bier bekommen.« Er lächelte leutselig.

Micail legte die Hand auf die raue Oberfläche des Steins. Jedes Mal, wenn er einen bearbeiteten Stein berührte, spürte er das feine Pulsieren von Energie in seinem Innern. Wenn das Bauwerk erst einmal fertig gestellt wäre, so vermutete er, würde er die Kraft spüren, ohne den Stein überhaupt zu berühren.

Die einfachen Leute mochten Stein für etwas Lebloses halten, doch Sandstein barg so etwas wie eine mystische Kraft in sich, und wenn mehrere davon in einem Bauwerk vereint waren, dann vervielfältigte sich diese Kraft, was die einheimischen Arbeiter besonders im Morgengrauen und bei Sonnenuntergang spürten. Viele von ihnen weigerten sich infolgedessen, zu diesen Zeiten zum Baugelände zu kommen. Sie sagten, die Steine redeten dann miteinander, und Micail glaubte ihnen halbwegs.

»Bald werden euch alle hören«, raunte er dem Monolithen zu. »Wenn du dich zu deinen Brüdern gesellst und die anderen neben dir stehen, werden wir die Erweckung eures Geistes erflehen, und dann werden alle begreifen.« Für einen Augenblick verwandelten sich die in seinem Unterbewusstsein wahrnehmbaren Schwingungen in ein hörbares Brummen. Ein Schauder durchfuhr ihn, und er bemerkte, dass Lanath es ebenfall vernommen hatte.

»An diesem unverdorbenen Ort ist es leicht, allen vergangenen Glanz zu vergessen«, sagte er zu dem Jungen, »doch unser wahrhaftiger Schatz war schon immer die Weisheit der Sterne, und wir werden an dieser Stätte ein Denkmal errichten, das, wenn der eigentliche Name von Atlantis längst vergessen sein wird, immer noch Zeugnis davon ablegen wird, dass wir einst hier gewesen sind.«

»Da ist es!« Elara deutete hinter die Baumreihe, die den gewundenen Lauf des Flusses Aman kennzeichnete. »Man sieht schon die Pfähle der Palisade.«

Timul hielt sich die Hand schützend über die Augen. »Ah ... ja. Anfangs habe ich diese Pfähle für weitere Bäume gehalten ... Was ist da oben auf ihren Spitzen? Stierhörner? Ach! Wie barbarisch – aber wirkungsvoll!«

Die anderen plapperten ebenfalls voller Erleichterung und Neugier, als der Rest des Ai-Zir-Dorfes in Sicht kam. Micail hatte die Kunde verbreiten lassen, dass die Arbeit am Steinkreis ein Stadium erreicht habe, in dem jedermann gebraucht werde, und selbst jene, die bis jetzt in Belsairath geblieben waren, waren dem Ruf gefolgt.

Elara ließ den Blick über die Anwesenden schweifen. Ocathrel war zurückgekehrt, diesmal mit seinen drei Töchtern. Auch Micails Base Galara war gekommen und mit ihr die großartige Sängerin Sahurusartha und ihr nicht minder begabter Gemahl Reualen; außerdem Aderanthis und Kyrrdis und Valadur sowie Valorin mit ihren verschiedenen Zöglingen, von denen die meisten zuvor schon mindestens einmal hier gewesen waren. Doch jetzt waren auch die Oberhüter bei ihnen – der grimmige Haladris, die strenge Mahadalku und sogar, in Sänften getragen, die gebrechliche Stathalkha und der alte Metanor. Und wirklich, da war auch Vialmar, beinahe am Ende der Reihe und nervös um sich blickend, als ob er erwartete, jeden Augenblick von etwas angegriffen zu werden, trotz der Anwesenheit von Tjalans bewaffneten Männern.

Beinahe jeder Priester und jede Priesterin, die ehemals nach Belsairath gesegelt waren, hatten sich eingefunden – zumindest jene, die den schlimmen Husten des letzten Winters überlebt hatten. Elara hatte sich in Belsairath aufgehalten, als die Epidemie ausgebrochen war, und Timul hatte sie sofort zum Dienst als Heilerin verpflichtet.

Die Priesterschülerin war so lange Elend und Tod ausgesetzt gewesen, dass sie sich zu ihrem eigenen Erstaunen danach sehnte, Azan wieder zu sehen. Armer Lanath!, dachte sie. Er muss sich zu Tode langweilen. Ich wüsste gern, ob er Micail dazu hat überreden können, das Federspiel zu erlernen ...

»Ich weiß, verglichen mit Belsairath sieht es klein aus«, sagte sie laut, »aber die anderen Stammessiedlungen bestehen lediglich aus ein paar Häusern nahe den Hügelgräbern, obwohl während der Festlichkeiten an allen Seiten des Hügels Zelte und Hütten aus dem Boden wachsen. Azan ist der einzige Ort hier in der Gegend, der überhaupt den Namen Dorf verdient.«

»Hör auf zu brabbeln, Mädchen, ich hab schon verstanden.« Timuls dunkle Augen wanderten immer noch wachsam über das Bild, das sich ihnen bot.

Auf Micails Aufruf hin waren die Sänger herbeigeeilt, um dabei zu helfen, das Sonnenrad zu vollenden und zu weihen. Dieser Vorgang würde allem Anschein nach auch für die eingeborenen Stämme ein ziemlich wichtiges Ereignis werden. Elara war gespannt, ob die Königin anwesend sein würde. Seit jenem Zeitpunkt, da sie abgereist war, hatte Micail das Thema Heirat dadurch abgewendet, dass er anführte, er müsse ehelos bleiben, um die Arbeit am Bau des Steinkreises mit ganzer Kraft durchführen zu können. Nun fragte sie sich, ob es wohl jemals jemandem gelänge, mit Micail das Lager zu teilen.

Micail musterte die versammelten Priester und Priesterinnen, die wartend unter den Weiden am Fluss saßen. Woran mag es nur liegen, dass wir einander so fremd geworden sind?, fragte er sich seufzend. Oder bin nur ich es, der sich verändert hat?

Einst hatte es zu seinen alltäglichen Aufgaben gehört, den Vorsitz bei solchen Versammlungen zu führen. Er ertappte sich dabei, wie er im Geist die traditionellen Begrüßungs- und Einführungsworte übte, die kleinen Höflichkeiten und unaufdringlichen Formalitäten, die seine besten Werkzeuge bei der Verwaltung der Stadt Ahtarrath und des Tempels gewesen waren; dann erschrak er, da die Erinnerungen wie Muskeln waren, nach langer Untätigkeit steif geworden. Heutzutage war er mehr vertraut mit den groben Umgangsformen der Ai-Zir oder der lässigen Kumpelhaftigkeit von Jiri und Ancha.

Er holte tief Luft und begann: »Ich danke Euch allen, dass Ihr meinem Ruf gefolgt seid. Ehrlich gesagt, ich wusste nicht, wie viele von Euch in der Lage sein würden, diese Reise zu unternehmen. Doch es ist wichtig, dass wir unsere Macht erfolgreich unter Beweis stellen, um diese Steine zu bewegen.« Er wandte sich an Ardral. »Edler Herr, möchtet Ihr noch irgendetwas hinzufügen?«

Der alte Meister der Mysterien zog eine Augenbraue hoch und schüttelte den Kopf. »Nein, wirklich nicht, lieber Junge. Nun, da es um körperliche Arbeit geht, überlasse ich die Sache gerne Euch.«

Micail unterdrückte wieder einen Seufzer. Ein weiterer Umstand, den er beim Aussenden seiner Botschaft nicht bedacht hatte, war, dass Hüter im Allgemeinen ihren Rang erst in mittleren Jahren erreichten. Die meisten der Männer und Frauen, die jetzt um ihn herum saßen, waren *alt*. Zum Glück hatten die Mäßigungen, die ihnen der Tempel auferlegte, sie vergleichsweise gesund erhalten, und nach einer geruhsamen Nacht mit ausreichend Schlaf hätten sie ihre Erschöpfung größtenteils überwunden. Ardral war natürlich allem Anschein nach alterslos, doch der alte Metanor sah schon ziemlich gebrechlich aus – sie würden auf ihn Acht geben müssen, damit er sein Herz nicht überanstrengte, wenn die Arbeit schwerer würde. Stathalkha schien bereits auf halbem Weg zur Anderen Welt zu sein, aber schließlich war sie ja eine Seherin, deren Sinne weiter reichten als die gewöhnlicher Menschen.

Haladris von Alkonath und Mahadalku von Tarisseda andererseits stellten eine seltsam feste Front dar, die Micail an die Sandsteinbrocken erinnerte, obwohl er nicht so recht wusste, warum ihm dieser Vergleich in den Sinn kam, da sie sich bis jetzt weder als besonders stur, sperrig noch unbeugsam gezeigt hatten.

Es gibt so vieles, das ich nicht weiß, wiederholte er im Geiste und lächelte dabei wehmütig. Doch selbst große Hüter hüteten nicht immer ihre Zungen im Umgang mit der jüngeren Priesterschaft. Er machte sich in Gedanken eine Notiz, Elara zu fragen, was ihr zu Ohren gekommen war – oder Vialmar, der sich seit ihrer Ankunft im neuen Land in Belsairath aufgehalten hatte.

»Natürlich mussten wir kommen«, ergriff Mahadalku jetzt das Wort, und zwar in so majestätischer Haltung, als ob sie vom Portikus des Tempels des Lichtes auf Tarisseda aus zu ihnen spräche und nicht unter einem Sonnendach aus Stroh in Azan stünde. »Die Handelsstadt bietet lediglich ... die Voraussetzungen zum Überleben. Hier ist der Ort, wo wir unsere Zukunft bauen. Wir möchten nirgends anders sein.«

Die meisten Anwesenden taten murmelnd ihre höfliche Zustimmung kund.

»Ja, sehr wohl ...« Micail versuchte krampfhaft, sich an die im Hochtempel gebräuchliche Formulierung zu erinnern, um das ausdrücken, was er sagen wollte, aber sie fiel ihm nicht ein. Er biss sich auf die Lippe und nahm zu einer Geste Zuflucht, die vermitteln sollte, dass die Zeit für eine ausführlichere Einlassung fehlte. Das würde das Thema zum Gegenstand der allgemeinen Diskussion machen, aber damit hatte er ohnehin gerechnet.

»Wenn wir alle uns zusammentun, gemeinsam mit den Priesterschülern und den Zöglingen, müsste es uns gelingen, drei Gruppen von Sängern aufzustellen – was mehr als ausreichend sein dürfte, um die Decksteine für die Trilithen hochzuheben. Haladris wird das Ganze dirigieren.«

»Oh, Haladris könnte den Stein wahrscheinlich ganz allein hochheben«, warf Ardral ein.

Haladris schüttelte den Kopf und sah mit gerunzelter Stirn vor sich hin. »Nein ... ich kann ohne weiteres einen Stein hochheben, der das Gewicht einer zierlichen Frau hat, mehr jedoch nicht, und ich muss gestehen, dass ich danach vollkommen erschöpft bin. Ich bin sehr dankbar für Eure Hilfe, dessen seid versichert.«

Micail kräuselte nachdenklich die Lippen. Er hatte sich an die telekinetische Begabung des alkonischen Ersten Heiligen Hüters erinnert; was er jedoch vergessen hatte, war die Tatsache, dass der Mann nicht den geringsten Sinn für Humor hatte.

»Wir werden den größten Trilithen, der König Khattars Stamm repräsentiert, als Ersten fertig stellen«, fuhr Micail fort.

»Von dem der König glaubt, er repräsentiere seinen Stamm«, berichtigte Mahadalku mit seidenweicher Stimme.

»Was nichts an der Sache ändert«, erwiderte Micail. »Ich bitte um Vergebung für meine Unverschämtheit, hochverehrte Dame, aber es stünde uns sehr gut an, uns die Denkweise der Leute hier zu Gemüte zu führen. Wir leben nicht mehr im Seereich.«

»Als ob irgendjemand das vergessen könnte!«, rief Mahadalku aus und blickte über den Fluss, wo sich die

Grasebene so weit erstreckte, dass sie im goldenen Dunst verschwand. »*Aber das Rad dreht sich …*«

Es folgte eine Weile Stille, nur unterbrochen durch ein verlegenes Hüsteln Ardrals.

»Ich bin ebenfalls der Ansicht, dass wir das, was Khattar glaubt, nicht außer Acht lassen dürfen«, sagte Naranchada schließlich. »Wir sind wenige, und sie sind viele. Es ist ihr Land, und wir bedienen uns beim Bauen ihrer Arbeitskraft, ihrer Steine …«

»Technisch betrachtet, ja, natürlich«, entgegnete Haladris kühl. »Ich will keineswegs sagen, dass wir seine Meinung völlig missachten sollten. Er ist allem Anschein nach ein nützlicher Verbündeter – es besteht kein Anlass, ihn zu beleidigen. Doch zweifellos sind diese barbarischen Krieger nicht zu messen mit Tjalans Speerkämpfern. Aber Ihr habt Recht, Micail. Was immer die Steine nach dem Glauben der Eingeborenen sein mögen, der Kreis wird letztlich unserem Zweck dienen. Wir werden fähig sein, seine Macht zu nutzen – wie auch immer.«

Haladris hatte mit so viel Bestimmtheit gesprochen, als könnte es keine möglichen Einwände gegen seine Einschätzung der Lage geben. Micail tauschte einen Blick mit Ardral und bat still um dessen Stellungnahme, aber der Meister der Mysterien schüttelte den Kopf.

Wie auch immer, dachte Micail, wieder im Stillen seufzend, wir brauchen Haladris, um die Steine zu bewegen. Niemand kann es mit ihm aufnehmen, was die Bündelung von Kraft angeht. Die Beantwortung der Frage, wer wen benutzte und zu welchem Zweck, musste verschoben werden, bis die Arbeit vollendet war.

»Wie viel Zeit haben wir«, fragte Mahadalku ruhig, »bis zu diesem Fest des Königs, anlässlich dessen Ihr beabsichtigt, die Steine aufzurichten?«

»Ich verlasse mich auf die Zahlen meines hochgeschätzten Ardravanant, die immer sehr genau waren, wie ich in der Vergangenheit feststellen konnte. Das Fest wird in einem halben Mond beginnen, wenn die Herden von den Hügeln getrieben werden. Es ist Brauch bei den Stämmen, sich zu diesem Zeitpunkt bei den Steinkreisen zu versammeln. Dort finden ein Viehmarkt und ein Wettrennen statt, und den Vorfahren werden Opfergaben dargebracht. Alle ihre Schamanen werden anwesend sein ...« Und auch die Heiligen Schwestern von Carn Ava, dachte Micail voller Unbehagen. Er war Anets Mutter bei mehr als einer Gelegenheit begegnet, doch bis jetzt hatte er es vermieden, mehr als oberflächliche Worte mit ihr zu wechseln. Seit jenem Festmahl, als Micail Anet zum ersten Mal gesehen hatte, verspürte er eine gewisse Unruhe, wenn er an sie dachte.

»Wir werden also nicht nur den Stein aufrichten, wir werden uns dabei auch zur Schau stellen ...« In Mahadalkus Lächeln war keine Spur von Wärme. »Das gefällt mir«, sagte sie. »Es dürfte unseren Zwecken sehr dienlich sein.«

Timul betrachtete angelegentlich die Menge, die sich auf dem großen Jahrmarkt drängelte, der jedes Jahr am Ende des Sommers hier abgehalten wurde. »Ich glaube, ich verstehe die Leute, die den Tempel in Belsairath besuchen, jetzt ein bisschen besser«, sagte sie, »nun, da ich sie in ihrer heimischen Umgebung erlebe.«

Elara lächelte pflichtschuldigst und dachte, dass sie eigentlich schon immer ziemlich viel Gefallen an den verschiedenen Stammesfeierlichkeiten gefunden hatte, auch wenn der Lärm und das Gewühl in ihr das Heimweh nach dem Markttag in Ahtarra weckten. Für sie alle, so vermutete sie, wurden die unausweichlichen Erinnerungen an das Seereich zwar immer weniger quälend, doch ein bestimmter Geruch oder Anblick, dem man unversehens ausgesetzt war, hatte nach wie vor die Macht, einem mit seiner täuschenden Vertrautheit das Herz zu durchbohren. Allerdings wurden solche Augenblicke seltener. Und heute gab es hier eine Unmenge von Bildern, Lauten und Gerüchen, die sie in dieser Form noch nie erlebt hatte.

Die einsame Ebene außerhalb des Steinkreises hatte sich durch das Heranströmen der Leute verwandelt. Die fünf Stämme hatten ihre Lager aus Fellzelten und Pferche aus verflochtenen Zweigen errichtet; gekennzeichnet waren die verschiedenen Bereiche jeweils durch einen Pfahl, der von einem gehörnten Stierschädel gekrönt und in den Farben des betreffenden Stammes – Rot, Blau, Schwarz, Gelb-Ocker oder Weiß – bemalt war. Sie hatte dies für reichlich überflüssig gehalten, bis sie es mit eigenen Augen sah. König Khattars Volk folgte dem Roten Stier, und seine Standarte ragte am höchsten empor, genau wie der von ihm ausgewählte Trilith.

»Wohin gehen wir?«, fragte Timul, als Elara sie zwischen den plappernden Leuten hindurchführte, die sich versammelten, wo Handwerker ihre Waren feilboten: getöpferte Becher, Schalen und Tassen, feine Lederarbeiten und Holzschnitzereien, Knäuel gekämmter Wolle und gewebte Wollstoffe, Steinäxte, Pfeilspitzen und Messer für Pflüge. Bronze jedoch gab es nirgendwo. Waffen aus diesem teuren Metall besaßen nur Könige und wurden ausschließlich von diesen verteilt.

»Zum Blauen Stier ...« Elara deutete zu dem mit Waid gefleckten Schädel, der über den Köpfen der Menge soeben sichtbar wurde. Stränge blau gefärbter Wolle hingen von ihm herab und flatterten sanft im Wind. Die Hörner waren mit Sommerblumen umwunden. »Das ist der am nördlichsten beheimatete Stamm der Ai-Zir. Ihr heiliger Mittelpunkt ist Carn Ava.«

»Ach, wo die Priesterin lebt!« Timul nickte erfreut. »Ich hatte gehofft, dass sie hier sein würde. Lass uns schnell weitergehen – du voran!«

Ayos Zelt war leicht zu finden, denn es war so groß wie das eines Häuptlings. Die Pfosten waren reich geschnitzt, und die Fellplane war mit heiligen Zeichen in Waidblau bemalt. Die Augen der Göttin schienen sie von ihrem Platz über der Öffnung zu beobachten, während sie näher kamen, und eine junge Frau, die am Eingang Getreide durch eine Mühle gedreht hatte, erhob sich anmutig.

»Tretet ein, verehrte Damen! Meine Herrin erwartet Euch.«

Der Tag war warm, und die Seiten des Zelts waren hochgebunden worden, um Licht und Luft ins Innere zu lassen. Das Mädchen, das sie begrüßt hatte, forderte sie mit einer Handbewegung auf, auf den mit Stroh gefüllten Lederkissen Platz zu nehmen, und reichte ihnen kühles Wasser in Tonbechern mit Schnurmustervertiefungen, die das Halten erleichterten. Während sie sich zurückzog, wurde der Vorhang, der den vorderen Teil des Zelts von den Privatgemächern trennte, beiseite geschoben, und Ayo persönlich erschien.

Genau wie ihre Dienerin trug die Priesterin ein schlichtes ärmelloses Gewand in Blau, das mit beinernen Fibeln an den Schultern zusammengehalten wurde. Ihr Haar war zu einem Knoten gewickelt und wurde von einem Netz gehalten, dessen Band über die Stirn verlief. Im Gegensatz zu allen anderen hochgestellten Frauen, die Elara gesehen hatte, trug Ayo keine Halsketten. Sie brauchte sie auch kaum – sie war von einer Machthülle umgeben, die Elara an Mahadalku erinnerte oder sogar an Timul. Micails Gemahlin Tiriki hatte so ausgesehen, wenn sie ein Ritual geleitet hatte, erinnerte sich Elara traurig.

Timul entbot ihrem Gegenüber die formelle Ehrbezeugung, die einer Hohen Caratra-Priesterin zukam, und Ayo begrüßte die Besucherinnen lächelnd mit der angemessenen Erwiderung.

»Es ist wahr, was behauptet wird. Ihr gehört der Schwesternschaft der Fernen Lande an.« Ayo war älter, als sie auf den ersten Blick gewirkt hatte, doch als sie sich setzte, tat sie das mit einer eleganten Leichtigkeit, die Elara an deren Tochter Anet erinnerte.

»Aber unser Land gibt es nicht mehr«, antwortete Timul mit ausdrucksloser Stimme. »Wir müssen lernen zu sehen, welches Antlitz die Herrin in diesem Land trägt, sonst könnten wir womöglich ihrer Beachtung entgehen.«

»Richtig«, lächelte Ayo. »Ihr beherrscht unsere Sprache sehr gut, allerdings mit dem Akzent des Stammes des Schwarzen Stiers. Mir ist zu Ohren gekommen, dass unsere Schwestern auf großes Entgegenkommen gestoßen sind, als sie die fremden Steinhäuser am Meer besucht haben. Ich freue mich, Eure Bekanntschaft zu machen. Aber welches ist der Grund Eures Kommens?«

»Die Priester meines Volkes werden morgen große Magie erwirken. Ich wurde aufgefordert, daran teilzunehmen.«

»Und Ihr, Kind? Soweit ich weiß, seid Ihr in der Heilkunde bewandert.« Ayos graue Augen hatten sich Elara zugewandt, und diese hatte Mühe, sich dem Blick zu entziehen.

»Ich bin ebenfalls Sängerin«, antwortete sie. »Und ich werde dabei helfen, den Kreis aus Steinen zu errichten.«

»Aha. Und welchem Zweck soll diese Magie dienen?«

Elara biss sich auf die Lippe, unschlüssig, was sie antworten sollte. Die Priesterschüler und Zöglinge waren nicht über alles aufgeklärt worden, doch sie hatte genug gehört, um zu wissen, dass die Hüter annahmen, König Khattar werde den Sinn des Kreises nicht durchschauen – und dass sie es vorzogen, es dabei zu belassen. Diese Frau hier war Khattars Gemahlin, wie unabhängig von ihm sie auch sein mochte. Elara log nicht gern, deshalb würde sie ihre Worte sehr sorgfältig wählen müssen.

»Ich bin eine Dienerin des Lichtes«, sagte sie zaghaft, »und ich glaube, wenn der Kreis vollendet sein wird, werden die Steine Licht ins Land bringen.«

»Licht ist bereits im Land, es strömt wie ein Fluss. Die Seelen der Vorfahren reiten auf seiner Strömung ins Jenseitsland und kehren dann in die Leiber unserer Frauen zurück.« Ayo runzelte nachdenklich die Stirn.

»Ich habe gehört, den Schamanen gefällt nicht, was wir tun«, sagte Timul unvermittelt, »und am liebsten würden sie uns am Weiterarbeiten hindern, was aber nicht geht, weil unsere Priester vom König unterstützt werden. Meint Ihr auch, wir seien ... auf dem falschen Weg?«

»Vielleicht. Vielleicht auch nicht. Aber Eure Zahl ist gering«, sagte Ayo, »und es gibt viele Dinge, die Ihr nicht versteht.«

»Was wollt Ihr damit sagen?« Elara sah sie unsicher an.

»Wenn ich Euch das erklären könnte, brauchte ich es nicht zu tun.« Ayo lächelte. »Aber eines Tages werden wir alle *ein* Volk sein.«

»Sprecht Ihr von einer Verehelichung Eurer Tochter mit Prinz Micail?«

Ayo lachte. »Khattar und Königin Khayan sind diejenigen, die diese Verbindung wünschen. Doch meine Tochter ist nicht dazu bestimmt, irgendeinem Mann den Herd zu hüten. Sie wird der Göttin zu Gefallen sein, nicht dem König. Trifft das nicht auch auf Euch zu?«

Timul nickte. »Nach meiner Anschauung sind wir frei, ja.«

»Khattar möchte lediglich Euer Volk an sich binden«, sagte Ayo. »Wenn nicht durch das eheliche Bett ... dann wird er danach trachten, sein Ziel mit anderen Mitteln zu erreichen. Vielleicht sind seine Hoffnungen zu hoch gesteckt, aber bedenkt doch Eure eigenen«, sagte sie lächelnd.

Ist das eine Drohung oder eine Warnung?, fragte sich Elara erschrocken.

In diesem Augenblick kam die Dienerin mit einem Korb voll flacher, mit Honig überzogener Kuchen herein, und die Unterhaltung schwenkte zu bewusst unverfänglichen Gesprächsgegenständen um. Doch später, als Elara Timul ins atlantidische Lager zurück begleitete, rätselten beide noch, was von Ayos geheimnisvollem Lächeln zu halten sein mochte.

Schließlich war der für die Errichtung des Monuments ausgewählte Tag gekommen. In dem Graben um das Dorf herum war ein Schwirren und Summen wie in einem Bienenstock. Dem Eingang gegenüber war eine Bank für König Khattar aufgestellt worden.

Für Micail war es qualvoll, die Sänger zu begrüßen, die innerhalb des Kreises warteten wie Geister aus seinem einstigen Leben; ihre edlen weißen Gewänder rochen noch immer nach den atlantidischen Gewürzen, mit denen zusammen sie verpackt gewesen waren, und stellten ein Vermächtnis aus ihrer Vergangenheit dar. Er selbst war mit einem sehr kunstvoll gearbeiteten, aber reichlich großen Gewand bekleidet, das er sich von Ocathrel ausgeliehen hatte; es rief bewundernde Ausrufe bei den anderen hervor – und sogar ein paar wehmutsvolle Tränen. Doch bald war keine Zeit mehr für solche Gefühle; die Sänger begaben sich an ihre Plätze, aufgereiht nach ihrer jeweiligen Stimmlage.

Als vollkommene Stille herrschte, nickte Micail und warf eine Hand voll Weihrauchkräuter in jedes der drei Becken, die auf Dreifüßen am Platz von Nar-Inabi im östlichen Viertelsegment aufgestellt waren. Die heißen

Kohlestücke blinkten wie rote Sterne, als das Harz zu schmelzen begann und den duftenden Rauch freisetzte, der in Schwaden in die Luft aufstieg. Die vertraute schwere Süße legte sich ihm in die Kehle, und für einen kurzen Augenblick befand sich Micail wieder im Tempel des Lichtes auf Ahtarrath. Gleichzeitig flüsterte Jiritaren, der an der Südseite stand, seinerseits das Wort des Feuers, und seine schwarze Fackel flammte lichterloh auf.

Sahurusartha kniete vor einer kleinen Marmorschale, die in einen niedrigen Altar an der Westseite eingelassen war, und intonierte die alkonische Version der Hymne der Beschwichtigung an den Viergesichtigen Banur, den Zerstörer und Bewahrer, den Gott des Winters und des Wassers, während der tarissedische Priester Delengirol eine filigrane Platte mit Salz zweimal nach Norden hob und dann senkte, denn die Huldigung Ni-Terats geschah ohne Worte.

Micail schritt zum südlichen Rand der Eindämmung, den Stab hoch erhoben. Der Orichalkum-Knauf an seinem oberen Ende leuchtete wie ein Stern in der Mittagssonne.

»Die Macht des Heiligen Lichtes möge diesen Ort reinigen!«, rief er. »Die Weisheit des Heiligen Lichtes möge ihn behüten! Die Kraft des Heiligen Lichtes möge ihn schützen!«

Er wandte sich nach rechts und begann, mit gemessenen Schritten den Kreis zu umrunden, gefolgt von den anderen drei Priestern, wobei sie die Segmente reinigten, die jeweils eines der vier geheiligten Elemente darstellten. Während sie dies taten, sangen die anderen Priester und Priesterinnen leise:

»Manoahs Auferstehung befreit durch seine Macht
Die Welt aus dunkler Nacht;
Wiedergeboren in einer neuen Zeit, in neuer Gestalt,
Grüßen wir das Licht, das uns erhalt'!«

Micail spürte die vertraute Verschiebung der Schwerkraft, die ihm verriet, dass die Steine um ihn herum sich hoben. Es lag nicht nur an dem schweren Weihrauchgeruch, dass alles außerhalb des Kreises waberte, als sähe er es durch Wasser. Die Sänger trennten die Steine von der gewöhnlichen Welt:

»In diesem Tempel dürfen wir mit erleuchtetem Blick
Und zu unserem unendlichen Glück
Euch Herren des Glaubens und der Weisheit begegnen.
Möget Ihr uns auf ewig segnen!«

Er schritt um den Kreis herum, als der Singsang endete, und blieb für einen Augenblick stehen, um zu lauschen. Sie hatten die Steine so geschickt bearbeitet, dass sie sowohl Schall als auch Energie auffingen. Welchen Lärm die Ai-Zir außerhalb des Kreises auch immer machten, er würde leiser als das Rauschen des Windes in den Bäumen zu ihm dringen. Erleichtert atmete er aus. Durch seine Gespräche mit den eingeborenen Arbeitern war er daran gewöhnt, in den Steinen das ›Sonnenrad‹ zu sehen, doch ihrer Gestaltung nach waren sie eigentlich als Resonanzkörper gedacht, um Schallwellen in einem Maße zu verstärken, dass sie in die Energieströme eingespeist werden konnten, die durch das Land flossen. Durch die Beherrschung dieser Kräfte wären sie in der Lage, einen Tempel zu bauen, der dem alten in nichts nachstünde. Genau genommen war eine so wirkungsvolle Abschirmung bei dieser Art von Arbeiten eigentlich nicht nötig, doch er hatte genügend Achtung vor dem Können von Drochrads Schamanen, um Vorkehrungen gegen jede denkbare Störung durch magische Einflüsse zu treffen.

Nachdem die geheiligten Elemente wieder zu ihren Altären gebracht worden waren, legten Micail und die anderen ranghohen Priester die Masken ab und reihten sich bei den Sängern ein. Er nahm sich die Zeit, jeden im Vorbeigehen prüfend anzusehen – die Gesichter der erfahreneren Priester zeigten bereits den Ausdruck konzentrierter Entrücktheit, die jüngeren hatten die Augen weit aufgerissen in aufgeregter Erwartung dessen, was nun kommen würde.

Haladris hatte seinen Platz eingenommen und wandte sich jetzt an alle.

»Ihr wisst, was ihr zu tun habt…« Er sah nacheinander jeden einzelnen Stimmführer des Chors eindringlich an. »Ich gebe die Töne vor, dann richten die Bassstimmen ihren Schall zum Stein hin. Der Akkord baut sich auf, schwillt an, und ich werde ihn lenken. Vergesst nicht, das Entscheidende ist die Klangrichtung, nicht die Lautstärke. Lasst uns beginnen!« Sehr leise summte er die kurze und harmlos scheinende Tonfolge, die sie während der vergangenen Tage geprobt hatten.

Haladris hob die Hand, und die drei Bassstimmen – Delengirol, Immamiri und Ocathrel – stimmten ein wortloses und so tiefes Summen an, dass dessen Schwingungen geradewegs aus der Erde zu kommen schienen. Der Stein bewegte sich natürlich noch nicht, doch das erste Rühren einzelner Partikel in seinem Innern war für Micails geistiges Auge bereits wahrzunehmen.

Jetzt gesellten sich die Baritonstimmen hinzu, wobei Ardral und Haladris zunächst vorherrschten, um sich dann an Metanor, Reualen und die anderen, die in dieser Stimmlage sangen, anzupassen, bis all ihre Kehlen die gleichen vollen Töne hervorbrachten. Die Energie, die um den Stein herum schimmerte, auf den ihr Gesang gerichtet war, wurde nun beinahe schon für das gewöhnliche Auge sichtbar, als Micail und die anderen Tenöre in die zunehmende Klangfülle einfielen und den mittleren Tonbereich ausfüllten.

Bald schwankte der Stein, und an seiner nach innen gewölbten Oberfläche schimmerte ein gespenstisches Licht, das aus seinem Innern zu strahlen schien. Jetzt war der Zeitpunkt gekommen, da größte Sorgfalt vonnöten war, um den Stein nicht zu zerschmettern, sondern ihn anzuheben.

Die Altstimmen fielen in die Harmonie ein, dann folgten die Soprane, wodurch der Gesang beinahe zur doppelten Lautstärke anschwoll und zu einem klanglichen Regenbogen von überwältigender Fülle wurde. Der Stein bewegte sich – der Boden darunter wurde sichtbar.

Die Sänger stiegen mit sanfter Modulation die Tonleiter aufwärts, und der Stein hob sich über ihre Kniehöhe, dann auf Taillenhöhe, und je höher die Töne wurden, desto höher stieg der Stein, bis er sich auf der Höhe ihrer Schultern befand und sich schließlich über ihre Köpfe erhob. Micail spürte die gewaltige Kraft, die durch Haladris und um diesen herum strömte, während er seinerseits seine Gabe einsetzte, um diese Kraft noch zu steigern und zu verfeinern.

Die aufrecht stehenden Steine des Trilithen maßen dreifache Manneshöhe. Während der Deckstein an seinen Platz schwebte, neigten die Sänger die Köpfe nach hinten, um ihn nicht aus den Augen zu lassen.

Wieder beherrschte Micails strenger Wille seine Gefühle, während die sich langsam hebenden Arme des Erzpriesters ihre Stimmen höher dirigierten – und damit auch den großen Steinklotz. Micail beobachtete, wie er auf der Klangwoge ritt, und spürte, wie sich sein Geist ausdehnte und von einer Freude erfüllt wurde, die vollkommen rein war. *Das ist es* – dieser Gedanke huschte durch sein Bewusstsein –, *wonach wir streben. Nicht Macht, sondern Harmonie …*

Der Stein zögerte, verharrte in der Schwebe über den senkrechten Säulen. Haladris gab ihm noch einen kleinen Anstoß nach oben, bis über die Zapfen, die aus der Mitte jedes Steins herausragten, und lenkte ihn dann so, dass sich die Höhlungen an der Unterseite des Decksteins genau über diesen Zapfen befanden. Indem er die Hände ein wenig senkte, dämpfte er die Lautstärke des Gesangs geringfügig und ließ den Stein schließlich an die vorgesehene Stelle sinken.

Micail straffte sich und atmete mit einem langen Seufzer aus. Sie hatten es geschafft! Er nickte den Sängern zu, deren Gesichter vor stillem Stolz strahlten. Doch sie standen mit schlaffen Schultern da, und er wusste, dass sie ebenso erschöpft waren wie er selbst. Wieder hörte er das Raunen der Menge draußen, jetzt durchsetzt mit Ausrufen des Staunens. König Khattar grinste wie nach einer siegreich geschlagenen Schlacht.

Die Trommeln dröhnten bereits. Micail zuckte bei jedem Schlag zusammen, als ob er Prügel bekäme, aber er wusste, dass das Schlagen nicht aufhören würde. Genauso gut könnte man von Wildgänsen verlangen, nicht zu fliegen, dachte er.

König Khattar, der ganz aus dem Häuschen war wegen des gelungenen Aufrichtens der Steine, war fest entschlossen, das Ereignis zu feiern, so als ob er mit eigener Kraft diesen Erfolg errungen hätte. Den anderen Priestern und Priesterinnen war gestattet worden, sich in ihre Unterkünfte zurückzuziehen, doch der König hatte darauf bestanden, dass Micail blieb, um ihre Kaste bei den Feierlichkeiten zu repräsentieren. Er gähnte und versuchte, den verschwommenen Blick seiner müden Augen klar zu bekommen. Die Nacht war mild, und es regte sich kaum ein Lüftchen. Die Feuerstellen, an denen die jeweiligen Häuptlinge der Clans und Stämme feierten, leuchteten wie verstreute Sterne. König Khattars Zelte standen am nächsten bei dem Steinkreis. Er thronte jetzt auf einer seltsam geformten Bank, über die seine Männer eine rote Kuhhaut geworfen hatten. Sein Neffe und Erbe, Khensu, saß auf einem Schemel zu seinen Füßen. Für die Gäste von Bedeutung waren weitere Bänke aufgestellt worden, während die Krieger des Königs lässig auf Fellen lümmelten, die am Boden ausgelegt worden waren. Tjalan und Antar und ihre Hauptleute hockten ein wenig entfernt, zusammen mit den Häuptlingssöhnen von anderen Stämmen.

Vor dem vollendeten Dreistein waren Fackeln aufgestellt worden, damit der König ihn weiterhin entzückt betrachten konnte. Roter Lichtschein spielte auf den beiden aufrecht stehenden Blöcken und dem schweren Querstein, der sie krönte; das Gebilde hob sich wuchtig gegen den Sternenhimmel ab, und Micail überkam plötzlich die seltsame Vorstellung, dass das Ganze einen riesigen Eingang zur Jenseitswelt darstellte. Und was würde ich finden, wenn ich zwischen ihnen hindurchginge? Erwartet Tiriki mich auf der anderen Seite?

Er hielt seinen Becher zum Nachfüllen hin und erkannte zu spät, dass die liebreizende Maid, die mit dem Krug herumging, Anet war.

»Eure Magie ist in der Tat großartig«, sagte sie, wobei sie sich näher als nötig zu ihm beugte, um Bier nachzuschenken. Wenigstens war sie diesmal vollständig bekleidet ... Trotzdem wich Micail ein wenig zurück, benommen vom Duft ihres Haars. Daraufhin lachte sie leise, reichte den Krug an eines der anderen Mädchen weiter und setzte sich neben ihn auf die Bank.

»Nun, da der Stein aufgerichtet ist, braucht Ihr ja nicht länger allein zu schlafen, nicht wahr?«

»Ihr wisst, dass mein Prinz es mir nicht erlauben wird zu heiraten ...«

Sie schüttelte den Kopf, und ihre Augen blitzten auf. »Da kann ich nur lachen. Das müsst Ihr meinem Vater sagen, nicht mir. Ich weiß, dass Ihr in der Rangordnung auf gleicher Höhe steht. Aber Ihr braucht keine Angst zu haben. Es ist mein Vater, der sich die Sache mit der Heirat in den Kopf gesetzt hat. Mir wäre das nie eingefallen.« Sie lehnte sich mit einem verführerischen Lächeln an ihn, und ihr Körper fühlte sich selbst durch den groben Stoff seiner Tunika warm an.

Micail hob die Hand, um sie wegzuschieben, doch irgendwie legte sie sich stattdessen auf ihr seidenweiches Haar. Er runzelte verwirrt die Stirn. »Aber warum ... Warum seid Ihr ...?« Was macht Ihr da?, hätte er eigentlich fragen wollen, doch die Zunge wollte ihm nicht gehorchen.

»Ihr dient doch der Wahrheit«, sagte sie. »Könnt Ihr ehrlich behaupten, dass Ihr mich nicht begehrt?«

Er spürte, wie ihm das Blut in die Wangen schoss – und noch an eine andere Stelle –, und unwillkürlich zog er sie näher an sich, und ihre Lippen trafen sich. Ihr Mund war sehr süß, und ihm wurde schmerzlich bewusst, wie lange es her war, dass er eine Frau in den Armen gehalten hatte.

»Ihr habt mir geantwortet«, sagte sie, als er sie schließlich losließ. »Jetzt will ich Euch antworten. Ich möchte nicht Eure Gemahlin werden, o Prinz aus den fernen Landen. Aber ich möchte Euer Kind zur Welt bringen.«

Ihre Hand wanderte tiefer. Er konnte jetzt gewiss nicht leugnen, dass er sie begehrte. »Nicht hier, nicht jetzt«, sagte er mit heiserer Stimme. »Euer Vater könnte uns sehen.« Und tatsächlich, im selben Augenblick hörte er König Khattar seinen Namen rufen.

Micail drehte sich mit einem Ruck um. Der König lächelte – hatte er sie beobachtet?

»Die Steine sind also aufgerichtet, wie? Die ganze Welt kann meine Macht sehen!« Das königliche Lachen hallte von den Wänden wider. »Jetzt ist die Zeit gekommen, um sie zu nutzen!«

Micail straffte sich beunruhigt.

Khattar beugte sich vor, sein Atem roch nach Wein und Fleisch. »Wir werden es ihnen zeigen, jawohl! All denen, die nicht dem Stier folgen! Dem Volk des Hasen, den Ai-Akhsi, die in dem Land leben, das man Beliri'in nennt, und die sich uns widersetzen, den Ai-Ilf, dem Eber-Stamm im Norden, der unsere Kühe stiehlt! Wir werden sie angreifen, nicht um zu plündern, sondern um zu erobern, denn wir werden Schwerter haben, für die es in der Schlacht kein Biegen und kein Brechen gibt! Schwerter, die durch Holz und Leder und Knochen schneiden!«

Micail schüttelte den Kopf und versuchte, seinen Geist von der doppelt benebelnden Wirkung der männlichen Erregung und des Alkohols frei zu bekommen, während Anet von seiner Seite huschte und in der Menge verschwand. Prinz Tjalan richtete sich ebenfalls auf und kniff die Augen zusammen, während er angestrengt lauschte, um zu hören, was auf der anderen Seite des Feuers gesprochen wurde.

»Ihr habt gute Klingen aus kräftiger Bronze …«, setzte Micail an, doch der König klopfte ihm aufs Knie.

»Nein! Ich habe Eure Klingen gesehen, mit den weißen Schneiden, die Holz so leicht zerteilen wie unsere Messer Gras!« Khattar klatschte mit der Hand auf den in der Scheide steckenden Dolch, der an einem geflochtenen Riemen um seinen Hals hing, woraufhin die winzigen goldenen Nieten des Griffs im Feuerschein aufleuchteten. Khensu hatte sich erhoben und stand jetzt hinter seinem Onkel, die Hand ebenfalls am Griff seines Schwerts.

Micail unterdrückte ein Stöhnen. Er hatte Tjalan davon abgeraten, seinen Männern zu gestatten, die Schärfe dieser Klingen so leichtfertig zur Schau zu stellen. »Wir haben nicht genügend davon, um Eure Krieger damit auszustatten«, erklärte er, doch Khattar dröhnte unbeeindruckt weiter.

»Aber Ihr seid doch die großen Schamanen, deren Erscheinen in unseren Sagen prophezeit wird. Wir haben gesehen, wozu Ihr fähig seid! Ihr werdet mehr davon herstellen!«

Micail schüttelte den Kopf und fragte sich im Stillen, ob er es wagen sollte, einzugestehen, dass sie keinesfalls dazu in der Lage wären, selbst wenn sie es wollten. Im Lauf der Zeit würde sich sogar das Orichalkum, dieses wertvolle Metall, aus dem die Schneiden der Schwerter gefertigt waren, zersetzen, bis es sich schließlich in die Mineralien auflöste, aus denen es bestand. Und unter all den Priestern und Magiern, die dem Untergang entkommen waren, war nicht ein einziger – jedenfalls soweit er wusste –, der die nötige Gabe hatte, um diesen geheiligten Werkstoff neu zu schmieden.

»Ihr werdet schwören, das zu tun ...« Khensus heiseres Flüstern drang ihm ins Ohr, während gleichzeitig sein Körper samt beider Arme von einem einzigen kräftigen Arm umklammert wurde und er den kalten Kuss von Metall an der Kehle spürte. »Oder Ihr werdet das hier zu spüren bekommen!«

Micail sah sich verzweifelt nach Tjalan um, doch der alkonische Prinz war nirgends zu erspähen. Wenn Tjalan es schaffte, zu seinen Männern zu gelangen, wären sie zumindest in der Lage, die anderen zu schützen. Er holte tief Luft und dann noch einmal, und als sich sein wild pochendes Herz ein wenig beruhigte, glaubte er, von der anderen Seite des Feuers Schreie zu hören. Großer Schöpfer, betete er inbrünstig, lass es nicht zu, dass sie Tjalan schnappen!

Eine Gruppe von Männern näherte sich, und Micail erkannte zwei Häuptlinge von anderen Stämmen, jeweils gefolgt von Kriegern.

»Warum sollte König Khattar den fremden Schamanen töten wollen, bevor er damit fertig ist, die Steine aufzurichten?«, fragte eine Mädchenstimme in vertraut neckischem Ton. War das Anet? Er strengte die Augen an, um sie zu irgendwo zu entdecken, bemüht, das Ganze zu verstehen.

»Ihr seid der Großkönig, Roter Stier, aber Ihr seid nicht allein!«, rief der Mann, der das Land regierte, wo Carn Ava lag. »Lasst den ausländischen Priester in Ruhe!«

Khensus Arm straffte sich; die Muskeln zeichneten sich hart wie Seile unter der Haut ab, und Micail spürte das Kribbeln von warmem Blut, das ihm den Hals hinunterrann. Sein Peiniger, der jünger war als er selbst, roch nach Holzrauch und Angst.

»Wenn Ihr dereinst die Nachfolge Eures Vaters als König antreten wollt, dann solltet Ihr der Forderung der Leute jetzt nachkommen«, sagte Micail, aber Khensu hörte ihm nicht zu. Selbst durch den Lärm und den allgemeinen Aufruhr hindurch war das gleichmäßige Stampfen marschierender Füße zu hören. Tjalan war mit seinen Soldaten zurückgekehrt.

Micail wusste nicht, ob er dies begrüßen oder bedauern sollte, aber er hatte keine Zeit, sich darüber Gedanken zu machen. Mit einem gezielten Vorstoß trieben die Speerkämpfer einen Keil zwischen Freund und Feind – und ein einzelner Wurfspeer zischte in hohem Bogen durch die Luft.

Später kam Micail zu der Ansicht, dass der Wurf des Wächters lediglich dazu hatte dienen sollen, den König zu erschrecken. Doch Khattar, der sich wie ein erzürnter Bär von seinem Sitz erhoben hatte, wurde voll an der rechten Schulter getroffen. Mit einem dumpfen Aufschrei drehte er sich um sich selbst und stürzte zu Boden. Khensus Griff lockerte sich, und das Messer senkte sich von Micails Kehle. Micail nutzte die Gelegenheit, packte die Messerhand seines Peinigers und drehte sie von sich weg; dann befreite er sich mit einem Satz – und war plötzlich umringt von Soldaten.

Micail schluckte vorsichtig und stellte fest, dass seine Kehle keinen Schnitt aufwies. Er sah Khensu, der mit einem der Soldaten kämpfte, während Khattar gekrümmt am Boden lag, fluchend und die durchbohrte Schulter umklammernd. Micail brach durch den Schutzkreis der Soldaten und kniete neben dem König nieder, um dessen blutige Finger von der Wunde zu heben und diese zu begutachten. Khattar blickte wütend und verständnislos zu ihm auf, als Micail nun seinen Handballen fest gegen die Wunde drückte, um die Blutung zu mindern. Er wandte sich um und atmete tief durch.

»Ruhe!« Das war die Stimme, die beim Aufrichten des Steins geholfen hatte, und die Menge war so erschrocken, dass alle verstummten. »König Khattar lebt!«

»Kehrt zu Euren Plätzen an den Feuern zurück. Wir werden morgen früh eine Ratsversammlung abhalten.« Tjalans Stimme klang wie ein Echo von Micails, und wenn sie auch keinen zwingenden Befehl enthielt, so erkannte doch jeder, dass Gehorsam geboten war. Allmählich löste sich die Menge auf. Tjalan beugte sich zu Micail und legte ihm die Hand auf die Schulter.

»Alles in Ordnung mit dir?«

»Ich werd's überleben«, antwortete Micail zwischen zusammengepressten Zähnen hindurch, »und das Gleiche gilt für ihn. Hol mir einen Riemen und einen Fetzen Stoff!« Erst als Micail mit dem Verbinden von Khattars Wunde fertig war, sah er zu seinem Vetter auf. »Das war keine gute Tat!«

Tjalan grinste nur. »Tut es dir vielleicht Leid, dass ich dich gerettet habe?«

»Der Junge war bereits völlig verängstigt. Es hat nicht viel gefehlt, dann hätte ich ihn mit Worten dazu gebracht, mich loszulassen.«

»Mag sein ...« Der raubvogelartige Blick des Prinzen ruhte für eine Weile auf seinen Wachen, die um sie herum Aufstellung genommen hatten. »Aber dieser Augenblick musste einmal kommen. Ob jetzt oder später, das ist im Grunde einerlei, meinst du nicht?«

Nein, dachte Micail und verzog dabei das Gesicht, besser wäre gewesen: nie. Rajastas Prophezeiung hat diesen Tag nicht vorausgesagt. Doch eine innere Ahnung, die ihn vor einer Gefahr warnte, bewog ihn zu schweigen.

Fünfzehntes Kapitel

Während des Hochsommers blieb der Himmel über dem Sumpf manchmal eine ganze Woche über klar. Damisa stand mit geschlossenen Augen im vollen Sonnenlicht und konnte sich beinahe vorstellen, dass sie sich in der strahlenden Hitze von Ahtarrath wärmte. Selbst im Schatten der Klause, die man für Selast gebaut hatte, damit sie während des Monats vor der Hochzeit in Abgeschiedenheit dort lebte, war es warm.

Zu warm, dachte sie und fächerte ihren Wangen mit der Hand Luft zu. Ich habe mich daran gewöhnt, im Nebel zu leben. Ich bin schon zu lange in diesem Land. Und doch, selbst im Seereich hätte sie Selast nicht bis in alle Ewigkeit für sich allein haben können.

Während Iriel und Elis Selast das Gewand auszogen, das diese zu ihrem rituellen Bad in der Roten Quelle getragen hatte, fielen Sonnenstrahlen zwischen den verflochtenen Ästen hindurch, aus denen die Klause gebaut war, und fleckten die Haut der jungen Frau wie die eines Rehkitzes. Im Lauf der fünf Jahre, die sie nun schon im Nebel des neuen Landes lebte, war ihre einst bronzefarbene Haut zu einem Goldton verblasst, und die ständige körperliche Arbeit hatte ihren eckigen Gliedmaßen drahtige Kraft und geschmeidige Bewegungen verliehen, die Damisa wieder einmal an ein

Wesen erinnerten, das der menschlichen Rasse an Schönheit und Anmut weit überlegen war. Aber Selast war kein Rehkitz, dachte sie mit einem plötzlichen Stich in der Brust; sie war eine junge Stute mit einer dichten Mähne aus gewelltem schwarzem Haar und Feuer in den dunklen Augen.

»Und jetzt zum Kleid ...«, sagte Iriel und hob dabei den in Falten gelegten blauen Leinenstoff, den sie sich über die Arme drapiert hatte, in die Höhe. »Anschließend werden wir dich mit Blumen krönen!« Sie sah sich um und runzelte die Stirn, als sie feststellte, dass der Korb leer war. »Kestil und die anderen Kinder hätten sie heute Morgen sammeln sollen. Wenn sie das vergessen haben ...«

»Ich laufe schnell ins Dorf hinunter«, sagte Elis und war auch schon auf dem Weg zur Tür.

»Wenn ihr beide geht, könnt ihr schneller suchen«, mischte sich nun Damisa ein. »Ich bleibe hier und wache über unsere Braut.«

Als die beiden fort waren, schritt Selast in der Klause auf und ab. Sie nahm das weiße Unterhemd und dann das blaue Kleid, beides aus Leinen gefertigt, an sich. Den Flachs dafür hatten sie selbst angebaut und den Stoff mit heimischem Waid gefärbt. Die Farbe entsprach nicht ganz dem Blau, das die Caratra-Priesterinnen zu Hause getragen hatten, doch sie kam ihm immerhin so nahe, dass Damisa ein gutes Gefühl dabei hatte. Das Tragen dieses Blautons bedeutete, dass man sich in den Dienst der Großen Mutter stellte. Damisa war allerdings ein wenig unwohl bei der Vorstellung, dass Selasts schlanker Körper durch eine Schwangerschaft anschwellen würde.

»Bist du aufgeregt?«

»Aufgeregt?«, wiederholte Selast mit einer schnellen Kopfdrehung, die Damisa inzwischen lieben gelernt hatte. »Ein bisschen, glaube ich. Was ist, wenn ich meinen Text vergesse?«

Damisa hielt das nicht für sehr wahrscheinlich. Sie hatten das Auswendiglernen geübt, seit sie als Kinder für den Tempel auserwählt worden waren.

»Ich meine, ob du wegen der Hochzeit aufgeregt bist.«

»Mit Kalaran?« Selast lachte. »Ich kenne ihn, seit ich neun Jahre alt war, noch bevor wir zu Priesterschülern ausgewählt wurden, obwohl ich gestehen muss, dass ich bis vor einem Jahr nicht viel von ihm gehalten habe – bis zu jener Nacht, als wir Iriel gesucht haben. Er machte mir immer den Eindruck, als ob er auf jeden böse wäre. Erst damals erkannte ich, wie schuldig er sich immer noch fühlt, weil er überlebt hat, während Kalhan und Lanath und die anderen ihr Leben ließen. Deshalb ist er manchmal so ... sarkastisch. Er versucht, seinen Schmerz zu überspielen.«

»Ach, das ist der Grund?« Damisa hörte, dass auch ihre Stimme einen sarkastischen Unterton hatte, und bemühte sich zu lächeln. »Heiratest du ihn dann etwa aus Mitleid statt aus Pflichtbewusstsein?«

Selast blieb schließlich stehen und sah sie stirnrunzelnd an. »Vielleicht ist etwas von beidem im Spiel. Zumindest sind wir gute Freunde. Ist das wichtig? Dieser Tag hat kommen müssen.«

»Ja, in Ahtarrath, aber hier?« Damisa stand unvermittelt auf und packte Selast an den schlanken Schultern. »Wir haben keinen Tempel, und von der Priesterschaft ist nur wenig übrig. Warum sollten wir unser

Leben zerstören, nur um Nachkommen hervorzubringen?«

Selast sah ihre Freundin mit großen Augen an; sie hob die Hand und strich Damisa übers Haar. »Bist du eifersüchtig auf Kalaran? Die Eheschließung ändert doch nichts an dem Verhältnis zwischen dir und mir ...«

Aber es hat sich schon einiges daran geändert, dachte Damisa und bedachte Selast mit einem zornigen Blick. »Du wirst an seiner Seite schlafen und sein Haus besorgen und seine Kinder auf die Welt bringen, und du bildest dir ein, dass all das spurlos an dir vorübergehen wird?« Ihr wurde bewusst, dass sie geschrien hatte und Selast zusammengezuckt war. »Du musst das nicht tun«, fuhr Damisa in flehendem Ton fort. »Erinnerst du dich an Tarets Erzählungen von der Insel im Norden, wo die Kriegerinnen ausgebildet werden? Wir könnten dort hingehen und zusammen sein.«

Selast schüttelte heftig den Kopf und entwand sich mit einer jähen Drehung Damisas Griff. »Wenn ich mir vorstelle, dass ich immer die Rebellin war, während du als brave Priesterin die Nase hoch in der Luft getragen hast! Du kannst das, was du sagst, nicht ernst meinen, Damisa – du bist schließlich Tirikis Priesterschülerin!

Kalaran braucht mich«, fuhr Selast fort. »In jener Nacht auf dem Berg hat er mir gesagt, dass er nach dem Untergang allen Glauben verloren hatte – er konnte die unsichtbaren Kräfte nicht mehr erfühlen. Doch als wir uns aneinander schmiegten, verloren und zitternd, erkannte er, dass er nicht allein war.«

»*Ich* brauche dich!«, schrie Damisa, doch Selast schüttelte den Kopf.

»Du *willst* mich, aber du bist stark genug, um ohne mich zu leben. Meinst du denn, wir wurden deshalb verschont, damit wir unserem eigenen Vergnügen frönen können, während so viele andere gestorben sind?«

»Verdammt sollen die sein, die gestorben sind, und verdammt soll auch Tiriki sein!«, murmelte Damisa. »Selast – ich liebe dich …« Sie machte Anstalten, das Mädchen wieder zu umarmen; ihr Herz war erfüllt von so vielen Dingen, die sie nicht aussprechen konnte. Sie ließ jedoch sofort von ihrer Absicht ab, als die Tür aufging und Iriel und Elis hereinkamen, die Hände voller Blumen. Mit brennendem Gesicht und gelähmter Zunge entfloh Damisa dem Brauthaus, und der Klang fröhlichen Gelächters folgte ihr.

Die Hochzeitsprozession näherte sich, schlängelte sich durch den Wald und begab sich auf den Pfad, der zum Osthang des Heiligen Berges führte. Tiriki erspähte die farbenprächtigen Gewänder zwischen den Bäumen, während das Glockengeläut vom Wind herangetragen wurde. Behutsam entzündete Chedan ein wachsgetränktes Holzscheit und warf es in die Glut im Feuerbecken auf dem Altarstein.

Der Wind peitschte den Funken zur Flamme auf und bauschte die Umhänge der Priester und Priesterinnen, die im Steinkreis warteten. Das Gewicht der Halskette und des Diadems war ungewohnt für Tiriki, die lange Zeit gar keinen Schmuck getragen hatte, und die Seide ihres Gewandes fühlte sich seltsam glatt an für jemanden, der sich an Leder und grobe Wolle gewöhnt hatte.

Ich will mich nicht gegen die Erinnerung wehren, dachte Tiriki, während die Hochzeitsgesellschaft sich auf der Hügelkuppe aufstellte, aber ich werde nicht weinen. Ich möchte keinen Schatten auf Selasts und Kalarans Tag werfen.

Tiriki und Micail waren im Tempel auf dem Sternenberg getraut worden – dem heiligsten Bereich von Ahtarra. Als Trauzeugen hatten ihnen Deoris und Reio-ta sowie mehrere Hohe Priester des Tempels gedient, und das Ehebündnis war durch den greisen Heiligen Hüter Rajasta gesegnet worden, für den es einer der letzten Riten gewesen war, die er vor seinem Tod durchführte.

Jetzt war es Chedan, der sich erhob und das Brautpaar begrüßte; sein Wappen war geschmückt mit den heiligen Symbolen, die in der Sonne glänzten. Und anstatt des Sternenberges war der Kreis aus groben Steinen auf dem Heiligen Berg ihr Tempel. Doch obwohl dieser geheiligten Stätte im Sumpfland Ahtarraths majestätische Ausstrahlung fehlte, hatte Tiriki während der vergangenen fünf Jahre genug gelernt, um zu vermuten, dass beides gleichwertig war, was die spirituelle Kraft anging.

Micail war damals ganz in prächtiges Weiß gekleidet gewesen, mit einem goldenen Reif um die Stirn, mit dessen Glanz es seine Haare hatten aufnehmen können, und sie hatte zum ersten Mal das blaue Caratra-Gewand mit dem dazugehörenden Haarband getragen, obwohl sie kaum dem Kindesalter entwachsen gewesen war. War ich schon in zu frühen Jahren bestrebt, schwanger zu werden?, überlegte sie jetzt. War das der Grund, warum ich nie ein lebendes Kind auf die Welt gebracht habe? Bis wir hierher gekommen sind ..., fügte sie hinzu, als Kestil und Domara ins Blickfeld kamen, vor der Prozession tanzend und den Weg mit Blumen bestreuend. Selast hingegen war bereits zwanzig, und das Leben in dieser Wildnis hatte sie gesund und kräftig werden lassen. Ihre Kinder würden prächtig gedeihen.

Domara leerte ihren Blumenkorb und rannte zu ihrer Mutter. Tiriki hob sie freudig hoch, entzückt über das warme Gewicht und das nach Wildblüten duftende rote Haar der Kleinen. Micail ist für mich verloren, aber in seiner Tochter lebt ein Teil von ihm weiter, dachte sie.

Sie war so sehr mit sich selbst beschäftigt, dass sie Chedans Begrüßungsworte kaum mitbekam. Bei ihrer eigenen Hochzeit war sie so aufgeregt gewesen, so vollkommen auf Micail konzentriert, dass sie auch damals die entsprechende Rede kaum gehört hatte. Der Magier war bereits dabei, Kalarans rechtes und Selasts linkes Handgelenk zusammenzubinden und beide gemeinsam über die flackernde Flamme zu führen. Dann beschritt das Paar, immer noch zusammengebunden, in Laufrichtung der Sonne den Weg um den Altarstein herum.

Chedan nahm ihnen die üblichen Gelöbnisse ab, die zu einer Eheschließung gehörten; unter anderem mussten sie versprechen, ihre Kinder im Glauben des Lichtes aufzuziehen und sich im Umgang miteinander als Priester und Priesterin zu verhalten. Das Wort Liebe kam dabei nicht vor, wie Tiriki jetzt auffiel, doch damals, bei ihr und Micail, war Liebe ganz selbstverständlich der Grundstein ihrer Verbindung gewesen.

Unsere Vereinigung stand in den Sternen geschrieben!, schrie ihr Herz; wegen der Gefühlsschwere des Augenblicks drohte sie die innere Selbstbeherrschung zu verlieren, der sie ihr Überleben verdankte. Doch weshalb wurden wir dann so schnell auseinander gerissen?

Kalaran brachte seine Antworten mit bebender Stimme vor, während Selast laut und sicher sprach. Sie empfanden Hochachtung füreinander, und vielleicht würde im Lauf der Zeit Liebe daraus werden. Nachdem die langatmigen Eidesformeln gesprochen worden waren, hob Chedan die Hände zum Segen und sah sie über das Feuer hinweg an.

»Gewähre dieser Frau und diesem Mann Weisheit und Mut, o Große Unbekannte Wesenheit! Gewähre ihnen Frieden und Verständnis! Gewähre diesen beiden Seelen, die jetzt hier vor dir stehen, eine reine Gesinnung und wahres Wissen. Lass gedeihen und sprießen, was sie benötigen, und gib ihnen die Kraft, ihre Pflicht in vollem Umfang zu erfüllen. O du Allmacht, die sowohl weiblich als auch männlich und mehr als beides ist, gib, dass diese beiden in dir und für dich leben!«

An diesen Teil erinnerte sich Tiriki nur allzu gut. Als sie und Micail an den Handgelenken zusammengebunden gewesen waren, hatte sie seine Wärme als ihre eigene gefühlt, und bei der Anrufung hatte sie noch etwas gespürt, eine dritte Wesenheit, die sie beide mit ihrer Kraft umhüllt und sie vereint hatte, auch dann noch, nachdem sie in eine andere Daseinsebene entschwunden war. Sie nahm auch jetzt diese Energiehülle wahr, wenngleich sie selbst sich an ihrem äußersten Rand befand; für einen Augenblick spürte sie nicht nur das vereinigende Element zwischen Selast und Kalaran, sondern auch das Energienetz, das alle im Kreis Anwesenden einschloss und darüber hinaus auch das Land um sie herum, indem es sich in Reiche ausdehnte, von denen sie jetzt wusste, dass sie existierten, auch wenn sie sie nicht sehen konnte.

O du Allmacht, schrie Tirikis Herz, das immer noch von Micail erfüllt war, gib, dass wir alle in dir leben!

Es ist seltsam, dachte Chedan, während er den Hirschknochen weglegte, an dem er genagt hatte, wie der Mangel an Nahrung die Einstellung der Leute zum Essen verändert. Er beobachtete Tiriki und die anderen, die sich an dem Festmahl gütlich taten, das die Bewohner des Dorfes am See zu Ehren der Neuvermählten zubereitet hatten, und dabei fiel ihm ein, wie die Priesterschaft des Alten Landes im Speisen eine Ablenkung von den Belangen der Seele gesehen hatte. Doch im Seereich war dank der Lieferungen der Handelsschiffe alles zu haben gewesen, was das Land und das Meer in der Heimat nicht geboten hatten. Vor einigen Jahren, in Alkonath, hätte nicht viel gefehlt, und Chedan wäre ein Dickwanst geworden. Jetzt indes konnte er jede Rippe an sich zählen.

Es hatte Zeiten gegeben, vor allem während der Wintermonate, da es nichts anderes als Hirseschleim zu essen gegeben hatte; damals hatte sich Chedan gefragt, warum er sich so sehr anstrengte, seinen Körper am Leben zu erhalten. Doch selbst der Tempel hatte erkannt, dass die Freuden des Essens und des Ehebetts den Menschen halfen, Körper und Seele in Einklang zu bringen. Also kaute er langsam, genoss das geschmackliche Zusammenspiel von Salz und Fett und Kräutern, mit denen das Bratenstück eingerieben worden war, sowie die Zartheit des saftigen roten Hirschfleischs.

»Das war eine wunderschöne Zeremonie«, bemerkte Liala. »Und die Macht des Heiligen Berges ist ... größer, als wir gedacht haben. Nicht wahr?« Sie war während des Frühlings die meiste Zeit krank gewesen, doch diese Feierlichkeit hatte sie sich auf keinen Fall entgehen lassen wollen.

»Ich nehme an, irgendjemand muss das gewusst haben, selbst hier, denn man hat den Steinkreis gebaut, um Kräfte zu bündeln«, stellte Rendano fest, der an der anderen Seite des Tisches saß. Er runzelte die Stirn, als ob er bezweifelte, dass diese Primitiven zu einer solchen geistigen Leistung tatsächlich fähig gewesen sein könnten.

»Wir sind nicht die ersten unserer Art, die hierher gekommen sind«, erklärte Alyssa unbeeindruckt. »Der Tempel der Sonne, der an der Küste dieses Landes, am Fluss Naradek, gestanden hatte, liegt jetzt in Trümmern, doch man könnte sagen, die Weise Frau dieser Leute ist mehr oder weniger in die Mysterien eingeweiht.«

»Mehr oder weniger«, wiederholte Rendano verächtlich. »Ist das alles, was wir hinterlassen? Was werden *ihre* Kinder dereinst von Atlantis und seiner Größe wissen?« Er deutete zu Selast, die soeben versuchte, den lachenden Kalaran mit einem Stück Kuchen aus Gerstenmehl zu füttern.

»Atlantis ist verloren«, bemerkte Chedan ruhig, »aber die Mysterien bleiben. Es gibt hier viel für uns zu tun.«

»Ja ... Erinnert Ihr Euch an den Nebel unterhalb des Tempels auf dem Sternenberg?«, fragte Tiriki. »Bestand sein Sinn nicht darin, den Weg zum Übergang zwischen den Welten zu weisen?«

»Nur in den Legenden«, schnaubte Rendano missmutig. »Solche Einrichtungen dienen doch nur der Ertüchtigung der Seele.«

»Der Heilige Berg ist für uns nicht verloren«, fuhr Tiriki unbeirrt fort. »In jener Nacht, als Iriel verschwunden war ...« Sie suchte nach den richtigen Worten. »Ich habe den Nebel im Herzen des Hügels durchschritten und bin an einen Ort gelangt, der nicht zu dieser Welt gehört.«

»Ihr seid im Geiste gewandert, während Ihr am Berghang geschlafen habt«, entgegnete Rendano mit einem spöttischen Lächeln.

»Nein, ich glaube ihr«, widersprach Liala. »Ich bin ihr in den Durchgang gefolgt, den das Wasser der Weißen Quelle geschaffen hat, doch dann bin ich umgekehrt, weil meine Hüfte schmerzte, und habe am Eingang auf sie gewartet. Sie kam jedoch nicht auf demselben Weg zurück, und wir fanden sie auf der Kuppe des Heiligen Berges.«

»Dann hat es bestimmt noch einen anderen Ausgang gegeben.«

»Die Priesterschüler haben den Hügel bei Tageslicht untersucht und keinen gefunden«, warf Chedan ein. »Ich selbst habe den Weg zur Quelle erforscht, ohne den Tunnel zu finden. Ich glaube, dass es ihn gibt, obwohl ich keine logische Erklärung dafür habe. – Ihr habt in letzter Zeit viel mit Taret gesprochen ...« Chedan wandte sich an Alyssa. »Was sagt sie dazu?«

Gewaschen, gekämmt und mit ihrer zeremoniellen Kleidung angetan, schien die Seherin einen gewissen Grad an geistiger und gefühlsmäßiger Stabilität wiedererlangt zu haben. Sie könnten also den Vorteil ihrer flüchtigen klaren Augenblicke nutzen.

»Vieles, das ich nicht aussprechen darf«, antwortete Alyssa mit einem Lächeln, das die anderen an die Frau erinnerte, die sie in Ahtarrath gekannt hatten. »Aber ich habe etwas gesehen ...« Ihre Stimme drohte zu versagen, sie schwankte ein wenig, und Liala streckte die Hand aus, um sie zu halten. »Ich habe einen Kristallhügel gesehen, mit dem Muster des Labyrinths, das im Licht schimmerte«, ergänzte sie, erschauderte und blickte um sich, als ob sie sich fragte, was sie hier eigentlich tat.

Liala warf Chedan einen vorwurfsvollen Blick zu und reichte Alyssa dann einen Becher mit Wasser.

»Danke, Alyssa«, sagte Tiriki sanft und tätschelte ihr die Schulter. »Das ist genau das, was ich versucht habe zu sagen.« Sie wandte sich an die anderen. »Vielleicht war es eine seltene Sternenformation, die den Weg geöffnet hat. Oder vielleicht war der Durchgang allein für mich gedacht. Aber ich frage mich ... Wenn wir das Muster des Labyrinths in die Außenseite des Hügels einritzen würden ... irgendwie habe ich das Gefühl, dass wir erfahren könnten, wie wir in die Andere Welt gelangen, wenn wir es abschreiten. Und wer weiß, was wir dort erfahren mögen?«

»Hirngespinste und Verrücktheiten«, murmelte Rendano, nicht allzu leise.

Doch Chedan runzelte nachdenklich die Stirn. »Bis jetzt waren wir mit unserer Arbeit lediglich bestrebt, unser Überleben zu sichern. Ist nun vielleicht die Zeit gekommen, um auf diesem Fundament aufzubauen, unsere Sänger zusammenzurufen und etwas Neues zu schaffen?«

»Meint Ihr, wir sollten Steine aufrichten und eine große Stadt um den Heiligen Berg herum bauen? Ich glaube nicht, dass sich das Sumpfvolk dort sehr wohl fühlen würde«, erwiderte Liala zweifelnd.

»Nein«, murmelte Chedan. »Städte entstehen aus einem bestimmten Grund. Ich denke, dieser Ort ist nicht als Lebensraum für eine solche Bevölkerung geeignet. Ich habe eine unbestimmte Ahnung von etwas anderem. Vielleicht... Lasst uns einfach damit beginnen, dass wir das Labyrinth auf die Oberfläche des Berges übertragen und lernen, diesem spiralförmig gewundenen Pfad zu folgen.« Nach kurzem Nachdenken fuhr er fort: »Ich glaube, uns wurde die Gelegenheit gegeben, an diesem Ort die Art von spiritueller Harmonie zu schaffen, die einst auf dem Sternenberg herrschte.«

»Sprecht Ihr etwa von einem neuen Tempel?«, fragte Rendano zweifelnd.

»Ja, aber er wird anders sein als alles, was es je gegeben hat.«

»Jung Otter ist ein pelziges Reptil –
Ei ja, ei ja, ja!
Ein Jäger ist er, und er fängt gar viel –
Ei ... ja ... ja ...«

Ein Dutzend Stimmen fiel mit ein, als Otter sich von seiner Bank erhob, im Kreis herumtanzte und dabei so tat, als versetzte er im Vorbeigehen dem einen oder anderen Feiernden einen Klaps.

Zum ehrenvollen Anlass der Hochzeit hatten die Sumpfbewohner eine beträchtliche Menge von etwas gebraut, das sie Heidebier nannten. Es hatte nur einen geringen Alkoholgehalt, doch da die Atlantiden für gewöhnlich überhaupt keinen Alkohol und die Eingeborenen nur bei Festen welchen tranken, hatte auch eine geringe Menge große Wirkung. Obwohl Damisa anfangs beim Geschmack der Mischung aus Kräutern und Gewürzen, der durch eine Spur Honig ein ganz klein wenig gemildert wurde, das Gesicht verzogen hatte, ging sie jetzt immer wieder zu der Haut, die an einem Eichenbaum hing, um sich nachzuschenken. Der Holzbecher, den sie in der Hand hielt, war jetzt vielleicht zum zehnten Mal gefüllt. Beim vierten Mal hatte sie aufgehört zu zählen.

»Elis wühlt im Schlamm herum –
Ei ja, ei ja, ja!
Findet Nahrung, gar nicht dumm –
Ei ... ja ... ja ...«

Sie stellte ohne Erstaunen fest, dass den Sängern die Dorfbewohner ausgegangen waren, auf die sie ihre wohlwollenden Spottverse gedichtet hatten, sodass sie sich jetzt die Atlantiden vornahmen. So viel Albernheit wäre ihr zu Hause gehörig gegen den Strich gegangen. Und dort hätte es nach einer Hochzeit auch keine so ausgelassene Feier gegeben. Es war ein Zeichen dafür, wie sehr die neuen und die alten Bewohner des Heiligen Berges inzwischen zu einer Gemeinschaft geworden waren, dass die Dorfbewohner angeboten hatten, für die Frischvermählten ein Fest auf der großen Weide an der Küste auszurichten. Tiriki und Chedan hatten erst nach ernsthafter Abwägung und Beratschlagung mit den anderen angenommen. In Atlantis war die Vermählung innerhalb der Priesterklasse eine Angelegenheit höchst zeremonieller Art und kein Anlass für schlüpfrige Späßchen und starke Getränke gewesen.

Aber warum soll ich mir darüber den Kopf zerbrechen?, fragte sich Damisa, als das Grölen in ihren Ohren noch lauter wurde. Weder nach den alten Bräuchen noch nach den neuen wird es einen Gemahl für mich geben.

»Liala, in ihrer Robe, ganz in Blau –
Ei ja, ei ja, ja!
Weise uns den Weg, o kluge Frau –
Ei ... ja ... ja ...«

Die Spielregeln erforderten, dass die ›geehrte‹ Person aufstand und im Kreis herumtanzte. Liala drehte langsam ihre Runde, mit geröteten Wangen und strahlenden Augen. Angespornt vom begeisterten Jubel der Zuschauer, gab sie dann dem Vorsänger, einem graubärtigen älteren Mann, der nach den Maßstäben der Dorfbewohner einem Barden am nächsten kam, einen herzhaften Kuss.

»Selast, sei doch nicht stets so sehr in Eile –
Ei ja, ei ja, ja!
Denn der Spaß braucht seine Weile –
Ei ... ja ... ja ...«

Nicht noch mehr, dachte Damisa düster. Sie muss ja inzwischen schon ganz lahm sein, so sehr tanzt sie nach Kalarans Pfeife.

Der lange, strahlende Sommertag neigte sich einem leuchtenden Sonnenuntergang zu. Baumwipfel zeichneten sich als dunkles Gespinst von Ästen am rosa getönten westlichen Himmel über der Lichtung ab, während im Osten der Hang des Heiligen Berges immer noch vom Licht angestrahlt war. Einen Augenblick lang hatte Damisa den Eindruck, als käme das Leuchten von innen. Aber vielleicht lag das nur am Alkohol, dachte sie, denn als sie blinzelte und noch einmal hinschaute, sah sie über den Bäumen nur noch eine unbestimmte Form im schwachen Lichtschein.

»Kalaran, der dies und der jenes kann –
Ei ja, ei ja, ja!
Jetzt zeig uns, was du bist als Mann –
Ei ... ja ... ja ...«

Jemand rief etwas in der Sprache der Sumpfbewohner, was ein Jauchzen und Lachen auslöste. Damisa brauchte eine Weile, bis sie begriff, dass man Freiwillige aufrief, die das Brautpaar zum Hochzeitsbett geleiten sollten. Sie gestattete sich einen Blick zu ihrer Geliebten. Selasts Blumenkrone war verrutscht, ihre Augen strahlten vor Aufregung und gleichzeitig vor angstvoller Vorahnung.

»Geh mit deinem Gemahl«, murmelte sie und hob den Becher zu einem ironischen Prost, »und wenn du in seinen Armen liegst, dann sollst du dir wünschen, du wärest noch in meinen.«

Die Geleitpersonen kehrten zurück, und das Tanzen setzte erneut ein. Reidel hatte den Platz an der Trommel eingenommen. Er grinste, und seine Zähne blitzten weiß im dunklen Gesicht; seine Finger zuckten über der Haut, mit der das Instrument bespannt war. Sie bemerkte mit einer gewissen Wehmut, dass zumindest er sich bestens amüsierte. Einige der Seeleute wirbelten Hand in Hand mit Mädchen aus dem Dorf vorbei. Iriel saß mit Elis auf einem Baumstamm am Rand der Lichtung. Otter stand bei ihnen, und Damisa beobachtete, dass Iriel über eine Bemerkung von ihm lachte und sich von ihm zum Tanz führen ließ.

Als Damisa aufstand, um ihren Becher nachzufüllen, begegnete sie Tiriki, die sich anschickte, das Fest zu verlassen, und die offensichtlich schläfrige Domara an der Hand führte. Chedan und die anderen älteren Geistlichen waren bereits gegangen.

»Sie müsste längst im Bett sein«, erklärte Tiriki lächelnd, »aber sie wollte unbedingt beim Tanzen zusehen.«

»Diese Art des Feierns unterscheidet sich gewiss von der, die wir im Tempel pflegten«, entgegnete Damisa missmutig, da sie sich an die erlesenen Speisen und den gepflegten Tanz erinnerte.

»Aber der Grund dafür liegt doch auf der Hand. Das Überleben ist hier stets gefährdet. Es ist kein Wunder, dass die Leute, wenn sie einmal Essen und Feuer im Überfluss haben, darin schwelgen. Das ist für sie eine Bestätigung, dass sie leben, und das gilt auch für uns. Aber jetzt ist es Zeit zum Schlafen, nicht wahr, mein Liebling?«, fügte Tiriki hinzu, als Domara gähnte. »Möchtest du mit uns zurück zum Heiligen Berg gehen?«

Damisa schüttelte den Kopf. »Ich habe noch keine Lust zum Schlafen.«

Tiriki warf einen Blick auf den Becher in Damisas Hand und runzelte die Stirn, als ob sie überlegte, ob sie ihre Autorität ausspielen sollte oder nicht. »Bleib nicht hier und grüble düster vor dich hin. Ich weiß, dass du und Selast euch sehr nahe steht, aber ...«

»Aber ein Leben ohne Partner ist möglich, wolltet Ihr sagen? So wie Ihr es haltet?« Noch bevor Damisa zu Ende gesprochen hatte, war ihr klar, dass das Bier ihr einen Streich gespielt hatte.

Tiriki straffte sich; ihre Augen funkelten, und Damisa trat unwillkürlich einen Schritt zurück. Domara fing an zu weinen.

»Wie ich?« Tiriki sprach mit ruhiger Eindringlichkeit. »Bete zu den Göttern, dass du niemals die Freuden kennen lernst, die ich genossen habe, damit du nicht eines Tages den gleichen Schmerz empfindest wie ich.« Sie wandte sich jäh ab und ging davon; Damisa blieb zurück und starrte ihr betroffen nach.

Durch das Trinken war Damisas Blick inzwischen ziemlich verschwommen; sie sah Otter und Iriel, die eng umschlungen ins Gebüsch eilten. Sie blinzelte und stand auf. Am Feuer waren nur noch wenige Leute verblieben. Reidel war einer von ihnen.

»Edle Dame, geht es Euch gut?« Er kam mit schnellen Schritten zu ihr. »Darf ich Euch zum Haus der Jungfrauen zurückgeleiten?«

»Wie bitte? Ach so ...« Damisa kicherte und lehnte sich an seine Schulter. Er roch nach Heidebier und Schweiß. »Aber ich bin ... ein bisschen betrunken.« Sie hickste und lachte erneut. »Vielleicht sollten wir besser warten ...«

»Das Gehen wird Euch sicher gut tun«, sagte er mit Bestimmtheit und klemmte ihren Arm unter den seinen. »Wir nehmen den Weg um den Heiligen Berg herum.«

Damisa war sich gar nicht so sicher, ob sie wirklich etwas gegen die wärmende, betäubende Wirkung des Bieres tun wollte. Aber ihr war schon zuvor aufgefallen, dass Reidels Arm kräftig und Trost spendend war. Sie fühlte sich besser, wenn sie sich an ihm festhielt, und als sie sich niedersetzten, um an einem grasbewachsenen Hang auszuruhen, der ihnen einen Blick auf die Spiegelung des Mondlichts auf dem Wasser gewährte, kam es ihr ganz natürlich vor, dass sie den Kopf an seine Schulter legte. Allmählich ließ ihr Schwindelgefühl nach.

Es dauerte eine Weile, bis sie das leichte Beben der harten Muskeln unter ihrer Wange bemerkte. Sie richtete sich auf und schüttelte den Kopf.

»Ihr zittert ja ... Friert Euch, oder war ich zu schwer für Euch?«

»Nein ...« Auch seine Stimme wirkte angespannt. »Keinesfalls. Ich war töricht zu denken, ich könnte ... dass Ihr nicht wüsstet ...«

»Was nicht wüsste?«

Er ließ sie unvermittelt los und wandte sich ab; sein Körper war ein dunkler Schatten im Schein der Sterne. »Wie schwer es für mich ist, Euch festzuhalten und sonst nichts zu tun ...«

Das Heidebier hat auch dich um die Selbstbeherrschung gebracht, dachte sie, sonst würdest du es niemals wagen, so etwas zu sagen! Doch warum sollte sie ihn abweisen, überlegte sie weiter, da Selast für sie verloren war?

»Dann tut es doch ...« sagte sie, wobei sie nach seinem

Arm griff und ihn wieder so hindrehte, dass er sie ansehen musste.

Reidel war mit einer einzigen geschmeidigen Bewegung so nahe bei ihr, dass sie völlig überrumpelt war; er hatte einen Arm um ihre Taille geschlungen, während sich die andere Hand in ihre Haare grub. Im nächsten Augenblick hatte er sie fest an sich gezogen, und seine Lippen suchten die ihren, zunächst vorsichtig, dann stürmisch, da ihr Verlangen dem seinen entgegenkam. Die Sterne wirbelten am Himmel, als er sie ins Gras niederlegte; seine Hände waren anfangs forschend, dann fordernd, als Haken und Ösen sich lösten und Spitzen bereitwillig wichen.

Das ist nicht richtig, dachte Damisa in einem einigermaßen klaren Augenblick, als er sie losließ, um seine Tunika auszuziehen. Ich bin von Lust getrieben, während es bei ihm Liebe ist.

Doch dann rollte sich Reidel zurück, und seine wandernde Hand fand das Heiligtum zwischen ihren Schenkeln. Verlangen ergriff von Damisa Besitz, als ob die Göttin ihr erschienen wäre, und alle Erwägungen von Zurückhaltung schmolzen dahin; sein Körper senkte sich auf ihren herab, und sie nahm seine harte Manneskraft in sich auf.

Tiriki lag wach auf ihrem schmalen Bett; der Schlaf wollte sich einfach nicht einstellen. Sie hörte das Trommeln, das von den Feuerstellen zu ihr drang, und empfand die Schläge wie den pochenden Puls eines Mannes und einer Frau bei den Stößen der Liebe. Ihre

Lippen zuckten in einer Mischung aus Wehmut und Erheiterung. Als sie Domara zurückgetragen hatte, um sie ins Bett zu bringen, waren aus den Büschen Keuchlaute und Gelächter zu hören gewesen, und sie war froh gewesen, dass das Kind geschlafen und sie nicht gefragt hatte, was diese Laute zu bedeuten hatten. Hochzeitsfeiern wirkten sich häufig begünstigend auf den Paarungstrieb aus, deshalb war es nicht verwunderlich, dass sich viele auf die gleiche Weise angeregt fühlten.

Leider spürte sie dieses Sehnen genauso wie alle anderen – aber sie war allein. Sie stellte sich vor, in Micails Armen zu liegen, doch das Aufgehen in der Erinnerung war kein Ersatz für das echte Geschehen.

Micail ... es ist nicht nur mein Körper, der sich nach dir sehnt ... Als sich unsere Seelen berührten, haben wir die Welt neu erschaffen.

Tiriki hörte Domaras regelmäßigen Atem hinter dem Vorhang und ein gelegentliches Schnarchen von Metia, die immer noch als Kindermädchen für die Kleine diente. So leise wie möglich stand sie auf, um die beiden nicht zu wecken, und zog sich ein Umhängetuch um das Unterhemd, in dem sie zu schlafen pflegte.

Sie wollte nachsehen, ob Taret, die üblicherweise lange aufblieb, ebenfalls noch wach war. Die Weisheit der alten Frau hatte ihr schon in vielen schwierigen Lagen geholfen – vielleicht konnte Taret sie lehren, mit der endlosen Einsamkeit der kommenden Jahre zurechtzukommen.

»Ob es uns wohl erlaubt wird ... Glaubst du, wir bekommen die Genehmigung zur Heirat?«

Damisa schreckte auf und kehrte ins volle Bewusstsein zurück, als ihr klar wurde, dass Reidel mit ihr gesprochen hatte. Er sprach tatsächlich schon seit einiger Zeit, Worte der Liebe, die sie missachtet hatte, während sie zu begreifen versuchte, was soeben zwischen ihnen beiden geschehen war und warum.

»Heiraten?« Sie sah ihn erstaunt an. Reidel hatte ihr stets den Eindruck gemacht, als ob ihm seine Unabhängigkeit über alles ginge. Wer hätte geahnt, dass in seinem Innern so viel Leidenschaft aufgestaut war?

»Denkst du, ich hätte gewagt, dich zu berühren, wenn meine Absichten unehrenhaft gewesen wären?« Er richtete sich auf, offensichtlich erschüttert.

Denkst du, wenn meine ehrenhaft gewesen wären, hätte ich es zugelassen? Damisa verbiss sich die bitteren Worte, da ihr einfiel, dass sie das Geschehene ebenso sehr gewollt hatte wie er, wenn auch aus anderen Gründen. Sie richtete sich ebenfalls auf und griff nach ihrem Kleid.

»Die Vereinigung von Priesterschülern wird von den Sternen gefügt.«

»Aber ich gehöre jetzt der Priesterschaft an, wir können also mit Gewissheit annehmen, dass ...«

»Es gibt keine Gewissheit!«, fiel Damisa ihm schroff ins Wort, plötzlich voller Ungeduld. »Mit mir schon gar nicht! Hältst du das, was wir soeben getan haben, für etwas Bindendes? Ich entstamme dem Prinzengeschlecht von Alkonath und werde mein Blut nicht mit jemandem von niederer Abstammung mischen!«

»Aber du hast dich mir hingegeben«, erwiderte er beharrlich; offenbar begriff er ihre Worte nicht.

»Ja, das habe ich. Ich habe Bedürfnisse, genau wie du ...«

»Nein, nicht wie ich ...« Reidel holte tief Luft, und seine Erschütterung war ihm anzumerken. Sie spürte so etwas wie Gewissensbisse, als sie merkte, dass er allmählich begriff. »*Ich* liebe dich!«

»Nun ja«, sagte sie schließlich, als sich das Schweigen zu lange ausdehnte. »Es tut mir Leid.«

Reidel griff nach seiner Tunika und seinem Gürtel und stand auf, wobei er sich das Kleidungsstück um die Schulter warf, als ob es ihm zuwider wäre, seine Nacktheit zu verbergen. »Es tut dir Leid! Ich wüsste dafür einen gröberen Ausdruck.« Doch er sprach ihn nicht aus, und dieser Umstand bewies ihr, dass das, was er für sie empfand, tatsächlich Liebe war. Einen Augenblick lang sah sie die vollkommenen Linien seiner muskulösen Schultern und schmalen Hüften, die sich gegen die Sterne abzeichneten, dann wandte er sich ab und ging mit entschlossenen Schritten davon, ohne sich noch einmal zu ihr umzusehen.

Ich habe die Wahrheit gesagt, redete sie sich ein. Ich liebe ihn nicht! Doch warum war dann ihr Blick von Tränen verschwommen, als sie seiner sich entfernenden Gestalt nachsah?

Sechzehntes Kapitel

Der Abend ist kalt, der Wind zerrt an Haaren und Kleidung wie ein ungezogenes Kind, doch Chedans Reiseumhang hält ihn warm. Sein Körper ist wieder jung und folgt jedem Befehl seines Willens.

Der Schrei eines Raubvogels durchbricht die Stille – Skiriiii!! Der Falke ist gleich darauf über ihm. Instinktiv duckt sich Chedan, doch der befürchtete Angriff bleibt aus.

Kurz darauf nähert er sich dem leuchtenden Kreis aus aufrecht stehenden Felsbrocken. Fünf große Dreisteine ragen im Nebel auf, und in ihrer Formgebung erkennt er den Hauch von Atlantis. Doch die Statue eines Drachen steht zwischen ihm und den Steinen. Er hält im Gehen inne, lauscht, als eine Stimme, schwach vor Schmerz, doch seltsam vertraut, flüstert: »Tiriki, Tiriki.«

»Bist du da?«, fragt Chedan in melodischem Singsang. »Micail? Bist du es?«

Doch der Drache hat sich in einen Falken mit Micails Gesicht verwandelt; der Vogel schlägt mit glänzenden dunklen Federn gegen den grauen Nebel.

»Osinarmen? Verkleidest du dich? Hier?«

»Skiriiii!« Der gleiche Schrei wie zuvor ist die einzige Antwort.

»Warte!«, ruft Chedan, doch Micails Geist ist schon davongeflogen, tief hinein in ein dunkleres Traumland, und obwohl

Chedan ein Magier ist, und zwar ein mächtiger, wagt er es nicht, ihm zu folgen.

»Deswegen hast du ihn nicht gefunden.«

Chedan wendet sich um, sieht jedoch nur den leuchtenden Kreis aus Steinen.

»Er kann dich nicht erkennen. Obwohl er deinen Rat so dringend braucht wie nie zuvor, hast du keinen Einfluss auf ihn. Schon gar nicht hier. Er glaubt, dass du tot bist. Er fürchtet, du überbringst eine Botschaft, die er nicht hören will. Aber darum geht es nicht – die Prüfung gilt Micail. Durch seine eigenen Taten muss er sich behaupten – oder er wird untergehen. Du kannst ihn nicht vor der Erfüllung seiner Bestimmung bewahren.«

»Wer bist du?«, singt Chedan mit einem befehlenden Unterton. »Gib deine wahre Gestalt zu erkennen!«

»Ich kann mich nicht jemandem zu erkennen geben, der nicht sieht. Wenn du sehen kannst«, murmelt die Stimme, »dann wirst du erkennen. Doch die Menschen sind niemals so sehr in der Vergangenheit verfangen, wie wenn sie einen Blick in die Zukunft erhaschen ...«

Die Stimme wird zu einem Wirbelsturm, der ihn Hals über Kopf von dem Steinkreis wegschleudert.

»Geh zurück, Chedan!«, befiehlt die Stimme. »Wenn die Zeit gekommen ist, dass du dein Vermächtnis weitergibst, wird sich der Weg auftun. Du wirst nicht fragen, wer oder wann oder warum ... du wirst es wissen. Aber bis dahin ... geh zurück. Vollende die Arbeit, die du tun musst.«

Chedan erwachte schweißgebadet in seinem groben Bettzeug; in seinem Kopf schwirrten immer noch Bilder von aufrecht stehenden Steinen herum, die wild tanzend im Nebel davonwirbelten.

Micail!, rief sein Geist. Wo bist du?

Seit er zum Heiligen Berg gekommen war, hatte er schon oft von Micail geträumt. Manchmal waren sie dann wieder in Ahtarrath oder sogar im Alten Land. Sie gingen miteinander spazieren oder saßen bei einer Karaffe hellenischen Weins zusammen, versunken in die Art tiefsinniger Unterhaltung, die beide Männer so liebten. Chedan war sich dumpf bewusst, dass diese Gespräche eine Art Unterricht waren, als ob er im Schlaf versuchte, all das Wissen weiterzugeben, das zu vermitteln er in der Welt des Wachseins versäumt hatte, weil ihm die Zeit dafür nicht gegeben worden war.

Wohin, so fragte er sich, ging all dieses Wissen? Er wusste, dass Tiriki im Innersten ihres Herzens glaubte, dass ihr Geliebter irgendwo auf dieser Welt noch am Leben sei. Chedan hingegen hielt es für ebenso möglich, dass er sich in seinen Träumen mit Micail in der jenseitigen Welt getroffen hatte, um dessen Seele auf die Wiedergeburt in diesem neuen Land vorzubereiten. Doch diese letzte Vision, wenn es denn eine gewesen war, unterschied sich von den anderen. Er empfand die eigenartige Erleichterung, die stets einer Trance folgte, und obwohl Micail ihm letztendlich entflohen war, war es Chedan immerhin gelungen, mit ihm in Verbindung zu treten.

Und ich war wieder jung ... Die Erinnerung an seine volle Lebenskraft erfüllte sein Bewusstsein – und doch erinnerte ihn sein Körper jeden Augenblick schmerzvoll daran, dass er seiner Seele schon seit mehr als siebzig Jahren diente. Und die fünf Jahre, die seit ihrer Ankunft am Heiligen Berg vergangen waren, waren schwer gewesen. Er würde nicht traurig sein, wenn er die müden Knochen und die schmerzenden Glieder niederlegen könnte und in die Ewigen Schicksalsgründe eingehen dürfte, auch wenn es bedeutete, dass er sich dem Gericht würde stellen müssen.

Er schüttelte betrübt den Kopf. Vollende die Arbeit, die du tun musst, hatte die Stimme gesagt. Fürs Erste würde Chedan jedenfalls gut daran tun, sich aus dem Bett zu erheben. Vielleicht war das ja eine Verheißung, dachte er hoffnungsvoll.

Ein stürmischer Wind peitschte über die Ebene und drückte das unter den vom Winter gebleichten Stängeln frisch gesprossene Gras nieder, um dann die Halme einen nach dem anderen zurückfedern zu lassen – grün, silbergrau und wieder grün.

Die Nachmittagssonne hatte die Luft erwärmt, doch der Tag neigte sich dem Abend zu, und die Leichtigkeit in Micails Herz schwand allmählich, welkte wie eine Blüte in der Winterkälte. Die Erinnerung an den Traum, welche die Arbeit aus seinem Kopf vertrieben hatte, kehrte zurück. Er war ein Drache gewesen oder ein Raubvogel – irgendein feuriges Geschöpf, das wild um sich geschlagen hatte, um den Steinen zu entkommen. Und wieder einmal war Chedan da gewesen ...

Micail betrachtete trübsinnig den Mann, der vor ihm arbeitete. Tjalans Bestreben bestand schlichtweg darin, so wurde ihm jetzt klar, etwas zu schaffen, das sie alle überdauern würde. Doch es gab Zeiten, da schienen die fünf Dreisteine ein hohes Maß an Überheblichkeit widerzuspiegeln, das sogar die Vorstellungskraft eines Prinzen überstieg.

Der unfertige Steinkreis wirkte vielleicht deshalb weniger einschüchternd – zumindest auf Micail –, weil er eben noch unvollständig war. Vierundzwanzig aufrecht stehende Steine waren um die Dreisteine herum aufgerichtet worden, einschließlich eines niedrigeren Steins, der beliebigen Benutzern einen Blick auf den Mittsommer-Sonnenaufgang bot. Die sechs noch fehlenden Steine würden im nächsten Sommer aufgestellt werden, und zwar durch Arbeitstrupps, die man wahrscheinlich aus dem Stamm der Blauen Stiere einziehen würde.

Sechs weitere Decksteine waren bereits herbeigeschafft worden, und zwei hatte man auch schon an ihren Platz gehoben, um einen besseren Eindruck von der Wirkung des endgültigen Gebildes zu vermitteln – ein Sonnenrad von hundert Fuß Durchmesser. Das Finden und Befördern der restlichen vierundzwanzig Steine, um das Muster zu vollenden, würde vielleicht noch einmal ein Jahr Arbeit erfordern.

Vor allem dank der Bemühungen von Timul und Elara hatte der König das Wundfieber überlebt, doch die Verletzung durch den Wurfspeer hatte seine Schulter für immer gezeichnet. Khattar würde nie wieder eine Kampfaxt schwingen, weder aus Bronze noch aus Orichalkum. Es ging das Gerede – hauptsächlich in den Reihen der jüngeren Krieger –, dass er als Großkönig abdanken und den Platz für Khensu räumen sollte. Doch nur die Matriarchen konnten diese Entscheidung treffen, und die Frauen hatten sich bis jetzt in auffälliger Weise geweigert, einen Beschluss zu fassen.

Fürchteten sie sich ebenfalls vor Prinz Tjalans Speerkämpfern? Es gab Zeiten, da war auch Micail die ständige Zurschaustellung alkonischer Kampfstärke unangenehm, doch er musste zugeben, dass solche Kraftprotzerei vielleicht nötig war. Bis Khattars Fähigkeit zu regieren unter Beweis gestellt war, so hatte der Stamm des Roten Stiers erklärt, wäre von ihnen keinerlei weitere Hilfeleistung zu erwarten. Bis jetzt hatten sich die anderen Stämme dieser Verweigerungshaltung noch nicht angeschlossen, doch Micail wusste, dass nicht mit ihrer Unterstützung zu rechnen war.

Sie glauben, wir haben nur hundert Schwerter zu unserer Verteidigung zur Verfügung, und das stimmt auch – bis jetzt, dachte er. Zum Glück liegt den Stämmen ebenfalls daran, dass der Steinkreis fertig gestellt wird. Sobald der letzte Stein an seinem Platz ist, werden sie ihren nächsten Zug tun – obwohl das der schlechteste Zeitpunkt dafür sein wird! Sie ahnen nicht im Entferntesten, welche Kräfte wir aufbieten können, wenn der Energiekreis erst einmal geschlossen ist.

»Hoheit, es wird bald dunkel«, sagte eine alte Frau, die Anführerin der Arbeitsgruppe des Stammes des Weißen Stiers. »Dürfen wir zu unseren Feuerstellen zurückkehren?«

»Ja, es ist Zeit.« Micail nickte.

Er setzte sich am Boden nieder und lehnte sich an einen der halb polierten Steine, um zuzusehen, wie die Männer sich einer nach dem anderen entfernten und zu ihrem Lager am Fluss zurückkehrten. Auch er hatte keinen weiten Weg, um etwas zu essen, ein Dach über dem Kopf zu haben und die Gesellschaft seinesgleichen zu finden, doch er merkte, dass er zögerte zu gehen. Es wurde zu viel geredet, das war das Problem – die vielen kleinen Anspielungen und Seitenhiebe, das ständige

Streben nach Rang und Anerkennung – all das machte ihn allmählich wahnsinnig.

Er blieb immer noch sitzen und beobachtete halbherzig das geheimnisvolle Spiel von Abenddämmerung und Wolken mit dem Hintergedanken, dass er, wenn er spät genug ins Lager käme, vielleicht Cleta oder Elara dazu überreden könnte, ihm etwas zu essen in seine Hütte zu bringen, wo er abgesondert von den anderen wäre. Dabei kam ihm zu Bewusstsein, dass er kaum jemals einen Anlass gesehen hatte, sich vor den Priesterschülerinnen in Acht nehmen zu müssen, nicht einmal nachdem Elara ihm offenbart hatte, dass sie selbst, falls es dem König in den Sinn käme, sich eine Gefährtin zu nehmen, gern bereit wäre, ihm ein Kind zu gebären.

Doch sie hatte keinen Druck auf ihn ausgeübt, und nun, da er so allein dasaß und den Sonnenuntergang beobachtete, ertappte er sich dabei, dass er erwog, ihr Angebot anzunehmen, und wenn auch nur als Ablenkung von der aufwühlenden Erinnerung daran, wie es sich angefühlt hatte, Anet in den Armen zu halten.

Allein der Gedanke an ihren geschmeidigen Tänzerinnenkörper entzündete ein Feuer in seinem Körper. Er runzelte die Stirn, und die fast frivolen Bilder, die er im Geiste vor sich sah, wurden durch die plötzliche Erinnerung an eine Legende der Einheimischen vertrieben, die er kürzlich gehört hatte und die besagte, dass die Steine einiger der älteren Kreise angeblich in der Dunkelheit erwachten und sogar bei größeren Feierlichkeiten tanzten. Die Steine hier bewegten sich bereits in seiner Vorstellung, ein Flüstern lag in der Luft.

Der ursprüngliche Steinring war offenbar Teil eines schlichten Feuerbestattungsfriedhofs gewesen wie der Erdwall, der den Priesterschülern auf dem Weg hierher einen so großen Schrecken eingejagt hatte. Die meisten anderen Kreise waren offenbar ebenfalls als Grabstätten gebaut worden. Doch es war nicht zu leugnen, dass bei Einbruch der Nacht dieser Ort irgendwie fern wirkte und gleichzeitig auch größer, sodass er sich in ein nicht erfassbares Etwas verwandelte, das es schwierig machte, an irgendetwas anderes zu denken. Seufzend stand Micail auf und machte sich auf den Weg über die Ebene, wobei er versuchte, an gar nichts zu denken.

In dieser Nacht dauerte es sehr lange, bis er endlich einschlief. Und in der stillen Stunde vor dem Morgengrauen entstand aus seinen unruhigen Träumen eine Vision von grünen Hügeln und einem goldenen Weg, auf dem er Tiriki herankommen sah, eingehüllt in blaues Licht.

Der Frühling war im Sumpfland eine Zeit der Hoffnung; am Boden grünten die Pflanzen, am Himmel erschallten die Schreie von Wandervögeln. Wann immer sich die Schwimmvögel auf den Teichen niederließen, wurde ihr gedämpftes Rufen noch melodischer, als ob die Windgötter selbst Hymnen an die Erde sängen. Es war die Zeit, um Eier und zarte neue Blätter zu sammeln, und das erweiterte Nahrungsangebot erneuerte die Zuversicht und die Kraft der Menschen am See. Es war die Zeit für schönes Wetter und bessere Lebensbedingungen, aber es war auch die Zeit, um die Arbeit an dem spiralförmigen Labyrinth wieder aufzunehmen, welches sie nach den Hochzeitsfeierlichkeiten für Kalaran und Selast in die Hänge des Heiligen Berges zu hacken begonnen hatten.

Tiriki straffte sich und bohrte die Fingerknöchel der linken Hand in den unteren Teil ihres Rückens, um die Schmerzen zu lindern; ihre Hacke hatte sie in den Boden gerammt und dort stecken lassen. Die Priesterkaste ist einfach nicht für eine solche Plackerei geschaffen, dachte sie bekümmert und betrachtete mit prüfendem Blick ihren Streckenabschnitt des Weges, den sie um den Berg herum anlegten. Ihre Gestalt warf einen ziemlich schmalen Schatten, und das Fleisch an ihr bestand hauptsächlich aus Muskeln. Wahrscheinlich war sie gesünder denn je.

Dasselbe traf auch auf die Übrigen zu. Vor sich und hinter sich sah sie andere Erdarbeiter, die sich abwechselnd bückten und aufrichteten und dabei ihre Hacken in den weichen Boden stießen. Sie und Chedan und noch ein paar andere hatten die Erde entlang des zu schaffenden Weges mittels Gesangsmagie gelockert, um die Arbeit wenigstens ein bisschen zu erleichtern; mehr jedoch hatten sie nicht bewirken können, und sie bezweifelte, dass selbst ein erfahrener Chor in der Lage gewesen wäre, die gesamte Masse auf einmal zu bewegen.

Gleich vor ihr schaufelte Domara begeistert in der Erde herum und lachte. Sie war im vergangenen Winter fünf Jahre alt geworden, und in jüngster Zeit hatte ein gewaltiger Wachstumsschub bei ihr stattgefunden – mit der Pummeligkeit eines Kleinkindes war es für immer vorbei. Bereits jetzt sah Tiriki das junge Mädchen vor sich, das sie einmal werden würde – eine schlanke Gestalt mit langen Beinen und einem Wust roter Locken –, noch keine Frau, das lag, den Göttern sei Dank, noch in weiter Zukunft. Sie wird wie Micail, dachte Tiriki, groß und kräftig.

Die Erwachsenen mochten sich beschweren über die scheinbar unendliche Schufterei, doch die Kinder waren ganz und gar in ihrem Element und hatten großen Spaß beim Buddeln, bis sie von Kopf bis Fuß verdreckt waren. Wenn man sich nur darauf hätte verlassen können, dass die Kleinen bei der Sache blieben, dann hätten die Älteren ihnen die Arbeit vollends übertragen können, dachte Tiriki, während die Erdbrocken nur so durch die Luft flogen. Doch selbst Domara, die ganz versessen darauf war, bei allen Tätigkeiten der Erwachsenen ihren Beitrag zu leisten, sodass man sie neckend ›kleine Priesterin‹ nannte, konnte leicht von einem Schmetterling abgelenkt werden.

Als Tiriki wieder zu hacken anfing, spürte sie, wie etwas nachgab. Die Verbindungen zwischen den aus Geweihspitzen bestehenden Zacken und dem Stiel hatten sich offenbar wieder gelockert. »Domara, mein Liebling, würdest du dieses Werkzeug bitte zu Reiher hinunterbringen und ihn fragen, ob er es instand setzen kann?«

Nachdem sich das Kind auf den Weg den Berg hinab gemacht hatte, nahm Tiriki eine aus einem Schulterblatt gefertigte Schippe zur Hand und kniete auf dem Weg nieder, um die Erde zu glätten und unerwünschte Klumpen den Hang hinunterzuschieben. Bald wäre es an der Zeit, aufzuhören. Sie hatte an diesem Morgen ein ziemlich langes Stück bearbeitet und war beinahe bis zu der Stelle gekommen, wo Kalarans Abschnitt begann.

Mit Ausnahme von Liala und Alyssa, die krank waren, und Selast, die schwanger war, arbeitete jedes Mitglied der Gemeinschaft an dem Labyrinth mit, selbst die Leute vom See, obwohl diese Art der körperlichen Arbeit ihrer gewohnten Lebensweise ebenso fremd war wie den atlantidischen Priestern und Priesterinnen.

Chedan war es verboten worden zu arbeiten. Natürlich hatte er Einwände dagegen erhoben, indem er anführte, dass Untätigkeit seinen Zustand nur verschlimmern würde, aber sie wusste, dass er von Schmerzen geplagt war. Er hatte seinen Teil geleistet, und sogar mehr als das, indem er das Bild des Labyrinths, das Tiriki im Innern des Berges gesehen hatte, aus ihrem Gedächtnis genommen und es in das Muster eines Weges umgesetzt hatte, der sich rund um die Hänge des Heiligen Berges schlängeln sollte. Der Pfad verlief anfangs so, als ob er geradewegs zum Hügelkamm hinaufführte, dann führte er im Sinn des Sonnenlaufs weiter um die Mitte des Hangs herum, bis er schließlich wieder abfiel und sich in die entgegengesetzte Richtung kehrte. Er führte beinahe wieder zurück zum Anfang, bevor er noch tiefer hinab wies und den Fuß des Berges umrundete, nur um eine Kehrtwende zu machen und wieder anzusteigen, diesmal ein wenig oberhalb des ursprünglichen Verlaufs. Von hier aus schlängelte er sich nach oben, bis er beinahe den Gipfel berührte, doch kurz davor knickte er ab und beschrieb eine weitere Biegung, die ihn schließlich zu dem Steinkreis auf dem Hügelkamm führte.

Es hatte der mühevollen Arbeit vieler Monde bedurft, um die ganze Breite des Weges – drei Fuß – allein für die erste Umrundung zu ebnen. Inzwischen arbeiteten sie an der Strecke nach unten, der ersten Rückführung. Der gesamte Weg war sorgfältig mit Stöcken abgesteckt worden, doch inzwischen war so viel auf dem Boden herumgetrampelt worden, dass bereits ein schmaler Pfad entstanden war, kaum breiter als eine Wildspur.

Tiriki schwankte, da sie ein leichter Schwindel überkam, als sie sich das Labyrinth vorstellte; selbst Chedans erste Skizzen hatten sie schwindelig gemacht, da diese sie an ein Zeichen oder eine Inschrift erinnert hatten, die sie ihrer festen Überzeugung nach schon einmal gesehen hatte, ohne zu wissen, wo oder wann. Der Magier hatte ihr versichert, dass das Muster keiner Darstellung und keinem Schriftzeichen ähnelte, das ihm vertraut gewesen wäre, und Danetrassa, der sogar noch belesener und schriftenkundiger war, sagte das Gleiche; dennoch ließ sie der Gedanke, dass es eine ganz besondere Bedeutung barg, nicht los.

Doch ob es nun aus ältester Vorzeit stammte oder jüngeren Ursprungs war, das Muster hatte jedenfalls seine Wirkung. Sie und Chedan waren es mehr als einmal abgeschritten und hatten jedes Mal die Nähe einer anderen Welt gespürt und waren von dem Geist, der diesem Land innewohnte, durchdrungen gewesen. Dies war nicht der Tempel, den die Prophezeiungen beschrieben hatten, doch die Macht dieser Stätte wurzelte tief und war gefestigt. Wenn der Weg einmal fertig sein würde, davon war sie überzeugt, würde jeder ihn beschreiten können, und für jeden würde er sich als segensreich erweisen.

Tiriki bearbeitete den Boden weiter mit der beinernen Schippe und atmete tief durch, als ihr der schwere Erdgeruch in die Nase stieg. Hier, unter den Bäumen, die den Fuß des Heiligen Berges umstanden, war der Boden angereichert mit Humus, der aus den herabgefallenen Blättern vieler Jahrhunderte entstanden war. An den oberen, grasbewachsenen Hängen würde das Graben schwieriger sein, da der felsige Untergrund kaum mit Mutterboden bedeckt war. Sie grub die Finger in die weiche Erde und spürte, wie die Kraft in sie strömte, als ob sie selbst ein Geschöpf der Lebenselemente auf dem Heiligen Berg wäre, ein Gewächs, das dank Wind und Regen, Sonne und Erde gedieh ...

»Kräftig trinken ... hoch greifen ... wir werden den Sturm überleben!«

Erschrocken hob sie die Hände, und die gespenstische Stimme verstummte.

Sturm?, überlegte sie und blickte hinauf zum wolkenlosen Himmel. Doch das Läuten der alten Schiffsglocke verkündete, dass die Mittagsmahlzeit angerichtet war, und ihr Bauch meldete, wie recht ihm das war.

Lange rote Strahlen der im Westen untergehenden Sonne fielen schräg zwischen den Bäumen hindurch. Im Osten ging ein silberner Mond über dem Heiligen Berg auf. Damisa stand im Teich der Roten Quelle, schöpfte mit den Händen Wasser und goss es sich über den Körper. Das eisenhaltige Wasser war zunächst durch einen flachen Teich geflossen, wo es von der Sonne mäßig erwärmt worden war, doch es war immer noch so kühl, dass es ihr eine Gänsehaut bereitete.

Taret hatte sie angewiesen, am Tag nach dem Ende ihres Monatszyklus die Quelle aufzusuchen, sofern das Wetter es erlaubte. Auch das gehörte zum Ritual des Übergangs. »Wir Frauen sind wie der Mond«, pflegte die weise Frau zu sagen, »jeden Monat fangen wir neu an.« Damisa hoffte, dass das stimmte. Manchmal hatte sie das Gefühl, dass sie am liebsten ihr ganzes Leben noch einmal von vorn anfangen würde. Es war ohnehin alles falsch gelaufen. Sie war in den Luxus des alkonischen Adels hineingeboren und zum Dienst im Tempel des Lichtes ausgebildet worden und nicht für die Schinderei in der zermürbenden Welt von Hacken und Kochtöpfen.

Eine Zeit lang hatte sie gehofft, damit glücklich zu werden – oder zumindest ein wenig Spaß daran zu finden –, doch diese Hoffnung war nun gründlich vergangen. Nicht nur, dass Selast für sie verloren war, da diese sich ganz und gar auf das Kind vorbereitete, das sie erwartete, sondern sie hatte auch noch Reidel vertrieben. Sie redete sich ein, dass ihr Ehrgefühl sie daran hinderte, ihn aufzusuchen, obwohl sie sich nach nichts mehr sehnte, als in jemandes Armen Trost zu finden. Doch während der ganzen Zeit hatte sie niemanden gefunden, der ihr dafür geeignet erschien. Sie schüttete sich noch mehr Wasser über den Kopf und beobachtete, wie die Tropfen, Juwelen gleich rot und golden glitzernd, ihr langes kastanienbraunes Haar benetzten.

Einer Eingebung folgend, drehte sie sich um und hauchte eine Kusshand zu der schmalen, perlmutthellen Sichel, die am dämmerigen Himmel schwebte.

»Neuer Mond, wahrer Mond – so rein,
O du sollst mein Glücksbringer sein!«

Ein alberner Kinderreim, dachte Damisa lächelnd, und sie fragte sich, was der Mond ihr heute wohl beibringen wollte.

Ein plötzlich auffrischender Wind bewegte die Baumwipfel, und sie zitterte. Als sie sich zum Ufer wandte, wo sie ihre Kleidung abgelegt hatte, fiel ihr ein, dass sie Alyssa versprochen hatte, ihr etwas Wasser von der Quelle mitzubringen. Sie hielt den Keramikbecher unter den kleinen Wasserfall, der den Teich speiste, dann stieg sie aus dem Wasser und machte sich daran, sich die Haut mit einem wollenen Handtuch kräftig abzurubbeln.

Als Damisa bei der Hütte ankam, wo die Seherin wohnte, warf der Abend bereits sanfte blaue Schatten über das Land. Sie klopfte behutsam an der Tür, erhielt jedoch keine Antwort. In letzter Zeit schlief die Meisterin der Grauen Magie ziemlich viel, aber eine der Saji-Frauen, die sich um sie kümmerten, hätte irgendwo in der Nähe sein müssen. Sie war geneigt, den Becher einfach an der Tür abzustellen und wegzugehen, doch als sie sich bückte, drang ein sonderbarer Laut von innen an ihr Ohr.

Zögernd schob sie das Fell zur Seite, das als Vorhang vor der Tür diente, und sah etwas, das sie zunächst für einen Haufen grauen Stoffs hielt, achtlos neben die Feuerstelle hingeworfen – bis sie bemerkte, dass es bebte und dass davon die seltsamen Laute kamen. Mit flinken Schritten war sie an Alyssas Seite.

»Wo sind denn Eure Gehilfinnen?«, fragte Damisa, während sie vorsichtig den Stoff vom Gesicht der alten

Frau zog und versuchte, ihre verdrehten Glieder zu richten. Sie vermutete, dass die Person, welche immer hier gewesen war, wahrscheinlich davongeeilt war, um Hilfe zu holen. »Jetzt ist alles in Ordnung – keine Sorge ... ich bin da«, sagte Damisa, wobei sie sehr wohl wusste, dass dem nicht so war. Mit Alyssa war ganz eindeutig nicht alles in Ordnung.

»Der Kreis ist nicht ausgewogen«, hauchte die Seherin schwach, »wenn sie ihn benutzen, werden sie sterben.«

»Wovon sprecht Ihr? Wer wird sterben?«, fragte Damisa verzweifelt. »Sagt es mir!«

»Der Sonnenfalke windet sich wie eine Schlange am Himmel ...« Alyssa öffnete blinzelnd die Augen und blickte verstört um sich. »Der Kreis ist eckig noch, rund ist der Sonne Lauf jedoch; der Stein, ungebunden, wird sich durch die Klänge runden ...«

Für einen flüchtigen Augenblick sah Damisa eine Ebene vor ihrem inneren Auge, wo drei riesige eckige Bögen innerhalb eines Kreises von gewaltigen Säulen standen, als ob Alyssa dieses Bild auf ihren Geist übertragen hätte. Der Kopf der Frau wurde von wilden Zuckungen geschüttelt, und Damisa hatte alle Mühe zu verhindern, dass er gegen den gemauerten Kamin schlug.

Sie hörte gedämpfte Stimmen, und als sie aufblickte, sah sie voller Erleichterung Virja, die den Vorhang zurückzog. Dann humpelte Chedan herein, gefolgt von Tiriki.

»Ist sie noch nicht aufgewacht?«, fragte der Magier in schneidendem Ton.

»Sie hat gesprochen«, antwortete Damisa, »sie hat mich sogar sehen lassen, was sie ... was sie vor Augen hatte. Aber ich habe es nicht begriffen.«

Das rötliche Licht, welches das Feuer auf das Gesicht der Meisterin der Grauen Magie warf, erzeugte die flüchtige Illusion von Gesundheit. Doch ihre geschlossenen Augen waren eingesunkene Schattenteiche. Tatsächlich sah sie bereits aus wie eine Tote, aber sie atmete noch.

Chedan ließ sich vorsichtig auf einen Hocker nieder, stützte sich mit dem ganzen Gewicht auf seinen geschnitzten Stock und beugte sich vor, um Alyssas wachsfahle Hand in die seine zu nehmen. »Alyssa von Caris!«, sagte er streng. »Neniath! Ihr hört meine Stimme, Ihr kennt mich. Ich rufe Euch aus Raum und Zeit hierher, kommt zurück!«

Virja flüsterte Tiriki zu: »Sie war den ganzen Tag schon so schläfrig. Zuerst konnte ich sie nicht dazu bringen, etwas zu essen, und dann bekam ich sie nicht mehr wach.«

»Ich habe dich gehört, Sohn von Naduil ...« Die Worte kamen kräftig und klar, doch Alyssas Augen blieben immer noch fest geschlossen.

»Sagt mir, Seherin, was schaut Ihr?«

»Freude, wo Kummer gewesen ... Angst, wo Freude sein sollte. Derjenige, der die Tür öffnen wird, ist unter euch, aber seht weiter als nur bis zu ihm. Kleine Sängerin ...«

Alle sahen Tiriki an, denn das war die Bedeutung ihres Namens. Schnell kniete sie zwischen Chedan und Alyssa nieder.

»Ich bin hier, Neniath. Was wolltet Ihr mir sagen?«

»Ich sage, seid auf der Hut! Die Liebe ist Euer Feind – nur durch Verlust kann diese Liebe erfüllt werden. Ihr habt den Stein erhalten – doch jetzt wird er zur

Saat des Lichtes, die noch tiefer eingepflanzt werden muss.«

»Der Omphalos-Stein«, hauchte Chedan, und es hatte den Anschein, als ob ihm gar nicht bewusst wäre, dass er die Worte laut ausgesprochen hatte. Er hatte einmal gesagt, dass er immer noch Albträume hatte, in denen er allein eine ungeheure Last zum Schiff hinunterschleppen musste.

Da doch alles andere verloren gegangen ist, dachte Damisa, warum dann nicht auch der Stein? Er hätte doch leicht ins Meer fallen können!

»Ihr spracht von einem ... Feind ... in der Verkleidung der Liebe?«, sagte Tiriki verwirrt. »Ich begreife nicht. Was muss ich tun?«

»Ihr werdet es wissen ...« Alyssas Stimme wurde schwächer. »Aber seid Ihr bereit, alles aufs Spiel zu setzen, um alles zu gewinnen?« Sie lauschten angestrengt, doch es folgte nur noch ein Röcheln, während die Seherin mühsam um Luft rang.

»Alyssa, wie geht es Euch?«, fragte Chedan, nachdem eine kleine Weile vergangen war.

»Ich bin erschöpft ... und Ni-Terat wartet. Ihre dunklen Schleier hüllen mich ein. Bitte ... lasst mich gehen ...«

Der Magier fuhr mit den Händen über Alyssas Körper durch die Luft, doch sein Lächeln war traurig. Für einen kurzen Augenblick wirbelte scheckiges Licht über dem Körper der Seherin, dann verblasste es.

»Bleibt noch eine kurze Weile, meine Schwester, dann begleiten wir Euch mit unserem Gesang auf Eurer Reise«, sagte der Magier leise.

Tiriki berührte Damisas Arm. »Geh und hol die anderen.«

Als Damisa sich duckte, um durch die niedrige Tür hinauszugehen, hörte sie, wie Chedans Stimme die Abendhymne anstimmte.

»O Schöpfer aller Sterblichkeit,
O Licht in tiefer Dunkelheit,
Wir rufen dich am Abend aller Tage
In dieser Welt der Pein und Plage …«

Viele Stunden lang sangen die Priester und Priesterinnen, wobei sie sich ständig abwechselten, um Alyssas Dahinscheiden zu erleichtern. Chedan und Tiriki blieben bis zum Ende bei der Meisterin der Grauen Magie, in der Hoffnung auf noch einen weiteren klaren Augenblick. Auch bei Sterbenden, die keine Seher waren, geschah es an der Schwelle zum Tod, dass sich ihre Sicht in unbekannte Weiten ausdehnte; doch als Alyssa wieder sprach, glaubte sie anscheinend, auf der Insel Carias zu sein, wo sie geboren worden war, und es wäre grausam gewesen, sie noch einmal zurückzurufen.

Man kam überein, dass Alyssas Leichnam in der folgenden Nacht verbrannt werden sollte, und zwar auf der Kuppe des Heiligen Berges. Bis dahin waren die Arbeiten am Weg unterbrochen. Domara wurde mit den Kindern des Dorfes losgeschickt, um Wildblumen als Schmuck für die Totenbahre zu sammeln. Das lenkte das Kind vom Kummer der Erwachsenen ab, doch Tiriki empfand das Haus ohne sie als schrecklich still. Da sie keine anderen Aufgaben hatte, die sie beschäftigt hätten, beschloss

Tiriki, Liala bei ihrem Nachmittagsbesuch in Tarets Hütte zu begleiten; dabei zwang sie sich, langsamer zu gehen, um ihre Schritte denen der anderen Priesterin anzupassen, die seit einiger Zeit ohne Gehstock überhaupt nicht mehr auskam.

»Wir hatten natürlich schon andere Tote zu betrauern«, sagte Liala unterwegs, wobei sie schwer atmete, »aber sie ist die Erste ihrer Art, die von uns gegangen ist.« Tiriki nickte. Sie wusste, was die Frau, die um einiges älter war als sie, damit meinte. Selbst die bedauernswerte Malaera war nur eine einfache Priesterin gewesen, ohne besondere Begabung oder Macht. Alyssa war die erste Seherin, die im neuen Land gestorben war. Würde ihre mit Kummer und Schmerzen beladene Seele Ruhe finden oder weiter umherwandern, gefangen zwischen Vergangenheit und Zukunft?

»Es war dieses letzte Tempelritual, das mit dem Omphalos-Stein.« Tiriki ertappte sich dabei, dass sie unwillkürlich zurück zu der Hütte blickte, wo das Ei der bösen Ahnung jetzt lag. »Etwas in ihrer Seele ist zerbrochen, noch bevor Ahtarrath unterging. Danach ... war sie niemals mehr dieselbe.«

»Caratra möge ihr Ruhe gewähren!« Liala vollführte das Zeichen der Göttin, indem sie sich die Hände an Brust und Stirn legte.

»Ja, sie wandelt jetzt mit der Nährerin«, sagte Tiriki, doch ihre Gedanken waren weit weg. Sie war mit der Absicht gekommen, Liala beizustehen, aber jetzt merkte sie, dass sie selbst dringend Tarets Trost brauchte. Die alte, weise Frau diente der Großen Göttin schon länger, als sie sich vorzustellen vermochte. Sie würde ihnen helfen zu verstehen.

Die Tür zu Tarets Haus stand offen, und als sie sich ihr näherten, hörten sie folgende Worte in der Sprache des Volkes vom See: »Siehst du, jetzt ist sie hier, genau wie ich es dir gesagt habe ... Kommt herein, meine Töchter«, fügte Taret hinzu. »Meine Besucherin hat eine Nachricht für euch.«

Auf der anderen Seite des Feuers saß eine junge Frau, bekleidet mit einer kurzen, ärmellosen Tunika aus blau gefärbter Wolle. Sie war schlank und von geschmeidiger Gestalt, ihr aschblondes Haar war am Hinterkopf zu einem Schwanz zusammengebunden. Sie hatte ihre Reiseschuhe abgelegt, und ihre Füße, kräftig und mit hohem Spann, verrieten die Tänzerin.

Beim Anblick der blauen Tunika entbot Liala den Gruß, der zwischen Caratra-Priesterinnen üblich war – und Tiriki tat das Gleiche. Die dunklen Augen der Fremden wurden groß.

»Die beiden dienen ebenfalls der Großen Mutter, ja«, erklärte Taret, und ihr vogelähnlicher Blick schoss zwischen ihnen hin und her. »Das hier ist Anet, Tochter von Ayo, Heilige Schwester beim Volk von Azan. Man hat sie mit einer Nachricht hergeschickt, die man keinem anderen Boten anvertrauen wollte.«

Anet erhob sich und verneigte sich mit fließenden Bewegungen zu dem offiziellen Gruß, der sich für eine Jungpriesterin gegenüber einer Hohen Priesterin ziemte. Tiriki zog eine Augenbraue hoch. Glaubte das Mädchen vielleicht, sie zweifelten an ihrem Status, oder gab es einen anderen Grund, warum sie sie beeindrucken wollte?

»Bei allen Sternen, Kind, du brauchst es nicht so feierlich zu machen!«, sagte Liala lächelnd.

»Ich möchte nicht anmaßend erscheinen«, antwortete Anet, während sie sich anmutig niederließ und die Beine übereinander schlug. Tiriki hatte ein deutliches Gespür dafür, dass der Beweggrund für diese Begrüßung, welcher auch immer es gewesen sein mochte, ganz bestimmt keine demütige Bescheidenheit war. »Die anderen Leute des Meeresvolkes benehmen sich meist sehr förmlich, besonders im Umgang mit uns. Sie sind überaus stolz.«

Tiriki merkte, wie ihr plötzlich das Blut in den Ohren rauschte. »Meeresvolk? Was meint Ihr damit?«

»Die Fremden«, antwortete Anet schlicht, »die Priester und Priesterinnen, die in geflügelten Booten vom Meer kamen. Leute Euresgleichen.«

Tiriki musste sich mit Mühe zurückhalten, um nicht den Arm des Mädchens zu packen. »Wer waren sie? Könnt Ihr uns irgendwelche Namen nennen?«

»Als sie kamen, dachten wir zunächst, der alte Schamane sei ihr Oberhaupt. Der, den sie Ar-dral nennen.«

Tiriki rang nach Luft. »Ardral?«, wiederholte sie. »Doch nicht Ardral von Atalan! Der Siebente Hüter des Tempels von Ahtarrath? Ardravanant?«

»Ich habe gehört, dass man ihn so genannt hat. Aber wir bekommen ihn jetzt nicht mehr so oft zu Gesicht, seit der Prinz ...«, Anet verzog das Gesicht, »Tjalan ... mit seinen Soldaten die anderen Priester hergebracht hat, um durch ihren Gesang die Steine aufzurichten. Aber jetzt fällt mir auf, dass Ihr Euch so ziemlich auf dieselbe Weise kleidet, wie es deren Priesterinnen tun. Vielleicht kennt Ihr sie auch. Da sind zum Beispiel Timul und Elara ...«

»Elara!« Jetzt war Liala die Aufgeregte. »Meint Ihr die Priesterschülerin Elara?«

»Ja, die sich auskennt mit Kräutern«, bestätigte Anet mit einem zaghaften Nicken und weit aufgerissenen Augen.

»Eine Heilerin? Ich wusste es!«, rief Liala lachend.

»Das ist ...« Tirikis Stimme bebte. »Ihr sagtet, es gibt noch andere Priester. *Wie heißen sie?«*

»Ach, es sind so viele ...« Das Mädchen verstummte kurz und setzte ein hübsches Blinzeln auf. »Da sind Haladris und Ocathrel und Immamiri ... ganz viele. Ich bedauere, leider sind mir nicht all ihre Namen bekannt, weil mein Vater so sehr wünschte, dass ich ihren anderen Prinzen heiraten sollte.« Anet bedachte Tiriki mit einem Lächeln von der Seite. »Einen groß gewachsenen, gut aussehenden Mann, mit einer Haarpracht wie frisch entzündetes Feuer. Micail heißt er ...«

Es war schade, dachte Chedan, dass diese Nachricht ausgerechnet jetzt eingetroffen war. So hatte die arme Alyssa nicht einmal bei ihrer Bestattung die uneingeschränkte Aufmerksamkeit aller bekommen.

Es hatte nicht lange gedauert, die Gemeinde zusammenzurufen, und auch nicht viel länger, sich die Geschichte des Ai-Zir-Mädchens anzuhören, einschließlich der atlantidischen Pläne, in Azan einen großen Kreis aus Steinen zu errichten. Tiriki hätte am liebsten sofort die wochenlange Reise nach Azan angetreten; als man sie daran gehindert hatte, war sie zusammengebrochen. Wenn man bedachte, wie gut sie mit unzähligen Gefahren fertig geworden war, war es kaum zu fassen, dass sie sich von einer an sich erfreulichen Neuigkeit derartig hatte niederschmettern lassen. Aber Chedan hatte die Erfahrung gemacht, dass so etwas nach einer langen Zeit des Trauerns häufig geschah.

Nachdem man Tiriki zu Bett gebracht hatte und sich die Gäste in ihre Unterkünfte für die Nacht zurückgezogen hatten, saß Chedan noch stundenlang am Feuer. Das Himmelsrad drehte sich über ihm und zeigte sowohl vertraute als auch unbekannte Sterne am ungewöhnlich klaren Nachthimmel. Man hatte Tiriki bestimmte Kräuter zum Einschlafen verabreicht. Die anderen jedoch kamen einer nach dem anderen wieder, um sich zu ihm zu gesellen; ihnen allen ging zu viel im Kopf herum, als dass sie hätten Schlaf finden können. Als das Feuer bis zu einer schwachen Kohleglut und ein paar weißen Rauchkringeln heruntergebrannt war, war jedes Gesicht deutlich zu erkennen, denn der Morgen dämmerte bereits.

»Wir müssen uns mit ihnen zusammentun«, sagte Rendano, »und zwar je früher, desto besser. Diese Ai-Zir-Stämme verfügen über entschieden mehr Mittel als die Eingeborenen hier. Es besteht die berechtigte Hoffnung, dass wir durch sie unsere gewohnte Lebensweise wieder aufnehmen können.« Der viel sagende Blick, den er zu den groben Bauten warf, deren strohgedeckte Dächer zwischen den Bäumen zu sehen waren, verriet deutliche Verachtung.

»Ich bin nicht sicher«, warf Liala ein. »Vor Alyssas Tod ... sie erwähnte etwas von Kreisen und Steinen. Jetzt erfahren wir, dass sich unsere Landsleute gleich auf der anderen Seite dieser Berge befinden – und einen Kreis aus Steinen bauen. Ist es nicht möglich, dass die Gefahr, vor der Alyssa uns gewarnt hat, von ihnen ausgeht?«

»Von unserem eigenen Volk?«, rief Damisa entrüstet aus.

»Ohne schlecht über eine Tote reden zu wollen ... Aber wir alle wissen doch, dass Alyssa verrückt war«, bekräftigte Reidel ihre Zweifel.

Chedan hob bei dieser Bemerkung den Blick, doch er verkniff sich die Worte, die ihm auf der Zunge lagen. Reidel hatte große Fortschritte gemacht, aber er verstand nichts von den seltsamen Kräften, mit denen eine Seherin ringen musste – niemand, der nicht selbst diesen Pfad beschritten hatte, vermochte dies wirklich zu begreifen.

»Seit wann hat Verrücktheit jemals eine Person daran gehindert, die Wahrheit zu sehen?«, fragte die kleine Iriel, die – wie Chedan plötzlich bemerkte – gar nicht mehr so klein war. Während der letzten sechs Jahre war sie zur Frau herangereift. Er sinnierte darüber, dass sich zu Hause vermutlich alle Priesterschüler und Priesterschülerinnen inzwischen zu voll ausgebildeten Priestern und Priesterinnen entwickelt hätten.

»Alyssa lebte in ihrer eigenen Welt«, fuhr Iriel fort, »doch wann immer wir ihrem Wahn einen Sinn entnehmen konnten, enthielt er für gewöhnlich einen Teil Wahrheit. Also ... ich glaube, Liala hat Recht. Was ist, wenn diese Leute in der Ebene unsere Priester zwingen, für sie zu bauen? Taret sagt, sie sind ein mächtiger Stamm.«

»Ich glaube, dieses Mädchen hat uns nicht alles gesagt, was es weiß«, warf Forolin unerwartet ein. »Ihr Vater ist der König. Falls Prinz Tjalan tatsächlich die

Herrschaft übernommen hat, wie stehen die anderen Stämme dazu? Wenn einer von ihnen einen Aufstand plant, so wären wir wertvolle Geiseln ... Etwas Ähnliches ist einst auf einer Handelsroute geschehen, auf der ich als junger Mann gereist bin. Mir ist genauso viel wie jedem anderen hier daran gelegen, in eine zivilisiertere Umgebung zu gelangen«, fuhr Forolin ernst fort, »aber wir dürfen die Dinge nicht überstürzen. So schlimm sind die Bedingungen hier auch wieder nicht.«

»Stimmt, das Leben ist zwar hart und entbehrungsreich, aber zumindest sind wir hier sicher.« Selast legte sich schützend die Hand auf den Bauch. »Und ich kann mich in meinem derzeitigen Zustand kaum auf die Wanderschaft begeben.«

Chedan strich sich nachdenklich über den Bart. Er hatte nichts dagegen, wenn die anderen sich Gedanken über eine von den Eingeborenen ausgehende Gefahr machten, doch Alyssas Worte hallten noch in seiner Erinnerung nach. Sie hatte nicht von einer Gefahr durch das Volk, sondern durch die Steine an sich gesprochen.

Die anderen waren still geworden. Als Chedan sich in der Runde umsah, stellte er fest, dass man ihn beobachtete. Er blickte einen nach dem anderen an. »Ich habe das Gefühl, dass möglicherweise eine Entscheidung von uns gefordert sein wird«, sagte er, »doch wenn ich irgendetwas aus der Erfahrung gelernt habe, dann ist es, dass immer irgendjemand noch ein letztes Wort dazu zu sagen hat.«

Damisas Stirnrunzeln war noch tiefer geworden. »Nun, bis jetzt hat niemand nach *meiner* Meinung gefragt!«, sagte sie in scharfem Ton. »Haben wir denn überhaupt die Wahl, nicht zu gehen? Es handelt sich ja schließlich nicht nur um Angehörige unseres eigenen Volkes, sondern unter ihnen befinden sich auch Micail und viele der anderen Hüter. Ganz sicher ist das, was immer sie auch bauen mögen, ein Teil des neuen Tempels, so wie es in der Prophezeiung heißt, über die alle ein so großes Geschrei gemacht haben! Glaubt Ihr wirklich, eine Menge Wilder könnte so viele Meister der Mysterien und Priester ihrem Willen unterwerfen – vor allem wenn Tjalan dabei ist, um sie zu schützen? Oder macht Ihr Euch etwa wegen Tjalan Sorgen? Er wird auch uns beschützen – oder traut Ihr keinem, der nicht aus Ahtarrath stammt?«

»Nein, nein, so ist es nicht«, entgegnete Chedan beschwichtigend. »Liebe Damisa, wie kommst du denn darauf? Selast und Kalaran sind ja wohl kaum Ahtarraner. Ich selbst bin tatsächlich Alkonier, wenn du dich erinnerst ... Nein, ob wir wollen oder nicht, meine Freunde, wir sind in diesem neuen Land alle Atlantiden.«

»Wir zweifeln nicht an Prinz Tjalan«, erklärte Kalaran, »aber die Leute, die zwischen ihm und uns stehen ...«

Liala nickte. »Forolin hat etwas Wichtiges gesagt. Wenn Tjalan genug Männer hat, um den Stämmen zu drohen, könnten uns die Eingeborenen in der Tat als Schutzschild gegen sie benutzen, und wenn Tjalan nicht stark genug ist, um sie abzuschrecken ... Muss ich das weiter ausführen?«

»Warum schicken wir nicht einfach Leute aus, um Verbindung aufzunehmen?«, schlug Liala vor. »Ein paar von den Jüngeren, die schnell zu Fuß sind. Wenn alles gut läuft, kann der Prinz den Übrigen von uns einen

Geleitschutz schicken. Nachdem wir nun schon so lange getrennt sind, können wir doch sicher noch ein wenig länger warten, bis wir wieder mit unseren Freunden und Landsleuten vereint sind.«

»Das deckt sich so ziemlich mit meiner Ansicht«, sagte Danetrassa nickend.

»Dann sind also die meisten von uns einer Meinung«, stellte Chedan fest. »Vielleicht sollte Damisa der Gruppe von Abgesandten angehören, da sie sich nicht nur mit der einheimischen Tier- und Pflanzenwelt gut auskennt, sondern auch Tjalans Base ist. Damisa? Was sagst du dazu?«

»Ich begleite sie, zusammen mit einigen meiner Männer, um sie zu schützen«, bot Reidel an, als er Damisas eifriges Nicken sah.

»Aber sollten wir nicht eine etwas ... ranghöhere Person mitschicken?«, gab Rendano zu bedenken.

»Ich hoffe, du meinst nicht mich.« Chedan schüttelte den Kopf. »Möchtest *du* vielleicht gehen? Nebenbei bemerkt ist Damisa die älteste der Zwölf Auserwählten und steht also von Gesetzes wegen in der atlantidischen Hof- und Tempelhierarchie ziemlich weit oben.«

»Aber was ist mit Tiriki?«, gab Damisa zu bedenken. »Bestimmt will sie auch mitkommen ...«

»Das geht zurzeit nicht, denke ich. Sie braucht Ruhe, um sich zu erholen«, erwiderte Chedan. Alyssas Worte beunruhigten ihn immer noch, und es wäre wohl wenig taktvoll gewesen darauf hinzuweisen, dass die Hohe Priesterin nicht entbehrlich war. »Aber irgendwie habe ich meine Zweifel, dass sie mir darin zustimmen wird. Ich schlage vor, dass ihr, du und Reidel, ein paar Männer zusammenruft, den nötigen Reiseproviant einpackt und bald aufbrecht – so bald wie möglich«, fügte er hinzu und verzog das Gesicht zu einem schrägen Grinsen. »Am besten bevor sie aufwacht. Ich möchte nicht gezwungen sein, sie hier anzubinden, um sie daran zu hindern, euch zu folgen.«

Siebzehntes Kapitel

»Hast du die Neuigkeit schon vernommen? Anet kehrt vom Land am See zurück.« Die Stimme gehörte einer der eingeborenen Sklavinnen, welche die Alkonier vor kurzem als Hilfskräfte für all die Arbeiten gekauft hatten, die in der neuen Gemeinde anfielen.

Micail, der auf seinem Weg zur Pforte hinter der Kochhütte vorbeikam, konnte nicht umhin, das Gespräch mit anzuhören.

»Ach ja?«, sagte eine andere Sklavin. »Bringt sie auch Pfeil und Bogen mit? Nur so kann sie Feuerschopf einfangen!«

Micail spürte, wie ihm brennende Röte in die Wangen stieg, als die zwei Frauen in Gelächter ausbrachen. Er wusste um seinen Spitznamen, doch ihm war nicht klar gewesen, dass Anets Interesse an ihm allgemein bekannt war.

Die erste Stimme sprach wieder. »Die Neuigkeit ist, dass Fremde sie begleiten; es sind auch Meerleute ... aber anders.«

»Woher kommen sie?«, fragte jemand.

»Irgendwo aus dem Sumpfland. Angeblich leben sie schon seit Jahren dort. Wie ich gehört habe, sehen sie den neuen Herren nicht sehr ähnlich. Sie kleiden sich wie die Sumpfbewohner. Aber sie sind größer, es könnte also sein, dass ...«

»Sag mal, ich habe gehört, unter ihnen ist jemand ...«

»Pscht!«, zischte eine weitere Stimme, wahrscheinlich die eines Aufsehers. »Jemand könnte euer Geschwätz hören. Wir werden das alles bald genug erfahren. Zweifellos werden die Falkenherren sie sehen wollen.« Das *Krsch, Krsch, Krsch* der Mahlsteine hörte nicht auf, doch ansonsten herrschte Stille in der Kochhütte.

Micail wandte sich ab und machte sich auf den Weg zurück zum Haupthof. Er wunderte sich über sich selbst, als er feststellte, dass sein Herz immer noch heftig pochte, obwohl er reglos dagestanden hatte. Vielleicht, dachte er, sollte ich einen kleinen Abstecher machen und Tjalan einen Besuch abstatten.

Als Anet und ihre Reisegruppe eintrafen, hatte sich die Kunde von ihrem Kommen bereits in der ganzen Gemeinde herumgesprochen. Wilde Gerüchte machten die Runde, wobei manche nicht ganz so abwegig schienen wie andere. Mahadalku und die meisten der älteren Priester lehnten es ab, sich der Menge anzuschließen, die auf den öffentlichen Plätzen wartete, doch Haladris hatte sich dort eingefunden.

Zum zweiten Mal traf ein Wassertropfen Elaras Kopf, und sie blickte stirnrunzelnd hinauf zum Himmel. Immer mehr Wolken trieben heran, um das blasse Blau des Morgens zu verdecken. Für die Eingeborenen lag der Sommeranfang irgendwo zwischen der Tagundnachtgleiche und der Sonnenwende, doch man sollte sich hüten zu versuchen, die Jahreszeit nach dem Wetter zu bestimmen, dachte Elara grimmig. Sie zog sich den Schal über den Kopf, als sich die anfänglichen Tropfen zu einem leichten Nieselregen entwickelten.

Jemand in der vordersten Reihe der Schaulustigen streckte deutend den Arm aus, und Elara erkannte, dass sie gerade rechtzeitig gekommen war. Eine Gruppe von Leuten näherte sich auf der Ebene. Selbst über die Entfernung erkannte sie Anets aschblondes Haar und ihre geschmeidigen Bewegungen sowie die beiden Krieger vom Stamm des Blauen Stiers, die sie stets begleiteten. Hinter ihnen sah sie eine Gruppe von hoch gewachsenen Männern mit bronzefarbener Haut, gekleidet in Wolle und Leder, und – zwischen ihnen aufleuchtend – einen Kopf mit langem kastanienbraunem Haar, der niemals zu einem Angehörigen der Stämme gehören konnte.

»Wer ist das?«, fragte Cleta, wobei sie sich neben Elara auf die Zehenspitzen reckte und sich den Regen aus den Augen wischte. »Kannst du etwas sehen?«

»Das sind Atlantiden, so viel steht fest ... Oh, beim Herzen Manoahs! Ich glaube, das ist Damisa!« Elara blinzelte und versuchte, ihre Erinnerung an das ehemalige Bauerntrampel mit der jungen Göttin in Einklang zu bringen, die jetzt mit federnden Schritten auf sie zukam.

Als Anets Gruppe die Menge erreicht hatte, trat Micail von seinem Platz neben Prinz Tjalan vor, als ob er es nicht länger aushielte, still stehen zu bleiben. Dem Anschein nach wich ein Teil der Steifheit aus seinen Schultern, doch seine ganze Haltung war immer noch angespannt. Elara empfand echtes Mitleid mit ihm; dann bemerkte sie, dass Anet Micail ebenfalls betrachtete, und zwar mit dem Ausdruck eines Fuchses, der ein Fasanenmännchen beäugt und abzuschätzen versucht, ob es sich wohl anschickt davonzufliegen. Du begreifst immer noch nicht, dass er nicht für dich bestimmt ist, dachte Elara grimmig. Für mich aber auch nicht ... sinnierte sie wehmütig. Er hatte ihre Avancen höflich, aber bestimmt abgewiesen. Wenn Tiriki noch lebt, dann wird er sich wieder mit ihr vereinen, überlegte sie. Und wenn sie nicht mehr lebt ... ich glaube, dann wird er so allein bleiben, wie er ist.

Jetzt trat auch Tjalan vor, und er lächelte. Als Damisa seiner ansichtig wurde, verneigte sie sich zu der formellen Begrüßung, wie sie gegenüber einem herrschenden Prinzen angebracht war, ihr Gesicht aber strahlte. Dann vollführte sie die angemessenen Ehrenbezeugungen für Ardral und Micail, um ihnen in ihrer Eigenschaft als Herren des Tempels zu huldigen, doch ihr Blick, so schien es, konnte sich nicht vollständig vom Prinzen von Alkonath losreißen.

»Na, das ist ja meine kleine Base!«, rief Tjalan aus. »Dem Gott der Reisenden sei Dank für Eure unbeschadete Ankunft! Euer Besuch soll unter einem guten Stern stehen; keine Furcht soll während Eures Aufenthalts in meinem Herrschaftsbereich Euer Wohlbefinden beeinträchtigen. Willkommen! Herzlich willkommen, Base! Meine Freude über Euren Besuch ist unvorstellbar groß.«

Während Damisa sich straffte und ihr Erröten kaum im Zaum halten konnte, beobachtete Elara, wie sie verstohlen den Rocksaum ihres Gewandes herunterzog, und sie unterdrückte ein Grinsen. Damisa war größer geworden!

»Mein Prinz«, erwiderte Damisa, »auch ich bin überaus erfreut, Euch hier anzutreffen. Ich überbringe Grüße aus dem Sommerland und von den Oberhäuptern unser Gemeinde – dem Hüter Chedan Arados sowie der Hüterin Tiri ... Eilantha.«

Während Damisa sprach, war ihr Blick zu Micail gewandert. Helft ihm doch – irgendjemand!, dachte Elara, als sie sah, wie alle Farbe aus seinem Gesicht wich. Und Ardral trat vor, wobei er mit einer Hand Micail am Ellbogen fasste.

»Die Freude ist ganz auf unserer Seite, werte Priesterschülerin. Eure Hoffnung spendende Botschaft ist Labsal für unsere Herzen.« Ardrals Worte kamen flüssig, doch war da vielleicht ein ungewohnt rauer Klang in seiner Stimme? Mit zuckenden Augenbrauen heftete er den Blick auf den jungen Mann, der hinter Damisa stand.

Sie wartete nicht ab, bis er fragte. »Darf ich Euch Reidel vorstellen, Sohn von Sarhedran, ehemals Kapitän der *Purpurschlange* und jetzt mit den Weihen der Sechsten Stufe des Tempels des Lichtes versehen.« Während die entsetzten Blicke der anwesenden Geistlichen ihn musterten, wurde Reidels wettergegerbtes Gesicht noch teilnahmsloser, doch er brachte eine einigermaßen elegante Verbeugung zustande.

Cleta beugte sich nah zu Elara und murmelte: »Wenn sie einen Gewöhnlichen in ihre Reihen aufgenommen haben, dann muss ihre Gruppe noch kleiner sein als die unsere.«

»Kommt jetzt!«, sagte Tjalan freundlich, indem er mit

einer Handbewegung wieder die Herrschaft über die Lage gewann, »Ihr solltet nicht im Regen stehen, sondern eintreten und Euch von den Mühen der Reise erholen. Und wenn Ihr erfrischt und gestärkt seid, erzählt Ihr uns vielleicht etwas über Eure Abenteuer im Land am See.«

Die atlantidische Tradition verlangte, dass Neuankömmlinge mit Essen und Trinken bewirtet wurden. Micail fühlte sich an das Fest anlässlich Tjalans Ankunft erinnert, als dieser mit seinen Schiffen in Ahtarrath eingelaufen war; auch damals waren die überflüssigen Höflichkeitsfloskeln wie der Deckel auf einem Kessel gewesen, in dem unausgesprochene Fragen und Gedanken brodelten. Damisa zählte schnell die Namen all jener auf, die auf dem Heiligen Berg Sicherheit gefunden hatten, und sie versicherte Micail, dass Tiriki wohlauf sei. Doch während ihrer Schilderung, wie sie den Heiligen Berg entdeckt und die Siedlung gegründet hatten, stockte sie das eine oder andere Mal und zeigte eine gewisse Befangenheit, oder sie gab eine auffallend knappe Antwort auf eine heikle Frage. Das erweckte in Micail den Verdacht, dass es ein paar Dinge gab, über die sie nicht sprechen wollte oder durfte.

Tiriki lebte! In Micails Kopf wirbelten viele Fragen herum, die er hier nicht stellen konnte. Hatte Tiriki sich während all der Jahre genauso leer gefühlt wie er? Welche Schmerzen und Sorgen hatten sie geplagt, als er nicht da gewesen war, um sie zu trösten? Damisa hatte gesagt, dass sie sich guter Gesundheit erfreue –

warum war sie dann nicht mitgekommen? Er musste sich sehr beherrschen, um nicht sofort zu den Kriegern des Stammes des Blauen Stiers zu rennen und von ihnen zu verlangen, dass sie ihn ins Sommerland brachten. Aber sie waren bei Anet. Bei dem Gedanken daran, sie zu bitten, ihn zu der Frau zu bringen, die sie als Rivalin betrachten musste, verließ ihn jeder Mut. Vielleicht wäre es besser abzuwarten, was Tjalan zu tun beabsichtigte.

Tjalans fröhliche Zusammenfassung der Ereignisse war sogar noch weniger aufrichtig. Die Regeln guten Benehmens hinderten Micail daran, ihn zu unterbrechen und sich nach Tiriki zu erkundigen; er wartete ungeduldig auf eine Gelegenheit, um mit Damisa allein zu sprechen. Doch bevor sich diese ergab, beendete der Prinz den Gesprächsaustausch wirkungsvoll, indem er anregte, dass die Neuankömmlinge sich in die für sie vorbereiteten Unterkünfte begäben, da sie sich doch sicher ausruhen wollten. Reidel war es anscheinend gar nicht recht, dass er von Damisa getrennt wurde; doch nachdem diese zu der Überzeugung gelangt war, dass die Anlage bestimmt mit einem ordentlichen atlantidischen Bad ausgestattet war, ließ sie sich nur allzu bereitwillig von Tjalans Dienern wegführen, ohne einen Blick zurückzuwerfen.

Unterdessen bestand der Prinz darauf, dass Ardral und Micail ihn zu den inneren Räumen seiner Festung begleiteten, wo die anderen Hüter bereits auf Bänken mit reich geschnitzten Rückenlehnen um ein hell brennendes Feuer saßen und warteten. Micail war in diesem Raum noch nie gewesen, doch es überraschte ihn keineswegs, dass es Tjalan selbst hier im wilden Azan, wo der Boden unter den Matten und Teppichen aus gestampfter Erde bestand, irgendwie gelungen war, sich mit einem gewissen Luxus zu umgeben. Es gab sogar eine Art Thron, einen übergroßen Sessel, dessen Holzpfosten geschnitzte Falken darstellten.

Während die Diener des Prinzen emsig im Raum umherhuschten und dafür sorgten, dass jeder etwas zu trinken und zu essen hatte, ließ sich Micail von Ardral zu einem Platz geleiten, der näher bei Naranchada als bei Haladris war.

»Ich freue mich sehr über diese Begegnung«, sagte Mahadalku, und dabei war ihr Lächeln so eiskalt wie der Regen, der auf das Dach trommelte. »Chedan Arados steht im Ruf, ein ausgezeichneter Sänger zu sein, und über Eure Prinzessin ist mir Ähnliches zu Ohren gekommen ...« Sie deutete mit einem Nicken in Micails Richtung. »Sie werden eine willkommene Bereicherung für uns sein, und ich zweifle nicht daran, dass wir auch für viele andere eine Verwendung finden – obwohl ich mir in Bezug auf diesen ... diesen Seemann, Reidel, nicht so sicher bin.«

»Er macht mir den Eindruck eines angenehmen jungen Mannes«, entgegnete Stathalkha einlenkend.

»Nun ja, unangenehm ist er sicher nicht«, gab Mahadalku kalt zurück, »aber er hat keine Tempelausbildung von Kindheit an genossen. Wie sollte er jemals wirklich mit priesterlicher Macht umgehen können?«

Naranchada zuckte mit den Schultern. »Es hat unter den Zwölf Erwählten immer schon welche gegeben, die nicht von klein auf für ihre Aufgaben ausgebildet wurden, und trotzdem haben sie ihre Sache gut gemacht. Dieses Land ist nicht gerade übervölkert von Atlantiden jedweder Kaste. Wir werden uns irgendwann einmal demselben Problem gegenübersehen – selbst wenn wir ein Dutzend Schiffsladungen von Verlorenen finden sollten. Und ich für meinen Teil kann mir nicht vorstellen, dass ausgerechnet Meister Chedan Arados erlauben würde, dass jemand die Weihen erhält, der nicht die erforderlichen Eigenschaften mitbringt.«

»Ich kann Euch versichern, dass er dies niemals tun würde«, warf Ardral ein, und in der Runde wurde zustimmendes Raunen laut, denn Chedans Ruhm erhob ihn über jeden Zweifel.

»Diese Leute waren die ganze Zeit über hier«, sagte Micail plötzlich, »gleich jenseits der Berge. Warum habt Ihr sie nicht gesehen, Stathalkha? Man hat mir versichert, dass Eure übersinnliche Wahrnehmung in der Nähe wie auch in die Ferne wirkt – warum habt Ihr sie nicht entdeckt?«

»Vielleicht haben wir das ja.« Stathalkhas trübe Augen sahen ihn blinzelnd an, und sie drehte den mageren Körper ein wenig, um ihm geradewegs ins Gesicht zu sehen. »Wir haben die Wirkung mehrerer Kraftzentren wahrgenommen, wo sich die Energie irgendwie ... vertraut anfühlte. Ich glaube, dass ein solcher Berg, wie ihn das Mädchen beschreibt, auffallend auf eines davon passt. Aber wir haben nach einer geeigneten Stelle gesucht, um ein Sonnenrad zu errichten. Mahadalku und ich hatten das Gefühl, wenn weitere Angehörige unseres Volkes hier wären, würden wir sie zur richtigen Zeit ausfindig machen. Und Ihr seht, genauso ist es geschehen!«, endete sie triumphierend.

Micail merkte, dass Ardrals Hand seine Schulter umfasste, und seine krampfhaft ineinander verschränkten

Finger lockerten sich ein wenig. Die gebrechliche tarissedische Priesterin übermäßig zu bedrängen würde niemandem etwas nutzen.

»Ja, in der Tat«, murmelte Tjalan nachdenklich, und sein kräftiges Gesicht glühte bronzefarben im Licht des Feuers. »Nun, da wir wissen, wo sie sind, sollten wir sie hierher holen.«

»Wenn ich mir die Bemerkung erlauben darf«, warf Ardral ein, »es ist nie gut, vorschnell zu handeln. Vielleicht wäre es für uns von Vorteil, an der gegenüberliegenden Küste einen weiteren Hafen zu erschließen. Das wäre sogar etwas näher als Belsairath.«

»Ich glaube nicht, dass wir dort geeignete Verhältnisse vorfinden werden«, widersprach Haladris. »Nach allem, was ich gehört habe, geht es dort äußerst ... urtümlich zu, um es gelinde auszudrücken. Welchen Nutzen könnte ein solcher Ort für uns haben?«

Ardral lächelte grimmig. »Vielleicht könnte er uns als Zufluchtsstätte dienen, wenn die Dinge hier schief laufen?«

Tjalan runzelte die Stirn. »Was wollt Ihr damit andeuten? Es stimmt, dass bei den Stämmen Unruhe herrscht, doch in absehbarer Zeit werden sie nicht in der Lage sein, irgendwelche Maßnahmen gegen uns zu ergreifen. Bis dahin wird der Steinkreis vollendet sein, und wir können gegen jeden Punkt in der Ebene – und darüber hinaus – einen tödlichen Schlag ausführen. Dann werden sich die Ai-Zir sehr bald unserer Vorherrschaft fügen.«

Micail schwindelte plötzlich. »Was soll das heißen? Die Macht soll doch für den Bau des Tempels genutzt werden ...«

»Natürlich, natürlich«, beschwichtigte Haladris mit düsterer Miene. »Allerdings können wir wohl kaum irgendetwas anderes bauen, wenn uns nicht weitere Arbeitskräfte zur Verfügung stehen«, fügte er kühl hinzu. »Und vielleicht muss die Macht des Kreises den Stämmen deutlich vor Augen geführt werden, um sie angemessen zu beeindrucken.«

»Zu beeindrucken?« Micails Haut kribbelte, als würde jeden Augenblick ein Blitz vom Himmel herunterzucken. Ardral straffte seine Haltung und sah ihn besorgt an.

Mahadalku nickte eifrig. »Ja. Ihr erkennt doch sicher die Notwendigkeit, dass wir die Eingeborenen für unsere Zwecke einsetzen müssen. Zumindest bis sie ... ihre Leistung erbracht haben.« Ihr aufgesetztes Grinsen war erfüllt von Herablassung.

Micail bemühte sich, seinen Zorn im Zaum zu halten, doch innerlich bebte er. Erstaunt spürte er das vertraute Feuer in sich auflodern. Nicht ein einziges Mal während all der Zeit der Leere, seit er dem sterbenden Atlantis entflohen war, waren die ererbten Kräfte in ihm erwacht – doch jetzt, da es geschah, war alles auf eine seltsame Weise verdreht, anders als er es je erfahren hatte ...

Wie konnte er die ihm gegebenen Kräfte einsetzen – nicht in seiner Eigenschaft als Hüter des Lichtes, sondern als Prinz von Ahtarrath –, da doch die Insel nicht mehr existierte? Während er sich weiterhin um Selbstbeherrschung bemühte, wurde die Spannung im Raum nahezu greifbar. Von außen hallten die Donnerschläge als Echo vom Himmel wider, und ein böiger Wind peitschte den Regen gegen die Wände.

Von all den Anwesenden im Raum begriff einzig Tjalan nicht die Bedeutung dieses fernen Donnergrollens. In den Augen der anderen Priester mischte sich Erstaunen mit Ahnung, da auch ihnen klar wurde, dass die Mächte von Ahtarrath wieder wirksam geworden waren.

Während die Hüter Micail ansahen, nahm Tjalan einen Schluck Wein und lächelte leutselig. »Ich weiß, ich weiß, es erscheint sehr widersprüchlich. Im Namen des Lichtes erlegen wir unseren Anbefohlenen eine Last von Schweiß und Leid auf. Doch es handelt sich um eine vorübergehende Last. Wenn sie erkennen, was wir zu erschaffen vermögen, werden sie uns freudig zujubeln. Denn wahrlich, wie sonst wurden die Tempel von Atlantis deiner Vermutung nach wohl gebaut, Vetter? Wie dir bekannt sein dürfte, sind selbst die größten Magier auf die Hilfe gewöhnlicher Menschen angewiesen.«

Es ist Tiriki, dachte Micail und hörte Tjalans Worte kaum. Allein das Wissen, dass sie lebt, macht mich wieder zu einem Ganzen. Ich dachte, meine Kräfte kämen aus meinem Land, dabei habe ich sie in mir getragen. Aber ich muss vorsichtig sein.

Tjalan deutete Micails Schweigen fälschlicherweise als Zustimmung, und er fuhr fort: »Micail, alter Freund, spürst du nach dieser langen Zeit nicht die unendlichen Möglichkeiten, die dieses Land in sich birgt? Mit seinen natürlichen Schätzen, seiner Bevölkerung – hier könnte ein Reich entstehen, das größer ist als alle Inselstaaten zusammen.«

Micail saß äußerlich reglos da, doch sein Puls raste immer noch, während er allmählich die Beherrschung wieder fand. Im Augenblick ging es ihm nicht um das

Potenzial des Landes, sondern um sein eigenes. Doch vielleicht hatte es sich dadurch, dass er hierher gekommen war, irgendwie verändert. Seine Freude gefror.

Tjalan sprach eindringlich weiter. »Alle Manoah-Tempel, selbst der, in dem du in Ahtarrath gedient hast, wurden dem ersten Tempel in der Stadt der Ringschlange im Alten Land nachgebildet. Du wurdest dort geboren, Micail – du erinnerst dich doch sicher noch an die Marmorsäulen, die goldenen Stufen? Es ist dir vom Schicksal bestimmt, diesen Tempel in all seinem Glanz wieder zu erbauen. An diesem Ort können wir beide, du und ich, die ganze Größe des Goldenen Reichs wieder aufleben lassen!«

Aber sollten wir das wirklich tun?, fragte sich Micail im Stillen. Sein innerer Aufruhr hielt ihn davon ab zu antworten. Stellte er Tjalans Beweggründe infrage oder seine eigenen? Nur Naranchada teilte anscheinend wirklich Micails Unbehagen. Die Mienen von Mahadalku und Haladris waren beherrscht und gelassen. Als er sich Ardral zuwandte, sah er in den grauen Augen des Obersten Hüters ein Leuchten, das er ganz und gar nicht zu deuten wusste.

»Solange wir nicht die alten Fehler wiederholen«, sagte Naranchada. »Es gab Gründe, warum das Goldene Reich unterging ...«

»Und das Seereich«, murmelte Micail, der endlich seine Stimme wieder gefunden hatte.

»Sicher sind wir uns jedoch wohl darüber einig, dass wir unverzüglich eine Entscheidung treffen sollten«, warf Ardral vermittelnd ein. »Vielleicht bringen Tiriki und Chedan etwas zustande, das zum Erreichen unserer Ziele beitragen wird. Die Wege der Götter sind unerforschlich.«

»Ja«, pflichtete Naranchada bei. »Wir sprechen hier nicht über ein paar widerspenstige Schüler, die wieder auf den richtigen Pfad gebracht werden müssen. Chedan ist ein Magier und Tiriki eine Hüterin. Sie wirken seit über fünf Jahren in ihrem eigenen Tempel. Wir müssen uns anhören, was sie zu sagen haben.«

»Das genau ist ja der Grund, warum sie hier sein sollten!«, rief Tjalan, an Micail gewandt. »Bei den Göttern – Mann, du bist Tirikis Gemahl! Wo sonst sollte ihr Platz sein, wenn nicht an deiner Seite?« Der Prinz schüttelte den Kopf.

»Natürlich will ich bei ihr sein!«, erwiderte Micail aufgebracht. Und er zweifelte nicht daran – konnte nicht daran zweifeln –, dass sie gleichfalls bei ihm sein wollte. Doch die Vorstellung, Tiriki zu befehlen, das zu tun, was er wünschte, widerstrebte ihm. Sie hatten sich stets gegenseitig als Gleichberechtigte anerkannt.

»Einerlei, ob sie sich zu uns gesellen will oder nicht – zum Wohle aller muss sie dazu gezwungen werden«, sagte Mahadalku grimmig. »Bei allem gehörigen Respekt, Micail – Eure Gemahlin ist keine Oberste Hüterin.«

»Was soll das heißen?«, brachte Micail zwischen zusammengepressten Zähnen hervor.

»Dass das nicht ausschließlich ihrer Entscheidung überlassen werden kann«, antwortete Haladris. »Diese Gleichberichtigung, die Euch so wichtig ist, erfordert, dass sie den ihr anberaumten Platz in unserer Hierarchie einnehmen muss. Nur die Wahrung traditioneller Disziplin gewährleistet den Fortbestand unserer Lebensart. Wenn diese Voraussetzung nicht gegeben ist,

ist unsere Zahl zu gering, um das Überleben unserer Kaste zu sichern. Wenn der große Chedan Arados hier wäre und nicht dort, dann würde er Euch zweifellos das Gleiche sagen.«

»Vielleicht«, sagte Ardral beschwichtigend, »malen wir uns einige Schwierigkeiten aus, die es in Wirklichkeit gar nicht gibt. Die Gemeinde auf dem Heiligen Berg ist womöglich ganz versessen darauf, sich uns anzuschließen – warum sollen wir sie mit Drohungen und Forderungen vor den Kopf stoßen? Warum warten wir nicht ab, bis sich eine Gelegenheit ergibt, mit ihnen zu reden? Chedan ist mein Neffe, aber er ist mehr als das – wie ich festgestellt habe, ist er ein Mann von beträchtlicher Weisheit. Ich denke, wir können sicher sein, dass er einen Weg wählen wird, der uns allen zum Wohle gereicht.«

Diesmal war Micail derjenige, der eine Augenbraue hob. Ardral reagierte auf drohenden Streit im Allgemeinen damit, dass er einfach so tat, als wäre er gar nicht vorhanden. Doch was immer die Gründe dafür sein mochten, dass der Meister der Mysterien heute schon zum wiederholten Mal die Versammelten zum Einlenken bewog, Micail war ihm jedenfalls dankbar dafür. In all seinen Träumen war es stets etwas ganz und gar Freudvolles gewesen, Tiriki wieder zu finden, aber die jetzige Auseinandersetzung bereitete ihm großes Unbehagen. Mit Ausnahme von Tjalan waren die Anwesenden ebenfalls Hüter, von demselben Glauben durchdrungen wie er selbst, denselben Göttern durch Eid verpflichtet. Warum hatte er dann so ein Gefühl, als ob er sich mitten unter Feinden befände?

Als Ardral sich der Tür zuwandte und zum Gehen

anschickte, erhob sich Micail, um ihm zu folgen, doch Tjalan fasste ihn sanft am Arm.

»Wie mir scheint, bekümmern dich die Ereignisse des Abends.«

Micail sah ihn starr an; er wollte sich nicht in weitere Streitgespräche hineinziehen lassen. Das Aufgebot an Kraft, das ihm soeben abverlangt worden war, hatte ihn schwer mitgenommen, auch wenn es seinen Körper gestärkt hatte, und er traute seiner Selbstbeherrschung nicht mehr.

»Diese Leute können schwierig sein – wie ich selbst aus schmerzlicher Erfahrung weiß«, fuhr Tjalan fort. Seine einfühlsamen Worte taten ihre Wirkung, und Micail merkte, wie er sich ein ganz klein wenig entspannte. »Vergiss nicht, sie sind alt«, fuhr der Prinz ernst fort und warf einen Seitenblick auf Ardral. »Ach, wären sie im Herzen doch so jung wie du. Haladris und Mahadalku insbesondere ...« Der Prinz lächelte und wandte seine ungeteilte Aufmerksamkeit wieder Micail zu. »Sie waren daran gewöhnt, für den Bau dieses Tempels verantwortlich zu sein. Es schadet nicht, wenn man ihnen jetzt Gehör schenkt. Wenn unser ganzes Volk wieder vereint sein wird, wirst du derjenige sein, der im neuen Tempel herrscht. Diese Stellung war schon immer deine Bestimmung.«

Aber kann ich einer solchen Verantwortung überhaupt gerecht werden?, fragte sich Micail, während er und Ardral nun endlich den Raum verließen und Tjalan mit seinem Thron, seinen Wächtern und seinen Träumen von einem neuen Reich zurückblieb. Ist das die Bestimmung, die Rajasta für mich vorausgesagt hat?, dachte er. Es ist, als ob ich zwischen hungrigen wilden

Tieren stünde und zu entscheiden versuchte, welches mich wohl verspeisen wird.

Er gab ein paar Höflichkeiten von sich und erlaubte Ardral, ihn bis zur Pforte zu begleiten, doch gleich nachdem der Oberste Hüter in die Schatten von Tjalans Festung zurückgekehrt war, machte Micail kehrt und tat es ihm nach, allerdings schlug er einen anderen Weg ein.

Nach einigem Suchen fand er Reidel, der sich mit einem seiner Männer in der Halle unterhielt. Als er die beiden fragte, was sie dort täten, deutete Reidel lediglich wortlos durch die Tür, wo Damisa am Kamin saß, umgeben, wie es aussah, von den meisten der Priesterschüler und Zöglinge. Micail zögerte einen Augenblick. Sie alle wirkten so jung, so voller Kraft und Hoffnung. Hatte er das Recht, sie mit seinen Ängsten zu verunsichern? Aber er musste Bescheid wissen.

Sie wandten ihm die Gesichter zu, als er in den Lichtschein trat. Er las darin Freude über sein Erscheinen und auch fragende Erwartung, und sogar ein überraschendes Mitgefühl in Elaras warmem Blick – aber andererseits hatte sie stets ein feines Empfinden dafür, wenn er überarbeitet war. Doch es war Damisa, auf die sich seine Aufmerksamkeit richtete.

»Würdest du ...?« Er räusperte sich. »Damisa, ich möchte dich nicht vorzeitig von deinen Freunden trennen, aber ich wäre dir sehr dankbar, wenn du mich für eine Weile begleiten würdest.«

»Selbstverständlich ...« Mit einer geschmeidigen Bewegung war sie auch schon auf den Beinen. »Ihr werdet bestimmt alle Neuigkeiten erfahren wollen, und ich werde später noch reichlich Zeit haben, um mich mit diesen ...« – sie legte eine kleine Pause ein und grinste –

»... weniger heiligen Dienern des Lichtes zu unterhalten.«

Als sie sich zum Gehen wandten, spürte er wieder den beobachtenden Blick des Fremden, dieses Reidel, auf sich ruhen, und er wäre beinahe stehen geblieben, um dem ehemaligen Schiffskapitän zu versichern, dass er das Mädchen sicher zurückzubringen gedachte. Doch Reidel war zwar jetzt Priester, aber er stand im Rang sogar noch unter einem Priesterschüler. Sicher hatte er kein Recht, die Handlungsweise eines Heiligen Hüters infrage zu stellen.

»Dieser junge Mann da«, sagte Micail gedankenverloren, als er mit Damisa davonging, »dieser Reidel ... Er scheint mir einen seltsamen Drang zu haben, dich zu beschützen. Befürchtet er etwa, ich könnte dir Schaden zufügen?«

»O nein!«, rief Damisa aus, wobei sie sich halb umdrehte, um einen Blick hinter sich zu werfen. »Ich muss mich für ihn entschuldigen, Hoher Herr. Er bildet sich ein, mich zu lieben.«

»Doch du erwiderst dieses Gefühl nicht?« Micail nickte der Wache zu, als sie durch die Pforte traten und den Pfad in Richtung Fluss einschlugen. Der Regen hatte aufgehört, und die Sonne ging zwischen Wolkenstreifen unter, die wie Flammenbanner über den fernen Hügeln leuchteten. Tiriki sieht denselben Sonnenuntergang, dachte er mit aufwallenden Gefühlen.

»Um ehrlich zu sein«, sagte Damisa zögernd, »ich vermute, ich habe ihm einigen Grund zu der Annahme gegeben, dass es so sein könnte. Aber das war ein Irrtum. Ich habe versucht, es ihm zu erklären. Jetzt spricht er nicht mehr darüber, aber er sieht mich auf eine besondere Weise an.«

»Wenn er dich belästigt ...«, setzte Micail an, doch sie schüttelte den Kopf.

»Nein!« Sie errötete. »Es tut mir Leid. Ich bin so sehr an das zwanglose Leben auf dem Heiligen Berg und im Sumpfland gewöhnt. Ich habe mich bereits in Gegenwart von Prinz Tjalan unschicklich benommen, was mir äußerst peinlich ist. Bitte, Hoher Herr! Die Sache mit Reidel ist meine Angelegenheit – ich habe einen Fehler gemacht und muss die Verantwortung dafür übernehmen. Bitte!«

Micail nickte und musterte sie abschätzend. Sie war sicher nicht mehr das ernste kleine Mädchen, das er in Ahtarra kennen gelernt hatte, und doch hatte die junge Frau, die jetzt vor ihm stand, immer noch etwas so verblüffend Selbstverständliches an sich. »Du hast eine gute Ausbildung genossen, wie ich feststelle«, sagte er lächelnd. »Aber du brauchst mich nicht ›Hoher Herr‹ zu nennen. Das bekomme ich oft genug zu hören. Nenn mich einfach Micail. Und, bitte, erzähl mir etwas über Tiriki«, fügte er begierig hinzu.

»Natürlich«, antwortete Damisa. »Sie ist wohlauf, Caratra sei Dank. Sie war es, die uns während der vergangenen Jahre Kraft und Lebensmut gegeben hat – zusammen mit Chedan.«

»Warum ist sie dann nicht mitgekommen?«

»Ich bin sicher, dass sie das wollte«, antwortete Damisa schnell. »Aber sie hatte schon die ganze Nacht an Alyssas Sterbebett gewacht. Und als sie erfuhr, dass Ihr hier seid – und sie erfuhr es auf eine sehr seltsame Weise –, da brachte sie das völlig aus der Fassung. Wie wenn man ein Gespenst sieht... Nicht, dass sie jemals den Glauben aufgegeben hätte, Euch eines Tages wieder zu finden, doch ihre Hoffnung war immer geringer geworden. Deshalb war Chedan der Ansicht, es sei besser, jemanden mit einer robusteren Natur zu schicken – jemanden, der entbehrlicher ist, soll das wohl heißen ...« Sie grinste. »Ich nehme an, dass sie fürchterlich wütend war auf Chedan, als sie aufwachte und feststellen musste, dass wir weg waren – und bestimmt hat sie es ihn auch merken lassen.« Damisa errötete erneut.

Micail blinzelte und versuchte sich vorzustellen, dass seine sanftmütige Tiriki irgendjemandem heftige Vorwürfe machte. »Dann ist Chedan also Euer Oberhaupt?«

»Eigentlich nicht ... oder vielleicht doch, in gewisser Weise. Er sagt immer, wir sind eine zu kleine Gruppe, um ein erklärtes Oberhaupt zu haben. Eigentlich ist es so, dass er und Tiriki fast in jeder Hinsicht die Verantwortung gemeinsam tragen.«

So wie es zwischen ihr und mir zu Hause war. In welcher Hinsicht hat er wohl sonst noch meine Rolle übernommen?, dachte Micail mit einem Anflug von Eifersucht, doch noch während dieses Gefühl in ihm brannte, wusste er, dass er kein Recht hatte, irgendetwas zu verurteilen, das seine Frau vielleicht gezwungenermaßen hatte tun müssen, um in einer Umgebung zu überleben, die sich entschieden feindlicher anhörte als Belsairath oder auch Azan.

Die Weidenäste raschelten in der leichten Brise, und irgendwo weit draußen über der Ebene ertönte der Schrei einer jagenden Eule. Seltsamerweise schienen diese kleinen Laute die Stille nur noch zu vertiefen. Die dunklen Reihen von Bäumen entlang des Flusses verdeckten eigentlich die Sicht auf die Ebene, doch selbst mit geschlossenen Augen hätte er in die Richtung des Steinkreises deuten können.

»Chedan war vielleicht auch der Meinung, sie sollte das Kind nicht allein lassen«, sagte Damisa in die Stille hinein.

Micail hob ruckartig den Kopf; das Sonnenrad war vergessen. Aus zugeschnürter Kehle brachte er die Worte hervor: »Welches Kind?«

»Nun, ihres – das Eure, meine ich. Dessen bin ich mir ganz sicher. Domaras Haar ist genau wie das Eure! Ihr seht ihr wirklich ähnlich – ich meine, sie sieht Euch ...«

»Aber Tiriki war nicht ... Sie hat mir nichts davon erzählt!« Er befürchtete, sein wild klopfendes Herz könnte seinen Brustkorb sprengen.

»Sie wusste es nicht«, erklärte Damisa, plötzlich voller Mitleid. »Während der Reise hierher dachte sie, sie sei seekrank. Sie hat schrecklich gelitten. Taret war es, die es ihr sagte – die weise Frau und Hebamme vom Heiligen Berg. Sie besitzt die Sehergabe.«

»Eine Tochter«, flüsterte Micail.

»Mit dem Namen Domara. Benannt nach Eurer Mutter, soviel ich weiß. Ich kenne ihren Tempelnamen nicht. Sie wurde zur Wintersonnenwende geboren, im ersten Jahr. Sie ist fünf geworden und ein richtiger kleiner Schatz.«

Micail, der im Kopf nachrechnete, hörte ihr kaum zu. Der Zeitpunkt passte, wenn Tiriki in den letzten Tagen vor dem Untergang von Atlantis empfangen hatte. Doch wie war das möglich ... wenn seine Saat in all den friedlichen Jahren nicht aufgegangen war, wie konnte sie ausgerechnet mitten in einer Katastrophe ein Kind austragen?

Ohne etwas von seinem inneren Aufruhr zu bemerken, redete Damisa weiter. »Selasts Kind kommt in diesem Sommer auf die Welt, Ihr seht also, wir haben einige Kinder auf dem Heiligen Berg. Aber ich kann mir vorstellen, dass es auch bei Euren Leuten etliche Geburten gegeben hat ...«

»Ich weiß nicht«, murmelte er. Solche Dinge zu bemerken hätte seinen Schmerz nur verstärkt, wie ihm plötzlich zu Bewusstsein kam. Über seine jetzigen Gefühle war er sich nicht so richtig im Klaren. Stolz? Freude? Entsetzen? Es war einerlei.

Ich habe ein Kind.

Offenbar, dachte Damisa, während sie in dem Sessel Platz nahm, den Prinz Tjalan ihr angeboten hatte, ist dies für mich ein Abend der Befragungen. Micail hatte sie so lange von der Rückkehr in die Unterkünfte der Priesterschüler abgehalten, bis ein Diener kam, um sie in den Innenhof des Prinzen zu holen, der in der Mitte des Palasts gelegen war. Da es keinen Berg gab, an den die Maurer eine formgerechtere Festung hätten anbauen können, hatten sie stattdessen Mauern aus Steinen errichtet und die Wände verputzt.

Damisa ließ sich in die Polster sinken und seufzte, als sich ihr Körper daran erinnerte, wie sich so viel Weichheit anfühlte. Auf dem Heiligen Berg gab es zwar ein paar Hängematten, aber ansonsten nur harte Hocker und viele unbequeme Bänke, die aus zurechtgeschnittenen Baumstämmen grob behauen worden waren. Es war lange her, seit sie in einem echten Sessel gesessen hatte. Mit verklärtem Blick betrachtete sie die Wandbehänge mit den alkonischen Mustern.

Ein schweigender Diener stellte einen eleganten Flakon und zwei filigran geschliffene Gläser auf einen grünen und goldenen Tisch und zog sich zurück. Ich träume, dachte sie. Die letzten Jahre waren ein böser Traum, und ich wache unbeschadet wieder zu Hause auf ... Doch sie konnte die verbitterten Züge in Prinz Tjalans Gesicht nicht übersehen, ebenso wenig wie die silbernen Strähnen, die inzwischen sein schwarzes Haar durchzogen.

Eine blassgoldene Flüssigkeit ergoss sich mit leisem Gluckern aus dem Flakon in die Gläser. »Auf was sollen wir anstoßen?«, fragte der Prinz und schlug sogleich vor: »Auf das Goldene Reich? Die Sieben Hüter?«

»Die Hoffnung des neuen Landes?«, antwortete sie ein wenig schüchtern und näherte ihr Glas dem seinen.

»Ha! Ja!« Tjalan grinste hocherfreut. »Du bist wirklich mit mir verwandt!«

Der Likör schmeckte trügerisch süß, doch sie spürte, wie er sich den Weg durch ihre Kehle brannte.

»Das ist Raf ni'iri«, warnte Tjalan sie, »also sei vorsichtig. Ich muss immer wieder feststellen, dass er ein wenig stärker ist, als selbst ich es erwartet habe.« Er lehnte sich nun ebenfalls in seinem Sessel zurück und wiegte das Glas zwischen den feingliedrigen Fingern, um das köstliche Aroma einzuatmen. Und dabei betrachtete er sie mit einem beinahe zweideutigen Lächeln, das ihr nicht entging ... Damisa spürte, wie ihr die Wärme in die Wangen stieg, und war sich nicht sicher, ob das von ihrer Verlegenheit oder der Wirkung des Likörs herrührte.

»Meine Liebe, du hast dein Versprechen mehr als erfüllt«, sagte der Prinz schließlich. »Du bist von einer zarten Knospe zu einer bezaubernden, blühenden Frau herangereift. Und du verstehst es, einen passenden Trinkspruch vorzuschlagen, nebenbei bemerkt!«

Sie spürte, wie sie noch mehr errötete. Es war seltsam: Wenn Reidel solche Dinge sagte, glaubte sie meistens, dass er sie auch so meinte. Bei Tjalan hingegen ... Sie schüttelte den Kopf. Natürlich war das nichts als höfliches Gerede.

»Du denkst, ich will dir nur schmeicheln, nicht wahr?« Tjalan schmunzelte über ihr Unbehagen. »Nun, wenn ich dich nach Belsairath mitnehme, meine Liebe, dann kleiden wir dich so, wie es einer Prinzessin des Königshauses ansteht, und dann wirst du wahre Schmeicheleien erfahren!«

Aber ich bin Priesterin und keine Prinzessin. Sie sah ihn blinzelnd an. Er hat Recht, das Zeug ist sehr stark. Sie hielt sich das Glas an die Nase und tat so, als ob sie daran schnupperte, so wie er es gemacht hatte, dann setzte sie es entschlossen auf dem Tisch ab.

»Sobald wir die übrigen Mitglieder deiner Gruppe aus dem Sumpfgebiet gerettet und den Bau des Steinkreises vollendet haben, werden wir ein neues Reich in diesem Land schaffen.«

Tjalans Miene erhellte sich, und seine Augen strahlten, während er die Städte beschrieb, die er hier zu errichten gedachte, die Straßen und Häfen. Seine Worte zeichneten ein Bild der Neuschöpfung all dessen, was sie verloren hatten, großartiger als zuvor. Damisa fragte sich im Stillen, ob dieses neue Reich überhaupt möglich war. Nach dem, was Micail gesagt hatte, verfügte Tjalan gar nicht über eine ausreichende Zahl von Priestern und Soldaten.

Habe ich mich von den Zweifeln des alten Chedan anstecken lassen?, schalt sie sich selbst ein wenig benebelt. Glaube auch ich inzwischen, dass das Verlorene niemals wiedererlangt werden kann? Sie sprach nie mit irgendjemandem, nicht einmal mit Selast, über die vielen Albträume, in denen sie vergeblich versucht hatte, sich mit den gespenstischen Kräften auseinander zu setzen, die von dem Omphalos-Stein ausgingen. Chedan hat gesagt, fiel ihr ein, und sie bemühte sich, wieder etwas nüchterner zu denken, ich solle lieber niemandem verraten, dass der Stein auf dem Heiligen Berg ist.

»Und deshalb verlasse ich mich darauf«, sagte Tjalan soeben, »dass du mir hilfst, alles zu erklären, wenn wir sie wieder hierher bringen.«

Sie richtete sich auf und runzelte die Stirn. »Ich bin nicht sicher, ob Tiriki von dort weggehen möchte. Sie hat sehr viel Arbeit in ... den Ort gesteckt. Es wäre besser, wenn wir einfach zurückgehen und mit ihnen sprechen würden – sobald wir wieder einen Führer auftreiben können.«

»Du kennst den Weg nicht?«, fragte er in scharfem Ton, und ein Schauder des Unbehagens ernüchterte sie noch ein wenig mehr.

»Nun ja, es ist leider so ... Sobald ich außer Sichtweite des Heiligen Berges bin, sieht für mich ein Hügel aus wie der andere«, log sie mit aufgesetzter Fröhlichkeit, »und ich bin sicher, bei Reidel verhält sich das nicht viel anders. Er sagt immer, es sei weitaus leichter, sich auf See zurechtzufinden.«

Chedan hatte sie zur Vorsicht gemahnt und ihr empfohlen, den Ort, wo sie lebten, so lange im Ungewissen zu belassen, bis es ihr sicher erschien, ihn zu verraten. Sie stellte fest, dass sie Tjalan nicht ganz traute, trotz seiner Schmeicheleien oder vielleicht gerade deswegen. Außerdem, bestärkte sie sich selbst, man soll die Katze nicht zu früh aus dem Sack lassen; mein Wissen ist der einzige Trumpf, den ich auf der Hand habe.

»Das ist schade«, sagte Tjalan. »Nun, du hast einen anstrengenden Tag hinter dir. Am besten ruhst du dich jetzt etwas aus. Mein Diener wird dich zu deinem Gemach führen.«

Etwas erstaunt über die jähe Wandlung seiner Laune ließ sich Damisa zu einem Bett führen, das ihr beinahe zu weich erschien. Ihre Gliedmaßen waren inzwischen an Matratzen gewöhnt, die aus Hirschleder, gefüllt mit Stroh, bestanden, und sie hatte Schwierigkeiten einzuschlafen. Nachdem sie endlich Schlaf gefunden hatte, wachte sie erst lange nach dem Ende der Morgengebete auf, mit Kopfweh, das hinter ihren Augen pochte. Zögernd kam sie in Bewegung und musste feststellen, dass anscheinend keiner der Priesterschüler wusste, wo Reidel und seine drei Seeleute die Nacht verbracht hatten.

Als sie zur Pforte ging, da sie glaubte, ein Spaziergang am Fluss werde ihr vielleicht helfen, einen klareren Kopf zu bekommen, versperrte ihr ein lächelnder Wächter den Weg mit einem Speer. Da wurde Damisa klar, dass sie eine Gefangene war.

»Hast du Damisa heute Morgen schon gesehen?« Lanath nahm Elara am Arm und führte sie zu den Bänken aus Baumstämmen unter drei Walnussbäumen, wo die anderen Priesterschüler und Zöglinge warteten. Wenn das Wetter es erlaubte, versammelten sie sich oft hier zum Unterricht, doch heute hatte sich die Höhere Priesterschaft in ihre eigenen Versammlungsräume zurückgezogen. Dennoch vermutete Elara, dass das Thema, über das ihre Lehrmeister sprachen, möglicherweise dasselbe war wie das ihre.

Seit der Ankunft von Damisa und Reidel waren allerlei Gerüchte in der Anlage aufgetaucht und hatten sich wie das Flüstern des Windes in den Bäumen verbreitet: Die Stämme planten einen Aufstand ... Reidels Seeleute kämen, um ihren Kapitän zu retten ... Der Prinz stellte eine Truppe zusammen, um einen Aufstand zu unterdrücken ... Blitze, die nicht vom Himmel kamen, hätten einige der Arbeiter am Steinkreis zu Tode erschreckt ... Das Einzige, was mit Sicherheit feststand, war die Tatsache, dass Tjalans Soldaten die Schwerter schärften und ihre Lederrüstungen flickten.

»Ob ich sie gesehen habe?«, wiederholte Elara, während sie sich setzte. »Ich habe sie gehört – sie hat fluchend einen Wächter beschimpft, der sie nicht durch die Pforte lassen wollte. Ich bin ihnen begegnet, wie sie zurück zu Tjalans Haus marschierten, und im Vorbeigehen hat sie mir zugeflüstert: ›Finde Reidel!‹ Aber ich konnte ihn nicht finden.«

»Eine Priesterschülerin, die als Gefangene gehalten wird?«, murmelte Galara. »Da kann etwas nicht stimmen.«

»Wir sollten herausfinden, wo sie ist«, sagte Elara.

»Mir gefällt das nicht«, murmelte Lanath. »Das ist, als ob wir etwas hinter dem Rücken unserer Lehrmeister tun wollten.«

Cleta sah ihn finster an. »Meinst du, sie werden uns nach unserer Meinung fragen? Welche Wahl haben wir denn?«

»Ich verstehe nicht, warum das ein so großes Problem ist«, warf Vialmar ein und strich sich dabei das struppige schwarze Haar aus den Augen. »Warum sollten sie sich uns nicht anschließen wollen? Ich möchte Kalaran wirklich gern wieder sehen und die anderen auch. Ich kann mir nicht vorstellen, dass sie nichts mit uns zu tun haben wollen. Ich meine, *dieser* Ort hier ist schon schlimm genug ...« Er ließ den Blick über die Palisade schweifen, als erwartete er, eine Horde wahnsinnig gewordener Ai-Zir-Krieger könne jeden Augenblick dort einfallen. »Aber nach dem, was Damisa gestern Abend erzählt hat, haben sie da draußen gar nichts. Ich bin überzeugt davon, dass sie sich nur allzu gern hier ansiedeln würden.«

»Was immer sie haben oder nicht haben«, bemerkte Elara, »jedenfalls haben sie gelernt zu überleben. Ich weiß nicht, wie viele Fässer Wein Tjalan und die anderen mitgebracht haben, aber wenn die einmal geleert sind, dann gibt es keinen mehr. Vielleicht sind Chedan und Tiriki klüger als wir, indem sie allmählich lernen, so zu leben, wie wir alle es eines Tages gezwungenermaßen tun werden.«

»Nicht, wenn der Steinkreis erst mal fertig gestellt ist«, warf Karagon ein.

»Soll er denn wirklich fertig gestellt werden?«, fragte Lanath. »Dieser ganze Ort hat etwas an sich, das mich erschauern lässt.«

»Die Sache ist doch die: Die Leute sollten so frei sein, dass sie sich selbst entscheiden können; sie einzusperren oder zu zwingen, etwas zu tun, entspricht nicht den Traditionen des Tempels, soweit ich es gelernt habe«, sagte Elara.

Cleta nickte. »Ich bin der gleichen Ansicht. In Ahtarrath war Micail sowohl Prinz als auch Erzpriester in einer Person, es gab also keinen Konflikt, aber in letzter Zeit ... ich weiß nicht. Mir wäre wohler, wenn ich wüsste, was mit Reidel geschehen ist.«

»Er ist nur ein einfacher Seemann«, schnaubte Karagon verächtlich.

»Nein, Damisa sagt, er sei ein Eingeweihter«, widersprach Li'ija. »Aber das ist nicht wichtig. Es darf nicht sein, dass Tjalan irgendeinen von ihnen verschwinden lässt.«

Galara seufzte. »Also gut. Was sollen wir eurer Meinung nach tun?«

»Wie gesagt, ich habe ihn gesucht«, antwortete Elara. »Ich habe in jedem Gebäude nachgesehen. Er ist nicht im Gelände.«

»Vielleicht ist er bereits wieder nach Hause unterwegs«, schlug Karagon hoffnungsvoll vor.

»Davon können wir nicht ausgehen«, bemerkte Cleta. »Wenn er nicht hier ist, ist er vielleicht im Dorf.«

Alle Blicke richteten sich auf Elara. Sie war diejenige, die die wichtigsten Bande zu den Ai-Zir geknüpft hatte.

»Also gut. Ich gehe.«

Sie traf Königin Khayan-e-Durr bei ihrer üblichen Beschäftigung an, nämlich dem Spinnen von Wolle in der warmen Frühlingssonne, zusammen mit ihren Frauen. Nach der üblichen Begrüßungszeremonie trug Elara ihre Geschichte vor, doch sie war nicht sehr überrascht, als sie erfuhr, dass die Königin bereits Bescheid wusste. Die Schwierigkeit lag offenbar darin, sie dazu zu bewegen, dass sie sich um die Angelegenheit kümmerte.

»Wenn es nach Prinz Tjalan geht, dann wird es kein Häuptlingsamt geben, das Euer Sohn erben könnte. Wenn der Prinz schon sein eigenes Volk einpferchen will, meint Ihr dann, er wird das Eure frei herumlaufen lassen?« Elara vermochte nicht zu beurteilen, ob sie die Königin beeindruckte. »Alles, was dem Wohl jener dient, die andere Vorstellungen hegen als er, wird seiner Macht im Wege stehen.«

»Das stimmt«, pflichtete die Königin bei, »doch vor vielen Jahren hatten zwei unserer Schamanen einen Streit. Als er schließlich beigelegt war, hatte eine Seuche unsere beiden Stämme heimgesucht. Wie viele Opfer werden zu beklagen sein, frage ich mich, wenn Eure Magier miteinander fertig sind?«

»Zieht Ihr ein Leben in Sicherheit, aber als Sklaven vor?«, rief Elara aufgebracht. »Ihr müsst Euch entscheiden.« Wann, fragte sie sich, habe ich mich entschieden?

Khayan bedachte sie mit einem seltsamen Blick. »Dann verratet Ihr also Euer eigenes Volk?«

»Ich glaube nicht, dass ich das tue«, antwortete sie kühl. »Ich glaube, dass einige von ihnen sich selbst betrügen. Was mich betrifft, ich bin meinen Göttern treu.«

Die Königin vollführte das Caratra-Zeichen auf ihrer Brust. »Diese Tiriki, Micails Frau, hat sie den Eid auf die Göttin abgelegt?«

»Nach dem, was ich gehört habe, ja ... obwohl sie dem Tempel des Lichtes gedient hat.«

»Wir versuchen, ihr zu helfen.« Khayan lächelte. »Aber ob das Ergebnis eine Wiedervereinigung von ihr und Micail oder die Entfremdung der beiden sein wird, liegt im Ermessen der Götter ... Es reicht nicht, diese Gefangenen freizulassen, falls sie wirklich solche sind. Früher oder später wird Tjalan jemanden von den Stämmen finden, der den Weg zu den Sümpfen kennt. Wir gehen nicht oft dorthin, aber der Weg ist kein Geheimnis. Auch dieser Reidel wird einen Führer brauchen, sonst kommen seine Feinde vor ihm an. Einen Führer – und ein Bündnisangebot«, fügte sie nachdenklich hinzu, »sonst werden wir womöglich alle in einen unnötigen Krieg hineingerissen. Ich werde versuchen, in diesem Sinne auf Tjalan einzuwirken, wenn die anderen erst einmal weg sind und ihnen keine Gefahr mehr von ihm droht.«

»Seid vorsichtig!«, rief Elara aus. »Ich möchte nicht, dass sein Zorn Euch trifft.«

»Es würde ihm sehr Leid tun, wenn er das wagen sollte«, antwortete die Königin. »Jede Seele in Azan würde sich erheben und nach Rache trachten, falls mir ein Leid geschehen sollte. Wenn Tjalan das noch nicht begriffen hat, dann tätet Ihr und Timul gut daran, ihn darüber aufzuklären.«

Als sich das Jahr zur Sonnenwende hin neigte, wurde das Wetter um den Heiligen Berg herum noch unbeständiger, als ob es sich nicht zwischen Winter und Sommer entscheiden könnte. Während Tiriki auf die Rückkehr von Damisa und Reidel wartete, versuchte sie, ihre Unruhe dadurch zu lindern, dass sie an dem Weg um den Heiligen Berg herum arbeitete.

Der Tag ist wie mein Seelenzustand, irgendwo in einem Zwischenbereich, dachte Tiriki und hob den Blick von der groben Erde hinauf zu den Wolken.

Die Gewissheit, dass Micail lebte, machte sie einerseits überglücklich, doch andererseits war der Gedanke daran, dass er mit dieser eingeborenen Priesterin zusammen sein könnte, fast schwerer zu ertragen als ein Verlust. Doch ihr Verstand sagte ihr, dass die Pflichten eines Priesters oder einer Priesterin eine rituelle Paarung erforderten, um der Fruchtbarkeit im Land Auftrieb zu geben. Ich habe das nicht getan, dachte sie mit einer Aufwallung leidenschaftlicher Erregung.

Vielleicht würde Micail allein aus diesem Grund mit einer eingeborenen Prinzessin schlafen, redete sie sich ein. Anet hatte nicht zu erkennen gegeben, dass sie Micail als Gemahl haben wollte. Vielmehr sah sie in ihm offenbar eine Art Stier, der zu den Kühen gebracht wurde, um die Erbeigenschaften der Herde zu verbessern. Doch des Nachts kreisten Tirikis Gedanken um die Frage, ob Micail sich bereit gefunden hatte, bei ihr zu liegen ... Anet hatte nichts darüber gesagt, und Tiriki hatte nicht danach gefragt.

Und wenn er nur aus Pflichtbewusstsein mit ihr ins Bett gegangen ist, kann ich ihm das verübeln?, fragte sie sich zum hundertsten Mal. Ich dachte, er sei tot.

Natürlich habe ich oft genug gewünscht, dass er lebt und Trost findet – wie und wo auch immer. Und bin ich meinerseits aus Tugendhaftigkeit treu geblieben oder einfach nur weil mich niemand in die Versuchung geführt hat? Es war bestimmt nicht falsch, vernünftig über diese Dinge nachzudenken, doch im Innersten ihres Herzens konnte sie sich nicht damit abfinden. Wenn sie während der vergangenen Jahre dazu verdammt gewesen war, in einem leeren Bett zu liegen, dann sollte Micail gefälligst ebenfalls allein geschlafen haben!

Sie stieß das gegabelte Werkzeug fest in den Boden, als ob sie durch das Bewegen der Erde ihre eigene Unsicherheit loswerden könnte. Sie mochte nicht einmal Chedan dafür rügen, dass er Anet so schnell mit Damisa und Reidel weggeschickt hatte, während sie geschlafen hatte. Das ganze Frühjahr über war der Magier kurzatmig gewesen. Er behauptete, das Alter mache ihm zu schaffen, doch sie fürchtete, dass er sich etwas Schlimmeres als einen Schnupfen eingefangen hatte, eine Krankheit, die das wärmere Wetter nicht geheilt hatte.

Sie sah auf, als Elis, die an einem Abschnitt der Spirale oberhalb des ihren arbeitete, ausrief: »Da kommt jemand! Er hat ... schwarze Haare. Bei den Sternen, es ist Reidel!«

»Ruhe!« Chedans Ton, nicht seine Lautstärke, brachte das Geplapper der verschiedenen Priester und Priesterinnen zum Verstummen. »Zweifellos ist das Ganze eine Überraschung. Für uns alle.«

Geführt von einem der Ai-Zir-Jäger, hatte Reidel beim Rückweg die übliche Reisezeit um beinahe ein Drittel unterschritten, doch seine eingefallenen Wangen und die Schatten um seine Augen zeugten nicht von Müdigkeit, dachte der Magier, sondern von Angst.

»Ich konnte kaum glauben, dass der Prinz Gewalt anwenden würde, um uns seinen Zwecken gefügig zu machen, zumal er doch von unseren Träumen, weitere Überlebende zu finden, wissen musste.« Reidel sah Tiriki an, deren Gesicht keinerlei Regung mehr zeigte, nachdem er die erste Neuigkeit überbracht hatte. »Aber die Tatsache, dass man sich an seiner Tür einem Wächter gegenübersieht, der einen am Verlassen des Raums hindert, ist wohl kaum falsch zu deuten! Und obwohl Damisa in besseren Gemächern untergebracht ist, als ich es war, ist sie dennoch eine Gefangene!«

»Was mag sich Prinz Tjalan wohl dabei denken?«, rief Liala aus. »Er kann doch nicht alle Auserwählten des Tempels einsperren!«

»Ein Frevel!«, ergänzte Danetrassa.

»Ja, ja«, pflichtete Chedan bei. »Aber wenn ihr euch ein wenig gedulden könntet, würde ich gern noch etwas mehr von Reidel selbst erfahren, und zu diesem Zweck wäre es hilfreich, wenn ich mich auf meine eigenen Gedanken konzentrieren könnte ...«

Er wandte sich wieder dem Mann zu, der vor ihm stand. »Ich glaube, wir können sicher sein, dass Damisa kein Leid zugefügt wird«, sagte er beruhigend. »Sie ist die Base von Prinz Tjalan. Ich kann euch versichern, er wird dafür sorgen, dass ihr nichts geschieht.«

»Sorge um den Prinzen ist eher angebracht«, murmelte Iriel. »Habt Ihr Damisa schon mal erlebt, wenn sie wütend ist?« Verhaltenes Lachen breitete sich im Kreis aus und löste die Spannung ein wenig.

»Ihre Wut ist es, der ich meine Freilassung verdanke«, sagte Reidel, »oder zumindest hat sie dazu geführt, dass Elara die Ai-Zir gebeten hat, mir zu helfen. Ich war wie vom Donner gerührt, als die Königin persönlich das Haus betrat, in dem ich festgehalten wurde. Draußen lagen Tjalans Wächter am Boden und schliefen wie Kleinkinder – die Königin hatte ihnen Gift ins Bier gemischt. Tjalan wird sie nicht verdächtigen – sie haben von innen ein Loch in die Wand geschlagen, sodass es so ausgesehen hat, als wäre ich auf diesem Weg entkommen.«

»Es freut mich, zu hören, dass Elara dir geholfen hat«, sagte Chedan. »Später möchte ich von dir noch mehr über die Priesterschüler hören, aber im Augenblick sind es deren Lehrmeister, denen mein Augenmerk gilt. Wir haben dich zum Priester gemacht, Reidel, aber du bist immer noch unser militärisch am besten ausgebildeter Mann. Über welche Kampfstärke verfügt Tjalan deiner Einschätzung nach?«

Der junge Mann riss sich zusammen und beschrieb, was er gesehen hatte. Wie Chedan erwartet hatte, hatte Reidel im Geiste eine komplette Bestandsaufnahme von Tjalans Soldaten gemacht, ohne sich dessen überhaupt bewusst zu sein.

»Über hundert?«, rief Kalaran aus, als Reidel seinen Bericht beendet hatte. »Nun, dann können wir nicht auf Waffen bauen, um uns zu verteidigen!«

»Vielmehr auf die Magie?«, fragte Danetrassa zweifelnd. »Auch darin sind sie uns überlegen. Sie haben acht Heilige Hüter, sagtest du? Und vier Priesterschüler sowie mehrere Priester und Priesterinnen?«

»Einschließlich Micail ...«, sagte Tiriki mit bewegter Stimme. Die unausgesprochene Frage ging ihnen allen im Kopf herum: Hatte es Micail an Macht gefehlt, um Damisas Gefangennahme zu verhindern, oder unterstützte er Prinz Tjalan?

Chedan seufzte. »Und Ardral. Doch es gibt einen Vorteil auf unserer Seite. Schon lange haben wir uns gefragt, welchen Nutzen der Omphalos-Stein in diesem neuen Land haben könnte. Wenn sie danach trachten, uns mit geistigen Mitteln anzugreifen, können wir den Stein ins Spiel bringen. Dann werden sie selbst ebenso viel Schaden erleiden wie wir. Doch wenn es zu einer echten Magierschlacht kommt ...« Er schüttelte den Kopf. »Dann werden wir *alle* Verlierer sein. Nein, wir müssen vielmehr versuchen, sie auf unsere Seite zu ziehen. Irgendwie ...«

»Wir müssen uns mit ihnen treffen«, sagte Tiriki in unnatürlich gleichmütigem Ton. »Das heißt, mit einigen von ihnen. Nicht dort, sondern hier ... oder an einem neutralen Ort.« Sie blickte auf, und schließlich brach ihre Stimme doch, sodass sie nur mühsam weiter sprechen konnte. »Ich will nicht glauben, dass Micail mich betrügt. Aber ich darf nicht das Schicksal von euch allen aufs Spiel setzen.«

»Und wir dürfen *Euer* Schicksal nicht aufs Spiel setzen«, entgegnete Liala.

»Aber für Chedan ist die Reise zu anstrengend.« Tiriki hielt die Hand hoch, als er Einwände erheben wollte. »Wir müssen ja nicht beide gehen. Falls Micails ... Bündnistreue infrage steht ... Nun, ihr müsst doch zugeben, dass er am wahrscheinlichsten auf mich hören wird.«

Chedan seufzte erneut. Zweifellos erhielt er jetzt die Quittung dafür, dass er sie zuvor an der Reise gehindert hatte. Er hatte damals richtig gehandelt, und er vermutete, dass sie das wusste; aber ihm war auch klar, dass er sie jetzt nicht würde zurückhalten können.

»Es gibt auf halber Strecke zwischen hier und Azan die Überreste einer alten Bergfestung«, ergriff Reidel unerwartet das Wort, »wo wir unterwegs eine Rast eingelegt haben. Wir könnten es so einrichten, dass wir uns dort mit ihnen treffen. Ich bin bereit, noch einmal zu ihnen zu gehen und ihnen diesen Vorschlag zu unterbreiten.«

Du bist bereit, zu Damisa zu gehen, dachte Chedan, doch er schwieg. Reidels Eifer kam ihm schließlich nur zugute.

»Also gut. Wir wählen zwei unserer besten Seeleute als Begleitung aus, mehr jedoch nicht. Das Ganze soll doch ein Gespräch werden, kein Kampf«, erinnerte Tiriki ihn. »Vielleicht wird Tjalan während meiner Abwesenheit einen Gewaltstreich unternehmen – wir müssen also möglichst viele Männer hier behalten.« Sie ließ den Blick über die Gesichter der Anwesenden schweifen. »Elis, Rendano, seid ihr willens, mich zu begleiten?«

Chedan erwartete nicht, dass einer von beiden ablehnen würde, und sie taten es auch nicht, obwohl schwer zu beurteilen war, welcher von den beiden unglücklicher dabei aussah. Selbst jetzt stimmte ihn der Gedanke, sich dem Willen eines so berühmten Meisters der Mysterien wie Ardral zu widersetzen, äußerst nachdenklich. Chedan ertappte sich dabei, dass er sich wieder einmal fragte, welche Stellung sein Onkel in Tjalans neuer Gemeinschaft wohl einnehmen mochte ... Reidel hatte nur eine sehr flüchtige Begegnung mit Ardral gehabt, und sie hatten nicht miteinander gesprochen, doch Anets Beschreibung des alten Meisters der Mysterien ging ihm immer noch im Kopf herum. Inzwischen wusste der gewitzte Alte wahrscheinlich schon besser über die Vorgänge Bescheid als Tjalan oder Micail.

Ich kenne sie alle so gut, dachte der Magier, dass ich mitgehen sollte. Aber Tiriki hat Recht, musste er sich eingestehen, als ein scharfer Schmerz im Knie ihn an seine eigene Gebrechlichkeit erinnerte. Ich bin derzeit wirklich nicht in der Verfassung, eine solche Reise zu unternehmen.

»Tiriki«, sagte Chedan vertraulich, als sie den Versammlungsraum verließen. »Ich hoffe, es ist überflüssig, dass ich Euch ermahne, vorsichtig zu sein. Aber vergiss nicht, das Rätsel des Schicksals besteht darin, dass wir ständig unsere eigene Rachegöttin wählen. Und für gewöhnlich ist es nicht die, von der wir annehmen, dass wir sie zu diesem Zeitpunkt gewählt haben.«

Achtzehntes Kapitel

Tiriki war in Blau gekleidet.

In den Träumen, die Micail im Schlaf heimsuchten, seit ihr Bote eingetroffen war, hatte er sich vorgestellt, dass sie, wenn schon nicht die unverfälschte Robe einer Hüterin des Lichtes, so zumindest die schlichte weiße Gewandung des Tempels trüge. Doch selbst über die Entfernung konnte kein Zweifel daran bestehen, dass sie es war, die sich da näherte. Niemand sonst weit und breit hatte so wundervoll goldfarbenes Haar.

Aber sie war nicht allein. Vier andere Personen kamen mit ihr zusammen den Hang herauf: ein Priester mittleren Alters mit schütterem Haar und in einer ziemlich abgewetzten Robe, eingefasst mit verblasstem Rot, sowie zwei kräftig gebaute Gewöhnliche in Stiefeln und Fellumhängen, bewaffnet mit Piken mit Orichalkum-Spitzen. Und dann war da noch eine zweite Frau in Blau. Vielleicht Elis?, fragte sich Micail. Damisa hat gesagt, Selast sei schwanger ... Er schüttelte den Kopf bei dem Gedanken, dass eine von ihnen schwanger sein könnte. In seiner Erinnerung waren die Priesterschülerinnen noch Kinder, doch natürlich hatte sich das im Lauf der Jahre geändert.

Hatte Tiriki sich verändert? Oder hatte *er* sich verändert?

Micails Herz pochte heftig. Waren die fünf Gestalten wirklich allein? Von welchem verborgenen Ort in der Wildnis nebelverhangener Berge waren sie gekommen? Ein dichter grauer Dunst verschleierte die Ebene hinter ihm und selbst diesen Hang, wo er und Tjalan standen und warteten, als ob dieser Fleck mit seinen geheimnisvollen, von Pflanzen überwucherten Erdmauern nichts anderes wäre als eine Wegstation in den Nebeln der Anderen Welt.

Der Wind frischte auf, und plötzlich waren die Gestalten nahe genug herangekommen, dass er ihre Gesichter deutlich erkennen konnte. Tiriki sah kaum älter aus, dafür aber kraftvoller, als wären ihre Muskeln durch das harte Leben gestärkt und die feinen Züge ihres Gesichts noch ausgeprägter geworden. Tatsächlich war sie schöner denn je, falls das überhaupt möglich war. Was immer sie auch durchgemacht haben mochte, anscheinend hatte es ihr nicht geschadet – im Gegenteil, sie bewegte sich mit der Anmut einer Person, die mit ihrem Körper im Reinen war, und ihre Haut hatte die gesunde Farbe, die vom häufigen Aufenthalt im Freien herrührte.

Jetzt war Tiriki nahe genug, dass sich ihre Blicke begegneten – und was er in ihren Augen las, drängte ihn, sofort zu ihr zu eilen.

Tjalan legte ihm die Hand auf den Arm. »Warte! Ich dachte, wir seien übereingekommen ...«

Micail sah ihn an und fauchte beinahe: »Sie ist meine Frau!«

Die Soldaten des Prinzen waren knapp außer Hörweite, doch sie strafften und reckten sich wie Falken, einer Beute ansichtig.

»Ja, das stimmt«, murmelte der Prinz, wobei er eine Hand immer noch mit leichtem Griff um Micails Arm gelegt hatte. »Aber Damisa hatte viel darüber zu berichten, wie eng Tiriki mit Chedan zusammengearbeitet hat. Bis jetzt hat er verhindert, dass sie zu dir gekommen ist. Wäre es so überraschend, wenn eine Frau – allein auf sich gestellt – ihre Zuneigung verlagert hätte?«

»Seit wir Azan verlassen haben, träufelst du mir ständig dieses Gift in die Ohren«, murrte Micail mit düsterer Miene.

»Sieh doch nur ihre Kleidung an«, versuchte es Tjalan erneut. »Wenn sie sich von Manoah abgewandt hat, warum dann nicht vielleicht auch von dir? Ich warne dich – wir sollten ihr nicht mehr trauen als Khayan-e-Durr ... oder dieser Aufwieglerin Timul!«

»Sofern du mich nicht mit dieser prächtigen Klinge an deinem Gürtel aufhältst, werde ich mit ihr sprechen – allein, wenn ich darf, oder mit dir zusammen, wenn ich nicht darf.«

Tiriki entging die Spannung zwischen den beiden Männern nicht, und auch nicht das aufmerksame Lauern von Tjalans Schwertkämpfern. Micail bemerkte, dass ihre Miene noch ausdrucksloser wurde, als er die Stirn runzelte.

»Hoher Herr, Tjalan«, sagte sie mit einer angedeuteten formellen Verneigung. »Darf ich Euch meine Begleiter vorstellen, die Priesterschülerin Elis und Rendano, früher Priester des Tempels von Akil.«

Ich runzle nicht deinetwegen die Stirn, mein Liebling, dachte Micail verzweifelt. Was fühlst du? Sieh mich an! Seit sechs Jahren lebte er innerhalb unsichtbarer Mauern. Als er erfahren hatte, dass Tiriki noch lebte, hatten sie angefangen zu bröckeln. Jetzt spürte er, wie das Verlangen nach ihr so drängend wurde, dass es über ihn hereinbrach wie eine Flutwelle.

»Es steht mir nicht an, Euch in diesem Land willkommen zu heißen, wo wir alle nur Reisende sind«, fuhr Tiriki fort. »Ich spüre, dass die Große Mutter hier regiert, genau wie zu Hause. Deshalb grüßen wir Euch in Ihrem Namen – im Namen Caratras, die wir im Alten Land Ni-Terat nannten.«

Bestimmt ist dieses formelle Gerede eine Art Schutzschild ... vielleicht erscheine ich ihr ebenso kalt, redete Micail sich ein, während Tjalan zu einer Erwiderung ansetzte, in der es um Ehre und Schicksal und bedeutungsvolle Zusammenkünfte ging. Ich habe von diesem Tag geträumt, aber so wie jetzt ist unser Wiedersehen im Traum nie abgelaufen. Wie kann sie nur so beherrscht sein? Sie ist die Frau, die ich liebe! Und doch kommt sie mir vor wie eine Fremde ...

»Tiriki ...« Das war weniger eine Begrüßung als vielmehr ein Stöhnen, doch das war ihm jetzt gleichgültig. Dann sah sie ihn an, und er spürte einen Blitz, der zwischen ihnen hin und her zuckte. Es ist alles in Ordnung, dachte er erleichtert. Worte können warten ... die Bande zwischen uns bestehen noch! Er trat zu ihr, um sie in die Arme zu schließen, um ihre Lippen zu suchen, so wie ein Verdurstender einen Brunnen sucht.

Nach einem endlos erscheinenden Augenblick kam ihm zu Bewusstsein, dass Tjalan wieder sprach, und zögernd ließ er Tiriki los, obwohl er die Arme immer noch mit den ihren untergehakt hielt.

»Edle Dame ... lasst mich zunächst mein Bedauern darüber zum Ausdruck bringen, dass irgendwelche

Missverständnisse möglicherweise etwas überschattet haben könnten, was eine freudige Wiedervereinigung hätte sein sollen. Ich bin sicher, dass Euer Abgesandter, Reidel, ein ausgezeichneter Schiffskapitän war, und zweifellos besitzt er auch noch andere Qualitäten – aber ich habe den Verdacht, dass er nicht ganz die Feinheiten des diplomatischen Gesprächs sowie die Umgangsformen der höheren Gesellschaft beherrscht.«

Die geistige Berührung Tirikis wärmte Micail so sehr, als stünde er neben einer Flamme, aber ihr Gesichtsausdruck war immer noch nichts sagend. Tjalan wertete das als Zeichen ihrer Zustimmung und deutete auf eine Gruppe von Klappsesseln und -tischen, die unter einer Plane aufgestellt worden waren. An einem Mast daneben flatterte ein Kreis von Falken auf einem Banner in alkonischem Grün.

»Bitte, lasst uns für eine Weile zusammensitzen und in aller Ruhe miteinander reden, so wie Freunde es zu tun pflegen, denn gewiss sind wir solche. Wir haben etwas guten einheimischen Käse und feine Kleinigkeiten zu Eurer Erfrischung vorbereitet und dazu eine Flasche tarissedischen Wein.«

»Ihr seid ein überaus liebenswürdiger Gastgeber, Hoher Herr«, sagte Rendano und nahm mit übertriebenem Eifer Platz. Elis setzte sich voller Unbehagen neben ihn, und ihre Finger spielten nervös auf dem Tisch herum.

»Sehr ... angenehm«, sagte Tiriki. »Man könnte beinahe meinen, man befände sich auf einem Ausflug ins Hinterland von Ahtarrath. Die Hügel waren im Frühling fast ebenso grün – und die Wahrscheinlichkeit, dass sie eines Tages mit Ruinen bedeckt sein würden, war ebenso groß.«

»In der Tat, es gibt viele Ähnlichkeiten«, setzte Tjalan an, doch ihre sanfte Stimme überlagerte die seine.

»Doch was werdet Ihr trinken, wenn die Vorräte an diesem Wein zu Ende sind?« Sie drehte ihr Glas so, dass das Licht der Sonne die rubinrote Flüssigkeit darin berührte, dann setzte sie es an die Lippen und trank es in einem Zug aus.

»Eine interessante Frage«, sagte Tjalan. »Es stimmt, dass dieser besondere Jahrgang nicht mehr leicht zu bekommen ist ... Aber wir haben etwas, das sich nicht allzu sehr davon unterscheidet, sobald die Handelsrouten erst einmal wieder eingerichtet sind. O ja, die Vogelschwingen werden wieder unterwegs sein, edle Dame. Wir haben bereits drei hervorragende neue Schiffe gebaut, und es befinden sich noch mehr davon im Entstehen.«

»Dann habt Ihr also vor, Euer Fürstentum wieder aufzubauen?«

Prinz Tjalan lächelte. »Ein Fürstentum? Nein, ein Kaiserreich – strahlender als zuvor. Die Bevölkerung unterstützt dieses Vorhaben, und es gibt die geeigneten Männer – wie Euren Gemahl –, um ein solches Reich zu regieren.«

Micail hatte das Gefühl, dass er keinen Ton herausgebracht hätte, selbst wenn er hätte sprechen wollen. Tirikis hübsches Gesicht – die kühlen Augen, grau-grün wie das Meer –, dieses Bild füllte ihn völlig aus, auch wenn ihr Blick auf Tjalan gerichtet war.

»Es stimmt«, antwortete Tiriki ruhig, »dieses Land birgt viel Kraft in sich. Und Ihr habt noch etwas anderes gebaut als Schiffe, wie ich gehört habe.«

»Ja«, sagte der Prinz und lächelte. »Ein Sonnenrad – einen Kreis aus Steinen. Die Steine sind bis jetzt noch nicht alle an ihren Platz gehoben worden – das geschieht mittels Gesang –, doch wenn das Ganze vollendet ist, befähigt uns das zu den unglaublichsten Dingen, ohne Einschränkung. Ihr seht also, Tiriki, Ihr könnt Euer Volk ohne Angst mir anvertrauen. Wir haben die Mittel, allen Unterkunft und Nahrung zu bieten, und es gibt Nützliches zu tun.« Tjalan warf Micail einen flüchtigen Blick zu, bevor er hinzufügte: »Letztendlich bedeutet dieses Werk die Erfüllung der Prophezeiungen – Euer Gemahl legt den Grundstein für den neuen Tempel.«

»Ja! Ihr müsst hierher kommen!«, rief Micail aus in dem Versuch, durch belangloses Gerede seiner übermächtigen Gefühle Herr zu werden »Was ich über dieses Sumpfland gehört habe, hat mich mit Entsetzen erfüllt. Wenn ich mir dich vorstelle, wie du, meine Liebste, um jeden Bissen im Boden scharrst, auf Stroh und Häuten schläfst und lebendigen Leibes von Insekten aufgefressen wirst!« Er schüttelte den Kopf.

»Hat Damisa dir das erzählt?«

»Das war kaum nötig«, lachte Tjalan. »Ihre Reaktion auf eine anständige Mahlzeit und eine bequeme Schlafstätte sagte alles. Ja, wenn ich so unbescheiden sein darf, ein Eigenlob auszusprechen: Es ist uns bereits gelungen, unseren einstigen Lebensstil hier größtenteils wieder herzustellen. Obwohl natürlich immer noch Verbesserungen möglich sind, das steht außer Frage.«

Tiriki lächelte höflich. »Das ist das Einzige, was außer Frage steht, edler Herr«, sagte sie und tauchte ein Stück

Brot in eine Schale mit Olivenöl; dann nahm sie sich eine Scheibe Käse und kostete die geschmackliche Verbindung mit allen Anzeichen des Wohlgefallens, obwohl sie sich nicht mit Worten dazu äußerte. Rendano und Elis hatten inzwischen ebenfalls gehörige Portionen genossen und beäugten mit kaum verhohlener Gier, was noch übrig war.

»Und Ihr …« Tjalan wandte sich an Elis. »Freut Ihr Euch denn nicht auf ein Wiedersehen mit Euren Priestermitschülern?« Dann richtete er das Wort an Rendano: «Und Ihr, edler Herr, wollt Ihr denn nicht wieder mit den anderen Priestern Eures Tempels vereint sein?«

Rendano lächelte verhalten, doch Elis nickte heftig und sagte: »Ich würde liebend gern Elara wieder sehen – und Cleta. Und auch Lanath. Geht es allen gut?«

»Sehr gut«, antwortete Tjalan mit huldvoller Miene. »Wie ich gehört habe, machen sie große Fortschritte hinsichtlich ihrer Gesangsmagie – ich glaube, so nennt man das. Sie haben uns dabei geholfen, die Steine aufzurichten.«

»Das hört sich ziemlich aufregend an«, sagte Elis mit einem Seitenblick zu Tiriki. »Es gibt einen kleinen Steinkreis auf …«

»Meister Chedan hat mir erzählt, dass es überall hier in der Gegend aufrecht stehende Steine und vergessene Kultstätten gibt«, unterbrach Tiriki sie, »aber sie alle sind eher klein. Nichts davon hat die Größe oder die Form dessen, was uns beschrieben wurde.«

»Ich hatte schon immer eine Leidenschaft für riesige Gebilde aus Stein«, gab Tjalan zu, »aber natürlich ist der Kreis nur ein Teil des gewaltigen Bauwerks, das wir planen. Wenn er vollendet ist, wird er so groß sein wie die größten Tempel im Alten Land! Aber bald werdet Ihr Euch mit eigenen Augen davon überzeugen können. Ich werde Euch Helfer schicken, damit Ihr Euer Hab und Gut hierher verfrachten könnt, und Träger für diejenigen Personen, die die Reise ansonsten nicht unternehmen könnten. Ich sehne mich danach, Chedan wieder zu sehen. Ich habe mir in letzter Zeit einige Sorgen um seine Gesundheit gemacht.«

»Das ist sehr mitfühlend von Euch«, sagte Tiriki, »er war tatsächlich krank. Deshalb hat er mich nicht begleitet. Ehrlich gesagt ... ich würde es nicht gern sehen, wenn er sich derzeit den Beschwerlichkeiten einer wie auch immer gearteten Reise aussetzen müsste.«

Micail runzelte die Stirn. Er kannte diesen Gesichtsausdruck an ihr, so als ob sie durch einen hindurch in irgendeine weite Ferne blickte. Mein Liebling, dachte er, was versuchst du zu verbergen?

»Nun, da wir einander gefunden haben«, fuhr sie fort, »besteht schließlich kein Grund zur Eile. Wir haben mit den armen Eingeborenen des Sumpflandes zusammengearbeitet, und es wäre herzlos, sie jetzt im Stich zu lassen.«

»Ich hatte eigentlich nicht die Absicht...« Tjalans Miene verfinsterte sich, während er sich bemühte, sich seinen Unwillen nicht anmerken zu lassen. »Ich verstehe vollkommen«, murmelte er. »Wisst Ihr, Ihr hättet meine Frau kennen lernen sollen – sie war ebenfalls reichlich gefühlsselig.« Er holte tief Luft. »Micail, ich war gedankenlos. Du und Tiriki, ihr habt euch bestimmt schrecklich viel zu sagen. Warum macht ihr nicht einen kleinen Spaziergang zusammen?« Die unausgesprochene Forderung – ›Und bring sie mit deinen

Worten zur Vernunft!‹ – war so durchdringend wie der Schrei eines Falken.

Tirikis Hände waren warm, so wie er sie in Erinnerung hatte, aber nicht mehr so weich, und ihre Finger waren schwielig. Micail drehte sie in den seinen nach oben und liebkoste sie zärtlich; dabei zog er bei jedem winzigen Schnitt, jeder Narbe und jedem Kratzer die Augenbrauen hoch.

»Deine armen schönen Hände! Was hast du nur damit gemacht?«

Sie lächelte ein wenig. »Ich habe etwas gebaut, genau wie du. Aber ohne so viel Hilfe.«

Er legte ihr den Arm um die Schulter, widerstand jedoch der Versuchung, sie noch näher an sich heranzuziehen. Sie befanden sich jetzt zwar außer Hörweite der anderen, doch nicht außer Sichtweite, und ihm war unangenehm bewusst, dass sie von neugierigen Zuschauern beobachtet wurden. Es ziemte sich nicht für einen Obersten Priester des Tempels, auf dem Berg vor den Augen der Götter und aller Leute seine Frau leidenschaftlich zu umarmen.

Er suchte nach Worten, um seine Gefühle auszudrücken. Wie seltsam, dass ihm das nach dieser langen Zeit so schwer fiel!

»Mir kommt es so vor, als ob ich träumte«, sagte er nach einer Weile. »Das war schon einmal so ... während des größten Teils der Reise nach Belsairath und sogar noch danach, wirklich. Man musste ernsthaft an meinem Verstand zweifeln. Ich weiß nicht, wie lange ich am

Hafen herumgelungert habe, aber ich war Tag und Nacht dort, in der festen Überzeugung, dass dein Schiff einlaufen würde. Ständig tauchte das Bild des Hafens von Ahtarrath in meinem Geist auf, wo du hättest sein sollen. Aber du warst nirgends zu sehen!«

Sie schmiegte sich ein wenig enger an ihn, und ihre Augen waren so feucht wie die seinen, als sie die Arme um ihn schlang und ihn fest an sich drückte. Endlich entspannte er sich ein wenig.

»Wie, im Namen der Götter«, hauchte er, »wie ist es dir gelungen zu überleben?«

»Mit Hilfe der Götter«, sagte sie leise, »und mit Chedans Hilfe. Er war wie ein Fels in der Brandung, die treibende Kraft bei so vielen Dingen, die wir bewältigt haben. Ohne seine Weisheit wäre ich oft verzweifelt.«

»Ich bin sehr froh, dass er bei dir war«, murmelte Micail, und er meinte es ernst. Aber dennoch, dachte er und verspürte erneut einen Stich der Eifersucht, hätte ich derjenige sein müssen, der dich führt und beschützt.

»Und die Sumpfbewohner haben uns gezeigt, wie man in dem neuen Land sein Dasein fristen kann«, erklärte sie.

»Indem man sich von Wurzeln und Beeren und Fröschen ernährt?«, sagte er verächtlich. »Ich habe gehört, wie die Eingeborenen im Land am See leben. Selbst die Ai-Zir betrachten sie als Wilde.«

»Für uns sind sie keine Wilden!«, widersprach Tiriki ein wenig bissig. »Chedan sagt, dass die Kultur nicht von der Umgebung abhängt, in der man lebt, sondern von der eigenen Seele. Nach diesem Maßstab sind die Eingeborenen wirklich sehr zivilisiert.«

Chedan sagt … Micail kam der Gedanke, dass ihm dieser Satz irgendwann missfallen könnte, und zwar bald – und zutiefst.

»Nun«, schlug er einigermaßen ruhig vor, »vielleicht können wir einen oder zwei unserer niederrangigen Priester aussenden, um ein wenig Fortschritt in deine sumpfige Zwangsheimat zu bringen – aber du und das Kind, ihr müsst bei mir in Azan leben.«

»*Müssen,* Micail?« Sie sah ihn kühl an. »Dieses Wort hast du mir gegenüber früher nie gebraucht …«

»Wir waren so lange getrennt – du hast mir so sehr gefehlt. Das ist kein Befehl, Liebste, es ist ein Schrei aus meinem Herzen.«

»Ahnst du, wie oft ich morgens auf einem nassen Kopfkissen aufgewacht bin, weil ich im Schlaf vor Sehnsucht nach dir geweint habe?«, entgegnete sie. »Doch bevor wir das Ehegelübde abgelegt haben, wurden wir auf die Götter eingeschworen. Chedan sagt, wenn man *einen* Eid bricht, so bedeutet das, dass man jeden anderen ebenfalls infrage stellt. Zu Hause haben wir gemeinsam für die Götter gearbeitet, und bestimmt werden wir das in Zukunft wieder tun. Doch gegenwärtig haben wir andere Verpflichtungen. Zumindest ich. Die Sumpfbewohner haben ihre alte Lebensweise aufgegeben, um Teil unserer Gemeinschaft zu werden; wir können sie nicht einfach im Stich lassen. Wenn es bei dir anders ist, warum verlässt du dann nicht Azan und kommst mit mir, um dort zu leben, wo ich lebe?«

Er war im Begriff zu antworten, merkte jedoch, dass er gar nicht wusste, was er sagen sollte. Wenn er ihr klar zu machen versuchte, dass das nicht dasselbe wäre, dass seine Arbeit am Sonnenrad wichtiger wäre als das, was sie tat, wäre sie beleidigt, und das mit Recht. Er konnte den Steinkreis nicht vor dessen Vollendung verlassen. Und wenn er ihr etwas über die Intensität der Kraft erzählte, mit der er hier in Berührung gekommen war, dann würde sie das womöglich ängstlich machen.

»Siehst du?« Sie lächelte ein wenig, da sie seine Gedanken las, genau wie früher. Dann wurde ihr Blick eindringlicher. »Oder gibt es einen anderen Grund, warum du bleiben möchtest? Dieses Mädchen, Anet ... sie kam mir ziemlich ... besitzergreifend vor, als sie von dir sprach.«

»Zwischen ihr und mir ist nichts außer Wunschdenken – auf ihrer Seite!« Hatte er zu schnell widersprochen?

»Ich könnte dir kaum Vorwürfe machen, wenn du schwach geworden wärst. Sie ist recht hübsch, und du hast ja nicht gewusst, dass ich noch am Leben bin.«

»Na ja, ich hätte schwach werden können, doch ich bin es nicht!«, sagte er aufgebracht. »Aber du willst mir unterstellen, dass ich untreu war, stimmt's? Versuchst du vielleicht, dich zu rechtfertigen, weil du mit Chedan geschlafen hast?«

Tiriki entwand sich seinem Arm und sah ihn mit funkelnden Augen an. »Wie kannst du es wagen!?«

Er hielt ihrem Blick stand und nahm in seiner Verwirrung Zuflucht zur Wut. »Was soll ich denn annehmen, wenn du mit jedem zweiten Satz seinen Namen preist?«

»Er ist ein großer Magier, ein frommer und weiser Mann ...«

»Im Gegensatz zu mir?«

»In Ahtarrath warst du groß und weise.« Ihre Augen waren grau und kalt wie ein See im Winter. »Ich weiß nicht, was du jetzt bist.«

»Komm nach Azan, dann wirst du es herausfinden!« Er sah sie wütend an.

»Das wird dann wohl noch eine Zeit dauern«, fauchte sie zurück, »denn je mehr ich höre, desto weniger sehe ich einen Grund, den Heiligen Berg zu verlassen!«

»Aber Tjalan wird dir nicht erlauben, dort zu bleiben. Er... Unser Volk muss vereint werden, damit unsere Begabungen sich ergänzen. Auch zusammen sind wir noch wenige – und er kann uns beschützen!«

»*Wir* brauchen solchen Schutz nicht.« Tiriki straffte ihre Haltung. »Ich mag vielleicht das blaue Caratra-Gewand tragen, aber ich bin eine Heilige Hüterin des Tempels des Lichtes! Weder du noch Chedan, nicht einmal Tjalan von Alkonath, keiner darf mir Befehle erteilen!«

»Die Tempel liegen unter den Wellen«, sagte Micail, plötzlich müde. »Bis wir den neuen gebaut haben, sind wir alle, du und ich und die Übrigen, Hüter von gar nichts. Hilf mir, Tiriki, das alles wieder Wirklichkeit werden zu lassen.«

»Nichts?«, wiederholte sie. »Meinst du etwa, die Götter sind machtlos ohne ihre Steintempel?«

»Nein, natürlich nicht ... Aber die Prophezeiungen ...«

»Es gibt viele Prophezeiungen!« Sie machte eine ungeduldige Handbewegung und trat noch einen Schritt zurück. »Das ist nicht wichtig. Der Caratra-Kult ist hier sehr stark ... stärker, als er zu Hause war. Meine Mutter und deine Mutter haben mich zu *ihrer* Priesterin gemacht, lange bevor Rajasta und Reio-ta mich zur Priesterin des Lichtes erhoben haben. Ich bin mit den Heiligen Schwestern dieses Landes verbunden, und *sie* glauben, dass der Heilige Berg der Ort ist, wo ich hingehöre.«

Micail starrte sie an, und als ihm plötzlich eine Ähnlichkeit zwischen ihr und Anet auffiel, unterdrückte er das seltsame Gefühl des Unbehagens. Das Zeichen der Göttin? Ni-Terats Tempel war auf Ahtarrath von geringer Bedeutung gewesen. Er hatte bis jetzt noch nie über Tirikis anderweitige Verpflichtungen nachdenken müssen.

»Wenn du die Hoffnung hegen willst, dass wir jemals wieder zusammenkommen«, sagte Tiriki ernst, »dann versuche nicht, mich durch Zwang an deine Seite zu holen. Komm zu mir, wenn du willst. Wenn nicht ...«

»Ich kann nicht ...« Micail verstummte. Ich wage es nicht, von hier wegzugehen, aus Angst, diese Stätte, die wir errichten, könnte missbraucht werden!

Endlich gestand er sich ein, was er befürchtete, aber er schämte sich, es ihr gegenüber zuzugeben. Er würde dafür Sorge tragen, dass der Steinkreis nicht benutzt würde, Tjalans Machtfantasien zu dienen; dann erst könnte er ihn verlassen.

»Bestimmt hast du deine Gründe, Micail.« Sie glaubte anscheinend an seine Aufrichtigkeit, auch wenn sie ihn nicht verstand. »Ich zweifle nicht an dir, und wenn du wahrhaft glaubst, dass du bleiben musst, wo du bist, so soll es so sein – fürs Erste. Unser Leben gehört nicht uns selbst«, fügte sie hinzu, und er war erleichtert, wieder eine Spur von Wärme in ihren Worten zu hören. »Das sind deine Worte, die du mir vor langer, langer Zeit sagtest, und ich hege sie im Herzen, denn ich weiß, dass sie wahr sind. Wir müssen unsere Bestimmung erfüllen – gemeinsam oder getrennt.«

»Nur für kurze Zeit!«, sagte er verzweifelt. »Ich kann es dir in diesem Augenblick nicht erklären.« Micail warf einen flüchtigen Blick den Hang hinauf und sah Tjalan, der sie beobachtete. »Glaube noch eine Weile an mich, so wie ich an dich glaube!«

Sie sah ihm lange in die Augen, schließlich seufzte sie. Der Prinz näherte sich ihnen.

»Tiriki«, sagte er schnell, »widersprich mir nicht, wenn ich ihm sage, dass du dich uns bald anschließen wirst.« Er wartete, bis er sah, dass der letzte Rest von Wut aus ihren Augen gewichen war. »Eilantha!«, sagte er dann. »Ich liebe dich!«

»Osinarmen, ich liebe dich!«

Im Klang ihrer Tempelnamen hörte er ein Gelöbnis. Lange sahen sie sich an, prägten sich jeden Zug, jede Falte und jede Kontur ein, als ob sie sich vielleicht niemals wieder sehen würden. Dann nahm sie seinen Arm, und gemeinsam gingen sie wieder den Hang hinauf.

Damisa saß unter dem alten Eichenbaum im ummauerten Garten von Tjalans Festung, als zwei ihrer Wächter einen Besucher ankündigten. Sie verzog ärgerlich das Gesicht und war geneigt, ihnen zu sagen, dass sie nicht bereit war zu empfangen. Dann würde sie sehen, ob sie sich ihrem Willen fügten ...

Trotz der Unterwürfigkeit der Wachen konnte inzwischen kein Zweifel mehr daran bestehen, dass sie sich in Haft befand, wenn es auch eine Schutzhaft sein mochte. Doch Tjalan war irgendwohin ausgeritten, und sie hatte die Möglichkeiten des Zeitvertreibs, die der kleine Garten bot, längst erschöpft. Außerdem könnte es sich bei dem Besucher ja vielleicht um jemanden handeln, den sie nicht ungern sähe.

Sie erhob sich halb, und ihr Mund öffnete sich vor Erstaunen, als Reidel hereingeführt wurde.

»Ich ... hatte nicht erwartet, Euch noch einmal zu sehen«, sagte sie, während der Wächter sich unter einer Verneigung rückwärts entfernte und das Tor schloss. Sie hatte die Gefahr auf sich genommen, Tjalans Zorn zu wecken, um Reidel zu helfen. Dass er seine Sicherheit nicht aufs Spiel setzen würde, war das Mindeste, was sie als Dank dafür von ihm erwarten konnte.

»Ihr hättet es besser wissen müssen.« Beide bedienten sich wieder der förmlichen Anrede. Er ließ sich auf einer der Bänke nieder und sah sich mit der Selbstbeherrschung um, die in seiner Natur lag und die er selbst an Deck eines schlingernden Schiffs inmitten eines Sturms stets beibehalten hatte.

»Wenigstens seid Ihr entkommen – ich hatte befürchtet, man hätte Euch einfach getötet. Man hat mir die Mauer gezeigt, die Ihr eingerissen habt ... Wie habt Ihr nur... Ach, das ist einerlei. Warum, im Namen aller Sterne, habt Ihr den Kopf wieder in die Schlinge gesteckt?«

»Ich wurde mit einer Botschaft hergeschickt. Der Prinz und Micail sind aufgebrochen, um sich mit Tiriki zu treffen. Auf neutralem Boden«, fügte er hinzu, als sie wieder Einwände erheben wollte.

»Man hätte einen anderen Boten beauftragen sollen«, murmelte sie.

»Unsere Gemeinschaft ist nicht so groß, dass jeder entbehrlich ist«, erklärte er trocken. »Und ich kenne den Weg. Außerdem – wie konntet Ihr annehmen, ich würde Euch hier als Gefangene zurücklassen? Obwohl ...« Sein Blick wanderte von den Polstern des geschnitzten Sessels, auf dem Damisa saß, zu dem kunstvoll gearbeiteten Tisch, wo eine Karaffe mit dem dazu passenden Becher wie Orichalkum in der Sonne funkelte. »Anscheinend behandelt man Euch nicht schlecht.«

»O ja, der Käfig ist ziemlich luxuriös.« Sie goss Wein in den Becher und reichte ihn ihm. Als er sich im Licht der Sonne vorbeugte, sah sie eine rote Spur auf seiner Wange, die offenbar von jemandes Faust herrührte.

»Seid Ihr bereit aufzubrechen?« Reidel nippte am Becher und setzte ihn ab.

»Ja«, sagte sie sofort, doch dann wandte sie sich ab, da sie nicht wollte, dass er sah, wie sie errötete. »Nein«, setzte sie neu an, doch wieder unterbrach sie sich. »Wie kann ich wählen, wenn ich überall Gefahren sehe? Wenn doch Tjalan mir nur trauen würde!«

»Glaubt Ihr ihm etwa?« Reidel sprang auf und sah sie an.

»Er möchte den einstigen Ruhm von Atlantis wieder herstellen. Möchtet Ihr das nicht?«

»Ah ... lasst es mich anders ausdrücken.« Reidel entfernte sich ein paar Schritte und drehte sich plötzlich um. »Glaubt Ihr an ihn? Glaubt Ihr, dass seine Zukunftsvision das ist, wofür Ihr Euch in diesem Land einsetzen sollt?«

»Ich? Aber ...« Sie stellte fest, dass sie ihm nicht in die Augen sehen konnte. »Ich weiß nicht, was Ihr meint.«

Reidel kam wieder näher zu ihr und antwortete leise: »Wisst Ihr das wirklich nicht? Warum habt Ihr dann Tjalan nicht einfach verraten, wie er den Heiligen Berg findet?«

»Es steht mir nicht zu, Entscheidungen für Meister Chedan zu treffen.« Jetzt erhob auch Damisa sich und ging ein paar Schritte von ihm weg, bis zur Mauer und wieder zurück, bevor sie in abgehackten Sätzen weiter sprach. »Oder für Tiriki ... Ich meine ... wir alle müssen eine Wahl treffen ... ich weiß nicht ...«

»Oh, *daran* besteht kein Zweifel.« Reidel lehnte sich mit überkreuzten Armen an den Stamm der Eiche. Damisa war sich nicht ganz sicher, wie sie seinen Gesichtsausdruck deuten sollte, doch sie glaubte, ein Lächeln zu erkennen.

Dieser Mann ärgert mich!, dachte sie. Seit sie sich nach ihrer Begegnung im Jahr zuvor ihm gegenüber so grausam verhalten hatte, hatte er nie wieder von seiner Liebe zu ihr gesprochen; heute jedoch wirkte er nicht mehr so verletzt, strahlte nicht mehr diesen vorwurfsvollen Groll aus wie damals. Es war, als ob sie ohne eine Aussprache zu einer neu gearteten Beziehung gekommen wären – jedenfalls, was ihn betraf –, und seine spürbare Ausgeglichenheit verunsicherte Damisa.

»Ich möchte Euch persönlich eine Frage stellen«, sagte sie. »Ihr sagt, Ihr seid meinetwegen hier. Wenn ich nun zu dem Schluss komme, dass Tjalan Recht hat, werdet Ihr mich dann unterstützen?«

»Ihr spinnt Eure Fäden schlau«, sagte er, nachdem ein paar Augenblicke vergangen waren. »Ich wette, Tjalan hat keine Ahnung, wie stark Ihr seid, oder? Nebenbei bemerkt – habt Ihr selbst eine Ahnung davon? Wirklich,

ich vermute, wenn es nötig sein sollte, könntet Ihr auf diesen Baum klettern und ganz ohne Hilfe über die Gartenmauer steigen. Ich habe mit eigenen Augen gesehen, wie Ihr schon schwierigere Dinge geschafft habt.«

Damisa errötete vor Wut, während Reidel den Kopf schüttelte und seufzte. »Ich gebe Euch die gleiche Antwort, die Ihr mir gegeben habt – ja und nein. Was ich hier gesehen habe, überzeugt mich, dass Tjalan nicht zum Regieren taugt. Ich glaube nicht, dass ich ihm helfen möchte. Aber versteht mich nicht falsch, Damisa. So oder so, ich hatte in letzter Zeit reichlich Gelegenheit zum Nachdenken. Mir ist klar geworden, dass es mir vom Schicksal bestimmt ist, Euch zu lieben, gleichgültig, ob Ihr etwas Ähnliches für mich empfindet oder nicht. Und um Euch zu beschützen, würde ich mit Freuden meinen letzten Tropfen Blut hingeben.«

»Wir haben uns in höflichem Einvernehmen getrennt«, berichtete Tiriki mit einem Unterton der Verbitterung, »trotzdem sollten wir darauf gefasst sein, dass wir uns verteidigen müssen. Wir haben lediglich etwas Zeit gewonnen.« Sie ließ den Blick über die anderen Mitglieder ihrer Gemeinde schweifen, die auf grob gezimmerten Bänken um das Ratsfeuer herum saßen. Sie waren für sie ihre Familie.

Obwohl es noch früh am Nachmittag war, hatte sie ein paar Holzklötze ins Feuer gelegt, nicht um mehr Wärme zu bekommen, sondern zur symbolischen Erhellung. Im Tempel des Lichtes hatte auf dem Altar in einer Lampe aus reinem Gold eine ewige Flamme gebrannt, von einer unbekannten Quelle gespeist. Dieses schlichte Holzfeuer zwischen den Bäumen war nur ein schwacher Abglanz davon, aber das eine Licht war wie das andere – ein Sonnensplitter.

Und ich bin nicht weniger eine Priesterin, sagte sie zu sich selbst. Ich hatte erwartet, dass Micail das verstehen würde.

»Wie?«, fragte Kalaran. »Ihr sagt, dass Reidel immer noch – wieder – deren Gefangener ist?«

Elis nickte. »Das müssen wir annehmen.«

»Dann meint Ihr also, dass Tjalan jemanden hat, der seine Soldaten hierher führen kann – um uns anzugreifen?«, fragte Liala mit bebender Stimme.

Tiriki nickte. »Und das ist noch die geringste meiner Befürchtungen. Micail hat mir etwas von einer Kultstätte erzählt, mit deren Errichtung er und die anderen seit Jahren beschäftigt sind – ein Gebilde aus Steinen.«

»Bei Adsars Auge!«, fluchte Chedan. Er sah sich im Kreis der verständnislos dreinblickenden Gesichter um. »Aber natürlich könnt ihr das nicht begreifen! Nur die höchsten Ränge der Priesterschaft kennen die Natur solcher Stätten, nur sie wissen dank ihrer Ausbildung um deren Bedeutung, und ich glaube, seit Jahrhunderten hat niemand mehr tatsächlich etwas Derartiges errichtet.« Er seufzte. »Ihr alle wisst, dass Klangvibrationen Materie bewegen können. An einem entsprechend gestalteten Ort werden solche Vibrationen verstärkt, und eine Gruppe ausgebildeter Sänger kann sie zu Kraftströmen bündeln, die ziemlich weit wirken.«

»Um etwas zu bewegen?«, fragte Kalaran.

»Um etwas zu zerstören?«, flüsterte Elis; sie war blass geworden.

»Micail hat mir erklärt, dass das Bauwerk als Kraftquelle für den neuen Tempel geplant war«, sagte Tiriki ruhig. »Aber wie ihr wisst, kann diese Kraft entlang des Energie-Netzwerks, das bereits die Erde durchströmt, überallhin gelenkt werden. Das Gebilde ist noch nicht fertig. Aber ich glaube, es sind schon genügend Steine an ihrem Platz, damit es eingesetzt werden kann.«

»Aber sie wissen doch nicht, wo wir sind!«, rief Selast aus.

Rendano seufzte. »Bis jetzt noch nicht. Aber Prinz Tjalan ist ziemlich stolz auf sein neues Königreich, und während wir auf eine Begegnung zwischen Tiriki und Micail gewartet haben, hat er seine hoch gesteckten Ziele gewiss weiterverfolgt. So steht zum Beispiel Stathalkha in seinen Diensten, und sie hat andere Seher ausgebildet. Sie haben alle Energiepunkte in diesem Land ausgespäht ...«

Elis fügte hinzu: »Auch diesen hier. Der Prinz sagte ... sie wissen seit Monaten, dass wir hier sind. Bis jetzt haben sie dem nur einfach keine Bedeutung beigemessen.«

»Ihr seht also, sie brauchen keine Soldaten zu schicken«, sagte Rendano. »Sie brauchen lediglich Energie entlang der geografischen Linie zu bündeln, die das Sonnenrad mit dem Heiligen Berg verbindet.«

»Weiß Prinz Tjalan, dass das möglich ist?«

Rendano zuckte mit den Schultern. »Bis jetzt noch nicht, denke ich. Aber vermutlich wird er es bald wissen.«

Chedan schüttelte den Kopf. »Ich kann es nicht glauben. Ich habe zumindest Ardral für zu klug gehalten, als dass er zuließe ...«

»Er ist ein großer Meister der Mysterien«, unterbrach Rendano ihn, »aber nur einer unter vielen – Mahadalku und Haladris sowie Ocathrel von Alkonath, ja sogar Valadur der Graue! Sie sind Tjalans beste Stützen.«

Chedans Miene wurde bei jedem der aufgezählten Namen fahler, denn er kannte die Genannten ausnahmslos. »Sie *unterstützen* diesen Wahnsinn?«, wiederholte er fassungslos.

»Ich wollte meinen Ohren auch kaum trauen«, antwortete Tiriki, wobei sie schnell seine Hände mit den ihren umfasste. »Doch Micail hat auch seine getreue Gefolgschaft. Jiritaren und Naranchada zum Beispiel, um nur zwei zu nennen. Anscheinend genießt er auch bei den Priesterschülern ein sehr hohes Ansehen. Dennoch – sie sind zahlenmäßig weit unterlegen. Und irgendwie beherrscht Tjalan sie alle. Aber wie kann irgendeiner von ihnen wirklich begreifen, in welche Gefahr sie sich begeben? Mit Ausnahme von Micail erkennen sie offenbar die Macht nicht, die Atlantis zerstört hat ...« Tirikis Stimme versagte. »Sie haben noch nie Dyaus' schreckliches Antlitz gesehen.«

»Pst!«, sagte Chedan. Er richtete sich auf und versuchte nun seinerseits, sie zu beruhigen. Jetzt erst fiel ihr auf, dass sein Bart inzwischen vollkommen weiß geworden war, was sie ein wenig erschreckte. Tiriki legte für einen kurzen Augenblick den Kopf an seine Brust, wobei sie sich erneut über Micails Eifersucht ärgerte. Es war, als ob er sie beschuldigt hätte, mit ihrem Großvater geschlafen zu haben.

Der Magier strich ihr sanft übers Haar. »Weder Ardral noch Micail werden zulassen, dass sie ihre Kräfte auf diese Weise missbrauchen.«

»Glaubt Ihr das wirklich?« Sie richtete sich auf und wischte sich über die Augen. »Ich wünschte, ich könnte so sicher sein. Ich glaubte, Micail zu kennen – aber er hat etwas Neues an sich. Seit vier Jahren widmet er sein ganzes Leben der Errichtung dieses Steinkreises. Ich weiß nicht, ob er davon ablassen kann.«

»Wenn sie diese Stätte benutzen, um irgendwelche Käfte gegen uns wirksam werden zu lassen – was können wir dagegen tun?«, fragte Liala.

Ihre Stimme bebte, und Mitleid ergriff Tirikis Herz. Sie ist zu alt, um einer solchen Prüfung ausgesetzt zu sein!, dachte sie. Und Chedan ...

»Alyssa!«, rief Tiriki aus und war selbst über diese Antwort überrascht. »Sie hat während ihres letzten Wahnanfalls darüber gesprochen – zumindest dachte ich damals, sie sei dem Wahn verfallen«, sagte sie zögernd. »Sie murmelte etwas von einem Krieg im Himmel und einem Ring der Macht, und dann rief sie laut: ›Die Saat des Lichtes muss im Herzen des Berges gepflanzt werden!‹ So ungefähr zumindest ...«

Es herrschte Schweigen, und alle starrten Tiriki an, offensichtlich auf eine weitere Ausführung wartend.

Tiriki schluckte und unternahm den Versuch einer Erklärung. »Ich glaube, sie wollte damit ausdrücken ... dass wir den Omphalos-Stein benutzen müssen. Ihr selbst habt das ebenfalls so gedeutet, Chedan, bevor ich gegangen bin.«

»Stimmt«, sagte der Magier betroffen, »aber ich kann nichts anderes tun, als die Energien in ein Gleichgewicht zu bringen.«

»Nein«, widersprach Tiriki, »verzeiht, aber das ist nicht alles – es gibt da noch etwas! Aber wie das zu erreichen ist ... Ich muss ausruhen«, entschied sie. »Vielleicht kommt die Lösung, wenn sich in meinem Kopf nicht mehr alles dreht.«

»Auf dieser Karte sind nicht etwa die physikalischen Gegebenheiten der Landschaft dargestellt«, sagte Stathalkha mit überheblichem Gehabe, und dabei deutete ihr von der weißen Robe bedeckter Arm auf die regenbogenfarbene Pergamentrolle, die ausgebreitet auf einem von Prinz Tjalans Tischen lag. »Sie zeigt vielmehr den Verlauf der Energieströme.« Mit einem Finger fuhr sie die verschiedenen Kraftzentren entlang. »Ihr kennt bereits diesen Hauptfluss, der auf seinem Weg von Süden nach Norden sowohl das Sonnenrad als auch Carn Ava berührt.«

Tjalan nickte eifrig. Micails Miene verriet eher zwiespältige Gefühle. Es war immer wünschenswert, über genaue Kenntnisse zu verfügen, doch der Gedanke, ein Hüter könnte seine magischen Gaben gegen einen anderen Hüter verwenden – und wenn auch nur zur Fernsicht –, erfüllte ihn mit Abscheu. Haladris war mächtig, und es gab kaum etwas, das er mit Mahadalkus und Ocathrels Beistand nicht zu tun vermocht hätte. Doch Micail erblickte in den Steinen einen weitaus tieferen Sinn.

»Dann gibt es da noch diese andere mächtige Strömung ...« Die alte Priesterin fuhr eine andere Linie auf dem Pergament nach. »Sie geht von Südwesten aus, ungefähr von der Spitze Beliri'ins, und verläuft nach Nordosten, quer über die Insel.«

»Ich sehe immer noch nicht so richtig, wie uns das helfen sollte, Druck auf Chedan und Tiriki auszuüben«, sagte Tjalan mit bemerkenswerter Zurückhaltung.

Stathalkha legte den Kopf schräg und sah den Prinzen auf eine vogelhafte Weise an, dann wühlte sie in dem Haufen von Pergamentrollen und brachte eine weitere Karte zum Vorschein, auf der erstaunlich detailliert die Gegend von Azan und das Land am See dargestellt waren. »Unserer Wahrnehmung nach befinden sie sich ... ungefähr hier.« Sie deutete auf einen Punkt auf der Beliri'in-Linie.

Tjalan betrachte das Pergament eingehend, dann berührte er zwei Punkte auf der Karte und fragte: »Ist das Azan? Und dieses andere das Sommerland?«

Als ihm dies bestätigt wurde, vertiefte er sich noch gründlicher in seine Überlegungen. Schließlich sah er mit einem breiten Grinsen auf. »Das hier ...« – er hielt die Karte hoch – »gibt uns einen entscheidenden taktischen Vorteil!« Dann wandte er sich an Micail, wobei er ihm die Hand aufs Knie legte, und sagte ernst: »Jetzt bin ich mir sicher, dass wir diese Angelegenheit zu einem zufrieden stellenden Ende bringen können, ohne jemandem Schaden zuzufügen.«

Micail erstarrte innerlich, dennoch brachte er ein Lächeln zustande; er unterdrückte seine Wut und seine Zweifel mit dem Gedanken, dass Tiriki irgendwann einsehen müsste, dass Chedan sie vielleicht doch nicht so gut beschützen konnte – nämlich dann, wenn er es zuließ, dass Tjalan und seine Leute wenigstens so weit vordrangen, dass sie deren Macht erkannte.

Chedans Stock rutschte auf dem schlammigen Pfad weg, und Iriel griff nach seinem Arm, um ihn zu stützen. Vor ihnen stolperten Kalaran, Cadis, Arcor und Otter unter dem Gewicht der Lade, die sie schleppten. Angeschlagen und verkratzt nach der langen Reise von der Krypta von Ahtarrath bis hierher, enthielt die Holztruhe immer noch den Omphalos-Stein, wobei ihr Gewicht sich ständig zu verändern schien, so als ob die Lade selbst sich gegen die Anstrengung wehrte, eine so weite Strecke zurückzulegen.

»Ich komme gut zurecht«, murmelte der Magier, »hilf lieber den anderen, Iriel – leuchte den Weg aus.«

Er kam keineswegs gut zurecht, wie Tiriki wusste, doch keine menschliche Hand konnte seinen Geist stützen. Genau wie der Stein in der Lade hin und her rutschte, weil er sich dagegen wehrte, bewegt zu werden, so erschütterte dieselbe aufwühlende Energie ihre Seelen.

Vor ihnen gähnte die Höhlenöffnung in der Dunkelheit; der Boden war schwach erhellt durch den Fluss, der gurgelnd seiner Vereinigung mit dem Wasser der roten Quelle zustrebte. Tiriki war im Begriff, die Höhle zu betreten, doch kurz davor blieb sie stehen und bückte sich ein wenig, damit das Licht ihrer Fackel das Innere ausleuchtete.

Wenigstens brauchen wir keine Angst zu haben, dachte sie grimmig, dass uns dieser Hügel wegen eines Erdbebens um die Ohren fliegt.

Während der vergangenen fünf Jahre hatten sie alle versucht, nicht an den Omphalos-Stein zu denken – natürlich mit Ausnahme der armen Alyssa, deren seherische Gabe ihr wenig Wahl gelassen hatte.

Chedan hatte darauf hingewiesen, dass selbst das, was sie zurzeit taten, prophezeit worden war, doch das lag so lange zurück, dass die Prophezeiungen zum größten Teil in Vergessenheit geraten waren. War alles im Voraus bekannt gewesen und vergessen worden? War sie nur Teil eines Schauspiels, eine weitere Marionette, die zum Vergnügen der übersättigten Götter tanzte? Bestimmt hatte Rajasta niemals vorausgesagt, dass die Überlebenden von Atlantis Krieg gegeneinander führen würden – oder doch?

Plötzlich waren all ihre alten Zweifel wieder da, und sie warf einen fragenden Blick zurück zu Chedan, aber der schüttelte nur den Kopf. Sie schloss die Augen und wappnete sich innerlich für das, was kommen würde. Wenn Micail die anderen Priester nicht davon abbringen konnte, den Steinkreis gegen sie zu verwenden, oder – noch schlimmer – wenn er überredet oder verführt oder gezwungen wurde, ihren Zielen zu folgen, musste sie sich unweigerlich als seine Gegnerin betrachten. Während sie weiter in die Höhle vordrang, ertappte sie sich bei dem Gedanken, dass sie beinahe lieber gestorben wäre, wie Alyssa, anstatt diesen Tag erleben zu müssen.

Während Iriel Tiriki vorsichtig mit einer zweiten Fackel in die Höhle folgte, sammelte der Magier seine inneren Kraftreserven und steuerte die Bewegungen der Träger, die mühevoll versuchten, die Lade in die Grotte zu bekommen. Doch Chedans Gedanken waren abgelenkt, nicht etwa durch Zukunftsvisionen, sondern durch

Überlegungen bezüglich der Ereignisse, die ihn zu dieser gefürchteten Stätte getrieben hatten. Das Leben, das er geführt hatte, und die vielen Inkarnationen, in denen er zuvor schon den Göttern gedient hatte, hatten ihn nur zu gut gelehrt, dass der Tod das Schicksal, welches einem bestimmt war, allenfalls verzögern, nicht jedoch ändern konnte. Wenn man sich dem nicht fügte, würde das nächste Leben nur umso schwerer werden.

Aber er wünschte wirklich, er würde sich nicht immer so müde fühlen. Es ist der Stein, rief er sich ins Gedächtnis. Er weiß, dass wir die Absicht haben, uns seine Macht zunutze zu machen, und das hat seinen Preis.

Unter herzhaftem Ächzen und Stöhnen stolperten die Träger auf dem Pfad weiter und folgten den flackernden Fackeln. Oft waren sie sich nicht einmal sicher, ob sie abwärts oder aufwärts gingen.

Die Luft war endlich ein wenig abgekühlt, aber es herrschte immer noch eine feuchte Schwüle, und die Dichte von Erde und Stein über ihnen lastete schwer auf ihren Gemütern. »Wir sind Kinder des Lichtes, wir fürchten nichts«, begann Kalaran ziemlich verbissen zu singen, und erleichtert fielen die anderen in das Lied ein.

»Ihr Sorgen, geht, nehmt allen Kummer mit,
Freude, Jubel, Frohsinn, stellt euch ein,
Damit wir vorankommen, Schritt für Schritt,
Dunkelheit, weiche hellem Sonnenschein ...«

»Hier!« Tirikis Stimme hallte durch den Tunnel. »Das ist der Pfeil, mit dem ich die Stelle gekennzeichnet habe. Seht – da ist das in den Stein eingeritzte Spiralmuster.

Nicht berühren!«, warnte sie, als Iriel die Hand ausstreckte. »Es hat die Kraft, uns zu lähmen und uns von der Erfüllung unserer Aufgabe abzubringen.«

Der Weg war hier ebener, und die Träger kamen schneller voran – und der Stein gebärdete sich auch nicht mehr so widerspenstig, als ob er begriffen hätte, wohin er gebracht werden sollte, und damit einverstanden wäre. Der Weg durch die Höhle verlief in vielen Biegungen und Knicken, die mehrmals wieder zurückführten, aber es dauerte nicht lange, bis Chedan mit einem kleinen Anflug von Zufriedenheit feststellte, dass es tatsächlich das gleiche Muster war, das sie in die Oberfläche des Heiligen Bergs geschlagen hatten.

Wir haben richtig gehandelt, indem wir den Stein hierher gebracht haben, dachte Chedan, während er und Tiriki sich bückten, um die Riemen der Lade zu lösen. Obwohl die abschirmende Wirkung der dichten Masse von Erde und Gestein ringsum die Kraft des Omphalos ein wenig dämpfte, spürte er die von ihm ausgehende Energie, noch bevor sich der schwere Deckel allmählich hob.

»Sachte, sachte!«, mahnte er, als Tiriki die seitliche Verkleidung der Lade aus dem Rahmen löste und auf den Boden legte. Der Stein schimmerte bereits in seiner Seidenhülle wie die Sonne durch die Wolken.

»Wahrhaftig, die Götter haben uns geleitet«, flüsterte Tiriki. »Seht nur, dort ...« Sie deutete zur Mitte der Kammer. »Eine Nische, die eigens dafür geschaffen sein könnte, den Stein zu beherbergen.«

Mit Kalarans Hilfe zogen sie die aufgebrochene Lade näher; Chedan legte die Hände um den eingehüllten, eiförmigen Stein und wiegte ihn in seiner Kiste vor und zurück. Unter seiner Berührung erwachte dessen inneres Feuer, der Rahmen brach an drei Stellen auf, die Stücke fielen zu Boden. Chedan keuchte laut, als eine Energiewoge seine Arme hinaufwallte, und als Iriel das hörte, ließ sie ihre Fackel fallen und stieß einen Schrei aus. Alle erstarrten an ihrem Platz.

»Lasst mich helfen!«, schrie Tiriki. Ihre Fackel war erloschen, doch die Höhlenkammer wurde heller, und die Wände aus weißem Kalktuff schimmerten.

»Nein!«, wehrte er energisch ab und bedeutete ihnen allen mit einer Handbewegung, fern zu bleiben, während er die letzten Reste des Seidenstoffs abschälte. Er könnte den Omphalos ohne fremde Hilfe bewegen, wenn er die Eigenkraft des Steins dazu nutzte – doch das war so ähnlich, wie eine brennende Kohle in den Händen zu halten. Mit einem Mal wallte die Energie des Steins wieder auf, und er wippte lange Zeit gefährlich hin und her und auf und ab, bevor er sich in die wartende Nische fügte. Tiriki fing Chedan auf, als er zurücktaumelte und dabei wild mit den Händen fuchtelte. Er hielt sie hoch und war überrascht, keine Verbrennungen daran zu sehen.

»Nun denn«, sagte er leise zu dem Stein, »nun denn ... hast du endlich eine Heimat gefunden?«

Wie zur Antwort trübte sich die gespenstische Oberfläche und sog ihren eigenen Schimmer in sich auf. Doch dann wurde die Kammer von weiß glühendem Licht durchflutet, als ob die Sonne aufgegangen wäre. Alle stießen erstaunte Rufe aus.

»Die heilige Mitte ist der Rahmen unseres Seins«, intonierte Chedan, »alles ändert sich und bleibt doch eins ...«

Gemeinsam sangen sie die Strophen, die Handinnenflächen zum Stein hin ausgestreckt, bis sein überwältigendes Strahlen sich milderte und für sterbliche Augen leichter zu ertragen war. Mit einem tiefen Seufzer griff Chedan nach dem Stock, den er an die Wand gelehnt hatte.

Als die anderen ebenfalls schwiegen, lachte Tiriki ein wenig atemlos.

»Mein Verlobter ist gestorben, um diesen Stein zu retten«, sagte Elis leise. »Ich hoffe, dass er jetzt uns retten wird ...«

»Bete lieber, dass seine Kräfte niemals gebraucht werden!«, sagte Chedan unwirsch. »Denk einfach nur, dass wir gut daran getan haben, ihm eine angemessene Nische zu geben. Wo der Omphalos ruht, ist der Nabel der Welt! Einst lag er verborgen und unerkannt im Alten Land, bis Ardral und Rajasta und ich gerufen wurden, um ihn nach Ahtarrath zu bringen. Jetzt ist er an seinem Bestimmungsort angekommen. Hier soll er bleiben und nichts als Ausgeglichenheit und Licht in die Welt bringen. *So soll es sein!*«

»So soll es sein«, wiederholten die anderen mit gedämpften Stimmen im Chor.

»Lasst uns jetzt gehen«, sagte der Magier streng, »und inständig darum bitten, dass wir niemals mehr an diesen Stein denken müssen.«

Doch noch während er das aussprach, wusste er, dass ihnen dieses Glück nicht beschieden sein würde.

Neunzehntes Kapitel

Nachdem der Omphalos-Stein zur Ruhe gebettet worden war, schien vom Heiligen Berg ein Licht abzustrahlen, das wie rote und weiße Drachen in einem unendlichen Tanz herumwirbelte. Im Wachzustand spürte Tiriki ihre Gegenwart, im Schlaf suchten sie sie manchmal im Traum heim. Doch diese Träume waren immer noch besser als die Albträume mit den verzerrten, schattenhaften Gestalten, die sie verfolgten, um sie letztendlich in die Enge zu treiben und ihr das feixende Gesicht von ... Micail zu zeigen.

Nach der dritten Nacht, in der solche Träume sie um die Ruhe gebracht hatten, nahm sie Zuflucht zu Taret. In Gegenwart von Chedan und den anderen hielt sie es immer noch für das Beste, so zu tun, als ob sie voller Vertrauen an Micails Aufrichtigkeit glaubte, doch es hatte einfach keinen Sinn, dass sie ihre Zweifel für sich behielt. Taret stand der Sache nahe genug, dass ihr daran gelegen war, aber andererseits war sie nicht unmittelbar davon betroffen. Und die alte Frau war weise.

Noch so eine Nacht, dachte Tiriki grimmig, und ich verfalle dem Wahnsinn wie Alyssa. Möge sie in Caratras Schoß in Frieden ruhen.

Sie vertraute Domara der Obhut der Kindermädchen an und machte sich auf den Weg den Pfad hinauf; einmal blieb sie stehen, um den Zustand ihres Lieblingsplatzes in Augenschein zu nehmen, wo wilder Knoblauch wuchs, und ein Stück weiter noch einmal, um ein Bündel wilden Thymian zu pflücken. Sie machte auch der alten Eiche ihre Aufwartung, und dabei kam ihr in den Sinn, wie überrascht Micail wohl wäre, wenn er wüsste, dass sie verschiedene Pflanzen und Bäume überhaupt voneinander unterscheiden konnte.

Hier bin ich wie Deoris in ihrem Garten, dachte sie mit einem traurigen Lächeln. Wenn sie doch nur hier wäre! Verflucht sei das Schicksal! Ich hätte sie packen und zu den Schiffen hinunterzerren sollen. Sie hätte so viel Gutes bewirken können ... Sie war bewandert in allen Fragen der Tempelpolitik, und außerdem wusste sie mit Adeligen umzugehen.

Prinz Tjalan hatte keinen Zweifel daran gelassen, dass er nichts Geringeres anstrebte, als an die Lebensweise von Atlantis mit allen kulturellen und wirtschaftlichen Errungenschaften anzuknüpfen, und Micail war mit diesem Ziel anscheinend einverstanden. Keinem der beiden Männer war eingefallen zu fragen, ob Tiriki diesen Plan unterstützte. Vielleicht hätte sie sich vor zwei Jahren diesem Bestreben noch anschließen können, dachte sie, während sie an den Eiben vorbeiging, die den Weg zur Blutquelle säumten. Doch von dem Augenblick an, da die *Purpurschlange* hier eingetroffen war, hatte die Knappheit der Mittel sie gezwungen, ihren ehemaligen Lebensstil aufzugeben. Sie hatten nur überleben können, indem sie von dem Sumpfvolk lernten.

Machte sie lediglich aus der Not eine Tugend? So glücklich sie hier auch war, musste sie doch zugeben, dass sie vieles vermisste, was das Leben in der Alten Welt angenehm gemacht hatte, und sie wusste, dass es andere in der Gemeinschaft am Heiligen Berg gab, die sich weit mehr als sie nach den einstigen Gepflogenheiten sehnten. Dennoch wurde Tiriki das Gefühl nicht los, dass jene, die beharrlich an der Vorstellung festhielten, ein untergegangenes Reich könne wieder auferstehen, nur ihre Kräfte und Mittel vergeudeten. Dennoch hätte sie niemanden aus ihrer Gefolgschaft an der Entscheidung gehindert, den Heiligen Berg zu verlassen und so zu leben, wie Tjalan es für das Beste hielt. Doch der Prinz hatte ihnen keine Wahl angeboten.

Der Gedanke daran, dass dieser friedliche Ort überfallen werden könnte, ließ sie erschaudern. Das ist das Einzige, was dafür spricht, auf Tjalans Forderungen einzugehen. Dann würden sie wenigstens den Heiligen Berg in Ruhe lassen.

Doch das, so wurde ihr plötzlich klar, war Wunschdenken. Wie uneigennützig sie sich auch geben mochten, Tjalans Priester waren machtgierig, und selbst ohne den Omphalos-Stein war der Heilige Berg von jeher ein Ort von beträchtlichem Machtpotenzial gewesen. Die Strömungen, die sich neuerdings um ihn herumwanden, konnten wie ein Doppelleuchtfeuer Stathalkhas Seher herbeirufen. Wenn sie dies zuvor möglicherweise missachtet hatten, so würden sie es in Zukunft bestimmt nicht mehr tun. Wie auch immer, es würde ein Konflikt bestehen zwischen dem, was die anderen wollten, und dem, was ihrer wachsenden Überzeugung nach ihre Bestimmung hier war.

Doch selbst diese Erkenntnis bescherte ihr wenig Trost. Etwas, das Chedan in der Nacht zuvor gesagt hatte, hatte ihr ins Bewusstsein gerufen, dass man seine wahre Bestimmung nicht in einer einzigen Lebensspanne erfüllen konnte; vielmehr war es eine weit reichende Aufgabe, die sich einem im Lauf vieler Leben immer wieder stellte. Was sie hier begonnen hatte, war richtig und notwendig, und letztendlich würde sich die damit verbundene Verheißung erfüllen, daran zweifelte sie nun nicht mehr. Doch das mochte drei Tage dauern oder auch dreitausend Jahre.

Sie traf die weise Frau auf einem Hocker vor ihrem Haus sitzend an, wo sie mit einem Ritzmesser die Rinde von Wasserlilienwurzeln bearbeitete. Sie wandte den Kopf, als Tiriki den Weg heraufkam.

»Der Segen des Abends möge mit Euch sein.«

»Die Herrin möge Euch Frieden schenken«, antwortete Taret mit einem verhaltenen Lächeln. »Ich dachte, Ihr haltet mit Euren Leuten eine Gesprächsrunde am Feuer ab.«

»Das Ratsfeuer ist zwar entzündet«, sagte Tiriki mit einem Seufzer, »aber bis jetzt kam dort noch nichts zur Sprache, was nicht seit dem Frühstück schon siebenmal durchgekaut wurde.« Sie ließ sich neben Taret nieder und nahm ebenfalls ein Ritzmesser zur Hand. »Deshalb helfe ich Euch jetzt beim Aufschlitzen dieser Wurzeln. Meine Mutter pflegte zu sagen, dass solche einfachen Arbeiten einem Trost spenden, weil sie eine Bestätigung dafür sind, dass das Leben weitergeht. Damals habe ich nicht auf sie gehört. Aber vielleicht ist es noch nicht zu spät, sich diese Weisheit zu Eigen zu machen.«

»Es ist nie zu spät«, sagte Taret sanft. »Und ich bin für Eure Hilfe dankbar.«

Nachdem ein paar Augenblicke vergangen waren und sie mehrere Wurzeln angeschnitten hatte, sagte Tiriki: »Ich glaube, in Wahrheit bin ich gekommen, um mich zu entschuldigen«, gestand sie, »denn ich fürchte, wir haben großes Unheil über Euch und Euer Volk gebracht – und das ist ein schlechter Dank für Eure Freundlichkeit. Ich habe die Dorfbewohner gewarnt, aber sie wollen ihre Heimat nicht verlassen. Würdet Ihr vielleicht zu ihnen gehen und sie aus der Gefahr führen?«

»Dies ist der Ort, wo die Große Mutter mich eingepflanzt hat«, erwiderte Taret lächelnd. »Meine Wurzeln reichen zu tief, um sie jetzt auszureißen.«

Tiriki seufzte. »Ihr versteht nicht! Alyssas Vision hat uns dazu bewogen, den Stein in die Höhle im Heiligen Berg zu tragen, doch falls sie auch gesehen hat, wie er uns anschließend helfen könnte, so hat sie es nicht gesagt – oder ich habe es nicht verstanden. Wir können nicht alle dort Zuflucht nehmen – selbst wenn wir es seelisch ertragen könnten, so dicht aufeinander zu hocken, der Platz reicht einfach nicht für uns alle!«

»Ihr seht den Stein an. Das ist gut so. Jetzt seht den Heiligen Berg an.« Taret schlitzte eine Wurzel auf und griff nach der nächsten.

Tiriki sah sie verständnislos an. »Aber ... wie meint Ihr das?«

»Ihr könnt nicht zum einen gehen, ohne dass Euch der Wind des anderen umweht.«

Tiriki schloss die Augen und fragte sich, wie es sein konnte, dass ihre eigene Sprache so schwer zu deuten war.

Die alte Frau sah mit funkelnden Augen auf, als ob sie sich beherrschen musste, um nicht laut herauszulachen. »Sonnenmädchen, Meereskind, Ihr verlangt zu viel von einer alten Dienerin der Heiligen Wasser. Doch es gibt die Eine, die all diese Geheimnisse kennt. Sie hat Euch schon einmal gesegnet, vielleicht macht sie es wieder ... wenn Ihr sie nett darum bittet.« Taret kicherte. »Vielleicht gibt sie Euch ein paar Hausaufgaben auf.«

Tiriki machte ein nachdenkliches Gesicht und versuchte sich zu erinnern. Es gab in der Tat Grund zu der sicheren Annahme, dass der Heilige Berg ein Ort war, wo die vielen Welten sehr eng beieinander lagen.

»Ja«, flüsterte sie und vollführte vor der alten Frau jene Geste, mit der ein Zögling einem Meister der Mysterien seine Hochachtung erwies. »Wie stets, Taret, ist es Euch auch diesmal gelungen, meinen Blick auf die Weisheit zu lenken, die eigentlich deutlich zutage tritt. Das war womöglich der Fehler, den wir Atlantiden begangen haben – wir haben die Augen gen Himmel gerichtet und dabei vergessen, dass unsere Füße, wie der Boden, auf dem wir stehen, irdisch sind.« Sie legte das Messer aus der Hand und stand auf. »Wenn jemand kommt und nach mir fragt, sagt ihnen bitte, dass ich hoffe, bald zurück zu sein, und zwar mit besseren Nachrichten.«

Einmal war Tiriki diesen Weg zufällig gegangen und einmal, indem sie den gewundenen Pfaden im Innern des Heiligen Berges gefolgt war. Diesmal durchwanderte sie das Labyrinth an der Oberfläche des Hügels, zwischen Tag und Nacht wandelnd, mit der untergehenden

Sonne im Rücken, während sie – zum ersten Mal absichtlich – den Weg zwischen den Welten suchte.

Der Gipfel des Heiligen Berges schwankte und wich zurück, während eine andere Landschaft darum herum aufragte und das Tal verdeckte, das sie inzwischen so gut kannte. Dennoch nahm sie immer noch eine Ballung von Lebensenergie am Fuß des Berges wahr; die der Dorfbewohner strahlte warm und golden, die der Atlantiden war immer noch blass, leuchtete jedoch schon ein wenig mehr... Ihr Herz schlug heftig, als sie das winzige Glitzern entdeckte, das ihre Tochter war; dann gewahrte sie einen weiteren vertrauten Schimmer, so strahlend hell in seiner Reinheit, dass sie ihn zunächst nicht als Chedan erkannte. Ihr Blick wurde verschwommen, so sehr war sie von Rührung und Zuneigung zu ihnen allen ergriffen.

Doch diese Vision zeigte ihr nichts, was sie nicht bereits gekannt hatte. Sie wandte sich ungeduldig ab und suchte im Osten nach dem strahlenden Energiepunkt, der Micails Steinkreis war.

Warum habe ich nie zuvor daran gedacht, auf diese Weise vorzugehen?, fragte sie sich. Ich war so sehr mit dem Kampf um die alltäglichen Dinge beschäftigt, dass ich mir nie die nötige Zeit genommen habe, die geistige Landschaft hier zu erforschen.

Höchstwahrscheinlich war das Sonnenrad dort – ein pulsierender runder Fleck von Energie, in dem die weiß glühenden Funken der Eingeweihten grell aus dem rötlichen Schein hervorstachen, der nur Tjalan und seine Männer sein konnte.

Der Ring aus Licht wurde heller und pulsierte rhythmisch; selbst aus der Entfernung erkannte sie, dass die

Ursache dafür Gesang sein musste. Sie luden den Steinkreis mit Kraft auf, um ihn zur gegebenen Zeit anzapfen zu können. Und wenn sie die dortigen Vorgänge schauen konnte, dann konnten die anderen ihrerseits bestimmt den Heiligen Berg erfühlen. Sie bebte innerlich, als der ferne Strahl sich kräuselte und zitterte – wie die Sonne, aus der Tiefe eines Gewässers gesehen.

Sie hatte gehofft, Tjalan würde sich auf einen militärischen Angriff beschränken. Bevor er mit seinen Soldaten zum Heiligen Berg marschiert wäre, hätte sie auf dem Verhandlungsweg vielleicht eine Schlichtung herbeiführen können, indem sie sich entweder mit Micail oder mit den Stämmen von Azan geeinigt hätte. Doch der Prinz hatte offenbar eine neue Waffe entdeckt, und sie hatte die ungute Ahnung, dass er nicht die Absicht hatte, ihre Fertigstellung abzuwarten, um sie einzusetzen.

Entmutigt sank sie auf die Knie.

»Herrin des Lichtes, o Leuchtende, du bist schon einmal in höchster Not zu mir gekommen, ohne dass ich dich gerufen habe. Jetzt rufe ich dich, ich flehe dich an, mich zu erhören. Jene, die unsere Beschützer hätten sein sollen, sind unsere Feinde geworden. Ich weiß nicht, ob sie zuerst mit handfesten oder mit geistigen Waffen zuschlagen werden, aber ich habe Angst, denn meine Feinde sind sehr stark. Wenn du mir sagst, dass wir hier in Sicherheit sind, dann werde ich dir glauben. Aber wenn du das nicht kannst, dann bitte ich dich, zeige mir, was ich tun soll, um jene, die ich liebe, zu schützen ...«

Die Antwort war eine freundliche Stichelei. »Sicherheit! Ihr Sterblichen gebraucht eine so seltsame Sprache! Jeder von euch hat schon in einem anderen als dem gegenwärtigen Körper gelebt und wird danach in einem anderen wiedergeboren werden. Du stirbst, oder dein Feind stirbt, aber jedem wird ein neues Leben geschenkt. Warum also hast du Angst?«

»Weil wir gelernt haben, dass jedes Leben wertvoll ist!« Tiriki sah sich um, in der Hoffnung, das Wesen zu sehen, das gesprochen hatte, aber da war nur ein Schimmer, eine unbestimmte Dichte in der Luft. Doch auch das war eine Antwort. Wie konnte sie ihre Ängste einem Wesen erklären, dessen Gestalt niemals zerstört wurde, sich vielmehr ständig verwandelte, auf eine Weise, die sie sich nicht einmal vorstellen konnte?

»Es ist doch gewiss so«, sagte Tiriki zaghaft, »dass jedes Leben seine eigene Lehre erteilt, seine besondere Bedeutung hat. Ich möchte nicht, dass dieses jäh endet, bevor ich herausgefunden habe, was es mich zu lehren hat.«

»Das ist eine gute Antwort.« Die Stimme klang ernst.

»Und mir geht es nicht um die Vernichtung unserer Feinde, ich möchte nur, dass sie uns kein Leid zufügen«, fuhr Tiriki fort. »Bitte – hilfst du uns?«

Wie zur Antwort verstärkte sich der Schimmer, schien sie einzuhüllen, doch das Strahlen kam von einer neuen Quelle, einem Feuer, das tief im Innern des Berges loderte.

»Der Omphalos-Stein«, flüsterte sie voller Ehrfurcht und sah, wie er als Reaktion auf ihre Worte pulsierte.

»Die Saat des Lichtes«, hallte die Stimme wider. »Du hast sie ausgebracht, kleine Sängerin. Deine Lieder können die Pflanze wachsen lassen.«

»Ich bin immer noch der Ansicht, es besteht keine Notwendigkeit, sofort etwas zu unternehmen«, sagte Micail mit beharrlichem Nachdruck. »Die Leute vom See sind arm, sie verfügen nicht über die Mittel, um es mit uns aufzunehmen.« Doch er wusste nur zu gut, dass er denselben Einwand schon etliche Male vorgebracht hatte, seit der Zeit, als sie von dem Treffen mit Tiriki zurückgekehrt waren, und stets mit dem gleichen geringen Erfolg. Und jetzt war es fast schon zu spät für Gespräche.

Mit Tjalans Segen, ja, mit dessen unverhohlener Ermutigung hatte Haladris die gesamte Priesterschaft zum Steinkreis gerufen. Sie hatten vor, das Erwecken der Steine so schnell wie möglich zu vollenden.

In einem oder höchstens in zwei Tagen, so wusste Micail, wäre nicht mehr zu verhindern, dass der Steinkreis für ihre Zwecke, welche auch immer das sein mochten, genutzt wurde.

»Was Ihr sagt, würde stimmen, wenn es sich tatsächlich um Sumpfbewohner handelte«, bemerkte Mahadalku mit einem besserwisserischen Gehabe, das jedem normalen Menschen auf die Nerven gehen musste, »aber in Wirklichkeit sind es Priester und Hüter, genau wie wir. Mag sein, dass sie bis zu einem gewissen Grad Eingeborene geworden sind, aber in ihnen steckt mehr.« Die tarissedische Hohe Priesterin zog die Schleier fest um sich, um sich gegen den Wind aus der Ebene zu schützen. »Stathalkha berichtet, dass sich während der vergangenen Tage die Intensität der Energie auf dem Heiligen Berg verdreifacht habe. Was ist der Grund dafür? Die einzige Erklärung ist: Sie wissen, dass wir hier sind. Es wäre das Beste, wir setzten uns mit ihnen auseinander, bevor sie zum Schlag gegen uns ausholen.«

»Aber das Sonnenrad ist noch nicht fertig«, widersprach Micail. »Wir hatten noch nicht einmal Zeit, uns darüber klar zu werden, ob wir ...«

»Mag sein, dass es noch nicht fertig ist«, fiel Mahadalku ihm ins Wort, »aber alle Versuche haben gezeigt, dass es die nötigen Vibrationen enthält und diese auch projizieren kann. Ardravanant und Naranchada sind übereinstimmend zu diesem Schluss gekommen.« Sie sprach in einem gleichmäßigen, sachlichen Ton, der jede Widerrede im Keim ersticken musste. Mit sinkendem Mut ließ Micail den Blick über die anderen Priester und Priesterinnen schweifen, die ihrerseits seinem Blick auswichen.

Zweifellos würde Jiritaren ihm folgen, wenn er jetzt den Raum verließe. Auch Naranchada hatte mehr als einmal Zweifel an ihrer derzeitigen Handlungsweise zum Ausdruck gebracht. Vielleicht würden sich noch ein paar andere anschließen ... wenn Micail aufs Ganze ging. Er war sich ziemlich sicher, dass auch Galara und die Priesterschüler ihm folgen würden ... aber wäre das eine gute Lösung?

Tjalan würde uns wahrscheinlich unter Hausarrest stellen und damit drohen, die anderen Gefangenen zu quälen, um zu verhindern, dass ich etwas unternehme, um seine Pläne zu vereiteln. Aber wenn ich bleibe ... Er seufzte. Dann läuft es womöglich darauf hinaus, dass ich selbst Tiriki töte! In diesem Fall würde ich mir die Kehle durchschneiden und mich im Leben nach diesem Leben bei ihr entschuldigen – und ich wäre dazu verdammt, den Prophezeiungen zu folgen!

Seit dem Treffen mit Tiriki war ihm immer wieder die Überlegung durch den Kopf gegangen, ob er nicht mit ihr hätte gehen sollen, anstatt duckmäuserisch hierher zurückzukehren. Er hatte sich eingeredet, dass Tjalan sie dann vielleicht beide verfolgt hätte; er hatte an seine Pflicht den Priesterschülern gegenüber und an die Erfüllung seiner anderen Eide gedacht ... Doch jetzt, da er die scharfen Umrisse der aufrecht stehenden Steine sah, die sich gegen den blauen Sommerhimmel abhoben, erkannte er, dass es die Liebe eines Handwerkers zu seiner Arbeit war, die ihn hier gehalten hatte.

Ich bin wie ein Mann, dessen Sohn auf die schiefe Bahn gerät, dachte er. Die Vernunft sagt einem, dass man sich von ihm lossagen muss, doch ein guter Vater hofft immer noch, dass der Junge eines Tages auf den rechten Pfad zurückkehren wird. Der Steinkreis birgt doch auch so viel Gutes in sich.

»Wie ist das mit unserer Tradition in Einklang zu bringen?«, versuchte er es erneut. »Tiriki und Chedan wurden nicht der Häresie beschuldigt – wir haben ihnen nicht den Krieg erklärt. Es ist einfach nicht rechtens, dass wir uns unseren Priesterbrüdern und -schwestern gegenüber so benehmen! Und es gibt noch viel tiefer gehende Gründe, die es verbieten, diese Art von Macht in den Dienst eines so eitlen Zwecks zu stellen!« Er deutete auf die Reihe von Soldaten, die am äußeren Rand des Grabens, der den Kreis umgab, aufgestellt waren. Es war nicht klar, ob sie dort standen, um die Priester gegen irgendwelche Übergriffe von außen zu schützen – oder um sie am Ausbrechen zu hindern.

»Warum sollten wir Prinz Tjalan dabei helfen, sein Reich zu errichten?«, fuhr Micail fort.

»Weil dieses Reich die Entstehung des neuen Tempels fördern wird«, antwortete Ocathrel wütend, und die anderen schienen seine Verärgerung zu teilen. Micail kam der Gedanke, dass er besser aufhören sollte zu reden, bevor die Anwesenden zu dem Schluss kämen, dass nicht nur moralische Zweifel an ihm angebracht waren, sondern dass er wirklich vertrauensunwürdig – und vielleicht sogar selbst ein Häretiker – war. Dann würden sie entscheiden, ob er bleiben oder gehen sollte.

Wenigstens war Ardral nicht zugegen, um bei diesem unerfreulichen Spiel mitwirken zu müssen. Als der Gong sie an diesem Morgen zusammengerufen hatte, hatte sich der Meister der Mysterien mit Übelkeit aufgrund übermäßigen Weingenusses entschuldigt und war in seinen Gemächern geblieben. Doch trotz des verständnisvollen Nickens der Zöglinge wusste Micail, dass Ardral eigentlich nie krank war. Die Frage war nur: Blieb er einfach fern, oder machte er sich davon?

Micail wandte sich müde von Ocathrel und Haladris und den Übrigen ab und setzte sich in den Schatten eines der aufrecht stehenden Sandsteine, um seine Gedanken zu den Ereignissen vom Abend zuvor zurückschweifen zu lassen.

Er hatte sich in Ardrals Gemächer begeben, um diesen um Beistand zu bitten; dort hatte er ihn angetroffen, wie er gerade dabei war, sich durch verschiedene Pergamentrollen zu wühlen. Einige davon hatten bereits lichterloh in einem Kohlebecken unter dem Rauchabzug gebrannt. Dieser Anblick hatte ausgereicht, um Micail für eine Weile die Sprache zu verschlagen – schließlich war Ardral der Kustos der Tempelbibliothek von Ahtarrath gewesen.

»Nein, nein, es ist nicht so, wie Ihr vielleicht denkt«, hatte ihn der alte Hüter beruhigt. »Ich sortiere nur ein paar unwichtige Schriften und Gedichte sowie persönliche Gedankenergüsse aus. Keine alten Geheimnisse – oder zumindest keine, bei denen ich die Verpflichtung verspüre, sie der Nachwelt zu erhalten. Man könnte natürlich dagegenhalten, dass alle Geheimnisse, die ich verwahre, alt sind! Doch nach lebenslangem Studieren, Meditieren und Philosophieren weiß ich nur eines wirklich, nämlich wie wenig wir alle wissen.« Und er hatte gelacht.

Micail erinnerte sich an den Widerschein des Feuers auf den adlerartigen Gesichtszügen, als Ardral, wie so oft, sein mit einzelnen Silbersträhnen durchzogenes Haar aus der Stirn zurückgeworfen hatte.

»Würdet Ihr Euch auf einen letzten Teli'ir zu mir gesellen?«, hatte er dann gefragt, als ob sie auf einer Terrasse mit vergoldetem Geländer gesessen und den Sonnenuntergang über Ahtarras Hafen oder vielleicht sogar über Atalan beobachtet hätten. Micail war so verblüfft gewesen, dass ihm nichts anderes übrig geblieben war, als zuzustimmen.

Sie hatten die Zeit auf angenehme Weise verbracht. Sie hatten über viele Dinge gesprochen, und die meisten davon waren erheiternd gewesen. Als es Micail endlich gelungen war, das Gespräch auf die Themen zu bringen, die ihm am Herzen lagen, hatte er sowohl Ardral als auch den ganzen vom Feuerschein erleuchteten Raum durch einen verklärenden Dunst gesehen. Doch die Ausführungen des Mysterienmeisters waren durch und durch klar formuliert gewesen, wenn auch deren tieferer Sinn für ihn manchmal ein wenig im Dunkeln blieb.

»Glaubt Ihr wirklich, meine Argumente könnten Tjalan überzeugen, wenn das mit den Euren nicht gelungen ist? Ich bin ein guter Redner, wenn ich das in aller Bescheidenheit sagen darf, aber Ihr seid sein Vetter, und was noch mehr zählt, er betrachtet Euch als engen Freund.« Ardral hatte den Kopf geschüttelt. »Ich muss zugeben, ich habe die Prinzessin Chaithala und die Kinder entzückend gefunden und ihre Gesellschaft stets sehr genossen, aber der Prinz von Alkonath und ich hatten uns noch nie viel zu sagen, was über allgemeine Höflichkeitsfloskeln hinausging. Und niemand von ihnen wird viel vermissen, wenn ich einmal nicht mehr da bin.«

»Wenn Ihr nicht mehr da seid?« Micail war erstarrt und hatte sich gefragt, ob die Gerüchte von einer Krankheit möglicherweise der Wahrheit entsprachen. Jedenfalls hatte Ardral gewiss nicht krank ausgesehen, aber andererseits sah er auch sonst nicht so alt aus, wie er in Wirklichkeit war, dabei war er schon alt gewesen, als Micails Eltern noch in den Windeln gelegen hatten. »Aber Ihr seid doch gesund!«, hatte er ausgerufen, ohne sich sicher zu sein, ob das eine Feststellung oder ein frommer Wunsch war. Ardral hatte eine Augenbraue hochgezogen, und Micail war vor Verlegenheit errötet.

»Natürlich bin ich gesund. Deshalb muss ich weg von hier. Jede Nacht, jeden Tag denkt sich Tjalan oder sonst jemand eine weitere Frage aus, die ich nicht beantworten möchte. Ich denke, ich bin schon zu lange Zeit hier ... und ich weiß zu viele Dinge, die eigentlich niemand wissen sollte.«

Selbst für Ardral, der sich gern geheimnisvoll ausdrückte, war das eine rätselhafte Aussage gewesen, wie Micail jetzt fand. »Heißt das, Ihr werdet beim Bau des Steinkreises nicht mitwirken?« Micails sonst so wacher Verstand war plötzlich wie gelähmt gewesen, und er hatte sich gewünscht, er hätte das zweite Glas Teli'ir nicht getrunken.

»Oh, ich werde arbeiten.« Ardral hatte Micail mit einem schrägen Lächeln bedacht und ihm kurz auf die Schulter geklopft. »Macht Euch meinetwegen keine Sorgen.«

Micail war immerhin noch geistig genügend auf der Höhe gewesen, um nicht zu sagen, dass es nicht Ardral sei, um den er sich Sorgen machte, sondern Tiriki und vielleicht der Rest der Welt. Dann hatte ihn der alte Mysterienmeister zur Tür geschoben.

»Ich denke, dies ist unser Abschied, Micail, aber wer kennt schon die Windungen des Schicksals? Die Zeit ist ein langer und verschlungener Pfad, mein Junge, und es gibt viele Seitenabzweige. Vielleicht kreuzen sich unsere Wege wieder einmal.«

»Nar-Inabi, steige auf im Dunkeln,
Mit deinem gar so hellen Funkeln,
Mach uns kräftig, mach uns groß
Nimm uns auf in Schlafes Schoß ...«

Der erste Vers der Abendhymne verklang, denn die Nacht war hereingebrochen, endlich. Darüber stand der Schlächter, gehörnt wie ein Stier. Siegreiche Dunkelheit durchtränkte die Sterne, und alles hatte sich in fahlen Dunst und harten Stein verwandelt, graue Masse zerbröselte, schwebend ...

Chedan zuckte zusammen und öffnete die Augen; überrascht sah er blasse Lichtstrahlen, die durch die offene Tür seiner Hütte hereinfielen.

»Alles in Ordnung mit Euch?« Kalaran beugte sich stirnrunzelnd über ihn.

»Gleich«, sagte der Magier. Er rieb sich die Schläfen und versuchte, den Nebel des Traums so weit zu vertreiben, dass er sich dem Tag stellen konnte.

Kalaran machte immer noch ein besorgtes Gesicht, während er Chedan den geschnitzten Stock reichte, der zu dessen ständigem Begleiter geworden war. Als sie aus der Hütte traten, stellte er fest, dass der Himmel hinter dem Heiligen Berg von einem durchscheinenden Blau war. Es würde ein schöner Tag werden.

»Ich hatte einen ziemlich seltsamen Traum.«

Kalaran sah ihn erwartungsvoll an, und Chedan unterdrückte ein Lächeln. Seit er so gebrechlich geworden war, behandelten ihn die jungen Leute wie einen seltenen Schatz, der bald auseinander fallen würde. Vielleicht lagen sie damit gar nicht so falsch, dachte er jetzt. Außerdem verstand man die eigenen Träume manchmal besser, wenn man darüber redete, und dieser mochte eine Warnung enthalten, die er nicht missachten durfte.

»Ich war wieder mal in Ahtarra und habe meinen Onkel in seinen Gemächern bei der Bibliothek besucht. Wir haben irgendeinen exotischen Likör aus dem Alten Land getrunken – dieser Mann hatte einen aufs Köstlichste bestückten Keller, und es tut einem im Herzen weh, sich vorzustellen, dass diese herrlichen Jahrgänge sich mit dem Salzwasser des Meeres vermischt haben. Jedenfalls hob er das Glas zu einem Trinkspruch und sagte, dass ich gehen und er bleiben müsse, dass wir jedoch gemeinsam meinen Erben ausgebildet hätten.«

»Euren Erben«, wiederholte Kalaran und machte ein ziemlich beunruhigtes Gesicht. »Was hat er damit gemeint?«

»Wie soll man wissen, was Ardral je meint? Ich hätte auf Anhieb gesagt, er sprach von Micail, aber wenn ich jetzt darüber nachdenke ... ich weiß es nicht.« Er schüttelte den Kopf, und sein Herz schmerzte erneut bei dem Gedanken, dass Micail womöglich ihr Feind geworden war. »Wie dem auch sei, Ardral kannte ihn kaum. Zumindest damals nicht.«

»Oh ... Aber Meister, als Ihr sagtet, es handle sich um einen ›seltsamen Traum‹, habt Ihr gelacht. Na ja, beinahe.«

»Stimmt, weil ich mich daran erinnert habe, wie Ardral sein Glas austrank, es dann abstellte und anschließend ... Er saß mit überkreuzten Beinen auf einem niedrigen Polster, und dann ... ist er einfach in die Höhe geschwebt und zum Fenster hinausgeflogen, und weg war er.«

»Er hat sich in die Schwebe erhoben – es handelte sich also sozusagen um eine Levitation?« Kalarans Stimme überschlug sich fast vor Aufregung.

»Nun ja – mir waren tatsächlich schon Gerüchte zu Ohren gekommen, dass er solche Dinge beherrscht. Aber ich glaube, das war symbolisch, in meinem Traum. Weil ... verstehst du ... Obwohl Anet uns gesagt hat, dass er hier ist, habe ich ihm keine Nachricht übermittelt. Ich wusste nicht, was ich ihm hätte sagen sollen. Und von ihm kam auch nichts. Ich glaube also, jeder von uns ist dem anderen entschwebt – oder so ähnlich.«

Als Kalaran ratlos die Stirn runzelte, schenkte Chedan ihm ein warmherziges Lächeln. »Danke, mein Junge. Ich hatte befürchtet, ich hätte etwas Bedeutendes geträumt, aber du hast mir geholfen, es anders zu sehen. Wenn mein Traum überhaupt etwas aussagt, dann allenfalls, dass er weggegangen ist. Ich dachte, er wäre vielleicht gestorben, aber jetzt bezweifle ich das. Ich denke, das würde ich wissen. Trotzdem, ich habe mir Gedanken über ihn gemacht. Wahrscheinlich habe ich nur Worte neu zusammengereimt, die er früher einmal ausgesprochen hat. Wenn man träumt, geschieht das häufig.«

»Ich träume auch oft seltsame Dinge«, sagte Kalaran nach einer Weile verlegenen Schweigens, »aber nach einem guten Frühstück sieht alles anders aus.«

»*Dem* habe ich bestimmt nicht entgegenzusetzen«, sagte Chedan und erlaubte seinem Meisterschüler, ihm beim Abstieg zu helfen. Während sie so dahinwanderten, trug eine dünne Rauchschwade den üppigen Duft von gebratenem Fleisch zwischen den Bäumen hindurch zu ihnen. Sicher würde eine gute Mahlzeit ihm helfen, diesen schrecklichen Tag durchzustehen.

»Hast du schon das Neueste gehört?«, raunte Vialmar Elara zu. »Ardral ist verschwunden!«

»Was soll das heißen – verschwunden? Prinz Tjalan hat an jedem Ausgang des Geländes Wachen aufgestellt, um uns zu ›schützen‹. Sie würden ihn nicht einfach hinausspazieren lassen.«

»Das ist ja das Gelungene daran«, sagte Vialmar grinsend, »und ich habe es inzwischen von verschiedenen Leuten gehört: Er ist einfach durch seine Tür ins Freie getreten, hat sich in die Schwebe erhoben, und schon war er weg, über die Mauer! Einfach so!«

»Weiß Tjalan davon?«, fragte Cleta, ehrfürchtig flüsternd.

»Falls er es weiß«, antwortete Elara, »dann lässt er sich dadurch nicht von seinem Vorhaben abbringen. Seht mal, er hat Damisa bei sich!«

»Und Reidel«, fügte Cleta hinzu. »Glaubt der Prinz vielleicht, er kann sie dazu überreden, sich uns anzuschließen, oder möchte er nur unsere Macht zur Schau stellen?« Sie tauschte einen Blick mit Elara.

Wie sind wir nur in diese Lage geraten?, fragte sich Elara. Zweifellos sind wir doch zu wenige in diesem Land, um uns mit den anderen anzulegen ... Aber solange ihre Ältesten sich einig waren, verlangten ihre Eide, dass sie ihnen bedingungslos gehorchten.

Sie hatte sogar das Wagnis auf sich genommen, zu spät zu kommen, indem sie ihren üblichen Weg verlassen hatte, um mit Khayan-e-Durr zu sprechen, doch die Ai-Zir bildeten kein Gegengewicht zu den atlantidischen Schwertern und der atlantidischen Magie. Sie hatte die Absicht gehabt, sie um Hilfe zu bitten, doch letztendlich war das Gespräch auf die Empfehlung hinausgelaufen, sich möglichst aus der Sache herauszuhalten.

Elara war sich selbst jetzt noch nicht sicher, ob es ihr gelungen war, die Königin davon zu überzeugen, in welcher Gefahr sie schwebten. Vielleicht planten die Schamanen etwas; sie hatte Trommelklänge aus Drochrads großem Rundhaus gehört, aber wenn sie jetzt darüber nachdachte, war das eigentlich nichts Ungewöhnliches.

Doch wenn Tiriki dabei ums Leben kommt – was wird Micail dann tun?, fragte sie sich. Wird er damit leben können?

Sie erinnerte sich an den abgrundtiefen Schmerz in seinem Gesicht, als er von dem Treffen zwischen Tjalan und Tiriki zurückgekommen war, und wusste, dass er eine endgültige Trennung nicht würde ertragen können. Auch ihre Gefühle gerieten ins Trudeln, und sie empfand ein überwältigendes Mitleid, gemischt mit dem unerträglichen Gedanken an eine Welt ohne Micail ...

Doch da war Micail ja, stellte sie plötzlich fest; ganz allein saß er an einen der Steine gelehnt. Sie hatte diesen Ausdruck in seinem Gesicht nicht mehr gesehen, seit sie Belsairath verlassen hatten. Warum weigerte er sich nicht einfach, an der ganzen Sache teilzunehmen? Warum kehrte er ihnen allen nicht einfach den Rücken?

Der Widerschein der Sonnenstrahlen in einem Speer mit Orichalkumspitze zog ihre Aufmerksamkeit auf sich. Tjalan hatte seine Soldaten in gleichmäßigen Abständen aufgestellt, gleich hinter dem äußeren Kreis der Steine. Das ist *ein* Grund, vermute ich ... Elara errötete erneut.

Ihr war klar – und der Gedanke bedrückte sie –, dass ihre Tempeleide es ihr niemals erlaubt hätten, Tirikis Tod herbeizuwünschen, auch wenn sie selbst dadurch eine geringe Hoffnung hätte, an ihrer Stelle in Micails

Bett zu gelangen. Doch wie sie aus diesem Dilemma herauskommen sollten, ohne dass irgendjemand von den Beteiligten ernsthaften Schaden davontrüge, überstieg ihre Vorstellungskraft.

Cleta klopfte ihr auf die Schulter. Haladris rief sie alle auf, ihre Plätze einzunehmen. Die Prüfung würde beginnen.

»Ich verstehe nicht«, sagte Damisa. »Was beabsichtigt Ihr zu tun, um die Leute am Heiligen Berg dazu zu bringen, sich Euch anzuschließen? Was *könnt* Ihr denn von hier aus tun?« Selbst in ihrem vergoldeten Käfig waren ihr so allerlei Gerüchte zu Ohren gekommen. Allerdings mochte sie ihnen keinen rechten Glauben schenken.

Tjalan sah sie an, und seine Augen leuchteten heller als die goldenen Reifen mit dem Zeichen des Drachen, die er um den Arm trug.

»Etwas, das ich lieber nicht tun würde. Doch die Erschaffung eines neuen Reiches erfordert immer einige anfängliche ... Anpassungen«, sagte er. »Als damals das Goldene Reich dem Seereich wich, war es dasselbe. Glaubt mir, meine Liebe, ich bedauere zutiefst die Notwendigkeit für ... entschlossenes Handeln. Aber es steht zu erwarten, dass sich Tiriki uneinsichtig zeigen wird. Besser ein durchschlagendes Vorgehen als ein nicht enden wollendes Geplänkel, findet Ihr nicht? Dann können wir all unsere Kraft für das Einrichten der neuen Ordnung aufwenden. Ihr *müsst* zustimmen, Damisa – denn ich brauche Eure Mitwirkung.« Seine langgliedrigen Finger strichen ihr sanft über den Arm. »Nun, da ich Chaithala verloren haben, brauche ich eine Frau, die mir zur Seite steht, die mir Söhne schenkt ... Was nützt eine Krone ohne Erben?«

Damisas Puls beschleunigte sich. Deutete er wirklich damit an, dass sie eines Tages seine Kaiserin sein könnte? Irgendwie machte das Sinn – das königliche Blut von Alkonath floss schließlich auch in ihren Adern –, doch nach allem, was geschehen war, erschien es ihr unwirklich, dass ihr nun möglicherweise etwas angeboten wurde, das sie sich einst in ihrer Fantasie ausgemalt hatte.

Plötzlich verstand sie, warum Tiriki zum Heiligen Berg zurückgekehrt war, anstatt mit Micail hierher zu kommen. Sie hat sich zu einer Person entwickelt, die selbst Dinge bewegt, und will nicht mehr nur Stütze ihres Mannes sein, dachte sie. Wozu würde ich mich entwickeln, auf mich allein gestellt?

Doch sie durfte sich Prinz Tjalan gegenüber nichts von ihren widerstreitenden Gefühlen anmerken lassen. Ihr Blick schweifte von seinem ab, und sie sah, dass Reidel von Soldaten vorgeführt wurde; seine Handgelenke waren immer noch gefesselt. Seine Lippe war aufgesprungen, da ihn offenbar jemand geschlagen hatte – zurückgeschlagen hatte, berichtigte sie sich, als sie die blutunterlaufenen Fingerknöchel seiner rechten Hand bemerkte.

»Mein Prinz, Ihr erweist mir eine große Ehre«, sagte sie ein wenig atemlos. »Doch lasst Euch jetzt nicht durch solche Überlegungen von den wesentlichen Dingen ablenken.«

Er lächelte ironisch, doch ihre Antwort hatte ihn

sichtlich zufrieden gestellt. Seine Aufmerksamkeit galt bereits Haladris, der dabei war, die Sänger im Inneren des Steinkreises aufzustellen.

Reidel sah sie an – wütend, flehend? Er hatte kein Recht dazu, weder zu der einen noch zu der anderen Gefühlsregung. Doch auch nachdem sie sich von ihm abgewandt hatte, spürte sie noch seinen düsteren Blick auf sich ruhen.

Tiriki zwang sich, den Blick abzuwenden von dem trüben Dunst im Osten, wo Micail und die anderen, wie sie wusste, sich zum Schlag gegen den Heiligen Berg bereitmachten; stattdessen sah sie zu den Gesichtern der Männer und Frauen, die auf dem Gipfel des Heiligen Berges warteten, um diesen zu verteidigen.

Sie räusperte sich und brachte ein Lächeln zustande. »Der Geist dieses Ortes, die Leuchtende, die ich ›Königin‹ nenne, hat mir gezeigt, was wir tun müssen.«

»Aber woher wissen wir, ob sie gerade heute etwas unternehmen?«, fragte Elis.

»Oder überhaupt?«, murmelte jemand anders.

»Ich habe geschaut, wie ihre Macht sich aufbaut«, antwortete Tiriki, »aber selbst wenn es nicht so wäre, würde es uns allen nicht schaden, unser Können zu erproben. Wir sind durch das spiralförmige Labyrinth gewandelt, das wir hier in den Berg gehauen haben, und das hat uns bereits Einblicke in die Andere Welt gewährt. Ich möchte, dass ihr alle euch im Kreis herum niedersetzt und euch die Hände reicht.« Tiriki sah zu Chedan, und dieser nickte.

Trotz der Anstrengung des Aufstiegs war Chedans Gesicht blass. Eigentlich hätte er im Bett sein müssen, dachte sie, aber sie brauchten ihn so sehr, und genau genommen setzten sie alle heute ihr Leben aufs Spiel. Wenigstens war Domara bei Taret in Sicherheit. Was immer geschehen mochte, sie würde überleben.

Tiriki stand in der Mitte des Kreises und hob die Hände zu dem reinen Licht, das von oben herabflutete. In diesem Augenblick kam ihr die zweite Strophe der Abendhymne in den Sinn:

»O du heiligstes, du höchstes Wesen,
O du Weisheit, an der wir allesamt genesen,
Du gibst uns Sinn, du gibst uns Leben,
Dir allein gilt unser irdisch' Streben.«

Sie vollführte das Zeichen des Segens auf Brust und Stirn, dann nahm sie ihren Platz im Kreis ein, Chedan gegenüber.

»O großer Manoah, König der Götter, und du, Allerhöchste Mutter, die ihr die mächtigsten aller Gottheiten seid, an euch richten wir unser Gebet ...« Sie machte eine kurze Pause, dann fuhr sie fort: »Wir bitten nicht um Ruhm oder irdischen Besitz, sondern um den Erhalt des Lebens und des Wissens, das ihr uns gegeben habt. Beschützt diesen heiligen Hügel und alle, die hier Zuflucht gesucht haben, und helft uns, jene, die uns übel wollen, auf den Pfad der wahren Erkenntnis zu bringen.«

Ihr Blick wurde unwillkürlich wieder nach Osten gezogen. Was mochten diese ... Widersacher – denn selbst jetzt konnte sie in ihnen keine Feinde sehen – in diesem Augenblick wohl tun?

»Wir sind die Erben einer alten Tradition«, sagte Haladris, »und heute werden wir die Stärke zeigen, die darin steckt. Unser Steinkreis wird unsere Seelen behüten, und Prinz Tjalans Soldaten werden unsere Körper schützen. Also fürchtet euch nicht, all eure Kraft einzusetzen. Eine Wirkung wie von einem gewaltigen Hammer, der unsere Feinde in Angst und Schrecken versetzen soll, möge von diesem Kreis ausgehen.«

Und was ist, wenn wir Erfolg haben?, dachte Micail grimmig. Er warf einen schnellen Blick zu Naranchada und Jiritaren, die mit ihm zwischen den Tenören nahe dem Mittelpunkt des Halbmondes standen. Ihre Gesichter waren gefurcht vor Anspannung, ihre Augen zusammengekniffen und ihre Mienen von Besorgnis verfinstert, und in diesem Augenblick wusste er, dass sie schon lange das gleiche Unbehagen verspürten wie er.

Ihnen gefällt das hier auch nicht, dachte er. Ich hätte meine Einwände schon vor langer Zeit vorbringen sollen, bevor die Dinge so weit gediehen waren. Doch wenn er das getan hätte, dann hätte ihm Tjalan jede Möglichkeit zu handeln verwehrt, und jetzt, da er hier war, konnte er vielleicht den Verlauf des Geschehens beeinflussen.

Haladris nahm seinen Platz in der Mitte des Halbmondes aus Priestern und Priesterinnen ein; ihre Körper schlossen den Kreis, der durch die fünf Trilithen nur unvollständig vorgegeben war. Er summte eine Tonfolge, und die einzelnen Sänger stimmten nacheinander ihre Töne an. Man hätte niemals für möglich gehalten, dass so leise Klänge derart mächtig sein können, doch nach wenigen Augenblicken vernahm Micail die erste Reaktion bei den Steinen.

Es war nur ein Flüstern, wie von vielen fernen Stimmen, die irgendwo einen Sprechgesang anstimmten, doch Micail spürte, wie sich die Haare an seinen Unterarmen aufstellten. Und für einen Augenblick überwog der Stolz auf seine Leistung die Furcht.

Als Tiriki die Hände mit denen Kalarans und Iriels verhakte, spürte Chedan ein Kribbeln der Macht und wusste, dass sich der Energiekreis geschlossen hatte. Im Gleichtakt verlangsamten sie ihr Atmen und suchten die Tiefe der Trance. Das vertraute Gefühl, dass sein Bewusstsein sich verlagerte, überkam ihn, und er griff aus, um Tirikis Geist zu berühren. Sie sammelten die Aufmerksamkeit der anderen in sich und öffneten die Lippen zu einem einzigen leisen Ton.

Wir haben die leichtere Aufgabe, dachte er und versuchte, seine Nerven zu beruhigen, während ein Dutzend Stimmen zu einem kraftvollen Gesang anschwollen. Unsere Widersacher müssen eine ungebändigte Energie formen und steuern, um uns anzugreifen, während wir nur die Kraft zu verstärken brauchen, die bereits vorhanden ist, hier an diesem Ort, der jetzt der Heilige Mittelpunkt ist ...

Der Ton wurde immer lauter und pulsierte, während die Atmung der Sänger darum herum kreiste. Und dann hörte Chedan aus der Tiefe unter ihnen den Nachhall, als der Omphalos-Stein ihren Gesang aufnahm und verstärkte. Da begegneten seine Augen denen Tirikis, und für einen Augenblick wog das Staunen ihre immer noch vorhandene Angst auf.

Elara stieß die Luft aus und gab dabei einen Ton von höchster Reinheit von sich; sie zitterte ein wenig, als die höheren Sopranstimmen sich harmonisch mit der ihren vereinten. Freude durchströmte jede Ader ihres Körpers, Freude über die Energie, die diese Schwingungen erzeugten, während sie von den glatten Flächen des Steins widerhallten. Elara war sich sicher, dass sie die Schönheit dieses Klangs niemals vergessen würde, was immer auch geschehen mochte.

Doch sie hatte diesen Gedanken noch nicht ganz zu Ende gedacht, als sie merkte, dass sich die Melodie veränderte. Haladris dirigierte die tieferen Stimmlagen zu einem seltsamen Missklang, der ihr Herz aufrüttelte. Sie hörte, dass die Stimmen von zwei oder drei Sängern schwankten, doch Mahadalkus strafende Blicke brachten sie sofort wieder ins Lot. Sie konnte beinahe sehen, wie die Wogen des Schalls von einem Stein zum nächsten Stein sprangen und sich spiralförmig nach Westen bewegten, in Richtung des Heiligen Berges.

Tiriki nahm den Angriff als eine Veränderung des Drucks wahr, eine Spannung in der Luft wie bei einem heraufziehenden Gewitter. Sie festigte den Griff um Selasts Hand und spürte die gesteigerte Wachsamkeit, die sich wie ein Kräuseln durch den Kreis fortsetzte.

»Haltet den Ton!«, kam Chedans geistiger Befehl. *»Habt keine Angst. Vergesst nicht, wir brauchen nichts anderes zu tun, als in unserer Anstrengung nicht nachzulassen …«*

So wie wir es gemacht haben, als die große Welle nach dem Untergang unser Schiff getroffen hat?, fragte sich Tiriki, als der erste Schlag auf sie prallte. Irgendwie gelang es ihr, sich wieder auf das Gitterwerk aus Steinen unter ihr und die Saat des Lichtes in seinem Inneren zu konzentrieren, die Zwillingsenergie, die aus den roten und weißen Quellen in der Tiefe hervorquoll, das vibrierende Klingen ihrer Seele …

Der Druck nahm zu, als ob Tjalans Priester, nachdem sie abgeschmettert worden waren, die Inbrunst ihres Gesangs gesteigert hätten. Das Leuchten wurde zu strahlenden Blitzen und brach sich, als ob sie im Herzen eines Kristalls säße, während ein seltsames Funkeln über ihr knisterte und sie mit Schwindel erfüllte.

Ihr Geist griff tiefer aus, zog die Macht des Omphalos-Steins in sich ein. Sie bemühte sich mit aller Kraft, das Bild einer Blase, einer schützenden Kugel beizubehalten, an der alle Wogen gegnerischer Kraft, die sie herannahen spürte, wirkungslos zerstoben. Sie fühlte, wie sich auch die anderen zur Abwehr wappneten. Jeder verstärkte den Griff um die Hände des anderen so sehr, dass Gelenke knackten und Knöchel weiß wurden, doch das waren die geringsten Schmerzen, die sie zu erleiden hatten.

Für Domara …, dachte sie mit zusammengepressten Zähnen, und für Selast und ihr ungeborenes Kind.

Für Otter ..., kam Iriels Flehen. Für Forolin und Adeyna und Kestil ... für Reiher und Taret ...

Für all jene, die sie in diesem Land lieben gelernt hatten. Die Aufzählung der Namen ging weiter, und sie hielten dem Angriff stand, beseelt vom Gedenken an all das, was sie bereits verloren hatten.

»Damisa, ich kann nicht in den Kreis hineinblicken!«, rief Tjalan aufgebracht aus. »Was ist los? Stimmt etwas nicht?«

Damisa entzog sich mit einem Ruck seiner Besitz ergreifenden Hand. Sie hatte bereits etwas vernommen, das sich wie ein fernes Rumpeln aus der Richtung des Steinkreises anhörte. Das bedeutete, dass das Erwirken der Zerstörungsmagie begonnen hatte. Aber das Ganze lief erstaunlich leise ab. Dann stimmte es also wohl, dass der Steinkreis den Schall auffing. Jetzt wirkten die Leute darin verzerrt, so als ob das Bild in der heißen Luft eines Sommertages flimmerte. Aber sie konnte sich nicht vorstellen, dass das Klima dieses Landes so viel Hitze hervorbrachte, um dergleichen zu verursachen.

»Meine Augen sehen nicht mehr als die Euren«, murmelte sie. »Das ist eine Nebenwirkung der Schwingungen, vermute ich. Vielleicht steigt Staub vom Boden auf, oder womöglich ist das Licht ... einfach irgendwie ... gestört. Man spürt etwas in der Erde.«

Zumindest ich spüre etwas, dachte sie. Tjalans derbes Schuhwerk dämpfte vielleicht die Wirkung des Bebens, während die dünnen Sohlen ihrer Sandalen es ihr sehr deutlich vermittelten. Schmerzlich fühlte sie sich daran erinnert, wie in Ahtarrath die Erde vor dem Untergang gezittert hatte. Sie überlegte, ob sie ihm raten sollte, sich zu bücken und das Ohr an den Boden zu legen, aber das wäre wahrscheinlich mit seiner Würde nicht vereinbar gewesen. Wie mochte es wohl sein, sich innerhalb des Kreises aufzuhalten und mit so viel Energie umzugehen?, fragte sie sich und unterdrückte dabei einen Anflug von Neid.

Die Steine von Azan tanzten.

Micail blinzelte, doch sein Sehvermögen war nicht das Problem. Der Boden unter seinen Füßen schwankte, und als Mahadalku den Gesang der Sopranstimmen noch höher dirigierte, vibrierten die aufrecht stehenden Steine im Takt mit den Klängen. Dies war nicht der präzise und geordnete Gesang, der die Steine aufgerichtet hatte, sondern eine wohl berechnete Disharmonie, die in jedem Nerv brannte und an jedem Knochen kratzte.

Micail stellte fest, dass er nicht der Einzige war, der verstummt war, doch da noch drei vollzählige Gruppen des Chors sangen, reichte die Kraft aus, um die Schwingungen aufrechtzuerhalten. Er fragte sich, wie irgendetwas diesem Ansturm standhalten konnte, aber offensichtlich tat der Heilige Berg genau das. Er spürte die Turbulenz, die dadurch erzeugt wurde, dass die Wellen gegen etwas schlugen und davon zurückgeworfen wurden.

Wir schaffen den Durchbruch nicht!, jubelte er innerlich. Aber wusste Haladris das? Der alkonische Priester sang noch lauter als zuvor, in noch schrillerer Dissonanz. Von der aufgeschürften Kalkfläche innerhalb des Kreises stieg feiner weißer Staub auf.

Der Priester war blass und schweißgebadet, und sein starrer Blick war ganz nach innen gerichtet. Micail wurde bewusst, dass der Priester nichts von dem Geschehen um ihn herum wahrnahm. Die senkrechten Steine waren tief in den Boden eingegraben und standen fest gefügt in den Löchern, die sie umschlossen, doch sie waren nicht dafür geschaffen, einem so heftigen Beben standzuhalten. Der Stein ächzte und knirschte, als eine der Säulen des nördlichsten Trilithen schwankte, zitterte, sich drehte und nur noch von dem Zapfen, der ihn mit dem Deckstein verband, an seinem Platz gehalten wurde.

Auch wenn Micail sich weigerte, seine ganze Kraft beim Erwirken der Zerstörungsmagie einzusetzen, spürte er trotz seiner inneren Loslösung die sich ausdehnende Wallung des Energiestroms. Er vermutete, dass der Widerstand des Heiligen Berges sehr bald brechen würde. Doch das würde die Energie, die sich hier entfaltete, in keiner Weise beeinflussen; tatsächlich könnten die Kräfte, die von dem Steinkreis ausgingen, sowohl an diesem selbst als auch am Heiligen Berg eine bei weitem größere Zerstörung anrichten, als von Haladris beabsichtigt – sofern sie nicht in die richtigen Bahnen gelenkt würde.

Ich muss dem Einhalt gebieten, bevor der gesamte Steinkreis in sich zusammenfällt! Er streckte den Arm zu seinen geliebten Steinen aus, und plötzlich hallte eine Stimme, die er als die seines Vaters erkannte, in seinem Herzen wider:

»*Sprich mit den Mächten des Sturms und des Windes – der Sonne und des Regens – des Wassers und der Luft – der Erde und des Feuers!*« Micail erkannte, dass dieser Augenblick der Auslöser für das Wiedererwachen seiner ererbten Kräfte war.

»Ich bin der Erbe des Donnerworts!«, rief er aus. »Und ich beanspruche dieses Land für mich!«

Die Reihe der Soldaten geriet ins Stolpern, und die Männer warfen schreckensvolle Blicke zu Tjalan, als ein Beben die Erde erschütterte und in Richtung des Heiligen Berges verlief.

»Der Sieg ist unser!«, schrie der Prinz und packte Damisa am Arm. »Jeder, der von einem solchen Schlag getroffen wird, ist außer Gefecht gesetzt! Spürst du die Kraft?«

»*Niemals!*«, rief Reidel. »Nicht, solange ich lebe.« Als sich der Boden erneut hob, befreite er sich gewaltsam von seinen Häschern und taumelte zu dem Steinkreis.

»Reidel, nein!«, schrie Damisa und dachte: Dieser Narr rennt in den Tod!

»Haltet ihn fest!«, brüllte Tjalan, doch seine Soldaten hatten vollauf damit zu tun, auf den Füßen zu bleiben. Fluchend ließ er Damisa los und sprang Reidel hinterher, wobei er sein Schwert zog.

Damisa folgte ihm dicht auf den Fersen. Beide sind Narren, stellte sie bei sich fest, dieses ganze Treiben ist der Wahnsinn! Hin und her gerissen zwischen Angst und Wut, war sie kaum zu einem vernünftigen Gedanken fähig, doch mit einem Anflug unerwarteter Kraft holte sie Tjalan ein, packte ihn am Schwertarm und drehte diesen zur Seite. Der Prinz schrie vor Zorn laut auf, doch sie rannte weiter, und im nächsten Augenblick hatte sie Reidel eingeholt; sie packte ihn und warf ihn zu Boden. Sein Körper war warm und straff, und sie hielt ihn fest, keuchend, so wie sie ihn einst umklammert hatte, als sie sich geliebt hatten.

»Du wirst *leben,* verdammter Kerl!«, flüsterte sie ihm zu, während er die Augen vor Überraschung weit aufriss.

Micail gewann die Beherrschung über das Chaos. Im Wort seiner Macht fand er einen neuen Klang, um den wachsenden Schwingungen zu begegnen, die das Land zu vernichten drohten. Doch die Energie musste irgendwohin abgeleitet werden. Für einen Augenblick, der ihm wie eine Ewigkeit erschien, umlauerte ihn ein düsteres Schicksal wie eine aufgehaltene Explosion. Er hatte kaum Zeit, die Kräfte zu berechnen, sich die Stellung jedes einzelnen Lebensfunkens einzuprägen und die Lücken zwischen den Steinen zu ermessen.

»Zurück!«, schrie er den anderen zu. »Bringt euch in Sicherheit, wenn ihr könnt!« Dann sang er den Ton, von dem er hoffte, er werde die Energie von den Sängern abwenden, und hielt ihn mit aller ihm zur Verfügung stehenden Kraft, während die ganze Urgewalt, die in den Trilithen steckte, aus ihnen herausbrach.

Chedan spürte, wie die Wucht des Angriffs geringer wurde, und er geriet ins Straucheln, als ob der Wind, gegen den er sich anstemmte, plötzlich nachgelassen hätte. Erst jetzt, da der Druck schwand, merkte er, wie sehr ihn die Anstrengung erschöpft hatte. Tiriki, die sich an Kalaran festhielt, war so weiß geworden wie ihr Leinenkleid, aber sie lächelte. In den Gesichtern der anderen sah er die gleiche Mischung aus Erstaunen und Freude.

Wir sind noch mal davongekommen!, dachte er und spürte, wie sein Herz pochte. Just in diesem Augenblick durchbrachen die Kräfte, von denen sie geglaubt hatten, sie seien verschwunden, die zurückgenommene Barriere wie eine Herde wild gewordener Stiere.

Chedan war schnell wieder auf den Beinen und schwenkte seinen Stock.

»Hinweg!« Der Widerhall seines Rufs schallte übers Land. Verzweifelt warf er sich mit Geist und Seele dem Ruf hinterher, zu den windigen Gefilden des Himmels hinauf. Schließlich sackte seine körperliche Hülle zu Boden und bewegte sich nicht mehr.

Von der nordöstlichen bis zur südwestlichen Seite des Steinkreises brach sich die Gewalt frei und strahlte halbkreisförmig aus; sie brachte den Dreistein des Stammes des Gelben Stiers im Norden zum Einsturz; herumfliegende Steine trafen die am nächsten stehenden Sänger. Eine senkrechte Säule des großen mittleren Trilithen des Stammes des Roten Stiers stand noch, doch der Deckstein war weggerissen worden. Die Zerstörung breitete sich schnell im Steinkreis aus, und die meisten senkrechten Säulen an der westlichen Seite des Kreises kippten um. Die Soldaten, die bisher noch nicht das Weite gesucht hatten, flohen vor den herumfliegenden Steinen. Ein großer Brocken warf Prinz Tjalan zu Boden, während ein Hagel kleinerer Trümmer auf Damisa niederging, deren Körper immer noch den von Reidel schützte.

In der Mitte des Steinkreises aber stand Micail immer noch in aufrechter Haltung, umringt von ein paar geduckten Gestalten. Er sang weiter und blieb stehen, bis der letzte Nachhall verklungen war und nur noch Staubwolken übrig waren, Zeugen der Gewalt, die über die Ebene gezogen war. Erst da stürzte er zu Boden, mit der gleichen verzögernden Trägheit wie die Steine.

Zwanzigstes Kapitel

Die Sonn' geht auf, finstre Tage sind vorbei,
Die Flamme lodert, der Geist schwebt frei,
Die Seele steigt empor in göttliche Hallen,
Bejubelt und begrüßt von allen,
Ein Ende hat alles irdisch' Leid.
Heil sei dir in Ewigkeit!«

Rauch zog nach Westen, wie durch die Kraft des Gesangs zum schattenverhangenen Horizont getrieben, während die Flammen unter dem Einäscherungsfeuer hoch aufloderten. Jeder, der kräftig genug war, um den Aufstieg zum Gipfel des Heiligen Berges zu schaffen, war anwesend – atlantidische Priester und Priesterinnen mischten sich mit Seemännern, Kaufleuten und Sumpfbewohnern, und alle waren vereint in ihrer Trauer. Tiriki hatte auf Ahtarrath schon prächtigere Bestattungen erlebt, jedoch noch nie eine so von Herzen kommende Anteilnahme, denn Chedan Arados war von allen geliebt worden.

Es war ihnen wie ein gemeiner Verrat vorgekommen, dass sie sich von diesem letzten Angriff erholt hatten, nachdem das Leben Chedans Körper verlassen hatte.

Die meisten begriffen, was geschehen war; sie wussten, wenn er nicht gehandelt hätte, wären sie wahrscheinlich alle gestorben. Doch Erkenntnis und Begreifen waren kein Trost für den Verlust, den sie erlitten hatten.

Tiriki erinnerte sich, wie Chedan und sie damals auf der *Purpurschlange* gezwungen gewesen waren, eine Amputation durchzuführen, nachdem einem Seemann von einem umgeknickten Mast die Hand zerquetscht worden war. Der Mann hatte überlebt, doch sie erinnerte sich noch gut, wie quälend es gewesen war, ihn zu beobachten, wenn er nach etwas hatte greifen wollen und dann erst gemerkt hatte, dass seine Hand nicht mehr da war. Jetzt geht es mir wie ihm, dachte Tiriki und weinte lautlos, aber Ihr seid nicht da, um mir einen Haken anstelle meiner fehlenden Hand zu machen ... Chedan, Chedan, ich wünschte, ich hätte einen körperlichen Schaden davongetragen, anstatt ohne Eure Weisheit allein zurückzubleiben ... ohne Euren Rat ... Euer geduldiges Lächeln ...

»Der Sonnenfalke hat uns verlassen«, jammerte eine Frau aus dem Sumpfvolk, deren Kinder der Magier vor der großen Seuche bewahrt hatte. Doch irgendwann verebbte das Wehklagen der Trauernden allmählich, und Otter deutete nach oben. Die Tränen in ihren Augen trockneten, an ihre Stelle trat Erstaunen. Ein Falke – Tiriki hielt ihn für einen Merlin – kreiste über dem Heiligen Berg, hoch oben in der Rauchsäule schwebend, als ob Chedans Geist für einen letzten Abschiedsgruß die Gestalt seines Namensvetters angenommen hätte. Und während sie hinaufschauten, neigte der Falke die Flügel, vollführte eine Spirale und drehte durch die sich aufhellende Luft nach Osten ab.

»Ich verstehe ...«, flüsterte Tiriki und machte eine Verbeugung, als ob der Magier höchstselbst vor ihr stünde. In diesem Augenblick spürte sie deutlich seine Wärme. Vielleicht war das der Grund, warum sie sich dabei ertappte, dass sie an den letzten Abend vor dem Kampf dachte, als Chedan mit ihr gesprochen hatte – sie gezwungen hatte zuzuhören, als er von seinem unerschütterlichen Glauben an die Prophezeiung gesprochen hatte. »Eigentlich solltet Ihr das nicht erfahren, aber Micail ist dazu ausersehen, mein Nachfolger zu werden!«, hatte er ihr eröffnet. »Und deshalb glaube ich immer noch, trotz allem, was geschehen ist, dass er dazu bestimmt ist, den neuen Tempel zu errichten.«

Sie hatte nicht darüber nachdenken wollen, doch Chedan hatte darauf bestanden und gesagt: »Von allen Dingen, die von uns Sterblichen verlangt werden, ist das schwierigste das Vergeben. Um das wirklich zu können, muss man sich wahrscheinlich so verhalten, als ob man bereits vergeben hätte, lange Zeit bevor man es wirklich tut.«

Selbst zu jenem Zeitpunkt, als Tiriki es nicht gewagt hatte, über den anstehenden Zwist hinauszudenken, hatte Chedan daran geglaubt, dass sie überleben würden – und dass sie, wenn alles vorüber wäre, ins Land der Ai-Zir gehen und Micail suchen müsste.

Sie brachte ein Lächeln zustande und sagte leise: »*Jetzt* höre ich Euch, alter Freund. Ich hoffe, dass ich Euch diesmal verstehe ...«

Als die Trauernden den Abstieg vom Berg begannen, stand die Sonne bereits hoch am Himmel. Selbst Domaras sonst so überschäumendes Temperament war durch die allumfassende Traurigkeit gedämpft worden. Doch sobald sie das verglühte Einäscherungsfeuer hinter sich gelassen hatten, rannte das kleine Mädchen voraus und jagte die anderen Kinder den Weg hinunter.

Einen kurzen Augenblick später kam sie mit großen Sprüngen wieder zurück.

»Eier!«, rief sie laut. »Mama, komm, schau mal! Riesige Zaubereier!«

Tiriki wechselte einen viel sagenden Blick mit Liala und eilte zu ihrer Tochter. War der Omphalos-Stein aus seinem Versteck unter dem Berg ausgebrochen?

Dann wurde ihr klar, was sie vor sich sah, was da verstreut im Gras lag und an den Hängen des Heiligen Berges wuchs – weißliche Steine. Einige hatten beinahe die Größe von Felsbrocken, andere waren tatsächlich so klein wie Eier, doch alle waren von gerundeter Form und hatten eine erstaunlich glatte Oberfläche.

»Caratra möge uns beschützen!«, rief Liala keuchend, als sie Tiriki eingeholt und sich neben sie gestellt hatte. »Der verfluchte Omphalos hat geworfen. *Er hat Eier gelegt!* Rührt sie nicht an! Die Götter allein mögen wissen, was sie anrichten können ...«

Hin und her gerissen zwischen Lachen und Weinen, konnte Tiriki dem nur zustimmen. Die Kraft, die aus dem Omphalos-Stein ausgebrochen war, hatte anscheinend diese Ableger hervorgebracht. Zum Glück deutete nichts darauf hin, dass sie die Macht ihres Erzeugers geerbt hatten. O Chedan, dachte sie und warf mit gerötetem Gesicht einen Blick zu der fassungslos um Worte ringenden Liala, ist dies ein letzter Ulk, mit dem Ihr mich necken wollt?

Als Tiriki in ihrer Hütte ankam, stellte sie fest, dass die Saji-Frau Metia bereits Proviant für die Reise vorbereitet und Tirikis Tornister gepackt hatte. Danetrassa, der jetzt Oberpriester war, hatte sich ebenfalls eingefunden und brachte seine wohl begründeten Einwände gegen ihren Plan vor.

Kalaran bestand natürlich darauf, sie zu begleiten, aber so kurz vor der Geburt von Selasts Kind wollte Tiriki nicht zulassen, dass die beiden getrennt wurden. Das Angebot des Kaufmanns Forolin war nicht so leicht abzulehnen; und natürlich wollten alle Seeleute Reidel retten, deshalb willigte sie ein, dass sie sie begleiteten.

Außerdem, so beschloss sie, würde sie die Saji-Frauen mitnehmen, die auch Alyssa gute Dienste erwiesen hatten. Als Forolin dagegen aufbegehrte, schalt sie ihn, so wie Chedan sie einst gescholten hatte, als sie sich ihrerseits zu Vorurteilen hatte hinreißen lassen. »Vor allem sind die Sajis begabte Heilerinnen«, beendete sie ihre Ausführung und hielt bei der Erinnerung an ihr damaliges Gespräch krampfhaft die Tränen zurück. »Heilerinnen werden dringender gebraucht als Priesterinnen.«

Und obwohl es ihr beim ersten Aufkeimen des Gedankens vermessen erschienen war, beschloss sie, Chedans kunstvoll geschnitzten Stock mitzunehmen.

Das Einzige, was sie nicht wollte, war ein Führer. »Nein«, erklärte sie Rendano geduldig, »einen Führer habe ich nicht mehr nötig. Mein Geist ist jetzt wieder mit Micails verbunden, und ich brauche ihm nur zu folgen.« Wahrscheinlich war es das, was verhinderte, dass sie der Verzweiflung verfiel – mehr als das Wissen, dass er noch lebte. Sie war sich immer noch nicht sicher, was für ein Mensch Micail geworden war.

Aber sie war lange genug vorsichtig – und klug – gewesen. Ihre Leute waren in Sicherheit. Was immer mit Micail geschehen sein mochte – was immer er getan haben mochte –, sie wusste, dass sie ihn jetzt suchen musste.

Micail bemühte sich widerwillig, ins Bewusstsein zurückzukehren. Alles tat ihm weh, selbst das weiche Bett, auf dem er lag, war ihm unangenehm.

»Ist er wach?«

Das war Galaras Stimme. Er zuckte zusammen, als man ihm ein kaltes Tuch auf die Stirn legte, und er versuchte zu sprechen, brachte jedoch nur ein Stöhnen hervor.

»Er hat einen Albtraum«, antwortete Elara. »Ich wünschte, Tiriki wäre hier.«

Tiriki? Micail schüttelte den Kopf. Er würde sich nicht noch einmal narren lassen. Tiriki war tot, ertrunken in Ahtarrath; ihr Schiff war von großen Steinen im Hafen zermalmt worden – er sah sie immer noch vor sich, riesige Brocken, die sich neigten und durch die Luft trudelten. Wo sie niedergingen, starben Menschen. Plötzlich hatte er lebhaft das Bild vor Augen, wie das Blut seines Freundes Ancha den weißen Kalk an der Stelle, an der er niedergestreckt worden war, rot färbte, und er glaubte auch, Stimmen gehört zu haben, zu einem alkonischen Gesang erhoben, um den Tod des alten Prinzen zu betrauern. Er hatte nur geträumt, dass sie davongekommen waren; jetzt versuchte der Traum, ihn wieder in seine Fänge zu ziehen. Dieses Mal würde er nicht nachgeben. Niemand war damals dem Tod entkommen – niemand außer ihm.

Ich habe geschworen, dass ich ihren Tod nicht überleben würde, ermahnte er sich streng. Es war an der Zeit, aufzugeben und sich von der Dunkelheit in die Stadt der Gebeine davontragen zu lassen.

Wenn ich doch nur meinen Träumen entfliehen könnte …

Tiriki erinnerte sich an die Wege, die sie zu ihrem Treffen mit Prinz Tjalan entlanggewandert waren. Sie wusste, dass die Ebene eine weitere Tagesreise entfernt im Osten lag; sie brauchte immer nur in Richtung der aufgehenden Sonne zu laufen. Inzwischen fühlte sie nicht nur das unstete Flackern von Micails Lebenskraft, sondern auch eine Verschiebung von Energiefeldern, die nur in der Zerstörung des Steinkreises begründet sein konnte. Ihre Füße schmerzten, und die Sonne, die mit hämischer Freundlichkeit schien, rötete ihre helle Haut. Dennoch eilte sie den letzten Hügel hinunter, ohne sich vor dem zu fürchten, was sie erwartete – vier Krieger, die eine Tätowierung auf der Stirn trugen, welche Stierhörner darstellte und für den Stamm des Blauen Stiers so typisch war, sowie die junge Frau namens Anet, der das leicht spöttische Lächeln inzwischen vergangen war.

»Jäger haben Euch kommen sehen«, sagte Anet und zuckte unter Tirikis eindringlichem Blick leicht zusammen. »Meine Männer können Euer Gepäck tragen, damit wir schneller vorankommen.«

Tiriki nickte. Es war eine seltsame Begegnung, wenn man bedachte, wie sehr sie sich vor diesem Mädchen gefürchtet, ja, es sogar gehasst hatte; doch jetzt hatte sie keinerlei Gefühl für Anet übrig.

»Ich weiß, dass Micail nicht zu Tode gekommen ist«, sagte sie schroff. »Aber er ist verletzt. Wie schlimm?«

»Er wurde von herabstürzenden Steinen getroffen. Dabei hat er einige Wunden davongetragen, jedoch nichts, wovon er sich nicht erholen könnte. Aber er schläft, ohne aufzuwachen. Er *will* einfach nicht gesund werden.«

Tiriki konnte nur wortlos nicken. Sie war überzeugt gewesen, dass Micail noch am Leben war, doch mit jedem Schritt, den sie näher nach Azan gekommen war, hatten ihre Zweifel zugenommen – was wäre, wenn sie sich nun doch irrte?

»Wer wurde außer ihm noch verletzt?«, fragte sie, während sie weitergingen.

»Als die Steine ... zerbarsten, wurden einige Brocken weit weg geschleudert«, berichtete Anet, »während andere gleich in der Nähe niedergingen. Prinz Tjalan ist tot und viele seiner Soldaten ebenfalls. Die Feierlichkeiten anlässlich seiner Einäscherung waren erst gestern Abend zu Ende. Viele der anderen Priester und Priesterinnen sind ebenfalls tot – oder vielleicht davongelaufen, falls sie die Möglichkeit dazu hatten.«

Während sie die Ebene in Richtung des Sonnenrades überquerten, konnten sie dessen Zustand immer deutlicher erkennen. Einige der Dreisteine standen noch, ein Zeugnis des Könnens jener, die sie aufgerichtet hatten. Andere waren umgefallen, als ob ein Riesenkind des Spielens mit seinen Bauklötzen überdrüssig geworden wäre und sie im Gras herumgeworfen hätte.

Und dazwischen war etwas Unbestimmtes zu erahnen, etwas wie ein körperloser Schatten, einem schwebenden Rauchkringel gleich.

Mit *dir* werde ich mich später auseinander setzen, sagte Tiriki im Vorbeigehen lautlos zu sich selbst. Weiter vorn sah sie echten Rauch, der aus den Kaminen von Azan-Ylir aufstieg, wo Micail wartete.

Als sie den breiten Graben am Rand des Dorfes erreichten, kam ihnen eine dunkelhaarige junge Frau entgegen, die Tiriki nur mit Mühe als Elara erkannte.

»Oh, edle Dame ... Meisterin ...«, stammelte Elara, als ob sie unschlüssig wäre, ob sie eine förmliche Tempel-Huldigung vollführen oder sich Tiriki zu Füßen werfen sollte. »Wie sehr ich darum gebetet habe, dass die Große Mutter Euch zu uns bringen möge ...«

»Und dank ihrer Gnade bin ich jetzt hier«, antwortete Tiriki. »Ich freue mich, dich unversehrt anzutreffen.«

»Nun, na ja, ich bin glimpflich davongekommen«, entgegnete Elara unsicher. »Anscheinend ist es Prinz Micail gelungen, die vernichtende Energie von unserer Seite des Halbkreises wegzulenken – doch eine der Sopranstimmen wurde getötet, und Cleta ist schwer verletzt.«

Im Traum stand Micail auf dem Gipfel des Sternenberges und blickte hinauf zu Dyaus' satanischem Antlitz.

»Durch die Kraft meines Blutes fessele ich dich!«, schrie er, aber die riesige Gestalt der Dunkelheit lachte nur.

»Ich habe meine Fesseln abgelegt ... und den Rest bekomme ich auch noch frei ...«

Wind und Feuer umtobten ihn. Micail schrie laut auf, als sich die Wirklichkeit auflöste – doch gleichzeitig spürte er, wie ihn ein schlanker Arm festhielt, ihn umfing und gegen den Ausbruch schützte. *Tiriki* ... Er erkannte die Berührung ihres Geistes, obwohl seine Augen immer noch vom Chaos geblendet waren. Bin ich schließlich doch gestorben?, fragte er sich. Er hatte auf Frieden im Leben nach dem Tode gehofft – sollte er etwa dazu verdammt sein, denselben Kampf immer wieder und wieder zu führen?

Sein Herz wurde durch ihre Kraft entflammt, und erneut hielt er Ausschau nach seinem ewigen Feind. Der Tumult um ihn herum hatte sich gelegt, doch jetzt rüttelte Tiriki heftig an ihm. Warum tat sie das? Wenn er es zuließ, dass sie ihn in die wache Welt zurückholte, dann wäre sie nicht mehr da ...

»Micail! *Osinarmen!* Wach auf! Ich bin seit drei Tagen zu Fuß unterwegs, um hierher zu gelangen. Das Mindeste, was du tun könntest, ist, die Augen zu öffnen und mich zu begrüßen!«

Das hörte sich nun nicht wie im Traum an!

Micail merkte, dass Helligkeit um seine geschlossenen Augenlider war. Er holte tief Luft und stöhnte auf, als sich seine geschundenen Rippen beschwerten, doch plötzlich schrien all seine Sinne auf, da sie Tirikis Anwesenheit wahrnahmen. Ihre weichen Lippen berührten seine Stirn, und er umfasste sie leidenschaftlich und hielt sie fest, als sie den Mund auf seinen senkte.

Sein Herz klopfte ungestüm, während der Kuss sich ihm in jeden Nerv einbrannte. Schlagartig wurde ihm bewusst, dass er lebte und dass er Tiriki in den Armen hielt.

Er öffnete die Augen.

»So ist es besser.« Tiriki hob den Kopf gerade so viel, dass er ihr Lächeln sehen konnte.

»Du bist hier!«, flüsterte er. »Wirklich und wahrhaftig hier! Du gehst nicht wieder weg?«

»Weder gehe ich weg, noch lasse ich dich gehen«, antwortete sie und fügte etwas ernüchternd hinzu: »Wir haben zu viel Arbeit zu erledigen.«

Micail merkte, wie sich sein Gesichtsausdruck veränderte. »Ich ... ich bin unwert«, brachte er zähneknirschend hervor. »Zu viele sind meinetwegen gestorben.«

»Das stimmt«, antwortete sie in scharfem Ton. »Was erst recht ein Grund dafür ist, weiterzuleben und Wiedergutmachung zu leisten. Und der erste Schritt ist, dass du gesund wirst.« Sie richtete sich auf und winkte Elara herbei, die mit einer Holzschüssel in den Händen in der Türöffnung stand.

»Das ist ein Eintopfgericht, und es schmeckt recht gut«, sagte Tiriki. »Ich habe vorhin auch davon gegessen. Zumindest braucht man hier nicht zu hungern. Du isst das jetzt – deinem Mund fehlt nichts –, und dann sehen wir weiter.«

Micail starrte sie wortlos an, doch anscheinend erwartete sie keine Antwort. Er hielt es für einfacher, sich den Frauen zu fügen und ihnen zu gestatten, ihm beim Aufrichten zu helfen, als sich zu widersetzen. Und als er das Gericht kostete, stellte er fest, dass er einen gesegneten Appetit hatte.

»Tiriki hat sich verändert«, sagte Galara, während sie Elara den Korb mit frisch geschnittener Weidenrinde reichte. »Nicht, dass ich sie zu Hause allzu oft zu Gesicht bekommen hätte. Als sie Micail heiratete, war ich noch ein Säugling. Sie ist mir immer irgendwie zerbrechlich vorgekommen – weißt du, mit ihrer leisen Stimme und dem blassen Gesicht.«

»Ich weiß, was du meinst. Sie hat sich zweifellos sehr viel aufgeladen!« Elara tauchte einen Holzlöffel in einen Topf, der zwischen den Kohlen stand, und prüfte die Temperatur des Wassers darin.

In der Woche seit ihrer Ankunft war Tiriki wie ein Sommersturm durch das atlantidische Gelände gefegt, hatte dafür gesorgt, dass die Toten mit der angemessenen Würde beigesetzt wurden und die verletzten Überlebenden ausreichende Versorgung durch Heilkundige erhielten. All jene, die in der Lage waren, praktische Arbeit zu verrichten, betraute sie mit verschiedensten Aufgaben; dadurch wurden sie von ihrem Kummer und dem nachwirkenden Entsetzen abgelenkt.

»Wir sind nun mal daran gewöhnt, dass Männer das Sagen haben, und finden uns damit ab«, meinte Elara, »doch im Caratra-Tempel wird gelehrt, dass die Kraft des Handelns weiblich ist und dass jeder Gott seine Göttin braucht, die ihn zum Handeln bewegt. Ohne Frauen bringen Männer möglicherweise nie etwas zustande.«

»Nun, im Fall von Micail und Tiriki trifft das zweifellos zu«, pflichtete Galara ihr bei. »Er hat zwar einiges getan – und ich wünschte, manches davon hätte er unterlassen –, aber ohne sie war er stets nur halb bei der Sache. Es ist seltsam. Ich dachte immer, er sei der Stärkere, aber sie kam ohne ihn besser zurecht als er ohne sie. Vielleicht liegt Damisa gar nicht so falsch mit ihrer Auffassung, dass wir eigentlich überhaupt keine Männer brauchen.«

»Na ja, das solltest du *ihnen* aber lieber nicht sagen!«, meinte Elara lachend. Dann schüttelte sie den Kopf. »Ich allerdings möchte nicht ohne sie sein. Und ich vermute, wenn wir sie nicht hätten, damit sie für uns eine Art Warnung darstellen, würden wohl wir Frauen alle möglichen Dummheiten anstellen.«

Plötzlich wurde sie ernst, als ihr Lanath einfiel. Er hatte das Bewusstsein nicht wieder erlangt, nachdem er von einem Stein getroffen worden war, und sie war sich über ihre Gefühle hinsichtlich des Verlustes immer noch nicht im Klaren. Sie hatte ihn nicht geliebt, aber er war immer da gewesen …

»Wirst du mit Tiriki zu diesem Heiligen Berg gehen, von dem sie uns erzählt hat?«, fragte Galara. »Sie ist immer noch meine Meisterin, und ich denke, mein Platz ist dort, wo sie mich haben möchte, aber du bist nicht mehr die Jüngste.«

Ich habe tatsächlich die freie Wahl, wurde Elara plötzlich bewusst. Zum ersten Mal, seit der Tempel mich auserwählt hat, kann ich selbst entscheiden, wie ich mein Leben gestalten will. Sie schloss die Augen und war überrascht, als sie ein lebhaftes Bild der Grabkammer in Timuls Tempel vor sich sah, so wie sie ihn in Erinnerung hatte. Im Geiste schweifte ihr Blick von einer Wand zur anderen und blieb schließlich am Abbild der Göttin mit dem Schwert haften. Wie sonderbar, dachte sie. Sie hatte immer geglaubt, sie diene der Herrin der Liebe, doch plötzlich spürte sie das Gewicht dieses Schwerts in ihrer eigenen Hand.

»Ich glaube, ich werde mit Timul nach Belsairath zurückkehren«, sagte sie zögernd. »Lodreimi wird allmählich alt, und sie braucht jemanden, der ihr hilft, den Tempel dort zu leiten.«

»Vielleicht kann ich dich mal besuchen«, überlegte Galara wehmütig.

»Nun, darüber würde ich mich freuen.« Elara löffelte etwas Tee aus dem Topf und verzog das Gesicht bei dem bitteren Geschmack, doch sie nahm die Schöpfkelle und füllte den Sud in die Becher. »Gib ein wenig Honig hinein«, riet sie. »Cleta und Jiritaren brauchen inzwischen bestimmt eine weitere Dosis von dem schmerzstillenden Mittel.«

»Weißt du noch, mein Lieber, wie hingebungsvoll du dich um deinen kleinen Federbaum gekümmert hast?«, fragte Tiriki, wobei sie sich um einen beiläufigen Ton bemühte. »Er lebt immer noch – er gedeiht sogar prächtig.«

»In diesem Klima? Unmöglich!«

»Warum sollte ich lügen? Und nachdem ich jetzt schon so lange mit ihm zusammenlebe«, fuhr sie mit einem schelmischen Lächeln fort, »kann ich ihn ja wohl kaum mit etwas anderem verwechseln! Wenn du zum

Heiligen Berg kommst, kannst du dich mit eigenen Augen davon überzeugen. Ich versichere dir, Elis hat eine besondere Begabung, was Pflanzen angeht.«

Sie nahm Micails Arm und zog ihn näher zu sich, während sie ihren Weg entlang des Flusses fortsetzten. Am Tag nach ihrer Ankunft hatte Tiriki es geschafft, ihn zum Aufstehen zu bewegen, und seither ging sie jeden Tag ein Stück weiter mit ihm spazieren. Dies war jedoch das erste Mal, dass sie das Gelände verlassen hatten. Micail spürte selbst, wie er sich allmählich entspannte. Seine Rippen schmerzten immer noch bei jeder Bewegung, doch sie waren nur angebrochen und würden heilen.

Schlimmer als der Schmerz war das Wissen, dass die Leute sie beobachteten – ständig spürte er ihre Augen auf sich ruhen. Sie richteten über ihn und befanden ihn für schuldig; er war verantwortlich dafür, dass so viele der ihren hatten sterben müssen – Stathalkha, Mahadalku, Haladris, Naranchada, selbst der arme Lanath und viele andere mehr! Vielleicht würde es noch weitere Opfer geben. Wie er gehört hatte, ging es Jiritaren bei weitem nicht so gut, wie sein Aussehen den Anschein erweckte. Micails Schuldgefühle waren vielleicht auch deshalb besonders stark, weil seine eigenen Verletzungen ihn daran gehindert hatten, gleich zu Anfang mit den anderen, zutiefst ergriffenen Überlebenden zu trauern. Jetzt versuchten sie, ihr Leben allmählich wieder in den Griff zu bekommen, während er noch immer mit dem Schicksal haderte, weil er selbst nicht unter den Toten war.

Als sie sich dem Fluss näherten, hörten sie Kinderstimmen und trafen eine Gruppe von eingeborenen Jungen und Mädchen an, die in den Untiefen spielten. Ihre sonnengebräunte Haut war beinahe so dunkel wie ihr Haar.

»Ach, bei ihrem Anblick fehlt mir Domara noch mehr. Wenn du zum Heiligen Berg kommst, wirst du sehen ...«, sagte Tiriki wieder.

»Wenn ich zum Heiligen Berg komme?«, gab er wie ein Echo zurück. »Du scheinst dir sehr sicher zu sein, dass ich das tue. Doch nachdem ich den Leuten hier so viel Unglück gebracht habe, könnte es sein ...«

»Sicher kommst du mit mir nach Hause! Ich werde dein Kind nicht allein großziehen!«, rief sie aus. »Seit Domara erfahren hat, dass du am Leben bist, fragt sie andauernd nach dir. Sie ist zwar nur ein Mädchen, kein männlicher Erbe deiner magischen Kräfte, aber ...«

Er packte sie plötzlich mit festem Griff. »Sag ... so etwas ... nicht!«, stöhnte er. »Meinst du vielleicht, mir ist Magie ... wichtig?« Für einen Augenblick war sein rasselndes Keuchen der einzige Laut, der zu hören war.

»Alle sagen, wenn du nicht fähig gewesen wärest, diese Kräfte einzusetzen«, erwiderte Tiriki gleichmütig, »dann wäre der von dem Sonnenrad angerichtete Schaden viel schrecklicher gewesen.«

»Ich habe mir eingebildet, ich könnte die Energie zügeln, für die Haladris die Steine benutzen wollte, deshalb habe ich ihm seinen Willen gelassen«, flüsterte er. »Insofern war mein Stolz nicht geringer als Tjalans. Meine Kräfte haben stets nur zu Schwierigkeiten geführt! Mein Vater musste sterben, weil der Schwarze Orden damals im Alten Land versuchte, sich ihrer zu bemächtigen, und Reio-ta wäre beinahe vernichtet worden. Und ich ... ich wollte sie auf keinen Fall weggeben. Es wäre besser, sie würden mit mir sterben!«

»Darüber können wir ein andermal sprechen.« Tiriki lächelte. »Aber du hättest deine Tochter sehen sollen, wie sie dastand, breitbeinig, die Füße in den Boden und die Fäuste in die Hüften gestemmt, und darauf beharrte, dass sie mitkommen und bei der Suche nach ihrem Vater helfen würde. Ja, sie hat mehr von dir geerbt als die Magie. Nur du kannst sie lehren, mit so viel Stolz umzugehen!«

Micail musste unwillkürlich lächeln, da seine Tochter in diesem Augenblick in seiner Vorstellung zum ersten Mal eine wirkliche Person war, die man etwas lehren, von der man etwas lernen und die man lieben konnte.

»Eure Leute sind auf dem Weg der Besserung, wie ich annehme«, sagte die Königin von Azan. Das war mehr eine Feststellung als eine Frage. Sie hatte Tiriki und Micail eingeladen, das Mittagsmahl mit ihr unter den Eichen des Dorfes einzunehmen, wo eine sanfte Brise, die vom Fluss her wehte, die Hitze der Sonne milderte.

Micail nickte. »Ja, jenen, denen eine Heilung beschieden war, geht es größtenteils wieder gut.«

Tirikis Blick suchte das neue Grabmal, das die Ai-Zir für die Gestorbenen errichtet hatten. Sie unterdrückte den Drang, Micails Arm zu ergreifen und sich zu vergewissern, dass er nicht unter ihnen war. Wenn es nach ihrem Wunsch gegangen wäre, hätten sie diese Begegnung verschoben, bis Micail kräftiger gewesen wäre, doch es war an der Zeit, mit der Planung der Zukunft zu beginnen.

»Und was beabsichtigt Ihr jetzt zu tun?«, fragte Khayan mit einem Seitenblick zur Priesterin Ayo, den Tiriki nicht zu deuten wusste.

»Die Genesung der Verwundeten ist so weit fortgeschritten, dass sie beinahe reisefähig sind. Viele der unseren möchten nach Belsairath zurückkehren«, antwortete Micail. »Tjalans zweiter Befehlshaber hat sich bereit erklärt, sich der überlebenden Soldaten anzunehmen, und ich glaube, man kann ihm vertrauen, dass er sie aus Schwierigkeiten heraushalten und mit irgendwelchen Schiffen, die dort vorbeikommen mögen, handelseinig werden wird. Doch der größte Teil der Priesterschaft wird mit uns zum Land am See reisen.«

»Es sind Stimmen laut geworden«, sagte die Königin mit einem schnellen Blick zum Schamanen Drochrad, der im Schatten eines Baumes saß, »die vorgeschlagen haben, dass Ihr allesamt niedergemetzelt und ins Nirgendwo geschickt werden solltet. Doch wir haben Eure magischen Waffen an uns genommen – oder zumindest so viele, wie wir finden konnten. Wenn *unsere* Krieger diese in Händen haben, reichen Eure verbliebenen Soldaten nicht aus, um es mit uns aufzunehmen.«

Diese Mitteilung hätte Tiriki mehr beunruhigt, wenn sie nicht gewusst hätte, dass die Orichalkum-Beschichtung, mit der die atlantidischen Pfeile, Speere und Schwerter überzogen waren, bald verrotten würde, sodass wer auch immer sie besitzen mochte, keinen Vorteil davon hätte. Und außerdem, dachte sie lächelnd, brauchen wir sie gar nicht. Die Leute am Heiligen Berg haben eine andere Art von Schutz.

»Prinz Tjalan und einige andere haben nicht begriffen, dass wir uns der Lebensweise dieses neuen Landes anpassen müssen und ihm nicht die unsere aufzwingen können«, erklärte sie mit fester Stimme, »doch im Land am See leben wir mit dem Sumpfvolk in Frieden, wie Euch Anet bestätigen kann. Tatsächlich verschmelzen wir immer mehr zu einem einheitlichen Stamm.«

»Das stimmt«, pflichtete Ayo bei. »Meine Schwester Taret berichtet nur das Beste über alles, was Ihr dort getan habt.«

Tiriki hob eine Augenbraue bei dieser Bemerkung, die bewies, dass die weisen Frauen der einzelnen Stämme miteinander in Verbindung standen. Bei Ayo wie auch bei Taret spürte sie, dass sie von Caratra geprägt waren. Sie hatte keine Schwierigkeit damit, die Heiligen Schwestern als Priesterinnen anzuerkennen, deren Status, wenn auch anders geartet, so doch dem ihren gleichwertig war.

»Ihr habt Ruhm und Ehre für König Khattars Stamm verheißen«, warf Drochrad unvermittelt in mürrischem Ton ein, »aber Ihr habt gelogen. Eure Absicht war vielmehr, uns zu Sklaven Eurer Macht zu machen.«

»Das ist wahr«, seufzte Micail, »doch zweifellos haben wir unsere Strafe bekommen. Nehmt die Verluste an Leben, die wir erlitten haben, als Bezahlung für den Schaden, den wir angerichtet haben.«

»Leicht gesagt«, brummte der Schamane, doch auf einen strengen Blick der Königin hin schwieg er kleinlaut.

»Aber warum dies alles geschehen ist ... das verstehe ich nicht«, sagte Ayo schließlich. »Ging es nur um Eroberung? Ich kann derartige Bestrebungen bei Euch nicht spüren.«

»Weil sie nicht vorhanden sind«, warf Tiriki ein, als klar war, dass Micail weder antworten konnte noch wollte. »Ihr müsst eines begreifen: Seit unserer Kindheit kannten wir es nicht anders, als dass unsere Heimat der Vernichtung ausgesetzt war. Doch es gab eine Prophezeiung, derzufolge mein Gemahl einen neuen Tempel in einem neuen Land errichten würde.«

»Aber ich habe sie falsch gedeutet«, sagte Micail, und man merkte ihm an, wie schwer ihm diese Aussage fiel. »Ich dachte, es müsse sich um ein großes, prächtiges Gebäude handeln, von der Art, wie wir sie auf Ahtarrath und im Alten Land hatten. Aber das war ein Irrtum. Ich glaube jetzt, dass es vielmehr darum geht, eine Tradition zu festigen.«

»Eine Tradition«, sagte Tiriki und vollendete seinen Gedanken, »in der die Weisheit des Tempels des Lichtes – und die ist groß, obwohl wir Euch bis jetzt wenig Anlass gegeben haben, das zu erkennen – mit der Erd-Kraft der Bewohner dieses Landes vereint sein soll.«

Ayo nahm eine aufrechtere Haltung an und musterte sie eindringlich. »Soll das heißen, dass Ihr uns in Eurer Magie unterweisen würdet?«

»Wenn Ihr das wünscht, ja. Schickt uns einige Eurer klügsten jungen Frauen, dann werden wir sie ausbilden, sofern die Heiligen Schwestern sich ihrerseits bereit erklären, einige von uns auszubilden.«

»Und auch Eure jungen Männer«, fügte Micail hinzu und hielt Drochrads finsterem Blick stand. »Aber Ihr müsst ihnen etwas zu essen mitgeben.« Er klopfte Tiriki auf die Schulter. »Meine Frau braucht Euer gutes Fleisch und Brot, damit sie etwas auf die Knochen bekommt!«

»In der Tat, unsere Mittel sind dürftig«, bestätigte Tiriki. »In den Tälern um den Heiligen Berg herum gibt es wenig Land für Ackerbau und Viehzucht, und es ist ein entbehrungsreiches Dasein, wenn man ständig nur von dem leben muss, was man in der Wildnis sammelt.«

»Da habt Ihr Recht«, sagte Khayan-e-Durr lächelnd. »Die Äcker und Weiden der Ai-Zir bieten reichlich Nahrung. Wenn die Heiligen Schwestern einverstanden sind, dann stellen wir sicher, dass die jungen Leute, die wir Euch schicken, nicht hungern müssen.«

»Cletas Bein ist noch nicht geheilt«, sagte Ayo nachdenklich. »Erlaubt, dass sie bei uns bleibt, und schickt noch ein weiteres Mädchen her, damit sie ihr Gesellschaft leistet. Wir werden einigen unserer jungen Priesterinnen erlauben, im Austausch dafür bei Euch zu leben.«

»Was ist mit Vialmar?«, fragte Micail. »Er ist schließlich Cletas Verlobter.«

»Ach, der!«, brummte Drochrad verächtlich. »Der macht sich doch vor Angst beinahe in die Hose, wenn ich ihn nur ansehe.«

»Wenn er das Gefühl hat, dass er gebraucht wird, um sich um Cleta zu kümmern, dann wird er gewiss all seinen Mut aufbieten«, erwiderte Micail.

»Vielleicht ...« Der Schamane sah immer noch nicht überzeugt aus, doch schließlich nickte er. »Ich habe einen Neffen. Vielleicht könnt Ihr ihm etwas beibringen. Er macht hier nur Schwierigkeiten! Er bildet sich ein, die Sonne spreche mit ihm.«

Die Luft vibrierte im Rhythmus der stampfenden Füße der Ai-Zir, als ob die Ebene von Azan zu einer riesigen Trommel geworden wäre. Selbst die Sterne schienen im Takt zu blinken; ihr Funkeln spiegelte sich in den lodernden Flammen der Feuer am Boden. Damisa hatte so etwas noch nie erlebt – gewiss nicht bei den bescheidenen Festen, die die Sumpfbewohner üblicherweise veranstalteten –, aber das war nicht alles. Hier ging etwas vor sich, das nicht einmal während der viertägigen Feierlichkeiten geschehen war, die sie als Kind in Alkonath erlebt hatte. Sie nestelte an der Schlinge herum, die ihre Schulter unbeweglich hielt, um zu erreichen, dass sie etwas angenehmer saß. Wenigstens war das Schwindelgefühl, das auf ihre Gehirnerschütterung gefolgt war, weitgehend verschwunden.

»Wenn wir nicht wären, wüssten sie nicht einmal das genaue Datum der Sommersonnenwende«, bemerkte Cleta missmutig, während sie den Tänzern zusahen, die das Feuer umkreisten. Damisa sah hinab auf das geschiente Bein des Mädchens. Sie vermutete, dass es wieder schmerzte. Mit dem, was an uns beiden noch heil ist, würde man vielleicht gerade mal *eine* ganze Priesterin zusammenstückeln können, dachte sie.

Auf der anderen Seite des Feuers hatte man einen niedrigen Erdhaufen aufgeschichtet, auf dem König Khattar in vollem Ornat auf einer mit dem Fell eines roten Stiers bedeckten Bank saß. Selbst im schmeichelnden Licht des Feuers sah er alles andere als gesund aus. Damisa hätte sich beinahe als seine Leidensgenossin gefühlt, doch man hatte ihr versichert, dass *ihre* Schulter im Lauf der Zeit heilen würde. Khattar wurde immer noch als Großkönig anerkannt, doch es war klar, dass die Macht über kurz oder lang auf seinen Neffen übergehen würde, der nun neben ihm saß.

Damisa hatte bereits mehr über Stammespolitik gelernt, als sie jemals begierig gewesen war zu erfahren; das alles erinnerte sie auf unangenehme Weise immer mehr an die Palastintrigen, von denen sie als Kind auf Alkonath gehört hatte, und es machte deutlich, dachte sie, dass die Unterschiede zwischen den Atlantiden und den Ai-Zir in Wirklichkeit nichtig waren.

»Da kommen unsere tapferen Beschützer«, sagte Cleta, als Vialmar und Reidel sich zwischen den Tänzern hindurch einen Weg zu ihnen bahnten; jeder der beiden hielt einen auffällig bemalten Becher in der Hand.

»Über so etwas scherzt man nicht«, rügte Damisa sie mit hochgezogenen Augenbrauen. »Ich nehme an, du hast dir nicht überlegt, was du gesagt hast.«

Cleta gab ihr ein wortloses Lächeln zur Antwort; sie beide wussten, dass Vialmars Schenkel durch den ersten der heranfliegenden Gesteinsbrocken getroffen und schwer verletzt worden war. Er humpelte immer noch. Und Damisa erinnerte sich nur allzu gut, dass *sie* es gewesen war, die Reidel geschützt hatte, während der Steinkreis zerborsten war. Als er ihr jetzt einen Becher reichte, fragte sie sich, wie schon so oft zuvor, welcher Wahn sie zu diesem Handeln bewogen haben mochte.

»Das Zeug heißt Met«, erklärte Vialmar und fügte voller Begeisterung hinzu: »Versuch's mal – es schmeckt verdammt gut.«

Damisa nahm vorsichtig einen kleinen Schluck. Das Getränk war süß und schmeckte entfernt nach Teli'ir, doch – zum Glück für ihren schmerzenden Kopf – schien es nicht annähernd so stark zu sein. Trotzdem kam es ihr seltsam vor, hier zu sitzen und zu trinken, nachdem Tjalan – und so viele andere – nicht mehr unter den Lebenden weilten.

Sie saßen eine Zeit lang da und unterhielten sich, bis sich Cleta eingestehen musste, dass ihr Bein schrecklich wehtat. Vialmar, der groß und kräftig war, hob sie einfach hoch und trug sie langsam zurück zum Gelände, wobei er kaum mehr humpelte; Reidel und Damisa blieben allein zurück. Plötzlich unruhig geworden, stand sie auf.

»Dieses Zeug steigt mir zu Kopf. Ich muss ein bisschen spazieren gehen.«

»Ich komme mit«, sagte Reidel und erhob sich ebenfalls.

Sie errötete, da sie sich daran erinnerte, wie es das letzte Mal abgelaufen war, als er sie nach einer Feier begleitet hatte. Dennoch war ihr klar, dass es nicht klug wäre, zwischen so vielen unterschiedlich gearteten Leuten allein herumzuwandern. Unter den Eingeborenen gab es immer noch etliche, die den Atlantiden gegenüber keine guten Gefühle hegten.

Schweigend ließ Damisa sich von ihm zu dem Weg am Fluss führen. Seine Hand war kräftig und warm, bedeckt mit Schwielen von der schweren Arbeit, aber schließlich war die ihre auch nicht gerade samtweich und damenhaft gepflegt.

»Ich habe Euch noch nicht dafür gedankt, dass Ihr mir das Leben gerettet habt«, sagte er, als der Lärm hinter ihnen verebbte. »Ich war wahnsinnig anzunehmen, ich hätte irgendetwas tun können, um die zerstörerische Magie abzuwenden. Doch niemals hätte ich mir vorgestellt, dass Ihr ...«

»Zumindest habt Ihr einzugreifen versucht«, entgegnete sie. »Ich hingegen habe nur zugesehen.«

Sie gingen eine Weile schweigend weiter und lauschten dem Glucksen des Wassers und dem Rauschen des Windes in den Bäumen.

»Ich bedauere den Tod von Prinz Tjalan«, sagte Reidel schließlich. »Ich weiß, dass Ihr ihn geliebt habt.«

Ihre unversehrte Schulter zuckte hoch. »Ich bin mir nicht sicher, ob es Liebe war oder ob er mich nur verwirrt hat.« Selbst jetzt noch bebte sie innerlich bei der Erinnerung an diese schlanke, breitschultrige Gestalt und das hinreißende Lächeln. Sie hatte viel zu lange gebraucht, um sich zu fragen, was dahinter steckte. »Letztendlich musste ich jedoch feststellen, dass ich ihm nicht trauen konnte, obwohl er mein Vetter war.«

Sie runzelte leicht die Stirn und überlegte, wann sie diesen Traum aufgegeben hatte. Dann spürte sie ein Brennen in den Augen und blinzelte Tränen weg.

»Ihr weint ja ...«, sagte Reidel. »Verzeiht mir, ich hätte nicht davon anfangen sollen.«

»Seid still!«, schrie sie. »Begreift Ihr denn nicht? Ich bin bis jetzt noch nicht fähig, mich von ihm zu lösen!«

»Er war ein großartiger Mann ...«, brachte Reidel mühsam hervor. »Und er war von königlichem Geblüt, Euch ebenbürtig. Ich wollte nur, dass Ihr wisst ...« Er schluckte. »Ich wollte Euch wissen lassen, dass ich jetzt begreife. Es war verrückt von mir, zu glauben, dass Ihr und ich ...« Er verstummte erneut, als Damisa sich ihm zu drehte und ihn am Vorderteil seiner Tunika packte.

»Es gibt etwas, das *ich Euch* wissen lassen möchte«, sagte sie leise und senkte den Blick. »Ich hatte viel Zeit zum Nachdenken, als ich im Bett lag, während die Heilkundigen sich mit mir beschäftigten. Vieles von den Geschehnissen am Sonnenrad ist in meiner Erinnerung verschwommen. Aber an eines erinnere ich mich sehr genau. Als die Steine auf uns herabfielen, wart Ihr derjenige, den ich, einer Eingebung folgend, rettete. Nicht Tjalan – Euch!«

»Ja. Ihr habt mir befohlen, am Leben zu bleiben.«

Sein Ton hörte sich an, als ob er lächelte. Ihr Atem ging schneller, und nun wagte sie es, ihn anzusehen; er legte sehr sanft die Arme um sie. Liebte sie ihn? Selbst jetzt wusste sie es nicht genau. Aber es fühlte sich gut an, von ihm umschlungen dazustehen.

»Ich kann dir nur ein armseliges Leben bieten, Reidel«, sagte sie mit einer so schwachen Stimme, dass sie selbst sie kaum für die ihre halten konnte. »Aber ich *brauche* dich. Das weiß ich jetzt.«

»Ich würde mich glücklich schätzen, mit dir leben zu dürfen ... unter allen Umständen.« Jetzt war er derjenige, der schwer atmete. »Ich habe stets die Herausforderung geliebt, im Sturm zu segeln.«

In den dunklen Stunden kurz vor der Morgendämmerung stand Tiriki mit Micail vor dem zerbrochenen Steinkreis. Die letzte Glut einzelner Freudenfeuer glimmte noch hier und da in der Ebene, herabgefallenen Sternen gleich. Am Himmel jedoch herrschte mehr Beständigkeit. Allerdings war der Mond verborgen und wetteiferte nicht mit dem unglaublichen Leuchten der Sterne. Chedan hätte die Botschaft, die sie vermittelten, natürlich sofort erfasst, doch auch Tiriki erkannte einiges davon, und ihr wurde klar, dass sie mehr von seinem astrologischen Wissen in sich aufgenommen hatte, als sie gedacht hatte.

Die Sterne der Reinheit, der Gerechtigkeit und der freien Wahl funkelten im Gürtel Manoahs – jener Konstellation, die von den Menschen hier ›Jäger des Schicksals‹ genannt wurde. Vor einem Jahr hatte Chedan ihr erzählt, dass damals, als der Stern namens Zauberer und die Sonne gemeinsam im Zeichen der Fackel gewandert waren, ein neues Licht in die Welt gekommen war. Doch zu jener Zeit waren der Große Herrscher und der Blutstern gegen sie gewesen. Jetzt verweilte der Rote Stern beim Friedensstifter, und Caratras Stern war weitergezogen, um den Geflügelten Stier zu besänftigen. Am Himmel gab es Hoffnung, doch auf Erden hielten sich hartnäckig verschiedene Probleme, die gelöst werden mussten.

Ihre Zukunft mit Micail war eines davon, und die, so vermutete sie, hing davon ab, ob er in der Lage wäre, sein Priesteramt wieder aufzunehmen. Während der vergangenen Wochen hatte sie ihn gepflegt, gefordert und geliebt – und zumindest an der Liebe würde sich nichts ändern. Aber sie war nicht mehr einfach nur seine Bettgefährtin und Priesterin. Sie hatte sich weiterentwickelt, und sie wusste noch nicht, ob Micail aus seiner Prüfung mit einer Kraft hervorgegangen war, die der ihren angemessen war.

Micail trug nun wieder das Diadem eines Ersten Hüters, während sie sich nur in das Blau einer Caratra-Priesterin kleidete. Vor ihnen ragten die verbliebenen Steine des Kreises schwärzer als der Raum zwischen den Sternen auf. Nur drei Trilithen der inneren Hufform standen noch unversehrt da, und etliche Lücken klafften im äußeren Kreis, der zuvor geschlossen gewesen war. Selbst an ihrem etwas entfernten Standort konnte sie die Macht dieser Steine spüren, und sie war verwirrt und wütend, trotz der friedlichen Nacht.

Die Finger von Tirikis linker Hand waren mit denen von Micails Rechter verflochten. In der anderen trug sie Chedans Stock, der mit den Insignien eines Magiers versehen war. Micail hatte ihr in diesem Zusammenhang keine Fragen gestellt, und sie war sich noch nicht schlüssig, welche Erklärung sie ihm geben sollte. Während der vergangenen Woche hatte sie ihn allmählich in die Welt der Lebenden zurückgeholt und beobachtet, wie er von Tag zu Tag kräftiger und sicherer wurde. Doch Chedan hatte ein ungeheures Vermächtnis hinterlassen, das bis jetzt nicht abgerufen worden war. War Micail stark genug, es anzunehmen? War er es wert, dieses Erbe anzutreten? Was das betraf, konnte sie es sich nicht leisten, sich von ihrer Liebe zu ihm blenden zu lassen.

Warum hatte er sie zu dieser Stunde zum Sonnenkreis geführt, nachdem er sie zuvor aufgefordert hatte, das feierliche Gewand einer Priesterin anzulegen? Sie zitterte in dem kalten Wind, der wie üblich vor der Morgendämmerung wehte. Morgen sollten sie die Reise zum Heiligen Berg antreten. Vielleicht, dachte sie, ist er gekommen, um ganz persönlich Abschied zu nehmen. Das hier war schließlich seit vielen Jahren sein Leben und seine Arbeit – sein grausamer Sohn, wie er es nannte.

Sie blinzelte, als plötzlich ein rotes Licht auf den Steinen schimmerte. Es kam von Westen! Sie klammerte sich an Micail, da sie sich an den gespenstischen Lichtschein am Himmel erinnerte, als Ahtarrath untergegangen war.

»Was ist denn?« Sein Arm legte sich fest um sie.

»Die Flammen! Siehst du sie nicht?« Erinnerungen überfluteten sie wie die Woge, in der das Seereich untergegangen war. »Ich sehe alles – Ahtarrath brennt, die Inseln Ruta und Tarisseda, ganz Atlantis, alles versinkt unter den Wassermassen.« Sie bemühte sich um Selbstbeherrschung.

»Nein, das ist nur irgendein Wächter, der ein Feuer entfacht«, sagte Micail beschwichtigend. Aber sie schüttelte den Kopf.

»Dieses Feuer wird immer brennen, solange wir uns erinnern können. Warum haben die Götter zugelassen, dass so etwas geschieht? Warum leben wir noch, wenn so viele andere gehen mussten?«

Micail seufzte, doch sie merkte, wie der Arm, der sie hielt, zitterte. »Meine Liebste, ich weiß es nicht. War es eine Auszeichnung, gerettet zu werden, damit wir die Prophezeiung erfüllen, oder werden wir eines Tages bestraft werden, weil wir die Geheimnisse des Tempels weitergetragen haben – auch wenn wir auf einen höheren Befehl hin gehandelt haben?«

Ja, er hatte gewiss viel nachgedacht. Tiriki spürte die Flamme der Hoffnung in ihrer Brust. »Meinst du, dass wir uns in unseren späteren Leben daran erinnern werden?«, fragte sie unvermittelt.

»Solange uns das Rad auf dieser Erde von einem Leben zum nächsten trägt, wie sollten wir da vergessen können? Die Eide unserer Mütter binden uns immer noch, oder etwa nicht? Die Art und Weise unseres Erinnerns mag sich verändern, so wie jedes neue Leben neuen Kummer und neue Herausforderungen bringt, aber vielleicht werden wir von diesem Augenblick träumen. Es gibt einige Dinge, die stets unverändert bleiben ...«

»Meine Liebe zu dir, deine Liebe zu mir?« Sie wand sich in seinen Armen, und er hielt sie fest, bis ihr Beben etwas nachließ. Dann küsste er sie, und wieder spürte sie, wie die Wärme des Lebens ihre Gliedmaßen durchströmte.

»Das vor allem«, antwortete er ein wenig atemlos, als ihre Lippen sich trennten. »Vielleicht ist das der größte Schatz, den wir aus Atlantis mitgebracht haben, denn wie sehr wir uns auch bemühen mögen, die alte Weisheit zu bewahren, sie wird sich zwangsläufig in diesem neuen Land verändern.«

»Die Geheimnisse werden dereinst verloren sein, das Wissen vergeht«, sagte sie feierlich. »Atlantis wird zur Legende, es bleiben eine überlieferte Sage von Ruhm und Größe und eine Warnung an jene, die sich Kräfte zu Eigen machen wollen, die nicht für Menschen bestimmt sind.«

Micail richtete den Blick auf den Steinkreis. Die Sterne verblassten, während die Welt sich dem Morgen zuneigte. »Ich habe all mein Wissen in dieses Bauwerk einfließen lassen – aber nicht meine Weisheit, denn mein Bestreben war allein auf Macht gerichtet.«

»Wenn du könntest«, fragte sie, »würdest du die umgefallenen Steine wieder aufrichten und das Sonnenrad so vollenden, wie es geplant war?«

Micail schüttelte den Kopf. »Die Stammeshäuptlinge haben mich gebeten, das zu tun, aber ich habe ihnen gesagt, dass zu viele unserer Mysterienmeister ums Leben gekommen sind. Ich meine, die Steine sollen liegen bleiben. Wenn Drochrad oder irgendjemandem sonst so sehr an ihrer Wiederaufrichtung gelegen sein sollte, dass man es allein mittels roher menschlicher Kraft versucht, dann möge dies geschehen. Aber die Stammesleute fürchten sich davor, sie zu berühren, und wenn diese Furcht irgendwann einmal vergangen sein wird, dann wird sich niemand mehr daran erinnern, welchem Zweck das Sonnenrad eigentlich hätte dienen sollen.«

»Sie haben Recht, sich davor zu fürchten«, murmelte Tiriki. »Diese Steine bergen immer noch Zorn in sich.« Das hatte sie in dem rauchartigen Schatten gespürt, der zwischen ihnen aufgestiegen war, als sie auf dem Weg zum Dorf an ihnen vorbeigekommen war. Auch jetzt nahmen ihre inneren Sinne ein zorniges Glimmern war.

»Es sind genügend Steine stehen geblieben, um die Bewegungen des Himmels zu berechnen und den Lauf der Energieströme zu kennzeichnen. Der wahre Tempel befindet sich in unseren Herzen. Wir müssen kein Bauwerk aus Orichalkum und Gold errichten.«

»Es ist nicht nur unsere Liebe zueinander, die uns bindet«, sagte Tiriki, »sondern auch unsere Liebe zu diesem Land. Ich habe für die Rettung des Heiligen Berges ebenso gekämpft wie für die Rettung der mir anvertrauten Menschen. In zukünftigen Leben wird das Schicksal uns vielleicht an andere Orte verschlagen, aber ich glaube, dass es uns letztlich immer wieder hierher ziehen wird.«

»Und dennoch hast du den Heiligen Berg verändert, indem du den Omphalos-Stein dort vergraben hast.«

»Meinst du, ich hätte mich nicht in vielen Albträumen mit der Frage gequält, was geschehen könnte, wenn sich dessen Energie über dieses Land ergießen würde? Doch ich hatte den Segen der Mächte, die hier wirken, und die Welt befindet sich wieder im Gleichgewicht.«

»Für eine gewisse Zeit«, sagte Micail ruhig. »Wenn Dyaus sich Bahn bricht, bringt er Zerstörung, aber auch ... Veränderung. Und so soll es sein. Die Dinge sollen sich verändern. Wir sind nicht mehr der Herr und die Herrin von Ahtarrath. Die Menschen von Alkonath, die überlebt haben, haben mir das Falkenbanner gegeben – sie sehen in mir jetzt ihren Anführer, doch das einzige Reich, über das ich herrschen möchte, ist das meiner eigenen Seele.«

»Das Banner ist nicht das Einzige, was du geerbt hast.« Plötzlich wurde Tiriki bewusst, dass sie ihre Entscheidung getroffen hatte. »Chedan hat gesagt, du seist sein Erbe. Dies ist sein Stock ...« Sie hielt ihn Micail hin, und nach kurzem Zögern nahm er ihn entgegen.

»Es ist seltsam«, fuhr sie fort, »ich glaube, ich habe dir einmal erzählt, dass die Sumpfbewohner mich Morgan nennen – die Frau, die aus dem Meer kommt. Und Chedan nannten sie Sonnenfalke oder manchmal Merlin. Beides sind Namen für die einheimische Falkenart.«

»Ich habe geträumt, Chedan gäbe mir bestimmte Anweisungen«, sagte Micail mit bebender Stimme. Er wandte sich erneut um und blickte zu den Steinen. »Sieh zu und sei meine Zeugin, Tiriki! Jetzt weiß ich, warum ich hierher kommen musste und was ich zu tun habe. Als wir gesungen haben, ist ein Rest von Macht in dem Kreis geblieben. Ich muss sie vollends wegsingen, sonst wird in diesem Land niemals Friede einkehren.«

Sie wollte widersprechen, ihn von den wütenden Energien wegziehen, die in diesen zerbrochenen Steinen pulsierten. In ihrer Eigenschaft als Priesterin wusste sie, dass das, was er sagte, richtig war, und in seiner Eigenschaft als Priester hatte er die Pflicht, Wiedergutmachung zu leisten, wo er Schaden angerichtet hatte. Sofern er dazu in der Lage war ...

Also sah sie schaudernd zu, wie er an den umgestürzten Steinen vorbei in den Kreis trat. Aufmerksam beobachtete sie das Geschehen; sie sah und fühlte gleichzeitig den tiefroten Schimmer, der unruhig von einem Stein zum anderen übersprang. Sie schwankte und fragte sich, wie er die gewaltige Hitze ertragen konnte; sie selbst hielt sich nur dadurch auf den Beinen, dass sie die Füße fest in die Erde stemmte.

Micails hoch gewachsene Gestalt war ein blasser, verschwommener Umriss, während die Steine auf seine Gegenwart reagierten wie Kohlen, deren Glut vom Wind angefacht wurde. Würde es ihm gelingen, sie zu beherrschen? Instinktiv hob Tiriki die Arme, um Kraft aus dem Boden zu ziehen, auf dem sie stand, und diese durch ihre Hände zu ihm zu lenken.

Tiriki sah, dass er sang. *Gebt Frieden!*, rief ihr Herz den Steinen zu. *Findet euer Gleichgewicht, kommt zur Ruhe ...*

Micail schritt immer noch zwischen ihnen einher, auf Chedans geschnitzten Stock gestützt. Doch ob aufgrund seines Gesangs oder ihres Gebets – das pulsierende Schimmern wurde nicht schwächer, sondern anders, verwandelte sich von zornigem Rot in dumpfes

Gold, das nur ganz allmählich verblasste, bis es nicht mehr zu sehen war.

Als Micail geendet hatte, wurde der Himmel fahl. Tiriki zitterte vor Kälte, doch als er zu ihr kam, strahlte von ihm die Wärme richtig angewandter Kraft ab.

»Es ist vollbracht«, sagte er leise und wärmte ihre Hände zwischen den seinen. »Jetzt wird der Ring als Anker für die Energieströme dienen und das Rad der Jahreszeiten kennzeichnen. Der Tag wird kommen, an dem die Menschen alles vergessen haben werden. Sie werden vergessen haben, welche Bedeutung das hier einst gehabt hat, und darin nichts anderes mehr sehen als einen Ring aus alten Steinen. Aber ich werde nichts vergessen, ich werde zu dir zurückkommen, Geliebte. Im Leben und über das Leben hinaus, das gelobe ich.«

»Im Namen der Göttin, ich gelobe dasselbe.« Denn du bist bereits zu mir zurückgekehrt, mein Geliebter, fügte ihr Herz lautlos hinzu. Jeder von uns hat seinen eigenen Sieg davongetragen!

»Schau!«, sagte er dann und deutete über den Kreis hinweg zu dem niedrigen Steinwall im Südosten.

Die Ebene war dunkel, die Erde noch vom Schleier der Nacht bedeckt, doch am östlichen Himmel nahte der neue Tag, rosarot mit einem leuchtenden Goldschimmer. Das sah nun ganz und gar nicht wie ein Feuer aus, dachte Tiriki bei sich, sondern vielmehr wie das Erblühen einer Blume, deren rosige Spiegelung den großen Steinen plötzlich Leben einhauchte.

»Sieh nur, Manoah kommt, in Licht gewandet ...«

»Ni-Terat ist in seiner Umarmung fruchtbar geworden!«, antwortete Tiriki. Das waren uralte Worte, doch bis jetzt hatte sie deren wahre Bedeutung nie verstanden.

»Gelobt sei der Herr des Tages!«

»Gelobt sei die Mutter der Dunkelheit!«

Ein heller Streifen zuckte am Horizont entlang, Licht ergoss sich auf die Welt, und plötzlich war die düstere Erde in strahlendes Grün gekleidet.

»Gelobt sei die Herrin des Lebens ...«, riefen sie gemeinsam, während das Licht noch heller erstrahlte und die Tochter von Ni-Terat und Manoah sich erhob und sie mit dem ersten Sonnenlicht des Mittsommertages segnete.

Nachwort

Von Atlantis bis Avalon

In Marion Zimmer Bradleys *Die Nebel von Avalon* erinnert sich Igraine an ein vergangenes Leben, in dem sie eine Priesterin und Uther ein Priester in Atlantis waren und den Bau von Stonehenge in der Ebene von Salisbury erlebten. Dieser Gedanke ist natürlich nicht neu. In der englischen Folklore wird häufig auf verlorene Kulturen Bezug genommen. Sie bieten nahe liegende Erklärungen für so umstrittene Erscheinungen in der Landschaft wie den Zodiakus von Glastonbury oder den deutlicher ins Auge fallenden spiralförmigen Weg um den Heiligen Berg. Legenden über ein Goldenes Zeitalter, von Atlantis bis Camelot, haben uns von jeher beschäftigt; unvergänglich ist der Traum von einem leuchtenden Reich voller Frieden und Harmonie, voller Macht und Glanz, das eine Zeit lang in voller Blüte steht und dann auf tragische Weise endet. In *Die Nebel von Avalon* erzählt Marion den Untergang des Reiches von König Arthur, doch lange bevor dieses Buch geschrieben wurde, hatte sie sich mit der Geschichte eines noch viel älteren Reiches beschäftigt.

In der Regel war Marion nicht übermäßig bestrebt, einen Zusammenhang zwischen ihren Büchern herzustellen. Der Bezug zu Atlantis in *Die Nebel von Avalon* ist eine ganz persönliche Reminiszenz, die Erinnerung an ihr erstes Buch, eine düster-okkulte Rittersaga mit dem tiefgründigen Titel *Web Of Darkness*. Die unterscheidenden Merkmale dieses privaten Atlantis sind deutlich erkennbar in der anderweltlichen Magie von Avalon, aber auch in der von Telepathie bestimmten Darkover-Welt ihrer zahlreichen Science-Fiction-Romane und tatsächlich bei fast allen anderen der von Macht verseuchten Individuen (und Gesellschaften), die in ihren Romanen vorkommen.

Web Of Darkness war ursprünglich in den 1950er Jahren geschrieben worden. Es war eine Geschichte von geheimnisvollen Kräften, von Stolz und Macht und der Abbüßung von Sünden und vor allem von der Liebe, angesiedelt in den Tempeln des Alten Landes, aus dem das Inselreich Atlantis hervorgehen sollte. In den 1980ern, als sich ein Markt für Fantasy-Romane für Erwachsene entwickelte und somit die Veröffentlichung einer solchen Geschichte möglich wurde, war Marion mit anderen Projekten beschäftigt; deshalb bat sie ihren Sohn David, der die Originalversion als Kind gelesen hatte, sie zu überarbeiten. Davids Kenntnissen zu diesem Thema ist es letztlich zu verdanken, dass *Die Ahnen von Avalon* geschrieben werden konnte.

Im Jahr 1983, ein Jahr nachdem *Die Nebel von Avalon* ihren Aufstieg zum Ruhm begonnen hatten, wurde der Roman in Form von zwei Taschenbuchausgaben von Donning Press mit den Titeln *Web Of Light* und *Web Of Darkness* endlich verlegt. Eine Version für den Massenmarkt wurde im darauf folgenden Jahr von Pocket Books herausgegeben; später wurde er bei Tor als

Gesamtband unter dem Titel *The Fall Of Atlantis* (dt.: *Das Licht von Atlantis*) veröffentlicht. Der Kampf der Charaktere in diesem Buch ergibt sich aus der Geburt von zwei Kindern, die laut verschiedenen Prophezeiungen die Katastrophe überleben, bei der sich das Schicksal von Atlantis – nämlich sein Untergang – erfüllt.

Als ich mit Marion an der Überarbeitung des Romans *Die Wälder von Albion* arbeitete, erzählte sie mir, dass sie immer das Gefühl habe, zwei der Hauptcharaktere, Eilan und Caillean, seien Reinkarnationen der Geschwister Deoris und Domaris, die sich selbst und ihre Nachkommen in *Web Of Darkness* für ewig aneinander und an die Göttin binden. Wir kamen zu dem Schluss, dass deren Kinder, Tiriki und Micail, in diesem Buch als Sianna und Gawen wieder aufgetaucht waren. Danach war es ein Leichtes, die Spur der Reinkarnationen durch *Die Herrin von Avalon, Die Priesterin von Avalon* und *Die Nebel von Avalon* zu verfolgen.

Es war eindeutig, dass eine Verbindung zwischen Atlantis und Avalon bestand. Wie, fragte ich mich, ist das Inselreich untergegangen? Und wie haben die Überlebenden dieser Katastrophe die nebeligen Inseln im Norden erreicht und den magischen Heiligen Berg gefunden, der eines Tages als die Insel Avalon bekannt werden würde? Es lag auf der Hand, dass eine weitere Geschichte darauf wartete, erzählt zu werden.

Die Verflechtung von Legende und Archäologie war eine Herausforderung. Ich bin Viking Books dankbar dafür, dass sie mich gebeten haben, diese Geschichte zu erzählen, und ich danke auch David Bradley für seinen Scharfsinn und seine Hilfe bei der Entwicklung des

Umfeldes und der Charaktere in einem Geist, der im Einklang mit Marions Originalversion steht.

All jenen, die mehr über das prähistorische Britannien wissen möchten, empfehle ich die Bücher *The Age of Stonehenge* von Colin Burgess, *Hengeworld* von Mike Pitts, *Stonehenge* von Leon Stover und Bruce Kraig sowie die Bände von *English Heritage,* die sich mit Britannien im Bronze-Zeitalter und mit Glastonbury beschäftigen. Was den Heiligen Berg angeht, möchte ich auf *The Lake Villages of Somerset* von Stephen Minnit und John Coles sowie auf John Michells *New Light on the Ancient Mystery of Glastonbury* und auch auf die Bücher von Nicholas Mann zum Thema Glastonbury verweisen. Nachdem ich bereits zu dem Schluss gekommen war, dass das Gebilde von Stonehenge bestimmten Einflüssen der Klänge unterliegen *musste,* die innerhalb des Kreises erzeugt wurden, stieß ich im Wartezimmer meines Arztes auf den Artikel »Sounds of the Spirit World« von Aaron Watson (in *Discovering Archaelogy,* 01-02/2000), der über derartige akustische Experimente berichtet.

Verzeichnis der Personen

PERSONEN, DIE MIT ATLANTIS UNTERGEHEN

Aldel	von Ahtarrath; Priesterschüler, verlobt mit Elis, kommt bei der Bergung des Omphalos ums Leben
Deoris	Tempelname ›Adsartha‹; ehemals Caratra-Priesterin, Mutter Tirikis, verheiratet mit Reio-ta
Domaris	Heilige Hüterin, Priesterin des Lichtes, Mutter Micails
Gremos	Priesterin, Hausmutter der Priesterschüler
Kalhan	von Atalan; Priesterschüler, verlobt mit Damisa
Kanar	Oberster Astrologe des Tempels von Ahtarrath, erster Lehrmeister Lanaths
Lunrick	Händler aus Ahtarra
Mesira	Oberste Heilerin, Priesterin des Caratra-Kults
Micon	Fürst von Ahtarrath, Vater Micails

kursiv = schon vor Beginn der Geschichte verstorben

versal = Hauptpersonen

Mikantor	Fürst von Ahtarrath; Vater Micons und Reio-tas
Pegar	Grundbesitzer auf Ahtarrath
Rajasta	Magier, Priester des Lichtes und Heiliger Hüter im Alten Land
Reio-ta	Regent von Ahtarrath und Verwalter im dortigen Tempel des Lichtes; Priester, Onkel Micails und Ziehvater Tirikis
Riveda	leiblicher Vater Tirikis, Heiler, Magier; im Alten Land Vorsteher des Ordens der Grauen; wegen Hexerei hingerichtet

Personen am Heiligen Berg

Adeyna	Gemahlin des Händlers Forolin
Alyssa	von Caris; Tempelname ›Neniath‹; Priesterin des Ordens der Grauen (die Graue Magierin), Seherin und Meisterin der Mysterien
Arcor	von Ahtarrath; Matrose auf der *Purpurschlange*
Aven	alkonischer Matrose auf der *Purpurschlange*
Cadis	ahtarranischer Matrose auf der *Purpurschlange*
CHEDAN ARADOS	ursprünglich von Alkonath; Sohn Naduils, Priesterschüler im Alten Land vor dessen Untergang, ehemals Heiliger Hüter, inzwischen Magier; Neffe Ardrals

DAMISA	von Alkonath; älteste Priesterschülerin, Base des Prinzen Tjalan, verlobt mit Kalhan
Danetrassa	von Caris; Priester des Lichtes, Helfer Ardrals in der Bibliothek; erreicht mit dem zweiten Schiff den Heiligen Berg
Domara	Tochter Tirikis und Micails, am Heiligen Berg geboren
Eilantha	Tempelname Tirikis
Elis	von Ahtarrath; eine der Priesterschülerinnen, hat eine besondere Hand für Pflanzen
Forolin	Händler von Ahtarrath; erreicht mit dem zweiten Schiff den Heiligen Berg
Iriel	von Ahurabath; jüngste Priesterschülerin, zum Zeitpunkt des Untergangs zwölf Jahre alt
Jarata	Händler von Ahtarrath
Kalaran	Priesterschüler, verlobt mit Selast
Kestil	Tochter Forolins und Adeynas, bei der Ankunft am Heiligen Berg fünf Jahre alt
Larin	Matrose auf der *Purpurschlange*, später in die Priesterschaft aufgenommen
Liala	(›Atlialmaris‹) von Ahtarrath; Priesterin des Blauen Ordens und Heilerin
Malaera	einfache Priesterin des Blauen Ordens
Metia	ranghohe Saji, Amme Domaras
Nessel	Ehefrau Reihers, des Häuptlings des Sumpfvolks
Otter	Sohn des Häuptlings Reiher

Reidel	von Ahtarrath; Sohn Sarhedrans, Kapitän der *Purpurschlange*, später Priester des Lichtes der Sechsten Stufe
Reiher	Häuptling des Sumpfvolks
Rendano	von Akil; einfacher Priester im Tempel des Lichtes, übersinnlich begabt
Rotfarn	Frau aus dem Sumpfvolk
Schildkröt	Sohn Nessels, Angehöriger des Sumpfvolks
Schmutzfink	Sohn Nessels, Angehöriger des Sumpfvolks
Selast	von Cosarrath; Priesterschülerin, verlobt mit Kalaran
Taret	Weise Frau aus dem Sumpfvolk, wohnt am Heiligen Berg
Teiron	alkonischer Matrose auf der *Purpurschlange*
Teviri	Saji, Betreuerin Alyssas
TIRIKI	von Ahtarrath; Tempelname ›Eilantha‹, Hüterin im Tempel des Lichtes; Gemahlin Micails; wird später als Igraine von Avalon wiedergeboren
Virja	Saji, Betreuerin Alyssas
Zirpchen	Tochter Nessels, Angehörige des Sumpfvolks

Personen in Belsairath und Azan

Aderanthis	von Tapallan; Priesterin der mittleren Rangebene im Tempel von Ahtarrath
Anet	Tochter der Hohen Priesterin Ayo und des Königs Khattar von den Ai-Zir
Antar	Leibwächter des Prinzen Tjalan
ARDRAL	von Atalan; Tempelname ›Ardravanant‹, so viel wie ›Erkenner des Strahlenden Lichtes‹; Meister der Mysterien, Siebenter Heiliger Hüter im Tempel des Lichtes auf Ahtarrath, Kustos der Bibliothek, Onkel Chedans
Ayo	Heilige Schwester der Ai-zir, Hohe Priesterin in Carn Ava
Baradel	älterer Sohn Tjalans, zum Zeitpunkt des Untergangs sieben Jahre alt
Bennurajos	von Cosarrath; Sänger im Tempel des Lichtes auf Ahtarrath, Fachmann für Pflanzen und Tiere
Chaithala	Prinzessin von Alkonath; Gemahlin Tjalans
Cleta	von Tarisseda Ruta; Priesterschülerin, Kräuterkundige, verlobt mit Vialmar; zum Zeitpunkt des Untergangs fünfzehn Jahre alt
Cyrena	Prinzessin von Tarisseda; verlobt mit Baradel; zum Zeitpunkt des Untergangs neun Jahre alt
Dan	Schwertkämpfer, einer der drei berühmten Gefährten des Prinzen Tjalan

Dantu	Kapitän von Tjalans Flaggschiff *Königssmaragd*
Delengirol	von Tarisseda; Sängerin im Tempel von Ahtarrath
Domazo	Gastwirt in Belsairath, direkter Nachkomme des Stammeshäuptlings
Drochrad	Schamane der Ai-Zir
ELARA	von Ahtarrath; Tempelname ›Larrnebiru‹, zweitälteste Priesterschülerin, auch in die Caratra-Mysterien eingeführt, verlobt mit Lanath
Galara	Halbschwester Tirikis, Tochter Deoris' und Reio-tas, Schreiberin
Greha	Krieger der Ai-Zir, Leibwächter des Händlers Heshoth
Haladris	von Atalan; Erster Heiliger Hüter im Tempel des Lichtes auf Alkonath, ehemals Erzpriester im Alten Land
Heshoth	einheimischer Händler
Jiritaren	von Tapallan; Priester des Lichtes, Himmelskundiger
Karagon	von Mormallor; Zögling Valadurs
Khattar	Häuptling des Stamms des Roten Stiers, Großkönig der Ai-Zir
Khayan-e-Durr	Schwester Khattars; Königin des Stamms des Roten Stiers
Khensu	Neffe und Erbe Khattars
Kyrrdis	von Ahtarrath; Sängerin und Priesterin des Lichtes
Lanath	von Tarisseda Ruta; Priesterschüler, ehemals Gehilfe Kanars, verlobt mit Elara

Li-ija	von Alkonath; Zögling, älteste Tochter Ocathrels, zum Zeitpunkt des Untergangs neunzehn Jahre alt
Lirini	von Alkonath; Zögling in der Schreiberschule, mittlere Tochter Ocathrels, zum Zeitpunkt des Untergangs siebzehn Jahre alt
Lodreimi	von Alkonath; Priesterin des Blauen Ordens in Timuls Tempel
Mahadalku	von Tarisseda Ruta; Erste Heilige Hüterin im tarissedischen Tempel des Lichtes
Marona	von Ahtarrath; Priesterin des Blauen Ordens und Heilerin
Metanor	von Ahtarrath; Fünfter Heiliger Hüter im Tempel des Lichtes
MICAIL	Prinz von Ahtarrath; Erster Heiliger Hüter im Tempel des Lichtes
Naranchada	(Ancha) von Ahtarrath; Vierter Heiliger Hüter im Tempel des Lichtes, Baumeister und Geomant
Ocathrel	von Alkonath; Fünfter Heiliger Hüter im Tempel des Lichtes
Osinarmen	Tempelname Micails
Ot	Schwertkämpfer, einer der drei berühmten Gefährten des Prinzen Tjalan
Reualen	von Alkonath; Priester des Lichtes, Gemahl Sahurusarthas
Sadhisebo und Saiyano	Saji-Priesterinnen in Timuls Tempel, bewandert in der Kräuterkunde
Sahurusartha	von Alkonath; Priesterin des Lichtes, Sängerin, Gemahlin Reualens

Stathalkha	von Tarisseda Ruta; Dritte Hüterin im tarissedischen Tempel, Seherin mit starker übersinnlicher Begabung
Timul	von Alkonath; Stellvertreterin der Hohen Priesterin im Ni-Terat-Tempel in Alkonath, Vorsteherin des Blauen Ordens in Belsairath
TJALAN	Prinz von Alkonath; Führer der Kolonie in Belsairath, Vetter Micails
Valadur	von Mormallor; Meister der Mysterien, Angehöriger des Grauen Ordens
Valorin	von Tapallan; Priester des Lichtes im Tempel von Alkonath, Naturforscher
Vialmar	von Ahurabath; Priesterschüler, verlobt mit Cleta

Anmerkung zur Astrologie von Atlantis

Vor viertausend Jahren sah der Himmel in vieler Hinsicht anders aus als heute. Infolge der Präzession der Äquinoktial-Punkte fielen etwa die Sonnenwenden auf Anfang Januar und Anfang Juli und die Tagundnachtgleichen auf Anfang April und Anfang Oktober. Auch die Tierkreiszeichen lagen anders, sodass die Wintersonnenwende mit dem Eintritt der Sonne in das Zeichen des Wassermanns zusammenfiel und die Frühlings-Tagundnachtgleiche mit dem Eintritt ins Zeichen des Stiers. Außerdem hatten die Sternbilder im Seereich und den alten Zivilisationen in ihrer Umgebung andere Namen.

Himmlische Mächte

Banur	Gott mit vier Gesichtern, Zerstörer/Bewahrer, Herrscher des Winters
Blutstern	der Planet Mars
Caratra	Tochter Ni-Terats oder Ni-Terat in ihrer Erscheinungsform als die Nährende oder Große Mutter; ihr Stern ist die Venus
Dyaus	der Schläfer, auch als der ›Mann mit den Gekreuzten Händen‹ bekannt; die Chaoskraft, die Veränderungen bewirkt; manchmal auch als ›der Eine‹ bezeichnet
Fackel	das Sternbild Löwe, auch das ›Zepter‹ oder das ›Große Feuer‹ genannt
Friedensstifter	das Sternbild Jungfrau
Geflügelter Stier	das Sternbild Stier
Hexer	der Planet Saturn
Manoah	Allschöpfer; Herr des Tages, wird mit der Sonne – dem Herrscher des Sommers – und mit Orion (dem ›Jäger des Schicksals‹) gleichgesetzt
Monarch	der Planet Jupiter

Nar-Inabi	›Sternenbildner‹; Gott der Nacht, der Sterne und des Meeres; Herrscher der Erntezeit
Ni-Terat	dunkle Allmutter; die Große Mutter in ihrer Erscheinungsform als Verschleierte; Göttin der Erde, Herrscherin der Pflanzzeit
Rad	der Große Bär, auch die ›Sieben Hüter‹ oder der ›Wagen‹ genannt

Verzeichnis der Orte

Ahtarra	Hauptstadt der Insel Ahtarrath
Ahtarrath	die Insel des Seereichs, die als letzte im Meer versank; Sitz des ›Hauses der Zwölf‹ (der Ausbildungsstätte der Priesterschüler)
Ahurabath	eine der Inseln des Seereichs
Alkona	Hauptstadt der Insel Alkonath
Alkonath	Insel; von den Zehn Staaten einer der mächtigsten, berühmt für seine Seefahrer
Altes Land	Urheimat der Atlantiden; in der Gegend des heutigen Schwarzen Meeres gelegen
Aman-Fluss	der Avon in Britannien
Atlantis	Bezeichnung für das gesamte aus den Zehn Staaten bestehende Seereich
Azan	das ›Stiergehege‹; Stammesgebiet der fünf Ai-Zir-Stämme; erstreckt sich von Weymouth nach Nordosten bis zur Ebene von Salisbury in Wessex, Britannien

Azan-Ylir	Hauptstadt von Azan – das heutige Amesbury
Beliri'in	[Belerion] das heutige Penzance in Cornwall
Belsairath	alkonische Handelsniederlassung, das heutige Dorchester
Bernsteinküste	Küste der Nordsee
Carn Ava	das heutige Avebury
Cosarrath	Insel, einer der Zehn Staaten
Festung Belsairath	Maiden Castle, Dorset
Geisterberg	Hambledon Hill, Dorset
der Heilige Berg	Glastonbury Tor in Somerset
Hellas	Griechenland
Insel der Macht	Zinn-Inseln, Hesperiden, die Britischen Inseln
Kasseritiden	›Zinn-Inseln‹; anderer Name für Britannien
Khem	Ägypten
Mormallor	Insel, einer der Zehn Staaten, auch die ›Heilige Insel‹ genannt
Olbairos	ahtarranische Handelsniederlassung auf dem europäischen Festland
Oranderis	Insel, einer der Zehn Staaten
das Seereich	die Inseln von Atlantis
Stadt der Ringschlange	Hauptstadt des Alten Landes
Tapallan	Insel, einer der Zehn Staaten
Taris	Hauptstadt von Tarisseda
Tarisseda	Insel, einer der Zehn Staaten
Zaiadan	Land an der Nordseeküste
Zehn Staaten	das Bündnis von Inselreichen, das an die Stelle des Goldenen Reiches trat